华 章
传奇派

品味无限不循环的人生

战歌：乱世悲歌

权延赤 著

图书在版编目（CIP）数据

战歌：乱世悲歌/权延赤著. — 重庆：重庆出版社, 2022.1
　　ISBN 978-7-229-16236-8

Ⅰ.①战… Ⅱ.①权… Ⅲ.①长篇小说—中国—当代 Ⅳ.①I247.5

中国版本图书馆CIP数据核字（2021）第237625号

战歌：乱世悲歌

权延赤　著

出　　品：	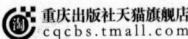华章同人
出版监制：	徐宪江　秦　琥
选题策划：	晋璧东
责任编辑：	徐宪江
特约编辑：	张铁成
责任印制：	杨　宁
营销编辑：	史青苗　刘晓艳
封面设计：	尚书堂

重庆出版集团
重庆出版社　出版
（重庆市南岸区南滨路162号1幢）

投稿邮箱：bjhztr@vip.163.com

北京盛通印刷股份有限公司　印刷
重庆出版集团图书发行有限公司　发行
邮购电话：010-85869375/76转810

重庆出版社天猫旗舰店
cqcbs.tmall.com

全国新华书店经销

开本：880mm×1230mm　1/32　印张：15.5　字数：416千
2022年2月第1版　2022年2月第1次印刷
定价：52.00元

如有印装质量问题，请致电023-61520678

版权所有，侵权必究

目录

引子 /1

第一章 /3

第二章 /21

第三章 /36

第四章 /50

第五章 /62

第六章 /73

第七章 /86

第八章 /109

第九章 /125

第十章 /140

第十一章 /160

第十二章 /180

第十三章 /198

第十四章 /210

第十五章 /228

第十六章 /240

第十七章 /252

第十八章 /265

第十九章 /280

第二十章 /293

第二十一章 /309

第二十二章 /321

第二十三章 /339

第二十四章 /360

第二十五章 /381

第二十六章 /395

第二十七章 /411

第二十八章 /426

第二十九章 /447

第三十章 /467

后记 /485

引子

告别仕途的第十个年头,我去看望父亲的老战友王再天。这位百岁老人,仍然能保持军人的坐姿,以手杖敲击地板,轻声哼出我熟悉的蒙古族民歌:

> 南边飞来的小鸿雁啊,
> 不落长江不呀不起飞。
> 要说起义的嘎达梅林,
> 是为了蒙古人民的土地……

老人的祖父是哲里木达尔罕王的世袭奴隶。王再天的蒙古名字叫那木吉乐色楞,自小便"世袭"了奴隶的身份。由于反抗大公爷[1],被鞭打罚跪暴晒三天三夜,在嘎达梅林和他妻子牡丹其其格的帮助下,得以活

---

[1] 大公爷,即蒙古王爷的长子。

命，逃出王府。他对后来起义造反、宁死不屈的嘎达梅林，抱有深厚的感情。

老人说："我在东北军当上连长后，曾经去'拜访'达王府。嘎达梅林叫我快离开，他说：'你以为你成人物了？达王和张大帅是亲家！'"

我笑道："张作霖有六个女儿，嫁的全都是督军、王爷、省长、总理、总统的子孙。"

"可不是吗，我还以为自己是人物了。"老人拍拍我上世纪八十年代写的《狼毒花》，自嘲道，"后来还是你常发叔告诉我，军阀和王公本来就是一家人。"

老人讲话的口气，像入海口的黄河水，虽然平静低沉得无波无浪，却是浩瀚辽阔，深远无际："东北军的老人都知道，常发不是世袭奴隶，他本是富贵种，但是在那个年代，他却与我殊途同归了……"

第一章

上午九点，张作霖从荣道台公馆踱步来到西邻的浙江会馆。会馆警备森严，大门、二门都架着机关枪，四周还有固定哨和游动哨。

前几天，他以宴请的名义，诱杀了辛亥革命在东北的先驱者张榕，连日捕杀革命党，"遭其毒手者，不下四百余人"，[1]"剪发易服者，无一幸免"[2]。

大门和二门之间，东厢房前的老榆树下，捆了一名汉子。汉子高鼻深目，连鬓胡须，躯干高大魁梧，面如重枣深红。张作霖迈着四方步，慢条斯理地绕那汉子一圈，举手过顶，在那汉子脸上有声有色拍两下："怪不得叫郭鬼子，是像洋鬼子，至少也是个二毛子[3]。"

汉子叫郭松龄，因为剪了辫子，身上又有民军护照，所以被捕，他将脸转向一边。

---

1 《日本外务省档案选译》第213页。
2 《辽宁文史资料》第一辑，辽宁人民出版社1988年3月第1版，第19页。
3 二毛子，东北方言，指中国人与外国人所生子女。

张作霖手捏鼻子用力一擤，再一甩，一大把清鼻涕甩出老远，习惯性地朝鞋帮子上擦去，却发现抬起的脚上穿的不再是牛鼻子老道鞋，而是贼亮的高靿皮靴子，便没在上面擦，顺手抹到郭松龄衣襟上："绺子进城当上官，这习惯不改也得改改了。再用土坷垃擦屁股，我这屁股就嫌它埋汰了。"

郭松龄喉结使大劲滚动一下，没作声。

张作霖手掌从自己头顶平移到郭松龄脖根处，"你说你算个啥东西嘛，个子比我高出一头，把这颗头砍去，咱俩就算扯平。"

"很好。"郭松龄终于吐口，"痛快点。"

"不急，我先去办事。这跟操老娘们儿一样，痛快不过瘾，要慢慢享受才能过足瘾。"张作霖不紧不慢走进二门里。

"四哥，五哥，六哥，八弟！"张作霖丰神意漫，双手抱拳，边作揖边落座，"用不着搞这么邪乎[1]吧？"他手指架在沙包上的三挺机关枪，"大权到手，大局已定，多余了。"

"别价，备不住真冒出个削你[2]的，还是谨慎些好。"被称作八弟的张作相欠身递过一份清单，"张榕和他哥的家产都抄没了，光是奉天省城的房产就有两百多间，其他田亩、商号、烧锅和当铺，分布辽东各地，也都派人去查收了。"

"妈了巴子的。"张作霖拍响桌子，"听杨先生讲，这群革命党人骂我们乡绅是保皇派，他们叫什么资本的才是革命党，其实都是些忘恩负义的黑跳蚤。他娘的，吸了祖宗的血，不报皇恩要造反。老子没饭吃才造反，才不服天朝管。老子有了钱谢皇恩还来不及呢，当然为大清卖命。把他们统统抄成叫花子，一个铜板不许留。叫他们反……"他忽然想起什么，朝门外喊："传花舌子。"

所谓花舌子，就是绺子的说客，在绑匪和肉票亲属之间通风报信，

---

[1] 邪乎，东北方言，即厉害。
[2] 削你，东北方言，即打你、报复你。

讨价还价。

"大帅，属下夜里个才赶回来，没敢惊动您，先和汤总打了个招呼。"花舌子一躬九十度，神色略有不安，语气却平和。

花舌子都是能言善辩之士，其实张作霖当时刚被朝廷以总兵记名，而被他称为汤总的汤玉麟，只是地方巡防营的一名管带。

叫"大帅"当然中听。

张作霖恢复意满气闲之色。他瞄准的下一个目标正是东北三省的总督，那时就是名副其实的大帅了，与他结拜的汤玉麟至少也会是个总兵。

"钱带回来了吗？"张作霖用他那半尺长的翡翠烟杆吸燃蛤蟆烟叶。

"带，带回来……"

"等等，这次的不算。"张作霖在鞋底上敲落烟灰，用力啐口痰，"妈了巴子，五万大洋太少，重新去谈，要十万大洋，不，要五十万大洋！他姓周的不是天津什么资本，什么最大家吗？不给五十万大洋我就把他的老疙瘩点天灯。"

"大帅，大帅，"花舌子真慌了，"我是说，我是说……"他边喃喃边往胸口掏摸。

"你什么也不要说，就照我说的办！这些瘪犊子[1]，钱多了就造反，我是为天朝保平安！"

"大帅，我是说只带回一封信……五万大洋他都不肯掏啊。"花舌子带了哭腔，"我可是说破嘴皮子，被他几个叫马仔儿的保镖给踢出了大门，这群不留辫子的叛逆啊……"

"什么，你说什么？"张作霖愣在当场。

被称为四哥的汤玉麟拿过信，将花舌子推一边，用当哥的语气称呼张作霖的字："雨亭，咱还真碰上舍命不舍财的主儿了。"

他展开信，一句一顿地念道："绑匪，听好。周某四十有三，正当盛

---

[1] 瘪犊子，东北方言，即混蛋。

年。五万大洋，足够周某再添十个外室，再生五十个儿子。绑去的'老疙瘩'任杀任剐，算白送，无须再来客气。"

被称作五哥的张景惠哈哈大笑，跳起身连连拍掌，"妙，妙啊，真是个伟大的人物，这账算的，棒到家了。怪不得能发大财，还真是这么个理儿。"

张作相也站起身，轻拍张作霖的肩头，"七哥，这才是商人的种。我听杨先生说，这号商人只认钱，爷娘老子都不认，叫什么资本家。不学四书五经，只学打算盘。"

张作霖眨眨眼，把大辫子从身后捞到胸前，扯一扯，大梦初醒一般。没有"雷霆万钧"，半是惊诧半是无奈地喃喃："真有这种当爹的，犊子都不护？"

"以为都像你一样护着小六子？"张学良乳名叫小六子，其实是张作霖的长子。老辈人希望多子更多孙，张作霖上有俩哥哥，排行老三，老人将其长子叫小六子也就好理解了。

张作相宽厚地笑道："本想绑回个棒槌娃娃[1]，不承想抢了个烫手的苞米棒子，丢回灶坑里拉倒吧。"

"胡咧咧[2]啥？这不是祸祸[3]规矩吗？"汤玉麟连叫带骂，"这号瘪犊子不杀掉，将来谁还肯出钱？"

"四哥说得没错。"张景惠正色道，"不交钱就撕票，规矩是不能坏的。"

"嗯——"张作霖长长哼一声，重新点燃他的蛤蟆烟，不慌不忙道，"咱兄弟来时是前路巡防七个营，现在中路巡防也归我统领了，共十五个营，没钱怎么发军饷？没饷当兵的还不造反？都说我老张是北人南相，不杀不知道我老张手黑，妈了个巴子，三天后把省城所有富商大贾

---

[1] 棒槌娃娃，即人参。
[2] 胡咧咧，东北方言，即胡说八道。
[3] 祸祸，东北方言，即糟践。

都给我传来,让他们看看什么叫点天灯!"

"七哥,不行啊,那就炸窝了。"张作相叫起来,"过去咱是匪,现在咱可是父母官。"

"放屁,过去咱也不是匪,是绿林。你们投奔我时,我怎么说的?"张作霖两眼一瞪,几个土匪出身的结拜兄弟全都瘪茄子了,"土匪做大是皇帝,朱元璋就做到皇帝。皇帝做砸了也是匪,朱由检就是吊死鬼,朱三太子就是匪。规矩也是随便改的吗?"

"可是,可是我见过那小家伙了,我敢肯定,他身上流着圣主成吉思汗的血脉。"张作相小声央求,"你把他传来,看看就明白了。"

"你到死都学不明白。"张作霖开骂,"坏了规矩,就算是秦始皇的儿子、刘邦的孙子,老子都照杀不误。老子投绿林,杀官兵不眨眼;老子受招安,剿匪是先锋。各行有各行的规矩,懂吗?会剿海沙子,枪崩杜立三,你们谁没参加?活捉蒙匪牙什,宰杀白音大来,追剿陶克陶胡,他们谁身上没有成吉思汗的血脉?妈了个巴子的,"张作霖朝门外吼,"把那个小割胞给我提溜上来!"

张作霖在内蒙古剿匪两年,受过枪伤,立过大功,还学会了骂娘:当地人把私生子叫"割胞"。张作霖自称是"夸人的话学不好,骂人的话无师自通",便将"割胞"一词带回了东北。

这是一年前的事。

剿匪回来,张作霖升官又发财,与战斗中有重大贡献的七位哥们儿,在洮南关帝庙里备下金兰谱,跪在关老爷像前发誓:不能同生,但愿同死,相扶相助,携手奋斗。就此结拜为兄弟,依年龄排序:马龙潭、吴俊生、冯德麟、汤玉麟、张景惠、孙烈臣、张作霖、张作相,世人称其为"八虎"。

张作霖在创业之初,拜干亲,认过"七娘""八爹",后来又结义兄弟无数,最有价值的结拜只有两次。洮南关帝庙这次奠定了奉系军阀体系的基础,十七年后,张作霖做了陆海军大元帅,成为北洋政府事实上的元首。他在政府总理潘复的家里,与来自各路的诸侯做了最后一次结拜。除了五位在世的老兄弟外,新增七位:高维岳、潘复、张宗昌、孙传芳、杨宇霆、韩麟春、褚玉璞。世人称为"七狼",这"七狼八虎"成就了张作霖军阀事业的顶峰和辉煌。

"说到规矩,我还有话交代。"张作霖坐回主位,将烟锅在鞋底上敲敲,顺手抠掉鞋底上的两块干泥巴,坐正身子道,"于私,我们可以称兄道弟;于公,这是犯规矩的。叫什么好?叫大帅是捧臭屁,犯忌,将来做得做不得还要两说。"略一沉吟,他拍板道,"今后办公事,叫我将军,晚辈可称老将,就这么定了,别犯忌。"

"是,将军。"几位把兄弟躬身作揖。

厅外,一道门接着一道门传来通报:"小割胞带到——"

厅门口炸雷似的一声回应尚未落,肉球一般滚进个小人来。

显然,新来的马弁力道用大了。

"这就是你的苞米棒子?"张作霖朝张作相调侃,"噢,穿了蒙古袍,就是成吉思汗的种?难怪滚成个球!"

"将军近前些看。"张作相走到孩子身边。

"看什么?前奔儿头后铠锒[1],砢碜死个人?"

"你看他的眼……"

张作霖用烟锅抬起孩子的下巴,目光灼灼:果然异相!在黑眼球和白眼球之间润有一圈浅蓝色圆环,那是奉天命而降生之孛儿帖赤那的后裔才会有的。在甲午中日战争、庚子八国联军侵华和甲辰日俄战争中,张作霖三次被日本人打丢了魂儿,早已得了恐日症。在他的印象中,那个身高不到一米五的生吃人肉的日本少佐就是活阎王,而活阎王只怕一种人:大灰狼。译成蒙语就是孛儿帖赤那,成吉思汗的二十二代祖。

"你叫周——什么?"

---

[1] 东北方言,前奔儿头即额头大,后铠锒即后脑勺突出。

"烫……"低低一声。

"周——疼？"

"烫……"

"他叫周长发。"张作相将张作霖的烟杆挪开，"你烫疼他了。"

"噢，烫了。"张作霖发现烟锅余火未熄，而那小孩子的腮旁已烫出一块焦印。张作霖大喘一口气，"烫还不知道躲，不知道喊？"

孩子望定张作霖不作声。

"几岁了？你爸爸叫啥？你妈妈叫啥……"

孩子的目光轮替在几个大人脸上扫，只是不回应。张作相忍不住道："他才刚满五岁，他妈妈是巴林右旗嘎达梅林[1]的女儿，给姓周的做了外室……你再摸摸他的屁股。"

"姓周的置了多少外室？"

"谁能说清，生意做到哪儿，外室就安到哪儿呗。"

张作霖撩起孩子的蒙古袍，手刚插进裤裆，忽然像打麻将和了牌一样叫起来："妈了巴子的见鬼了，比爷的屁股还硬！"

他在那孩子的小屁股蛋上摸到两块像康熙元宝一样又圆又硬的茧子，那是长年生活在马背上的人才会磨出来的。几个将军狐疑地上前去摸，不由得面面相觑，尽皆失色。

"这哪像商人的种啊？"张作霖叫出声。

"他是野种。"张作相回答。

"野种？妈了巴子，怪不得周资本不出钱。"

"不是那意思。"张作相蹲下身，搂住孩子，"长发，乖，告诉叔叔，谁骂你是野种？"

"我爸，爸爸见我就骂。"

"为啥骂你野种？"

"他说，我天津的哥哥三岁学识字，北京的姐姐五岁会念诗，包头

---

[1] 嘎达梅林，王爷的管家。

的哥哥六岁就会，会打算盘珠子……"

"你呢？"

"说我三岁上房掀瓦，五岁就骑马玩枪……是野种。"

"你还会玩枪？什么枪啊？"张作霖接过来问。

"纸炮枪[1]，我哥哥从天津捎来的。后来，后来玩带托的火枪，把爸爸的腿打伤了……"

"将军，说够了吧？"汤玉麟截住话头，不无担心地提醒，"干大事不能存妇人之仁，规矩大如天，我他娘的盯住了，三天后点天灯，谁敢放这个小割胞我跟他拼。"

"吵儿巴火啥？还干大事呢。"张作霖余兴未尽，"长发，告诉大爷，除了打枪还会干啥？"

孩子静静地望着张作霖，忽然将两根手指朝嘴中一插，随着肩膀的猛缩，大厅里惊天动地一声呼哨。张作霖猝不及防，那根半尺长的烟杆竟震落掉地，断成三截！

"哎哟"一声叫，那翡翠烟杆可是慈禧老佛爷赐予东三省赵总督，赵总督刚送给亲家张作霖的无价之宝。

"叭、叭、叭！"几乎是在同时间，张作霖已拔枪在手，朝那孩子连放三枪。

"将军！"张作相惊叫。

"他妈了巴子的，你吓老子一跳，老子吓你一死！"张作霖骂着，定睛看时，那孩子怔怔的竟没有反应，连眼皮都不眨一下。

"他奶奶的！吓癔症了。"汤玉麟俯身去摸孩子的裤裆，"看尿没尿裤子……哎哟！"

五岁的孩子居然一脚踢在汤玉麟脸上。

"他奶奶的！"汤玉麟就要拔枪，张作相双手抓住那只拔枪的手腕喊："四哥，四哥，别跟小孩子计较，四哥啊，我给你跪下了……"

---

[1] 纸炮枪，一种发令枪，打纸炮，不发射子弹。

"他妈了巴子的,都给我住手!"张作霖居中一站,厉言厉色,"你们成何体统?"

随之而来的片刻寂静,那五岁的娃娃忽然从裆里掏出那只受蒙古民族崇拜的"小鸡",用手揪扯着,如橡皮筋似的抻长又缩短。娃娃嘬嘴嘘一声,那"小鸡"忽然一翘,射出一股透明的水柱。

"齐尼陶勒盖,米尼奥基哥。"五岁的娃娃坏笑着说。

"小兔崽子,你是自己找死啊!"张作霖听懂那句骂人话:你的脑袋像我的鸡巴。他又要拔枪。

张作相抓住汤玉麟的手不敢松,双膝跪地哀叫:"将军,将军,你打死他我就自杀,我绝无虚言……"

混乱中,厅外又传来通报声:"杨先生到——"

张作霖和汤玉麟闻声松开握枪的手。

张作相如逢救星,忙不迭爬起身,朝门口迎。

杨先生叫杨景镇,身着蓝缎灰鼠皮袍,上面套青缎高领坎肩,戴红橘四喜皮帽,穿高勒棉鞋,不紧不慢走进客厅。

"先生好。"张作霖摘帽鞠躬。

"将军送我这身衣服量体裁过一般……哎,这地上怎么搞的,发水了?"

"哎哟,我的老先生啊!"张作相知道杨景镇是张作霖的启蒙老师,抢先把事情的来龙去脉、前因后果讲了一遍。

"规矩是人定的。人是爹,规矩是崽儿,爹怎么能全听崽儿的?"杨景镇慢条斯理地说完,见汤玉麟要发作,便压压手势,继续道,"有道是先生眉毛,后生胡须,后生反比先生长。所以呢,有时爹也不能不听崽儿的。具体到这件事是听爹的还是听崽儿的,当然是包瞎子说了算。他是通神的,不会错。"

事情就这么简单,居然再没人表示异议。

包瞎子,包秀峰,张作霖的高级顾问,专门备来占卜休咎。瞎子算

11

命,萨满作法,装神弄鬼跳大仙,他无一不精。现代人哂之迷信,怪就怪在他占卜算命比这群绿林将军的枪法都要准,先后被"七狼""八虎"尊为神。

我的常发叔暮年曾笑着说:"包瞎子哪有那么神?他背后其实藏着杨先生。杨先生与大帅有师生之谊,话说多了容易生矛盾,影响关系,便利用大帅的迷信,借包瞎子之口说出自己的意见。"

清初,大帅府叫"南下洼子",是个大水坑。清末"沧海变桑田",荣道台在这里建了公馆。张作霖遵照包瞎子"与神沟通"后的指示,带兵进奉天城镇压革命党人,便租住在荣公馆。至于两年后买下荣公馆和西邻的江浙会馆,拆建成三进四合院的老帅府,那已是后话。

荣公馆门前偌大一块空地,堆起高高的木棍、树枝和牛马粪。军民人等听说萨满要作法,便在士兵的警戒线外围了看热闹。

荣公馆的柴房里,与外面的喧闹不同,只静静地捆着个孩子。孩子不喊不叫,用不着堵嘴。

一阵脚步杂沓,柴房里亮起马灯,进来七八个人把偌大柴房围了个不透风。领头的自然是张作霖,蹲下身,亲自为孩子松绑,开门见山:"你叫周长发,你爸叫周洪涛,你妈叫乌兰托娅,蒙古族。你爷爷叫周启俊,你奶奶叫朴玉姬,鲜族人,所以你是不折不扣的小杂种。"

孩子眨了一下眼。

"我八弟绑你回来,相处三天就舍命要保你,我只好破例,来个先私后公。我二哥、四哥、五哥、六哥也到场来做个见证,是死是活就看你的造化了。"张作霖不管对方听懂听不懂,像与大人谈判一样自顾讲完,回头吆一嗓子,"是这样吧?"

"是。""没错!"几位兄弟回答。

"听好了,长发,你爸爸写来信,也捎来话,他不要你了,说把你送给我了,你以后不再姓周,要姓张……"

"老七,他都五岁了,记事了,你是养狼啊!"汤玉麟连叫两嗓子。

"狼养大就是狗!"张作霖回头吼一声,继续放缓声音道,"你以后就叫张长发,好不好?"

久久没有反应。

"你爸爸真不要你了,我哄你遭天打雷轰,有一句假话,不得好死。"

孩子仰脸望张作相,张作相沉重地点点头。

蓦地,孩子身体震颤,泪水一下子便溢满眼眶。

张作霖忽然心酸,抱住孩子,"长发乖,不哭,以后你就叫我爸爸,我把你当亲儿子……"

他话没讲完,身体后仰,被拱了个屁股蹲儿。定睛看时,孩子已然挣扎着站稳,泪水后闪出倔强而仇恨的光波,用力摇一摇头。

张作霖怔有片刻,缓缓起身,拍拍屁股上的土,哼一声粗气,"好吧,再说一件事。前天你打呼哨,说不是吓唬我,是说你有本事叫来你的杆子马[1]。我不信。咱们试一试?"

孩子用力点点头。

"万一你骑上马逃跑呢?"

"不跑。"低低一声,孩子伸出小拇指。

张作霖笑了,边拉钩边说:"不守信就是这个。"

他将小拇指指向孩子,孩子换大拇指指向心口窝。

"弟兄们作证,死生由命,我老张历来容不得反悔,更不尿谁来纠缠!"张作霖领头出柴房,俯身道,"长发,你的杆子马拴在后院,它肯来就能挣断绳子,你可不能跑出这个院子啊。"

长发用力点头,两根手指朝嘴巴里一插,又是刺耳一声呼哨,哨音还在耳畔萦绕,远处已传来烈马的嘶鸣,一声接一声,不待人惊叹,面前已旋风般掠过一道黑影,刹那间,归于寂静。

长发和杆子马都不见了。

---

[1] 杆子马,套马手所乘骑的马,因套马手手执套马杆,故称杆子马。

上世纪七十年代，父亲曾告诉我：

"解放锦州时，张作相被俘虏。你常发叔去看他，他说：'那次大帅和你拉钩，幸亏你没跑，如果你跑了，准没命。汤玉麟准备了一个连的马队，守在院外要追杀你。'常发说：'我要真跑，他就是派两个连也追不上我，杀不了我。'"

月亮门里掠过一道黑色的闪电，那匹杆子马在张作霖面前人立而起，长发像被火烤胀的皮球一样从马背上弹起来，稳稳落在张作霖面前，脸不变色气不喘。

"妈了巴子，我怎么没养出这么个儿子！"张作霖头也不回地朝院外走去。这表示，"私了"没有结果，只好交包瞎子"公了"啦。

于是，长发小小身子又被绑起来，祭品一样扔到木板搭起的高台上。在他身后的柱子上，绑了那个高鼻深目、虎背熊腰的"郭鬼子"郭松龄。

张作霖走上祭台，将郭松龄冻僵的脸颊拍得啪啪脆响，问："认识高纪毅吗？"

郭松龄磨磨牙不作声。

"大东关的韩淑秀和你是什么关系？"

"杀我吧。"

"入奉天，高纪毅有功于我；办学校，韩淑秀是我的教员，他俩向我求情，我给你个机会。"

"不要，只求一个痛快。"

"这个小割胞和你一样是杂种，今天由包神仙来判你们生死，他活你活，他死你死。"

郭松龄看看脚下的周长发："放了他，我可以叫奉天百姓开开眼界，看看什么是凌迟处死。"

"啊哈，老子最多三刀六洞，你敢叫板三千六百刀？够爷们儿，难怪韩淑秀以死相求要救你。"张作霖转身下祭台，丢下一句话，"听天由命吧！"

张作霖刚一落座，锡尼喇嘛便来到干柴堆旁，点燃涂上黄油的树枝。一缕青烟经风吹拂，噗地蹿起火苗。他念着什么经文，引燃篝火。

先出场的是一位穿砖青色长袍的少年，人称神鼓周，在越蹿越高、噼啪作响、爆溅火星的篝火旁烘烤据说是从太上老君那里偷来的钢圈鼓，他边烤边轻轻敲击着试音，忽然把头一昂，站起身，将鼓重重敲出三响。

于是，包瞎子出场了。他生得宽前额，尖下巴；颧骨高突，两眼深陷。走入场地时，脚步像涂抹了胶水一样黏滞。

观众骚动，人声鼎沸。这时便站起一些军汉，手里拎着打狼使用的棒槌维持秩序："靠后靠后，再挤大棒子就招呼啦！"

篝火旁的空气在高温下像激动不安的溪水一样颤抖跳跃，透过升腾的气流望祭台，长发像滚油里的麻叶[1]，无助地哆嗦变形。

张作霖忽然叹口气："一切都是命哟。"

中午，张作相愤愤来告状，说包瞎子收了汤玉麟的重礼。张作霖劈面啐他一口："不许亵渎神灵！"

不过，内心深处他知道四哥能干出这种事，毕竟关系到将来的筹钱发饷和发财。

包瞎子接过助手递来的钢圈鼓，嚅动胡须半遮掩的嘴巴，念起魔鬼才能听懂的咒语，沉重的神鼓声使周围的军民人等安静下来。他开始蹦跳旋转，系在腰上的降妖铃和缀满袍子的各种金属饰物响出古老神秘的音律，与嘭嘭鼓声呼应，围绕篝火跳舞十几分钟，将尘土和膻腥味尽情地施舍给善男信女，终于，他接近了那个令人生畏的"话筒子"。

现代人将"话筒子"叫麦克风，是移民美国的英国人贝尔在电话的基础上发明的，它放出的声音远超中国武术吹牛的"狮吼功"。当年全奉天省只有这么一个，是美国朋友普赖德赠送的。

---

[1] 麻叶，油炸面食，类似油条油饼。

可见张作霖对此事的重视。

包瞎子进入癫狂，观众也跟着痴迷，渐入佳境：远处起风了，渐近渐猛，终于飞沙走石，林木断裂，"咔嚓嚓"一声巨响，惊雷自天而降，大地震颤，山岳摆簸，围观的军民人等跪倒一片，就连坐北朝南的大小将军也都惊骇失色地进入幻境……

包瞎子表演出绝顶乱真的口技，大冬天哪里来的惊雷？

却听"砰"一声重鼓，风住雷止，万籁俱寂。

瞎子既然"目中无人"，正可以"目中有神"，他朝着神灵止步的方向念念有词，终于疾喝一声："去！"便听风起云涌，来时迅疾，去时突兀，雷雨之声渐渐消融在夜色之中。

神鼓声变得单调乏味，围观者有些耐不住寒冷时，夜空中响起两个截然不同的声音：

"五方游神疾疾如令归——"

"此子可杀否？"

"不可，五年后此子将救大帅一命。"

"哪个大帅？"

"天机不可泄。"

话落，又闻一道破空声，不知哪里射来一颗弹丸，撞击在包瞎子胸口上，他一屁股跌坐在火堆旁，大口小口喘气。

神去魂归，张作霖朝火堆走去，早有马弁抢过弹丸交在他手里。张作霖熟练地捏开蜡丸，看到两行熟悉的字体：

此子不可杀，留军中有大用。不能姓周，不可姓张，改长发为常发，道理日后自明。

张作霖将字条轻轻放入篝火，虔诚地看着它化成飞舞的纸灰，将手指向祭台，"给他两个松绑，带过来。"

张作霖先对"郭鬼子"道："能让女人舍命相救，看来你还有可取之处。滚南边去吧,我这里不留剪辫子的人。"

郭松龄不言语,搓搓僵硬的脸颊,转身就走。

"常发,刚才你都听到什么了?"张作霖手指包瞎子,"你看他像谁?"

"萨满。"

"错。你今天本该点天灯,懂吗?给你灌一肚子油,弄根又粗又长的灯捻从嘴里引出来,绑大南门上点着,烧你三天三夜,烧干你这臭皮囊,可是他救了你。他不是萨满,他是神,是你的救命恩人。"

"谁知他是神还是鬼!"汤玉麟愠怒地嘟哝。

包瞎子立刻变脸变色,"汤将军,从平定五大哨匪到诱杀杜立三一伙,不少于四百万金吧?再到进奉天,杀张榕,所得够养十万大军一年的吧?何况我给你们算过几十次,有错的吗?你的东西我送回去了,想听鬼话别问我,我只讲神话。"

"先生息怒,先生是高人,千万别跟这种俗物计较。"张作霖忙不迭向包瞎子鞠躬道歉,为缓和气氛,他指着汤玉麟问:"常发,你看他像谁?"

"酒蒙子[1]。"

张作霖笑响一串道:"我看他也像个酒蒙子,整天说胡话,那你看他像谁?"

常发看看张作相:"奥其巴尼[2]!"

"哈,有眼力。这个金刚为兄报仇,一夜杀了十几个强人!"张作霖指自己鼻子,"那你看我像谁?"

"像大元帅,对不对?"张景惠抢着提示。

常发摇头,用力憋出一句:"像婶娘。"

众人面面相觑,这是谁也没想到的回答。

"你再仔细看看,"花舌子忽然挤进来,"想想你家佛爷屋里摆在铜

---

1 酒蒙子,东北方言,即酒鬼。

2 奥其巴尼,蒙语,即金刚。

佛右边的是谁？"

"观音，观音菩萨。"

"哈哈，童言无忌，童言无欺。"花舌子巧舌如簧，"我踩点时就发现，大帅北人南相，确实与他婶娘长得有几分相像，不过更像他家佛爷屋里供的观音菩萨。"

张作相说："七哥，说个私下话，你豪气赌命，匪气杀人，满嘴粗话，却架不住长得帅气又多几分秀咪[1]。都说中国是西高东低，北雄南秀，你自己照照镜子是高是低，是雄是秀？当初二哥、五哥抢着为你让贤，咱兄弟八个数你细巴秀气，为啥七个爷们儿都服你呢？脑子够用，胆子够大，心肝也够狠，你就真是娘儿们儿，我们七个粗人也得请你穆桂英挂帅，你就是咱们永远的大帅！"

常发叔曾给我讲过几个他懂事后听来的故事。

就在那天夜里，张作霖对着镜子"顾影自怜"，最后嘟哝一句："人靠胡子马靠鞍。"

从此他开始蓄胡子，一生再没刮过。

为这两撇胡子，张作霖请教过杨景镇先生，又请教他的日本顾问。

他先叫人取来不同式样的胡须试戴，杨景镇指着镜子给张作霖上课：上唇的胡须叫髭，下唇的胡须叫粜，两颊的胡须叫髯，下巴的胡须叫襞。张作霖脸小，不适合络腮大胡；人当盛年，留长须更像秀才不像武夫，便依次试戴犄角八字胡、下垂八字胡、板状小八字胡，都觉不满意。日本顾问菊池武夫来参谋，介绍了曾经风靡欧洲上流社会的精致小胡子，张作霖一口否决：那是少爷公子哥儿的打扮。又介绍德国皇帝威廉二世那种两端翘起的胡须，张作霖听说这种胡子"泛着革命的光芒"，立刻拒绝了。最后他选中了代表守旧，能让敌人闻风丧胆的"弯刀胡"。这种流行于奥斯曼帝国的胡子看似很像中国传统的下垂八字胡，由于胡

---

[1] 秀咪，东北方言，指含羞带怯。

子下缘修剪整齐而上缘留长，所以更显浓密粗壮，于保守中透出雄壮武勇，曾被称作"禁卫军胡"。张作霖拍案大叫："就是它了！"他说："从今往后，我就靠这两撇弯刀胡子打天下！"

就在那天夜里，卫士戴贵卿与一班弟兄喝酒，说："在绺子里，我至少能当个炮头，白天打飞鸟，夜里掐香头。进了城虽然过得安逸，却不过是条看家狗。"弟兄们说他没本事还乱吹牛，他仗着酒劲，一枪一盏街灯，打黑了三条街！全城百姓陷入恐慌，纷纷告状。张作霖闻讯大怒，下令枪毙，卫队长董海拖着没办。

因为戴贵卿是张作霖三姨太的亲弟弟，三姨太正陪张作霖过夜，枕边风吹过，第二天肯定会放人。

果然，一早起来，卫队长董海扒门缝，看到张作霖正从炕桌上端水碗，含一口水，"噗"地喷到三姨太拖到炕沿的长发上，亲自用一只大木梳，将那长发梳成乌黑闪亮的瀑布……

卫队长笑了，回身来到门房，对五花大绑的戴贵卿说："兄弟，再熬半个时辰你就自由了。"

半个时辰后，张作霖亲自来到门房，跪地连磕三个响头，起身抬手就一枪，把戴贵卿打爆了头。

当天夜里，伤心欲绝的三姨太剃光瀑布一般乌黑闪亮的长发，搬进大南门外的尼姑庵。张作霖难过落泪，结义兄弟们都来劝解。张作霖忽然瞪起眼，咬着牙说："你们都给我听好，土匪进城，要学朱元璋，别学李自成，谁学李自成，戴贵卿就是例子！"

上世纪八十年代，常发叔曾给我讲："后来我当上大帅的卫士，大帅说：'朱元璋敢杀功臣，李自成当皇帝只为天天能吃上饺子，你们学谁？'从此我看见大帅就害怕，怕他杀功臣。"

还是那天晚上，篝火还未全熄，张作霖的私家宴会已经开始。他对张作相说："老八，常发你带走吧，不要留城里了。"张作相问："为啥？"

张作霖说:"四哥的脾气你知道,喝多几杯就犯浑,我怕他伤了常发,到时候我是灭他还是不灭他?咱不给他犯错的机会,这就叫兄弟情谊。"

汤玉麟说:"老七,你放心,我心里跟包神仙摽劲儿呢,我等五年,我不信,十岁的崽儿能救大帅的命?"

"不信可以赌啊。"杨先生说。

"包先生赢了,我许他三个愿;包先生输了,我就毙掉那个小杂种。"

"一言为定。"包瞎子举碗,等汤玉麟碰过响,便一饮而尽。

第二章

乱世度日如年,艰难得很。熬过五年回头看,却又觉得只是一瞬间。大帅府落成不久,张作相应召来见张作霖。

进正门,踏着青石板铺垫,穿过一进四合套院,欣赏过木结构的垂花小门楼,走进二进四合套院,正房门楼上一块匾:望重长城。

穿过正房中厅就是三进四合套院,那里是家眷住所。张作相止步,转身,来到西侧张作霖的办公室。

"哎呀,老八,包神仙说的日子眼看就要到了,你那里搞得怎么样了?"

"大帅还真信呀?包瞎子说那番话是为了胜造七级浮屠。"张作相摘下军帽当扇子,"十岁的娃娃还没发育呢,靠他救大帅?那还要我们这些人干啥。我都想好了,送他去五台山,叫四哥再也休想……"

"妈了巴子,想啥呢?你想死吧!"张作霖气急败坏,"这么多年了,包神仙错过吗?刚到第五年,俄大鼻子、日本浪人、满蒙王爷、上百股绺子都跳出来想杀我,就连结义的兄弟也起了念头要灭我……"

张作相举起两手连连往下按,他知道张作霖讲的是老三冯德麟。为大局,他急转话头:"常发这四年多一刻也没闲,十八般武艺大帅来亲自验收,唯一担心的是岁数不大,力气没长起来……"

"什么年代了,力气有屁用!东交民巷一百多洋鬼子,义和团几十万人打不进去,什么金钟罩、铁布衫,妈了巴子,也只能中国人骗中国人!"

"杨先生说,那是一群贱货蠢货。"

"得,你说什么叫老奸巨猾?"

张作相张张嘴没答上来。

"年纪越大想法越多。"张作霖拳头朝手掌上连敲,"为什么说自古英雄出少年?"他不等张作相眨眼,用力吼一嗓子,"少年的拳头永远比脑子快!"

张作相频频点头,"我明天就把常发送回大帅身边。"

张作霖在办公室里踱步几圈,"不忙送来,先把他放到洮南草原上去,叫那三个老的陪他去。"

常发的启蒙师傅有五位,人称"三老二少"。两位年轻的是张作霖的侄儿张学成和张作相的儿子张廷枢,他俩是讲武堂的学生,比常发大三四岁。对常发进行"新军"的"现代化"教育。三位老师傅,却都是土匪出身,而且是东三省出名的悍匪:韩老吊、刘单撮和姜久阳。这三人都曾是张作霖绺子里的核心人物,先后当过"四梁八柱"里的"托天梁"[1]、"迎门梁"[2]、"扫清柱"[3]。张作霖受招安时,三位悍匪说:"为人别当差,当差不自在。"宁肯"单撮"[4]打着吃,也不愿吃官饭。张作霖做大当上统领[5],剿匪凶狠,这三人都曾被抓过,却都被暗地里放了水,所以对

---

1 托天梁,俗语,即二掌柜、二当家的。
2 迎门梁,俗语,即炮头。
3 扫清柱,俗语,即总信、伍长。
4 单撮:一伙胡子叫"绺子",独来独往称"单撮"。
5 统领,当时即旅长。

张作霖感恩戴德，誓死效忠。张作霖一声召唤，便尽心尽力当了常发的师傅。

"老八，我给你备下了五万大洋，你用黄嫂的名义给我放出风去，谁能把常发劫到手，送到日本驻奉天领事馆，赏五万大洋。"张作霖加重语气，"记住，要掰扯清楚，要活口不要死伤，少一根汗毛也不给钱！"

张作相变色道："这会出人命吧？动静太大了……"

张作霖气得跺脚："你就是岁数越大想得越多，当年你可是拳头比脑子快！"

"是，大帅，你的脑子我的拳头，我这就去见黄嫂。"

这位黄嫂是张作霖盟兄黄殿连的夫人。张作霖为匪时，被官兵追剿，商人黄殿连曾两次救过他的命。后来张作霖打柴家村，绺子里一个李逵式的人物，误撞误打，砍死了黄殿连。外人只知道张作霖心狠手黑杀盟兄，并不知道他痛悔难当，把黄嫂当娘亲供养，把盟兄弟的独子当亲儿子养护成人。

黄嫂的风一放出去，经各色人等传说，五万大洋赏金竟变成十二级飓风一般，瞬间刮遍白山黑水，长城内外。俄大鼻子、日本浪人、绿林草莽、官兵土匪全动起来，甚至英美法三国也来了两支"探险队"。

我的常发叔酒后喜欢讲"当年"，唯独对这大半年的生死拼搏摇头不愿讲。

记得一九九九年十月，上帝军横行泰缅边境，屡屡打败这两个国家的正规军，而上帝军的首领，是只有十岁的约翰尼·托两兄弟。他们在泰国一次就绑架了五百个人质，轰动全世界。他们小小年纪十八般武艺样样精通，枪法如神，杀人如麻。电视上出现这些孩子们的镜头时，我正陪常发叔边喝酒边看《午间新闻》。

"常发叔，你当年在洮南，玩得比他俩还凶险吧？"

常发叔眼里忽然涌出泪,"好汉休提少年勇,我的时代早结束了。"
"讲讲嘛。据我所知,近代世界上有过十几支令人闻风丧胆的虎狼之师,其统帅都不超过十六岁,以十到十三岁的少年居多。自古英雄出少年,我就想听你在洮南草原上的故事。"
常发叔喝酒摇头,"有啥好讲的,不就是刀啊枪啊,流血呀,尸骨呀,从那以后,我把师傅叫师父,再也不把流血死人当回事了。"
他始终没给我讲洮南的故事,这是我一生的遗憾。

常发是用一辆小车推着师父韩老吊走进大帅府的,才入正门,张作霖便从二进院的垂花小门楼里抢步奔出,两手端在胸前抖动,"回来了,可算回来了,妈了巴子的……"
他没理常发,径直握住韩老吊双肩,上下打量个没完,右手顺势滑落,抓起韩老吊右腿的空裤筒,抖了抖,憋出一句:"大哥!"
"在陶斯浩不小心赌掉了。"韩老吊淡淡一笑,"我两位老哥岁数大了,虎老压圈,命也赌上了。"
"知道,都知道了。哥啊,金盆洗手,回东平吧,都安排好了,教徒授业,给咱多养几个儿子,高兴了就送个把到兄弟这里挑喜欢的差事干。刘、姜两位哥的事你就更不用操心了,早一步就安排好了。"
张作霖给三位盟兄多少钱?没人知道。只知道韩老吊在张作霖的卫队营护送下回东平,迎接他的有三十多名精壮的青少年跪地喊师傅,十二名妙龄女郎万福称奴婢,更有平地而起一座大庄园和周围的一千五百亩水田。到了九一八事变后,金盆洗手的韩老吊又重出江湖,那已是后话。
送走韩老吊,张作霖回身抱起常发,只走几步便放下来大喊:"长了,长了,妈了巴子,抱着吃劲了!"
他侧脸肃容问:"常发,韩师父走前对你有什么交代?"
"他说,说大帅是我的再生父母,要我……"
"这个老哥,正事不说,胡咧咧!"

"师父从来不胡咧咧,我亲爹为五万大洋把我扔了,任人杀任人宰;大帅为救我张口就出五万赏钱……"

张作霖盯紧常发念念有词:"钱是身外物,得来无须费工夫……"

常发随口应道:"情需心中藏,千金不换日久长!"

"好孩子,你师父没白教你。"张作霖喜形于色,"我再考考你。'通天梁'是什么?"

"老大,大掌柜,大当家的。"

"保境安民十七誓,第一誓怎么说?"

"自入绺门,攻下城窑,看守财物,不可自存,如有盗取……五马分尸!"

"好,五不准第二条是什么?"

"不准进坐月子的屋……坐月子是谁呀?师父说问大帅就知道了。"

张作霖哈哈大笑,骂道:"这几个老哥,成心埋汰我一把。女人生孩子就叫坐月子,大老爷们儿能进吗?"

"为啥不能进?"

张作霖突然虎起脸,"师父没教你不许问为什么吗?"

"教了,五不准的第四条。"

"脑袋在这儿,"张作霖食指戳自己太阳穴上,另一只手抓住常发的手一握,"拳头在这儿。多问一声为什么,出拳就会晚三分,晚半分都可能卖了命!"

常发眼球转三转,用力点头,"大帅的脑袋就是常发的拳头。"

"哈哈,够聪明,这比骂'齐尼陶勒盖,米尼奥基哥'要进步多了。"张作霖扯起常发的手,"走,进屋再唠嗑。"

走进三进四合套院,常发忽然以"新军"士兵的姿态跑步向前,在正房中厅的台阶下立定敬礼,"报告师父,常发奉命来到!"

中厅门口两侧,站着张学成和张廷枢,立正回礼,然后向张作霖报告:"请大帅指示!"

张作霖右手轻拂,边往中厅走边说:"居家过日子,免了。"

正房中厅是"祖先堂",常发感觉像自家的佛爷屋。供桌上摆的不是大小铜佛,而是写了字的牌位,牌位前的柜子上有四盏金灿灿的佛爷灯,那灯火应该是长明不熄的。灯前八个佛爷碗,碗里盛有清水,水上漂着马兰花的花瓣。

张作霖点燃三根线香,香头燃起旺火,他没用嘴吹,而是从左向右摇灭。摇过九圈,插入香炉中。他在黄锦缎制成的蒲团上跪下来,张学成和张廷枢忙拉常发在他身后依次跪倒。

常发偷眼瞧他心目中的英雄:大帅一脸庄重又有几分诚惶诚恐,嘴角像胆小的麻雀一样朝后抽缩着念念有词。终于磕头起身,大声吩咐:"今后常发就是我的带枪侍卫,无论到任何地方,没有我的话,只许杀人,不许缴枪!"

常发用足力气挺胸敬礼,"是,大帅!"

张作霖引领常发认门认人地转一圈,将他的几位夫人和大小子女介绍一遍,回到二进四合套院的办公室落座。

"常发,洮南草原比你巴林草原怎么样?"

"邪乎多了。"

"师父没说我在那里剿匪作的诗?"

"我知道,蝇虻起兮云飞扬,安得大帅兮灭匪帮!"常发捋袖子卷裤腿,"没见过这厉害的牛虻,隔三层布都能咬住肉。"

"蚊子差点劲?"

"不差,十只蚊子一盘菜,日本鬼子都歇菜。"

"师父没少教你啊,蚊子有蜜蜂大,更厉害是狼群。甲午战争开始,我跟日本人对过十几阵,咱们一个营打不过人家一个班,可当年一小队的日本兵进了洮南草原,就生生被狼群给吃掉了!"张作霖唏嘘不已,重新望住常发,"你刘师父临终有什么交代没有?"

"他让我跟大帅学做人……"

"学什么?"

"有恩必报,有仇可饶。"

"有恩,自个儿就有责任回报;有仇,则要分清公私,有的可饶,有的决不能饶。"

"哎呀,杨先生来了!"常发叫一声。

"嘿,你怎么知道?"

"刘师父说,当土匪要想混下去,要练出狗鼻子马耳朵。"

"谁说当土匪?"张作霖起身让杨先生入座,然后自己才坐下,对常发正色道,"有人埋汰我是胡子,是土匪出身,我他妈拿过谁家一个扫帚疙瘩叫我下十八层地狱,变牛变马还人家。甲午之战我在朝鲜当兵,大清国那些当官的,见了日本人就逃,跑得泥泞坑子都冒烟。八国联军进北京,老佛爷拽着皇上逃到西南方,丢下咱老百姓任人宰割。没法子,这才有钱的出钱,有人的出人,成立大团,保护地面,这能叫土匪?"

杨先生不紧不慢地说:"管不好,约束不住才会变胡子,变土匪。"

张作霖看一眼杨先生,不便与他争,继续道:"日俄又在辽东半岛打起来,我夹在中间得骗就骗,得抢就抢;骗那些洋人,抢那些真正的土匪,目的就是武装自己,壮大自己个儿,保护地面,让老百姓吃上太平饭,天底下有这样的土匪吗?"

杨先生赔笑,"最不济也是条绿林好汉。"

张作霖吸燃烟袋锅,"这还差不离儿。"

常发想起什么,看着杨先生说:"姜师父临死还嘱咐我跟杨先生学识字。"

张作霖问:"都怎么说的?"

"说大帅跟杨先生学了三个月,所以比他们有出息。"

"我家里穷,念不起书,十三岁了,在窗外偷听杨先生教书。杨先生可怜我,送我纸笔教我书。学了三个月,够了。谁要卖我,我决不再替他数钱。"张作霖拍脑门,"哎,杨先生,那首诗的后两句怎么讲?就是,就是关河空锁……祖龙居,后面怎么讲?"

"坑灰未冷山东乱,刘项原来不读书。"

"对,刘邦、项羽不读书,不读书的都干大事,成吉思汗不读书,朱元璋不读书，努尔哈赤也不读书，但他们都识字，就是不读书。为啥呢？"张作霖望住杨先生，"书读得越多规矩越多，也就越没规矩，一根线的事也能被搅成一团麻……"

"入木三分！"杨先生击掌，连连点头，"秀才闹事十年不成。往前走怕丢命，往回缩怕丢脸，磨叽一千句理由，为的就是往回缩。比如袁绍，干大事则惜命，见小利则忘义……"

"妈了巴子，先生就是先生，贼毙了[1]！"张作霖起身吩咐，"廷枢、常发就住前院，没差事的时候再跟杨先生学识字，就这两天先陪我应酬应酬日本领事！"

"三叔，"张学成见常发去了前院，小声嘀咕，"带枪侍卫，头一份啊，给十岁的娃娃？"

"给你个棒槌你当什么？"

"当棒子……当槌子！"

"当你个大头鬼！"张作霖转身出屋，丢下淡淡一句，"只有常发能当针（真）。"

五月的奉天，早晨的空气像井水一样清凉爽心。天际五点钟开始泛鱼肚白，常发四点半就会在手腕脚腕绑好沙袋潜出大帅府。

他牢记了三位师父在洮南草原讲的话。

韩师父说："不要学那些花拳绣腿，没什么实战意义，最多不过强身健体少闹几场病。"

常发不服，"少林武当也是花拳绣腿？"

"上了戏台子，也许还有擂台，可能有点用，因为那是讲程式讲套路讲规则的，杀人可不讲这些。大庙里圈养的这些和尚道士，你比画来我比画去，那些架势到了战场上能有用？杀人要一击致命，永远是无招胜有招。"

---

[1] 贼毙了，东北方言，即棒极了，太好啦。

刘师父说:"你见过公鸡下蛋吗?所以谁下了蛋它都叫个没完,有人还真以为是它下的。母鸡天天下蛋,所以没人去叫去讲。我们过的是刀头舔血的日子,天天打打杀杀,见惯不怪。和尚道士要是过一天这种日子,那可比公鸡叫蛋还叫得欢,可有的吹了。不怕人骗人,就怕己骗己啊!"

姜师父说:"武艺武艺,乱世学武,盛世练艺。和尚道士吃百家饭,不管谁当皇帝都要去化缘,所以把武和艺搅和起来,不为打仗只为看。百姓们不懂,我们玩命的必须懂。"

在大帅府,常发住一进院的西耳房,虽是下人们住的地方,比较洮南草原已是天堂。他照师父讲的话练武,最大限度激活身体的潜能。

醒来便像马一样肃静警听,甚至能听到老鼠潜行之声;起身像狼一样摸索凝视,能在夜色中看清臭虫往床缝里爬;起床像猫一样轻足慢步,蹲到东耳房下分辨厨房里各种不同声响;又像狗一样将湿润的鼻头仰起,闻闻嗅嗅,于强烈的韭菜味中,又辨出菠菜、香菇、豆腐,甚至黄豆芽的味道。他前扑后翻,左纵右跳活动一下筋骨,却不曾惊动任何人,就连游动哨兵都揉揉眼还以为是困花了眼。继而身体一矮,像狐狸一样蹑足潜行,又像猴子一样上蹿下跳便翻出大帅府,变速跑步三千米……

门卫早已习惯,这位"带枪侍卫"夜夜睡大帅府,却天天清早从正门前那座七米高的大照壁上翻回帅府来,一脸得意,满嘴稚气问:"叔,清早看清我怎么混出大帅府的吗?"

"黄鼠狼钻狗洞呗,那还不容易。"

"土鳖吧,你才要钻呢,我是翻出去的!"

"那你现在给我们翻一个试试?"

大门两侧是石雕抱鼓石,上卧百兽之王。常发身形一晃,踩上弹簧一般,早已骑在石狮上,"看清了吗?今天我要跟大帅去赛马。"

"文化大革命"时,王再天罢官在家。曾对我自嘲:"社会架构是宝塔形，我本来是塔基上一块砖，硬放到塔尖上，不胜寒，现在终于回归底层了。"

我说："常发叔一直不肯当官，这次也被揪了。他说他是群众斗群众，三拳两脚打翻十几个红卫兵，扬长而去，没人敢拦敢抓。听说去了洮南草原，没有枪，别被狼吃了。"

王再天说："狗眼看人低，马眼看人高。常发有了马和狗，没枪也能在草原上称王。我当年逃出达王府，去投东北军，表演一套骑马术就被收下了。正值东北军买来一批生个子马，别人都驯不了，只有常发一天就把我驯马的本事全学走了……"

奉天的跑马场从来不会冷清。

第二次世界大战前，人类有八千年是与马和狗同步进化的。我的常发叔驰骋天下的年代，骏马已是绽放最后的辉煌。

那时，俄、日、英、美、法、德都在奉天设有领事馆，其总领事又都知马、恋马、养马，"跑马遛遛"变成了休闲的首选。

张作霖自小当过马倌，又当过医骡马的兽医，又入大清朝北洋军当过骑兵，与马的感情自不必说。前几天他与结义兄弟们谈马经，争红眼就开骂："妈了巴子，我没数过老婆底下有几根毛，可我数过我的白龙马，全身三十二亿六千六百六十六根毛，不信你们去数，少一根多一根这个大帅我都让给你们当！"

弟兄们忙不迭摆手，"认输认输，一秒钟数一根，一百年数不完，大帅永远是我们的大帅。"

只有一个不服气，就是冯德麟。他自认比张作霖出道早，还年长十岁，不但是绿林前辈，而且先受招安，先做到了统领，又做师长。袁大总统瞎了狗眼，叫张作霖做大帅，让自己为副帅，或称辅帅，这口气如何咽得下？便拒绝任职，率了马、步、炮五个营的大军声势煊赫地开进奉天。

张作霖识时务，使出软招。先登门拜访，低三下四；再送钱送粮，外加古董雏妓。等这位自视甚高的三哥气消了，才开始掰扯正题。

"你也甭给我拉近乎。拿嘴掰扯肯定争红脸，既然都不愿伤兄弟感情，那就'跑马定帅'。咱一赌由命，合你的性子也顺我的心。"

张作霖父亲就是欠赌债被人打死的，他自己三岁玩色子，十三岁才学认字，如果拒不敢赌，那就是不认祖宗了。

"赌！"常发早耐不住，抢上前道，"冯帅，挑你十个最好的骑手来赌，有一个能赢我，大帅就是你的。"

"混蛋！"张作霖急了。他与冯德麟赌过多次，十赌九输还能不丢帅？"妈了巴子，蹬鼻子上脸的，啥时候轮到你来扒瞎，跟杨先生念书去！"

"老七，这就是你不对了。一个书僮都敢蹦出来，你个老江湖连招架的勇气也没有？"冯德麟欣赏地朝常发笑，以为是张家新收的书僮。

"大帅约好五月二十二日跟天照大神那帮棒槌赌，那就二十四号跟冯帅赌吧？"常发机敏灵气地看看冯德麟又瞧瞧张作霖，"行吗？"

"好吧好吧，"张作霖豁然心亮，脸上却表现出不得已似的勉强，"话讲到这份儿上，我也只能招架一下三哥了，就二十四号赌！"

张作霖明白，常发赌赢日本人，当然能赌赢冯德麟，如果赌不赢日本人，想变卦随时都能找个借口。

自从日本总领事将常发送回大帅府，常发已经跟随张作霖三次登门拜访日本总领事。三次拜访，三次交谈，有些话常发虽然不全明白，但感觉是不舒服。

第一次拜访，张作霖说："目前东三省的兵马实权在本人掌握之中，日本国如对本人有所指令，本人自必奋力效命。"

第二次拜访又说："日本国在南满享有特权，乃属当然，毫不为过。望总领事将我的意思转达日本政府。"

第三次更进一步表示："倘若日本对于本人及东三省人民尚有关切之情，则本人率众归依，并非难事。"

这三次表态史书都有记载，常发虽然不能全懂，但敏感不是什么好话，也许是大帅说话的神情语气不像在帅府里那么豪放霸气？常发难过地问："大帅，你见了那个小矮子怎么像……，像变了一个人似的？"

"像孙子不像爷爷了，对吧？"张作霖停有片刻，叹口气，"唉，再过十年你就懂了。谁不想当爷，谁愿意当孙子？"他心事重重地仰望天空，忽然张开双臂，用力地扇动一下，"翅膀还没长硬啊！"

比较张作霖而言，那个长得像侏儒似的日本总领事，却真够霸气张扬，张嘴闭嘴"天照大神"，两条短臂拼命扯开叫喊："开万里波涛，布皇威于四方！"

常发回到帅府问杨先生："天照大神是哪路神仙啊？"

杨先生说："土行孙，姜子牙封的神。"

"土行孙不在土里，怎么跑到海上去了？"

"因为他有个后代叫明治天皇，他发现海洋比陆地大得多。"

"明治……他很聪明？"

"他很厉害，他想夺取朝鲜，进攻满洲，占领台湾，征服中国，最后称霸全世界。"

生来就崇拜英雄的常发居然叹服一声："真牛逼啊！"

跑马场北边有几排简易看台，上面的观众土洋结合。洋人又分东洋西洋，西洋人好辨认，东洋人难辨认，与中国人相比没有更多特征……不，男的几乎超不过一米六。

张作霖率他的一帮弟兄们入场时，看台上表现出从未有过的热烈，欢呼、飞吻、尖叫乱成一团。张作霖春风得意，频频挥手，却发现那热烈不是朝向自己，而是冲着身后那位不及马高的"带枪侍卫"。

几十年后常发叔对我说：一切都拜大帅所赐。

因为各个领事馆的先生小姐们都想一睹五万大洋买回的是个什么宝贝，所以曾轮流将他接了去。

常发也真争气，与猴子赌上蹿下跳，与猫赌捉鸡捉鼠，与狗赌辨味识物……最有乐趣的是"摸瞎呼"，日本总领事的太太叫"躲猫猫"。在领事馆的地毯上给常发蒙住眼,夫人小姐们蹑手蹑脚在地毯上走,常发居然一扑一个准,根本不用乱摸。夫人小姐们激动地把这个小活宝抱起来拼命往胸前挤压,一定要过足瘾才肯松手,这就给我的常发叔日后犯生活错误埋下了伏笔。

张作霖与冯德麟赛马十赌九输,与日本人赌可是十赌十输。常发居然选了常败将军张作相的马,训练三天就拉上赛场。

虽然是中日之战,友情参赛的西洋人也不少,十几匹马排成一道斜线,常发却站在骑手们后方三丈远,而且身边没有马——他的马被师父张廷枢牵着,站在更远的跑马场的栏杆外。

张廷枢只比常发大三岁,正是贪玩的年龄。他教常发军事知识,也向常发学些"旁门左道",旁门左道往往比名门正派有趣得多。

发令枪响,赛马脱缰。

常发弯腰将两根手指朝嘴巴里一插,呼哨响彻云霄。张廷枢激动地朝圆滚滚的马屁股上拍一掌,松开马缰。那匹高傲的三河马越过栏杆,闪电一般朝常发冲来。距离十米远时,常发凌空跃起,恰好落在飞驰的马背上,直追三十米开外的马队。

观众席上喊声连天。一圈刚跑完,常发的马已追上头马。第二圈跑完,他已领先所有赛手……离终点还剩二百米时,他直起身来向后飞旋一百八十度,居然倒骑马背,冲着远处的骑手们摇臂呐喊:"加油啊,狼来了!"

喊声未落,他已冲过终点线。

怪事发生了。常发挽住马缰,朝天伸长脖子,忽然发出凌厉一声嗥。东三省的人们都熟悉这悠长瘆人的声音,那是真正的狼嗥,而且是狼在捕猎前向同伴发出的呼唤声。

临近终点的赛马立刻炸了群,嘶鸣着,或人立而起停下脚,或急转冲刺,跳过栏杆落荒而逃,更有把握不住平衡滚翻在地的,竟没有一匹能冲过终点。

"妈了巴子,神了!"张作霖狠拍大腿喊道,"三哥,后天可该你……"

他的话没讲完，坐在他身边的冯德麟不知何时已溜走了。

"告诉我，怎么回事？"张作霖抓住常发问，"那匹马连驴都追不上，怎么到你屁股下边就飞起来了？"

"张将军是金刚我是飞燕。"

"啥意思？"

"草原上赛马，骑手都是五六岁娃娃，再大就跑不赢了。"常发解释，"你们骑技再好，臭皮囊子有一百多二百斤重，日本天照大神两个垒起来都比不上你们一个金刚重，你们怎么能跑赢？没把马累死就不错了。"

"这么简单的道理哟——"张作霖照自己脑门抽一巴掌，"妈了个巴子的臭皮囊！"

第一届全国政协会议召开时，我还在张家口上幼儿园。有个阿姨叫李香玉，后来嫁给一位省委组织部部长。

李阿姨是朝鲜族，大家都叫她公主。她不但舞跳得好，而且会讲故事，总是拖着长长的声调说："从前啊，你那个常发叔刚过十岁，跟小日本赛马，替张大帅赢回一千大洋。一千大洋是多少呢？一、一、一二一，香蕉苹果大鸭梨。一千大洋可以让咱幼儿园的小朋友天天吃香蕉苹果大鸭梨，一直吃到八十岁……"

于是，常发叔成了我们所有小朋友心目中最了不起的大英雄。

张作霖赛马赢回一千大洋，日本总领事让他请客，他在郊外请各国领事们来野炊。

这顿饭，张作霖和日本总领事各自有各自的打算。

张作霖想的是解决掉两个人，一个是冯德麟，另一个叫巴布扎布。

冯德麟好办，用张作霖自己的话讲，"自己人打自己人"，拜过把子的兄弟，讲好"不能同生，但愿同死"，谁当东北王也得给对方一口饭吃。

巴布扎布则不然，他要搞"满蒙独立"，张作霖就是他最大障碍，从洮南剿灭满蒙巨匪开始，张作霖便是"满蒙独立"的头号敌人。

日本总领事的想法明确：满洲是日本的生命线，需先找代理人，要特权，要驻兵，再移民，再占领。冯德麟投靠日本早，但气量小，没头脑，成不了气候。巴布扎布更是一群乌合之众，离开日本人一天也活不下去。只有张作霖起自布衣，没背景没基础，一刀一枪自己杀出来的，这种人才能一统东北。日本只要控制了张作霖，兵不血刃就能控制整个东北。

麻烦的是日本朝野意见不尽相同，尤其是那个日本浪人川岛浪速，他说张作霖不是木偶，是块大石头。抬举巴布扎布可以演木偶戏，抬举张作霖只会砸自己的脚。川岛浪速第一次搞"满蒙独立"就被张作霖灭掉了。日本总领事希望调和两人之间矛盾，便找借口让张作霖请客，他约了川岛浪速一同参加。

第三章

　　北树林的林间空地上堆起松木榆木柴，那是野炊的中心，四周备下许多就餐点。下人们根据风向，在东边上风头摆下两张大八仙桌和两张榻榻米，那是为张作霖及各国总领事准备的。

　　张作霖和他几位结义兄弟先到，没去上风头八仙桌旁坐，那里下人们在忙乱。他们在下风头蹲成一圈，像绿林好汉一样，长烟袋锅从一个人嘴里传到另一个人嘴里，褐红的嘴唇吧嗒吧嗒作响，不时有人咳一嗓子，转头将痰用力啐在草地上。

　　张作霖身后不远有棵松树，树下拴着一头奶牛。奶牛似乎想听听这位绿林出身的大帅在与弟兄们商议什么，把皱纹密布的脖子扭过来，脖子下的赘肉摆动着，嘴巴不识闲儿地嚼个没完。这是为俄国和法国总领事准备的，想喝奶随时可以挤。

　　"什么是外交？外交就是一只手握枪，一只手碰酒杯。你们叫我大帅，北满还没握到我手里，说我张作霖有野心，我野谁了？野了大清国。西太后单是给八国联军的赔款就够咱每口子人拿一两银子，我野她不行吗？我支持大清，我又反清支持共和，为的就是要枪要钱武装自己。我拥护袁大头当皇上，又反对他称帝，也是为了要枪要钱武装自己，壮大势力。西太后头上不比爷多只耳朵，袁大头裤裆里也不比爷多一个蛋，枪杆子不认贵贱，绺子做大了就是官。在座兄弟现在不是官吗？我眼下就想当总督，把奉天的督军让给你们当，吉林、黑龙江的督军，都该着你们来当。"张作霖狠狠吐口痰，将半尺长烟杆依次点过弟兄们的头，"今天脑袋瓜里都要明白一件事：对日本开发满蒙一事，都要抱欢迎态度，但有个条件——日本国要支持我老张当东三省的总督！"

"日本人胃口大着呢，他们百十万口子都急着要来闯关东。"老二吴俊生摇头。

"我老七没有别的能耐，替国家守住这点土地还敢自信。答应日本人是一回事，他拿走拿不走是另一回事。咱绿林出身的不像西太后，咱有血性，让子孙后代挨骂抬不起头的事决不能干。"张作霖站起身，拍拍蹲麻的腿，"我要了东北要华北，我还想把这个国家统治好！给日本人？叫爹叫娘都可以，娶了媳妇我就踹了他！"

"张大帅又要踹哪个呀？"

听声音张作霖便知道是俄大鼻子，赶忙转身作揖，迎上去："踹我三哥冯德麟行不行？讲好赌马定帅，屁也没放一个就跑回北镇去了，几次请他来奉天办公就是请不动。"

"他怕你杯酒释兵权。"俄国总领事熟知中国历史，拍拍后腰，"大帅踹一脚可是够人疼一辈子的。"

日俄战争期间，张作霖先支持俄国，后又踹开俄国支持日本，从中"得抢就抢，得骗就骗，就为武装自己"。对于俄大鼻子的揭短，张作霖甚至有些得意，"你们东洋打西洋，打出个长春为界，北满是你俄国的了，南满东洋占了，我能踹动你们谁呀？我他妈只要还有三寸器在，就知道我还是个男人，给奶喝我才喊娘，没饭吃老子就造反！"

俄国人恨张作霖，更恨冯德麟。张作霖两边倒，跟日本人更近；冯德麟是老牌亲日派，闹义和团时就与俄国人对抗，被沙俄放逐库页岛，两年后逃出来，便一头扎进日本人怀抱。

"大帅想喝什么奶？我给你挤。"俄国总领事朝奶牛走去。

"后天我想借你三辆马车。"张作霖手指远处停放的豪华马车，笑得蹊跷。如果总领事知道借马车是为了迎接日本天皇之叔闲院宫载仁亲王，非气得吐血不成。

"这不成问题，送你都可以。"总领事正要去摸奶牛胀鼓的乳房，奶牛却惊慌地朝后闪避，并低头摆出进攻的姿势。

原来是日本人尘土飞扬地闯过来，男人骑马，女人乘马车，永远是耀武扬威的架势。

"七太郎，我可照你的吩咐都做了安排。"

张作霖在结义兄弟中排老七，日本总领事叫矢田七太郎。太郎是"长子""老大"之意。日本总领事曾学中国人习惯叫张作霖"七哥"，张作霖很聪明地回叫他"七太郎"，由此便奠定了两人之间的关系和友谊。

"七哥，我带了日本料理来，还给你带来个朋友……"日本总领事话没讲完，胯下马忽然嘶鸣着连连捯腿，又打个立桩，若不是骑技好，七太郎非得落马不可。

三骑马从日本车马旁驰过，停在张作霖和七太郎面前，是张廷枢、张学成和常发师徒三人。

"三叔，荤肉！"张学成把手里拎的打狼棒子举在面前掂一掂，不轻不重砸在马鞍后捆着的野兽身上，那是条被打爆脑袋的大灰狼。

张作霖总是将牛羊一类草食动物叫素肉，将食肉动物叫荤肉。

"棒子打的？"一位穿木屐的瘦削硬朗的日本人查看体温尚存的狼尸问。

"一棒子的事。"

"少将军够剽悍。"

"又不是老虎，还值得我动手？"张学成带棱带角的脸孔上浮起一层傲气，将头大尾小的打狼棒朝张廷枢和常发一指，"我师弟和徒弟干的。"

大家这才看清，张廷枢的马鞍前也搭了一条狼尸。日本车队里的马似乎很厌恶那条草原上的猛兽，喷着响鼻朝后闪避。

"浪人川岛，故宫监督。"日本总领事介绍那位穿木屐挎洋刀的日本人，"你可别小瞧他，八国联军进北京，烧了圆明园，又想烧毁紫禁城，幸亏被他劝止了。他与大清国肃亲王是磕过头的结拜兄弟，还是亲王的警政顾问……"

"如雷贯耳。"张作霖用手势打住日本总领事，"关东总督多次介绍，宗社党和勤王复国军背靠的就是川岛浪速先生。"

"张大帅当年杀张榕，不动声色，连毙三凶，誓死保皇；后又通电全国，说东三省与内地各省不同，说大帅你要'以区区微忠，尽瘁朝廷'。为什么说变就变，现在四处追捕宗社党，剿杀复国军？"

说话间，川岛浪速与张作霖的目光相遇，撞出一串火花。

"没错，都是我老张干的！我他妈无所谓共和还是保皇，谁顺应潮流，谁对我有利，我就顺应谁。干保皇，我就杀了张榕抄了他家；干共和，我就说没抄他家，是借的，现在可以加倍还。你说抄家我就不给钱，你承认是借的我就加倍还。辫帅与我是儿女亲家，他要保皇，我未必跟他走。你日本国也一样，你保我当总督，我保你满洲的利益，难不成你要搬掉我，我还往你怀里扎？"

"好了好了，叫你来是做客交友，不是让你露丑！"日本总领事把川岛搡一边，拉着张作霖走开，小声说："大帅对日本国的友善，我和后藤外相、军部参谋次长田中都有一致看法，全力支持大帅为东北总督。川岛所作所为极为不妥，当局将加以制止。"

靠了这句"吹风"，张作霖顿时腰杆硬起来。两个月后，解散宗社党，杀死川岛浪速的儿女亲家巴布扎布，剿灭勤王复国军……这已是后话。眼下的形势是川岛根本不屑什么日本政府，他在军界的朋友，甚至连日本首相都敢杀，为的是让年轻军人组成真正的军政府。

氤氲的林间空地上燃起三堆火。

第一堆火上烧的是茶，大茶壶能装一桶半水，犄角状的茶哨呜呜作响，守在那里服务的姑娘都穿了红红的裤子绿绿的袄，典型的东北农村打扮。第二堆火的上方架着木杆，杆上串着剥了皮的狼，吃荤肉的军汉和日本浪人围在那里兴奋地喊着什么。第三堆火燃在石块垒起的大灶里，石灶上架起澡盆大的铁锅，里面能装三桶水，正在熬高粱米羊肉粥。

三堆火中间是八仙桌和榻榻米。气氛热烈转激烈的是第一张榻榻米上的客人，因为坐在主位上的是川岛浪速。

"常发，把你的右手给我。"川岛入席前，拔刀割下一块狼皮，晃到常发面前。

"昨天大帅刚用狼肉给我擦过指头。"常发将右手背到身后，"你割肉的狼是我打来的第二只狼。"

草原上的少年儿童第一次出猎，家长要用猎物的肉替他涂抹中指。

"他擦抹的没用，越抹越没出息。我抹过就不一样了，你会成为中国的大侠。"

"为什么？"

"我是日本浪人，也是大清国的顾问，官居二品，你的大帅那时没品没级。懂浪人吗？国士，义侠。懂吗？武士，英雄，大男人！"

"大帅也是武士，英雄，大男人。"

"没有我们日本人支持，他就是个屁！"

"妈了个巴子，你才是狗屁一个！"张作霖早就留意着这位不速之客，他跟日本人打交道不乏经验，恰到火候地避开浪人，冲日本总领事发作，"七太郎，人要脸树要皮。面子是人给的，事儿是自己做的。今天请客是你说的，客人也是你带来的，真要擦枪走了火，你他妈别怪我！"

矢田七太郎早已虎起两眼，用日语冲着川岛一阵咆哮，常发只听懂两个字："八嘎。"

川岛浪速一副不理不睬的神气，大声问常发："小英雄，听说你是五万大洋买来的,敢上我的榻榻米吗?"

"怕他个屁!常发,今晚你就上他的榻榻米。一身哈喇味儿[1]还自己不觉得。"张作霖朝坐自己身边的杨景镇道,"杨先生,麻烦你也坐过去,给常发讲讲什么是浪人,丧家犬!"

张作霖最后三个字是从牙缝里咬出来的,既狠又低沉,川岛不在身边听不到。他起身四望,把汤玉麟召来:"四哥,那桌就交给你了,我穿鞋的不愿搭理这些光脚的货!"

"吆西!"日本总领事扭扭腰又竖竖大拇指,舒缓一下气氛。他知道汤玉麟养着几个日本浪人替他生产并贩卖烟土,与川岛浪速交往自然最合适不过。

"学成,你也跟我上榻榻米。"深知川岛浪速为人的汤玉麟带着张学成脱鞋上榻榻米,很客气地将主位让给川岛浪速。

"这是我的助手木村君。"川岛在炕桌旁跪坐,介绍自己的随员,"那是我的女儿川岛芳子。"

"她原本是善耆的女儿。"杨景镇说。

"张作霖绑回常发那一年,肃亲王将他的女儿过继给我。"川岛浪速变得像个读书人,慢条斯理地介绍,"你们看看常发和芳子,班儿对班儿[2]的俩孩子……"

"芳子好像已经许给巴布扎布的儿子了?"

川岛瞄一眼杨景镇,没发火,反而一笑,"溥仪没有请你去当帝师,真可惜了。那位是我女儿的闺友,李香玉。细论起来,她和李垠是没出五服的兄妹。"

"李垠?纯宗皇太子,在日本也被称为殿下的大韩皇太子?"

川岛高傲地点点头。

"哎呀,难怪你能保持国姓!"杨景镇朝着李香玉啧啧有声,"姑娘,

---

1 哈喇味儿,油脂性食物发霉后产生的气味。
2 班儿对班儿,年岁面貌气质相配之人。

41

你知道吗？日本吞并朝鲜后，勒令朝鲜人全部改用日本姓氏，使日本语言文字，朝鲜皇族是唯一允许保留朝鲜姓氏的家族，但所有子女也都必须送去日本接受……教育。"杨景镇差点说出"奴化教育"，忙端酒杯举在面前，话里有话，"我应该称翁主还是郡主还是……"

"您就叫我香玉好了。"

"香玉，看姑娘秀咪的，你可关系着一国一族的血脉啊。我敬你。"

"慢着。"川岛拦住道，"先敬天地后敬人，草原上的规矩和我们大日本帝国一样，这第一杯酒敬我们共同的天照大神……"

"哎，这就不对了。"杨景镇斯文地解释，"日本国口口相传的天照大神并无文字为凭，中国有文字记载的夏禹商汤可是比天照大神早了一千多年不止……"

"千年的王八万年的龟，我们敬各自心中的神。"川岛气色有变，连干三杯清酒，"公元前六百六十年，天照大神的子孙神武天皇一统大日本国……"

"哎，川岛先生，看得出您文才武略，知识渊博。武王伐纣比神武天皇早了五百年，就说东周列国开始无义之战吧，也早过神武一百多年，要说敬酒——"

"神武立国，从此天皇万世一系，传至今日，未曾断过血脉。你中国五百年有王者兴也罢，十几年有王者崩也罢，不过是一群过河之鲫，变不成龙，真正奉天承运的神在日本！"

"其实这个话题关系了神权、皇权还是民权。这样吧，我敬神武天皇三杯酒，你听常发讲个神的故事？"

杨景镇连干三杯，川岛浪速一口气干掉九杯，以示对神武天皇态度的区别。他的脸红上来，高声大气冲常发说："讲！"

常发望着杨景镇，像小学生背课文一样："话说土行孙虽然身体矮小，却会钻地，能日行八百里。他与成汤大元帅邓九公的女儿邓婵玉相爱成亲，后来又双双战死，被姜子牙在封神榜里封为土府星神和六合星神。这对神仙眷侣听说海外有仙山，风景如画，叫本州、九州、四国，就去游玩，这一玩就舍不得离开了，生儿育女，子孙繁衍到今天……"

川岛双唇抿紧，两道黑眉毛像毛毛虫一样朝中间爬过来，正犹豫该不该为这个故事发作，汤玉麟早举了一大碗清酒抢过来，"市井之作，老百姓胡咧咧，先生不必介意，更不值得发火。咱喝酒，我敬天照大神和神武天皇，为表诚意我用大碗！"

说罢，咕咚，咕咚，咕咚！三声响过，碗底朝天。

像那个时代的所有日本人一样，提起天照大神和天皇，川岛不敢怠慢，也换成大碗，干完一碗又去倒第二碗。

"慢着。"汤玉麟拦住川岛，"杨先生多有不敬之处，那是拳头上输了就嘴上找便宜。我敬天照大神与先生心情是一样的，所以只能一碗对一碗，先生不许比我多喝。"

"吆西！"川岛一脸灿然，红光焕发，"将军实在，中国人拳头上输了就嘴上找便宜。讲得好，深刻！我敬将军。芳子，香玉，你们用小杯，我用大碗，咱们一起敬！"

芳子不失豪气地将酒杯举向常发，"满蒙一家，血脉相通，常发安达[1]，你敢参加吗？"

"小孩子不许喝酒，你们两个喝奶茶。"

杨景镇按住常发肩头，常发的目光却与川岛芳子两眼相遇，像浇过油的干柴受到火种的撩拨，轰地燃起冲天火焰。常发哪里按捺得住？沉肩滑步，脱离杨景镇的掌控，早抓起一只大碗，"男子汉大丈夫，喝就喝大碗！"

秀咪十分的李香玉也朝张学成举杯，"少将军，你参加吗？"

张学成从坐到炕桌旁目光便不曾离开李香玉，他兴奋地跳起身，一连声叫："拿碗来，要大海碗！"

榻榻米上顿时热浪翻腾。

川岛浪速像多数日本浪人一样，喜欢闹酒。能喝二三斤，却开得了

---

[1] 安达，蒙语指兄弟、盟友。

头,收不住尾,最后总要惹是生非,甚至闹出人命。汤玉麟对此再熟悉不过,酒过三巡,忙打住,"停,歇口气。川岛先生,我们堪称贵族聚会,不是什么啸聚绿林。喝酒应该载歌载舞,该着川岛先生带个头吧?"

"吆西!我唱段京剧再舞一套太极剑,看哪位行家给我挑挑刺儿。"

川岛并没醉,也不会醉。他来赴会,一是让助手认准张作霖,得下手就不要空手,二是结识常发和张学成,他坚信这两个少年对于日本将来占领满洲具有特殊之意义。他早已查明常发和张学成的底细。比如带芳子和香玉来,就是为了少男少女捉双成对。张学成是京剧票友,每日早晚必练一套太极剑,这两样都是川岛的强项,正适合"投其所好,结为知音"。

却不料好意遭遇张学成的激烈反对,"不要,不听你的京剧!谁听你们这些老嗓,不听!"张学成朝川岛用力挥手。在酒精的作用下,他兴奋得像解开了铁链、流着馋涎的细狗[1],转身望住芳子和香玉,"我要看看扇子舞,我陪她俩跳!"

川岛两眼放光,不以为忤,反而大喜,用结巴的口吻喊:"听到了吗?照少将军的命令做,你们表演扇子舞,我来回报太极剑。"

"不要!什么他妈的太极剑,最多不过是活动筋骨。"张学成瞪着川岛喊出酒劲,"古今中外,我知道的大小千百战,从青铜剑到日本军刀,有哪一仗哪一个兵是耍什么太极剑?只能在街头上耍枪弄剑为的是骗老百姓买膏药。当兵的玩什么武当少林?纯他妈是玩命!"

川岛鼓掌,仰天吼一嗓子,继而面朝各国领事喊:"太精彩了,帅才!中国人如果都明白这个道理,就不会拿着鸡蛋当金钟罩往石头上撞了,我敢说今天的少将军就是东三省明天的大帅!"

几十年后,常发叔对我讲,张作霖身边一直有日本军人做顾问,对张学成影响很大。他自小受《三侠五义》之类武侠小说的影响,曾经对

---

[1] 细狗,凶悍的猎犬,比看家的笨狗细瘦精悍。

"功夫"很迷信，练有十年，前后跟许多日本人比试，几乎都是一招就被"砍杀"或"刺死"，再加上国运如人运，连亡国的朝鲜人也轻蔑地称中国人是"支那猴子"，他便从一个极端走向另一个极端：只要是祖宗留下来的，都是耍猴的把戏，没一样好东西。

张学成表演完日本军刀的搏击动作，川岛叫他助手点燃了篝火。八仙桌和榻榻米上的客人都围拢过去，只有俄国总领事和张作霖伏在桌上打鼾。

"大帅，你没事吧？"汤玉麟伏下身问。

"局面要掌控好，川岛不是省油的灯。"张作霖伏案不动，小声吩咐。

"明白。"汤玉麟知道张作霖的海量，回篝火旁大喊："大帅整多了，他这一睡大家就可以解放了。"

"两个没脑子的酒鬼！"日本总领事得意地说，"都夸自己的酒好，那就喝自己带的酒吧。我用清酒拼他们的二锅头和伏特加，他们能不倒吗？哈哈！"

杨景镇抓住被酒精烧野的常发，"我看你醉没醉，说，什么叫外交？"

"一手握枪，一手碰酒杯。"

"替大帅碰酒杯的有汤将军和少将军，替大帅握枪的是你和我！"

"先生也会玩枪？"

"你玩手枪，我玩唇枪，叫唇枪舌剑。"杨景镇压低声音，"不要忘了洮南草原生死瞬间。你看那个木村，滴酒不沾，想干啥？大帅没醉，他伏在桌上肃静警听，听你们每个人的表现呢！"

"我守到大帅身边去。"

"不用，你只要不再喝酒就好。三分醉的人比不喝酒的人更机敏灵气，那些真醉的人怎么闹你就怎么闹，就是装醉。脑子里绷紧一根筋就千杯不倒，松懈这根筋三杯就倒。去吧，注意听他们说什么。"

一阵悠扬的弦乐声钻出芳草地，一轮明月半悬树梢，有谁敲响玉磬似的脆音，响过三声，川岛芳子侧身缓慢地横步舞进圈子里。她不知何时换上了常发熟悉的蒙古袍，头上顶了一串碗，两臂像天鹅翅膀一样舞动，两手各捏两只喝清酒的小瓷盅，肩膀随着每一次拔步而扭动，同时敲击出清脆的玉音。当她舞近篝火时，仿佛被烫了一般，猛然捌步，酒盅清脆一响，头向常发这边甩过来，那眼神令常发心房大跳一下，终生再也不忘。

  从七勃里阔步走来，
  从八勃里大步奔来，
  奔腾咆哮的成吉思汗哎，
  天下的女人都等着你爱……

川岛浪速居然会唱蒙古长调！

川岛芳子像小人书里那位"吴带当风"的漂亮仙女一样，旋风般围着篝火转，衣裙飘飘，手中的酒盅挑逗地朝着人圈连连招惹。

李香玉下场了。

张学成下场了。

人们变得狂荡不羁，大吼大叫着拥入圈子。

"常发，你的身上流淌着孛儿帖赤那高贵的血液。从前看去，像吉雅其[1]把草原保佑；从后望过，比古诺干[2]更凶猛。东北是满蒙的发祥地，你们的祖先都是从东北向西南，征服，征服，再征服……"

常发一如中了古老的妖法，两根手指朝嘴巴里插入，刺穿耳膜的一声呼哨，两只脚踢踏着冲入场子，跟在师父张学成身后，扭肩甩胯，跺起没膝的飞尘，让体内那股新鲜勃发的野性和激情尽兴发泄出来。

川岛更兴奋，大碗喝酒，大声吼唱：

---

1 吉雅其，蒙古族传说中的勇士、英雄。
2 古诺干，蒙古族传说中的勇士、英雄。

> 于战争之日，敢饮强敌鲜血；
> 于相接之时，敢咬虏肉为粮！
> 掠来他们的女人同床欢娱啊，
> 用我沾血的手去抚摸她们的白屁股，
> 用我福气的胡子扎破她们的嫩肚皮……

"川岛先生，"杨景镇叫停道，"你醉了，别在这儿吼了。蒙古大军不但西征，而且三次东征，不记得了？要不是刮台风，小小日本的女人早被蒙古大军抓光了。"

"八嘎！"木村在川岛身后骂。

"如果没醉，那你说说，为啥日本人的个子都这么矮小？"

"你不是编出个土行孙的故事吗？"川岛果然没有醉糊涂，"你可以逞口舌之利。有一种人永远是赢家，你把他打得满地找牙，他只要喊几声'儿子打老子了'，他就胜利了，他就心满意足地回家做梦去了。"

据说川岛将他这个看法带回日本，传到仙台的藤野先生耳中，具有民族友好思想的藤野善意地讲给弃医从文的鲁迅先生，希望他唤醒麻木的国人。鲁迅便写了《阿Q正传》，鞭挞国人的"精神胜利法"。

川岛的说法也刺痛了杨景镇的心，他自省片刻才缓缓说道："日本民族是善于学习的民族。中国在唐朝很强盛，日本派了许多贵族子弟和僧侣来中国学习，其中就有风靡大唐的佛法：不杀生，不吃肉。公元八世纪，日本天皇受佛家理论影响正式下诏书，禁止日本人吃肉，这一禁就禁了七百年，造成整个社会营养不良，所以身高受了影响。"

轮到川岛沉默了。他不知这话有几分真，几分假。

"西方列强的炮舰开进日本，水兵索要牛肉，日本幕府断然拒绝：牛为主人辛劳一生，人不能忘恩负义吃它的肉，这就叫仁。到了明治维新，为了提高国民身体素质，天皇带头吃牛肉，这仍然算仁，若是好勇斗狠去奴役别国民族，那就……"

"不用说了。"川岛阻止道，"勇者胜，仁者败，金灭北宋，蒙古灭南宋,大清灭明朝,都是遵从这条道理!满蒙能在中国当皇帝,日本为啥就不能?"

"高粱米粥!"身后忽然传来张作霖大梦初醒的呼喊,"高粱米粥熟了吗?"

"熟了熟了。"吴俊生亲自从咕嘟冒泡的大铁锅里盛来一碗粥,"大帅好睡,足有两个时辰!"

"梦见我率兵从唐朝的长安城杀到大清国的北京城,刚想乐,一家伙醒了,妈了巴子,原来是场黄粱美梦,还是喝粥实在。"

川岛毫不客气地盯紧张作霖,走到他身边:"醒了就好,我代表关东总督正式向你提出要求:为保护日本侨民,我们决定在东北各地派驻日本警察。"

"杨先生,这个理由行得通吗?"张作霖吸溜着喝粥,似乎不经意地问。

"警察有关一国之主权,这是无理要求。"杨景镇回答。

"噢,明白了。警权之作用,属于内务行政之全体,国权所系,岂容觊觎?"张作霖朝川岛不屑地翻一下眼皮,"浪人,对不起了。"

川岛咬咬牙,"那么派遣日本军事顾问呢?我们已经知会你三次,为防止发生矛盾冲突,只在大帅府派顾问是不行的,各部队都要派!"

"派顾问有关军事之秘密,你浪人代表不了吧?必须是我与关东总督进行严正之交涉,比如我们是不是也应向关东军各部队派遣顾问呢?"

"中国举一国之力,不够日本随便派支部队来打,三拳两脚也就趴在地上磕头赔款了,难道张督军想凭奉天一省之力与关东军试试拳脚?"

"哈哈,七太郎!"张作霖喊不远处的日本总领事,"日本在国际上也算有头有脸的大国吧?这外交居然找不出使者了?如果我没记错,浪人不就是镰仓幕府时代破了产的贵族,被主人遗弃的武士嘛!到市井上打架斗殴、惹是生非可以,怎么能跑到上流社会来胡咧咧……"

"八嘎!"木村不知何时已经站到张作霖侧后,骂声中右手已然拔刀,却不等刀出鞘便"哎哟"一声撒了手。

"木村先生，武士不该有小动作。"常发手里居然有了一长一短两把佩刀，捧给木村，"请收好。"

日本武士的佩刀有两把，长刀称太刀，短刀叫肋差；长刀对敌，短刀剖腹自裁，叫不成功则成仁。出门时插在左侧腰带里，为了方便右手拔刀。如果从腰带里解刀，刀鞘应提在右手，表示不会拔刀；若用左手提刀鞘，则右手随时可以拔刀，就是非礼之状。常发的目光时刻随木村转，在他出刀的瞬间，一拳击在他胳膊肘下的麻筋上，木村右臂立刻火辣辣地瘫软了。

"哈哈，想要我这个臭皮囊？现在就可以拿去。我生生死死，滚滚爬爬多少次了？我今天卖你一条右腿你敢不敢砍？不敢你是婊子养的，敢了你就想想你该怎么办！"

"都什么年代了，还拿刀吓唬人？"常发不动声色，却出枪如电，枪口一下子捅在木村的隐私处。

"他妈了巴子，我张作霖不是西太后也不是肃王爷，扒皮点天灯，大卸八块，挖心掏肝，凭你自便，我眨一下眼不是人养的。"张作霖缓缓站起身，脸对脸盯住川岛，"你是流氓我就是刘邦，你是土匪我就是朱元璋！但我是个讲理的人，你的做法不是贵族行为，更叫绿林人物谈为笑柄，哪个都得笑掉大牙。"

"猪！"日本总领事只对川岛喊了一个字。

"各位自便，各位继续，一点小插曲叫各位见笑。"张作霖半是玩笑半认真地向各国朋友招呼，"我是个粗人，少教养。说好听，一介武夫；说难听，一个屠夫。要说心里话，妈了巴子，我就是刘邦我怕谁？"

常发叔晚年喊过一嗓子英语：

Oh, Robinhood of China.

他曾经告诉我，一生只学会这么一句英语，就是那天晚上英国总领事的夫人大惊小怪朝张作霖叫喊："噢，中国的罗宾汉！"

第四章

"学铭,你嘴巴漏了?白花花的大米你随便糟践可不行,都给我捡到嘴里去!"张作霖将儿子撒在桌上的饭粒捏起来,很习惯地顺到嘴巴里。

"你吼什么?"二太太卢氏嗔怪地瞪一眼张作霖,忙用手把张学铭撒落的米粒捡到自己嘴巴里。大太太死得早,将一女两儿托付给二太太,二太太对三个孩子视如己出,宠爱得很,"你就在这里陪孩子们一起吃个饭吧。"

"不行,我已经通知庶务处,包神仙和学成今天和我一桌吃饭。"

张学良娶妻前,帅府里每天安排"上饭"五桌、"下饭"两桌。"上饭"是四盘炒菜、四碗汤菜,"下饭"和"上饭"菜品相同,只是少了两碗汤菜。

张作霖治家像治军,定好规矩便要求严格执行。"上饭"五桌,除自己一桌外,由于大太太去世、三太太出家,剩四位太太开四桌。"下饭"两桌,账房一桌,杨景镇、包神仙、常发这些近侍幕僚一桌。卫队官兵不得在帅府就餐,留外人用餐须事先通知庶务处。

"三叔,昨晚香玉悄悄告诉我,载仁亲王跟川岛走得近,怕对您不利呢。"张学成报告。

"怎么个近法?"

"她听到过载仁和川岛说事,说解决东北问题还是要靠'满蒙独立',指望三叔您是不行的。"

张作霖拿起一张春饼,先抹酱,再放葱丝,再夹肉丝炒绿豆芽,东北人叫盒菜,慢条斯理地卷好,然后才说:"很好,看起来这个李香玉和李垠不同,以后多联系。"

吃完一个春饼卷盒菜,张作霖望住包瞎子,"矢田总领事约我明天一道迎送载仁,我已答应过,先生可有话教我?"

"杨先生给我介绍过,日本皇室有四大世袭王宫,载仁的闲院宫来自江户时代,现在的天皇家族实际上就属于闲院宫体系,所以礼数不能少。"包瞎子沉吟片刻,继续道,"我观过星象,闲院宫杀气重。载仁在天皇近侧,甲午战争、日俄战争都是他参与策划指挥,不能不见,也不能不防。"

"不能不见,不能不防。"张作霖重复一遍,不再言声,替包瞎子做一个饼卷盒菜,再为自己卷一张。吃过四张春饼卷盒菜,终于开口道:"饭后请先生为我占一卦。"

"来之前我已占过。"包瞎子不慌不忙道,"去时无险,在火车站见面也无险,如果有险情,必出在返回的路上。"

其实这一卦也是杨景镇所教,他分析:既然载仁要见张作霖,见面前必不会有事;张作霖自己想当东北王,绝不会同意"满蒙独立",则载仁就可能下刺杀令。

"去时大张旗鼓,大帅坐首车。回程时大帅不能坐首车,卫队营要备好马。不怕一万,只防万一。"

"上粥。"张作霖吩咐一声。他习惯用高粱米粥或大米粥结束用餐。

张作霖喝完粥,包瞎子兀自在那里掐指算计,终于将手捋住胡须,

"小西边门外，大西城门内，身边有少年，帽子丢后背。"

张作霖呆坐片刻，悟不透，"先生能否再明示一下？"

"天机不可泄。"包瞎子装神弄鬼地起身告辞，由助手搀扶而去。

天机不可泄，张作霖几乎琢磨一整夜。说来包瞎子也非浪得虚名，除有杨景镇的明示，自己也确有些分析综合之判断力。从火车站出来，必经小西边门外，如果遭遇袭击，绕道回帅府则要穿过大西门，"天机"就是这么简单。

同一时间，奉天城内的菊文酒馆，川岛浪速正召集"满蒙决死团"的骨干开会。说是"满蒙"，真正"决死"的都是日本人，比如后来成为日本"樱会"骨干的渡边、来自"拔刀队"的木村，还有三村丰预备少佐这样不得志的少壮军官。

"擒贼擒王，不杀张作霖，满蒙问题终不能解决。"川岛指示地图上的六个刺杀点，分派任务，其中用樱花标示的两个地点正是小西边门外和大西城门内，"渡边和三村丰，你们就埋伏于小西关，从火车站出来首先就要经过这里，能否首战告捷就在你们身上！"

"如果闲院宫不允许呢？"

"亲王跟我们想法是一致的，日本的政党政治、老人政治是腐败的根源！特权之士、财阀之士，穷奢极欲，不可一世。满洲是日本的生命线，他们不闻不问不解决，只知道敛财。白山黑水，一望无际的黑土地啊！我们的人民穷苦，社会动乱，出路在哪里？在满洲，闯关东！千百万农民等着我们把这块土地夺过来……"

"闲院宫会支持我们的！"木村跳出来挥动拳头，"我听过亲王的讲话：日本的出路，对内让天皇亲政，建立单纯廉洁的军政府；对外占领满洲，进而夺取中国。突厥人、鲜卑人、蒙古人、满人都能做中国的皇帝，日本人为什么不能？天皇万世一系，就是要开万里波涛，布皇威于四方！"

"你们年轻人是日本的希望！"川岛用力首肯，关切地问，"你那里地形都勘察好了？"

"看好了，就从图书馆门洞里冲出去，距离不到十米，我们所用炸弹杀伤力能覆盖三十米，他们根本来不及反应。"

"那你不是很危险？"

"樱花都是在盛开中凋谢。"

川岛一把抓住木村的手，用力握一握。

张作霖率领他的主要将领，分乘五辆豪华俄式马车，被骑兵卫队簇拥着驰向火车站。

"你们个个鲜衣怒马，要给足闲院宫面子。"张作霖这样交代他的将士，"去时候声势煊赫，不怕老百姓看热闹，这叫击鼓冲锋，杀声震天。回来呢？鸣金收兵，夹起尾巴不要扰民。"

一切都如包瞎子所算，去时顺利，见面安全，交谈也愉快。

要说张作霖骨子里封建迷信不假，但政治上绝对有一套。载仁亲王的专列在奉天车站停留时间不长，张作霖的表演却给闲院宫留下深刻印象。

他和他所率将士，敬礼、欢迎、问候、表态，全是"日式"。走路小心翼翼，面对亲王个个都是毕恭毕敬，诚惶诚恐，就像儿子见了狠爹。常发遵照命令，登上专列便东张西望，左顾右盼，看傻了一般，完全是刘姥姥进大观园，又新鲜又好奇，又紧张又兴奋。张作霖则是严肃谨慎，不时呵斥一声常发，马上又肃颜正色面对载仁亲王，鞠躬尽瘁的样子，自始至终不敢有一丝懈怠。

他给载仁亲王备下一份礼，博得亲王大声夸赞。

那是张作霖为奉军设计的军服式样。

辛亥革命后，袁世凯任临时大总统，北洋军阀脱胎于北洋六镇新式陆军，所以军服基本延续了清末新军军服式样。袁世凯称帝失败后，北洋军分裂成许多派系，军服开始变得五花八门，张作霖为奉军设计的服饰，军服改为黄色，肩章改为竖式等，分明都是向日本靠拢，这当然是表明一种政治姿态。

矢田七太郎用日语向载仁报告，不时朝张作霖竖大拇指，张作霖明白他结交矢田的投资终于有回报了。

"你对满蒙独立怎么看？"载仁问。

"从国情民情看，我主张奉人治奉。"

"奉人治奉？"载仁认真盯住张作霖，显然脑子在飞速转弯，终于将头轻轻一点，发出长长一声"嗯"，音调半是狐疑半是首肯。

"你反对大日本帝国向东北各地派驻警察，不接受关东军向各部队派出顾问？"

"妈了巴子，这是谁在算计我老张？"张作霖不失时机地表现出自己的土匪出身、绿林本色，"我又不是总督，我答应了不等于放屁？巴布扎布和善耆肯定会答应，因为他们兵没一个，地没一寸，把天地都送人也是句空话。放屁谁不会放？干事可得有本钱！"

"你不是有本钱吗？"

"我是奉天督军，吉、黑两省督军听北京不听我的。"张作霖早已看到专列里挂着的那张远东军事地图，大步向前指点着说，"俄大鼻子今年修好了西伯利亚大铁路，亲王殿下去参加庆祝活动心情不会轻松吧？这两根铁棍子有一万里长，不利中国，更不利大日本帝国。中国积弱积贫，东北是日俄之争。长春为界，北满是俄罗斯，南满是大日本，我的本钱全押在日本国身上，可日本国还有人要负我，是不是想把东北拱手送给俄大鼻子呀？操他亲妈的！"

"八嘎！"亲王一声骂。

"对不住，我老张是个粗人，我委屈！我不是操闲院宫的妈，我是操……"

"大日本帝国的妈都不许操！"

"不操就不操吧，"张作霖一脸委屈，两眼含泪道，"我要是当了总督还不答应你，那你就操我的亲妈！"

闲院宫大概第一次面对这种绿林大帅，呆望片刻，忽然转向矢田总领事哈哈大笑："人物！你说的，是个人物！"

载仁目光依次扫过吴俊生、张景惠、汤玉麟等将领，"统统绿林？"

矢田笑道："张大帅有句名言，绺子做大了就是官。"

载仁走到常发面前，用手抬起他的下巴，"你就是从洮南买回的那个娃娃？"

常发像士兵一样挺身"嗨"一声。

"听说我的侍卫缴你的枪没缴下来，你的大帅吼一嗓子你就交枪了？"

"嗨！"

"你的大帅你的将军们都听日本人的，登车见我都交出武器，你要学他们听日本人……"

"不听！"

"八嘎！"闲院宫扬手半空，却突然停住没扇下来，若有所思问，"大帅叫你听日本人的话呢？"

"大帅的脑袋就是常发的拳头，大帅说东我打东，大帅说西我打西！"

闲院宫大受感染，转身问张作霖，"你是真有本事，真有部众，为什么不学孙中山，也搞个什么党？"

"君子不党，结党都为营私，没一个好东西。"张作霖立正回答。

"小家伙，你的大帅发话了，你的拳头准备往哪儿打呀？"

"党是堂下黑，我们是杨家将、岳家军，个个都是大帅的家兵家将家丁！"

"堂下黑？"闲院宫里的人都有很深的汉文化修养，抓笔写下"黨"字，问常发，"认识吗？"

"不认识。"

"你正是读书的年纪。"

"书读多了，拳头就慢了。"

"那你怎么懂得堂下黑？"

55

"大帅说的！"

"你不问问是什么意思？"

"不用问，照着说就行，该懂的人就懂，不懂的人就不该懂。"

"真难得啊。"闲院宫望住矢田，"看来奉军官官、官兵、兵兵之间全是亲戚、老乡、盟友，都是换过帖子磕过头的结义兄弟了？"

"我当家长的绝对是一碗水端平，我的兄弟儿女，手心手背都是肉，我对哪一个有了私心偏心，天打五雷轰！"张作霖挺身报告。

"那你们信仰什么？比如信神信佛，还是西方什么民主共和？"

矢田替代道："张大帅还有句名言：没饭吃就造反，给奶喝才喊娘。"

闲院宫载仁亲王哈哈大笑，朝矢田七太郎丢下一句结束语："张大帅是人物，日本国对满洲的政策要修正。"

出车站，日本总领事告别道："七哥，东北王很快就是你的了。"

张作霖双手抱拳，"七太郎，国与国不论怎么闹腾，我与你永远是兄弟。"

"宰了巴布扎布！"张作霖对汤玉麟道，"我和二哥商量个方案。"

纷乱中，张作霖一头钻进吴俊生乘坐的第四辆马车，他对悄然迫近的危险，总是有着与生俱来的敏感。

"大帅，等我！"常发高喊着追上汤玉麟乘坐的第一辆马车，这是包瞎子安排的疑阵。

接近小西关，常发拔枪在手，两脚踩镫站起身，屏息凝目，肃静警听。才过小西边门，有黑影跃入眼角。

"炸弹！"常发的喊声枪声同时响起。惯匪出身的汤玉麟何等机敏，根本不去张望，身体一伏，那马车便箭一般弹射出去。

刹那间，小西门大街血肉飞溅，硝烟弥漫。六名卫兵横尸当场。

常发早拨转马头，冲回小西门外，正看到张作霖跳下马车，跃上备在车旁的三河马。常发冲到他身边："大帅，帽子，帽子给我！"

没等张作霖反应，常发已将那顶高帽子抢在手。

北洋军的军官帽，是在头盔的基础上改进的，高有一尺多，帽顶高耸着红黑黄各色的帽缨子，以区别官位，目标非常显著。张作霖脑中忽然闪过包瞎子那句话：身边有少年，帽子丢后背。

拐胡同，穿大西门，仿佛一瞬间，张作霖根本没看清身边发生什么事，只听到常发连连开枪，接着一声吼："炸弹！"

完全是出于绺子的本能，张作霖来个镫里藏身，马驰如飞，耳听身后炸雷般爆炸，绝不回头。

原来他正是从图书馆经过，木村从门洞里冲出，手拿炸弹迎面投向张作霖。

常发在他出手的刹那将其一枪穿心，同时将张作霖那一尺多高的军帽掷向炸弹，竟把炸弹兜回到木村面前爆炸了。

张作霖飞马跳进帅府大厅，卫队已经紧急集合，门口架起三挺机枪，常发的烈马居然从机枪手的头上跃入大门。

"几个刺客？"张作霖大喘气问。

"两个。"

"妈了巴子，我听你开了五六枪！"

"打下五只麻雀儿。"

"吓你爷爷呢？"

"大帅说有了情况，就算鸟也不许从头上飞过。"

"你真是我的小祖宗啊！走，"张作霖扯了常发就奔西耳房，恰好包瞎子慢步迈出门，张作霖让常发和包瞎子站并排，推金山，倒玉柱，跪地就拜，吓得常发跳起来喊："大帅饶命啊！"

张作霖兀自跪着，张大嘴巴发呆："咋，咋的？我是谢恩呢。"

"谁吓你一跳，你就吓谁一死。"常发缩到包瞎子身后，露出半个头，"大帅刚才恨我吓了你……五跳。"

张作霖想起当年那声呼哨，"小祖宗，你还记我的仇啊？"

"杨先生说，大帅骂人就是要给兄弟升官，大帅磕头就是要杀兄弟了。"

张作霖哭笑不得，爬起身说："你就是犯了天条，操了我媳妇，我如果朝你开枪，也肯定照自己脑袋打一枪！"

张作霖赌咒赌大了，为了这一咒，十二年后他真丢了命，这是后话。

张作霖起身去更衣，汤玉麟跑马进帅府，在马背上就连声喊："你们七爷回来没有？受没受伤？"

"回来了，没伤着。"

"服了服了，你真是我的活祖宗。"汤玉麟左手牵住包瞎子手，右手去拉常发手，"你就是我的小祖宗。"

包瞎子得意道："别忘了你跟我赌了三个愿。"

"说，你说，我当场兑现。"

"好，这第一个愿，把你大儿子佐荣的禁烟局局长撤了。"

"我许你愿，是问你要什么，你扯我儿子不是扯鸡巴淡呢！"

"你儿子就是个扯鸡巴淡，假禁烟之名横征暴敛。红枪会围攻朝阳你知道吗？你再不撤他，只怕你也悬了！"

汤玉麟略一思索，点头道："我汤玉麟也是一诺千金的人，撤！"

"这第二个愿，把你五弟汤老五的骑兵团长撤了。"

"你不说自己的愿，只管扯我老汤家……"

"这就是我的心愿，为民请愿。他不发饷，说'雄兵百万，发饷就散'，一个团都变成了官胡子，连沈鸣诗这样的开明乡绅都敢抢敢杀，没让你杀他是我给你留面子！"

"好，好，马上撤，这就撤，快说你第三个愿，算我老汤家前世欠下你包家的了！"

"别急呀，我还留着慢慢调理你呢，这第三个愿以后再说，也好约束一下你的家人。你先去见大帅吧，他等你呢。"

张作霖正在更衣，劈面吼道："谁干的？逮住没有？"

"死了一个，跑了一个。"

"我打死的那个是木村！"常发抢一句。

"炸弹把半个头都炸没了，没法确认，不过那脚是穿木屐的脚。"

"拿脚去跟日本人交涉？有点国际玩笑吧。"张作霖正沉吟间，卫兵报告日本总领事来探望。

"七哥，您受惊了！"矢田上下打量张作霖，拍拍胸口，"还好，我这块石头可以落地了。"

"小事一桩，和当绺子那阵儿比，不足挂齿。还有劳七太郎关心，叫兄弟真是不好意思。"

"这事你们要查，我也要一查到底。下三烂，丢不起脸啊。"矢田话中有话。

"不要太认真。"张作霖用力握握矢田的手，"心里明白就行。"

两个月后，矢田通知张作霖："日本政府修正对满政策，决定警告川岛，解散宗社党，给其成员发遣散费。"

又过一个月，日本当局抛弃了巴布扎布，张作霖立刻派林西镇守使出击，杀死巴布扎布，其五千部众如鸟兽散。

第二年，张作霖的儿女亲家鲍贵卿当上黑龙江督军，他是随着日本顾问去上任的。

再过一年，日本人制造"宽城子事件"，吉林省督军不战而逃，张作霖夺取吉林，终于成为东北王。

"常发！"张作霖扇动两臂，像要起飞似的大步走到地图前，"昨天杨先生是怎么说的？"

"天之大酱……大葱大酱吃死人也？"

"我割你舌头。天将降大任于斯人也，懂吗？"

"大帅懂就行。"

"唉，人知道太多不好，可一点不知道就变成列强说的'华人与狗不得入内'，也不行啊。"张作霖一改往日态度，居然像父亲教儿子一样给常发上堂课。

"你不是会看地图吗？长江、武汉，指出来。"

"喏，这里，闭着眼我都能画出来。"

"武昌首义，辛亥革命，大清朝完蛋了。南边是革命党，北边是北洋新军。南北对峙，北强南弱，袁世凯当了大总统。袁世凯称帝失败，翘辫子，北洋六镇分裂，如今主要是皖系、直系、奉系三大派。大家都想一统天下，可龙椅只有一把。杨先生说我们怎么办？"

"学流氓……学刘邦！"常发努力回忆。

"刘邦以关中为基地，不怕屡战屡败，瞅准机会一战赢天下。学刘邦首先要经营好关外的基地，入关不争龙椅，干什么？"

"得骗就骗，得抢就抢，占地扩军……妈了巴子，东北在手，输赢不怕！"常发天天听张作霖这几句话，早已烂熟于胸。

"可是，我们比汉高祖难哟，妈了巴子！我们面对的不但有各路军阀，更有世界列强。就说眼皮前的日本国吧，他看好的是段祺瑞！"

"釜底抽薪，叫他们大眼瞪小眼！"

张作霖笑了，常发学舌连口气都学得很像自己。

"老子入关，征用的是关内的人力物力，减轻关外百姓的负担，这叫兔子不吃窝边草。"张作霖手握教鞭在墙壁的地图上指点，像自言自语，又像教导常发，"段祺瑞老了，过时了。我说支持他向南方用兵，就在秦皇岛把日本人给他的三万支枪连骗带抢劫到手。我说这是场误会，马上派人去归还，接着在天津塘沽又把日本人给他的第二批军火劫到手。我扩建一个师七个旅，这位过时的大帅才如梦初醒，说我什么？"

"马贼！"常发咯咯地笑。

"可他要请我这个马贼去赴宴。"

"鸿门宴。"常发对这些常用语记住不少。

"还是你陪我去。"张作霖认真盯住常发，"虽说自己人打自己人，老帅是讲规矩的，不杀人。他那个心腹'小扇子'是个心狠手辣、没规矩的人，居然敢在我的后花园杀了陆建章！"

"小扇子"叫徐树铮，段祺瑞的心腹爱将。

民国初年军阀混战,前方男人们杀得眼红,后方老婆姨太太们互相串门搓麻将。叫作"自己人打自己人"。虽然"城头变幻大王旗",但是讲规矩:可以要权,要钱,抢地盘,不许要命。只要你肯下台,处理下台军阀的通常做法都是不但不杀,还可以给个有名无实的闲差或尊你为德高望重的前辈,或放逐你去当寓公。不照这个规矩办的也有,比如孙传芳和张宗昌,其结果只能是被受害军阀的子女"复仇"杀掉,且不必承担法律责任。

徐树铮是个不计后果的狂人,他所枪杀的陆建章是北洋派的元老,陆军上将。陆上将的外甥冯玉祥也是出名的军阀,他的儿子儿媳妇还是徐树铮留学日本的同学。这样的人物这样的背景,徐树铮敢冒天下之大不韪擅自杀害,则所有军阀都在心中将他入了另册。

"咱先下手为强,替老将们出口气?"常发以手作刀抹脖子。

"只怕你有气出就没气进了,在人家地盘上杀完人还能脱得了身吗?"张作霖瞪一眼常发,"过来!听听包神仙是怎么说……"

第五章

古代帝王出行，设车宫辕门——以车为凭宿营，人马出入之处以两辕相对如拱门。《史记》曰：项羽召见诸侯将，入辕门，无不膝行而前。

后人把将帅营帐及官署的外门也统称为辕门。

段祺瑞的大营设在团河，辕门朝南，门外两列精神抖擞的军乐队，演奏的却是日本迎宾曲。辕门内，红地毯一直铺到大帐门前。

距辕门一望之遥，张作霖便将卫队骑兵营留下野炊，只带了张学成、常发及矢田七太郎乘车驶到辕门口。

钻出车门之际，张作霖一眼便看清形势：居然和包神仙预料的不差分毫！站于辕门下的欢迎者，为首果然是段祺瑞，右首是日本的西原龟三，左首便是"小扇子"徐树铮，其余政界军界官员排列其后。

"哎呀哎呀，哎呀呀，折寿折寿，还叫不叫雨亭活了？"张作霖两手抱拳紧着作揖，腿下三步并作两脚忙着往前赶，"芝泉老，三造共和，奋勇巴图鲁，您还是不是我的老师，还认不认我这个兵呀？"

民国时期的军阀都知道张作霖是做戏高手，事到临头，个性耿介的段祺瑞还是被搞得丈二和尚摸不着头脑。袁世凯小站练兵时，他便出任统带，又兼武备学堂总教习，编撰许多操练章典，号称"北洋三杰"的"北洋之虎"，以后又任练兵处军令司正使、保定陆军军官学堂督办，可以说，北洋军官几乎都是他的门生故吏。可是，一句"还叫不叫雨亭活了"，分明另有所指，不像是怀旧感恩。

"老师见学生，总理召属下，不就是一句话一个眼色的事？"张作霖手指军乐队，又指红地毯，"这阵仗雨亭如何生受得起？五年前雨亭应袁大总统之召进京，也曾拜过芝泉老师，雨亭今天只能重拾已废之礼了！"

言罢，张作霖扑倒在地行起跪拜大礼，慌得段祺瑞抢步上前，双手搀扶，只是叫"雨亭，雨亭"，再说不出第二句话。

"冯玉祥那个王八羔子，吃人饭不拉人屎，他早就和革命党人眉来眼去，勾搭成奸了！政府对南方用兵，把钱粮军械往冯玉祥那里一送，我就知道要坏事。怎么样？刚到湖北就通电主和，要求南北罢兵。这不是欺骗老师，拆政府的台吗？雨亭这次率兵入关，就为支持芝泉老武力统一中国之大业，只听老师之命；对内对外，奉军都是老师的兵，永远拥护中央，悉听政府驱策！"

一番慷慨激昂，竟无人能再提被劫军械之事，除非你说奉军不是政府的军队。

在大帐里落座，"小扇子"做关心状，"大帅，你来赴宴怎么连卫队也不带？"

张作霖就等这句话，起身道："老师请学生，总理召属下，难道还要带兵？"

"我不是这个意思……"

"那是什么意思？张勋复辟，五千辫子兵就搞得京津大乱，一日三惊。雨亭率十万精兵屯于京津，是供芝泉老驱使，是政府的兵，不是反政府的兵，为啥要带到这里来？老师若要学生的命，说句话学生尽可自行了断，无须他人动手，搞乱政府的十万大军！"

说话间,"小扇子"徐树铮与段祺瑞目光相遇,撞出一串无声的对答:

"张作霖太危险了,必须扣下杀掉!"

"不妥,十万奉军会闹出大乱子!"

张作霖曾设鸿门宴擒杀匪首杜立三,对这套把戏何等熟悉敏感?却不动声色地抓起一瓶牛栏山二锅头,边朝大杯子里倒边说:"老师的二锅头比我们关外的烧锅酒上劲三四成,我今天借花献佛,有话要对老师说。"

"这酒六十五度!"段祺瑞叫一嗓子。

张作霖将大杯子在段祺瑞的小酒盅上一碰,"老师随意。"话落喉咙里便是"咕咚"一声响,三声响过,那杯酒已是滴酒不剩,滴酒未洒。

七十年后,常发叔曾对我讲:"最烦看那些演员喝酒,抓起碗一半都顺着嘴角下巴洒掉,装孙子都不像,还装鸡巴豪气。"

常发喝酒是大帅教出来的,大帅十三岁开喝,所以常发也是十三岁那年被大帅叫去喝了"拜师酒"。半斤烧锅下肚,常发兴奋得手舞足蹈还要喝,大帅喝止道:"从今天起,每天晚饭半斤,不许停,每过一周增加三钱,我会给厨房交代好,酒量增加到二斤就不要再加了,关键时刻喝五斤不会出大事。"

张作霖将所剩的半瓶酒又倒入大杯中,说:"刚才是半斤,现在是八两,我敬在场所有的朋友,特别是西原先生。我知道老师买的那些军械是向西原先生借的钱,但我提走这些武器也是为了效命政府。日本朋友希望老师向南方用兵,武力统一中国,雨亭我愿为先锋。如果我提走武器的行为有何不妥,我这里认罪!"

老秤是十六两一斤。张作霖说罢将杯中酒一饮而尽。半斤八两,空腹喝下一斤六十五度二锅头,再好的酒量半小时后也会出情况。"小扇子"心中有了数，神采飞扬地站起身朝张学成和矢田七太郎敬酒，"大帅好酒量，好气魄，我们该向大帅学习，来来来，干杯！"

主客间觥筹交错，气氛渐渐热烈。只有段祺瑞有些不自在，怕"小扇子"不听劝，搞出什么大动作，不时看看张作霖。这位绿林大帅已换回小酒盅，却是谈笑风生，对敬酒之人来者不拒。所幸旁边侍立的小卫士，不时捧上热奶茶劝大帅多喝几碗，发发汗。

张学成已有七分酒意，起身做个京剧亮相，筷子敲响瓷碗，唱一段小生的西皮倒板："杨宗保在马上传将令……"

张作霖微眯双眼，右手两指在桌上轻敲，时断时续，有了昏昏然的样子。

张学成一曲唱罢，掌声喝彩声四起，他手握那双筷子竖立在桌面上戳响，问："这是什么筷子？"

"象牙的。"

"昔者纣为象箸而箕子怖，这筷子够结实吗？"

"两根合着，你那么戳，戳不断。"

"这样戳呢？"张学成左手握筷，筷子头捅在嗓子眼儿处，右手一挥，朝筷子尾拍去。一片惊叫声中，啪！那双筷子断成好几截。张学成抚抚嗓子眼儿，表明丝毫没受伤。

"好功夫！""小扇子"徐树铮高喊一声，朝张作霖望望。张作霖右手两根指头兀自在桌上时断时续敲打，半垂了眼皮毫无反应，至少有七八分醉了。

"我三叔能断四根筷子，他说这是雕虫小技，上不得战阵，真本事还要去日本学习，矢田先生已为我安排好，过几天就去日本士官学校报到。"

"少将军谦虚了。"矢田对段祺瑞道，"张大帅一家子，个个好枪法，白天打飞鸟，夜晚掐香头，我是亲眼见过的，总理要不要见识一下？"

"好啊！你看……大帅好像是喝高了。"

"小把戏，不劳我三叔，让我徒弟表演就够了。"张学成不屑地说道,"常发,你去练一把。"

"是,师父!"常发要来三支线香,点燃后出大门迈五十步,将线香分插三处,迈着方步回大帐,向段祺瑞躬身作揖,"总理,常发献丑了。"

话音刚落,急转身,已然拔枪在手。叭!叭!叭!根本没有瞄准的动作,门外那三炷香已经应声而灭。

喝彩声在大帐内轰响,唯独张作霖只掀掀眼皮,有些茫然。徐树铮暗喜,高声喊:"大帅,你这名小卫士真是够神够绝的啊!"

张作霖毫无反应地垂下眼皮,少说也醉到了九成九。段祺瑞不无担心地说:"雨亭喝太快太猛了,要想法喂些醒酒汤才好。"

"看我叫大帅。"常发两根手指朝嘴巴里插去,一声灌耳呼哨,张作霖蓦地睁开眼,茫然四顾。常发大声说:"大帅,该撒尿了。"

"嗯?嗯!"张作霖哼哼着伸手去掏裤裆,常发忙抱住他上身往起扶,一边喊:"不能在这里尿,咱出去尿。"

张学成上来帮忙搀扶,一边对大家解释:"我三叔喝酒要出汗才行,如果不出汗就要撒尿,你不叫醒他,他会尿裤子呢。"

几个陌生军官围靠过来,被徐树铮使眼色阻止。他相信,最多再过十分钟,张作霖必然醉倒,打炮也轰不醒,那才是下手之时。

几分钟后,张学成独自返回大帐,向段祺瑞解释道:"总理,对不起,我三叔醉得太厉害,我怕他失礼,叫常发送他先走了。"

"啊?"徐树铮半是吃惊半是狐疑,"醉那么厉害,一个小卫士能送得走?"

其实张作霖根本没醉。干绺子时养出的经验:拼酒前喝一碗牛奶,吃两块荤肉,再嚼三张奶皮子,在肠胃里形成脂肪保护膜,加上自身好酒量,上了场没菜吃照样能喝二斤白酒。常发枪打香头是通知骑兵卫队营控制住辕门,一声呼哨便召来烈马,护着大帅冲出辕门,换车离开了险地。当时参加宴会的日本人原田曾写有回忆:"不愧是张作霖,看出段祺瑞的神色异常,直感到将有大难临头,不能久留,遂借口出恭偷偷溜走。"

"大帅，咱们还向南方出兵吗？"常发在汽车上问。

"出鬼吧。妈了巴子的，找西原借那么多钱，段祺瑞要不卖国才见鬼，咱们静等着瞧热闹吧！"

赶到北京，张作霖决定两天后返回奉天。确定了专列行程时间，他在皖系的儿女亲家靳云鹏密报，"小扇子"徐树铮在廊坊埋伏了精兵要劫杀张作霖。张作霖当即决定，带常发等十名精锐侍卫，提前一天改乘货车由京到津，再转车驶达奉天。

"我又回来了！"张作霖下车慨叹，"徐树铮口蜜腹剑，四处结怨，恐难善终啊。"

果然，五年后徐树铮在廊坊，就在他想劫杀张作霖的火车站，被冯玉祥逮捕枪毙，对外宣称是陆上将的儿子陆承武报杀父之仇，亲手枪杀了徐树铮。

张作霖回奉天，几乎一天不歇就赶往东北讲武堂。他对常发讲："要入关用兵了，要多发现几个军事人才。"

记得我在张家口幼儿园，除朝鲜族的李香玉阿姨，还有一位蒙古族阿姨叫敏敢。

敏敢阿姨说："我本来叫铭安，参加革命后，你妈妈给我改成敏敢。说铭安务虚，敏敢务实。"

敏敢阿姨的叔叔叫阿斯根，和张学成同时期赴日本留学。聊起张学成，敏敢阿姨总要带出惋惜的神情，"唉，听我叔叔说，学成本是很有前途的先进青年，就是太争强斗狠了。人群里一定要拔尖，说话办事死拔犟眼子。有血性当然好，可吴三桂血性一冲冠，就当了汉奸，小道理必须归大道理管啊！"

我问常发叔："喜欢跟人摽劲儿？"

常发抽巴抽巴嘴，憋出一句："有事说事，别埋汰人。"

张作霖的汽车停在东北陆军讲武堂的正门外,常发抢先下车,打开后车门,如影随形跟在张作霖身后走进讲武堂。

常发对讲武堂很熟悉,因为他的两位师父张学成和张廷枢都在讲武堂习武,经常带他来练习步法、转法、射击、搏击。

张作霖事先打过招呼,他来讲武堂不得搞迎送,要坚持日常起居、训练和学习,他要看到真实情况。

讲武堂共有学员二百二十八人,学习内容分基础课和军事课两种。张作霖先由操场看学员进行步兵操典,再到各教室旁听测绘学、兵器学等内容。将近正午时分,他来到第一课堂,张学良和张学成都在第一课堂上课。

从课堂后门悄悄进来,坐在最后一排板凳上,张作霖朝讲台上扫一眼,心里咯噔一下。

那教员有些面熟……

张作霖正努力回想,常发附耳道:"郭松龄,郭鬼子。学良不许人叫他郭鬼子,而是叫茂宸。说尊之为师,引以为友。"

郭松龄正在讲战术学,对张作霖的到来似乎不觉不闻,自顾滔滔不绝。课堂里的学员全神贯注,硬是没有一个学员发现张作霖坐到了身后。半小时,郭松龄讲授"如悬河泻水,注而不竭",特别是临结束时,讲授变成互动,学员们任意提问,郭松龄随口应答,并鼓励学员进行讨论争辩,课堂气氛极为热烈。下课铃声响过十几分钟,学员们仍无一人愿离开。

张作霖悄声退出课堂,让教育长引他到郭松龄的教研室坐等见面。

又过十分钟,教育长终于引郭松龄来到教研室。

张作霖坐在椅子上,不看郭松龄,摆弄着桌上那些教材,厉声问道:"汝系反对余之革命党,叫你逃命南方,今日来此为何?"

郭松龄没言声。他在南方投奔孙中山,任警卫营营长,曾对孙中山建言:"吾欲谋东北三省之根本改造,非先推倒恶军阀不可;欲推倒恶军阀,非准备绝大牺牲不可。吾拟回奉,投身奉天军阀巢窟,谋取兵权,潜蓄势力,以图根本改造。"[1]

"嗯?"张作霖终于掀起眼皮,望住郭松龄。

郭松龄忽然一笑,"吾不曾蓄发留辫子,是因为公已剪掉辫子尔。"

张作霖一怔,略显尴尬地跟着笑了,"汝还记得我当年的话!我已知共和乃世界之潮流。余观汝对于战术造诣颇深,极受学员欢迎。人才难得啊。我已交代教育长,送上两千大洋做安家之用,日后有何困难可直接报余。余也愿意尊公为师,引以为友。"

"谢大帅。"郭松龄敬礼,态度不卑不亢。

张作霖朝饭堂走,准备和学员共进午餐,远远看到一群学员正在贴墙玩"挤香油"。张作霖对这种游戏很熟悉,就是两边的人往中间挤,将中间的人挤出去。特别是冬天,玩这种游戏可以取暖。他看到张学良被挤到中间时,转眼就被挤出去,毕竟身体单薄。当张学成站到中间时,身体一矮,站桩一般,轮替将左边挤出一个,又将右边拱出一个。张作霖目注良久,问常发:"你看出问题了吗?"

常发说:"我师父很强势。"

张作霖说:"学良已经和大家打成一片,你师父还留有身份,没人敢对他认真。"

午饭后,张作霖来到第一排宿舍的二号房间,坐在床铺上的张学良和张学成起立敬礼。

张作霖腰板笔挺地坐到床铺上,双手按膝,先望住张学成,"如果我向关内用兵,给你十发子弹,你能打死几个敌人?"

"报告大帅,运气好也许能打死十二三个。"

"什么?"张作霖睁大眼,"给你十发子弹!"

常发插嘴:"我师父弹无虚发,运气好可以穿糖葫芦,一枪打两个也是可能的。"

"噢,不简单。"张作霖转向张学良,"你呢?给你十发子弹,你能

---

[1] 《辽宁文史资料》第16集,辽宁人民出版社1988年3月第1版,第15页。

打死几个敌人？"

"报告大帅，我打枪不行。"张学良老实回答，"战场上形势多变，地形也不同，再加上紧张，说不好。"

"再复杂，十枪还打不死两个？"

"又不是狙击手，十枪打不死一个的多了。"

"嗯，普通士兵这种情况是不少。可你们不同，你们是讲武堂的学员，是部队里选拔出的精英，打枪是最基本的功课。刺杀呢？学成，刺杀、搏击，你能对付几个兵？"

"对付日本兵不敢说，对付皖系、直系的官兵，我自信没问题，两三个人休想打败我。"

张学良说："学成刺杀在学堂里是拔尖的。"

张作霖问："你呢？"

张学良脸微微一红，"我不行，我得倒着数。"

张作霖皱起眉头，"当初我就跟你五娘说，你学军不行，身体又不那么好，还吐过血，干到半路不干了，给我丢人怎么办？你说你这也不行，那也不能，你就说你能干什么吧？"

张学良不假思索回答道："讲武堂的人大多是行伍出身，我是一个念书分子，无论基础理论还是军事课，答题我都能夺第一。"

"就是说，你只会纸上谈兵了？"

张学良摇摇头，略一思索，道："这样吧，请大帅拿花名册点名，所有的教员和二百二十八名学员，大帅点出名，我就能说出他来自哪个部队，父母叫什么，是干什么的，本人有何特长及优缺点。"

张作霖显然有些吃惊，便从教育长手中取过花名册，随手一翻，随口一念："炮兵队长朱立罕。"

"朱立罕，北镇青堆子人，父朱旺财，务农，母操持一间豆腐坊。朱不媚上，不欺下，脾气略躁，但是肯下大力钻研军事技术，有主见，有志带兵，其能力可升任炮兵团长，若经历练，善于听取意见，则两年后可任旅长。"

张作霖认真看一眼儿子,不露声色问:"何以见得?"

"学良与其多次争论炮兵课程,很激烈,他从不因为学良之身份而谦让,甚至下令:'张学良闭嘴!'还有一次下令:'张学良坐下!'学良以忍让态度服从了。过后冷静思考,他对七,我对三。将此意见拖后告之,朱立罕笑道:'其实各对一半。但你是东北王之子,自小有优越感,不压制不足以成大器,所以我强令你闭嘴。'学良闻此深受感动。"

张作霖略显动容,翻着花名册不停点名,张学良对答如流。点足十名,张作霖重重舒出一口气。

他先亲昵地拍拍张学成肩膀,"学成,你是个将才,三叔决定送你去日本留学,回来带兵扫荡关内,争取武力统一全中国。"

"谢三叔!"张学成喜形于色。

"大帅,我呢?"张学良在军营中只称大帅不叫爹。

"日本人只会教你将兵,不会教你将将做帅才。"张作霖丢下一句话便扬长而去。

刚才还喜形于色的张学成脸色陡变,阴沉着目光去扫张学良。张学良心里一震,故作不解地摊开双手,"大帅说啥呀?找借口不让我出国呗!"

敏敢阿姨的叔叔阿斯根,从日本留学回来就参加了革命,到解放战争时,已是东北民主联军的骑兵师师长,后牺牲在辽沈战场上,林彪司令员亲自为他题写了墓碑。

"文化大革命"中,敏敢阿姨受批斗,她难过地说:"傻孩子们,你们懂历史吗?周总理还作诗说:'大江歌罢掉头东,邃密群科济世穷。'毛主席也说:'马克思主义的著作,中国是从日本得到手的。'先进的中国人才会东渡日本学习新思想,我叔叔阿斯根是为中国人民的解放事业牺牲的,是林彪副统帅为他题写的墓碑,你们怎么能说只相信延安培养的干部,留日的就是汉奸?"

敏敢阿姨后来成为我弟弟的岳母,她直到九十岁还敢用大茶杯喝六十八度的草原白。一杯酒下肚,她湿润着两眼唱"诺基雅"[1],然后带着深深的回忆讲述道:"张学成二十岁出头就是将军了,但他很不满意,因为他只盯住张学良攀比。他和李香玉是有一份初恋感情的,但他的脾性就决定了他俩成不了正果。唉,他去日本留学之前就闹得很不开心……"

---

[1] 诺基雅,姑娘要嫁去远方的一首蒙古族民歌。

第六章

王再天九十九岁那年回忆:"上世纪初,大炮都是马拉的。我在炮兵教导队喂马、洗马、驯马一段时间后,被调到炮兵司令部副官处,每天打水、扫地、磨墨、练蝇头小楷。一段时间后,练成一手好字,便升为士官,可以写呈报公文了。记得那天副官处长回来说,少帅的堂弟张学成在火车站发神经,可能是对去日本留学不满意。那时少帅已经是卫队旅旅长,而张学成只是以营级军官的身份去留洋,能不赌气吗?"

上午九点,奉天大西边门火车站。

张学成和李香玉在前,张学良、张廷枢、常发等人紧随其后,其他亲友顺序跟进。临近车厢门口,张学成又做一次异常之举:

他本是很绅士、很时髦地捧起李香玉右手轻吻一下,放手时,却突然垫步上前,双脚一顿,弹身空翻,稳稳落在车厢门口,回身做个京剧亮相的姿态,"大哥,兄弟就此告别了!"

张学良举手点头,心里别是一种复杂感情。他这位堂弟,越来越迷恋京剧，与人交往，常把"唱念做打"穿插其中，或逗趣，或奚落，或嘱咐，或教训，不是唱一嗓子就是富于音乐感的念白一段说词，有时还要加上形体的舞蹈或武打动作。

他喜欢与人谈论京剧、武术一类国粹国术，只为争吵撒气。你如果不懂，他就骂你不是中国人；你如果精通，他就说你是天生的蠢猪、狗奴才。他会不遗余力地攻击批判那些国粹国术，直到对手承认中国人都是丑陋的。

张作霖决定送这个侄儿去日本留学。出门前，张作霖叫他到祖宗堂焚香辞行，他断然拒绝："有什么好拜的？他们留下的不就是'华人与狗不得入内'吗？我可不想学他们做狗！"

"那就到关帝庙烧炷香，你毕竟是去学军事，应该祭祀武圣人。"张作霖退而求其次。

"狗屁圣人，他连条狗都不如。"

"妈了巴子，你说什么？"

"三叔，不读史就吃屎。关云长是什么东西？号称五虎上将之首，荆州保不住，四川出不去。成吉思汗麾下四员大将号称四狗，这四条狗横扫欧亚大陆，天下无敌手。和他们比比，关云长真正是连狗都不如！"

"关云长温酒斩华雄，过五关斩六将……"

"三叔，你好歹也是大帅了，这种坊间故事，酸臭文人杜撰的东西你也信？看看史书去，斩华雄的是孙坚，过五关斩六将更是为其投敌失节做粉饰。诸葛亮经天纬地，五虎上将天下无敌，除了欺侮孤儿寡母，从同宗同族手中夺得四川，再打过一个胜仗吗？前年辫帅复辟，你那个亲家张勋在坊间不也成了张飞的后代？市井百姓就是这种货色，喊都喊不醒，你可是大帅啊！"

张作霖真像吃屎一样语塞了。他知道，张学成始终认为他偏心张学良，对不起他二哥的"孤儿寡母"。

负气留学东洋的张学成在车门口京腔京味念白："汉卿哪，常发是我的徒儿，你该明白如何关照。"

他接着口气一变，换了大花脸的腔调："常发，王师北定中原日，家祭无忘告乃翁。"

常发举左手，右手持匕首割出鲜血，"师父，放心，一月之内，师仇不报我用此刀抹脖子！"

张廷枢朝张学成挥手，"二哥好走，广众之下无须多嘱，常发这里还有我呢。"

前不久，张学成约李香玉去北镇探友，在街市上看见日本浪人和移民个个像螃蟹，横着走路；中国百姓个个像对虾，只会大弯腰，一时又羞又恨又怒，解下武装带一路打去，逼这些大对虾挺直腰，逼他们去吵去骂去打日本浪人。这些人甘为奴隶，被打得头破血流跪在地上也不敢说日本人一个不字。正闹得凶，几个日本浪人引来了日军守备队队长藤吉一树。

张学成日常接触的日本人都是贵族或高官，交往中对他绝对礼让三分，眼前一个小小的中尉算什么？根本夹不进眼皮。他没想到的是日本国闹事的偏偏都是中下级军官，对本国的首相、外务大臣、陆军大臣都敢打打杀杀，就别说一个张公子了。才一对接，藤吉一树就拔出太刀，身后带来的二十个兵哇哇叫着举枪就射。幸亏张学成身手了得，闪避迅速，也亏得同行者中有他的一名日军顾问町野少佐，急拦紧喊，终于拦住对方的刀，止住射来的枪弹。

可是，受伤的不算，朝夕相处的卫士已被打死三名，更把李香玉吓得大病一场。

张学成哪里受过这种气？便赶往驻军调兵。町野忙给张作霖打电话，张作霖先下令稳住部队不许动，接着把张学成骂个狗血淋头，命令他"滚回奉天，马上去日本留学"。

张学成天天大酒，醉够一星期，直到李香玉退烧康复，他才摔掉酒瓶子，仰天大骂一嗓子："我日我的先人啊！"

于是，他拒绝拜祖宗堂。

于是，他拒绝祭祀关帝庙。

火车驶动时，他忽然像狼一样发出长嚎："常发——"

常发什么话也没说，高举左手，持刀在掌上深深地缓缓地又割一道血槽……

听说常发在火车站割手为誓，要替师报仇，张作霖在大帅府的第二进院里没完没了踱步转圈。

"闹心的一九一九年，看来要出大事。"

张作霖急需理清头绪，可是满脑子转的总是那三个矮小敦实的日本顾问，挥之不去。

段祺瑞的北洋政府亲日卖国，张作霖又何尝不是亲日卖东北？否则为何在聘请十几个日本军事顾问之后，又不得不聘请三名私人顾问、一名警察顾问？

前晚，请三名私人顾问吃饭，酒桌上一席话刺激得张作霖两夜没能入眠。

留着板寸头，上唇精心修剪过一撮卫生胡，与黑白相间的鼻毛融为一体，面孔黧黑的菊池武夫中佐酒前很礼貌，"大帅，鸦片战争英国炮舰打开中国的大门，十三年后美国舰队轰开日本国门，我们都曾是西方列强的奴隶啊！"

喝多酒的菊池口气就变大了："大帅，你也是参加过甲午之战的，地比我们大，兵比我们多，装备比我们强，一战全军覆灭，为什么？"

矮小粗鲁，长得酷似老村长的小野酒气十足抢答："官佐像猪兵像猴！"

菊池不满地瞪他一眼，提高声音："政体落后如两千年前的秦帝国，国民愚昧如两千年前的楚国人。大帅想学日本？奈何国人不知亡国恨，隔江犹唱后庭花啊。我们日本善于学习，我这胡子跟谁学的？德国人。在精神上，德国是我唯一臣服的国家。"

町野不戴眼镜显得憨厚，戴上金丝眼镜眼中便漾出精光，"芝泉老向西原借款一亿多，巴黎和会还硬得起来吗？硬起来又能怎么样？德国在山东的特权是日本国武力夺过来的,中国老百姓只会游街骂娘,有用吗?有本事别吱声,放马过来武力夺回去。"

菊池出身于书香门第,酒后口气大却不伤人:"大帅说外交是一手握枪一手碰酒杯。叫我说,弱国无外交。外交虽然讲策略,最终还是靠实力。"

"他们俩不能代表日本,我是穷人我代表。大帅用重金改变了我的命运,可你能养起所有的日本人吗?"小野解开领口,拍着桌子唱起来,那是正在日本广为流行的民谣:

> 贫困,造就日本人伟大,忍耐中的琢磨!
> 物价不停地上涨也罢,喝喝开水泡饭照样活!
> 啊,天地任逍遥。
> 吃南京米又挨南京虫[1]咬,住在猪圈般的房子里,
> 尽管没有选举权,能做日本国民也自豪。
> 啊,天地任逍遥。
> 膨胀,膨胀,财阀贪官齐膨胀,
> 俺老婆肚皮也膨胀,生下儿女更膨胀。
> 啊,天地任逍遥。

戴着金丝眼镜的町野加重语气:"日本国民虽然对社会不满,但是坚持民族至上,国家第一。中国老百姓不行,眼睛只盯社会,心里缺少民族和国家。"

小野已然酒醉,借着民谣曲调,大舌头加词加料地吼:

> 财富,吞并朝鲜种水稻,移民百万闯关东。
> 俺老婆肚皮又膨胀,生下儿女财大气汹汹。

---

[1] 南京虫,臭虫。

啊，天地……

歌声未完，张作霖忽然起身，手中酒杯一甩，猝不及防地将酒泼在小野的脸上。

"妈了巴子，老子养你是为了沟通日本朝野，凭什么养你日本国民？你来闯个关东试试，看我姓张的答应不答应？"

"大帅息怒，这浑小子喝多了就胡说八道。"菊池和町野鞠躬道歉，张作霖毕竟是他们的"衣食父母"，每年都可以携一大笔钱回日本结交朝野高层。

张作霖失眠了。秘书室送来一份电报，是北京发来的最新情报：中国政府外交失败，英、美、法、日、意等国根本无视中国抗议，当天，即4月30日要签订《凡尔赛和约》。

情报特别强调：学生们要闹事！

"妈了巴子，弱国谈什么外交？"张作霖一脸憔悴地召来几位老派把兄弟，"老子当兵干绿林，整天骂西太后和李鸿章卖国，如今坐上位才明白，谁想卖呀？可不卖行吗？"

"段祺瑞的日子不好过喽，"冯德麟的口气不知是幸灾乐祸还是兔死狐悲，"这次不死也得脱层皮。"

"话要两面说，芝泉老如果垮台，对我们未必不是一次机会。"张景惠不紧不慢地分析，"关键有两条。既要让日本人满意，又要让老百姓出气，出了气才能不闹事。"

"扯什么淡呢。"汤玉麟敲敲烟袋锅，"不打不杀日本人，老百姓能出气？又打又杀日本人，日本人还能满意？我看比婊子立牌坊还难。"

"五哥多想法，四哥多血性，你们还真给我开了窍，容我多想想再做商议。"张作霖又是一夜未眠，送走张学成，便一直关注北京来的情报，下午听说常发割手盟誓要替张学成报仇，便没完没了踱步想事，傍晚前终于拿定主意，召来张作相、张廷枢父子。

"辅忱，咱老哥儿几个，就属你家老二廷枢有出息。稳重不失机敏，想事做事懂得顾全大局，能掌好分寸。昨天四哥、五哥一番话，害我折腾一宿，我想交廷枢办件大事。"

"七哥，廷枢就是你儿子，该咋着历练全听你的吩咐。"

张作霖拉住张廷枢的手，"孩子，北镇那个藤吉一树得了便宜还卖乖，天天跑咱们驻军那里去寻衅。现在北京的学生抗议《凡尔赛和约》开始闹事了，你能猜到我想干什么吗？"

张廷枢笑了，"不等北京的风吹过来，大帅先取藤吉一树的头来平民愤，换民心。"

张作霖望住张作相做感慨状："生子当生张廷枢啊。"他严肃地叮嘱张廷枢："我只提要求：对日方，事件控制得越小越好，对民间百姓，声势造得越大越好，办法由你想。"

"从学成哥闹酒，我就想了又想。这事正好由常发出头，替师父报仇，名正言顺，火车站上常发割手为誓，许多日本朋友都见了，与政府、军队无关。芝泉老这次难过关，日本人以后只能靠大帅，不会为几个士兵翻脸。我已经设计请了川岛芳子和李香玉去北镇，芳子在场，凭她与日本浪人和关东军的关系，这戏就好演了。"

"妙啊！"张作霖两掌尽力一击，喊出声，"辅忱，你可真生了个好儿子哟。廷枢，这场戏要当街演，围观人越多越好。"

"廷枢明白。"

"你们爷儿俩就别走了，跟我一起吃饭。"

"不行，我和常发今晚去菊文酒馆，我得给芳子煽煽火，还得给香玉壮壮胆。"

"好，你去。我跟你参喝两盅，今晚可以睡个好觉！"

奉天城内的菊文酒馆，每天中午和晚上都是车水马龙。这里是中、日、韩达官贵人们喝清酒吃日本料理的聚会之所，也是各国政要政客们商讨事件策划阴谋之地，更是特工间谍们刺探交易情报之处。

菊文酒馆二楼的台湾厅，张廷枢和常发正在请川岛芳子和李香玉吃饭。一瓶清酒喝完，芳子和香玉已经面若桃花，召来一名女服务生。

"樱子，"李香玉介绍道，"别看年岁小，茶道和插花在菊文可是数一数二。"

樱子施礼，用日语问候大家。

张廷枢问："会说中国话吗？"

樱子再次俯首致礼，"会的，先生。"

这是一位相貌普通而又清纯的少女，不会叫人看一眼就冲动，但是看几年也不会厌倦。

李香玉说："她虽然是日本籍，其实是中国人。她爷爷从闽南迁居台湾，甲午战争后，清政府割让台湾，台湾人就被改成日籍。对面琉球厅里的服务生也一样，琉球人也都被改成了日籍。"

张廷枢和常发互相望望，两个男人每逢这时脸色都会变阴沉。

芳子和香玉喝茶，张廷枢和常发各怀心思继续喝酒，脸色渐渐也变红。

"唉，两个月前是梅雪争雄的春天，那时就想野游，讲武堂不给假；一个月前是冰消雪融、草木初醒的春天，陪大帅又走不出去。现在已是万木萌发、新绿遍野的春天，再不出去踏青可就成人生一大憾事喽！"

"这有啥难，我陪师父去。"常发意兴勃发。

"碧草连天是为了陪衬红花哟。"张廷枢瞟一眼芳子和香玉。

"韩师父早跟我说过，骑马挎枪走天下，马背上有酒有女人，这才是真正男人想过的日子。"常发抓住芳子的手，"姐，敢不敢跟我们一起春游？"

"有啥不敢的，太棒太浪漫了！"川岛芳子吸燃一支雪茄，冲李香玉喊："香玉，叫这两片绿叶陪衬咱们姐妹花，骑马挎枪走天下，太刺激了。"

"不行，不行。"李香玉花容失色，"离了奉天，不是兵就是绺子。上次去北镇，学成开着车带着兵还差点丢了命。奉天城里你们是贵人，出城三里谁认谁呀？猪都不把你当人！"

"哎哎，太邪乎了吧，"张廷枢用夸张的语气问，"东西南北中，还有不认识人的猪？"

李香玉显出心有余悸的样子，"还说呢，学成在北镇吃了亏，天天喝大酒，町野顾问为表歉意请几个日本侨民陪他。他醉了有人前呼后拥地送回卧室，那些侨民可没人伺候。有个侨民一路跌跌撞撞一路吐，最后栽倒在地上睡着了。清早一头老母猪出来觅食，顺着他的呕吐物一路舔吃，吃到他嘴边，一口啃掉他半张脸……"

"哎呀！"樱子以手捂脸吓得叫出声。

"哈哈，还有这么刺激的事儿？"芳子反而更兴奋，"人死了吗？"

"我们走的时候还没死，在陆军医院里，不死也只剩半张脸了，咋见人呀？"

"放心，有我和师父，第一不会吃亏，第二不会吐酒，第三保证让你们玩个有惊无险，心跳出汗。"

"一言为定！"芳子按捺不住地在常发脸上拧一指头，"不让我心跳出汗，我就叫你眼里冒出水。"

"香玉，你呢？"张廷枢问。

"不用问，我去她肯定去。"芳子霸气地说，"这事我说了算。不过你们要在她的马鞍子上垫床棉被，她那个嫩屁股，骑不出五里路准会磨破皮。"

"说啥呢……"李香玉下意识地摸摸屁股算是默认了。

常发一阵高兴，起身去洗手间。

吃日本料理，坐榻榻米是要脱鞋的。常发出门换鞋时，突然听到对面琉球厅里传出一个熟悉的笑声，神经立刻绷紧，肃静警听，从两指宽的门缝里望去，正看到一张马脸，那是"小扇子"徐树铮的警卫参谋，而首位上坐的正是川岛浪速。

常发本能地感觉这里有名堂，回身对台湾厅里召唤："樱子，你来一下，引我去洗手间……"

在我懂事后，李香玉阿姨曾给我讲过那天晚上发生的事。她说常发去洗手间时，意外发现"小扇子"徐树铮派他的警卫参谋率十三人组成的暗杀团潜入奉天，携十二万大洋，联系川岛浪速，寻机刺杀张作霖。常发通过樱子帮忙，摸清了暗杀团潜伏的旅馆，饭后与张廷枢带卫队营几个得力卫士，在东亚大旅社将暗杀团连锅端了。

她说："董必武是中国共产党创始人之一，评论北洋军阀直系首领吴佩孚道：'虽然也是一个军阀，但有两点却和其他的军阀截然不同。第一，他生平崇拜我国历史上伟大的人物岳飞，在失败时也不出洋，不居租界自失……第二，他没有私蓄，也没有田产，有清廉名。''再加上晚年身居沦陷区，誓死不当汉奸，这都是应该予以肯定的。'"

她又说："吴佩孚既有通电反对《巴黎和约》（即《凡尔赛和约》），又公开支持五四爱国运动，曾博得'爱国将军'的美誉。他是亲英美而反日本，他所做军歌《满江红·登蓬莱阁》是公开以日本为敌的。奉系张作霖是亲日派，反辛亥革命，反五四运动。那么轰轰烈烈的一场五四爱国运动，在东北居然无波无浪没留一点痕迹。除了张作霖老谋深算，不能不说徐树铮派刺杀团反而帮了张作霖一个大忙……"

北京爆发"五四"运动，段祺瑞控制下的亲日政府成为众矢之的，张作霖在奉天发通电，宣布侦获由北京亲日政府派来的十三人暗杀团，携十二万大洋想要买张作霖的命。

于是，坊间都以为张作霖是反对日本的。

五四运动风起云涌，波及奉天时，东三省最热传的新闻故事却另有一件：

在北镇，曾经打死三名中国士兵的日军中尉藤吉一树，当街寻衅凌辱两名少女，恰遇前来寻仇的一名少年英雄。双方交手，少年英雄武功绝顶，当场打死藤吉一树和他的两名士兵，另外八名士兵均被打断右臂。少年说，三命抵三命，放走失去战斗力的八名伤兵。坊间有传少年是张大帅的卫士，也有说是少将军张学成的徒弟，还有说是和张大帅结义过的绿林好汉韩老吊的嫡传弟子……

奉天《辽海时报》当年有这样一段报道：

　　……前因藤吉一树打死三名中国士兵，几经交涉，关东军只赔偿一千五百大洋，故此次日方被打死三人，张大帅也只同意赔偿一千五百大洋。日方强调藤吉一树是中尉军官，而非士兵，要求增加两倍赔偿数额，张大帅断然拒绝道：人命不分贵贱……

亲日的张作霖一下子变成了反日斗日的英雄，这位"英雄"抢先在东北宣布：严禁奉天学生罢课游行，对有妄动行迹者予以枪杀！

死亡吓不倒热血青年，东关学校聚集了各校代表，召开联合会。其中不乏"妄动行迹者"，欲图响应北京、上海等城市的大、中学生。

张作霖派常发带兵去弹压，几位结义的老兄弟劝阻："学生闹事我们都惹不起，你咋能派个没读过书的娃娃去？"

张作霖说："青年骂老年，我派少年去骂青年，咱玩的都是以下犯上！"

常发没读几天书，但学舌不结巴，口音腔调活脱张作霖："大哥大姐们，听小弟一声劝：与列强交涉是政府的事，学生的正业是读书，快散了吧……"

常发边喊话边朝台上走，他年纪轻轻却穿着一身少校军服，学生代表们以为穿的是戏服，看见他身后排列开一队士兵，又听他喊的话，台上几名主持人反应过来不是演戏，便挥舞小旗齐声对他吼一嗓子："外争主权，内惩国贼！"

常发被喝退半步，身体朝后斜仰，手中早拔出枪，叭、叭、叭，居然真敢开枪啊！

会场陡然一静：台上几杆挥舞的小旗全被打飞。

"妈了巴子，谁吓老子一跳，我就吓他一死！"常发年纪轻轻却像个老兵油子，骂骂咧咧站上前台中央，"如果你们这样吼几嗓子就算革命，我看天下就没有不革命的人！日本鬼子在北镇闹事，你们干什么去了？藤吉一树打死咱三个兵，老子叫他偿还三条命，这就叫反对日本帝国主义。你们在这儿吵吵巴火算什么本事，不就为白校长欠了你们伙食费，还贪了一千块大洋？拐着弯去掰扯什么反帝反日，脸红不红？白校长那些臭事大帅正在办，已经撤了他职！"

这位年纪轻轻的兵油子就是坊间传神了的英雄？学生们真有些脸红了。

会议主持者们商量几句，上前解释："小兄弟，革命有多种方式方法……"

"没错，但有一条共同的前提：从自己开始。把你们的标语先贴自己家墙上，小旗插自家门口。有哪个日本侨民或浪人到你家找麻烦，你要敢斗才行。如果日本浪人搬来日本军警闹事，我常发第一个赶来助拳，像北镇一样，咱刀对刀，枪对枪，我常发退一步就不是人养的。你不敢贴自家墙上，插自家门口，往别人家墙上贴，满大街招摇，那就是假革命，真破坏，我常发执行大帅的命令，对妄动行迹者予以枪杀！"

会场足足沉寂两分钟，终于有女学生说："小兄弟，有些道理并不像你讲的那么简单，你听大哥大姐们解释一下……"

"凭什么？盐吃多了还是路走长了？你不是东门邱家大院的邱小姐吗？到你家大门口开大会喊口号去，我保证不管，去呀！如果不敢，我想问问：你们大几岁就要我听你们的，大帅大你们几十岁，你们听吗？不瞒你们，这些话是大帅教我的，让我问问你们。我是个军人，不懂那么多道理，只知道服从命令。今天谁敢上街闹，我就敢开枪！"

真正是秀才遇到兵，而且这个兵还不到负法律责任的年龄。如何结局？

据当时北京、天津、上海以及奉天等地报纸报道，五四运动在全国轰轰烈烈展开，"独奉省当局严加取缔""各校学生行动不得自由""奉省的抗日运动终于熄灭"。

日本《朝日新闻》称："日本关东厅长官林权助特别拜访张作霖，表示感谢。""张作霖亦派其子，卫队旅旅长张学良赴关东州进行答谢。"

第七章

从关东日本驻军司令部返奉天,张学良不听劝,不坐火车坐汽车,而且不带卫队。随车只有张廷枢与常发。

东北人把提携谁叫"带谁玩"。张学良带常发玩只是出于对堂弟的承诺,带张廷枢玩却有特殊的情义。他们不仅是东三省讲武堂一期的同学,更由于父一代子一代胜似兄弟的交情。

在父亲的结义兄弟和奉军所有老派人物中,张学良最亲的是张作相和吴俊升。张学良立志学军始,本打算上保定军官学校或日本陆军士官学校,是张作相劝阻他,坚持让他留在重新开办的东三省陆军讲武堂学习,并在他学习期间,先后提拔他为卫队旅营长、团长。一年的学习刚毕业,张作相便辞去卫队旅旅长职务,把责任和机会压给了不满二十岁的张学良。张学良晚年写回忆录说:"我知道,张作相存心要提拔我,我从军中起来,完全是张作相一手把我提拔起来的。"

车过苏家屯,张学良叫司机坐后面,自己开车过把瘾。

没人劝阻,大家都年轻。

刚加油门,路边跑来一个身穿长袍,模样像管家的人,紧着挥手拦车。若是大帅的车,或加油门冲过去,或干脆开枪击毙,以防刺客。

张学良却踩刹车,摇车窗,探出头问:"什么事?"

"我家小主人要去奉天,想搭您的车,行不行?"

"行啊。"张学良朝管家身后望去:一青年立于路边大榆树下,不急不躁,稳稳当当。高额宽颊,面色红润;耳长鼻直,双瞳炯炯。张学良心有所动,"血性不失儒雅风采,稳健仍具书生意气。"

"这是十块大洋,足够……"

"俗气!"张学良推开管家送钱的手,朝大榆树下喊:"上车吧,顺路!"

车重新启动,张学良问:"先生贵姓?"

"免贵,姓黄,黄显声。"

"我还猜对了,黄先生,在哪里教书啊?"

"不是先生,是显声,张显声音,字警钟,在北京大学预科上学。"

"啊?"张学良松油门,转头重新打量对方,"警钟显声,人中之龙啊!"

"不过岫岩一条虫。五四游行,火烧赵家楼,打伤章宗祥。大帅在东北封锁外界消息,我就给奉天和吉黑两省邮寄报纸材料,本该升入本科的,结果被校方开除了。"

车上沉寂片刻,还是张学良先开口:"果真是热血青年,那你现在做何打算?"

"投笔从戎,去奉天投少帅张学良,至少要投在郭松龄门下做个学兵。"

又是一段诡异的沉寂,黄显声摘下派克笔,一边朝外望景,一边随笔写点什么。

"文人持戈,奉军必新。可是,你为啥要投奔这两个年轻人?奉军老将不少,都是久经战阵……"还是张学良打破沉寂。

"过时了,他们大多出身绿林,不懂军事科学,只能看家护院,防

87

暴止乱，弹压地方，最多再剿剿绺子股匪，遇上正规军队，肯定一触即溃。我在丹东道立中学的同学，有四五个考入东三省讲武堂，我三叔就在奉天省政府当秘书，都多次对我讲过，少帅天资英明，气度宏深，秉性豪放，更难得慧眼识人，与教官郭松龄结为忘年交。郭教官生活艰苦朴素，工作负责，知识丰富，教学有方。他走南闯北，中国四大军校几乎都曾执教，对少帅也是该管该责该罚只尊军令军法，不让孙武练兵。讲武堂的同学来信说，少帅与郭将军联手，奉军改革有望……"

黄显声侃侃而谈，张学良有问他必有答，一介书生居然能谈出裁汰冗员、整顿军纪、奖罚定制、储才备用、加强养成教育、军需独立、官长不得私自动用等精辟见解，显然来之前有专门研究。进而天文地理，鸡毛蒜皮，上下五千年，纵横十万里，竟没有题目能难住他。说话间，车已近奉天，路口站岗的士兵向车内敬礼，黄显声打量着后排中间坐的司机，"给您敬礼呢。您是官长？难怪深藏不语。"

张廷枢终于说句话："不大不小七品官。"

"停车，请停车。"黄显声将一方红色绒面的盒子交司机手中，"我先在南门外访友，皇帝身边七品官，这点礼物不成敬意。"

张学良摇下车窗，"你这人真没礼貌，我拉你一路，不说谢谢，连我姓啥也不问？"

"失礼，失敬。"黄显声站在车旁连连鞠躬，"敢问您贵姓？"

"我姓张，叫张学良。"说罢一脚油门，汽车绝尘而去。

少帅一路开心大笑，"你们见他那个目瞪口呆的样子吗？失之交臂，今晚他肯定后悔得睡不着觉。"

一车哄笑声中，司机忽然喃喃道："少帅，他这是给您的礼物呀。"

"什么？"张学良吃惊刹车，接过方盒，打开便看到一方玉印，上刻：十八冠军。

印下垫一张纸，题诗云：

赠少帅

十八冠军勿得意，
二十将军须谨慎。
聪明不是大智慧，
古来状元无重臣。

张学良十八岁以讲武堂一期第一名的成绩毕业，直到百岁年纪回忆那时的"夺冠"，仍然像中状元一般得意。

"这瘪犊子，玩我呢！"张学良猛打方向盘，掉头往回追，黄显声早已不见踪影。

"算了，跑了和尚跑不掉庙，过几天我去讲武堂肯定把他给你找回来。"张廷枢劝道，"天不早了，玉衡兄还在青年会等你呢。"

张学良用力拍打一下方向盘，"不要你找，我亲自去，这瘪犊子算把我吃透了。"

基督教青年会位于大南门内的东城墙根，常发曾跟张学成、张廷枢两位师父来过几次，多与慈善活动有关，偶尔也听听西方教士讲他们的风俗习惯。

对常发而言，在青年会接触的事物都是闻所未闻，大开眼界的。且不说那位美国来的总干事普赖德，言谈举止处处与国人不同，就连在这里工作的中国青年也处处与他在大帅府所见大不相同。这里没有君君臣臣父父子子的制度规矩，上下之间，长幼之间，甚至男女之间，都在一个水平线上率性交往，他常听到三个新词：自由，平等，博爱。

被张学良称为玉衡兄的年轻人，也给常发留下深刻印象。这位青年出则西装革履，言必称伦敦巴黎；入则长袍布鞋，嘴不离子曰诗云；广众之下神采飞扬，滔滔不绝；独处一室则端坐整日，或读书，或用小楷毛笔疾书如飞。

常发几次向包神仙提起这位青年，装神弄鬼的瞎子忽然有所悟，说:"少帅叫他什么?玉衡兄,你没听清吧?应该是玉衡星。这是北斗七星之一,又名北斗五,位于星座的斗柄与斗勺连接处。它光彩内敛,隐蔽一角,我算他是另有大事要做。"

包瞎子又算准了,这位"玉衡兄"就是后来中国共产党在隐蔽战线上与钱壮飞、熊向晖齐名的阎宝航。

但是在一九二二年前,阎宝航还只是个受聘于奉天基督教青年会的学生部干事,怀了满腔的爱国热情组织社团,创办刊物,举办新旧道德、文学对比讨论会,他的这些活动都得到张学良的大力支持。

"玉衡兄,给你介绍一位新朋友。"张学良寒暄几句,便招呼道,"常发,你过来,别老站后面。"

"我认识,学成和廷枢的徒弟,"阎宝航上前拉拉常发的手,"每次都站在学成身后不言不声的,像个保镖。"

"你可能不知道,正因为他岁数小,少年不被人注意,所以才是天下第一号保镖,救过大帅的命。"张学良脸上显出神秘夸张的表情,"告诉你件事别乱传,防止日本人来寻仇。"

阎宝航肃容,"什么事?"

"去年北镇打死三个日本兵,打伤八个,你听说过吗?"

"我正被派到北京青年会去学习,在北京就听说了。"

"就是他。"张学良拍拍常发肩头,"常发干的!"

"哎哟,"阎宝航重新打量常发,"真是自古英雄出少年啊!"

常发腼然一笑,想站回张学良身后,却被阎宝航拉到身边坐下,"常发,欢迎你常来玩,你读过书吗?"

"跟杨先生读了《三字经》《百家姓》。"

"有基础了。传说你有一身本事,如果再多读些书就更厉害了。我这里书很多,欢迎你来读。"

阎宝航从堆满半桌的书刊中搬下一摞,摊开桌面上:"《向导》《中国青年》,这是咱们国内出的。《共产党宣言》《阶级斗争》《资本论》《国际歌》,这都是从日本翻译来的……"

张廷枢说："这些书在外面是看不到也不许看的。"

常发说："因为那是坏书。"

阎宝航惊诧："你没看怎么知道是坏书？"

常发说："黨是堂下黑，大帅讲的。结党为营私，写党肯定是坏书。"

"哈哈，"阎宝航笑道，"《共产党宣言》恰恰是要消灭私有制，要公不要私。"

张学良说："我的日本顾问菊池说，明治维新最重要的是解放思想，马克思主义和《共产党宣言》那时就被思想家加藤弘之介绍到日本，但加藤是坚决反对这一学说的，说共产主义是对社会'最为有害的制度'，说它是奖懒罚勤，抑智扶愚，不是让弱者变强，是把强者变弱变蠢的制度。哲学家西周在介绍社会主义时也说，学习它是为了防患于未然……"

张廷枢说："可眼下不少读书人都议论，说十月革命一声炮响，马克思主义在俄国首先胜利了。"

张学良不以为然，"那么多白俄军队逃到东北来，那么多难民挤进哈尔滨，去欧洲避难的更不知有多少，只要家里有点钱的都要被共产共妻，正说明加藤讲对了，是对社会最为有害的制度。"

"少帅，你可能有点误会。"阎宝航解释，"共产党一词，是朱执信、戴季陶这些同盟会员在上世纪末本世纪初从日文照搬过来的，因为日文用的也是汉字。加藤翻译时所依据的英文'共产'如果直译应该是公社公团的意思，总之是要消灭阶级消灭私有制。五四运动喊'团结就是力量'，也是来自日本。"阎宝航转向常发，"'结党营私'和'团结就是力量'也是两回事。"

"欧洲只不过开来一条船，中国举国之力都对抗不了。鸦片战争之后以强敌为师，可先生全都欺负学生，要不是列强分赃不均互相斗，中国早就亡国了！袁世凯想跟日本人订'二十一条'，我心里就不舒服，到十五六岁就恨死小日本了，欺侮咱东三省够戗啊！怎么办？十七岁那年听张伯苓讲演《中国之希望有我》,哈哈,有你,你算什么东西?张伯苓说,全国人民人人都说有我,中国的事就是我的事,中国就有办法了。我一想,有道理!"[1]张学良手指常发,"常发割手为誓,出手就杀三个日本兵。如果中国人人都能像常发,小小日本还够我们打的吗?"

"少帅喜欢辩论,讲武堂朱教官多次跟我夸过,我今天当一次少帅的辩方。"阎宝航说,"张伯苓讲得对,但常发做的不能提倡。事关国家、民族,怎么能用江湖快意恩仇的那套办法呢?"

"我是说人人,每个人都像常发一样去杀三个日本兵。"

"可能吗?拿锄头的和拿枪的能一样吗?一枪消灭一个敌人的兵和一百枪打不死一个敌人的兵能一样吗?有信仰和抓壮丁的兵、勇于献身和贪生怕死的兵能一样吗?对常发个人来说,我承认他够英雄,但对当政者,对大帅和少帅来讲,你就是有一百一千一万个常发,也改变不了中国自甲午之战到'二十一条',到《凡尔赛和约》所蒙受的耻辱,我想给少帅讲个故事。"

"请讲。"张学良在讲武堂学习时就表现出不急不躁,心平气和,容人充分讲话的争辩风格。

"这是发生在郑家屯的笑话。有个日本浪人夜里闯进一个财主家,持刀要杀人。财主跪地求饶,浪人见财主老婆有几分姿色,就说:'我玩你老婆,你在旁边磕头,头磕得好就饶你命。'财主连声答应。浪人尽兴而去,财主对哭哭啼啼的老婆说:'算了,咱还占了他的便宜呢。'老婆骂道:'我被奸污,你有什么便宜好占的?'财主说:'趁那瘪犊子玩得高兴,我少磕好几个头,还啐了他一口痰呢'……"

张学良霍地站起身,声音有些沙哑:"玉衡兄,不辩了,我心里有些难受。"

阎宝航将他按回座位,"少帅,常发是小英雄,这没错。你与别人不同,位高权重,考虑问题的起点和角度也应不同。甲午战争后,中国

---

[1] 《张学良》,徐彻、徐忱著,中国文史出版社2012年1月第1版,第47页。

的士大夫阶层便认识到'不是器不如人,而是制不如人'。你的责任是唤起民众,改变中国的社会制度,不要丢了西瓜捡芝麻。"

张学良沉吟道:"从戊戌变法至今……谈何容易啊!"

"探索,有志之士都在探索。"阎宝航道,"除了常发这样的英雄侠士,更应广招有头脑、有学识、有追求的探索者。"

张学良眼睛一亮,拿出那方"十八冠军"的玉印和垫在印下的一纸诗道:"我在来的路上碰到一位青年,叫黄显声,字警钟,他一眼便认出我,故作不知,在车上做了这首诗……"

"不用讲,我知道。他还有个别名叫惊中,可见是有志青年。五四运动他一马当先,血性十足。他父亲广有田庄、作坊、酒坊,叫黄恒泰,在凤城县没有不知黄家大院的……"

"等等,我想起来了。去年青年会募捐,这个黄恒泰认捐五千大洋,同我照了一张相!"张学良拍响脑门。

"所以他认识你,你却不知道他。对不对?"阎宝航拍拍张学良肩膀,"我讲个令人难忘的故事,又介绍了个有志青年,算扯平了。"

据宋美龄的顾问端纳和黄绍竑等人回忆,长城抗战时,张学良也曾对他们讲过这个"令人难忘"的故事,借此暗讽蒋介石,这是后话。

张学良辞别阎宝航便赶到陆军讲武堂。

黄显声并没来报考。

张学良对教育长吩咐:"如果有个叫黄显声,字警钟的人来报考,讲武堂要在第一时间通知我。"

等候一周、两周,仍然没有黄显声的消息。就在这个周六,景佑宫那边打来电话。

张学良参加基督教青年会后,因为活动场所狭窄,便玩了把"特权",将景佑宫地盘划拨给青年会,找美、英、德三国合资,修建了四层楼的新会所。内设中西餐厅、电影院、舞厅、泳池、健身房等休闲娱乐场所,楼前还开辟了一个网球场。后来成为中华人民共和国上将的吕正操,就曾担任过这里的干事长。很快,这里就成为奉天达官贵人乃至整个奉军上层青年聚会游乐之地。

"没心思去,"张学良丢下一句,"帅府这边有事。"

"少帅啊,最近新来个有钱的公子哥。"景佑宫那边抢着报告,"河北大水,他出手就捐了一千大洋!"

"噢?"张学良正要挂机,闻声停下手。

"你不是想学桑巴吗?这小子跳绝了,连何花都被震呆了。摩登舞他跳出四种,何花只会三种;拉丁舞他会跳五种,何花只会两种。何花现在黏住这个公子哥了,我怕张将军知道后会吃醋动枪呢。"

"哪来这么个挨梃[1]的货?"张学良深知何花是军阀张宗昌高价买回的舞女,这个张宗昌挥金如土都花在女人身上,而且为女人确实动过枪。

"这小子说他是花钱买高兴,心情不缺钙,不肯报姓名,不过听声音是凤城岫岩一带的人。"

张学良心里"咯噔"一下,急问:"他今天来了吗?"

"我见他进了门就忙过来给您打电话,就是记着您上次说学桑巴舞的事……"

"看住他,不要放走,我这就过来。"张学良挂掉电话,匆匆到立镜前整理一下仪容便叫车往景佑宫赶。

"他人呢?"张学良不待进门便问迎在门前的大堂经理。

"去游泳了,这小子真是个玩主,蛙泳、自由泳、仰泳,都比咱们的狗刨快多了。英、美领事说,除了蛙泳,全是发明没多久的新泳姿,都跟他学呢。他还搞了一种游法,看上去像海豚……"

"带我去。"张学良随经理来到泳池,只见浅水那边围了一群人,池岸还或蹲或站一些人,中外男女各色人穿着各色泳衣泳裤。张学良混入岸边人群中,定睛看时,果然是黄显声。

黄显声正拿一名妙龄女郎做"教具",讲解指导大家学游泳:"都不

---

[1] 挨梃,挨打,挨揍。

要急,蛙泳是基础,其他泳姿都是从这个基础发展来的,所以一定要先学好。何花,再来一遍。"

何花似荷花,白嫩透出粉红的圆脸,炫耀着青春光彩;长发披肩,热乎乎的目光只是盯着黄显声不舍稍瞬;微张着的嘴角两旁,有一对小小的酒窝;泳衣贴身,如"曹衣带水"的国画,尽显千娇百媚的体态;泳衣下,碧透的池水映出两条圆润白皙的玉腿,叫人立刻领会到"出水芙蓉"的意境。她似娇似嗔地抱怨:"你说蛙泳过去叫胸泳,你不扶住人家的胸,人家换不了气就总是呛水嘛……"

张学良本是女人围绕的中心,此时不知为何心底忽然泛起一丝醋意。因为围绕黄显声的基本都是各国领事的妻女,纷纷往前靠,"我来,先教我做示范。""教我,我先来!"

何花急了,"我没说我不做,我再来一遍。"

"要用心专心。"黄显声在何花俯身入水之时,真把左手垫在了她胸乳之下,大声念着教学顺口溜,"蛙泳动作要调配,先伸胳膊后蹬腿。划手腿不动,收手再收腿;外划掌斜臂向后,内划掌心外转内。收腿脚跟找屁股,小腿藏在大腿后;两脚外翻掌朝天,外蹬内夹划半圈……"

黄显声一边大声念,一边用手掰弄着何花的胳膊腿脚。当他抓住何花的脚朝外翻时,何花忽然呛了水,挣扎着脚落池底,一边咳着喘气,一边抱紧黄显声,似乎一松手就会惊醒一个梦。

"哈哈哈,哈哈哈,痒,人家,人家,哈哈!"

"来来来,另换一位。"黄显声朝四周招呼,把何花朝池边送,"何花,你先歇歇,旁观者清……"

"你看我来试试怎么样?"

一个低沉的声音响在耳边。黄显声猛然转头,与蹲到池边的张学良几乎脸碰脸。

"少帅!"黄显声轻叫一声,一头钻入池水中。景佑宫的水道只有三十米长,不到半分钟,黄显声已经潜泳到对岸钻出水面,跃上岸,一溜烟跑进更衣室。

"何花，效坤这两天就要回奉天了，别再出来花花儿的，哪刺挠找你掌柜的去，那才是保靠！"

"哎哟，少帅，别价。"何花故意风情万种地凑过去，"看您是一点不开面儿啊，到底是我花花儿还是你们家效坤不断溜地花花儿？"

说话间，何花忽然亮出真功夫，从水中踢出一脚，将一条玉腿水葱般竖直在张学良面前。

张学良本能地向后闪身，差点坐个屁蹲儿，幸亏常发一手扶住，顺势将他斜着身子扶立起来，在耳边劝一句："少帅，好男不跟女斗。"

张学良擦擦甩到脸上的水珠，边往开走边嘟囔道："只许何花劈腿，不许少帅张嘴，我惹不起还躲不起？"

临出泳池门，旁边闪出一人，张学良猛然止步。

"少帅，"黄显声已然西装革履，立正在面前，"警钟向您赔罪！"

张学良狠狠盯他一眼，侧身想从旁绕过，却被黄显声横身拦住。

"少帅，听说您骑马要备两副鞍，一副坐屁股，一副放肚子。在讲武堂有同学骂您土匪崽子，您一笑而过，今日为何不见那个宰相肚子？"

"轻浮！"

"哪个轻浮？聪明不是大智慧。你让我乘车，我一眼便认出你是少帅；既然你游戏众生，以贵人自居，想给平民惊喜，甚至是恩赐，我就满足你的虚荣心，难道不是这样吗？"

张学良一怔，肃容赧颜，"两字听人呼不肖，一生误我是聪明，愿闻警钟教诲。"

"不敢。多数当兵的是为吃粮，警钟来景佑宫是为证明自小不缺钱花，不为混饭吃。"

张学良正色道："但何花是张宗昌的女人。"

黄显声哈哈一笑，"情场战场任何地方，如果连张宗昌这号人都赢不了，那还干什么大事？"

张学良怔有片刻，舔舔嘴唇，"请先生到休息室一叙？"

"请。"黄显声不卑不亢,同张学良来到一间小包房。

张学良先躬身作揖,"谢先生所赠'十八冠军',好笔力,好刀工。"

"琴棋书画乃读书人讨生活的家伙什,不值炫耀。治印有人以为是匠气,我以为不然。方寸之间天地宽,朱白两记写春秋尔。"

"先生多才多艺,听说跳舞,连何花也甘为小学生?"

"跳舞不只是为娱乐。摩登舞有华尔兹、探戈、狐步、快步,要跳出高雅、文明、教养、品格。拉丁舞有伦巴、恰恰、桑巴、斗牛、牛仔舞,要跳出激情、节奏、率性、自信和自我。跳舞表现不出文化,那就是俗人寻欢作乐。"

"我看你应该当这个景佑宫的总干事长。"

"那就是用'干将''莫邪'做少帅的餐刀。"

"警钟对剑也有研究?"张学良认真考问,"欧冶子所铸何剑?"

"湛卢、纯钧、胜邪、鱼肠、巨阙五大名剑。"

"勾践所督造之越八剑?"

"掩日、断水、转魄、悬翦、惊鲵、灭魂、却邪、真刚。"黄显声口气转诚恳,"我知道少帅聪明博览,听了张寿臣《断三桥》的相声,就考问张寿臣三张断三桥断的是哪三桥,张寿臣语塞,少帅告之。文人墨客都赞少帅读书之细,学识之渊博。此误人子弟也。我还可以告诉少帅孙权割据江东之六剑、曹丕巩固长江以北之三剑,但对少帅而言,就有些哗众取宠,不务正业了。"

张学良握住黄显声手,"汉卿并非故意卖弄,想更多了解先生而已。警钟一鸣,既深刻,又不尖刻。那日同车返奉,先生纵论奉军之改造,我其实是想请先生出山……"

"少帅又错了。警钟与奉军官兵无一熟识,且无一日戎装,怎知裁谁留谁?又怎可能担此重任?此重任非少帅与郭松龄不可。警钟只求做讲武堂一学员,从头学起。"

张学良略一沉吟,道:"也好。我读炮科,先生也读炮科吧。我学习期间先后任营长、团长,也请先生能答应我,在学习期间兼任我的

97

副官。"

黄显声痛快一笑，"谢少帅给我边学习边实践的机会。"

上世纪末，我在北京双井见到何花时，她已是慈眉善目，面庞清癯，坐在轮椅中的老人，说话柔声细气："显声入讲武堂半年，少帅就三次请他去北京。因为关内直系、皖系相争，张作霖以'小扇子'徐树铮三次刺杀为借口，用'清君侧'的名义出兵入关，助直军大败皖军。少帅和郭松龄所率三十八旅，是被郭松龄改造过的精锐之师，关键时刻的关键之战总离不开他们。显声第三次进京，我是陪着一起去的……"

"城头变幻大王旗"的一九二二年。

春节后，黄显声返回讲武堂的第二天便被召到教育长办公室。进门略感意外——他看到刘多荃和王以哲两位少壮军官，都是郭松龄亲自调教出来的得力干将，听到开门声便迎上了，同声道："少帅又叫我们来请黄副官入京呢。"

郭松龄训练出的三十八旅，军纪严明，军威隆盛，被绿林出身的老将们哂之为"表面光鲜，未必善战"。郭松龄并不争论。吉黑两省告急，两万胡匪将两省官军打得连吃败仗。郭松龄只率一团人马进兵吉黑，三战三捷，剿灭了胡匪，团长、副团长便是留一字胡的刘多荃和尚未蓄胡子的王以哲。入关助吴佩孚打徐树铮，郭松龄又是率这个团围剿了皖军两旅之众！

绿林出身的老将们始为惊异，继而叹服。

然而，前两次黄显声是在津京见到刘多荃和王以哲的，这次居然让主力团团长亲自来奉天迎接，却是有些意外，更何况他俩身后还站着笑眯眯的常发。

"你怎么来了？"黄显声探头问。

"大帅派来的，说叫你陪他乘专列一道入京，规格够高吧？"常发笑着挤挤眼。

大半年来，常发有空就往黄显声这里跑，跟他学游泳。常发经常听说书的，知道《三侠五义》里的锦毛鼠白玉堂就是因为不会游泳吃了亏。常发感觉黄显声身上有种无形的吸引力：他可以率几千学生火烧赵家楼，痛打卖国贼；景佑宫里的女人都围着他学舞学游泳，景佑宫里的男人都向他求字求印……最让常发动心的是黄显声应战张宗昌。

年前，黄显声准备回凤城陪父母过年，阎宝航、张廷枢和常发在景佑宫西餐厅为他饯行。正喝得脸热，来了一位虎背熊腰的军汉，问明谁是黄显声，便憨憨地竖起一根大拇指："兄弟，我大哥请你去见个面。"

"你大哥是谁？"

"张宗昌，效坤将军。"

黄显声笑了，"来得好。你告诉他，大年一过我就去拜访，就定在正月十五上午十点吧。"

军汉看看张廷枢和常发，显然知道他们的身份，没敢造次，答应道："那好，弟兄们等你。"

黄显声望着军汉离去的背影，轻描淡写道："何花是被张宗昌强迫的，我答应还她一个自由身。"

常发说："我陪你去吧，张宗昌那小子喜欢犯浑，而且壮得像座铁塔。"

黄显声轻松一笑，"连这号人物都对付不了的话，将来还干什么大事？"

那一刻，黄显声在常发眼中变成了英雄。他灵机一动，把少帅与黄显声交往的故事讲给张作霖听，张作霖当即决定带黄显声一道入京。

要陪大帅进京的人，谅他张宗昌再犯浑也不敢杀害了，这是常发想好的底线。

这天，黄显声身穿长衫，独自来到东落凤巷。站在张府的门匾前，他说："为啥不叫何府？"又看看两侧大背双手的十名军汉，"将军有两百个亲兵，怎么只摆出来十个？"

他拾级而上,刚跨入院门,迎面四名军汉排列开,年前见过的军汉抬起胳膊拦挡道:"对不起,检查一下。"

黄显声闹着玩似的捅他一指头,然后从容地一弯腰,从胳膊下钻过去,回头丢一句:"学会弯腰就不会撞破头了。"

那军汉"哎哟,哎哟",胳膊居然僵僵地落不下来。

"效坤将军,警钟这厢有礼了。"黄显声跨入客厅弯腰作揖。

张宗昌忽然泄气道:"嘻,我以为三头六臂呢,怎么是个小白脸,这不是唬我小题大做吗?"

"效坤将军爱听说书,那锦马超、公子罗成、锦毛鼠白玉堂都是小白脸,不知您能打赢哪一位?"黄显声说话间,没人看到他抬腿,最多脚底离开地面半寸,长衫一抖,落脚却震动屋宇,"哎,也不给客人让个座?"径直去客厅左侧一张椅子上坐下。

张宗昌愣怔在椅子上,目光停在黄显声站过的地面久久挪不开。

奉天那时的豪宅,地面很少铺瓷砖,多是铺垫大青砖,有三寸厚,黄显声站过的那块大青砖已然碎成四五块。

"将军是痛快人,我也不喜欢绕弯子,今天我们见面不过是为一个女人——何花,难不成我们打一架?"黄显声轻松一笑,"你打赢我,人家说你欺侮读书人,专找软柿子捏。万一我打赢你呢?我怕你今后没脸出门了。"

张宗昌终于将目光从碎砖那里转开,望住黄显声,半天憋出一句:"那你说咋办?"

"我先问将军,你是要江山还是要美人?"

"废话,当然要江山,有了江山还怕没美人?"

"那好,将军嗜赌,一生不曾赖过账。我以黄家大院为赌注,与你赌三把,赌你手头剩下的那十万大洋。但凡我输一把,我就将黄家大院拱手奉上!"

"操!甭来这套。把你黄家大院分三份,我与你赌三把,如果你全输了,就拿'江山'来赎你的黄家大院。"

"你的江山不就是军队吗?"黄显声始终平平淡淡,"我无论输赢,送你枪炮齐全的一个军!"

张宗昌一跃而起:"说,赌什么?"

"将军号称麻将王,我与你赌八十八番的大四喜或九莲宝灯,绿一色也可以。"黄显声继续道,"听说你有一副象牙牌九,推牌九还是打天九由你定;最后我与你划拳,撞大运,一拳定输赢!"

"赌!"张宗昌摩拳擦掌,激动得有些发抖,"终于碰见敢跟我叫号的了……"

坐在轮椅中的何花带着甜蜜的回忆说:"黄彤光女士回忆过黄显声在蒋介石的集中营里为她打赌的故事,我看过那篇文章。她文中写道'听说黄显声赢了别人的宅子和女人',其实不是为财色,是为了还我自由身。那天黄显声三把全赢,叫人把我请了出来……"

"效坤将军,知道你为什么输吗?"黄显声叫何花坐在自己身边,淡淡地问张宗昌。

"运不如人呗。"张宗昌起身就走,"老子愿赌服输,我走你留下。得意啥呀,路还长着呢!"

"将军慢走,我有话说。何花不爱你,我答应还她自由身,赢你就算替她赎身了。这宅子赢来算给她一个落脚之地,毕竟她伺候了将军近一年。至于那十万大洋嘛,你也不必给我,替我存好不许动。我答应送你枪炮齐全一个军,年底前肯定做到,这十万大洋就算我送你的军饷了。这才是完整一个'江山',也让你懂得什么叫说话算数。"

张宗昌上下牙床拉开距离,足有一分钟才用鼻子哼哼道:"你,你去哪儿弄一个军?"

"再打一赌?"

"我……信你!"

"我赢你大四喜,你知道何为大四喜?"

"四喜财。"

"所以你输。久旱逢甘霖、他乡遇故知、洞房花烛夜、金榜题名时,方为四喜。"黄显声又问,"划拳你输我六六顺,何为六六顺?"

"六六顺就是六六顺呗。"

"君义、臣行、父慈、子孝、兄爱、弟顺,是谓六顺。你打天九,白瞎了那副象牙牌九。九九归一、九重天、九龙盘、九连环你能说出故事吗?"

"我只想知道先生如何能送我一个军!"

"不急,从今天起,把你那两百个不求同生、但愿同死的亲兵振作起来,等我从北京回来就告诉你怎么办。"

"我本该现在拜你,何花在,我留个面子,等你从北京回来我再拜!"张宗昌说罢,带着亲兵离开了宅院。

何花问黄显声:"这么简单,我就自由了?"

"宅子也是你的了。"黄显声说,"从现在起,你想干啥就干啥,想去哪儿就去哪儿。"

"真的?"

"我有一句假话吗?"

"我要跟你一起去北京。"何花一把捂住黄显声的嘴,"说话算数,别反悔,别说不行。"

何花随黄显声登上了张作霖的专列。

清晨,火车停在天津。常发随张作霖住进蔡园,何花随黄显声改乘汽车来到北京,没有去张学良下榻的顺承王府,被直接拉到京西万国高尔夫球场。

汽车停在田村山下。说是山,其实是高不过百米、方圆不足十公里的土冈。黄显声带着何花沿山间小路拾级而上,行百余米,眼前豁然一亮。望西北,圆明园、颐和园、玉泉山、香山,湖光山色一览无余。南望良田万顷,回首东望,京城繁华,市井熙攘,尽收眼底。

何花眺望一圈，两眼湿漉漉落到黄显声的身上，"做你的女人真幸福！"

"警钟，这是跟谁呀……哎哟，何花！"张学良一身高尔夫的行头，拿着球杆走过来，看清是何花，未免有些吃惊，盯住黄显声，"这是怎么回事？"

"张宗昌还算明白人，还了何花自由身。"黄显声淡淡回答。

"真行啊你，"张学良像看陌生人一样上下打量黄显声，"我看来看去还是低估了你，连张宗昌的女人也这么随手一伸就抢过来了？"

"少帅，"何花羞赧地朝黄显声身后缩缩，"您讲话咋那么难听……"

"哎哟，是我嘴歪。"张学良转而笑道，"啧啧啧，跟着张宗昌就有三分匪气，跟了警钟，就变三分潇洒四分羞涩了。何花，你说对了，做警钟的女人才是真幸福。"

"少帅，说正事吧。"黄显声指指球场中部那栋中西合璧的小洋楼，"去酒吧谈？"

"不了，我们边打球边聊。"张学良用球杆指着球场上一群人，"欧洲来了一伙洋鬼子，随便就能打出博基，或者帕帕，有两个年轻人还能打出'小鸟'和'老鹰'，我就是冲他们来的。"

"他们是专业，犯不着跟他们比。"黄显声提醒道，"皖系败了，已经南逃。直系、奉系主力都聚到了京津地区，我看最多一个月，就免不了一场大战哟……"

话音未落，一名年轻军官气喘吁吁跑过来，边敬礼边报告："少帅，大帅来电，说常发跟直军一个旅长动了手，叫你跟吴佩孚联系，闹大了对谁都不好……"

张作霖来到天津蔡园，屁股尚未沾座椅，参谋长杨宇霆便开始汇报：奉军趁直皖大战，进兵北京，"接收"库房，"收缴"军械，抢夺大炮，与直军"分赃"飞机，并且抢在直军前面独自夺得全部无线电……

张作霖含笑首肯，"得骗就骗，得抢就抢，壮大自我，看来你是真懂了。"

"南苑、西苑都被我们抢先驻军了,这次所获够扩编几个旅。"杨宇霆道,"我们的军事占位对下一步的政治分赃很有利,至少热河、绥远、察哈尔三省是攥在手心儿跑不掉了。"

"不是分赃,是分红。"张作霖故意板起脸纠正。

"如此一来,大帅既是东北王,又是满蒙王,剩下来就是看与直系翻不翻脸,何时翻脸了。"

"不过一个小小的师长,直皖一战居然和我平起平坐了。"张作霖恼火吴佩孚,但吴佩孚以洛阳为基地,不但在华北西北占地,而且控制了长江流域,让他轻易不敢动手,"先搞搞震,但不要擦枪走火。"

杨宇霆想起什么,道:"对了,我们在南苑机场分赃……分红飞机时,缴获空军的两只神灯,叫什么探照灯,被吴佩孚的邹旅长私吞了。听说那东西厉害得很,最新科学,亮一次能照瞎一个营的兵!"

"有这种宝贝?"张作霖咬牙,"妈了巴子,一炮轰不死一个班,一亮能照瞎一个营,你们抢什么骗什么了?找吴佩孚去要!"

"这么久了,怕是要不成。"杨宇霆摇头道,"搞搞震而已。"

"我去要!"常发从张作霖身后蹦出来,"干这种买卖我在行,只要真有这种东西,神灯要到手才算搞搞震。"

"好,常发,就你去,让吴佩孚添堵,就说我们入关是给直军帮工的,分一半算工钱。"张作霖右拳击左掌,"记住,要灯是为了让姓吴的添堵,让他气得吐血!"

"常发见不到吴佩孚,还是我带他去见吧。"杨宇霆如此这般地"教导"一番,便带了常发去北京。

吴佩孚打败皖系后,住进中南海,在居仁堂接见了杨宇霆。

一番客气寒暄之后,杨宇霆开口谈正事。

"玉帅,南苑是我奉军先打下来的……"

吴佩孚抬手阻止道:"你们没打,是我们打的,你们是以调停为借口开进南苑乘机收缴皖军军械，抢了个大便宜。"

"哎呀，难怪人家都说当兵的遇见秀才，有理也讲不清呢。"杨宇霆知道吴佩孚是光绪年间考上的秀才，历来看不上张作霖、张宗昌这些绿林出身的军人，故意将话颠倒来讲，"玉帅每次出兵，必要连发几道通电，历数对方罪状，我们这些行伍出身的就学不来。杀人就杀人吧，玉帅杀人还总要说明是替天行道。我们不是不讲理，是有理也讲不过玉帅。就说南苑吧，飞机我们跟你平分了，可有两盏神灯，哦，叫什么探照灯，听说亮一下能照瞎一个营的兵，就被玉帅的人私吞了。"

"这才是秀才遇到兵，有理你也听不懂。探照灯亮一下能照瞎一个营的兵？也太无知了吧。晃一下眼是可能的，要能照瞎一个营的兵你奉军还进得去南苑？"

"照瞎照不瞎你总得分我们一盏。"常发在杨宇霆身后插话，"大帅说我们千里迢迢赶到关内是为你们直军帮工的，分一盏灯那算是给工钱。"

"放屁！"吴佩孚大骂，"你是什么东西跑这儿来讲话？东直门的库房、西苑的炮兵，还有徐树铮的无线电中队，你们不是都独吞了？什么帮工，你们是不远千里赶来摘桃子！"

"常发，不到你说话的时候。"杨宇霆喝止常发，对吴佩孚道，"玉帅息怒，这些气话我也不会跟我们大帅学舌。东线若无我们奉军施压，玉帅在西线也不可能三天就解决战斗。直皖相争，奉军站在哪边，哪边就可能赢，这点玉帅心里应该明白。我听说那两盏灯是被邹旅长收了去，为直奉两家的和气，万望玉帅给个面子，给邹旅长去个电话，叫常发去见见。真有这两盏灯，就送我们一盏；实在没有，我们回去对大帅也有个交代。若是见都不见，解释话都没一句，为大局，我相信玉帅不会这么做。"

吴佩孚沉默片刻，起身进了侧屋。杨宇霆对常发使眼色，"邹旅长那里就看你的了。"

果然，吴佩孚回来便说："你们去找邹旅长吧，他说听都没听过什么神灯。"

"常发，你去吧，客气点啊。"杨宇霆支走常发，对吴佩孚叹气道，"唉，玉帅是儒将，我们大帅你也知道，不是读书人，所以手下用的这些人，除了手黑没别的本事。"

吴佩孚点点头，"算你说句实话。张宗昌是什么人？他来投我，被我一脚踢出门外。这种土匪出身的狗肉将军，张作霖居然奉为上宾。真是物以类聚，人以群分。邻葛能说真话，中午我请你一道用餐。"

吴佩孚吃饭很简单：馒头稀粥，两荤一素三盘菜。他是山东蓬莱人，喜欢吃戗面馒头，三盘菜之外还有个小碟子，放几根葱段，时不时夹根葱段蘸酱吃。

"我在松林店俘获皖军主将曲同丰，他是我在北洋武备学堂时的教官，又是保定军校校长，我跑过去给他敬礼，说'车已给您备好了，请老师上车'。曲同丰说：'果然是教会徒弟饿死师傅。'"吴佩孚开心一笑，"我说，'老师教出我这样的学生您应该骄傲，连康有为都给我送贺联：牧野鹰扬，百岁勋功才半纪；洛阳虎视，八方风雨会中州'。"

"玉帅一战安湘，再战败皖，三战定鄂。"杨宇霆赔笑竖拇指，"《民国日报》宇霆注意看过，称玉帅是赤诚爱国，大义昭然。"

吴佩孚左手抓个馒头惬意地咬一口。副官匆匆进来，附耳汇报什么。吴佩孚停止咀嚼，继而变色，继而眼中冒火，呸！将口中戗面馒头吐在粥碗里。

"土匪！"吴佩孚将手中馒头掷于菜盘里，霍地起身，"真是马贼的种儿！"

杨宇霆立刻明白是什么事了，却故装糊涂地起身慌忙问："玉帅，玉帅，怎么了？什么事……"

吴佩孚早已大步而去，仿佛不存在杨宇霆这个人，望着一桌饭菜狼藉，杨宇霆窃笑着准备走人。

进来一名副官，面无表情道："直军吴总司令告张作霖：五四以来，直军外争主权，内惩国贼；虽不尽精良，对贼匪尚能敷用。有道是与其一日纵敌,不若铤而走险。民心即天心,士为四民之首,士气即民气也,诚若不信,继续颠倒措施,不妨一试便知!"

杨宇霆心知事情闹大,嘴上还要争辩:"当兵的遇见秀才,听不懂啊,到底出什么事了?"

"你们的人还懂道理吗?三句话没说完就拿枪捅在我们邹旅长太阳穴上,绑了人还抢了探照灯,车开出两里地才放回我们邹旅长。"

"哎呀,我早说了,这些当兵的除了手黑,别的啥本事也没有……玉帅的话我一定转达,你也劝劝玉帅,别气坏身子,还是和为贵,我们大帅的脾气他也应该清楚,那不是读书读出来的,是生生死死,刀头上舔血滚过来的,诉诸武力对谁都不好。"

杨宇霆回到顺承王府就给张作霖打电话,张作霖下令调奉军陆续入关增援,同时令张学良去吴佩孚那里协调,拖延一段时间以便做好军事部署。

张学良带着副官黄显声从万国高尔夫球场赶回北京城,到中南海求见吴佩孚,三请而不得见,被吴佩孚拒之门外。

回到顺承王府,黄显声对张学良分析形势,指点地图说:"奉军与皖军素质相当,皖军同直军打了三天便全军崩溃,奉军也难免同一下场,甚至更糟。因为西线总指挥张景惠不但是绿林出身,而且没骨头,上不得战阵。其余如汤玉麟等老绿林,根本是打渔杀家的角色,与正规军无法相抗,而且连排以上军官全吸毒,除鱼肉百姓,别无本事。奉军虽是直军的三倍,真正能打仗的只有郭松龄的三十八旅,应该放在山海关,在危急时刻可以挡住直军,保住关外不被直军攻陷。"

张学良对黄显声的分析半信半疑,为保险,将郭松龄的三十八旅放在东线,万一如黄显声所言全军崩溃,可迅速回防山海关。

张作霖和他的参谋长杨宇霆却有完全相反的考虑。奉军是直军三倍,"投鞭断长江之流,走马观洛阳之花",搞搞震的终极目的就是要找借口开战,打垮直军,武力统一中国。

发了横财的张作霖在天津举行记者招待会,向外宣布:"我现在已经拥有三十万大军！"

美联社记者惊叹："比美国全国的军队还多十万？"

张作霖瞟那记者一眼，厉颜厉色道："只要我愿意，百万大军亦可组成。奉军入关之日乃是扶危定乱，卫我商民。其与我一致者，甚愿引为同志；其敢于抗我者，即当视为公敌！"

美联社记者起身道："当年美国来了一条船，日本举国挡不住。日本学习美国，也开来一条船，中国举国挡不住。养那么多兵有啥用？一堆血肉而已。"

张作霖勃然变色，杨宇霆抢先应道："今日大帅论内政而非外交。若论对外，大帅眷怀祖国，痛禹甸之沉沦，恨外侮之猖狂。自信我奉军官兵，屡经战事，绝不致如甲午、庚子之失败。倘有不信而诉诸武力者，届时大帅敢吁请湘、鄂、桂、滇、黔各军一致移师对外，异族腥膻未必能够得逞！"

国内记者纷纷响应叫好，美联社记者情知惹了众怒，不再作声。

张作霖颜色稍霁，离开会场，对常发说："这一仗是非打不可，而且必须打赢！"

第八章

进入四月份,张作霖与吴佩孚几乎天天通电,相互声讨指责,温度比天气还升高得快。终于,直系首领曹锟给吴佩孚表了一个态。

曹锟是张作霖的儿女亲家。

电报一改文言文的习惯,而以曹锟的口语发给吴佩孚:"你就是我,我就是你。亲戚虽亲,不如自己亲。你要怎么办,我就怎么办!"

此电一发,吴佩孚、齐燮元、陈光远、田中玉、赵倜、萧耀南、冯玉祥、刘镇华,各路军阀立刻有了决心,联名通电,下战书一般:"奉张借口谋统一而先破坏统一,托词去障碍而自为障碍""奉军既无中央明令,又不知会地方长官,十几万大军源源入关""作霖不死,大盗不止。佩孚等既负剿匪之责,应尽锄奸之义"。

张作霖将大本营设在天津东的军粮城,将曹锟、吴佩孚的电报拍在桌案上,对常发大发感慨:"妈了巴子,曹锟已经六亲不认,常发,咱们该怎么办?"

"大帅说怎么办咱就怎么办,我去北京把他绑来?"

"亲戚虽亲，不如常发亲啊。"张作霖动情地抚摸常发道，"打仗不是江湖恩怨，绑来他有什么用？我算计着一周之内就要打响了，给你三天假，回天津认祖归宗吧。当年我对不起你爹，把你绑来跟他要五万大洋。他虽然没给，却少了一个儿子。入关前，徐树铮的刺客是你抓的，他们带的十二万大洋是你缴来的，我的命是你救的。这十二万大洋你拿去送你爹，代我给他磕三个响头，听懂了吗？"

常发在天津宫岛街的日租界里，找到父亲住的那座花园别墅，在大门外跪了一上午也没能进院门。

老管家过来悄声说："老爷不见不认。他说当过土匪，有辱祖宗门风的事，整个家族都不会答应。"

常发起身，将那十二万银票掷到管家身上，"告诉那个老东西，他就是李天王，我哪吒跟他也没关系了！"

"你不要发火。"老管家将银票交还常发，"老爷不缺钱。他知道你每年都要去看一次你母亲，老爷每次见你母亲，都要细细问你的事。你母亲每次见你都要跟你合照一张相，那是老爷的吩咐。那照片老爷都收着呢！老爷他难啊……"

常发眼圈一红，将那张银票丢在地上，"我也不缺钱。"

常发转身离开，身后传来老管家的哽咽声："我知道你们都不缺钱，只缺……唉！"

常发当天就赶回军粮城。

正准备吃晚饭的张作霖一见常发，立刻明白是怎么回事。他指指餐桌旁的椅子，"坐这里，陪我喝两盅。"

两盅酒下肚，张作霖说："常发，包神仙当年就算定你姓不成周，天机不可泄而已。我祖籍是河北大城县，我都当到总督了，去年返乡认祖还被族中老人拒绝。妈了巴子的，说我当过胡子、马贼，有辱门风。你信不信，再过一百年，狗日的这群老犊子坟头都找不到了，后人会抢着给我立庙。那时候，有的是人争着把我老张往祖坟里拉扯！"

"我不要坟，也不想归宗。人活一世，草木一秋，能追随大帅，常发就没白来。其实我啥也不少，就缺点……酒！"常发将二锅头倒入茶杯中，一饮而尽。

坐在轮椅上的何花说："我陪黄显声回奉天，张宗昌已等在门口求教。显声说：'直奉一战很快会打响，吉林前督军被大帅赶走后，他外甥高士傧心怀怨恨，此时必反。他手下官兵多是绺子出身，你去平叛可得一军。'张宗昌跪下就磕了三个响头。没过一个月，直奉之战打响，奉军兵败如山倒，高士傧果然联合绥芬河游击司令卢永贵反了张作霖。"

拄着拐的王再天也曾对我讲："俄国在北满势力很大，十月革命后，一些新思想新名词传过来。奉军被吴佩孚赶出关后，我就开始听说'布尔什维克''苏维埃''国际共产主义'这些新名词……"

我的常发叔曾喝酒聊天说："吴佩孚率十万直军抢先向三十万奉军发起进攻，不到六天，张景惠投降，西线奉军全线崩溃。幸亏郭松龄的三十八旅赶到山海关，只用一个团就挡住潮水般涌来的直军，为大帅争来个止兵罢战言和。从那时起，我打心底佩服郭松龄、黄显声、阎宝航这些有文化的人了，并且从他们那里听说了'英特纳雄耐尔'和共产党……"

常发随张作霖撤退到山海关外的天泰栈，终于停车歇口气。
"叫张宗昌来见我！"张作霖接过常发递上的湿毛巾，一边擦脸一边南北眺望。

南边炮声隆隆，三十八旅终于挡住了直军。关外的公路上升腾着一团团黄尘，滚动着溃不成军的败兵。满装着弹药和抢掠物资的卡车、马车，一辆挤一辆地和步兵争路；汽车尖厉的喇叭声混杂着人吼马嘶朝北涌动；避开公路的野地里，到处走着三五成群的散兵，有丢了帽子的，有丢了裹腿的，有敞开了衣襟的，更有扔了武器的。所有人只剩一个念头：赶快逃出山海关。

常发忍不住道："大帅，郭松龄说得没错，您养一群吃货。"

"什么意思？"张作霖望着他的败军问。

"养兵千日，为了用兵一时。"常发学郭松龄的口气，"大帅钱多了心善，养兵千万，为了让他们一辈子吃粮不用花钱。"

张作霖"扑哧"一声笑，"妈了巴子的郭鬼子，砢碜人倒是不打奔儿。"他回到客栈，坐下喝茶，"我就听小六子一回，给绿林兄弟们放假，交郭松龄负责整军经武，改造奉军！"

一壶茶没喝完，一串动地脚步声响，铁塔似的张宗昌一脚跨入门内。

张宗昌举手敬礼："报告大帅，张宗昌到！"继而垂手侍立，放低声音，"传我有何吩咐？"

"效坤，我现在已是败军之将，前程未卜啊。"张作霖故作忧虑状，"我不能连累你们。趁我还剩一点本钱，想资助将军去另投明主。"

"大帅，说啥呢？"张宗昌叫起来，"您把效坤看成什么人了？且不说滴水之恩当涌泉相报，大帅现在若赶效坤，效坤在江湖上还怎么混啊！"

"墙倒众人推是常理，树倒猢狲散是规矩，没人会说你。"

"那是狗娘养的！大帅，您别难为效坤了，上刀山下火海您说一声，效坤眉毛皱一下也不是咱娘养的。"

"春天追东风，秋天随西风，这叫识时务……"

"大帅不是转文的人，效坤也听不懂。我就知道您现在走背运了，正该效坤拿命来效忠到底的时候，您再绕山绕水可就让效坤心寒了。"

"兄弟，我没看错。"张作霖起身上前握住张宗昌的手，"说正事。听常发讲，有个黄显声赢走了你的宅子、女人和十万大洋？"

"大帅，对不起，效坤没出息，您给的这点家当全被那小子赢走了。不过他说送我一个军，说大帅的兵除了三十八旅全是吃货，必败无疑，届时吴佩孚会策反高士傧、卢永贵，抄大帅后路……"

"他说准了。"张作霖只回应一句。

"大帅，就让效坤去剿灭他们！"

"野地里那些散兵随你收编挑选。"

"不用。我只带自己那二百亲兵,提不来高、卢两颗人头,我就送上自己这颗头。"

逃回奉天半年了。张作霖为让郭松龄放手整军经武,令绿林老兄弟们放假,自己带头上炕抽大烟,拒绝见一切说情求情之人。

"常发,你过来。"张作霖将鸦片烟具放置炕上,坐起身,两眼过足瘾地熠熠放光,"近点,站我身边。"

张作霖左看右看,站起身绕常发一圈,鼻子里哼一声道:"天天在我眼前晃,怎么就没发现呢?啥时候比我还高一拳头了?"

"报告大帅,这一年多您忙于打仗,我悄悄蹿了一尺。"

过足鸦片瘾的张作霖拿常发逗闷子:"嘴巴起绒毛,嗓子变音响;梦里翘鸡巴,醒来吃死娘,我该给常发寻媳妇了。"

常发红了脸,低头道:"别逗常发了,人家烦着呢,大帅要是养不起,常发就走人。"

"妈了巴子,不就是输掉热河、察哈尔和绥远吗?还养不起你一个小常发?只要东北三省在,我还要武力统一全中国呢。我知道你烦什么。"

"烦啥?"

"不就是你爹不认你吗?"

常发摇头,"人家烦的是有些道理想不明白。"

"哈哈,常发也开始想道理了?说来听听。"

"少帅带我去青年会,认识了一位阎先生。我把大帅常讲的道理说给他听,他说大帅出生之前五年,外国有位鲍先生写了一首真经,大帅把真经念成藏经了。"

"什么真经,什么藏经?"

"我说官府腐败,乞丐遍野,散兵抢掠,土匪横行,大帅被逼得扯旗拉队伍,保护地面。他说真经应该是:起来,饥寒交迫的奴隶,起来，全世界受苦的人！满腔的热血已经沸腾，要为真理而斗争！"

"还不是一毬事？"

"我说土匪做大了就是皇上，绺子做大了就是官。他说真经是：不要说我们一无所有，我们要做天下的主人！……"

"妈了巴子，天下的主人还不是皇上？"

"他说皇上是一个人，主人是所有受苦的人。"

"皇上只能是一个人，所有受苦人是老百姓，还鸡巴真经呢，连蹲着拉屎都没学会。"

"我说大帅和弟兄们不能同生，但愿同死。他说真经应该是：这是最后的斗争，团结起来，到明天……"

"妈了巴子，我叫他念着真经去见鬼！"张作霖一掌下去，炕桌上的烟具都跳起来，"卫兵，给我到青年会抓人去！"

"哎呀，那可不行。阎先生是少帅的朋友，包神仙说他是北斗五，将来要做大事呢。"

"包神仙给他算过命？"

"包神仙说他是北斗七星里的玉衡星下凡。"

张作霖略一沉吟，放缓声音说："好吧，我不杀不打不骂，你去把他给我请来。"

奉天基督教青年会距大帅府不过几步路程，张作霖来到办公室半小时，等来的却是一副山东大嗓门：

"大帅，效坤回来了！"

心烦意恼的张作霖拍桌而起，"滚！你是军人吗？妈了巴子，当在家呢，给我重新进来！"

那山东大汉比两个张作霖还压秤，却在张作霖拂手之间，皮球似的滚出屋，在门口立定，用军人姿态，向后转，敬礼："报告大帅，张宗昌到！"

"输了不要变色，赢了不要失态。"张作霖低头装烟锅，没头没脑训斥一句，才抬头正色问，"收获多少？"

"收得白俄兵一万有余、步枪九千支、机枪五十多挺、火炮十七门、铁甲炮车一列。"这位民国历史上有名的"三不知"[1]大军阀在张作霖面前毕恭毕敬，什么数字都不糊涂，"收卢永贵败兵和各路红胡子建了三个团，可是兵额大大超过了编制，不敢都压给大帅，我，我斗胆就种了鸦片喽。"

"千军易得，一将难求啊。"张作霖纳闷道，"你跟郭鬼子怎么尿到一个壶里去了？整军经武他裁减老军七万人，你那点军队老、残、劣，一筛子捞不出俩好虾，居然一个没裁，靠种鸦片发饷！啊？"

"常发没跟你学舌？这叫一物降一物。"张宗昌一脸得意之色，"瘸子独站世界，瞎子目空一切，我张宗昌是死皮赖脸，敢犯贱就无敌天下。"

张宗昌自小家中一贫如洗，靠着地瓜煎饼卷大葱，吃出个虎背熊腰，身高将近一米九，在那个年代绝对是马上吕布、马下武松。他十八岁独自闯关东，挖煤、淘金、筑路、装卸，还当过镖手，整年混迹于三教九流之中，练一身娴熟马技，习一手高超枪法，在各绺子、胡子中也赚了不小的名气。

穷人天生就与"革命"亲。张宗昌最欣赏一句口号：我们失去的只是一副枷锁，我们得到的将是整个世界！

所以，辛亥革命一爆发，他便带了自己一班弟兄投入南方的革命军，出任上海光复军骑兵团团长，同北军作战。袁世凯知道如何与这种"革命者"打交道，暗中派人送去五万大洋，张宗昌毫不手软就杀了革命党领导人物陈其美，投到北洋军冯国璋手下出任第六混成旅旅长，很快升为师长、第二路军总司令。冯国璋死后，曹锟和吴佩孚看不上这位吃喝嫖赌又两肋插刀的人物，连个空头衔都不给他，他便带了两百亲兵投到张作霖门下。

---

[1] "三不知"，不知有多少枪、多少兵、多少姨太太。

当时，孙中山正游说于各军阀之间，派代表来见张作霖，张作霖赞助孙中山十万大洋，却随手送给张宗昌二十万大洋。张学良劝其父道："孙先生好歹也是民国之父，张宗昌不过是戴了高帽的胡匪，厚薄颠倒了吧？"

张作霖道："效坤挥金如土，敢两肋插刀，乃是一条好汉、当代豪杰。他处境不利时给以援手，将来用兵必有大用。"

果然，张作霖与直军作战失利，逃回关外，张宗昌不离不弃，请缨出战，只率自己的两百亲兵，去打直军所收买的高士傧、卢永贵。卢永贵手下各级军官都是胡子出身，一听"大哥"张宗昌来了，不战自降，高士傧、卢永贵节节败退，成了张宗昌的俘虏，被枪毙于珲春。

张学良自叹用人不如老爷子。

张作霖整军经武所依仗的完全是另外一种人，那就是"躯干魁梧奇伟，面生连鬓胡须，高鼻深目，带棱带角，酷似西洋人，故人称郭鬼子"的郭松龄。

郭松龄家境亦是一贫如洗，其父识文断字，一生苦读，终未得志；母亲虽明事达理，好品德却当不得饭吃。郭松龄十三岁即给地主扛活，到十九岁才谋一份糊口的工作，一旦考入军校，其志必然宏大。他是同盟会员，投入奉军就是为了改造奉军。张学良在讲武堂读书，对郭松龄授课极为佩服，"尊之为师，引以为友"。他曾称郭松龄为"不将军"，即：不徇私情，不苟言笑，不磕头，不结拜，不打人，不骂人，不媚上，不压下，不吸烟，不饮酒，不嫖娼，不赌博，不送礼，不收礼，不沾公款，不谋私利。

郭松龄带兵，军事讲科学，纪律讲严明，不出一年"该旅成绩冠于各军"。然"忌之者日众，异口同音：纪律虽佳，未必善战"。但令众人惊异的是，郭松龄只率一个团即剿灭了皖军两个旅，且在兵败如山倒之际，以一团之力，阻直军于山海关下，稳住大局。

于是，郭松龄声名鹊起，张作霖心服口服将整军的责任和大权都交给了郭松龄。郭松龄一生俭朴，自强自律，无论冬夏，永远一身戎装，严整、严肃、严格，奉军上下无论如何顽劣之徒，见之无不悚然警惕，谨言慎行。就连张宗昌这样的"英雄豪杰"，听见"郭鬼子"三个字，也不免"头痛胆寒"。

郭松龄带着张廷枢和常发去视察张宗昌的部队，出发前就交代说："这个狗肉将军实在是文明之一大害，此去必须剜除掉！"

张宗昌的部队打起十二分精神来应付"郭鬼子"的检查，奈何全是胡匪出身，缺少最基本的军事素质，无论如何难入"郭鬼子"的法眼。不到半个时辰，"郭鬼子"的操娘之声已经响起十几遍，就差当场下令遣散所有人马了。

赔一路笑脸的张宗昌忽然转到郭松龄面前挡住去路，"扑通"跪地，磕头高叫："爹，您老也操累了，咱先歇歇好不好？"

"你搞什么名堂，你刚才叫啥？"

"叫爹呀。您半个时辰操了俺娘十几遍，您当然就是俺爹了。"

郭松龄目瞪口呆，"你比我大十岁！"

"有志不在年高。按军纪论处，您要不是俺爹，您操俺娘十几遍该咋办？所以您就是俺爹了。俗话说，看孩儿先看娘，看兵先看将，您先歇歇，看孩儿我是文明一大害还是文明一猛将。"

郭松龄红了脸，半晌无言以对，只好在检阅台上就坐，看张宗昌率他的两百亲兵"各显神通"。

果然个个身怀绝技！

"打人先要抗击打。"张宗昌赤膊了上身，亮出铜铸铁打般肌肉块，叫号道，"玩了十几年枪，这身筋肉都闲臭了。爹，借你两位少将军的拳脚，试试这副臭皮囊还能挨起挨不起？"

张廷枢便有些犹豫，"将军，动真格的？"

郭松龄瞟一眼铁塔般站立台下的张宗昌，扔下一句："就当上了战场吧。"

常发已经亮开嗓门："张将军，你虽然不还手，但是可以招架，护住要害的地方，不然我们放不开手。"

"这话到位,自古英雄出少年,动手吧!"

郭松龄的秘书处长李坚白曾回忆过那场"抗击打"。两位少年的拳脚"赏心悦目,赢得阵阵喝彩声",效坤抗击打却似"山岳摆簸,令人惊心动魄"。"常发出掌必有裂帛之声,挥拳常伴闷雷沉重",那两双脚都是穿了半高靿的牛皮靴,或踢,或蹬,或踹,或踩,十几次将张宗昌打倒于尘埃之中,转瞬间便如熊滚坡、虎跳涧一般跃身而起,马步站稳,继续抗击风暴滚滚的击打。

"停!"郭松龄厉声喝止,看看表,整十五分钟。他走下检阅台,照张宗昌胸肌上擂三拳,"有金属感!"

"爹,夸我呢?"

"太极十年不出门,形意三年打死人。廷枢练的是形意拳,却伤不动你分毫,夸不夸尽在不言中。"

"我还要给爹亮一手。"张宗昌转向常发道,"我这两百多斤重的臭皮囊想和常发这一百斤不满的少年郎比比骑术。"

"怎么比?"张廷枢觉得有趣。

"不到两百米的距离,先跑完为胜。"

"哈,谁说张将军是粗人,他也知道跑长了不行,再好的马也得被他压垮。"张廷枢开心地拍一掌常发,"跟他比,让他二十米。"

"先别夸口,谁让谁到场再说。"张宗昌领着众人驰马向东,来到一片桃林。那是毛桃树,果实不能吃,只能当弹弓丸子或晒干了当助燃的油料。毛桃树没有主干,长得如佛手一般,枝枝丫丫,横向摊开着生长,交相参差,互缠你我,别说跑马,羊都钻不过去。

"实心桃木驱魔杀鬼,坚硬无比。"张宗昌不知何时手里多了一把大刀,拇指试试刀锋,朝前一劈,"闯阵杀敌关键就在这两百米,撞破了,闯透了,敌军就会全线崩溃。从八国联军到第一次世界大战,老子在战场上就喜欢冲撞这两百米!"

"太棒了,常发只恨没早认识张将军,我愿陪将军冲破这两百米!"常发找来一把双面开刃的无极刀,左右劈风,吼道,"将军下令!"

"杀！"张宗昌一声吼，两骑马出膛的炮弹一般撞向桃林阵。这是颇具实战意义的比拼，骑兵练劈斩，最密集也不过十米竖一个草人；闯桃林犹如闯敌阵，刀丛剑林，步步为敌。杀伐声中，红枝绿叶漫天飞溅飘洒；大刀劈斩，如电闪雷鸣游刃其间。生活在东北的老人都知道，拇指粗的桃木，其坚硬度不是菜刀能轻易斩断的，若碰了胳膊粗的枝干，七八刀砍不断也是常事。在桃林中飞马砍杀一条"血路"其难度可想而知，不但要有足够的勇气力气，更要有高超的骑技和刀术，下刀要快、准、狠，不同的枝丫要从不同的角度砍削斩截，既不能被虬张的枝丫绊倒马，又不能被横七竖八的"佛手"撞落马，在稳中求突破，在不断的突破中争速度……终于，张宗昌抢先冲出了桃林阵，他的身后留下一条残枝败叶铺就的"胡同"。

"哈哈，身大力不亏吧？"张宗昌从"胡同"里走马返回，对隔壁"胡同"里赶上来的常发道，"以己之长，赌敌之短，我赢你半分钟！"

"心服口服，常发输给将军一点不丢脸。"常发浑身蒸腾着汗气，在马背上摇晃着放松筋骨。

"效坤，你，你这是……你的牙怎么了？"郭松龄迎上来喊。

"牙？"张宗昌忽然觉出嘴麻，且隐隐作痛，说话也有些漏气，"我的牙……他奶奶的，我的牙！"

张宗昌发现两颗门牙不见了，想必是闯阵时撞落，竟没发觉！他兜马回转，顺"胡同"一路寻去，发现那根碗口粗的枝干半折不折地斜垂着，上面赫然嵌着两颗牙，白森森的牙根几乎有一寸长！

"我日你祖宗！"张宗昌挥手一刀，将那根桃枝砍断，左手拎起，按在大腿上，刀插地，右手便去掰扯那两颗牙，使出吃奶的力气，终于扯下两颗牙，用血染的唾液吮吮净，嘿的一声，将两颗牙塞回去，近一寸长的牙根全按入牙床中，疼出一身大汗，坚持有十分钟，才松手啐口痰，"奶奶的，想跑可没那么容易！"

我上初中时，也曾撞落一颗大门牙，便是学了张宗昌的办法塞回牙

119

床，至今七十六岁了，还牢牢长在嘴巴里。

郭松龄、张廷枢、常发及一干围观的人马看得目瞪口呆，半天没醒过神来。

"这，这就行了？"张廷枢终于透过一口气。

"假牙都能长住，何况老子这是真牙！"张宗昌恶狠狠地说，"三天就能啃骨头！"

果不其然，那两颗大门牙三天后就开始啃骨头，到张宗昌死，两颗大牙还牢牢长在他嘴巴里。

"爹，给句痛快话吧，你打算给我裁多少兵留多少兵？"张宗昌终于转回正题上。

"别价，我当不了你爹，也不想当你儿子，不就是为裁军吗？"郭松龄少有地赔出一份苦笑，"我不裁你一兵一卒，只要大帅肯发饷，你都养起来，我不管。"

张作霖终于等来常发，却不见他请的"北斗五"。

"阎先生说，他的饭钱是青年会给的，他的活动只听青年会的安排。"

"这个瘪犊子，跟我玩这套！"

"我本想把他绑来，又怕少帅骂，他跟少帅称兄道弟。"

"青年会的钱，多一半是小六子给的。"张作霖略一沉吟，"那就叫小六子请他来吧。"

"这种傍外国佬讨生活的东西，都是卖掉祖宗换杂种，掉转头，掉转头反骂你是文明一大害！"张宗昌愤然道，"当今是多事之秋，天下大乱，就是俄罗斯也打得昏天黑地，连皇帝一家子都杀了。白俄司令涅恰耶夫跟我讲，那群人红头发绿眼睛，粮食抢光，牛羊吃光，男男女女，脱光了一起上床……"

"谁的主意？"张作霖歪着脑袋问。

"你的是我的,我的也是你的,谁有就抢谁,吃的穿的用的,抢来大家共享,反正不许私有……"

"我怎么听着像土匪,像绿林呢?"

"土匪才有几个肯入伙的?要不说人家这主意想到家也坏到家了。没钱没老婆的穷人都愿意入伙,一夜之间就闹成大势力,把政府全推翻了!"

"妈了巴子,天下有这么坏的人这么坏的主意?这不就是比咱们干绺子时候闹得更大吗?"

张作霖与张宗昌正说着,阎宝航到了。

"大帅,玉衡向您赔礼了。"阎宝航双手作揖,躬身九十度,"此前,玉衡只知汉卿,不知雨亭,得罪了,念玉衡系晚辈……"

"得,得,你知道我也是东三省的大帅,你不知道我也还是东三省的大帅,变不成皇帝。"

"大帅是不肯原谅晚辈了?这位是效坤将军吧?当过直军二路军总司令,响当当的英雄豪杰。但我相信,一旦大帅需要,效坤将军定然慷慨赴义,万死不辞。"

"废话,我跟大帅什么感情?三刀六洞皱一下眉就不是人养的。"张宗昌睥睨阎宝航。

"豪迈!为什么?只为大帅肝胆相照,义薄云天。这叫不相交不折腰。玉衡对汉卿正像效坤将军对大帅,只要汉卿一句话,上刀山,下火海,玉衡万死不辞,这是有相交,才有叹服,才肯折腰,难道有错吗?"

"雨亭知错,雨亭小家子气了。"张作霖居然回敬阎宝航一个长揖,"先生请上座。"

"玉衡供职于基督教青年会,与英美打交道多,不得不西装革履,但是骨子里还是现在这身打扮。"阎宝航抻抻衣褶,"长袍马褂,传统为根本。"

"不瞒先生,我最看不上假洋鬼子。"张作霖道。

"大帅是正确的代表,以五千年之中华文化为根本,对西方的态度是拿来壮大自我。先进的、有用的,拿过来;落后的、没用的,一脚踢开。"

"没错,我讲不出文明话,可我一直是好东西就拿过来发展壮大自己。"

"我到上海总会,那里的外国人都知道大帅这个长处,不像那些假洋鬼子,除了学舌几个洋名词,其实什么都不懂。"阎宝航先用高帽子套住张作霖,然后很自然地引出本意,"比如'主义'这个词,就是个洋名词,假洋鬼子连什么意思都没明白,就挂在嘴上吓唬别人。主义就是道理的意思,是指人对世界、对社会等问题的理论主张。我上次带回几本新潮刊物,上面有篇毛润之的文章,专门说到主义。他说要改造中国,固然需要一班刻苦励志的人,尤其要有一种大家共同信守的'主义',主义譬如一面旗子,旗子树起来了,大家才有所指望,有所趋附。"

张作霖和张宗昌面面相觑,略显尴尬。

"主义,这个涅恰耶夫也讲过,"张宗昌皱紧眉头,"好像主义不是什么好东西。"

"主义只是理论主张,可能是对的,也可能是错的,有好的主义,也有坏的主义。比如你说爱国主义,是讲爱国的道理和主张,这就对了,是好的;你要说帝国主义呢,我们在世界大战中是战胜国,可是我们的青岛就被帝国主义强行转让给日本了,帝国主义就不是什么好主义。"

张作霖嘟囔道:"过去没有主义,中国的猴子也变成了人,强大几千年。现在主义越来越多,中国也越来越落后……"

"中国过去不是没有主义,是没叫这个词儿。春秋战国时的百家争鸣就是一百家学说一百家主义在争谁是谁非,结果是独尊儒术。君君臣臣父父子子就是这个封建主义的核心,这就是一种主义。比如孙中山先生,他与大帅多有交往,他提出了三民主义,这就是一面旗帜,赞成这个'主义'的人就会聚集到孙先生的大旗下,共同奋斗。孙先生几落几起,总能聚起人马,靠的就是这杆大旗——三民主义。"

张宗昌说:"我看他也是个卖狗皮膏药的,比叫花子强不到哪儿去。"

"不对。据我所知,这次直奉战争,中山先生明确讲过,由革命党首先发起北伐,大帅扯扯吴佩孚后腿就行。中山先生原话怎么讲?革命党失败了还可以再干,不要把雨公一生事业给毁了。"

张作霖首肯:"我对中山先生这个态度很感动。"

"没想到陈炯明在广州叛变,造成奉军孤军作战,中山先生深感不安、愧疚……"

"他那边有个陈小子,我这边出了个张杂种[1],两个师不战而降。结拜过的弟兄我总不能杀了他吧?孙先生是文人,带兵难为他,打仗的事还是交给我吧。"

张作霖这段话,在许多当事人的回忆录和传记作品中都有记载。

"大帅有句话深刻:结拜兄弟不好杀。为什么?义气呗。义字当先可以团聚几位兄弟,但不会有共同的奋斗目标。提出一种正确的主义才能凝聚起一大批志士能人,孙先生说革命党失败了可以再干,就是这个意思。没有'主义',就做不到这一点。"

"嗯,先不论对错,你张口就能把人抓住,上面的三寸器够硬的。"张作霖问,"你能给我提点什么建议?"

阎宝航拿过张作霖手中纸扇,从公案上抓起笔蘸墨,写下"毋忘吴耻"四字。

"大帅整军经武,枪毙了一个旅长、两个团长,处分一个师长、十三个旅长和三个团长,动作不小,但我以为提高官兵素质更重要。应废除人为因素的推荐制,改以考试和战功为提拔标准。"

"好,有见地,杨先生说秦王朝就是这么强大起来的。"

---

[1] 张杂种,即张景惠。

"自甲午战争以来，中国不是败在武器落后，而是败在官兵素质、国民素质的低劣。国运兴衰取决于国民智力，而人才来自于教育。"

"再过半年东北大学就正式开学了，凡出洋留学者，政府都将酌量予以救济，不使他们失学。"

"第二条建议就是抓基础，建设兵工厂。我观这次世界大战，炮兵、空军、海军代表了先进战斗力，大帅不要满足于骑马挎枪走天下。"

"哈哈，"张作霖笑响一串，感慨道，"短短几刻钟，先生时而守五千年传统，时而站世界最新潮流；时而风流倜傥，时而温文尔雅，难怪小六子会受你影响。"

后来张学良将阎宝航介绍给宋美龄，交往久了，宋美龄对阎宝航的印象是"温文尔雅，绅士风度；传统观念，保守做派"。

国民党中统特务头子陈立夫说他"一副欧美绅士派头，举止潇洒，谈吐豪放，身上如有磁石，张口就能把人抓住，无人不交，无所不到，他究竟是个什么人物？真是扑朔迷离，令人费解"。

东北籍元老莫德惠说他"是一个热情爱国、公正无私、有话就说的人"。

国民党中央社会部部长谷正纲说他"千张面孔神秘人，八面玲珑名利场。如果不是共产党，至少也是给共产党利用了"。

后来，阎宝航在一九三七年秘密加入中国共产党，似乎是水到渠成之事。

第九章

送走阎宝航，张作霖像问张宗昌，又像自言自语："那就再会会这个有主义没主意的孙中山？"

张宗昌说："会他个鸟。效坤辛亥时也去上海投过革命党，除了骗吃骗大洋，没见一个人有主义有主意，跟那个北斗五一样，就有一条三寸不烂之舌。"

"效坤，不是我说你，物以类聚，人以群分。你只在下面长了三寸器，怎么可能交往有主义的三寸不烂之舌呢？"

"奶奶的，他就是红嘴白牙也咬不去我的三寸器！"

"还是的，那还怕什么？见见也不会带害。"

"就怕大帅一心软，又给他们乱发银子。"

"守财奴出不了门，干大事者才散家财。"张作霖吩咐常发，"通知宁孟言来见我。"

宁孟言，本名宁武，辛亥革命中为开展活动安全方便，化名为宁孟言。东北人，长得精明强干，是孙中山派出联络皖系段祺瑞和奉系张作霖的代表。

"宁孟言，你这次回东北，看看我张某人把家乡弄得怎么样？"张作霖见面就问。

"不像关内战乱频仍、民不聊生。走一路，百姓安心种田，立秋家家吃上饺子，不容易！"

"妈了巴子，"张作霖亲近地拍拍宁孟言肩头，"有个你的同县，瘪犊子也是个革命党，一向跟我过不去，回头捎个话，我不记前仇，叫他也回来看看！"

"谁呀？"

"和你一个姓，叫鸡巴宁武。"

"是他呀。"宁孟言暗出一身冷汗，庆幸当初化名宁孟言，"他是我的一个本家，辛亥革命时死了。"

"可惜，他骂了我祖宗八代，没看看我治下的东北是变好还是变坏。"张作霖笑得得意又蹊跷。

在喜怒无常的张大帅面前，宁孟言始终没敢承认自己就是当年张榕的朋友、革命党人宁武。

"前年在北京托你捎给孙先生的款子？"

"非常感谢。孙先生当天就接见了您的副官，说：雨亭在东北治理得很好。不过，外有日本牵制，处境还是很难的，只有建立了革命的中央政府，地方的事才好办。兄弟这次来，孙先生一再交代，他打算即刻回广东，亲率大军北伐。要利用直系与皖系的利害冲突，联络段祺瑞，特别是关外的张大帅，三方合作，声讨直系的曹、吴！"

"你联络芝泉老的事我知道，我是带兵的老粗，不懂政治。不过我很不明白，孙中山是开国元勋，著书立说，上午还有人跟我吹嘘他是有主义的人，革命党又讲主义又讲原则，怎么能跟姓段这路人合到一块儿？"

"这个，这个，"宁孟言有些尴尬，"不论什么人，只要肯革命，孙先生都是可以合作的。"

"我可是不肯革命的。"

"大帅多次在孙先生最困难的时候慷慨解囊,前后支持革命百万大洋不止……"

"不是支持革命,是孙先生看得起我,我高兴。"张作霖将手一摆,"行,你也别为难了。三方合作打曹、吴,我同意,而且见行动,你们派人正式来谈合作事项吧。"

"和大帅谈事无须遮掩,痛快!"

"痛快是有原因的。我和段祺瑞打打和和,其实是自己人打自己人,谁输了败了,回家住着就算完事。我打垮皖系,芝泉老照样安住在北京府学胡同不动。早些年我的军队被赶出关外,我在北京的宅子——顺承王府照样挂着'张府'门匾,受到保护,是我一家人住。吴佩孚个狗娘养的,一仗小胜利就不知姓啥吃几碗干饭,居然夺了我的宅子赶走我看家的交际处长。妈了巴子,这次我打败他,我叫他回不了家,去吃牢饭!"

奉天大南门里,通天街上的大帅府,常发每天早晨练翻越的大照壁墙,从六七米高单檐歇山式的壁脊上,两条宽大的红色彩带从挑檐的两侧垂落到地。嵌在照壁正中的"鸿禧"二字比往日更显夺目。帅府正南门和东西辕门两旁的树上、地上铺满鞭炮,军乐队在正门两侧吹奏着迎宾曲,三进四合院里,门门"恭迎",柱柱披红,廊廊挂彩。红地毯从正门铺到被称为"仪门"的垂花门前。张作霖一身大礼服,站在这座木结构的仪门前,看着满院高朋、如云贵客,问身边的张学良:"场面如何?"

"盛况空前。"张学良说,"过分铺张了吧?"

"做给孙中山看,给日本人看,也是给曹锟、吴佩孚看。"

张学良望着父亲等待听"下回分解"。

"汪精卫是孙中山的特别代表,当年敢刺杀摄政王也算一路英雄,声名显赫,我们爷儿俩亲自接待,算是给他们面子,表示了合作诚意。"

"那日本人?"

"他俩背后都有一群日本朋友。上次和吴佩孚交手,英国佬没少帮吴,限制我军活动。日本人只要保证他在东北的权益,入关就玩中立。我和孙中山结盟,我看他天照大神还碰不碰英国佬的耶稣!"

"直系好几个干将都是信基督的。"

"我弄一个过来就要他命!"张作霖似乎胸有成竹。

鞭炮骤响,震耳欲聋。大帅府门墙外青烟弥漫,汪精卫一行数人踏着红地毯走来,张作霖父子迎上几步,先作揖,再握手。

"大帅如此厚待,兆铭感佩,难表敬仰之情。来时,中山先生特嘱,自陈炯明叛乱,一年多来,屡蒙大帅资助,得以收拾余烬,又闵回师;又得滇军赴义,川民逐吴,而广州根本之地,得以复还。此皆公之大力所玉成也!"汪精卫紧握张作霖的手,"孙先生又说:每逢我有难,张作霖是能够拔刀相助的。"

"汪先生客气,我老张不过是有点英雄情结。凡英雄,我老张都是服膺相惜的。"张作霖伸臂帅府大厅,"今特备薄酒为汪先生洗尘。"

汪精卫是个闯荡世界的人物,什么大场面没见过?酒席桌上几句话,张作霖便给他留下了极深刻印象。

"孙先生提出:由南方革命政府下令讨伐曹、吴,出兵北伐;奉军由东北入关,直捣北京,这样南北夹击……"

"停,停——停。南方革命政府给谁下令?你们搞什么党的一大,联俄、联共、扶助农工,我全是反对的,而且不惜流血。就算皖系的浙江督军卢永祥,什么时候归了南方革命政府?他会同意共产共妻?笑话!"

"没有统属之意,"汪精卫慌忙解释,"是说我们可以首先发难。"

"南北夹击之议可行,但要强调分头进行,各自发动,彼此没有统属关系,只有共同的目标:打垮曹、吴。"

"共识，共识。依大帅之主张。"汪精卫试探道，"政治上嘛，打垮曹、吴之后，是否应召开国民会议，解决统一和建设问题……"

"粤、奉、皖三角同盟的基础是反对直系军阀，各自的主张并不相同啊。"张作霖直言，"打垮曹、吴，我们是楚汉相争还是三国演义现在谈论为时尚早，只能影响对直用兵，还是不谈为妙。"

"依大帅，依大帅。"汪精卫如释重负，"敢讲真话，复杂的问题就变简单了。谁说秀才遇见兵，有理讲不清？见了大帅才明白，军人比政客好打交道。"

一九二四年九月一日，孙中山之子孙科、张作霖之子张学良、皖系军阀卢永祥之子卢筱嘉开三人会议，人称"三公子会议"，"三角同盟"明确于世。九月三日，第二次直奉战争首先在江浙爆发。以英、美为后台的直系与以日、法为后台的奉系、皖系，开始了争夺上海的战争。

孙科在他的回忆录《八十自述》一书中这样回忆"三公子会议"时对张作霖之印象：

> 张作霖个子不高，人也清秀，毫无绿林出身的样子。他当时每天都派车子来接我去他的办公室，共进早餐。早餐也总是那些小米、高粱等熬成的稀饭，很简单的。吃过以后，他的秘书长就带着一大堆公文进来。他听取秘书长的报告后，也马上用口头指示，秘书则一旁记录。因为，每天一百多宗公文，不到一个钟头都可以处理完毕，显然他是一个很聪明的人。在他的住所花园里有个拱门，门上刻了"慎行"两个字。

第二次直奉战争爆发的第二天，张作霖通电支持卢永祥，点兵派将入关。

"小六子，你那个'北斗五'派上用场了。"张作霖像唠家常一样谈战争，"冯玉祥受吴佩孚排挤，快三个月发不下军饷了。冯玉祥是个基督徒,请'北斗五'带一百万大洋去趟北京,基督教北京青年会与冯素有交往,把我的亲笔信交给姓冯的,买他这个!"张作霖将铅笔在桌上一立,然后放倒。

"倒戈。"张学良道,"让他选关键时刻。"

张作霖不多解释,又召见孙科,"孙公子,大幕拉开了,京津、山东、河南、安徽、江浙都在告急,要钱要枪要弹。我对你父亲是景仰的,他的请求我当然要第一考虑。这不,卢永祥已经打起来了,要枪要粮要款,我一分没给,先为你父亲筹了三十万。小六子又说与你友情深厚,逼我追加,这才从我私人家底上刮了又刮,凑足五十万,全交你带回去,代我向孙先生致意。"

"大帅,大恩不言谢。家父为革命奔波一生,还没遇见一个比大帅更仗义的朋友。我代表家父……"孙科起身三鞠躬,张作霖摆手,"不客气,英雄惜英雄。"

孙科又向张学良三鞠躬,"汉卿,尽在不言中!"

张学良忙起身扶住,"哲生,这就见外了。"

孙科红着眼圈郑重道:"今后不论是楚汉相争还是三国演义,于公不论,于私,国民党内谁敢动大帅、少帅家一砖一瓦,孙家必讨之,全党共诛之!"

送走孙科,张作霖召来卢筱嘉,"我给你父亲汇去了三百万做军饷,借飞机,要大炮、枪弹我都足数交付,你们不要声张,心里有数就行。孙中山已决定北伐,命谭延闿为总司令,'宣布援浙即以存粤'。我即日率三军入关扫除民贼。告诉你父亲,他每多挺一天,我都必有重谢!"

中午,太阳的直照下,山海关正面战场上的枪炮声终于停歇。微风吹过,空气里依然弥漫出艾蒿炙烤过的苦涩和钢铁燃烧的辛辣气息。

自称严守中立的日本军方,为张作霖提供枪弹四千万发、炮弹十万发,还派出十人组成的军事顾问团亲临前线,帮助奉军制订作战计划,提供重要情报。

奉军第一军姜登选部突进九门口，占领荒山口，第二军李景林、张宗昌部攻入热河，抵达冷口，奉军对直军大包围的态势已形成。

然而，张学良、郭松龄所率主力第三军，在山海关正面遭遇顽强抵抗，一时形成对峙局面。

午饭来了，馒头高汤。

黄显声蹲在被炮弹掀起的土堆上，左手两个馒头，右手一碗高汤，边吃边倾听背后的议论，是几名师旅长与作战参谋围着军事地图各抒己见，郭松龄不时点名听取对作战方案的不同意见。

黄显声现在是张学良的卫队营营长。

一入东北讲武堂他就成为张学良记在人才本上的重点，经常被召来探讨政治、军事、经济，甚至交流打网球、看戏、跳舞之类娱乐活动的体会。

从讲武堂第三期炮科毕业，张学良就把他要来做副官，第二次直奉战争开战前，黄显声要求下部队带兵，张学良不同意。

"给你一百发子弹，你能打死八十个敌人吗？"张学良问。

"不能。"黄显声摇头。

"五十个？"

"这是狙击手干的活，我知道你们都爱问这一套。"

"可你要率领他们冲锋陷阵。这不是你的长项，你是文化人，是笔扫千军的角色。"

"我的治印如何？"

"东北三省大概没有超过你的。"

"治印是跟石头打交道。"

"你如果是打铁的，我就叫你去带兵。"

"方寸之间天地宽，朱白两记写春秋。少帅，笔扫千军未必不能石破天惊。"黄显声言罢，绕桌案走两圈，喉咙里龙吟一般发出声音，忽然挥出右手，一掌劈在桌上那条大理石镇纸上，那条沉甸甸的大理石应声碎成了三瓣。

"警钟显声又显神,我见过劈卵石的,还没见过劈大理石的,你还有多少叫人吃惊的本事没外露?"张学良连连慨叹,"真给咱们吃高粱米的争气,说什么抬不上桌面,酿成酒就比大米酿酒有烈性!"

"少帅同意了?"

"你先在卫队旅当个副职,历练一年半载的我就把卫队旅交给你。"

"这么踩空着上去太危险,我还是一步一个台阶心里才踏实。再说了,没和士兵同生活共命运过的将领不会是好将领。少帅要是相信,就把一个营交给我吧。"

于是,黄显声当上卫队营的营长。

于是,他和士兵一样啃馒头、喝高汤,而距他三十米不到的将领及作战参谋们,碗中都有猪肉炖粉条。

"警钟,过来给大家敲几响?"郭松龄喊。

"是!"黄显声起身跑开。就那么巧,一声尖啸,有发乱炮正落在他刚才蹲过的地方,当啷一声,很像耳朵的一块弹片落入碗中。

"谢副军长救命之恩!"黄显声朝郭松龄敬礼,手中兀自抓着一双筷子,从碗里夹出那块弹片用舌头舔舔上面的高汤,"哟,还真烫舌头!"

"怎么样?能上北大的那是人中之龙,命大福大造化大,天塌地陷了不变色,别动不动就是日本士官学校。"郭松龄望定黄显声,"你本是运筹帷幄、笔扫千军的角色,现在又成了第一线带兵的人,你说这仗怎么打?"

黄显声望着地图慢条斯理道:"打仗和吃饭一个理,有骨头啃就有肉吃。我听长官们的议论,受到很大启发。这意见不对,算我的;对了,是大家的。"

黄显声将弹片放于"山海关"正面,从一名师长碗中夹两块肉,分别放于"北京"和"秦皇岛"。

"山海关正面,直军彭寿莘部占了先机,抢占有利地形,居高临下,可攻可守。今天,冯玉祥已经倒戈,回兵北京,明天即可控制京津地区,我们不可在此啃骨头耗时间。"黄显声用筷子在地图上画,"主力应移兵九门口,由东口而荒山口而九门口内的重镇石门寨,拿下石门寨,则最多半天,我们就可占领秦皇岛、北戴河,直隶东部地区就尽为奉军所有,进可以抵京津争雄,退可以据山海关自保。冯玉祥临阵倒戈必使直军遭毁灭性打击,彭寿莘部必将不战而溃。"黄显声说着,已将地图上秦皇岛位置放的猪肉夹入嘴里一阵大嚼。

"有山有水几百里行军,其中会有许多变数、未知数啊……"有人疑问。

"向导找放羊的和摇橹的,昼伏夜行。"

"嗯,如果叫你做前锋,"郭松龄的目光从地图转向黄显声,"怎么样?"

"我率一个营,保证拿下秦皇岛!"

"文人持戈,胆大包天,心细如发。"郭松龄说,"我把常发要来给你保驾,这小子善野战,识山经,辨水脉,凌绝顶,沉渊底,攀援上下,劲捷似猿,配合本地放羊的、摇橹的,保你万无一失。"

"常发在奉天陪大帅,来不及叫。"

"来得及。"说话间,张学良已经跑马过来,常发正跟在身后,"大帅被他折磨得受不了,放他上前线来了。"

张学良骑了一匹屁股很宽的白龙马,虽然拉住了马缰,野性的马还在撒欢儿,斜着身子,像鹅一样歪着脑袋迈步,用一只鼓突的眼睛野气十足地盯着黄显声。

"黄副官,谢谢你给我治的印。"常发轻捷如燕从马背上"飞"下来,身后被风吹鼓起来的马衣在锦缎一样光滑的马背上啪嗒啪嗒作响,"我不懂,以为就是省了签名。大帅懂,大帅备了一块上千元的鸡血石,要请你给治印呢!"

"我现在不是副官,是黄营长。"

黄显声话音刚落,郭松龄忽然问身边一位将领:"陈团长,陈默,你的枪号是多少?"

陈默支吾一下，忙掏出枪查枪号。

"不要查了。我问过警钟四个问题：枪号，全营各种军械数量，所有班长姓名、婚史。他应声有答，无一差错。在场师、旅、团长有几个能说出枪号？"

除了零星枪炮声，听不到回答。

"都说张宗昌是三不知将军。乱世用人乱着来，他破阵、剿匪还算是把好手。在座诸位有何特长啊？陈团长，你是日本士官学校回来的，都学回点什么呀？"

陈默脸红无语。

"少帅，我看这样吧。为保证作战必胜，警钟打前锋，索性带一个团去，咋样？"

"关键一战，我看可以。"张学良点头，"今晚开第一联军的首脑会，会上敲定。"

可是，会上起了大争议。

"我第一军在九门口夺东口，占荒山口，已取得很大战果，你们这个时候把正面部队转移过来，合适吗？"第一军军长姜登选断然道，"我不同意！"

"怎么不合适？你搞清楚，我们的目标是尽快打垮吴佩孚，而不是争功！"郭松龄愤然道，"整军经武我就严厉告诫，旧奉军是胜则互相争，败则互不救，这种情况决不许再发生，否则军法从事！"

"军法处是你家开的？你又当运动员又当裁判，你说军法就军法？"姜登选气愤道，"二旅营长闫宗奇作战不力，陈默撤了他职，才一天，你就找借口叫黄显声顶了陈默团长位，你是报复还是执行军法？这叫任人唯贤吗？"

"我是任人唯贤，而且征求了少帅的意见。"

"任人唯贤扯什么日本士官学校？我也是日本士官派，杨宇霆、臧式毅、韩麟春、何柱国、于珍都属日本士官派，不就因为阎营长是陆大派吗，你这是把派系斗争带到作战中来！"

"少帅,听见了吗?这是第一军军长姜登选说的!从吉林剿匪,到第一次直奉之战,仗是谁打的?功是谁领的?我要不打了直军所有主力,你们他妈的两支偏师能攻进热河和九门口?老子的第三军今天就撤,我看你们绿林派和士官派能顶几天!"

"茂宸,茂宸,你冷静些,这不是要开会解决吗⋯⋯"张学良紧拉慢拽,郭松龄火头上将胳膊一甩,几乎将张学良摔出个跟头,终于拂袖而去。

"茂宸此举,有犯军法!"姜登选火上浇油。

"超天,你唯恐奉军不崩溃?"张学良怒喝一声,姜登选立刻闭了嘴。

史书称,姜登选为人"沉着有谋,向寡言笑",是"一位和平性格之人"。奉军名将韩麟春也是士官派,他"为人高傲,独心折姜公"。奉军内陆大派与士官派矛盾不断,形同水火,但郭松龄也承认"唯姜稍平和,尚可共事"。

姜登选和平退让,奉军免遭崩溃之局面。郭松龄率军后撤二十多里,被张学良追上,幸亏是夜间,未被直军发觉,两人抱头痛哭。

郭松龄一肚子委屈怨怅,"当督军的都是绿林派,当总参议、总参谋长、军团长的都是士官派,我们陆大派的跟着少帅算是冤死、亏死了,除了打大仗、恶仗,什么也没有⋯⋯"

张学良双手扶住对方的肩头,"啥时候了还讲这些?都是奉军,总该有个大局观念吧?今天你这么冲动,我应该打你嘴巴,我若没讲过'茂宸就是我,我就是茂宸',你若不是我哥,我一定狠狠打你一顿!"

这就是有名的"张学良月下追郭松龄"。

姜登选和平退让,郭松龄率兵直前,常发和羊倌向导,黄显声为锋锐,陷石门寨,拿北戴河,占秦皇岛,一路扫荡直军到天津⋯⋯

郭松龄到黄显声团参加会餐,黄显声亲自为郭松龄盛一碗猪肉白菜炖粉条,举到他面前说:"公,战能攻,退能守;攻无不克,守无不固,奥秘在此碗中。"

郭松龄打量菜碗蹙眉,以为猪肉是掠来的。

"奉军军需官历来是由'三爷'担任。所谓'三爷'者:娃儿他姥爷、舅爷和主官之姑爷。独将军实行军需独立,任命行家抓军需,长官只监督不许动用,所以不抢不掠,今日仍能吃上这碗菜。"

"哈哈,今天我也搞一回特殊,吃两碗。"郭松龄说。

"公赞同孙中山北上宣言,绝种军阀,驱逐列强,废除中外一切不平等条约,此乃民心民意,盼公能说服大帅……"

"我当勉力为之。"

黄显声略一迟疑,"警钟有话不知能否入公耳?"

"无非敲我警钟,请显声!"

"公雄才过人,大略缺憾,如为人刚愎,出语专横,气度狭隘……若不中听,就当是老和尚撞钟,有口无心耳。"

郭松龄自省半响吐四字:"我当慎行。"

张作霖开五部专列浩荡张扬地驶入关内。第一列为前卫队,二列为步兵队,三列为总司令部,四列为张作霖与日、英、德三国领事团,第五列为军需车。

"老子就住曹家花园!"张作霖以战胜者姿态宣布,"曹、吴夺走我的顺承王府,妈了巴子,老子不夺他的,住狗日的总可以吧?"

天津河北区曹家花园本为孙家花园,是清末军火商人、买办孙仲英所建造,占地二百亩,楼台亭阁,私家花园,颇为清雅。于一九〇六年被曹锟买走,改称曹家花园。曹锟在花园内大兴土木,将旧式建筑推倒建成宫廷式的建筑,有公子楼、公主楼,各楼由走廊相连;堆砌假山,挖人工湖,造游泳池,园内林木繁茂,花团锦簇,为一时私家园林之冠。

幽雅宜人的曹家花园并不能保证张作霖的好心情。入住第三天晚上,张学成就和日本领事团里两个浪人喝得酩酊大醉,闹酒把曹锟守家的几个丫鬟给轮奸了。

被张作霖绑在树上的张学成可着嗓子吼："三叔，有本事你就毙了我，我不想活了，我下十八层地狱见我爹！爹呀，你睁睁眼啊！你的三弟在干什么？他把我送日本去受苦，好提拔张学良当旅长；他叫我当旅长，是为了让张学良当军团长；我自谋出路，找张宗昌当个师长，张学良他就找碴儿撤我的职，这种东西还让我叫他三叔？我日我先人啊——"

"常发，把他的嘴给我打烂！"张作霖跺着脚吼。

"大帅，我师父醉了，他是醉了……"常发见张作霖寻来一根棍子，忙护到张学成身前，却不料张学成从他身后飞起一脚，将常发踹出一个前跌，"叫狗日的打，打不死你就不是张家养的……"

棍风呼呼，张作霖的八字胡几乎横成一条线，那根胳膊粗的棍棒照着张学成的脑袋横扫过来。

说时迟，那时快，常发似狸猫扑野鸭，一跃腾空，身体成弧形，左掌迎向棍棒，右掌挥向张学成。

咔嚓一声断裂，张作霖手中的棍棒变成双截，张学成嘴里开出一朵大菊花，只剩鼻孔里乱哼哼，硬是发不出一句脏话。

常发在跃身挡棍的刹那，就地取材，于花团锦簇中摘一朵碗口大的菊花塞住张学成的嘴巴。

张作霖连骂三句"妈了个巴子"，骂一声踢一脚，仍是被常发用身体挡住，这才被赶过来的张作相、张廷枢父子架回客厅。

"这只白眼狼，我二哥那么好的人，咋就生出这么个瘪犊子？"张作霖被按坐在沙发上，兀自跺脚不止，"辅忱，送他去日本我是不是好心？小六子我是要送保定军校的，是你把他留下，你提拔他当营长，当团长，当旅长。小六子当旅长，这只白眼狼在日本就大醉几场，又哭又骂，说我偏心，骂我祖宗不是骂他的祖宗？回来没两年，才二十几岁我就叫他当旅长、当将军，这白眼狼就盯住小六子攀比。这次效坤进兵热河，这只白眼狼纵兵烧杀抢掠，奸淫妇女，地方乡绅联名告状，更不用说黎民百姓！小六子不得已撤他的职，你说，你说，怎么生下这么个畜生！"

"大帅息怒，都是从年轻时候走过来的，不耕不耘不知米贵在哪里，不生不养不知父母恩在哪里。"张作相一边解劝一边提醒，"才入关，咱不能为儿女事耽搁了国家大事。"

"把常发叫过来，不许放开那畜生，"张作霖压抑着说，"先吊他一夜！"

"大帅，曹、吴一倒，我们和孙、段的三角同盟也就到头了。"张廷枢对着墙壁上的地图说，"冯玉祥忙着在天津周围收编吴佩孚残部，是要保持这一地盘……"

"现在是该考虑如何处理我们和孙、段、冯的关系了。"张作相也走向地图前。

"你们放心，我会耍这一套。"张作霖怒气终于消了，起身踱向地图，"比不得动手我要靠常发、打仗非通过郭松龄这些人不可，耍这一套我比你们都高明，你们可以再不用管了。常发，你过来，到我身边来。"

常发走到张作霖和张作相中间。

"冯玉祥倒戈叫国民军，他是响应孙中山而非我，据说是一个叫李大钊的做了工作。冯在北仓收编吴佩孚残部，我叫李景林以突然动作解除冯玉祥两个混成旅的武装，"张作霖将教鞭向下移，"今天又把他二十三师、二十师缴了械……"

"会不会激出事变？"张作相担忧。

"现在是我想打谁就打谁，没人敢先打我。我缴这两个旅、两个师，是冯玉祥收编吴佩孚的残部，这些残部是奉军在滦河以西与直军作战的直接结果，理应由奉军收编，冯玉祥他冷气攻心也放不出一个屁来！"

张作霖将手中教鞭一丢，得意洋洋问常发："这叫什么？告诉他俩。"

常发眨眨眼，望着张作霖没作声。

"哎哟，我那傻小子，挂在嘴头上的也忘了？"张作霖轻拍常发脸颏几声脆响,"得骗就骗,得抢就抢,扩大地盘……"

"大帅,您和冯玉祥有约,承诺绝不入关抢占地盘……"常发喃喃出声。虽然声若游丝,在张作霖听来不啻一声炸雷。他睁大眼望着常发,像看一位陌生青年,半晌无语。又围着常发转三圈,突然发问:"谁告诉你的?"

"我那天在场。"常发轻轻一声。

张作霖围着常发又转三圈,"把话讲完!"

"人无信不立。"

"谁教你的?"

"大帅……大帅说做人要讲真话,讲实话。"

"你!"张作霖气急败坏紧踱两个来回,重新盯住常发教训,"妈了巴子,我说你什么好?讲人话你听不懂,讲鬼话你倒会学舌!儿女要讲真话,奴才要讲真话,卖油的、算账的、三教九流、七十二行都应该讲实话,这个世界上只有一种人不讲真话也不许讲实话,你知道吗?懂吗?"

"不知道,大帅懂就行。"

"我现在要你知道,是搞政治的人!他们要顾大局,办大事,要驾驭形势,平衡关系,要收买人心,容易吗?"

"大帅说……您是粗人,不懂政治……"

"你,你……我,我!"张作霖又急又气又无奈,就地转圈,终于照常发胸口踢出一脚,"你给我滚!"

半天不敢作声的张作相父子赶紧又把张作霖按回沙发上,"消消气,消消气,常发已经成人了,不能当孩子那样对待了……"

"唉,儿大不由爷,女大不中留!"张作霖忽然发出悲声来,"我知道会有这么一天……"

"谁家孩子都会有这么一天,未必不是好事。如果事事都跟长辈一样,猴子就变不成人了。"张作相终于把张作霖劝得点了点头,趁机转开话头,"我们还是掰扯掰扯南蛮子的事吧,孙中山说话就该过北京来了……"

第十章

　　张作霖换上蓝缎灰鼠皮袍时，孙中山偕宋庆龄乘永丰舰终于抵达天津。

　　欢迎的各界团体有一百个，是段祺瑞精心凑足整数，另有群众一万人。但电请孙中山北上的段祺瑞、张作霖、冯玉祥都没亲自露面，而是各自派来代表。

　　张作霖派出的代表是郭松龄。

　　因为有病，孙中山对欢迎的各界代表只发表一个书面讲话，由汪精卫代为宣读。回到下榻的张园，他才与段、张、冯的代表面谈。

　　"段执政要我向孙先生表达心志：他誓当努力巩固共和，导扬民志，做到内谋更新，外崇国信。"

　　"张大帅令我报告先生，内谋更新的关键在召集各省代表善后会议，由善后会议解决一切根本问题。"

　　"冯总司令的国民军只表一个态度：非俟中山北上不商建国大政。"

　　孙中山明白，在他北上过程中便推出段祺瑞为临时执政，是奉系、皖系及长江流域众多直系军阀的共识，冯玉祥只能屈从强权政治。至于段祺瑞，除了北洋元老，现在无兵无地，只能夹在张作霖和冯玉祥中间当傀儡。

"余此次北上，本以为与张、段之政见已大致相同，可互相提携，解决国是。如今看来南辕北辙，相去甚远。"孙中山是出名的"孙大炮"，可能是病体原因，如今言辞犀利，声调却柔和，"在里面，我要召集国民会议，谋中国之统一与建设；你们想升官发财，把军阀做大做强，搞什么善后会议，不就是如何分赃吗？在外面，我要废除一切不平等条约，你们怕外国人，搞什么'尊重条约，外崇国信'，你们坚持卖国又何必欢迎我？"

段祺瑞代表忙解释："卖国是慈禧太后、李鸿章、袁世凯那些前朝人物，我们尊重条约，是尊重国际法、国家的信誉。"

"这是政治上的又当婊子又立牌坊。"孙中山言辞更加尖刻，转向郭松龄道，"将军与张榕都为辛亥革命之中坚，将军之由粤返奉也抱以进三省于真正共和之大目的，今请公向雨亭阐明孙文之意旨，如何？"

"先生之主张，茂宸极端赞成，并将全力促成老帅、少帅联合北方军人共赞此主张！"郭松龄明确表态之后，当即带了黄显声驱车赶往曹家花园，向张作霖陈述孙中山的主张，劝张作霖主动去拜访孙中山，支持孙中山。

"妈了巴子，你是做我的将军，替孙文干活呀？"张作霖还没听完郭松龄的报告，张口就骂。

"大帅，茂宸冤枉。上次你亲口对我讲，现在国家成了个烂羊头，孙先生是开国元勋，谋国有办法，还说想向他请教一切……"

"那我现在再告你一句，我想武力统一中国，他想靠贩卖主义一统天下，你知道他北上之前对他的苏联顾问说什么吗？"

"茂宸只知用兵，不知谋政。"

"他说远交近攻，收拾了曹、吴，下一个就是张作霖！"张作霖呸一口郭松龄，"妈了巴子的，这是第一手情报，他一介文人都懂玩策略，你个猪脑子，把你当猪卖了你还要帮着数钱呢！"

"可是废除一切不平等条约总没错。"

"口号没错，干起来就错上天了。让他坐我这个位子，我看他废一条试试！关东军只有一万人，加上满铁驻军五千人，我给你二十万大军你能打赢不？"

"我……"郭松龄语塞。打皖系、打直系像喝凉水，打日本兵？兵不在多而在精。

"弱国无外交。从鸦片战争始，人家来条船，你举国之力抗不住；八国联军一万兵，才两千兵冲锋，你十几万大军就像开水泼蚂蚁，你以为外交就是上街喊口号？从恺撒到成吉思汗，一万兵就可以横扫天下。你带的是什么兵？喽啰兵。拦路劫道，打个乌合之众还凑合，妈了巴子的，还真以为是个人物了！"

郭松龄涨红脸，愤然道："大帅，军中无戏言。你给我十万兵，我现在就去打关东军！"

"什么？你再说一遍！"张作霖猛地睁大眼。

"我不要二十万兵，我带十万兵去打关东军！"

"哈哈，长本事了啊！你今天开第一枪，明天日本驻朝部队就可以开过鸭绿江，截断你后路，叫你全军覆灭！"

"大帅，茂宸不是随口说，您看，"黄显声上前打开随身所带的军用地图，"东北老百姓恨透了日本鬼子，只差有人登高一呼，一夜之间，可以扒掉几十公里铁路埋到地底下，小鬼子的军队便失去机动。我们集中兵力合围……"黄显声做个有力的手势，"全歼狗日的！"

张作霖望着地图出了会儿神，转脸对向黄显声，"你早想过跟日本人动手？"

"大帅，警钟只知道凡事预则立，不预则废，日本人对满蒙是志在必得，只怕没准备会吃大亏。"

"有想法还是可以的……"张作霖居然转了口气。

"茂宸也不是真要现在去打，只不过话赶话，被大帅将了军，只能回应一句罢了。"郭松龄也放缓语气,"茂宸的本意是希望大帅支持孙中山先生……"

"放屁!我支持他?他为啥不支持我统一中国?"

"他是真心搞共和,反封建;废除不平等条约,反对帝国主义。"

"他是学老佛爷向世界各国宣战,也就是嘴巴放炮而已,真动起手,那就不是八国联军进北京了,只怕是十八国联军都不止。"张作霖断然道,"你不用替他摇舌了。孙中山多少年来都是找我借钱要军火,还过钱吗?我手里有他十几封信,你可以看看,不是要钱就是感谢。要见面可以,叫他入我的辕门来!"

徐彻先生与徐悦女士所著《张作霖传》曾获辽宁省社会科学联合会优秀传记文学奖,根据当事人回忆,这样记述了孙中山与张作霖的会晤:

孙中山一行到了张作霖辕门口,张作霖没有亲自出来迎接,派张学良把孙中山一行接了进去。张作霖这样做,本来是摆摆威风,但却显出了没有见过世面的小家子气。到了会客厅,张作霖也没有立即出来见面,等候许久,他才出来。张作霖意气傲然地自己坐在上座,显出唯我独尊、盛气凌人的气势。孙中山哪里受到过这般慢待?看到张作霖的一系列表演,心中自然不快。宾主之间,默无一言。一时陷入僵局。

经过一番静寂和沉闷,还是孙中山首先打破僵局,开口说道:"我来天津,承派军警前往迎接,对于这种盛意,非常可感,所以今天特来访晤,表示申谢。"接着又说:"这次直奉之战,赖贵军的力量,击败了吴佩孚,推翻了曹、吴的统治,实可为奉军贺喜。"张作霖听罢,才开口说道:"自家人打自家人,有什么大惊小怪的,更谈不上什么可喜可贺了。"张作霖说这番话时,眉宇间流露出不喜欢的样子。张作霖的答话,使孙中山一行人十分难堪。

李烈钧忍无可忍,便离座站起来说道:"事情虽然这样讲,要不是把国家的障碍像吴佩孚这流人铲除，虽想求国家进步和人民的幸福，这是没有希望的。今天孙总理对雨亭之贺，实有可贺的价值，也唯有雨亭能当此一贺啊！"张作霖听到这一番解释，才露出笑容。这时孙中山又徐徐地说："协和（李烈钧）的话说得对，回想自从民国以来，当面得到我的贺词的也唯有雨亭一人而已。"谈至此，满座欢笑，才扭转过来方才的局面。

就在这时，张作霖很神气地举起茶杯，请大家喝茶。孙中山明白这是端茶送客，就起身与张作霖握手作别。短暂的会晤就结束了。

晤后，张作霖对汪精卫说："北京各国公使都不赞成孙先生的，大概因为孙先生联俄吧。你可否请孙先生抛弃他联俄的主张，在我张作霖的身上，包管叫各国公使都和孙先生要好的。……我是捧人的，我今天能捧姓段的，就可捧姓孙的。唯我只反对共产，如实行共产，则虽流血所不辞！"……孙中山不为奉系军阀张作霖的威胁利诱所动，继续实行联俄、联共、扶助农工的三大政策。

三个月后，孙中山病逝于北京，而张作霖的大军早席卷半个中国，攻占了江苏、上海、安徽……

"第二次直奉之战，张作霖大获全胜。奉军又入关，我随炮兵司令部迁入北京。京城里看什么都新鲜，因为三贝子花园养了大量的动物，被称为万牲园，就是现在这个北京动物园。那时卖票的是个两米多的巨人，比你爸爸还要高，我看新鲜看得忘了归队，被少帅好一顿臭骂……"

王再天讲这段话是在一九五二年。记得那时学校放暑假，王再天和我父亲带着家人逛北京动物园，王再天为我们照了许多相。

我问父亲："王伯伯玩照相机，你怎么不会玩？"

父亲说："我参加革命就钻了山涧，你王伯伯参加革命就当了张学良的副官。"

王再天笑道："在北京我看不少书报，开拓了眼界，初步有了民主思想。要说参加革命，那还是'九一八'以后的事……"

刚上小学的我不知道张学良是谁，很奇怪地问："为啥当了张学良的副官就会玩照相机？"

王再天哈哈一笑，"因为他们家有钱，他们父子俩都是大军阀，买得起照相机。"

我还依稀记得王再天当年学张作霖讲话的神态，"妈了巴子的，他姓孙的巴结老子还够不着呢，再借他仨胆儿也不敢惹老子呀。三五年之内，老子还要加兵湖广，统一全中国呢！"

成人后，我知道张作霖所说姓孙的就是军阀孙传芳。我为此问过我的常发叔，他说张作霖被胜利冲昏头脑，居然派杨宇霆为江苏督办。杨宇霆为人自视甚高，却是机巧有余、智慧不足，再加所率奉军素质很差，在江南作恶多端，激起民愤，不足半年，就被手握重兵的浙江督办孙传芳赶出了江苏。住回奉天的张作霖闻讯还不警觉，命令郭松龄率兵去打孙传芳，由此引发一场大事变……

奉天城内，帅府东院。南面是荷花池，中间是寿夫人居住的小青楼，后面是大青楼。

三年前，张作霖仿曹家花园建造了一座罗马式青砖大楼，世人称大青楼。主楼只有三层，却高达三十米，可见其气派。楼内格局仿王府的中式结构，所有房间都镶有围板，一切家具摆设都是古色古香，办公室和会客室的墙上还装有壁画。

张作霖吸过大烟，把常发叫来会客室聊天。身为大帅，在奉天城里出门都要净街，更不用说入关去京、津、保定等地，卫队前呼后拥，处处将他与世隔绝。他很怀念当绿林干绺子，履险犯难，刀头舔血的日子。所幸身边有个常发，听他讲讲也能过把瘾。

常发是站在张作霖面前边比画边讲述，讲的是他与羊倌带黄显声的一团人马昼伏夜行奔袭石门寨。说到精彩处，常发在腰际一拍："那羊倌说这石壁有八丈高，羊都上不去，必须绕行二十里。我说，扯淡，二十里有几千几万丈？绕那么远不上算，看我的！我那匹阿拉伯马刚被驯出一套本事，立起身前腿朝石壁一搭就有一丈多高，我顺势一蹿就抓住岩缝里冒出的那株罗汉松……"

"等等，"张作霖本是歪在太师椅里，兴趣大发地坐起身子，"你啥时候驯出来的？"

"我随时可以给大帅表演。"

"我相信你能上去，猴子上不去你也能上去。可那一团人马呢？你不是学会吹牛了吧？"

"大帅你看。"常发撩起衣服，拍拍紧身的腰带，"咱当年跟师父学的，用腰带不用皮带，咱这腰带甩出去，两三丈距离如履平地，上了崖顶把大绳往下甩，十几条大绳不到一个时辰，全团登顶……"

张作霖抓过腰带一头，常发原地打转松腰带，张作霖将一圈圈松下来的腰带在手掌虎口与胳膊肘之间缠绕，眼圈忽然一红，"今年去看过你师父了吗？"

"看过了，他老人家身体好着呢，就是想大帅。"

"我是官身不由己呀，师哥当年救过我命，明年我一定抽个空儿跟你一起去看看他。"张作霖忽然停住手，那腰带的尽头出现一朵荷花、一朵海棠花……

"大帅！"常发忽然通红了脸，上手想取回腰带，却被张作霖用左手挡住，"这也是你师父教的？"

常发居然像女人似的将身子背转了。

张作霖下地绕常发转一圈，两眼湿漉漉地说："你虽然没认我这个爹，我可是梦中也把你当儿子。是我忽略了，你比我都高出一头多了，在农村早已生儿育女。告诉我，这荷花是汉族姑娘，这海棠花是鲜族姑娘，对不对？你师父的腰带上还有马兰花，是蒙古族姑娘绣的，你这一朵……我怎么不认识？"

"大帅……是樱花。"常发为躲张作霖的目光，将脸扭向门口，忽然见到救星一样喊，"张宗昌来了！"

"大帅，效坤向你报到！"张宗昌双脚一碰，敬个礼。因为是在客厅，不是办公室，他显得随便许多，朝着常发喊："你小子也在这儿啊，这次打直军你可立了大功！"

"你师父找一个相好绣一朵花，有其父必有其子哟。"张作霖不看张宗昌，把腰带还给常发，说，"该有个家了，下午会有人带你去看宅子，有五间正房，独门独院，靠近西华门那里。"

张宗昌以为是立功有奖，高门大嗓道："我能当上山东督军，常发功不可没，这套宅子我来送。"

"哪儿有热闹你都想凑，说说你那儿的事儿吧。"张作霖坐回太师椅。

"大帅，学成找过我，他是喝多了闹酒，你放心，我已给他官复原职了。"

"别给我提那只白眼狼，要不是常发挡着，我非打残他不可。"

"亲不亲，好歹是二哥的种……"

"说你山东。"

"大帅，效坤长出息了，我到了孔圣人的地方做父母官，没点风雅不行，我老张是练字练画练作诗。"说着，将手中一个卷轴举起，打开，赫然一个"虎"字。

张作霖两眼猛然睁大，吃惊道："你写的？"

"大帅可以备纸墨，效坤现场题写！"

张作霖弯弯腰，认真打量琢磨那个"虎"，点头又摇头，"不可能，没有三十年功力写不出这个'虎'字！"

"大帅，玩刀玩枪咱都是第一流，玩笔算个屁呀。我请济南城最好的写家写个'虎'，我一天照着写了五千个'虎'，三十天就练出了三十年的'虎'，济南城现在稍有点身份的人家里都挂了我的'虎'，连日本人都要。我一个'虎'卖一百大洋，谁家里没有我的'虎'那可就掉身价,见客头都抬不起来。难怪人家告诉我,自古就有'济南纸贵'这一说!"

张作霖哭笑不得,兴致很高地问:"你为啥不卖一千大洋?人家肯定也要抢着买。"

"那不行。我到济南要那老秀才写'虎',他要我一百大洋,人家是师父,咱'虎'可以比他写得好,钱不能比他多要,不合规矩。"张宗昌想起什么叫道,"哎,对了!那群酸臭文人都夸俺老张,说字画名人不如我这名人字画!受启发,我还作了一首诗。"

"什么诗?说来听听。"张作霖兴致越来越高。

"《咏石》。"张宗昌一字一板,用手在空中描写,他兴致也高涨起来,吼门外副官拿他的诗集来,迫不及待道:"我先把字画名人、名人字画的启示诗念给大帅方家斧正。"

张作霖笑得双肩乱颤,"不敢当,方家……斧正,不敢当。"

张宗昌摆个姿势,"远观石头大,近观大石头。石头果然大,果然大石头!"

"好诗,好诗……"张作霖笑弯了腰。

"好诗!"常发由衷赞道,"大帅,这诗太深妙了。少帅说过,深妙的诗就是车轱辘话不重辙,不是针(真)理,也肯定有折(哲)理。"

"噢,少帅怎么讲?"张作霖止笑。

"针嘛,不断就是针理,断了就是折理。"常发认真道,"我问过杨先生,杨先生把针眼对我眼睛叫我看天看地,说针眼虽小也能收揽乾坤,这就是真理,针眼里就有哲理。"

"毕竟是杨先生,化腐朽为神奇。"张作霖感叹。

张宗昌已拿到诗集,正颜正色道:"下一首,《忆项羽》:听说项羽力拔山,吓得刘邦就要蹿。不是俺家张学良,早你娘的死沛县!"

"等等,张学良?小六子啥时候扯上刘邦了?"

"大帅,效坤一读书才知道,刘邦有个老师也叫张学良。"

"不对吧,我记得是叫张良,没那个'学'字。"

"嗨，书法家都懂，不加不减不是写家。写诗要讲工对、押韵，我写的是七绝，少一个'学'字就凑不够七了。"

"领教，领教。"张作霖作揖，又笑弯了腰。

"下一首，《观湖》：大明湖里开荷花，荷花上面蹲蛤蟆。棍子一戳一蹦跶，嘴巴一张一啯呱。"

"好了，好了，神清气爽！"张作霖边笑边喊，"效坤，抓紧印刷，一定要多送我几册。希望你每天都有新作。哎呀，听君一首诗，胜抽十袋烟哪！"

"这不，我就是想请大帅题首诗，您题一首，我回去就开印。"

"我不会作诗。"

"您就写两个字：好诗！"

"这个……我还是摘录你一首诗吧。"张作霖拿过诗稿，翻了又翻，终于笑道，"就抄录这首，《咏雪》。"铺纸研墨，写道："江上一笼统，井上一窟窿；黄狗身上白，白狗身上肿。"换小楷笔记道："效坤咏雪不见雪，常发针里有哲理。"

这幅字的真迹后来被日本顾问仪峨城索去，据说不知怎么又传到戴季陶手中，这位老秀才据此编派了许多打油诗来取笑张宗昌，至今真假难辨。

"好了，好了。"张作霖用毛巾擦手，拉张宗昌分宾主落座，"讲讲你们山东的形势吧。"

"杨宇霆是由暗道里逃出南京，刘翼飞是化装成和尚才躲过一劫。"张宗昌用鼻子嗤一声，"老子兵不血刃拿下上海，这群王八羔子，兵不血刃就丢了上海。"

"妈了巴子，也就刘翼飞在丹阳打了八个小时才逃回来，那两个犊子爹妈少给装个胆儿，一枪没放全投降了。"

"大帅，容我发个牢骚，不是少装个胆儿，是裤裆里少两颗蛋！当初我要是留在江苏当督军，绝不会出这种事。"

"鲁人治鲁嘛，你效坤不当山东督军怎么行？"

149

"俺是粗人，俺投大帅也就是个挂单的和尚，大帅看得起给个'班首''殿主'的也就知足了。不像姓杨姓姜的，人家是'当家''僧值'，除了方丈就是他俩！谁不知道一个上海捞钱就顶两个山东。"

"效坤是怪我呢？"

"我有山东，我怪什么？郭鬼子要不怪才见鬼。一路仗打下来，都说安徽督军非他莫属，他把参谋长都派去了，得，杨宇霆要当江苏督军，把姜登顶了，大帅就让姜登选顶郭鬼子去安徽，这事谁都清楚。郭鬼子出力最大，受委屈也最大，咋安抚？"

"我是让茂宸掌全局，奉军精锐全在他掌握之中，这还不是最大之宠信……"

"这才是最大的危险。"张宗昌虽是粗人，却在军阀一层混了十几年，出语惊人。

张作霖身体一震，嘀咕道："我派他去日本观操，这样，我马上调他回来，率兵去江浙，把孙传芳那五省联军全收拾掉，我就叫他当江苏督军！"

"只怕郭鬼子不肯干喽！"张宗昌掰手指头道，"杨宇霆去江苏，骄恣狂妄，出言傲慢，羞辱了陈调元一批苏军老人，这是一；五卅沪案，共产党登高一呼，反帝风暴席卷全国，连国民党都惊叹共产党的号召力，可是奉军派兵充当英国打手，这下可激怒了全国，人心丧尽，这是其二；孙传芳联络五省直军，又与冯玉祥、吴佩孚结盟，枕戈以待，这是其三。郭鬼子不是傻瓜，天时、地利、人和，一条不占，他会去打江苏？别提兵向北就念佛吧！他可是老民主共和了。"

张作霖不再言声，起身端茶杯，张宗昌便起身告辞。常发也想走，被张作霖叫住："你不是总想到前线去吗？去吧，你还去找黄团长，配合警钟，打先锋，打完江苏再回来。"

事发当年，郭松龄的亲信顾问、秘书处长李坚白曾对常发讲："从辛亥革命始，郭松龄是追求资产阶级的民主共和，张作霖骨子里是帝王思想，要坚持封建主义，所以郭松龄造反是迟早的事。"

我懂事后，常发叔曾对我讲，他那时不懂什么主义。黄显声追随郭松龄造反，劝过他参加。他拒绝了，坚持回到张作霖身边。常发叔说，他虽然敬佩郭松龄对日本人有骨气，但他不能不讲义气背叛大帅和少帅。

一九二五年，郭松龄代表奉军去日本观操，适逢天高云淡、金露高洁的秋天；被张作霖急电催回国内，正当霜叶如醉、斑斓红黄的深秋；待张学良来天津劝他北归奉天向大帅述职时，已是西风扫多彩、肃穆清冷的晚秋。

在天津督军署辕门前下车，张学良敏感到气氛有些异常，他还沉得住气，与迎上来的郭松龄携手走入督军署大厅。

郭松龄尊张学良上座，亲自斟茶，双手奉上。张学良没有接茶杯，目注郭松龄，语音诚恳："我常说一句话，我就是郭茂宸，郭茂宸就是我。我父亲骂我也就一句话：你除了老婆不跟郭茂宸去睡外，吃一个水果，你都要给他一块！"

郭松龄双手捧茶僵在那里，赧颜无语。

"茂宸哪，你怎么这样呢？"张学良没头没脑一句。

郭松龄脸已通红，放下茶杯，也没头没脑丢出一句："我这人宁折不弯！"

"我是宁弯也不折。"

"你怎么这么大哲学？"

"不是哲学，做人嘛，你怎么能这样呢？"

"算我倒霉。"郭松龄坐回椅子上，不再打哑谜，"一路仗打下来，炮头是我，督军是杨宇霆、姜登选他们去做，我当你的部下算我倒霉。他们干不好，折掉三个师，叫人家赶出来，如今大帅又逼我去打，打胜了还不是他们做督军？我这次不愿打了，我们拥护你来干！"郭松龄也诚恳道："汉卿，东北的事叫老杨这帮人弄坏了。他们包围老帅，鼓动他穷兵黩武,给他们打地盘,都想当军阀发大财。我们要请少帅来当家,劝老帅'全主父之令名,享令公之乐事',赶走老杨那帮留日学生,把东北的事办好……"

"你认为可能吗?叫我做杨广被后世骂,你究竟想置我于何地?"

"汉卿,你跟我说过多次,你是赞成民主共和,反对封建军阀的,我没叫你当杨广,我请你当李世民!"

"我义不背父。"张学良伸出右手,"万一你有什么事情,我一点儿不在乎,你出不去我这只手。"

"为什么只讲礼义不讲主义呢?"郭松龄显出一丝忧伤,"东北一片沃野,宝藏很多,可以开发经营,不应再在关内争夺地盘、军阀混战。我们真正的敌人是日本帝国主义,你就不怕阋墙的战争被日本人借机夺占东北吗?"

"大帅召你,你为啥不能回奉天陈述己见?"

"这些意见我反复陈述多少遍了,大帅震怒,坚持向南面用兵。不得已才请少帅当家,代我们转达意见,请大帅重新考虑。"

"你说'我们',你们都有谁?"

郭松龄欲言又止。

"我明白了。"张学良起身朝外走,在厅门口回身道,"你看着办吧,我走了。临走赠一言:你善将兵,不懂将将;你如果闹什么事情,那就注定是韩信第二。"

目送张学良的汽车消失在转弯处,郭松龄急转身,差点与参谋长魏益三碰到头。

"少帅的话你都听到了?"郭松龄问。

"必须提前起事了。"魏益三压低声音,"滦州的会场已布置好,我们连夜赶过去。"

"我处理点事就出发。滦州的会议,上校以上官佐一个不能少,都要上会表态。"郭松龄转身问副官:"那几个人来了吗?"

"来了,按您的吩咐,先见黄显声。"

郭松龄随副官走进门房，黄显声从座椅里站起身，摇头叹道："少帅不肯当家，奈何？奈何？"

郭松龄一怔，忙作揖，"天下事瞒不过警钟。"

"哪里，我不过刚好听到少帅的临别赠言。知茂宸者，汉卿也。善将兵，不善将将，善战者未必善取舍。茂宸如果落败，必败于此。"

"我正是有求于警钟，愿闻其声。"

"我见副官引张廷枢、齐家桢、常发三人到客厅里去候着，不知茂宸将做何处置？"

"这三人身处要害，茂宸不会稍加伤害，尽力争取而已。"

"你肯定争取不来，那该怎么办？"

"扣住，以礼待之。"

"所以汉卿说你不懂将将，奉军全部精锐七万余人均在你手里，但他们家眷都在奉天，我相信大帅不但不会动一人一眷，而且会挨家慰问，令其来去自由。"

郭松龄又是一怔。

"茂宸以为少帅对我恩重，故未让我参与机密，谨慎有理。紧要关头找我问主意，说明对警钟确有真知。但我知道，茂宸与冯玉祥、李景林是结了三角同盟，又获南方大革命浪潮之鼓舞和支持，所以才敢迈出这一步，对吧？"

郭松龄肃然作揖，"愿警钟不断显声。"

"冯玉祥扯不住大帅后腿。李景林出于义气响应你，并无共同信仰，关键时刻不会与你共进退，你的三角同盟靠不住。孙传芳的五省联军是反对民主共和的军阀部队，你指望不上，广东的国民军鞭长莫及。你现在动手早了，可惜箭在弦上不能不发。你独自就可以仗仗打赢，但若不善将将，最后一仗就会霸王别姬。"

"我虽喊出'清君侧'，'请少帅当家'，但行动等于是造反。将来成功固然无问题，倘不幸失败，我唯有一死而已……"

"哎哟，嫂子也来了。"黄显声目光转向郭松龄身后。郭夫人将一件黑呢大衣披到丈夫身上，两眼含泪道："军长若死，我也不能活着。"

黄显声动容道："有人私下议论茂宸是因为没当上督军而反，看来不尽然，这里确实有主义之争。"

郭松龄肃颜道："我请警钟助我。"

黄显声说："你放走那三位朋友，我留下助你，怎么样？"

"一言为定！"郭松龄携黄显声之手，步入客厅。张廷枢和齐家桢冷眼望着不作声，只有常发口无遮拦地跳起来喊："郭军长，师父说你可能把我们软禁起来，若不低头就杀头。你干脆杀我头，因为你禁不住我。我跟你打赌，二十四小时为限！"

黄显声一笑："一对一，常发是好汉，可惜战场上是千军万马，常发的一身本事就等于零了。"

郭松龄板着脸说："我不会禁你们，更不会杀头，我只讲几句话，你们听过之后，愿走就走，愿留就留，来去自由。"

张廷枢神情一舒，"我是郭军长麾下的团长，只要不谋反，一切听军长之命。"

郭松龄沉痛缓慢道："自民国十年以来，兵连祸结，军阀混战，民生艰困。在大帅面前专与我们作对的是杨宇霆，他骄纵专横，长君之恶；妒贤嫉能，排除异己。我们打仗打到头发白了，仍然是我们；打出地盘，杨宇霆、姜登选之流当督军。现在他俩被江苏、安徽的人民赶出来，又叫我们为他们收复地盘，为他们卖命我是不干的。我已拿定主意，此后绝不参加国内战争，我们效赵充国的屯田，移兵开垦去！"[1]

张廷枢冷笑摇头，"军长不说实话，你不造反，你能叫大帅把他的七万精锐之师都让你带走屯田去？"

"既如此，我再讲一条。"郭松龄脸色凝重，"这次到日本观操，日本参谋本部来人问我有无签约的任务，我莫名其妙，仔细一打听，才知道大帅打算承认卖国贼都不敢承认的"二十一条"，以换取日本国的全

1　《张作霖》，徐彻著，中国文史出版社2012年1月第1版，第228页。

面支持去打国民军,用武力统一中国。我们是军人,不是走狗。要以身许国,不能服从乱命。他若打国民军我就造反,我就打他!"

"大帅签了吗?"常发插进来喊,"我跟大帅这么久,他对日本人是得骗就骗,得抢就抢……"

"言尽于此,言尽于此。"黄显声怕吵起来生出变故,摇手道,"三位愿走愿留,请自便。"

"军长主张民主共和,麾下明白。也知道军长是爱国的。"张廷枢平静道,"但我不会反对大帅,也不会劝父亲反。"

"我也不会劝父亲反。"齐家桢紧跟一句。

"我不反。"常发认真道,"但你们造反的事,我不会告诉任何人。"

郭松龄看着常发越想认真越显天真的模样,忽然想笑,忙摆摆手,回头就走。黄显声紧跟上去,说:"谢茂宸能听我一劝,放此三人走。办大事者必须有大肚量、大算计……"

"别,我放他们三个,不是大肚量,只为你能留下来助我。"

黄显声猛然止步,望望郭松龄,又看看郭夫人,叹出一声:"唉,命也!看来我是助不成你,只能为民主共和来殉葬了。"

身后忽然传来常发的喊声:"郭军长,你打赢了,我求你留大帅一条命。你打输了,我保你休息几天还当带兵的大将军!"

他以为这还是"自己人打自己人"的军阀混战之游戏规则。

锦州以北,寒凝天地。郭松龄军一路跋涉,只见万木凋零,衰草连天。阻挡他们的奉军都是"稍触即溃",造成威胁的只有严冬的凛冽、呼啸、刺骨。

奉天城内,屋顶落白。朔风卷着枯枝落叶狂暴地扫过大街小巷。屋檐上倒挂下来的一排排冰凌子,像巨兽的獠牙,俯瞰着贴墙跑过,逃一样往家赶路的行人。

张作霖和他的日本顾问町野坐在小车里,车窗结了冰花,只依稀能看到前后左右随车奔驰的骑兵卫队的影子,张作霖合上眼皮养神。

他从开始就明白,打仗他根本不是郭松龄的对手,全部奉军集中到奉天也无力抵抗郭军的凌厉攻势。郭军攻占连山,他即"决定照郭松龄的要求而下野",郭军攻占锦州,奉天一日三惊,他便派人到日本总领事馆求吉田茂总领事出兵维持省城治安。他的老朋友,调去上海任总领事的矢田七太郎也帮他讲话,于是,日本派守备队入城站岗,奉天八门八关都换了日本兵把守。郭军攻抵新民,张作霖用二十七辆大卡车往返多次,将家财送到日本租界的满铁地方事务所去,"郭鬼子"再凶也不可能跨进日租界。

但是,张作霖面对咄咄逼人的郭松龄并没完全绝望,正像他预料军事上要失败一样,他寄希望于郭松龄在政治和外交上犯大错。

他的情报网开始发挥作用。

郭松龄举兵反奉的通电一发,冯玉祥立刻发布讨伐张作霖通电,广东国民政府也跟着召开国民大会,要"联合一切反奉军队""扫荡荼毒民主之最残暴势力"。李大钊以"中国国民党政治委员会"的名义发表宣言:"号召一切革命力量联合起来,打倒帝国主义,打倒奉系军阀。"中国共产党和中国共产主义青年团联合发表《告全国民众书》,号召全国民众"速起响应"郭松龄,"建立全国统一的国民政府"……

张作霖面对一片声讨,把烟袋杆从嘴巴前挪开,喷云吐雾道:"他们把英、美、德、日全推到我这边了,把吴佩孚、孙传芳这些王八羔子也都推我身边成自己人了。"

情报不断传来:姜登选在滦州火车站被郭松龄劫杀;奉军十二军军长阚朝玺、十一军骑兵师师长于琛澂,甚至他的老兄弟汤玉麟都派人联络郭松龄共同起事,但郭松龄对这些人提出的索要地盘的条件已经加以拒绝……

"现在知道当家难了?"张作霖说,"郭鬼子不能容,我可以容。"

果然,这些人很快都转向张作霖联络,张作霖痛快表示:打垮郭鬼子,一切不是问题。

终于,张作霖等来了他最需要的情报:郭松龄强硬拒绝日本政府和关东军提出的一切无理要求。

张作霖对从黑龙江赶过来的吴俊升讲："你准备出兵吧，小鬼子该来找我了。打仗我不行，玩关系郭鬼子差远去了！"

话音刚落，町野顾问求见。

"怎么样？"张作霖得意地一笑，吩咐下面，"请他到会客室等候。"

"您先去见町野，出兵的事回头再谈。"吴俊升说。

"跟日本人做交易，像做买卖一样，越想做大越要沉得住气拖拖，上赶着是做不成的。"张作霖走到军用地图前，烟杆指向郭军后方白旗堡，"曹操打胜仗的办法你知道吗？"

"截粮道。"

"我拿下日本人，你率你的两师骑兵，只干一件事。把郭鬼子围在白旗堡的粮秣、军械和弹药全烧掉！"

"冰天雪地的，这一烧要冻死饿死多少人啊？再怎么说这些官兵也是咱奉军自家人打自家人。"

"放心，既然是自家人，没吃没穿就会来找我张作霖了。"张作霖丢下这句话便踱着方步奔客厅而去。

"大帅，今晚该请我喝酒吧？"町野见面就提要求，"菜要请菊文酒馆的厨师来做。"

"我看我们还是到旅顺、大连去喝要好些。"张作霖做个夸张的表情，"说不定啊，郭鬼子不等天黑就进奉天了，我还是离他远点好。"

"白川司令官派斋藤参谋长到奉天了，约你去沈阳旅馆见面呢。"町野伸出右掌，掌心朝下一翻，"大帅可以翻盘了。"

"哎呀，郭鬼子打我，那是中国的内政，你们外相已多次声明，帝国政府持绝不干涉之主义。"

"大帅打吴佩孚，帝国也持不干涉主义，但是保证叫你赢你就赢，你想输都输不掉。"

"那好，今晚我跟你划十拳，你不是看好我在泰来那四百万公顷土地还有与喜八郎合办的兴发公司吗？我一拳一股，看我能不能输你

157

十拳。"

"哈哈,大帅就是大帅,给您干活永远不会白干!"

町野陪张作霖驱车来到满铁附属地的沈阳旅馆,斋藤住一个大套间,房间虽然很热,他依然全身戎装,大皮靴子也没脱,步步带响地走到门口与张作霖握手,毕竟是行伍出身,刚落座就直通通道:"现在郭军先锋部队已抵新民,阁下如有需要关东军帮忙的地方,请不客气地提出来。"

张作霖相比斋藤是长袍马褂,一身便装。他有个习惯,无论谈话对象是谁,刚接触时并不看你,似乎对你谈的是什么毫不感兴趣。他拿起茶杯认真地欣赏着,像自言自语,又像对他的顾问町野说:"斋藤将军也忒急了点,气也不喘一口开拳就打呀。"

斋藤不愿废话,正襟危坐,发布公告一般说道:"关东军白川司令官请我告示阁下,我们愿意协助一切。"

"谢谢,白川司令官是我老朋友了。"张作霖终于把目光投向斋藤,他已想好,先示弱,"目前省城空虚,虽已电告吉、黑二省军队前来援助,但恐怕远水不解近渴。郭军若进省城,我想去旅顺暂避,希望关东军予以方便。"

"没问题,我们非常欢迎,届时关东军将保护阁下人身财产的安全,请放心吧。"斋藤紧接着语气一转,"不过,我看还不至于到这一步,在东北还是关东军说了算吧?关东军若是不让谁进省城,那恐怕谁也进不了。"

"这话我相信,但中国的老百姓不愿听,广东国民政府不愿听,英、美、苏、国联都不愿听,帝国政府和关东军还是不要干涉中国内政为好。"张作霖伸出手掌,"把你们的要求先提出来吧。"

斋藤把事先打印好的五项要求交给张作霖,张作霖目光一扫,全是历来的悬案,基本都是中国政府答应过而拖着不签之事:日本臣民在东三省及内蒙古东部区享有商租权,间岛地区行政权的移让、吉敦铁路的延长及与朝鲜铁路接轨联运,洮昌道所属各县准许日本开设领事馆等等。

"行，行。"张作霖目注斋藤，"我也提五项要求，关东军能做到，我现在就在这份密约上签字。"

斋藤面无表情，"请讲。"

"这一，日本政府和关东军应重申不干涉中国内政；二、根据与中国政府过去所签条约，警告郭军不得进入满铁沿线二十里内，更不得在此范围落一枚炮弹；三、帮助维持奉天省城治安；四、满铁火车不得载运郭军部队；五、在满铁附属地和日本租界内为我的军政要人提供避难场所。"

"这些内容都是白川司令官想到并让我转告张先生的，我们在必要时还可以用保护帝国利益、不许郭军靠近满铁为理由，出兵阻击，叫他们进不了省城。"

张作霖不再作声，抓笔在密约上签名。

走出旅馆，张作霖对町野说："这位斋藤将军办事跟长相一个德性，又短，又粗，又硬，像个迫击炮弹，一声响就再没屁了。"他将头一转，对骑兵卫队长吩咐，"派人去菊文酒馆，把大厨、二厨都请到帅府来，把常发也叫回来。"

第十一章

　　菊文酒馆二楼的"仙台"厅，常发独自喝着清酒，一声不响，静听斜对面"东京"厅传出的欢声笑语。陪在旁边的樱子也是默默地烫酒，默默地斟酒，悄无声息地看着常发将酒盅端在鼻子前嗅过三遍，很潇洒地倒进嘴巴里，接着喉结上下滚动，咕咚一声吞下肚。

　　樱子抓起那只一点八升的大酒瓶，晃一晃，表示空瓶，耳语般问："可以了吧？"

　　常发指指她身后未开启的酒瓶，樱子噘嘴蹙眉，表示不满，却无声地又去开瓶，烫酒，斟酒。

　　樱子是李香玉特意介绍给常发的艺妓，她虽然是"日本籍"，但毕竟根子在中国，受父母影响，汉语说得很好。她与李香玉一样，虽是"日本人"，却对日本帝国有些与生俱来的隔膜或说不满，甚至是仇恨。她们知道，张作霖也罢，常发也罢，对日本人再热情再客气，骨子里还是反日的，所以她们很愿意帮他们做些事，尽管有时并不明白做的事有何意义。比如现在，樱子不明白常发为什么一声不响默默地喝酒，这种情况过去不常出现。

她不知道常发被训练出的听力和分辨力有多强。其实，常发已听出十米外隔了两层板壁的"东京"厅，是川岛浪速的聚会，也听出聚会的人数、身份和谈话的观点内容。张作霖对他有要求：听不懂就强记，回来原样复述。一番苦练，他增添了这项本领。

常发现在所想，是以什么借口进入斜对面的"东京"厅。正自琢磨，忽然听到师父张学成的声音，眼睛一亮，对樱子耳语："叫香玉姐去跟我师父讲，就说我在这屋喝酒，要不要过去陪他？"

张学成被张学良撤职也就一个月的时间，张宗昌很快就为他官复原职。这次郭松龄反奉，东北、华北大乱，张学成被张宗昌派回奉天看形势，他没去见张作霖，一头扎进菊文酒馆，奉天发生的一切这里都可以知道。川岛是菊文酒馆的股东之一，何况有李香玉在这里替他打理。

服务生拉开"东京"厅木门，张学成脱鞋，走上榻榻米，大声道："川岛先生，我三叔在密约上签字了！"

不到三秒的沉静，响起一声："这就叫不战而屈人之兵。"

常发听出来这是日本公使芳泽的声音，接着是驻奉天总领事吉田茂的声音："争半天，现在可以歇口气了吧？喝酒！"

欢声笑语轰起，陪酒艺妓的尖声格外刺耳。

李香玉拉开"仙台"的木门，使个眼色，"过去吧，你师父叫你呢。"

常发起身，对樱子耳语："就说我醉了。"

常发脚步蹒跚，醉眼迷蒙地走入"东京"时，樱子追在他身后，手里举着两个一点八升的空酒瓶喊："他已经喝了两瓶半，十斤酒啊！'仙台'那屋还有少半瓶，不能再喝了。"

"把那半瓶拿过来，我要敬师父……哎哟，川岛先生！我得同时敬您。我和师父被大帅赶出门，多亏您收留。我，我换大杯，换，好酒！"常发将酒盅里的酒喝掉，抓过一个茶杯，将剩茶倒进一个艺妓脖领里，在艺妓的叫骂声中，抓起桌上的万寿酒倒满杯，"你们这一瓶顶我八瓶酒的钱……川岛先生，借花献佛，敬您，谢您了！"

常发举茶杯三口喝干，马上又倒满一杯，指点着芳泽和吉田茂辨认："公使先生，总领事……"他目光转向对面川岛浪速身旁，"河野，土肥原先生，你们都是大帅的顾问，对吧？敬你们几位老朋友！"常发干掉大杯酒，用力眨眨眼，目光转向川岛右侧，"这位……没见过，新朋友……"

"给你介绍一下，河本大佐，马上要来关东军上任，高级参谋。"川岛介绍。

常发进屋的首要目的就是想见识这位河本，他凝听近两个小时，早已听明白这位河本与川岛一样，都属于"非主流"派，充满"叛逆"精神。河本刚才还酒后吐真言："必须干掉张作霖！"

河本尊川岛为"前辈"，从他们聊天及争论中可知，河本是个大林场主的次子，父亲想让他继承林场，他不肯，坚持考入陆军士官学校。这位日俄战争时的小队长，与一批日本陆军"少壮派"结社，议论上司，议论国家，想打破"长州藩"对陆军人事的把持，按照他们的"理想"革新日本陆军。

"长州藩"的代表人物是日本陆军大将田中义一，他已准备出任首相。常发在圈子里混了十多年，知道田中在日俄战争时救过张作霖的命，两人建立了深厚友谊。张作霖称田中"大哥"，告诉常发，当朝的主流派都是他的朋友，支持他当"东北王"，而一批日本陆军中的少壮派总想干掉他，这批人都是不能决定政策的非主流派。对这些喜欢冒险犯浑、不懂政局只知蛮干的少壮派要格外小心提防。

"东京"厅里这些人，芳泽和吉田茂支持张作霖做傀儡，河本说张作霖不是傀儡，是块石头，而且是茅厕里的石头又臭又硬，必须搬掉，否则早晚会砸了自己的脚。

常发一眼便看出河本相貌魁伟，身子骨坚硬强劲，以为必是像自己一样属于"拳头比脑子快"的人物，说不定何时就会向张作霖出手，所以想在他的正对面坐下。但这里已经有一个年轻人，奇怪的是两个小时的凝神静听,常发居然没听到他的声音。

"我可以坐下吗?"常发嘴里客气,腿下已经向那个年轻人靠过去,并且逐渐加力。他突然惊醒:遇上硬茬了。对方不言声,面无表情,却稳坐如钟,丝毫不为常发的腿劲所动。

"可以,年轻人。"河本有些赞赏地打量常发,"给他让一让。"

坐如钟的日本青年对常发点头致意,让开一屁股,常发也点头致意,"谢谢。"

"常发,我徒弟,也是我三叔的带枪侍卫。"张学成向河本介绍。

"带枪侍卫?"河本重新打量一遍常发,也换了一只大茶杯,斟满酒,手指日本青年,"他是我在北京做武官时的助手,竹下义晴,少佐,广岛人。竹下君,换大杯,陪带枪侍卫干。"

河本将大杯朝常发示意,久旱逢甘霖一般,也是三大口便喝干一杯万寿酒,左手轻捋沾湿的胡子,叹一口气,"唉,三十功名尘与土,八千里路云和月,二十年前我和你们一样年轻,一样争强好胜啊!"

常发终于从正面看清了河本,他大约四十出头,正当壮年,留着板寸头,头发又黑又密,直愣愣像刺猬,右眉上扬,左眼角下斜,很像蔑视一切的神态;下颌刮得铁青,上唇留着不是常见的八字胡,也不是卫生胡,那是和嘴唇保持一样线条的M形,带点艺术性,显得俊朗、睿智,又有些放荡不羁。他看着常发与竹下相互碰杯喝干杯中酒,便侧身介绍旁边坐的小个子:"板垣征四郎,我的师弟,特意从天津赶来相聚。"

板垣身材矮小,头剃得精光闪亮,脸刮得像青石一样隐忍,剑眉下一双眼睛却盈满柔和的光波。他轻轻搓搓手,不等师哥发话,便换了大杯,斟满酒,举杯时,袖口露出雪白的衬衫,很像是知书达礼的人物,"请,我先干为敬。"

河本盼咐:"竹下君,你和常发年龄相当,要陪全程。"

"嗨依。"竹下斟满大杯,陪常发一饮而尽。

"石原莞尔,也是我师弟,比板垣君小四岁,陆军大学教官,虽然年轻却被称为日本陆军的大脑,也准备来关东军。他想先搞个旅行团,在东北走走,看看。"

石原长了一张娃娃脸,眼神沉静,略带忧郁,仿佛永远都有想不完的心事。他没有换大杯,用他的小酒盅先碰川岛的大酒杯,"前辈,酒篓子。"又朝河本碰去,"酒鬼,请。"转身碰杯板垣,"酒桶。"又碰竹下,"酒囊。"最后碰常发,"酒神,请原谅,我是酒盅,只给别人倒酒,自己不沾嘴。"

哄笑声中,河本解释:"石原君给所有上司都起了外号,而且很尖刻,但是对部下,都很尊重,很温和,所以只有常发叫了酒神,我们不是鬼就是桶。"

"谢谢石原君。"常发跪起身,将酒杯高举致意,然后一饮而尽。

其实,此前两个小时的凝听中,他已知这个石原莞尔被称为"石原大脑",他说世界终极之战将在日、美之间展开,代表东方文明的日本要想打败代表西方文明的美国,必须首先占领东北,将满蒙变成日本的战略后方,变成物质和人力补充的源泉。

"我年轻的时候,妈妈酿酒,就在作坊里,我是拿瓢拿盆拎起桶就喝呀……"河本两眼湿漉漉的,带了无限的回忆和伤感,"飘飘然,走出作坊,乡下的艺妓们看见我的影子就都追过来了,让我教她们唱小曲……"

"现在你也还年轻呀,"川岛搔搔斑白的鬓角,"到我这年龄还不服老呢。唉,遥想公瑾当年,小乔初嫁了,雄姿英发。羽扇纶巾,谈笑间、樯橹灰飞烟灭。故国神游,多情应笑我、早生华发。人生如梦,一樽还酹江月。"

常发心里明白,在座的日本人全是"中国通",说中国话比自己文化水平还要高。

"来来来,"公使芳泽举杯号召,"我们大家共同敬川岛前辈和河本君一杯,请河本君唱一支乡间小曲!"

川岛与河本碰杯豪饮,河本敞开衣襟,带着无限的回忆与向往,唱了一支乡间小曲,在一片喝彩声中,大声道:"上不得台面,上不得台面。请学成君来一段京剧,唱念做打,他那才叫艺术,啊,欢迎!"

川岛鼓掌,众人自然响应。

张学成喝干杯中酒,道:"我不喝酒亮不出嗓子,三杯酒下肚才能给朋友助兴。"他左右打量一下,平地一个后空翻立到靠门之处,那里空间稍大一些。起势,亮相,报一句:"穆柯寨!"

于是,张学成一人扮了杨宗保与穆桂英两个角,唱、念、做、打,引来阵阵喝彩声。木门也被拉开,李香玉和一群艺妓挤在那里喊好。

"我这叫卖艺,叫我徒弟献武。"张学成指着大杯子,"常发,先干三杯!"

"谢师父!"常发作揖,然后伸出空杯,樱子已经跟上前来。樱子连斟三杯酒,常发三口气喝三杯酒。

"常发学了一身本事,我其实只教他一样。说,是什么?"张学成用京剧念白问。

常发大声回答:"拳快不如刀快,刀快不如枪快!"

张学成继续念白:"常发明白许多道理,我只教他一条道理。说,是什么?"

"一日为师,终身为父!"

张学成忽然手指门口惊叫:"来一群刺客!"

猝不及防,众食客本能地一闪身,只觉轻风拂面,常发已没人影,只有竹下瞪着屋角的天花板,张大嘴巴半天合不拢。众人顺他目光望去,常发两脚撑壁,左手支天花板,右手一支枪,像一幅广告画,悬在头上,人人都觉得枪口是对着自己眉心。

张学成又问一句:"枪快打谁?"

常发道:"谁对师父构成威胁我就先打谁。"

张学成做个手势,常发轻如狸猫,悄无声息落在他身边,手中那支枪不知何时已插回腰间。

张学成坐回川岛身边,示意常发坐回去,不慌不忙道:"在曹家花园，要不是常发出手，我这颗脑袋早就被张作霖打碎了。我三叔不把我当侄儿，常发可把我当亲爹来保护！"

他的泪水忽然喷溅而出，举起满满一杯酒，用京剧念白朝常发道："谢了！"那酒像直接倒进肚子里。

所有人，包括艺妓，都端起杯朝常发示意，一饮而尽。

张学成目视天花板，直到把泪水憋回去，才对众人一笑："对不起，心有块垒，不吐不快。"他忽然抓过酒瓶，把大半瓶酒对嘴咕咚咚、咕咚咚地灌下去。川岛心疼地对他抚背相劝："有不痛快就说，不要跟自己过不去，你要想醉，我陪你！"

川岛也抓过一个酒瓶朝肚子里灌，河本和板垣也坐不住了，纷纷抓起酒瓶，找不到酒瓶就打艺妓，李香玉忙不迭叫送酒。她朝常发喊："你劝劝吧，你师父一喝多就这样！"

"师父，"常发朝张学成跪下，"徒儿求你一件事！"

"说，一百件！"

常发抓起一点八升酒瓶，将满瓶酒朝肚子里灌，谁也夺不走，用了五分钟，终于喝完，大声喊："师父，你的酒都由徒儿代了，行不行？"

"不行！"张学成抱住常发，边哭边吼，"我死也不许你死。你要作证，我哪一样不如张学良？要文要武，指天骂地，从小他就不如我。我教你一天，就胜过与他朝朝暮暮……张作霖，张学良，懂什么叫情？他们差十万八千里呀……"

"我师父醉了，他要不醉不会这样说。少帅教我仁，教我智，师父教我义，教我勇，没有他们就没有常发的今天！"

常发是真醉了，但他也阻止了张学成继续醉酒。他只是找酒抢酒喝，张学成只顾拦挡阻劝，哪里敢再闹酒。师徒俩终于相拥相抱歪到墙角。

"师父，你，你不喝了？"常发的嘴角淌下一缕酒液，这是谁也不曾见过的。

"不喝了，再也不醉了。"

河本突然转过脸去擦泪,竹下义晴早已泪流满面,扑通跪到常发面前,"小兄弟,我今天才学会做人,谢谢了!"

"你,你说什么?做,做人?那你就滚回日、日本去!别以为我们大帅真,真不行。他有骨头,他,他有谋略!得骗就骗,得,得抢就抢,扩,扩大地盘,壮大,壮大自我!翅膀硬硬,再收拾你、你小日本!"

"东京"厅突然静了,片刻间,只剩下常发响雷一样的鼾声。

"听见了?"河本终于打破沉寂,"这就是张作霖跟你们签的密约?"

"常发是醉话。"芳泽有些尴尬。

"二十年了,他到底为大日本帝国做了什么?"川岛接过话头,用大拇指比划河本,"你是日本武士的骄傲。"他又用小拇指比画芳泽,"你和你岳父都是这个,连个张作霖都拿不起,放不下。"

芳泽的岳父是犬养毅,几年后任日本首相,被少壮军人刺杀了。

川岛鲸吸一般饮尽杯中酒,鲸喷一般吐出浓稠的酒气,"今天的好酒是河本君请客,他从小就不缺钱花,最讨女人喜欢。是日本武士和浪人的骄傲。我们今天不谈国事了,芳泽君,今天起,你干你太监的活儿,我们男人干我们男人的事,我们互不打扰!"

芳泽涨红了脸:"打张作霖,打冯玉祥,打孙传芳,打南方新蹦出来那个蒋、蒋介石,你们没问题,我们打,更是杀猪屠狗。可你们敢说对中国开战,那就是与中华民族对立。一个民族,人不分男女老少,身不分富贵穷贱,都拿起枪来对抗你,那结果肯定会很惨。"

"是中国的结果会很惨!"河本吼一嗓子。

"是日本的结果会更惨!"芳泽一字一顿,从牙缝里挤出一声,"猪!"

"八嘎!"河本把手中大杯照芳泽脑袋掷去,艺妓吓得尖叫,定睛看时,天下太平,大杯子居然被"娃娃脸"接住。

"芳泽君讲得有道理。"石原的娃娃脸毫无表情,仿佛是对着虚空在梦呓,"我一直感觉我的全部思考有个大缺陷,芳泽君帮我找到了。谢谢！河本君，川岛前辈，你们只有深谋，没有远虑不行。"石原终于把目光瞄向川岛和河本，"走一步，搬掉张作霖；走两步，踢开蒋介石；走三步，遇到他们怎么办？"

石原将一根银筷子指向常发。

"他们充其量是奴隶。"川岛嗤一声，"喝醪糟是奴隶，喝松竹梅也是奴隶，今天主子高兴请他喝万寿酒，他还是奴隶。"

"你们豢养张作霖、蒋介石这样的狗，不是奴隶也是奴才，不过几个、几百个，至多上千个？但常发这样的奴隶有四万万五千万个！"

瞬间的沉默，板垣手搭凉棚，做个眺望状，"我们站在海平面上张望，只有石原君是站在富士山上远眺！除了石原君，我没佩服过第二个人。"

川岛与河本相对无言，石原不过是个中佐，但他的坚毅与刻苦在日本陆军无人不晓，无人能比。国际上，有名的军事学家们对日本军人只承认他有战略头脑。连天皇读了他的上书也大呼"开篇有益"。他考查研究所写《国家前途转折的根本国策——满蒙问题解决案》是存入皇家秘密档案室的。

从不讲话的土肥原贤二大佐像求知似渴的学生问："那你说说该怎么办？"

"我也没想好。"石原沉思着喃喃呓语，"比如搞个共荣圈，或者叫王道乐土？由我们日本人经营大型企业或从事脑力劳动方面的事业，朝鲜人开垦水田种稻米，中国人从事小商业或其他体力劳动，大家虽然分工不同，但可以共存共荣……"

这个"美丽"的蓝图——"大东亚共荣圈"，"美好"的设想——"王道乐土"，后来虽然被大和民族刷到墙上，登在报上，喊破喉咙地全力争取，却连石原的孙子都没看到，这是后话了。

"唉，这孩子！不怕他不领情，就怕他太感情。"张作霖亲自用手绢替常发擦去嘴角一抹酒浆，始终不看张学成一眼，"为什么为这么一只白眼狼,喝五杯!犯得着吗?"

张学成站立一边,冒出一身冷汗。看来他三叔的情报网远不止他知道的那一点,连菊文酒馆这种日本人的地盘,发生点芝麻绿豆大的事也瞒不过他的法眼。

"妈了巴子的,不到天黑是醒不过来了。"张作霖发泄地将手绢摔到桌子上,"这不是误大事吗?"

"三叔,我……"张学成怯怯道,"我能叫他马上精神起来。"

"放你娘的狗臭屁!"张作霖回身一巴掌,狠狠扇在张学成脸上。

张学成捂着脸奔到常发身边,尖叫一声:"有刺客!"

比任何神话、童话中的咒语都灵,歪倒在太师椅里的常发像被弹弓射出一般腾空而起,刹那间目光如电,扫视一圈,落地时已将魁伟结实的身躯一下子围住张作霖瘦小的躯体,枪口在门窗之间游移。

屋里所有人都"木桩"了,呆呆地以为做梦。

"常发!"张作霖短促一声,哽住了。

常发的枪口兀自在门窗左右游移,目光四处警视,直到张作霖奋力将他推开,才确信危险已去。他发现张作霖眼圈泛红,以为受到惊吓,扑通一声跪倒,以头触地板,慌慌道:"大帅受惊,常发失职,常发愿受处罚。"

张作霖突然将头仰起,好久才眨动一双湿润的眼睛,用力指点张学成,"老张家上辈子造了什么孽哟,生你这么个东西,天下人都欠你的,坟头上迟早有一劫,你还有脸在常发面前称师父?"张作霖将手指向常发,"我老张家上辈子又积过什么德?让我遇上常发这孩子……"

"不是你老张家上辈子,是我老张家这辈子积的德。"张作相插进来道,"大帅,当年要不是我全力相争,我们的常发早就点天灯喽!"

张作霖双手拉起常发,冲张作相连连点头,"辅帅,从今往后,只要你拿常发说事,我都让你,都你说了算!"他扯一把常发,"走,傻小子,跟我去前院!"

前院站立十排准尉以上身着灰军装的官佐,人人徒手鹄立,院门口台阶上架有机枪，不过万一队伍里有人突然发难，那机枪是来不及救人的。

谁敢说这一百多军官中没有郭松龄的亲信？然而有常发紧随身后，其中就算有十个刺客，张作霖现在也心中坦然，无须惧怕。

常发返沈阳后，躲在菊文酒馆不肯回帅府，因为他对郭松龄有承诺：不说郭军起兵反奉之事。直到张廷枢站到面前，他才知道自己实在是小儿科的游戏。自己几日几点几分到菊文酒馆，大帅都知道，这酒馆里的艺妓和服务生，有十几个在大帅府领高薪的。而且得知：张廷枢和齐家桢从郭军出来，刚到山海关便向张作霖报告了郭松龄反戈一事，仗已开打，无密可言，只有常发还躲在酒馆里，以为自己不说就对得起郭松龄。张廷枢说："大帅讲了，你就在酒馆里休息几天吧，从日本人这里了解战事，特别是日本人的想法和态度，每天晚上回帅府报一次。不必见大帅，告杨先生或包神仙就行。"

郭松龄一月之间连下榆关、连山、锦州、新民、白旗堡、兴隆店诸名城，可是杨先生却说："他是一位正统的、正派的、爱国的军事家，但他缺乏政治家的胸襟，也缺少战略家的眼光，最后不免失败。常发，只有你能救他，你应该尽快回帅府，关键时刻求大帅刀下留人。"

常发庆幸自己不用说就被接回帅府，但他并不知道张作霖是怎么想的。

张作霖的心思和许多女人居然完全一样：常发这样优秀的男人，如果只爱我、只忠于我一个人该多好啊，可他偏偏博爱，几乎见一个爱一个，谁受得了？真有些抱也不是，踹也不是，让你爱恨交织……

走进前院，张作霖已是凶神恶煞的模样，政治家都是好演员。

"立正——"院中一声口令。

"找你们来，我不说你们也知道，郭鬼子反了！"张作霖步子迈得大而缓慢，终于站到队前，两眼漾出杀气，"怎么，就来这么几个人？

我命令你们连司务筿子¹都给我带来！"

"报告大帅，"转来教导队任上校队副的刘多荃前进一步，举手敬礼，"教导队的官佐学兵大部分都调走了，剩下这些人都来了。"

"你们为啥没走？想他妈的卧底，玩里勾外连吗？"

刘多荃登时冒出冷汗。在军中他属陆大派，与郭松龄关系密切，而且郭松龄反戈前曾以为自己要去安徽当督军，许愿让刘多荃一道去安徽，出任少将旅长。

"不敢，不敢。"刘多荃回答的样子像鸡啄米，"我伺候大帅四年了，杀头也不敢生异心呀！"

"把枪炮发给你们就敢了，妈了巴子的，"张作霖的目光冷冷地在队列中扫射，像机枪手寻找目标一样，"我马上发给你们武器，让你们和郭鬼子里应外合，咱们干一场子，我张作霖要离开帅府一步，我他娘的就是丫头养的！我知道你们都和郭鬼子勾通一气，你们回去告诉鬼子，让鬼子进来，我等着他。我姓张的和他姓郭的比试一下，把刀子插进胸口上和他干，我要是眨个眼，就不是人养的！"

队列里静悄悄。寒风凛冽，一百多号官佐齐发抖：亲杨宇霆的怕被"清君侧"，亲郭松龄的怕沾"里勾外连"，都不知架起的机枪会不会突然开火。

"都说我张作霖当过胡子，我他妈拿过你家笤帚疙瘩，还是抢过你家姑娘？八国联军进北京，国破家亡，没有保障，我们这些有血性的人被逼无奈，才有钱出钱，没钱的出人，成立大团，保护地面。那时候我是不服天朝管，天朝不管我们死活，只管刮钱给外国人赔款！那时候我是得抢就抢，得骗就骗，但目的是为了武装自己，保护地面。世界上有了我这样的胡子，东三省老百姓才吃上太平饭！"张作霖大喘一口气，"我进奉天后，有人说对付洋人老一套办法不行了，这才成立讲武堂，号召有志青年投笔从戎，保卫我们祖先留下的江山。我让小六子出

---

1 司务筿子，司务长，准尉。

去和大家共同保卫地面，他介绍郭鬼子到讲武堂当教官，说是个人才，没几年工夫就当上了军长。"说到这里，张作霖胸脯猛烈起伏，声音陡然拔高，"你们说！我哪一点对不起他了？他投奔我时，一肩行李，两个茶碗，还有一个没把儿的，我给他两千大洋安家，他感动得就差跪下喊爹。现在可好，他自以为有功，没得着地盘，他就不想想我当家容易吗？我他妈的像陪送姑娘似的，总得一个一个来吧？我是想让他掌握全局，将来还能没有他当督军的地方吗？哪承想他人面兽心，干出这种丧尽天良的勾当！好，这回我把奉天让给他，看他能保多久……"

张作霖喉咙一哽，以手加额，仰面向天，半响无语。十排官佐由紧张惶恐转而生出义愤之声，队伍出现了骚动。

"刘多荃！"张作霖突然大吼一声。

"到！"刘多荃再向前大跨一步敬礼。

"你就叫刘多荃？妈了巴子，你有多少人马？"

"报告大帅，三个营，都是军士，上阵一个顶十个！"

"好，听说你是鬼子的亲信，准备给他当旅长。好啊，我现在就给你们这帮人发武器，让你们这帮人和郭鬼子里应外合，我看你们能干多久！"

"大帅！"刘多荃两眼溅泪，真诚地赌咒发誓道，"鬼子亲信早就调走了，我与他是走得近，那是工作关系，但我是大帅、少帅的人，我们这些兄弟都是张家军，不是郭家军，我们有天良，有血性，请把我们武装起来，让我们跟那群丧尽天良的叛徒去决一死战！"

张作霖松了松面孔，放缓声向官佐们，"你们都能这样？"

"能！"响雷一样整齐的回答。有人挑头喊口号，立刻引来隆隆回响："和叛徒决一死战！""打不垮郭鬼子绝不回来见大帅！"

"我相信你们，我知道你们都不是鬼子亲信。"张作霖显出深受感动之态，大声宣布，"刘多荃，我任命你为混成旅旅长，晋级少将。"他手指众官佐，"所有人员，每人晋升一级，回去马上造一个官佐编制名簿，明天就送上来，咱们有的是好武器、崭新的服装、上好的给养和大洋。

马上招兵,越快越好,开往前线,不打垮郭鬼子不是好汉!"

刘多荃挺胸敬礼,激情澎湃,"谢大帅栽培,谢大帅封赏!多荃与众兄弟唯有竭尽忠诚,拼死奋斗,图报万一!"

"好了,队伍带回。"张作霖不失时机地大声吩咐常发,"罪犯是郭鬼子一人,他队伍里的人全是我的部下,他们的家人亲人就是我的家人亲人。挨家挨户去看看,缺柴少米的给他们送去!"

一百多官佐为这句吩咐感动不已,大帅的话立刻在对立两边的奉军前线传开。当晚,不少"附逆"军人的家属都派专人出城报平安去了。

明星已坠,幽蓝的朦胧中,奉天城的轮廓已在晨曦中影影绰绰地显露出来。常发指挥着几名军汉在帅府的一进院里开始忙活,他受大帅委托,今天去看望李景林之母。

李景林、冯玉祥与郭松龄结有三角同盟,张作霖不但不扣押其老母及亲属,反而天天派人嘘寒问暖,上周甚至亲往探望一次。常发觉得自己从中受到很大启发,不是吗?李景林不但不帮郭松龄打奉天,反而掉头跟冯玉祥恶战起来。

"得容人处需容人。"常发真想当面奉告郭松龄。

"报告旅座,东西都备齐了。"一位少校副官向常发敬礼。

"妈了巴子,谁是旅座?"

"昨天大帅在大厅里宣布你任卫队旅副旅长。"

"我应了吗?还叫我常发,想巴结我就叫我三不将军:不结党,不营私,不做官。"

"是,三不……别呀,'三不'多累赘,简化一下,三不将军就简称三将军。"

"嗯,有点僭越吧?杨先生讲过,张飞也叫三将军……叫也行,我要活在那会儿,喝酒打架未必输给他。"

常发没有查马车上的食物用品,只打开副官手中的箱子看看。治老寒腿的虎骨酒、治哮喘的川贝枇杷露、治颈椎骨刺的脖套……

"箱子拿好,这是大帅亲自为李母备的。"常发交代一句,便驱车走出帅府,刚过照壁,被一群老人拦住,常发认出有几位是"附逆"官佐的亲属。为首一老人颤颤巍巍将一红纸包交给常发,"官长,我们祖辈都是老老实实种地交租的农民,读书不多,却也懂礼义廉耻,请将我们写的一副对子送给李将军的母亲。"

"一定,一定。"常发接过红纸包,连连点头,"老人家放心,一定不负所托。"

到了李府,车载马拉的东西都卸到后院,常发交到李母手中的东西只有那只箱子和红纸包。

"代我谢谢大帅。"李母查看过箱子里的东西,一边抹着泪风眼,一边念叨,"大帅想得太周到了,十几年呀,我那造孽的儿子已经给我回过电了,知错就改!"

红纸包打开,两边人站在凳子上将对子高高举起。常发认识那对子上的字。

上联:论权论势论名论利,老张家哪点负你

下联:不忠不孝不仁不义,尔夫妻占得完全

横批:天道难违

落款:中国农民

"这,这,"常发突然有些明白,尴尬道,"哎呀,这不该是送您老人家的,是那些农民交代不清……快,快收起来,收起来……"

"慢着。"李母慢条斯理道,"我虽是农民世家,但也知书达礼。这对子虽是讲郭逆夫妻,却应该挂在我家内室,让我儿每日晨昏见到,'吾日三省吾身'。就给我挂于内堂!"

"可这天道难违……"

"夜里我就知道郭逆全军覆灭。我与儿通过长电,我不知什么民主共和,我也不明白军阀列强,但我知道忠孝仁义是治国之本、为人之本,万古相传,说破天也不能越雷池一步!"

老太太声音不高,在常发听来却如雷贯耳。能征善战的郭松龄,率奉军主力精锐七万大军，昨天还长驱直入要攻占奉天省城，一觉醒来居然已经全军覆灭？

常发将信将疑，却不及细问，匆忙告辞，急速朝大帅府赶，他被挡在大青楼的老虎厅外。

副官和侍卫们在厅外正议论得热闹，有说日本人把小太阳旗插了一圈，郭军立刻傻眼，看着沈阳城不敢往前多走一步；有说关东军派来两百老兵，几炮就把巨流河对岸的七万郭军精锐打崩溃了；也有说李景林关键时刻抛弃郭松龄，重新投回大帅怀抱，使郭军腹背受敌……当然，主旋律的说法是天道难违。郭军开始以为是"清君侧"，到了奉天城下才明白是造大帅的反，当即军心大乱，不战自溃，以致两小时便全军覆灭……

常发的注意力全在老虎厅里传出的争吵声，"总得杀几个""至少要枪毙那几个附逆的旅长""还要不要军法了？"……

阵阵声浪中，常发听出张作相的哭喊声："你们这个要杀，那个也要杀，你们就不能为东北大局想想？杀戒一开，郭军那么多散兵还能招抚回来吗？郭军魏参谋长还有两万人马驻在山海关，杀戒一开，还不逼他学吴三桂？他要引冯玉祥的军队杀到奉天来，你们挡得住？你们要泄愤杀人，那就先杀了我，免得再看发生悲剧……"

老虎厅里一下子静悄悄，只剩张作相的哭声："大帅，不是我拿常发说事。当年要按绺子的规矩，常发应该点天灯。我把他救下来，你上礼拜怎么说的？规矩是人定的，军法也是人定的，杨先生讲过，人是爹法是崽儿，人不能被法约束死。你一定要按军法办，你今天就必须先杀了我，否则你们谁也别想走出这个老虎厅。"

"辅帅，你看你看，唉，好吧，那就让小六子看着办吧。"张作霖的声音。

"大帅，不是我信不过你，你现在就打电话，叫通新民和少帅通话；不抓不杀，尽快招抚。"

"大家说说，照辅帅说的办？"张作霖问。

"辅帅至公无私，我等惭愧。"吴俊升的声音。

"照辅帅的意见办吧……"众人纷纷表态。

常发神经一松，不禁嘘口长气，两耳便不再闻声。正准备离开，老虎厅的门开了，秘书处王处长刚露头，一眼看到常发，忙喊："常发，大帅叫你。"

常发进门敬礼，见张作霖一手持烟袋锅，一手抚虎头，不等常发张嘴便挥动烟杆，"你去要辆车，马上赶到新民屯去，今晚之前必须赶回来，小六子有事交你办。"

中午，常发赶到新民屯郭松龄司令部见到张学良。

"少帅，你可要保护好郭将军啊，菊文酒馆里，我听那些日本将佐都赞他有骨气呢……"

"晚了。"张学良叹气摇头，难过道，"吴俊升的骑兵抓住他，是小苏家屯一个长舌妇，跟人说有一男一女躲她家后院的萝卜窖里，被王旅长带卫士去搜出来的。我得知消息立刻命秘书处长去电要人，没等电报发出，茂宸已被他们枪毙了。唉，他是个人才，为国家想，我本打算送他出国去深造，避避风头，将来还可再用，这下子……东北军损失太大了，我很痛心！"

常发垂头，半天憋出一句："黄显声怎么样了？"

"召你来就为了他。"张学良拍拍桌上的大皮箱，"今晚大帅府开庆功宴，你把这个皮箱送进宴会厅，大帅知道怎么办。我这里有警钟留下的一封信，你可以看，私下将信交大帅，他是人才，大帅会重用的。"

"他在哪里？"

"这正是我要交你办的，郭军散了，他去向不明。他不知大帅的态度，怕被抓，不会逃家里去，大隐隐于市，很可能隐身奉天观望，你帮我访察，务必找回他来。"

"是，常发明白。郭军长手下几个旅长都是能征惯战的，少帅革新军队缺不了他们。"

常发在返回奉天的路上，看了黄显声留给张学良的信。

汉卿：

　　追随郭将军之际，我向群山大喊：汉卿，对不起了！

　　今事败，请按左项办理：一、皮箱内均为奉天城内来信，勿看，请大帅当众焚之，以安人心；二、田中的大陆政策是对着东三省的，日军助大帅肯定有条件，请大帅速谋对策；三、勿杀人，速招抚，若内乱，日本必会夺占东北。

警钟敬留

　　下午五点赶回奉天，常发直接奔大青楼二楼张作霖办公室。张作霖看过黄显声的留信，问常发："你看过这封信？"

　　"少帅叫我看了。"

　　"晚宴开始半小时后把皮箱抬进来，知道怎么配合？"

　　"我跟大帅这么久，还有什么事不明白？"

　　"好，你尽快把黄显声给我找回来。"

　　"那大帅要送我一辆专车。"

　　"早说啊，我知道你车开得好。"

　　常发得意道："大帅有兴趣的时候看看，我能在铁轨上跑车呢！"

　　大帅府豪华的宴会厅位于大青楼一楼，正当推杯换盏，觥筹交错，气氛开始热烈活跃之际，厅门突然大开。常发戎装在前，四名全副武装的副官抬着一只大皮箱紧随其后，声势张扬地走到厅中央，带声带响地把箱子一放。

　　"报告大帅，常发从新民赶回来了。"

　　"赶得早不如赶得巧，正说酒席宴上少点什么，就差你这个酒司令啊！来，谁要滑逃酒，你就执行军法。"

　　"大帅，常发有事要报告，这只箱子是少帅从郭鬼子军部搜出来的，让我带给大帅。"

　　"什么宝贝，金条还是支票？"

"大帅，皮箱里装的全是信，是我们城里人私通郭鬼子的密件和信函！"

"啊，"张作霖沉下脸来，"有这种事？妈了巴子的，好大的贼胆！"他把冷峻的目光扫向宴会厅，空气立刻紧张得凝固了一般。

"报告大帅，卫兵在外面候着，我没开过箱，就是想在大帅和众位官长面前当众开启核对，请大帅下令，抓出这些里勾外连的叛逆！"

"你们听见了吗？同意吗？"张作霖恶狠狠问。

"同意。"回答参差不齐，餐桌四周面面相觑，可谓几家欢喜几家愁。

"郭鬼子是什么东西？喂不熟的白眼狼！他说清君侧，杨宇霆躲了；他逼我下野，我宣布了。他肯退兵吗？狼子野心，不忠不孝不仁不义。"张作霖忽然一拍桌子，"军法处常处长！"

"到！"常荫槐从角落里站起。

"我命令你坐专车把张学良给我抓起来，我要亲自枪毙他。你要让他跑了，拿你的脑袋来！"

"是！"常荫槐转身欲走，吴俊升在主桌旁站起来摆摆手，"常处长你慢走，我有话说。"

张作霖怒气冲冲，"你有什么说的？"

"过去没有张军长还将就，现在没有他一天也不行，一天也不行……"

"放屁，"张作霖半勒子跺地，全场震动，"你胡说八道！"

"有理不在声高，大帅，我是你二哥，我问你，没有张军长谁去招抚散兵？郭鬼子为防李景林，把魏参谋长留在山海关，手下两万人马，你能招降吗？冯玉祥与他合了股出兵关外咋办？封锁山海关，你去不行，我更不敢去，只有张军长去……"

"你住口。"张作霖口气转缓，指点张作相，"辅帅，我得说你两句，是你三番五次向我说小六子行，让他带兵打仗，练达练达，谁想这个损种上了郭鬼子的贼船。他妈了巴子的讲武堂、教导队，这些年花了几百万现款，讲他妈学科、术科，讲出一群白眼狼！鬼子、六子瞧不起吉、黑两省军队，瞧不起于兰波，我的天下就是这些人打下来的！我姓张的用人一秉大公，李芳辰、张效坤、许兰洲这些人都是外来的，和我素无瓜葛，有本事我就重用。可郭鬼子这只白眼狼，到奉天来，一肩行李，两个茶碗……"

"还有一个茶碗是没把儿的。"常发用脚踢踢皮箱，"大帅，这事当紧。少帅是误上贼船，鬼子教他学李世民清君侧，少帅坚决拒绝，他说我对朋友都是义字当先，怎么能不忠不孝？我义不背父！咱现在首要任务是查清还有哪些人是不忠不孝不仁不义……"

说着，常发就要开箱。

张作霖忽然用一只脚踩住皮箱，语气转缓："常发也是年轻人，也喜欢玩新鲜。骑马的能把汽车开上铁轨，打枪的拿了高尔夫球东北第二名！什么民主共和、反帝反封，什么国民党、共产党，他也新奇，他也受蛊惑，但关键节骨眼儿上，那是义字当先！刀架脖子就一句话：知恩图报，杀头也不叛主子！在座的有谁里勾外连，从常发面前走过，看你脸红不红！"

全场静悄悄，连犯了气管炎的汤玉麟也憋红脸不咳一声。

"算了算了，既然郭鬼子已经死了，事儿也就算了，终不能我还不如两千多年前的楚庄王、一千多年前的曹操？把箱子抬出去烧掉，今天是高兴的时候……"

"大帅，这是留下隐患哪！"常发高叫。

"是啊，不能留糊涂账！"

"非查不可，揪出内奸！"

多数人坚持要查，张作霖用力摆一下手，"到此为止，今后谁也不允许议论这些败兴的事。"他瞪一眼常发，厉声呵斥，"还不去烧！"

"是！"常发忙指挥四名副官将箱子抬到花园里烧掉。回到宴会厅，张作霖拿起酒杯大声宣布："今天常发任酒司令，打一回通关，有不喝酒脸红的那可别怪有人议论是里勾外连、心中有鬼啊。"

全场欢呼，酒宴进入高潮。

第十二章

　　上午九点,常发来到青年会新址景佑宫。

　　青年会原址地方狭窄,仅有英文夜校和周末的讲演会,游艺室容不下几十人。自从张学良加入青年会,成为董事,情况大变。家里钱多自然热心公益事业,每遇募捐,必为挑头。他拉了东北许多达官贵人及各方名流加入青年会,青年会顿时身价大涨,财源广进,买地购房,组织讲演会、读书会、游艺会、旅游会、电影会等等,特别是组织话剧爱好者演出《少奶奶的扇子》等名剧后,使奉天城风气大开,青少年赶时髦言必称青年会。

　　"行啊,常发,开上别克了。"阎宝航听到汽车声,迎出门来,"走在潮流的最前头啊。"

　　"奉天城里两辆别克车,少帅送青年会一辆,大帅送常发一辆。"常发随着年龄增长,把过去"阎先生"的称呼也改成了"玉衡兄"。他没停车,将车绕过景佑宫院中空地及网球场,停到一个隐蔽处,然后走出来,"玉衡兄,一个多礼拜没来听课了,为人别当差,当差不自在啊。"

"新近的报刊都准备好了,你拿回去看吧,我今天跟普赖德先生有事……"

"别呀,再有事也不能屋也不让进呀。"常发不接递过来的报刊,先一步走入阎宝航的办公室,临窗一坐,"玉衡兄,给杯水吧,大冷天的。"

阎宝航无奈,沏杯茶摆桌上,"要不你先坐着,我去去就来。"

"别呀,这报上说的人是谁呀?广州公园贴出一副大对联:精卫填海,介石补天……这精卫我见过,跟孙先生来看大帅的汪精卫,这介石是从哪里蹦出来的癞蛤蟆?"

"介石叫蒋介石,东征凯旋,名声大震……你先自己看,我马上回来给你讲。"

"站住。"常发把开门欲溜的阎宝航叫住,"不就是警钟兄要过来吗?你也太不够哥们儿了,到这一步还想瞒我。"

"你,你怎么知道?"

"我是谁呀,你是北斗五玉衡星,我是太白金星,来请孙悟空回天庭继续效力,你信不过我还信不过少帅?"

"我哪里信不过你,这不警钟自己要观望观望。"

"甭观望了,少帅、大帅都表态了……得,他来了!"

黄显声两手插袖筒,皮帽子放下护耳,戴着大口罩低头匆匆进来,门也不敲,一手拉门一脚进门槛。抬头正要打招呼,一眼看见常发,僵在那里不动了。

"还愣什么?大冷天的,快关了门过来喝茶。"常发招呼着戳打报纸,"奉天城封锁书报是最严格的,不到青年会,难知天下事,警钟兄不在这里束手就擒更待何时?"

"真他妈鬼机灵!"黄显声搓搓手在桌旁坐下,"说吧,想怎么办?打架我是打不过你呀,但我的朱砂掌也不会束手。"

"别吹你那两巴掌了,不等你抬胳膊我就粘住你。"常发将一张报纸递过去,"从南到北都在公祭郭将军,不止广东国民革命军,北京也召开盛大追悼会,怪不怪,连日本都开了,表示哀悼。"

黄显声含泪念道:"全国人民无论知与不知,莫不为公扼腕……"

"郭将军本可不死,是杨宇霆先得知郭松龄被抓,怕少帅'纵虎为患',急令就地枪毙,少帅得知消息去电救人,才知人已就刑。"

"常发义气深重,"黄显声拇指顶胸口,"警钟也非不义之人,茂宸尸骨未寒我便……合适吗?"

"哎呀,是我少想了。至少也该'断七'之后。我在菊文酒馆躲着时,听那些日本人议论郭将军,说他宁折不弯,很是佩服。"

"郭将军反戈之初,汤大虎来投,我劝他虚应,将军说,汤的部队走到哪儿,那里百姓必遭殃,一年收走三年税是正常,这种恶虎,我宁死不与为伍。日本人拿了密约,说将军只要签字,日军保证他进奉天为东北王,我劝他不答应也可拖,争取日本中立。他将'拖'字打叉,说拖得过初一拖不过十五,我宁死也不给日本人留下占东北的借口。"黄显声稍做沉默,长叹一声,"唉,他宁死不做的事张作霖都做了。"

"大帅看过你的信,深以为然,所以令我查访你,说务必带回去见他,既往不咎,必有重用。"常发道,"我等你七七四十九天,怎么样?"

"先把我的意见带回去。第一,日本国多有以下克上。日俄战争,张作霖帮俄大鼻子做事,被日军抓住要杀,田中救了他。如今田中出任首相,张作霖要主动找关东军,公私一分,办法自会有。只要关东军不以下克上,田中不会要他命。第二,蒋介石东征回来,气势如虹,正要北伐,从南到北,孙传芳、吴佩孚、张作霖,仗是免不了的。孙中山说:'我无枪、无粮、无饷;只有三民主义。'蒋介石说:'试想有谁能想出一个主义来救中国?除了本党总理的三民主义之外,还有第二个主义可以救中国吗?'他们国民党的宣传部长叫毛泽东,听说还是个共产党员,说还有马克思列宁主义能救中国,可咱东北的张作霖有什么主义呢?"

"玉衡兄,你能听懂他讲什么吗?这些话我替你传不清,大帅也听不明,大帅只想知道怎么对付日本人,怎么对南方用兵。"常发拍拍前额,两眼一亮,"哎,这样吧,你们俩跟我一起去见杨先生和包神仙,把想的办法说给他俩听,你们的话如果用包先生的嘴说出来,保证大帅一听就明白!"

几十年后,有位曾在华北行政委员会任职的老革命来看望我父亲,他的夫人正是常发叔多次给我讲过的何花。吃饭时,何花说黄显声当年随郭松龄反奉,兵败之后就躲在她家暗室里。有一天外出回来说:"不用躲了,我为茂宸守灵七七四十九天,然后就去见少帅!"

常发叔很自豪地说:"是我送了他一颗定心丸。"

大帅府东院的大青楼,房间里天花板距地有十多米。张作霖和张学良的办公室都在二楼,常发应召时,只要周围没人,必要上蹿下跳练达练达,终于被人告发,受张作霖一顿训斥:"我那墙围子都是白花花的银子贴出来的,经得起你这么折腾?吃饱了劲没处使,先做两百个俯卧撑,再绕奉天城八门八关跑一圈!"

"啊?大帅,没这么调理人的吧?"

"董海,你监督!"张作霖向他的卫队长下令,转身进了办公室。

"老董,你小子敢出卖我?"

"哎哟,我那小祖宗,我卖老婆也不敢卖你呀,大帅嗔怪你没找回黄显声,出气呢。"

"你陪我跑?"

"美的,我开车跟着你。"

"那好,你备车等着,少帅找我有事,用不了十分钟我准下楼。"常发说着敲响张学良的办公室门。

"常发,有进展吗?"张学良见面就问。

"七七四十九天,我带黄显声来见少帅。"

张学良稍怔,缓缓点头,"这么说,你是找到他了。他要守到断七……原本是这个理,可现在大帅那里……"

"大帅想听黄显声的,听了也不会全信不会照办,他应该去找包神仙。"

"胡闹！老人迷信，你也迷信？"

"包先生说，神汉仙姑只能骗村民百姓、愚者蠢者，绝骗不了大帅；巫者玄虚，卦者惑众，算者雌黄，在大帅面前也长久不了。他能在大帅身边一守二十年，没有点真本事是不可能的。要知天文，晓地理，观潮流，顾大局，明时势，辨人物，查天时，测地利，求人和，把千思万虑的结果借鬼神之口说出来，更何况他背后还有杨先生这样众多的智者相商。"

"我的天哪！"张学良抽口凉气，拍拍脑瓜，两眼闪闪，"这么说，他隐藏至深，真有鬼神难测之机啊！警钟和北斗五这些人也去见过包先生了？"

"包先生说，请少帅顾全他跟随大帅二十年的感情和信任，这事就到此为止。"

"好，我明白，我理解，这也是为大帅好。"张学良起身，"走，我这就请大帅去。"

卫队长老远就朝常发招手，"过来吧，你是先做俯卧撑还是先跑城？"

"当然是先跑城啊，你小子跟好啊。"常发作势作态地朝花园门口跑，身后传来张作霖的骂声，"小兔崽子，你往哪儿跑？"

"董海叫我跑城去。"

"跑你个屁，上车！"

汽车开出帅府大门，常发转头道："大帅，坐你车没意思，下次坐坐我的专车，保你过瘾。"

"得了，我还想多活几年呢。我怕你把车开上铁轨还不过瘾，又开到房上去。"

直到走进院门，张作霖才发现不对劲，"哎，错了吧，这不是我送常发那套宅子吗？"

"没错。老神仙搬出帅府后，就叮嘱我常过去看看，大帅刚送我这套宅子,他就搬过来和我就伴了。"常发边拉门边补两句,"岁数大了,怕孤单,他无儿女,我的命是他救的,我就是他儿子。"

"是我想得不周。"张作霖进门就召唤,"包先生,老神仙啊,入秋以后有日子没见了!"

"大帅莫怪老朽,我这双腿,一入冬就下不得地走不动路了。"包瞎子伸双手探摸,刚与张作霖的一只手相触,便用两只手一起握紧,久久不放,"听听大帅的声音,老朽浑身的疼痛就轻了一半啊。"

张学良眼圈有点湿,这是老一辈的感情,那种深沉总是与年轻人有所不同。

"我不是给你安排了俩丫鬟吗?常发事多,怕他陪不好你。"

"这孩子有孝心,又有童子功,只要他给我揉揉、捏捏、敲敲,我这身子骨就舒坦些。"

"老神仙这次可算错了,他的童子功早泄了。"

"我没错,童子功不在下面的三寸器,在胸口的三寸心上,天真、烂漫、无邪就能持有童子功。"

"对对,是我浮浅了。"张作霖朝常发等人递个眼色,常发等人便自觉退出,屋里只剩少帅作陪,常发守在门口,屋里对话听得清楚。

"包先生,我有犯难的事想请教。"张作霖开始谈正事。

"挫败郭松龄,日本人出了力,代价小不了。"

"正是这回事。"张作霖将密约内容说一遍,"这债我该怎么还?"

"这是'二十一条'里的内容,袁世凯卖国贼都不敢签,大帅可不要犯糊涂。"

"我不要这身臭皮囊也不能让子孙后代抬不起头直不起腰啊,郭鬼子兵临城下,这不是为救急权宜之计吗,所以请先生解困。"

好一阵安静,包神仙必是在"求神问鬼",终于咳起来,说道:"咳咳,须公私两分。于私,是大帅与白川司令官的事,欠债还钱天经地义;于公,国家主权不是大帅的,大帅签了也没用。从奉天省议员到百姓稍有动作,大帅只能顺民意。"

击掌之声,张作霖脱口一句:"承教!再问先生,江浙用兵之事该如何?"

又是片刻安静,响起包神仙沙哑的声音。

"大帅的麻烦不是孙传芳,是蒋介石。"

"请先生明示。"

"长江流域五省联军的孙传芳、黄河上下直军的吴佩孚、长城内外奉军的张大帅,你们是北洋军人自己打自己,胜不足喜,败不必忧。广东的国民军东征归来如日中天,蒋司令多次誓言北伐,北洋新军已成老军,只怕难与对抗。"

"先生的意思,北洋老军要联合?"

"联合也未必能与之抗衡。"包神仙苍老的声音断续传出,"蒋中正,字介石,暗藏杀机。蒋介石三字,取中正:中为介,介字上面是个正人,下面两根支柱。孙传芳、吴佩孚、张作霖,中间字均是偏人,含着一正压三偏;介字下有两竖,分别是国民党和共产党两根支柱。国民党抓军队有黄埔精神,共产党唤起民众、争取民心,形势不同于孙中山之时哟。"

久久不闻张作霖出声。

"国民党有三民主义,共产党搞马克思主义,讲主义已成潮流。冯玉祥倒戈,郭松龄倒戈,都是背北向南。为什么?为主义所惑,大帅要三思哪。"

张作霖沉着脸走出屋,直到回帅府,才扔出一句:"请町野顾问替我安排去旅大访问。"

常发小心翼翼地问:"大帅……事过了,还要跟日本人……拉扯?"

张作霖认真盯住常发,"你以为就郭鬼子爱国,硬汉,我老张真草鸡?"他把目光投向阴晦蒙蒙的天空,像在对天表白:"日本人这次帮我,当然是有所为的,我对他们的好意,也应该有个报答。我张作霖受日本人的好处,只有拿出我自己的财物来报答他们。我将日本银行的存款全数赠送,表示我的全心全力。日本人如果另有要求,只要是张作霖个人所有，我绝不吝啬。但国家的权力、中国人共有的财产，我不敢随便慷他人之慨。我是东北的当家人，我得替中国人保护这份财产，不负他们的所托！"[1]

几十年后，常发叔看到曹德宣所写《我所知道的张作霖》，曾对我说："其实大帅收受了包神仙的点拨，把公和私分开明白。"

关东军白川司令、关东厅儿玉长官、满铁总裁松冈洋佑隆重欢迎张作霖的到访。张作霖将一锦盒双手捧上白川司令官，"此次张作霖受围，蒙诸位朋友相助。这是我存在日本正金、朝鲜银行的全部金票，作为酬谢，任由日方支配，分赠给此次出力的日本朋友。"

"哎呀，上将军客气了，我们也是为日本国服务，怎么好叫您个人破费？"白川司令说话间打开锦盒，取出"金票"，边看边嘟哝，"五万……五十万……五百万！"

全场闻声一惊，面面相觑，有些手足失措。这可是数目可观的一笔巨款，就连永远绷着脸拿着密约具体实行方案的斋藤将军也将上下牙床拉开半寸距离合不拢。

"日本人仗义扶危，武士道精神固然施恩不望报，但我张作霖受人一饭之恩，终生便不能忘。这一点意思表示，聊以酬答日本人公私的协助好意。这笔钱完全是我私人所有，其中没有一分一厘属于国家的公款。贵军在郭松龄对我进攻时，帮了我的大忙。我应该罄其所有奉送予贵军和贵厅，以报答对我个人的厚意。我张作霖既然拿出手来，自然就不会收回来。"[2]

白川司令官见儿玉和松冈都是诚心敬服地点头，简直没有考虑余地，用眼神喝退斋藤，干脆爽快地接受了这笔巨款。

斋藤没提密约之事，张作霖如释重负，回到奉天满心愉悦道："黄显声是个人才，又很年轻，'断七'以后引他来见我。"

---

1 《我所知道的张作霖》，《传记文学》5卷6期，第27页。
2 《张作霖》，徐彻著，中国文史出版社2012年1月第1版，第271页。

"大帅，眼看就要过年了，要不然过了正月十五再说？"常发被奉天城里零星的鞭炮声提了醒。

"哎哟，全被郭鬼子搞乱了。"张作霖掐指一算，"明天是腊八了……"嘴里说着，脚步没进大青楼，转向西侧的粥房走去。那是两间小瓦房，专门熬粥的，师傅叫李老虎，见大帅进来粥房，忙不迭将肩头上搭的毛巾拿下来掸凳子。

"不坐了，顺路看看。"张作霖看那大盆小盆泡的江米、黄米、高粱米、玉米、小米和各种豆类，不住点头，却发现潜水缸里有一层大米饭粒，立刻心疼地叫起来："小李子，这白花花的大米饭你随便糟蹋可不行，你再这样的话，就滚回家去吃！"

"是，是，大帅，这是我昨儿个休假，替班朴师傅……唉，我一定一定不再犯。"

"大帅，五百万金都舍了，这几粒米算什么？"常发笑道。

"小小年纪，你懂个屁！五百万金是百年没一次，吃饭可天天不能少。四亿中国人如果都这么糟践粮食，每年五百万金都丢没了。"

"这就是大帅和副官的区别。"常发由衷感叹，"看啥事高度都不一样。"

"参谋不带长，放屁都不响；副官不带长，喝粥都不香。副旅长你不干，给你副官后面加个长怎么样？当副官长。"

"不干。人家普赖德先生跟我讲，在他们英国、美国，大多数人是不愿当官的。不像中国，人人想当官，鸡呀狗呀也想跟着当官。"

"你说的是青年会那个干事长？那他为啥不当干事要当干事长？"

"他说他不想要那个长，可不要不行。"

"还是的吧？从现在起你就是副官长，不想当也要等黄显声回来接这个位。"

"这意思还差不多。"常发掰着手指数，"二十三糖瓜粘，二十四扫房日，二十五做豆腐，二十六去割肉，二十七宰年鸡，二十八把面发，二十九蒸馒头，三十晚上熬一宿……"

据常发叔对我讲，帅府的腊八粥和平常人家没什么不同，"大帅说如果不同就不叫腊八粥了"。每逢春节，帅府和民间的饮食习俗及节庆也一样。

腊月二十三，张作霖在副官长常发的陪伴下，来到帅府一进院。厨房在东厢房的南端，月亮门里的三间小瓦房。张作霖走入中间屋，对着灶王爷的神像，点燃三炷香，摇三圈，插入香炉，在锦垫上跪下，垂头合目，双手合拢，嘴唇翕动着念念有词。常发跪在他的侧后方，只能看到这位叱咤风云的大帅，如今像神的奴隶一样全身心沉浸于祈求之中，嘴角像可怜的麻雀朝后抽缩着，声音时而像大马蜂，时而像小蚊子，缠绕在耳际。终于舌动喉鸣，咳几声，喀喇之声响连四壁："上天言好事，咳咳，下地保平安。吭吭，请灶王爷！"

下人们把灶王爷神像请下来，连同用秸秆扎的马一同烧掉。在热烈的鞭炮声中，望着袅袅的青烟，常发贴近神思随烟飞上天的张作霖耳畔说："大帅，包神仙告诉我，管天的玉帝叫张百忍，管地的叫张道陵，三皇五帝到如今就差一个管人的皇上还没有姓张的。"

张作霖神思回归，用力拍拍常发肩头，"会有的！"

腊月二十四，帅府各房的老妈子、丫鬟们忙于收拾房子，当差的清扫庭院、整修花园。厨房里忙着切肉、发干菜、灌肠，特别是剁肉馅的声音整日不停，更增添了热闹红火的喜庆气氛。

北方过年，讲究年三十晚上吃饺子，表示"更岁交子"。大帅府更是这样，而且初一到初六的早饭，全帅府上下都吃饺子，数量很大，腊月二十八之前要包好，冻到大苇席上，随吃随煮。

其实过年的喜庆气氛一半都集中在包饺子上了。上至夫人、少奶奶，下到奶妈、丫鬟、听差的，打破主仆界限，众人有说有笑有讲故事的，白天自不必说，夜里更是灯火通明，那一番热闹开心非言语能表达。

年关越近，大帅府门前送贡品的也越多，有来自黑龙江的熊掌、老虎肉，有吉林的獐子、狍子、人参，也有大连来的鲍鱼、海参，甚至广东送来的龙虾、燕窝、鱼翅。

年三十清早，张作霖将散步和巡视结合起来，亲自检查过问贴门神、贴春联、贴窗花，甚至自己动手挂宫灯。常发陪他一起"贴正了""挂歪了"地喊叫指挥，这都属节庆的欢乐。

"你别看这些事小，这也是祖宗上传下来的规矩。"张作霖不厌其烦地给常发传授，"娘老子传我，我传你们，你们也要往下传。子夜还要再拜灶王爷，民以食为天。过年谁不图个吉利？贴春联，包饺子，放鞭炮，图吉利就是图快乐。"

"图快乐我就不能陪大帅了，我得回去陪包神仙，老人家更应该快乐。"

"应该应该，东西都给你准备好了，陪老神仙一同品尝更岁交子，其乐融融啊。"

张作霖为包神仙和常发备了十个大菜、一个三鲜一品锅、两千个冻饺子和两纸箱的半成品菜，常发那辆别克车的后座和后备厢都塞得满满的。

回到家，堂屋里正热闹。黄显声、刘多荃、樱子和何花四个人打麻将，春光秋色两个丫鬟在身后转着圈观战。

何花正在娇嗔埋怨："黄哥，七七四十九天不理人家，好不容易断七了，才见面就认真血战呀？人家的钱都快输光了。"

樱子噘嘴道："你们俩还论谁和谁呀，一张床睡一个碗吃，得了便宜卖乖，真输惨的是我跟刘旅长，黄哥也太不客气了吧？"

刘多荃发牢骚："不信你手气总那么好，就没个输的时候！"

樱子说："别老是赢啊，也介绍介绍经验。"

黄显声得意道："这是悟性，不是用话能讲出来的。有察言观色的艺术、观牌的技巧，还要懂概率论。"

"得了吧，装神弄鬼。"刘多荃用力丢出一张牌，"你是赢了车子赢宅子，赢了宅子又赢美人，还哥们儿呢，也不肯教两手……哟，常发回来了。"

"你们都堆到这儿，谁也不陪老神仙……"常发正抱怨，黄显声接过话头："老爷子那儿有人陪，我半路上给他捡回个儿子，俩人聊得好着呢。"

常发掀门帘进内室，果然见个半大小子侧身坐在炕沿上，正为老神仙捶背。

"常发，我给你找回个弟弟。"包神仙手臂朝后摇，"去，你去认认你常发哥。"

"常发哥。"半大小子略显拘束地站起身朝常发鞠躬。夕阳斜照，可以看清他有十四五岁，脸像是刚洗过，与污垢黑黪的脖子形成鲜明对照。丹凤眼，直隆隆的鼻子，颧骨上有北方孩子常见的"红二团"。他身上穿的是常发的旧衣裳，大概是老神仙找出来送给他的，身子骨还撑不起那棉衣，有点像水桶扣在木桩上。

"你叫什么名？"常发问。

"马达。"半大小子声音不高。

"家在哪疙瘩？"

"灯塔……我爹死了。"

"你娘呢？"

马达久久无声。屋里很暖，但他脖子上不停地绽出鸡皮疙瘩。常发忽有所悟，到堂屋叫两名丫鬟随自己去搬年货，一边吩咐："把冻饺子煮上，让马达先吃点，估计在街上流浪还没吃上饭呢。"

"你算说对了，"黄显声"推倒和"，身子朝椅背上一靠，"就等你带回年货下锅呢。"

"你也饿了？"

"血战麻将，人困马乏，大帅送的年夜饭少不了，没一个小时收拾不完上不了桌。"黄显声对丫鬟吩咐，"你们辛苦一下，先煮锅饺子，再收拾年夜饭，吃饭时我敬你们酒，给压岁钱。厨房我们就不进了，我们再打几圈。"

常发站在黄显声身后观战，他一直想找出黄显声血战麻将、无往而不胜的奥秘,观过三圈却始终没找出来,他只能证实一条:黄显声确实是真本事,从不耍老千。

"常发哥,你,你去看看。"丫鬟跑来,一副受惊吓的样子,手指饭厅,"他,他……"

怎么了?常发忙拔步奔饭厅,四个麻友也丢下牌跟上去,他们在门口停住脚步。

马达独自在餐桌旁全神贯注地吃饺子,并无异常。

刚要松口气,却都愣住了。谁见过这样的吃法?他左手防护一般拢抱着盘子,右手握双筷子,那双筷子并不分开夹东西,像一根筷子那样用,将饺子朝嘴里一拨,喉结便迅速大力地滚动一下,像传送带一样把饺子直接送进胃里。再细看,整个人就像现代工业采用的流水作业线,右手不停地将饺子拨入口中,喉结不停地滚动,整个身体就像一具真空的皮囊,自带了巨大的引力,瞬间便吞没饺子,而他那两排结实锋利的牙齿形同虚设,根本忘记了自己的职责,哪怕是用门牙把饺子咬成两半呢,绝对没有一次……

常发终于醒过神,大声喊道:"慢点吃!"

马达正在滚动的喉结戛然停在嗓子眼,他被吓着了。

"啊,啊……"马达憋得紫涨了脸,黄显声急上前,用他的朱砂掌在马达背上轻轻一拍,噗,一只饺子从嘴里迸出,掉在地上摔破了——是猪肉韭菜馅。

"看清是什么馅,有你这么吃饺子的吗,你怎么嚼也不嚼?"樱子和何花一个帮忙抚背,一个将饺子汤端给马达,叫他喝。马达没接碗,霍地蹲下身,将摔破的饺子抓起塞回口中,喉结上下一滚,吞掉了。

"脏不脏呀?"何花喊。

马达咂咂嘴,小声说:"不脏,这个饺子更香。"

樱子眼圈一红,忙用筷子将剩下的两盘饺子全都夹开,一分两半,然后柔声说:"小马,你慢慢吃,吃好了去洗个澡,夜里还要拜灶王,放鞭炮呢。"

所有人退出饭厅,坐回麻将桌,却面面相觑,再也无心搓麻。

"朱门酒肉臭,路有冻死骨。"黄显声念念有词。

"有次我偷偷把一个叫花子带到厨房外,三碗面条,他全都直接倒进嗓子眼里吞掉,不会嚼了。"樱子眼里含着泪,"要不然就是顾不上嚼。"

"命苦。不过天道循环,人活着住天堂,死了就升不上天堂。人活着过下地狱的日子,死了就不会再下地狱。"何花也两眼泛红,"黄哥,也别太愤世,他只是没吃过饺子而已。"

"不会吧?"常发道,"北方哪有没吃过饺子的,有钱没钱,一定饺子过年……"

"准确讲,是没吃过有肉的饺子。"刘多荃吸燃纸烟,"警钟问过他,他吃过的饺子是混合面包干菜玉米粒,一年只能吃上一次,最好是包胡萝卜小白菜帮子,你叫警钟讲他吃饺子的故事吧。"

"唉,虽不是苦大仇深,可也叫人恨这个社会……"

马达的爹是去年腊月里死的。死前,他爹说:"明天就是小年了。爹这辈子一直有个念想。大清朝时,我娶你娘,在你姥爷家吃顿羊肉胡萝卜馅饺子……香啊!爹要走了,要能再吃一口再上路……唉。"

马达兄弟七个,只活了二哥和他这个老疙瘩。二哥嘱咐马达:"守好爹,我去城里找活儿去,咋地也要让爹吃口羊肉饺子再上路!"

马达守了爹三天,死前只喝上一口温水,睁着眼睛就上路了。马达哭着在屋前竖起引魂幡子,只见二哥从山坡上跑下来。

"爹——"二哥栽倒在屋前,怀里滚出十个冻饺子。

"二哥,你咋这会儿才回来呀……"马达抱着二哥哭号。

二哥艰难地抬起头,眼巴巴望着屋门,想再喊一声什么,却"噗"地喷出一道鲜血,两眼一翻就断了气……

黄显声没有讲完,他哭了。

大家都哭了。

秋色悄悄走进来说:"我不敢煮了,怕吃坏……他已经吃了一百五十个！"

常发擦擦眼，走到饭厅门口。他看到马达仰面坐在椅子里，闭目摇晃着身体，两手抱着隆起的肚皮，嘴角挂着浅笑，眼角淌着泪水。

他是庆幸碰到了好人还是过年想起了亲人？

大年初一，帅府所有人都换上新衣服、新鞋袜，见面互相拜年，论辈分少不了磕头，问候，说"发财""进宝"之类吉祥话。

最先给张作霖拜年的总是少爷小姐们，然后依次是少奶奶、丫鬟、老妈子和当差的，每人都会得到一份压岁钱，然后磕头谢恩。早餐后，常发第一个赶来大帅府侍候，不过半个时辰，奉天省的军政大员们开始登门，或搭帮结伙，或单人独骑，帅府门前便越来越热闹，终于出现一些外国人。

上午十点刚过，日本公使芳泽在日本驻奉天副领事陪同下来到帅府。张作霖迎到仪门，连连作揖，"恭贺新禧，恭喜发财。哎呀芳泽君，大过年的不回日本也不留北京，大驾光临奉天，初一就来寒舍……"

"上将军的帅府如果是寒舍，中国就没有暖舍了。"芳泽也抱拳胸前，"我来拜年，还代表了日本政府，也代表我岳父犬养毅，同时，关东军白川司令官也委托了我。"

张作霖心里咯噔一下。如果说日本政府是他放不下的一个梦，时时牵挂着那里的内阁人事变动，那么关东军便是他心中的一块石头，常常发作坠痛。

"介绍一下，这位是日本内务大臣，民政党的床次竹二郎。"芳泽诡秘地一笑，挤挤眼，"你们有的聊，都是近卫和犬养二老传授的：鸦片烟和五加皮酒。我这个钟点来，中午就没打算走。"

"欢迎欢迎，求之不得。"张作霖与床次握手，朝仪门内一引，"床次先生请。"

张作霖居中，芳泽与床次分走两侧，过拱门，芳泽伸出头，手指门上所刻"慎行"两字道："这是张大帅的手墨。床次先生在日本也是书法名家，不知有何评价？"

"唯枪手舞墨，必多威少秀，学颜筋柳骨，惜势大力亏。"床次念念有词，问张作霖，"大帅以为如何？"

张作霖随口道："我写字是装门面，刻在门上吓唬人，要讲书卷气，我这个大帅就当不成了。是吧？哈哈。"

"大帅客气了。床次来奉天，还一定要讨幅墨宝才走。我这点嗜好，酒色行云，财气流水，只有四方墨宝，才能聚存于胸。"

"床次先生文绉绉的，没有翻译听着费劲呢，我这个中国人倒像是外国人了。"张作霖话中有话，"这次郭松龄反奉，附逆官佐里有个黄显声，年前跟我说过，你们日本上层都是中国通，研究满蒙、研究中国的文化历史可比我们中国人还认真、还上心。我的老朋友田中义一大将，你们政友会总裁，他跟我说他幼年家贫，买卖木炭为生，问我什么杜甫、什么《卖炭翁》，他摇头晃脑背诵半天，我出一头汗只是想找翻译。他说他读破《曾文正公全集》和《大清一统志》，我当时不知是什么东西，问他为啥不打破不砸破，什么东西能读破；他哈哈大笑，说中国人要都不知道读破就'吆西'了。我就弄不明白，你们不读破日本总想读破中国是为什么？黄显声说，如果都不知道读破是啥意思，就可以为一碗红豆汤出卖长子权了。又扯什么《圣经》，说那里的故事，有意思吧？哈哈哈！"

说话间，一行人走进客厅。吴俊升、张景惠、汤玉麟、张作相、张宗昌、王永江一帮老弟兄纷纷从沙发里站起身，张作霖将他们一一介绍给床次大臣。

床次似乎对张宗昌最感兴趣，他身高只够到张宗昌胸口，仰着头，握住手连连道："久仰久仰，犬养前辈曾对我讲，日俄战争时，张督军就全力帮助日本国，在山东也是尽力维护日本利益，不允许有排日言论及活动，日本政府非常感激督军。"

"什么久仰全仰的，脖子仰太久会落枕的。"常发上前扶住床次脖颈，往后扯扯，"你退后几步就不用久仰全仰的，平视过去就是人养的。"

"一堆老将还没说话呢,啥时候轮到你了?滚,'断七'有三天了,把黄显声带来,这里有事。"张作霖一巴掌把常发拨拉开。

"是!"常发在圈里混久了,知道这种场合张作霖找黄显声肯定是有正事大事要办。

"来来来,铺纸研墨,床次大臣是日本国书法大师,墨宝难求,机会难得啊。"张作霖将众人引到书案前,手指一排毛笔,"宝刀任君挑选。"

床次与板垣一样,干啥都要先搓搓手,然后将毛笔一支支拿到手里观看触摸,终于选定一支道:"我们轮替着来,互赠互送,我就先献丑了。"

床次竹二郎提笔凝神,落笔宣泄:

天是气,地是土,
气出丹田一声吼:
飞沙走石只为土。

——敬录大正天皇口谕

"效坤,床次大臣与你亲近,别吝啬你那点笔墨了。"张作霖下令,"送他一只东北虎。"

"是,大帅!"张宗昌早抓过那支大号毛笔,压好镇纸,左手在纸面抚抚平,手指量量天地距离、左右间隔,右手笔饱蘸浓墨,深吸一口气,便将大笔落下去,脑袋如影随形地跟着手臂用力,一口气挥写出一只大"虎"来。

全场发出意想不到的惊叹。

张宗昌开心极了,要的就是这种效果!

"大帅,俺老张给孔孟之乡当了父母官,要洒不出点墨水,还不给您丢脸?"他更关心老弟兄们的态度,"老哥们儿也给评一评,俺老张这虎养了有几十年?"

一帮子老将有说三十年的，有夸五十年的，一片惊诧赞叹声中，床次大臣对芳泽公使道："我还真是看走眼了，百闻不如一见。这些屠狗杀猪的、贩夫走卒们、筑路的淘金的、打铁的搬运的，噢，还有煤黑子和泥瓦匠，都些什么人物啊，跟上张大帅，居然都成了将军、督军，要搞清楚中国的事，还真不是件容易的事。"

议论声中，张作霖已经握笔在手，扬声道："床次大臣对效坤情有独钟，效坤刚才送我一本他作的诗集，我就录一首送床次先生吧。"

大风歌
大炮吼兮轰他娘，
威加海外兮望东洋，
安得巨鲸兮吞扶桑。

床次和芳泽见此诗都有些变色。

床次问："大帅望东洋、吞扶桑是何意？"

张作霖笑道："中国只能望东洋，西洋有昆仑山挡住了，吞扶桑就是吃掉它！"

"八嘎！你想吞下大日本帝国？"

"妈了巴子的，看来床次大臣是中国通，不是日本通。日本叫倭国，扶桑在美洲。大过年的，都别找不愉快。"张作霖说着，落款：张作霖手黑。

张宗昌提醒："大帅，墨，墨，下面少个土。"

张作霖看了看，说："都叫你们吵儿巴火的。算了，你不是说不加不减不是写家吗？就这样吧，床次先生愿要就要，不要就送效坤，这土是添不上去了。走走走，喝五加皮去。"

走向宴会厅，张作霖小声骂张宗昌："你他妈有头没脑。床次说飞沙走石只为土，所以老子手黑不给一寸土。"

从此，东北民间流传开"张作霖手黑不给土"的故事。

第十三章

黄显声被常发"押"到大青楼一层的宴会厅,他一眼便看清厅内的形势。

张作霖端个水烟袋居中而坐,左手一侧是日本客人,右手一侧是绿林时的一帮老兄弟,大家神情各异,却无一人是显出自然欢乐的笑。

黄显声一进厅门,大跨三步,挺胸敬礼,"大帅,叛逆黄显声奉召来见!"然后将头用力一垂,直挺挺再也不动。

张作霖不看黄显声,慢悠悠继续吸烟,再呷口茶,才徐徐举目,"他妈了巴子,你不就是凤城石庙子那疙瘩人吗?你爹黄恒泰开几个烧锅几个铺子我都知道。你家围墙两丈高,四角四座护院炮楼对不对?清末胡子都知道,'抢官夺印金寿山',他妈的你回去问问你爹,金寿山围你黄家大院是谁去打跑了金寿山?是我,张作霖!"

黄显声知道,他要被骂出汗来才能让张作霖下台阶。

"你他妈的黄家长子长孙,自小就不缺钱花,你说你为什么就跑去跟郭鬼子扯?郭鬼子是新派,小六子就不新派?是我亏待你了还是小六子亏待你了？说！"

"是我对不起少帅。附逆时我就对群山大喊，是我对不起少帅！"黄显声没出汗，却流泪了。

"你他妈还有点良心啊。民国十二年你爹来我这里认捐，他就说不怕你不安分，就怕你太不安分。不安分才能办大事，太不安分就会干蠢事！"张作霖忽然把头转向日本客人，"你们知道火烧赵家楼是谁干的吗？就这个牛犊子！"

床次和芳泽等人本是悠闲看热闹，闻言神经一紧，才正色观察这位反日青年。

"你是北大出来的，又上过我的讲武堂，人中之龙，应该是前途无量。迷途知返。回来就好，到戏台上还是唱红脸的，我他妈做家长的，只能唱白脸，还能亏待你们吗？可不能再三心二意地跟别人跑了。"

"是！"黄显声抬起头。

"挺精神的小伙子，为点什么臭主义就连义气也不要了，妈了巴子的。"张作霖又转向日本客人，"什么三民主义、马克思主义，年轻人要信了，比那些信教的教徒还痴迷，不死不罢休，撞了南墙也不回头。幸亏显声出身富贵，不像那些穷不要命的。"张作霖猛转身，对他的绿林老兄弟们说，"我讲得对不对？刀插胸口也要比画几下，那才是咱们这号绿林人物。"

"没错，为朋友两肋插刀是咱们！"老兄弟们兴致高起来。

张宗昌高门大嗓嚷道："咱不懂什么信仰，咱只有拳头。有信仰的都没好下水，这小兔崽子把我奉天的宅子、财产和女人全赢走了！"

"啊，"芳泽第三次打量黄显声，"不会吧，赌什么能赢得了张督军？"

"这瘦犊子装一肚子坏下水，两只手还练了朱砂掌，赌啥俺都输，趁早躲着走。"

"打麻将也输？我还没听说有能赢张督军的。"芳泽仍然不信。

"快别提了，丢不起人。没和过一把，还被他抓了第三只手！"张宗昌居然当众服软。

"常发,你跟他赌酒。"芳泽领教过常发的海量,目光转向张作霖,"叫你们大帅当裁判。"

"赌不起来。我赌饮,他赌品;我在山野,他居庙堂,不是一路。"常发解释,"我不管什么酒,只管大杯子往肚子里倒;他不管什么酒,闭着眼呷一口就能品出来,少帅对我们俩各有评价。"

"什么评价?"床次也忘了写大字时的不愉快,兴致渐渐高起来,"说来听听。"

"少帅说我是骑马挎枪走天下,马背上有酒有女人。"

"妙啊,妙哉!"床次看来是性情中人,用力一拍大腿,"我买三杯。"

他连干三杯五加皮。

"少帅说黄显声是世上名酒全喝过,天下美女都叫哥。"

"哈哈,更投我下怀。我再买三杯!"床次居然连干六杯,大呼小叫,"我跟这个年轻人赌几杯,你品出一种酒,我干一杯;你品不出来,干不干?"

黄显声淡淡一声,"我干十杯。"

"汾酒和五加皮不算。"

"为什么?"

"巴拿马万国博览会,汾酒和五加皮,一个是白酒夺冠,一个是黄酒夺冠,你富贵出身,肯定一沾便知。"

"好,依你。我也有个条件:盛酒器皿必须干净,清水洗透,不得有异味。白酒用瓷,黄酒用陶,果酒用玻璃杯,高度洋酒用银碗,啤酒用搪瓷缸子。"

"听见了吗?照他说的准备。"张作霖大声吩咐餐厅那些当差的,"把帅府里藏的酒,每种都拿一坛一瓶出来,缺一种罚一个月的薪水!"

芳泽也兴奋地站起来喊:"帅府里没有的酒,特别是街上卖的那些最便宜的烧锅也买回来,越便宜越要买!"

张宗昌更绝,将衬衣袖子扯下一只,咬牙切齿地将黄显声双眼蒙住系紧道:"我让你赢走我的何花,这次叫你喇叭花也赢不上。"

据帅府厨师老朴回忆,黄显声品一种酒漱一次口,共品三十八种酒,说对三十六种。

黄显声愿赌服输,错一次干十杯,喝下二十杯五加皮。床次喝下三十六杯,醉得大呼小叫:"张,张作霖,我受——关东军委托,找你商定,商定日期,你给我们斋藤参谋长所签密约,何时完成正式外交换文手续?"

"小声!"张作霖对床次竖手指,"你这么满世界喊,还叫密约吗?大门外都能听见,传出去还了得?"他转向芳泽,用夸张的表情道,"袁世凯为啥想签也没敢签'二十一条'?天下人不答应!"

"八嘎,你找死!"芳泽冲床次吼。

床次酒醒一半,下意识用手捂捂嘴巴。

"好说,初八你到交涉总署,马上开始这一工作。"张作霖痛快干脆地定下日子,加重语气,"要保密!"

初八一早,床次到总署会见署长高清和,还未及张口,高署长便绕过办公桌,紧张慌乱地朝门外瞅瞅,嘴巴贴上床次的耳朵,"坏了,糟了!不知谁把密约的事情嚷出去了,这不,会议室里还有十几个奉天议员在吵吵,东北三省各人民团体纷纷开会要群起反对这一密约。大帅府赶紧对外宣布,根本没有密约,纯属造谣。我也是这么回应那些议员的。床次先生,现在肯定是办不成,只能等风头过去再说。不然的话,东北一闹,全国响应,日本政府也会有大麻烦⋯⋯"

床次回头就走,再没提签约之事,回到日本国便被免了职。

随着天气转暖,包神仙又能下地活动,时不时到帅府为张作霖解决些"疑难杂症"。

"密约"之事拖下来,张作霖以为包神仙是首功,他叫常发去请包神仙进帅府,是因为国民军北伐,蒋介石真有"一正压三偏"的气势来头,而这一切,过大年之前包神仙就曾有预言。

代表吴佩孚来向张作霖求援的是张景惠。

张景惠字叙五，在绿林老兄弟中排行老五，常发叫他五爷。

第一次直奉之战，张作霖兵败如山倒，其实就败在这位张五爷手里。

张景惠虽属不安分的绿林人物，但骨子里缺钙，能挑事，却是"干大事则惜命，见小利则忘义"。开战前，他劝张作霖："别看咱们人数多，不如直军能征惯战，万一打败，别把东北老窝也丢了。"

张作霖破口骂道："五哥，你放什么屁呀？让你当西路军总指挥，重兵全交你手里，大炮还没响你他妈就尿裤子？"

张景惠苦着脸道："我咋能跟大帅比呢。当初在八角台，我有一百多号人马，你只带十来个人投奔我合伙，我就欢欢地把首领让给你当。我发不了光，只想跟着你沾光。"

张作霖差点给他一耳光，"要不是我叫你哥，我真想扇你一耳光。临阵换将大不吉利，你他妈老和尚骑骗马，有屌没蛋的货，你别逼我！"

张景惠还是胆虚，灵机一动，去找贿选总统曹锟。

曹锟虽然是直军首脑，但同时又是张作霖的儿女亲家，北洋军阀历来是"自家人打自家人，输赢都要留足面子"，曹锟的话应该是为两边都好。

"我也为我这个亲家担忧。"曹锟先表明"自己人"的身份，然后出主意，"要不这样，开战时你装作顶不住，往后撤一撤，西线一撤他东线也得撤，逼我那亲家议和。"

张景惠犹豫，"这怕不行。兵败如山倒，我一撤，吴佩孚追着打，奉军不全玩完了？"

曹锟安慰："瞧你说的，我还能真打我亲家？儿女也不答应啊。和为贵，我保证只做做样子，你就放一百个心吧。"

张景惠放心走了，曹锟给吴佩孚去电："狠狠打，最好把他东北老窝也端掉！"

于是，奉军兵败如山倒，被吴佩孚追杀到山海关，靠了郭松龄、张学良的三十八旅拼死抗击才保住东北老窝。

张作霖跺着脚骂："妈了巴子，他曹锟不就是个卖布的贩子吗？无商不奸，这个张杂种，居然听信他的话！亏我还叫他五哥，吃里爬外，两个师一枪不放就缴了械。他别回奉天，敢回来老子非枪毙他不可！"

张景惠也知道上了曹锟一当，不敢回奉天，留在北京沾曹锟的光，每天东游西逛，看戏喝花酒，心里自有一番愁苦。第二年冬，张作霖整军经武，准备再次发兵讨吴，一雪前耻时，吴俊升、汤玉麟、张作相一帮绿林老兄弟来到帅府。

吴俊升先开口："大帅，叙五他老母亲过世了，你看这事……"

"什么？"张作霖一惊，"我上个月还去探望过，叙五知道吗？"

"已经派人去报了。"汤玉麟道，"叙五对不起大帅，但毕竟拜过兄弟，他母亲去世，事关孝悌……"

"你说什么呢？他母亲，他母亲，既然是结拜过的，他的老母亲就是我的老母亲。咱们的老母亲去世了，兄弟之间再有恩怨，尽孝还用废话吗？兴权（吴俊升），你去把他接回来！"

"大帅，老五那人你还不了解？缺骨头少筋的。大帅为奔丧可以不要命，老五不行，大帅不发话，他怕挨军棍，不敢回来奔丧。"

"唉，好吧。我给你撂几句话。"张作霖一字一板，"叙五这个人，有花心没野心，有贼心没贼胆。上次打败仗，不怪他逃阵，只怪我用人不当。罢了罢了，要论军法，挨军棍的应该是我，不会再追究他。奔丧事大，迟到一日我跟他没完！"

张景惠回奉天，没回家直奔帅府，扑倒在张作霖面前，抱住他腿就长号："大帅啊，我对不起你，我不是人哪——"

张作霖拉起他就骂："你真不是人，叫你奔丧你跑帅府来哭丧，马上跟我走，给咱妈哭丧去！"

从此，张景惠死心塌地追随张作霖，其实他过去也是死心塌地，只

203

是骨头软罢了。所以张作霖死后,日本人占领东三省,绿林结义的八兄弟,只有他公开投敌,当了伪满洲国的总理大臣,最终成为新中国的战犯,死于抚顺战犯管理所,这些已是后话。在国民军北伐期间,他既是吴佩孚的代表,又是张作霖的五哥,成了北洋军各派之间的联络人。

常发引包神仙走进帅府老虎厅时,张作霖刚好看完吴佩孚的亲笔信。他起身迎住包神仙,亲自导入身旁的沙发,然后坐回主位,示意常发可以留下。

于是,常发就像张作霖右手那只老虎标本一样,纹丝不动地侍立于大帅身边。

"玉帅新挫,武汉已失。要饷要械,就是不要我派兵。"张作霖望住坐在右侧的张景惠,"是这个意思吧?"

"他说他还有十万余人,力足收复武汉。"张景惠向张作霖倾过身去,脸几乎贴住老虎鼻子,压低些声音,"私心。大帅,兵败到这个份儿上,他还惦记着,怕你占他地盘。"

"我怎么听着像火烧赤壁之后,周瑜要取荆州呢?仗没打完就惦记诸葛亮了!"张作霖朝一帮老兄弟笑,"给玉帅个机会,以双十节为限,他收不回来,我就要派关、张、子龙去夺了。"

"他是想求大帅派渤海舰队运直鲁联军南下,直捣广州,北伐军势必回救,武汉指日可下。大帅入京主政,他今后再不过问中央政治,一切由大帅说了算。"

"玉帅历来说了不算,算了不说。还是孙传芳讲点真话,他知道吴佩孚之后,北伐军下一个目标就是他了,所以来电中肯,说北洋军必须联合起来才能战胜北伐军。"张作霖放下水烟袋,认真盯住张景惠,"你从南边来,从袁世凯算起,咱们吃麦子的历来收拾他们吃稻米的,这一次怎么就不行了?他蒋介石还胜过孙中山不成?"

"蒋介石玩军事不行,玩政治你不服不行,永远是吃现成的赢家。"张景惠开始介绍,"北伐本来没他什么事,完全是'唐僧'和叶挺成全了他……"

唐生智，字孟潇，湘军第四师师长，笃信佛教，拜顾和尚为师，学大乘教义，不但自身受戒为佛家居士，而且下令全师官兵摩顶受戒当佛教徒，以五戒代替军法：不偷盗、不妄语、不乱杀、不邪淫、不酗酒，全军上下佩"大慈大悲救世"胸章，所以国人都称唐生智为"唐僧"，称其第四师为"佛教军"。

唐生智南向革命，得到他在保定军校时的同学、广东革命军陈铭枢、白崇禧支持。吴佩孚为此大怒，警告说："我本打算向北用兵，你唐生智若不退出长沙，我就移兵向南，叫你玉石俱焚！"

唐生智火气也不小，叱道："你堂堂大将军，我区区小师长；你有二十万人马，我只步枪两万；你有海军大炮，我有佛祖佛教。念佛的人不是好惹的，你敢打进长沙，我就杀到武汉；你打倒我不足为荣，我打倒你就会一举成名，你试试！"

吴佩孚哪里把唐生智夹到眼皮里？大军向南，一举攻入长沙。唐生智且战且退，紧急向广东国民政府求援。

可是，李济深、李宗仁、白崇禧轮番劝说，蒋介石只是推托，或曰中山舰事件尚未处理完，或说广东军政首脑尚且"泥马过河，自身难保，何论北伐"。

无奈之中，李济深说："北伐不行，'唐僧'的佛教军总是要救的。"他派出所率第四军的叶挺独立团去湖南救助唐生智。

叶挺是中国共产党党员，他的团虽然只有两千人，却是国民革命军七个军中战斗力最强的，因为这个团是唯一受共产党直接控制的正规军。排以上干部基本都是共产党员，士兵补充以及军政训练计划也都由共产党决定。

共产党不是不想抓军队，是共产国际不允许。周恩来曾向共产国际的代表，那位留一撮小胡子的"外来和尚"鲍罗廷请求："蒋介石叫你一声亚父，你就把七个军的武器送给他，你哪怕给共产党五千支枪呢，以便我们武装工农去协助北伐？"

鲍罗廷说："不行，国民党蒋介石已经承认第三国际的指导。"

周恩来吼起来："中山舰的教训还不够吗？你已被国民党绑票了！"

鲍罗廷暴跳如雷："我告诉你，国共合作是共产国际的意旨。中国共产党命中注定要做国民党的苦力！"

由于叶挺曾担任孙中山警卫二营营长，在陈炯明叛变，围攻总统府时，他率部抗击数倍的敌人，保护孙中山、宋庆龄脱险，声名远播，轻易没人敢招惹，共产党才在他的支持掩护下，秘密控制了这支两千人的独立团。

叶挺独立团两千人马入湘，适逢"唐僧"的两万人马潮水一般溃逃下来，叶挺命令吹起冲锋号，这两千人马如猛虎下山扑上去，不到一天便击溃吴佩孚两个精锐师，整整六个团失去建制。

唐生智开始还骂国民政府"做样子"，"派两千人来开玩笑"，现在却惊呼："铁军，铁军！两千人胜十万大军！"

叶挺率独立团马不停蹄，夺安仁，克攸县，这时国民政府蒋介石还没想到誓师北伐。第四军张发奎的十二师赶来攻醴陵，一个师上万人攻侧后敌阵，久攻不下。叶挺两千人一战便攻入醴陵，打扫完战场，又等候一小时，张发奎才满脸愧色地赶入城里。

叶挺独立团攻克长沙后，蒋介石做梦也没想到吴佩孚这么不经打，立刻宣布就任北伐军总司令，七月一日才召开北伐誓师大会，直拖到七月二十九日，才率他的嫡系第一军从广州出发。而这时，叶挺的独立团经共产党补充兵员，已经强渡汨罗，横扫平江，直逼武汉城下。

张景惠介绍到这里，老虎厅里出现意外。侍立一旁的常发忽然脱口喊一声："大帅，把共产党请到东北来对付日本人准行！"

老虎厅里陡然一静，愕然的绿林老兄弟们面面相觑，继而惊异地齐盯住常发。

"你喊什么？"张作霖终于缓过神来。

"我知道大帅的心病都纠结在日本人身上，咱打不过可以请共产党来打，"常发热血沸腾地说，"共产党出拳快，拳头硬，俄大鼻子和国民党都把共产党当苦力，咱把他当兄弟，他们准来……"

"放屁！"张作霖一巴掌拍在虎头上，吓得常发把剩下的话全倒噎回去，"妈了个巴子，老子要组织讨赤军，你还要把赤色分子请过来，你是脑袋进水了还是想造反？"

"大帅说翅膀硬了再收拾小鬼子……"

"听听，听听，王八犊子也想议政，你也不撒泡尿照照自己是什么脑袋？连俄大鼻子都选择国民党，只让共产党当苦力，你想把共产党请过来，换别人讲这话我立马毙了他！"

"五爷都说他们打得硬，'唐僧'都说他们两千人马胜十万大军……"

"滚！你个王八犊子，狗屁不懂还敢瞎咧咧。蒋介石来信讲，只要我换成青天白日旗，他就撤兵，他只想当个总统，当个帝王。共产党不但要打倒列强，还要打倒军阀，他是要我的命！"

常发犟着脖子，显然不服。

"滚，"张作霖发作，"给我滚出去！"

常发嘴里嘟哝着什么退出老虎厅。

"找死呢！"张作霖气得直朝上吹胡子。

张作相忽然笑道："大帅，值得吗？常发有常发的道理。大帅教他只一句：出拳快，打得赢。共产党既然应了这句话，他佩服也是自然的事。"

张景惠说："还是蒋介石会玩，充分利用共产党这个苦力。长沙到武汉，关键性战斗只有两场：汀泗桥和贺胜桥之战。七个军跑龙套，都是叶挺独立团主打拿下来的。最后打武昌，又是叶挺独立团攻下蛇山炮台，控制了鸟瞰全市的制高点，逼迫武昌两万多残兵缴械投降。为此，旅居武昌的广东人在汉阳兵工厂铸了一面大铁盾，正面居中嵌着'铁军'两个大字，背面刻有十六句四言诗，颂扬他们'如铁之坚''如铁之肩''能爱百姓''能救国家'……"

"得，得，老五啊，难道你也想为他们歌功颂德？"汤玉麟大声阻止。

张景惠苦笑，"我跟常发不一样。他是见了硬的就兴奋，我是见了硬的就胆寒。"

"讲，"张作霖用手势阻止汤玉麟，"把知道的，好听不好听的都讲完。"

"叶挺独立团补充的兵员，很多都是像安源矿工这样的工人，打仗悍不畏死。光是打武昌城，就牺牲排以上干部十八名，还有一百七十三名士兵。叶挺为他们建一座墓、一座牌坊和一块石碑，碑上刻有'无产阶级的牺牲者'。蒋介石、张发奎他们不同意，叶挺坚持不退让，蒋介石后来劝张发奎他们'委曲求全'，答应了。"张景惠感慨道，"蒋介石会玩啊，北伐前他自己一个军，拉了六个杂牌军，号称七路大军。打下武昌，天下震动，各省军阀纷纷来投，现在已经有三十五个军……"

汤玉麟忍不住又插话："玩个屌，换瓶子不换酒，有个风吹草动，三十五路军就有三十五杆旗！"

"'唐僧'的佛教军被封为八路军，蒋介石去阅兵，八路军军号一吹，蒋介石的坐骑受了惊，先竖前蹄，后尥蹶子，把蒋介石摔下马来还拖了一段路。后来坊间盛传，唐生智被顾和尚拉去南岳庙拜佛，密嘱他静观时局，说蒋介石迟早要栽在八路军手中！"

张作霖忙去看包神仙，"先生怎么看这件事？佛教军能灭蒋介石吗？"

包神仙左手捻胡须，右手掐指，好大一阵才徐徐道："八路军克蒋介石虽有先兆，但远水解不了近渴。再说了，佛教军今天叫八路军，明天也许又改十路军，真正克蒋介石的八路军未必就是佛教军。眼下蒋介石风头正盛，我算的北洋军难敌北伐军。"

绿林老兄弟们心有不安地互相交换眼色。

片刻，包神仙又道："吴佩孚之后是孙传芳。蒋介石打垮孙传芳，翅膀硬了，国共合作势必分裂，届时，吴佩孚和孙传芳只能投奔大帅，而国民党那时就如汤四爷所言，换瓶不换酒，新一轮军阀混战不可免。大帅只要能稳住东北,大业可图。"

张作霖猛一击掌,起身向包神仙鞠躬九十度,抬头扫视众位老兄弟,"明白其中的玄机吗？"

一众绿林好汉恢复年轻似的发出野性的开心大笑,"赚风险钱才能发财,辛苦到老只够买棺材。"

一九八三年,我父亲的老战友高锦明来京参加中央东北军党史相关人员会议。他是中央党史资料征集委员会东北军党史组副组长,会议期间他对我说:"党派到东北军做兵运工作最早的当属刘海波。"

征委会的老同志纷纷发言。

吕正操将军首肯道:"他是最早来东北军开展工作的共产党员,黄显声将军保过他三次。"

万毅将军说:"蒋介石制造了中山舰事件,一石三鸟:逼走汪精卫,架空苏联顾问鲍罗廷,将共产党员赶出国民党中央和第一军。蒋介石攫取了国民党的军政大权,军事上能与他对抗的便只有张作霖的东北军了……"

谢方将军说:"其实蒋介石心目中的死敌只有一个共产党。"

我的常发叔说:"我那时还不睬什么党不党的,我就知道我们吃麦子的要对付他们吃稻谷的。刘海波是吃麦子的,还是我送他去北大营王以哲那里受训的……"

第十四章

霜风起，百草凋零；雁南飞，哀声干云。

包神仙又下不得地，出不去门了。他侧躺热炕头，身边不乏人伺候，却从早到晚呻吟不止。说"该死不死是遇上魔障"，抱怨"皇上的玉玺也不如一条健康的腿"。

春光和秋色两个丫鬟拿来驱魔降妖的钢圈鼓，在他耳边敲响。他哼哼着摆手："拿走，烦！这不是从太上老君那里偷来的钢圈，我如果真能偷，就偷他八卦炉里炼出的金丹，包治百病！"

"翻，翻一下身，哎哟，痛死我了！滚粪桶呢？抬高点再翻……"包神仙眼瞎耳聪，听到有人进门来的声音，忙喊，"常发，你，你来，就你的手，她俩没劲，翻，翻过这边来。"

常发疾步上前，双手朝包神仙身下一抄，像玩稻草人似的，把他翻个身轻轻放好。

"养女最多是件小棉袄，养儿才能防老！"包神仙对常发哼哼着吩咐，"你跟黄先生去天津吧，多给大帅讲讲，把讲给我的话也多讲给他听听,把马达给我叫回来,我身边没个儿子不行,你们给我办个仪式……"

"我几次认您当爹您不答应,马达进兵营才三个月……"常发话没讲完,包神仙气急摆手,"你的命是我算过的,我不能砸自己招牌。我昨晚又算过了,马达这孩子,是长生天为我备下的儿子,让他回来,陪我。"

黄显声扯扯常发,"包先生算得没错。常发,你应该去陪大帅,我应该去陪少帅,昨天阎先生来信不是也这么说吗?"

阎宝航留学英国,无时不在关心国内,特别是东北的形势。他希望黄显声和常发多做工作,争取大帅和少帅能够东北易帜,尽早南北统一在国民政府的旗帜下,才好共同对外,维护国家的独立和主权。

包神仙和杨景镇都是经历过大清朝黄龙旗下的老人,能赞同"共和"已属不易。他们与大帅有特殊深厚之感情,南北对峙,当然不愿统一到青天白日旗下,而希望统一在北洋政府的五色旗帜下。所以,黄显声、刘多荃、王以哲这些少壮军官与两位老先生议政议形势,谈到"易帜",都很谨慎委婉,尽量不伤两位老人的感情。

他们深知官场上获取两位老人支持的重要性。

常发开他的别克车,同黄显声来到北大营,王以哲已经迎候在营门外。

"我得谢谢你们了,"王以哲刚照面便大声道,"给我送来两块当兵的好料。"

"啥意思嘛,正着不讲反着说,埋汰人呀。"常发嬉皮笑脸,黄显声却一本正经,"行了,王兄,知道给你添不少麻烦,回头我请客。"

王以哲耸耸肩膀,"我是说正经的,咱们到操场就明白了。"

常发仍是玩笑:"他俩等着挨枪呢?"

"被罚站了。"王以哲点点头,"不过,当年你最讨厌最不想学的东西,他们都学得很上瘾。"

"哈哈!"常发开心大笑,"你讲的,军人不能耐几个小时的立正之训，就只能干绺子、当土匪，不配做革命军人。"

当初张作霖为常发所选五位师父，三个绿林好汉教的内容常发样样起兴，百学不倦，百练不厌。而两位年轻军官所教，有些内容却很难提起兴趣。比如射击、刺杀、投弹、搏斗、绘制地形图、野炊拉练，他兴致很高，一旦放到卫队营交给王以哲，他便觉得苦不堪言。从打绑腿到系风纪扣到正军帽到系皮带到擦皮鞋，从"立正""稍息"到"转法""步法"……

最无法忍受的有三件：罚站、拔慢步、睡通铺，常发分别称其为"等着挨枪""等着挨刀""等着熏肉"。

说话间走到操场，远远便看见两个人如两截木桩一般杵在操场中央。

"哎，王旅长，你说马达是'三八式农民'，罚也就罚了，"常发扫一眼黄显声，"人家刘海波能文能武你罚得着吗？"

三个月前马达入兵营，王以哲说他是"三八式农民"——躺下去四脚八叉，坐起来胳膊腿圈成"8"字麻花，走出门两只脚只会迈"外八字"，这是典型散漫土气的"三八式农民"。

刘海波不同，他是刘多荃堂弟，北京大学政治系毕业，南下广州投入国民革命军，受中山舰事件影响，被清退出军队，北上投奔堂哥刘多荃。刘多荃把堂弟介绍给黄显声，请他关照。黄显声与刘海波彻夜长谈，天亮时，两双手紧握着用力摇一摇。

黄显声说："我们都是闯关东的后代。"

刘海波说："三代人的血汗洒在这片黑土地上。"

黄显声笑，"我们都有血性，都是不安分的人。"

刘海波也会心一笑，"我们都被学校开除过，因为我们不肯安分守己当亡国奴。"

黄显声忽然换上凝重的脸色，"你是国民党还是共产党？"

刘海波注视黄显声片刻，反问一句："你知道共产党的主张吗？"

黄显声缓缓抽出右手，指指刘海波心口，又指向自己胸口，"不问了，这里相通即可。"

刘海波用力点点头。

"你就留在我身边吧，任政治秘书。"黄显声话外有深意，"你哥再三让我关照你，看来他也知道你是个不安分的人。"

"我虽然在革命军干过，但一去就给邓演达将军做秘书，并没真正过上士兵生活。"刘海波用商量的口气请示，"您能不能安排我先过过士兵的生活？"

"我听说国共合作，共产国际不允许共产党抓军权，只许给国民党做苦力。共产党里的有识之士就搞地下活动，从最底层的士兵抓起……是吗？"见刘海波沉默不语，黄显声哈哈一笑，"开个玩笑啊，过过士兵的生活是好事，自古名将都是和士兵在一口锅里抢马勺。你到王旅长那里去吧，他叫王以哲，字鼎芳，治军严格，举凡训练课目事必躬亲，示范教练，十八般武艺样样精通娴熟，身体力行，深得中下级军官和士兵的钦佩和信任。更重要的是他跟你一定谈得来，出什么事也会有个照应。"

黄显声意味深长地点点头，刘海波也心照不宣地跟着点点头。

果然，刘海波接触王以哲的第一天，两人便生出"相见恨晚"的感觉，王以哲说："我考北大落榜，转投保定军校。老弟是北大毕业生，到我这里来锻炼，这是给我学习的机会啊！"

一个月后，刘海波帮助王以哲编写了旅歌和"士兵问答十二条"。

旅歌的歌词调寄《满江红》：

痛我民族，屡受强邻之压迫，最伤心，割地赔款，主权剥夺。大好河山成破碎，神州赤子半漂泊，有谁奋起救中国，我七旅官士兵夫快快来负责。愿合力同心起来工作，总理遗嘱永不忘，长官意志要严磨，乘长风直破万里浪，救中国。

"士兵问答十二条"内容如下：

问：我们的父母是什么人？

答：老百姓。

问：我们的兄弟姐妹、亲友是什么人？

答：老百姓。

问：我们穿的衣服从哪里来的？

答：从老百姓那里来的。

问：我们吃的粮食从哪里来的？

答：从老百姓那里来的。

问：我们原来是什么人？

答：我们原来也是老百姓。

问：我们和老百姓有这样的关系，应该怎样对待老百姓？

答：爱护他们，帮助他们，保护他们。

  刘海波到王以哲第七旅是常发用别克车送去的，同时送去的还有"三八式农民"马达。

  常发半是玩笑半认真地给他两人介绍"经验"，说："今晚马达没问题，海波只怕睡不成觉，等着熏肉吧。"

  刘海波不明白什么意思，忙追问。常发诡异一笑，学包神仙的样子道："天机不可泄。"

  几小时后，刘海波便明白了。兵营里一个班一屋，一屋一张大通铺，每人只有不足五十厘米宽的地方。人挤人睡，只能侧身躺，想翻身要几个当兵的一齐动作。如果想躺舒服点，就须头脚相对地睡。北方人不习惯洗脚，夜里汗腥脚臭，熏得人难以入睡。马达是苦出身，过惯风卷絮一般漂泊的日子，得一立足之地便心满意足，自然毫不介意。刘海波是富家子弟，出了家门进校门，出了校门进机关门，哪里在这么污浊的环境生活过？自然是一夜难眠。

  第二天一早集合，轮到马达受罪。不要说罚站、拔慢步，连起码的稍息、立正、正步走、左右转都不懂。班长命令他出列，立正看别人训练，连挨三巴掌两脚，才做出很夸张的"挺胸收腹"，屁股撅着缩不回来，就那么僵立着看了一早上的出操。

所幸还有刘海波。他从小学中学便经历各种队列训练，一切步法、转法比普通士兵还要做得标准到位。便义不容辞地当了编外教员，负责给马达开小灶，利用空余时间对马达进行单兵教练。

有道是学东西不难，难的是改变习惯。比如睡觉，马达习惯了天当被子地当床，身子一躺，两腿朝下劈成"八"字，两条胳膊朝上也举个"八"字，这就是"四脚八叉"，睡他旁边的人夜里不是被蹬醒就是被打醒。有个士兵白天训练太累，夜里虽然没被打醒，早晨却发现曾经流鼻血，而且肿痛，反复两次，才明白是被马达举胳膊蹬腿砸在了鼻梁上。

从"三八式农民"变军人，而且要变成"站如松，坐如钟，动如风"的好兵，其难度可想而知。马达做出十二分努力，当然刘海波的付出一点不比他少。

改变睡觉姿势好办，刘海波在马达的被子两边缝上挂钩，睡觉时扣上挂钩，被子变成"被筒"，任你孙悟空怎么翻筋斗，反正出不了如来佛的手掌心。

难的是"站如松，坐如钟，动如风"。猪八戒不知自己丑，众人笑破肚皮马达却不知自己努力做出的姿势与别人有什么不同。刘海波真是动了不少脑筋，先带他到旅部对着门窗玻璃"顾影自怜"，后来索性买来一面大镜子立到操场给马达单兵教练。自己立正，让马达并排也立正，自己踢腿拔慢步，叫马达跟着做姿势。

马达对着镜子说："身子舒服时，样子为啥那么难看？样子摆好看了，全身为啥那么难受？"

刘海波笑道："你过去是久居茅厕不觉臭，现在要改成久入芝兰不知香。"

马达对着镜子挺胸收腹，努力把撅起的屁股往回缩，一边问："啥叫芝兰？"

刘海波说："你什么时候习惯挺胸收腹不撅屁股，我就送你一束芝兰。"

一些老兵、油子兵瞧不上马达，练骑马专挑烈马让他摔，练劈刺，故意下死力"劈面""突刺"，搞得马达身上总是青一块紫一块。更有甚者，一天起床，发现刘海波特意买回来的大镜子不见了，终于在菜地里发现一堆碎镜片。

士兵们为改善生活，在北大营里种不少菜，地埂上的碎镜片转瞬间便被人抢光。那个年代镜子是很值钱的稀罕物，马达吼骂着要找人拼命。还是刘海波劝住他，重新买来一面大立镜，每天开完"小灶"便收到连部去，以免再被人破损掉。

作为秀才兵的刘海波也有其弱项，比如刺杀、投弹、搏斗、野炊拉练，他常常力不从心。有次百里急行军，马达几次要替他背枪，他都拒绝，虽然坚持下来，却大病一场。

马达端一碗病号饭来喂他，那是碗热腾腾的鸡蛋面，他拒绝，扶着马达肩膀吃凉水泡剩饭，马达实在想不明白这是为什么。刘海波说："我们旅歌里唱的'屡受强邻之压迫'，这个强邻就是日本国。如何才能救中国？你要文明其精神，我要野蛮其体魄。"

刘海波有弱项，却不必像马达那样受气，相反，他受到全班、全排、全连，甚至全旅士兵的尊重。

因为他是少校，却要求来过士兵生活。

因为他是文弱书生，却学士兵一样吃苦耐劳。

更因为他有一肚子的故事和道理，能把人说笑，会把人讲哭，无论走到哪里，总被人包围，比听大鼓书还吸引人。不到一个月，上至旅长下到伙夫，全旅七八千人，都成了他的"粉丝"。

然而，就在昨夜十二点，旅长王以哲搞突袭，全旅紧急集合，他亲自堵在刘海波宿舍门口检查动作。马达的被子是扣了挂钩的，起床打背包虽有刘海波帮一手，却仍然比其他人慢半拍，两人是最后冲出宿舍门的，被手抓怀表卡时间的王以哲抓了"现行"。

好像是故意要让这两人出丑，王以哲在全旅将士面前，将他们罚站,并且不客气地说:"南方有个黄埔军校,号称现代文明之新军校,抓了现行,那是要罚跪的。我比他们再文明一大步,罚站不罚跪。"

王以哲为全旅讲十分钟"养成"教育的意义,又率全旅官兵绕奉天城急跑一圈"应对突发事件",回兵营便解散队伍,独自洗睡去了,竟"忘记"操场上罚站的刘海波和马达。

刘海波朋友遍全旅,从班长、排长到团长、副旅长都来劝他回去睡觉,他挺立原地不为所动。团长气得骂:"你榆木脑袋啊?旅长跑忘了,你僵在这里;旅长跑死了,难不成你也要罚死在这里?"

刘海波说:"好的习惯、铁的纪律都是靠日常养成的。旅歌讲得好:总理遗嘱永不忘,长官意志要严磨。旅长下令罚站,除非旅长或旅长的上级长官发话,罚站是不能解除的。"

罚站从夜里十二点到上午九点多,王以哲终于用军人的步伐出现在二人面前,下令:"稍息!"

刘海波与马达伸出右脚,暗暗舒缓一下长久立正已经发僵的筋肉,他们看到黄显声和常发也用军人的步伐走到王以哲身后立定。

王以哲皱皱眉头:"跑城回来,我已经下令解散,你们为何还站在这里?"

马达立正:"报告旅长,我们没有跑城,我们是罚站。"

常发有些惊讶:马达的立正已是有模有样。过去到场面上十棍子打不出一屁,现在居然抢在刘海波前面喊报告。

"糟糕,是我忘了。"王以哲用手拂去马达肩背上蒙的一层霜片,转望刘海波,"你当秘书的就不该这么死板,配合长官应该懂临机决断。"

刘海波立正,"报告旅长,我现在是士兵,况且军令如山,并非临机决断之场合。"

马达紧随一声:"军令如山,压倒一切!前面就是火海,我扑倒上去就离胜利近了五尺。"

"讲得好!"黄显声激动了,"谁教你的?"

"刘海波!"

王以哲冷不丁又发一令："正步——一！"

刘海波和马达闻声踢出左脚，脚背绷直，右腿独立，目光正视前方，雕像一般。

"马达，当兵的有高有矮，为啥迈出步子必须是一样的距离？"

"步调一致才能打胜仗！"

王以哲转向常发，"老弟，这一步应该是多少厘米？"

常发有些狼狈，"我在你眼里只能干绺子。"

王以哲喝令："刘海波回答！"

"七十五厘米！"

王以哲转向黄显声，"这两块料如何，你自己来检验吧，正步——二！"

刘海波和马达随令落左脚踢出右脚，微微有些晃动，终于稳住了。

黄显声张开手掌，迎风一扫，道："今天这风有四级，拔慢步能稳到这个程度，一般老兵也做不到。王旅长，晚上我请客。"

"啥意思？"

"感谢啊，这两人今天我都要带走。"黄显声看表，对刘海波和马达下令，"回去告别战友，半小时后出发。"

上午九点半钟，奉天皇寺里的喇嘛出动了。前后各四名光头喇嘛，簇拥着中间一辆勒勒车。光头喇嘛虽戴着僧帽，却难挡奉天的朔风，冻得脖子缩短半截，紧迈小碎步朝前赶路。勒勒车上盘腿坐的锡尼活佛定力惊人，一脸肃穆，两眼微眯，嘴里念念有词，无论风吼车颠，浑然不觉。守在他两侧的小喇嘛就不行了，随车颠簸，脸上变幻着各种痛苦的表情。

常发的宅子里，房屋和庭院都清扫一新。从大帅府请来的朴师傅掌厨，按习俗准备了八顶八——八碟八碗十六道菜招待客人。厨房外的院墙角垒了大灶，大铁锅里炖着羊肉。喇嘛不吃鱼虾，羊肉是专为他们准备的。

何花和樱子指挥春光、秋色两名丫鬟为朴师傅打下手，洗菜切菜摆放餐具。客厅摆一张大圆桌，那是主席；包神仙和常发的卧室里，各摆放一张炕桌，是副席。包神仙对常发交代："请客不要多，老人我请，坐炕桌；年轻人你请，坐客厅。我和你无缘父子，胜似父子，场面上的事马达拾不起来，全靠你张罗。"

包神仙只请了张作相和杨景镇两位老人，杨景镇携家带口来五位，包神仙将杨景镇的两个儿子赶到客厅去，只留杨景镇老两口和他们的女儿与自己一起围着炕桌坐炕头。张作相自然也坐炕头，只交代一声："我家老二也来了，他是常发师父，坐客厅。"

常发的卧室，大帅的卫队长董海坐主位，其他账房、内侍中与包神仙走得近的老人也围炕桌坐炕头。董海其实想坐客厅，但他明白，他这个上校是代表大帅来贺，若坐进客厅，那些年轻的中将、少将便不自在，不好排座位。说话怕传话，大家都尴尬，他明智地选择了坐炕。

客厅里的客人都是常发生活圈子里的人，除杨景镇的两个儿子在省府任职，王以哲和张廷枢都是穿了将军服喝茶聊天，不时和忙前忙后的何花、樱子开句玩笑。

看似平和，其实人人都觉出隐藏着某种紧张、不安，甚至是压迫而来的危机。

收养的主角马达始终不曾露面。

最明白这层危机的是常发，因为昨天上午马达出门取裁缝做的新衣，至今音信全无。他派了几拨人外出寻找，更利用关系动员了全城乞丐甚至黑道人物，始终未发现踪影。

一个人比常发还紧张，却不露神色，这就是瞎子包神仙。他眼睛越盲心里越明，他料定马达出了事。这孩子到奉天不久就进兵营锻炼，对奉天城内道路不熟，但一天没找回来，迷路这种可能性便不存在。被日本人劫走？也不可能，他没那个价值。路上出车祸或是遇上歹人？也不可能，警察局始终没发现异常……

包神仙只是顺着常发的语气提醒："你说他去王旅长那里看朋友，说话仪式要开始了，赶紧把他找回来呀。"

他不能失态，他是未卜先知的神仙，他如果失态，便砸了一辈子招牌：为啥不能算一卦，算出马达的去向？

有一个人更比包神仙还紧张，这就是刘海波，一早晨跑进跑出七八趟，常发终于看出名堂，在门口一把扯住他衣领，"你别瞎扑腾，快告诉我实话，再晚就没人能帮你！"

刘海波被揪得下颌上扬，喘气都有些困难，"你，你松手，我求，求你了。"

"你他妈个烂秀才，我早看出跟你有关系。说！怎么回事？这个地头上出事，你不跟我说是找死！"

"他到一三二团联系人，以后就没消息了。"

"联系人干什么？你说呀！"

刘海波欲言又止，哀声道："常发，你别问了。你看我是干坏事的人吗？我求你去趟一三二团，跟吕团长问问，他肯定知道人在哪儿……"

"马达吃粮当兵才三个月，你就把他往浑水里拖。"常发咬牙切齿，"见不得人的事就别求我常发。"

刘海波急得搓手顿脚团团转，带出哭腔哭调，"常发，我说过，做人当有四条原则：不责人小过，不念人旧恶，不发人隐私，不妒人成功。你是赞成的，我不想告你的事就不该逼着我问！"

"扯你妈淡！马达如果回来能不告诉我？这不是你的隐私，这肯定是你们玩政治的人搞什么阴谋！"

常发话音未落，刘海波一个震颤，院门口响起震耳的鞭炮声，远处路口传来牛吼一般粗野而又低沉悠远的喇叭声，这是锡尼活佛到巷口了。

"常发，我把命交你手了！"刘海波一把握住常发手，"我想组织一些进步军人，搞个大帅府铁甲队，马达参加了，他说一三二团有个排长思想进步……"

"你敢来奉军搞策反……"常发刚喊出半句话就被刘海波捂住嘴。

刘海波借鞭炮声遮掩，冲常发耳朵喊："常发老弟，你不是最佩服叶挺独立团吗？叶挺独立团就是在'陆海军大元帅府铁甲队'的基础上成立的，我想学他，我给你讲过！"

常发怔有一瞬，冲刘海波耳朵，"你是共产党？"

刘海波不置可否，"我是你哥，马达是你弟，我们求你了！"

"妈了巴子的，"鞭炮声息，常发骂一嗓子，"有屁不早放！"

"樱子，你跟刘秘书接待一下活佛，告诉包先生，先吃饭后搞仪式，是我早晨跟包先生商量好的。叫他放心，我两小时后带马达回来。"

常发跑出院门，恰与刘多荃撞个满怀。

"干什么去？"刘多荃一把拽住常发，"活佛都来了，你慌里慌张跑什么？"

常发两次指点他停在院门口的别克车，终于憋出三个字："接马达。"

"不用了，吕团长已经来过电话，我全知道了。"刘多荃扯着常发进院门，"一小时后把马达给你送回来，借个胆子奉军里也没谁敢得罪咱们包神仙啊。"

黄显声朝常发递个眼色，"吕团长跟芳波（刘多荃）是朋友，跟我是过命的交情，关键是到人家团里去搞活动不打招呼，幸亏营里抓了人没越级上报，先押到团里，老吕给我和多荃来电话，这才把事压下来，答应派人午前把马达送回来。"

刘多荃进院门，一眼瞥见刘海波，边走边用指头狠狠戳，刚近前便是一耳光，"滚，你给我滚回南边去！"

"哎哎，"黄显声忙拦到两人之间，"海波是我秘书，有火朝我发。"

"幸亏吕正操跟你我有这种特殊关系，这要是换了别的团长，送大帅将是什么后果？"刘多荃声色俱厉，"难怪你们共产党出事，连胡汉民和蒋介石都暗地里给大帅通信，希望南北联手讨赤。你们太嫩了，成事不足败事有余……"

"回头再骂你弟，先跟我迎活佛吧。"常发拉着刘多荃重出院门，锡尼活佛已经站在门外高声宣佛，不喊阿弥陀佛，只宣无量寿佛。张作相、杨景镇、王以哲、张廷枢、董海等一群人都来到院中，只有包神仙是被人连扶带架才艰难地站到屋门口，两手抖抖地作揖，两耳竖着搜寻马达。

两个喇嘛抬着两个大得出奇的长筒喇叭走进院门，难怪叫"乌日布热"，真是牛一样大的喇叭发出牛叫一样的"哞哞"声。紧随其后是白花花钻有许多孔的海螺和铙、钹，各唱各的调却又神奇地一体天成。

锡尼活佛随两名新剃过头的小喇嘛走进院子。小喇嘛双手捧着甘珠尔经，表情虔诚而庄严。经卷有半尺宽，一尺半长，木板夹着经文纸，包一层白布再包一层黄布，经卷首插着妇女们缝制的一种状似令箭的黄布条，叫甘珠尔陶勒盖[1]。

信佛的纷纷拜倒，敬佛的双手合十，不信佛的也都庄严肃立，看着常发双手在包神仙腋下一抄，包神仙便如浮云一般飘到锡尼活佛面前。他先从樱子手中接过蓝哈达，抖抖地挂到活佛脖子上，又从何花手中接过白哈达，也抖抖地挂到活佛脖子上，然后将右手按在胸口鞠躬："赛音拜诺[2]。自大地如土坷垃时，达赖班禅还只是个班迪[3]时，天上的雄鹰还没成一颗卵时，宗喀巴[4]就创立黄教，告诉我们缘起性空。今天有高贵的锡尼活佛为我主持，为我作证，为我祝福，这是长生天对我的恩赐，对我的眷顾：让我无后有后，子又生子，子又生孙；孙又生子，孙又生孙，子子孙孙，无穷匮也。"

锡尼活佛回礼道："没有神圣的萨满驱魔降妖，黑夜里群魔乱舞，就会撞塌我尊门之楣、福门之框。没有明哲威灵的大帅踏着硝烟赶来，像

1　陶勒盖，蒙语，头。
2　赛音拜诺，蒙语，你好。
3　班迪，小喇嘛。
4　宗喀巴，藏传佛教格鲁派（黄教）的创立者。

吉雅其[1]把白山黑水护佑，活佛喇嘛都得变成巴达尔钦[2]。能为包神仙送子开光祈福，是活佛我三生修来的善缘。"

神仙和活佛就这样互相颂扬着进了客厅。

"活佛，您请上坐。"包神仙立在主位旁相请。

"不敢，不敢喧宾夺主。"活佛后退。

"我身子骨不济，须回屋躺炕上陪客。这里只能您坐。"包神仙依次指点王以哲、刘多荃、黄显声和张廷枢四位将军，"这是守在你山门的四大金刚，"又指刘海波和常发，"他俩是侍立你身边的哼哈二将。"他再指樱子和何花，"这是来听课的两位女菩萨。"

不等活佛再谦让，大家都是熟人，早把他拥到主位上坐下，众人依次入座。常发两手朝包神仙腋下一抄，将他像行云一样送入卧室，在耳边悄声说："最多一小时，仪式就可以开始了。"

屋外已经热闹。关外的喇嘛不像关内某些寺院的和尚清规戒律多，喇嘛们靠墙根或蹲或坐或站，开始大块吃肉，大碗喝茶。爱吃瘦肉的喇嘛总是喊："哎，从底下盛热乎的！"爱吃肥肉的便喊："喂，给我从上面盛凉点的！"

从帅府过来帮忙的下人忙前忙后，于热烈的气氛中高门大嗓逗："来点酒吧？光吃肉不好消化！"

喇嘛纷纷喊："念完经才能喝酒，先来半张大饼吧！""老爷子亮相，当儿子的怎么学起小媳妇？面也不露一下……"

客厅里人受院中气氛影响，也热烈起来。大家都不少去皇寺中许愿，也常请活佛来家搞点活动、讲讲课，知根知底免了许多礼节话。

"樱子，川岛、河本还常去菊文酒馆吗？"黄显声始终关注着这两个人物的动向。

"每个礼拜至少去两次，现在更搞个沙龙，参加的有日本退役老兵，

1　吉雅其，中国北方民族传说中的英雄。
2　巴达尔钦，行脚僧，流浪乞讨的喇嘛。

也有关东军的参谋。每次喝醉就唱'满洲啊满洲，我的家乡'。说日本军人要以解决满洲问题为己任。"樱子想了想，又说，"他们说，解决满洲问题只能用武力，要想做到这点，就必须用暴力解决腐败软弱的日本内阁，建立军部统治。"

刘多荃沉重道："关东军早操时必唱'满洲啊满洲，我的家乡'。东北迟早有一仗！"

王以哲不无忧虑："只怕是兵有决心，将无斗志啊。大帅和他的老将们哪个不是向日本人示好？听说连蒋介石也在竭力巴结日本人。"

"哎，对了，那个被夸成军部大脑的石原前些天也来喝酒。他说蒋介石是他同学。姓蒋的容共，还亲英美，肯定比大帅还难合作。"樱子眨着眼皮说，"他说少帅是蜜罐子里长大的，给他黄袍加身也许好对付……香玉姐说黄袍加身就是强迫少帅当皇上？"

"李香玉到底是皇族，读过不少书。"黄显声啧啧两声，不知是品味五加皮酒还是品味人物人生，"侵占东北明摆着是日本的基本国策，当初郭松龄反奉就是反对用兵关内，主张经营好关外。现在东北形势不稳，大帅听信杨宇霆、张宗昌这些人，坐镇北京不回来，心想着向南方用兵，武力统一中国。我担心哪，不等饮马长江，后院就被日本人抄了。"

常发干一杯烧酒，沮丧道："我劝大帅请叶挺独立团来，大帅叫我滚蛋。反日本人共产党最积极，就算他们共产共妻不对，打日本人总可以利用。"

"谁告你共产党共产共妻？哪个共产党跟你共老婆了？"刘海波瞪一眼常发，"你问问大帅和张宗昌那些人，见没见过共产党人？除非是在战场上，被人家追着跑！"

"闭嘴！"刘多荃拍响桌子，"你是来投我还是来阴我？难怪连国民军蒋介石都容不下下你，读几天书就学会逞口舌之利……"

王以哲不以为然，"哎哎，老弟，啥意思嘛，发那么大火。"

"他就差说自己是共产党了！"

"他不是没说吗。"王以哲拍拍刘多荃肩膀,"芳波老弟,汤大虎有步骑兵五个旅,你说能打过叶挺的独立团吗?"

刘多荃怔一怔,"没交过手,我怎么知道?"

"他的炮兵一团团长跟我诉过苦:说老子追随汤大虎多年,替他打天下,他的少爷住租界,拥娇妻美妾,过着花天酒地的日子,从不管我们死活,经年累月不发军饷,让我们向驻地老百姓摊派掠夺,弄得我们连叫花子都不如,说我们是官胡子,我们还能替他打什么仗?"王以哲指指刘海波,"听你弟弟讲一讲,叶挺将军是和士兵在一口锅里抡马勺,从没上过战场的矿工,进了叶挺独立团,训练三天就以一胜百地打垮吴佩孚。汤大虎碰上吴佩孚都是一触即溃,还能跟日本人碰吗?更别想碰叶挺独立团了!"

黄显声点头道:"共产党是一夫振臂万夫雄,我们是一官草鸡万夫熊,奶奶个熊的熊。"

刘多荃啧啧嘴,"我怎么看你们都像共产党?"

张廷枢笑道:"老兵老将几十年的养成,很难接受共产党,年轻人受共产党影响我看是必然的。叫我说,大家都不是共产党,但又同情一点、羡慕一点而已。"

刚刚吃下一块手把羊肉的锡尼活佛呷口茶,清清喉咙道:"戚继光打倭寇,屡战屡败,发现兵器不如对方。他认真研究日本军刀,加以改进,发明了戚家刀,比日本军刀更优越。蛮有信心去打,结果又打败了,发现还是日本刀法实战先进。他用两年时间钻研日本刀法,加以改进,创立戚家刀法,信心百倍去打倭寇,又连败三阵。他在痛苦中思索原因,路经义乌,正遇两家矿工械斗,刀光剑影,山呼海啸,个个悍不畏死。戚继光手持令旗,纵马插入,吼声如雷:'都给我住手!'悍不畏死的两派人马见到官家令旗全扔下器械跪倒于地。戚继光心里忽然一亮,决心从义乌招兵,获得朝廷批准。他招兵条件很严格:胆小的不要,细皮嫩肉的不要,油滑的不要,只招那些畏惧官府不畏惧生死的猛士,最终招得四千兵,组成戚家军。戚家军用戚家刀再加戚家刀法,四千兵对四万倭寇，九战九胜取得台州大捷。从此，倭寇看见戚字旗便逃，而戚家军哪怕只有一千人，听说倭寇犯境，哪怕对方是十万之众，也敢进攻进攻再进攻，拼杀拼杀再拼杀。"活佛讲到此，两眼迸出精光，"你们四大金刚护法守土有责，望你们向戚继光学习。"

四名青年将领起身合掌，齐道："谢活佛指点，每次说法，都可使我等觉缘、觉醒、觉悟、觉远。"

黄显声又补充几句："佛有理，神有道。活佛不但要教化我们，也要多与包神仙说说法。中国自一八四〇年鸦片战争以来，完全被打颠倒了，十万大军挡不住人家一千兵进攻进攻再进攻，说到底就是缺少叶挺独立团那样的官兵、那样的军队！"

"四大金刚"和"哼哈二将"不管隐藏深浅，其实内心都有"亲共"倾向，便鼓恿着活佛分别到两个炕桌旁去敬酒献茶，顺便讲经说法，目的无非是影响这些老人及大帅身边人，多在他耳边吹吹风。正热闹着，客厅门开，传来马达的声音："报告旅长，我回来了！"

"叫你回来是当儿子，愿意吗？"王以哲问。

"愿意，我早就喊爹了。"

黄显声道："那也要举行个仪式，当着大家的面三跪九叩，让活佛给你们祝福。"

张廷枢说："不能空手认爹吧？"

常发说："他备了长白山的人参和灵芝。"

马达说："那是海波和常发哥帮我准备的。"

包神仙说："我儿回来就好，开始吧。"

东北人粗犷，不讲究细节，就在包神仙的卧室，春光、秋色两个丫鬟扶包神仙盘腿坐好，小喇嘛将炕桌搬到炕沿下，将甘珠尔经摆于炕桌上，指点马达跪倒于地，前额枕在甘珠尔经上。于是，法器奏响，锡尼活佛在一旁念念有词："法生有因，待缘而起；法本无自性，性空则为自性空。螟蛉有子，蜾蠃负之……无父有父，无子有子；从缘而起，便是缘起性空。超戒寺八贤，有燃灯古佛吉祥智，曰所谓现象的究竟，无须心所经验。只改马达姓名，必然称其为包满达。"

仪式结束，开始喝酒。无一人提及马达在一三二团被扣之事。仿佛马达是另有其人，而眼前三跪九叩的青年名叫包满达。

正月十五刚过，常发开着他的别克车奔向北京。同车的黄显声和刘海波不断提醒："大帅调吉、黑两省的军队进关，看来南方战事不妙。你最好能劝大帅收缩兵力，保境息民。"

第十五章

一九二七年,张作霖在北京下榻的顺承王府作了大元帅府,府门前整年车水马龙,热闹而忙碌。

顺承郡王勒克德浑为清朝开国"八大铁帽子王"之一,他的王府位于北京西城区,占地三千平方米,府邸自外垣以内分三路。东西两路由不同的大小院落组成,为生活居住区。中路分前殿后殿、后寝后楼,进王府有正宫门,正殿的两侧有翼楼。

张作霖每天早餐喝完高粱米粥,必要端着长杆烟袋散步到东侧翼楼,他的袁秘书长带着一大堆公文在那里等候报告。每次他听取报告便当场作出口头指示,老秘书则在一旁记录,常常是百宗公文不到一小时便可处理完。

四月十三日,张作霖喝完高粱米粥,端着长杆烟袋步出房门,常发像往常一样已守在门外,熟练地为张作霖点燃烟锅里的烟丝,亦步亦趋地跟在他身后漫步,先绕院中那四株高大的楸树走两个"8"字。当初他买顺承王府首先是看中这四株楸树,因为锡尼喇嘛曾经对楸树膜拜,称"龙树菩萨",说"龙树"在印度佛教史上被誉为"第二代释迦"。

其实"龙树"又被译为"龙猛""龙胜",大约活跃于公元一百五十至二百五十年之间。锡尼喇嘛将"龙树"从字面上演绎成"龙树菩萨"也有足够的理由:在清朝开国"八大铁帽子王"中,只有顺承王府府址一直没变动,顺承郡王世袭罔替也没有遭到大的风波,这和其他大起大落的铁帽子王世家是不同的,张作霖因而下决心买了这座王府。

"大帅高瞻远瞩,料事如神啊。"袁秘书长急走两步,迫不及待地迎住张作霖道,"蒋介石昨天动手了,清党大开杀戒:宁可错杀三千,不许漏网一人!上海来电,白崇禧指挥周凤岐、刘峙的部队配合杨虎的警备部队四处搜捕共产党,查封工会和所有革命团体,宝山路一带血流成河。"

张作霖接过电文,目光飞速扫过字里行间,忽然回头喊:"常发,你进来!"

"到!"常发一步跨进门。

"这个电文你看看,你还有什么话说?我抓了三十几个共产党和国民党左派,号称国民军总司令的蒋介石,一天就能错杀三千,那没杀错的有没有三万?"

常发惊愕地接过那两页电文,嘴唇嚅动着默念。

张作霖转向袁秘书长:"常发不明政治,不懂主义,但是义气过人。我欣赏他这一条。他向我求情,让我饶李大钊一命。张宗昌说李大钊是赤党祸根,说巨魁不除,北京终究危险。张宗昌讲得有道理。当年李大钊支持吴佩孚打我,支持冯玉祥反我,又通电全国支持郭鬼子叛我伐我,几次把我赶出北京。他是必欲置我于死地而后快。我呢?驳了张宗昌,我要给常发个面子。只要李大钊放弃共产主义、共产共妻那一套,我不但不杀他,还要尊他为上宾!"

常发知道张作霖是说给自己听,四月六日,张作霖派兵搜查苏联大使馆,抓捕李大钊等三十五名革命人士后,黄显声多次向张学良进言,说全国舆论不可不顾,李大钊不能杀。并叫刘海波联系常发,说他们清华北大的学生都多次听过李大钊的演讲,有师生之谊,希望他就近向张作霖求情。

常发没有口吐莲花的本事,熟悉的只是江湖绿林那一套,他一边寻找机会一边琢磨办法。

三天前,张作霖给俘虏来的吴佩孚的三百名军校学生训话,常发感觉机会来了。

张作霖那天没穿军装,先摘下瓜皮帽,给学生兵们深鞠一躬,"兄弟们受苦了,我鞠一躬算是赔罪。这次我进兵河南,不是去占你们的地盘,而是假道收复武汉,进攻湘粤。他妈了巴子的,我把心都掏给吴佩孚,他就是不相信,我是不得已才用兵,得罪你们了!"

张作霖再鞠一躬,提高声音:"我知道,你们学本事是为了报效国家,那又何必跟着吴佩孚瞎跑?跟着我一样报效国家。我姓张的什么都懂,就不懂啥叫亏待人。比如你们毕了业,就可以当排长,也许几个月就可以升连长,升营长,升团长。只要知道努力,不贪生怕死,有功我必赏,要什么有什么,要什么我都可以给你们。但是,只有一样我可不能给。"

三百学生兵静悄悄地望着张作霖,又紧张,又兴奋,又好奇,只见张作霖嘿嘿一笑,"我的太太可不能送给你们哪!"

于是,全场掌声雷动。学生兵们欢呼雀跃,场面之热烈,直似家人父子久别重逢。[1]

张作霖请三百学生兵到北京饭店会餐,酒席之后,三百学生兵集体喊立正敬礼,发誓"追随大帅,赴汤蹈火,万死不辞"。

回到顺承王府,张作霖余兴未尽,拉张宗昌喝茶。常发忽然从身后转到面前,扑通跪倒,喊一声:"常发对不起大帅,求大帅饶命!"

张作霖有些吃惊:"怎么了?出什么事了?"

常发跪道:"大帅今天讲只要我们努力,不贪生怕死,要什么给什

---

1 《张作霖传记资料》第一辑,台湾天一出版社。

么，只有一样不能给，那就是大帅的女人。"

"难道不对？"张作霖生出警惕之色，"你站起来说话。"

常发继续跪道："大帅曾当着许多老将说过多次，常发就是睡了大帅的女人，大帅也不会杀常发。"

屋里陡然一静，张作霖脸孔已经变色，就连三不知将军张宗昌也尴尬地僵在那里。

张宗昌暗替常发急。如果常发睡了他的女人，他会豪爽地一挥手："拿去，共享。谁让咱们是兄弟呢？"睡了张作霖的女人那可是玩命。张作霖多次讲过，"共产还可以饶一命，共妻则虽流血所不辞"，"一息尚存，绝不相容"。

"嗯，"张作霖终于咳出一声，艰难道，"你睡了哪一房？"

"先不论哪一房，常发只求大帅先答应饶命。"

"他妈了巴子！"张作霖像发怒的狮子，猛然跳起身，一脚接一脚朝常发踹去，"我说过不杀你，可没说不杀她！"

常发早有准备，身体一沉，气凝胸腹，任凭张作霖拳打脚踢，始终纹丝不动。张宗昌拉开张作霖时，常发才平静地说："请大帅杀了常发吧。砍头前，求大帅看在常发忠心耿耿追随大帅快二十年了，多次救过大帅的命，能听常发几句心里话，能答应常发一个请求。"

张作霖呼呼喘着粗气，终于一拍茶几："说！"

"大帅一生为几个老兄弟出头，多次以命抵命地帮兄弟，救兄弟。常发自小耳闻目睹，难道常发学大帅有错吗？大帅恨共产党，说他们共产党共产共妻，常发去见过李大钊，他共过谁的产？共过谁的妻？他是我从没见过的大丈夫，浩气冲天！大帅你不是也被人冤过吗？那么多人说你是胡子，你说你要拿过别人一个箸帚疙瘩，死后入十八层地狱，脱驴变马去还人家。我知道大帅是被冤的，我也知道共产党是被冤枉的。如果大帅咬定共产党就是共产共妻，常发争不过大帅，常发愿学大帅以命抵命，就算常发共了大帅的女人。如果大帅忘了当年说的话，求大帅杀常发，放掉李大钊；如果大帅还信守当年许过的愿，求大帅留我一命,让我现在就去带走李大钊。"

"你,你!"张作霖几次大喘气,却像被骨头噎住一样讲不出话,颓然靠在椅背上。

"小兔崽子,你以为是干绺子、玩江湖呢?"张宗昌打破沉寂,"大帅,李大钊不除,北京终究难保,我们商量的安国军政府休想太平!"

"你才是老兔崽子,骂你土匪一点不冤!"常发伸直脖子朝张宗昌吼,"你看看报纸,不止工人和学生,还有那么多学者、名流都呼吁释放李大钊……"

"够了!"张作霖再次拍响桌子,"常发,我问你,北伐军的总司令蒋介石对李大钊会是什么态度?"

"当然是要求释放。"

"那我告诉你,他两次给我密电,主张所捕三十五名党人立即处决,以免后患!"张作霖将目瞪口呆的常发拉起身,边训斥边去桌案上取出那封蒋介石的密电,"你没有主义又不懂政治,你瞎掺和什么?还大丈夫浩气冲天。你看看这电文,你懂吗?'唯是共产标题,志在世界革命,则讨除共产,实为世界公共之事业,亦为人类共同之事',懂吗?蒋介石密电冯玉祥、阎锡山,密电我老张,他是呼吁我们大联合,共同铲除共产党!"

常发梦呓般喃喃:"怎么回事?这是怎么回事?"

"但你常发有你常发的道理。你想救李大钊,可以,这个面子我要给,条件是他不再危害国家反对我老张。我派总参议杨宇霆去谈,你可以跟着去,一次不行可以多谈几次,只要他答应,我马上放人。"

常发明白,李大钊不会答应什么条件。他如果投降他就不是李大钊,也不会让常发敬佩,更不会令常发舍命相救。但常发也无力反驳张作霖,毕竟张作霖也有张作霖的道理,怪只怪他俩是互为另类的英雄。

果然,常发随杨宇霆去劝降,被李大钊严词拒绝。张作霖安慰常发:"不急,多劝几次,走,跟我到前殿去见个人。"

常发随张作霖来到前殿,见到张宗昌、张学良、袁秘书长正在同一个身穿长袍马褂的人谈话。那人一眼瞟见进门的张作霖,立刻起身,一躬九十度的大礼,"对不起,大帅!"

张作霖紧赶几步,握住对方的手,"馨远,你辛苦了。请坐,快请坐,过去的事就不要提了。"

常发站在张作霖侧后,脑子转着"馨远"二字,总觉得这个长方脸带棱带角,一个耳朵大一个耳朵小,嘴角像麻雀一样朝下弯的汉子有些面熟。蓦地想起:是长江五省联军统帅孙传芳!

孙传芳是保定讲武堂毕业后被派往日本留学的,同时东渡日本的有一百零八名学员,号称"一百零八将"。孙传芳的学习成绩始终在前四名,所以人称其为"公孙胜"。他因为留着一条油光光的大辫子,曾被当时的班长、后来的日本战时首相东条英机扔掉军帽羞辱:"呛过罗,呛过罗!"这是"猪尾巴"的意思。孙传芳扑上去与东条英机过招,几次被打倒在地。东条英机追上去踹他脑袋,他抱住东条英机的靴子,隔着军靴居然一口咬断东条英机两根脚趾头,并因此扬名日本东京陆军士官学院。

孙传芳仇日,一直与日本人支持的奉军作对。他不但赶走杨宇霆、姜登选,直接引发郭松龄的反奉之战,还多次联合冯玉祥夹击奉军,使张作霖元气大伤。这次若不是被北伐军打败,被逼无奈,他轻易是不会来投张作霖的。

"馨远现在还有多少部队?"张作霖问。

"直属部队还剩五万人,五省联军有二十余万。"

"我们东三省的军队还有八十万,加上效坤的直鲁联军便是百万雄师,对付那些南蛮子绰绰有余!"

"咱们吃麦子的北方汉子说啥也不能输给那些吃稻谷的南蛮子。"孙传芳建议道,"我看咱们不妨成立一个讨赤军统帅办事处,以利全国统一指挥,我愿让出江苏省请鲁军来接防。"

"哎,馨远,你不要把我效坤当成不讲义气的小人,"张宗昌叫道,"我岂能乘人之危,夺取别人的地盘?"

"我们都是光明磊落的大丈夫。吾人不爱国则已，若爱国非崇信圣道不可；吾人不爱身则已，若爱身则非消灭赤化不可。"张作霖不紧不慢从容道，"国民革命军北伐前，只有一个直属军、六个杂牌军而已。北伐至今，从唐生智的和尚军编为第八路军以来，现在已有三十五个军，七个新编军，全是各地军阀改换旗帜的部队，什么冯玉祥、阎锡山、赵恒惕、白崇禧、唐继尧、刘存厚、张敬尧、鲁涤平之流，这些货也能当赤军？他蒋介石收编这些货色只有一种可能：与共产党翻脸，与国民党左派翻脸。你们瞅着，不出几个月，蒋介石肯定打出'消灭赤匪'的旗号，等他们自相残杀起来，我们就可以大举南下，一鼓作气统一全国。"

张作霖的预言，只隔一天便被袁秘书长送来的电报证实了，这不能不让常发感到佩服。

"要比心狠手辣，我老张还差姓蒋的几个段位。"张作霖开始现场办公，"老蒋既然通电各省一致实行清党，我们也要表个态度，发一道讨赤通电，讲明讨除赤祸，非我张作霖一手一足之烈所能告成。凡我全国同胞，既负保国卫民之责，皆有同仇敌忾之忱，不论何党何系，但以讨赤为标题，不特从前之敌此时已成为友，既现在之敌，将来亦可为友。惟独对于赤祸则始终一致对敌，绝不相容！"

老秘书记录完毕，袁秘书长继续汇报："搜查苏联大使馆后，苏联政府向中国驻苏联代表递交了抗议书。郑代办强调，中国历来受列强欺压，怎么敢派军警到使馆区逮捕大批中外人员？中国政府不敢也不可能干这种事，想必是土匪所为。"

"他妈了巴子的，外交人员怎么如此混蛋！老子干了老子就是土匪？"张作霖骂起来，"狗日的国民党蒋介石找了个洋爸爸，叫英美；李大钊他妈的共产党也找了个洋爸爸，叫苏俄；我张作霖被逼无奈，才认了个洋爸爸叫日本。我怕了日本还去怕苏俄不成？洋爸爸多了军阀才多，洋爸爸吵嘴我们就出拳头，你们懂不懂？"

老秘书问："就这么给郑代办发电？"

"放屁，骂娘的粗话怎么能上电报？"张作霖略一沉吟，"发一句话就够：'何得不问情由便擅发荒谬议论！'"

袁秘书长继续汇报："军法处长颜文海拒绝枪毙赤匪王德昌，把大帅的手谕退回来，要求当面陈情。"

"妈了巴子的，想造反不成？叫他滚过来！"张作霖转身咬着牙对常发说，"我放生一百个胡子也绝不轻饶一个红胡子！"

常发没作声，他知道张作霖跟共产党是势不两立。他已想好，他要劫狱救出李大钊。他相信，就算打死监狱长，以他和大帅的感情，大帅也绝不会要他偿命……

袁秘书长叫来的军法处长个子不高，身子骨稍显单薄，以"春捂秋冻"的穿衣习惯，他仍然没脱棉布袍。虽是低着头走进门，却不时掀一下眼帘，那眼里便漾出凌厉之色，可见是个有主意、有胆识之人。

他叫颜文海，字百川，习刑名法律之学，是一位有名的"绍兴师爷"。自当上军法处长，狠抓军纪，枪毙过几个营长、团长，被军中称为"弹簧刀"，看上去没刃，弹出来就杀人。

"你是大帅，我是大帅？"张作霖阴着脸问。

"处长是处长，大帅是大帅。"颜文海答。

"为啥不听我命令？"

"我在执行大帅的命令。"

"我的手谕是立即执行枪决！"

"大帅任命我当处长，是要我按军法办事，不准乱杀良民。"

"王德昌是红胡子！"

"我已查明，王德昌是西丰县著名的大财主。当地驻军的褚旅长向王德昌勒索未遂，就诬陷人家是红胡子。重刑之下，屈打成招。我已将王德昌带来，大帅可以亲自审核，这些材料都是从西丰县取来的证据。"

张作霖看过证据，亲自审过王德昌，点点头："百川，你行。"他扭头下令："常发，你去西丰，把这个褚旅长捉来！"

褚旅长被捉来的当天晚上就上了刑场,王德昌也被常发接到刑场去观看。

枪声刚响过,张作霖意味深长地问常发:"你看颜文海办案怎么样?"

"行!"常发肯定。

张作霖淡淡一声:"那好,李大钊的案子就交他办了。"

常发顿时愣在当场。

从刑场回来,常发匆匆找到黄显声和刘海波,气也来不及喘就喊:"糟了糟了,大帅把李大钊的案子交给'弹簧刀'审了。"

黄显声闻声变色,"麻烦了,看来大帅是必欲置李大钊于死地呢!"

常发小声喃喃:"我可能被大帅耍了。"

刘海波来东北军时间短,不明所以问:"什么'弹簧刀',怎么回事?"

黄显声解释:"这人是绍兴师爷,军法处长,叫颜文海。他不唯上,不怜下,只认军法。李大钊不是军人,为啥交军法处?军法是大帅定的,凡革命者都定为'红胡子',格杀勿论。颜文海不问法律制定的对错,只管依法办事,你想李大钊还活得了?"

常发说:"他刚才还毙了一个旅长。"

刘海波仍然怀疑:"张作霖真敢冒天下之大不韪?连英美都提出抗议,更不用说苏联了。"

常发摇头:"大帅说英美是蒋介石的洋爸爸,大帅只认日本人是洋爸爸。据我所知,蒋介石清党三天前就密电大帅尽快杀掉李大钊,肯定也是代表了英美的真实意图,何况法国和日本已经公开要求大帅杀掉李大钊。"

刘海波顿足,"南陈北李,救不出李大钊,将是中国革命的巨大损失啊!"

常发忽然换了轻松的声音:"其实这事也简单,劫狱不就全解决了?"

"啥？"黄显声和刘海波齐声问。

"以我的身份，随时可以去监狱转转，以我这身功夫，救出一个李大钊还不是小菜一碟？"常发信心满满，"你们不是天天嘀咕组织吗？我把李大钊交你们什么组织不就结了吗？"

"这办法行！"黄显声击掌，"我们可以商量个具体方案。"

刘海波狐疑，"常发，你为什么要救李大钊？你引火烧身了怎么办？"

"我佩服李大钊钢筋铁骨大丈夫，重刑之下不出声，出声讲的道理也能入人心，何况你们都是我处得好的弟兄，是你们先求我帮忙的呀。"常发拍拍胸脯，"把李大钊交给你们我就去见大帅自首，他最多给我三拳两脚，反正我也挨惯了。"

刘海波皱皱眉，"你也太儿戏了，这么大的事，关系多少同志的性命呢！"

"你懂个屁，"常发对刘海波这个"新兵"不像对黄显声那么尊重，"我放走十个李大钊，大帅也舍不得杀我。"

刘海波一个劲夹眼皮，"你看，我们要共同行动，你能不能考虑加入我们的组织？"

"是铁甲队还是共产党？"常发嬉皮笑脸说，"从小师父就教我，有本事的男人，骑马挎枪走天下，马背上有酒有女人。没本事的男人才要组织，没组织就没饭吃，就受欺侮。"常发拉长调说，"为人别当差，当差不自在。"

黄显声朝刘海波用力摆一下手，对常发道："照你说的，我们考虑一下，你也往细里想想，明天再碰头，怎么样？"

常发不耐烦道："出拳要随机应变，你们读书越多越婆婆妈妈，不是干事的人。要想你们去想，多想想我把人捞出来，你们是护送他出京还是藏到城里什么地方，二次被抓我可就没辙了。"

常发前脚走，刘海波转身就对黄显声说："不能靠他，完全是江湖上那一套，无组织无纪律，就像马达去一三二团，成事不足败事有余。"

237

黄显声认真盯着刘海波,"这么说,你是有组织有纪律的了?"

刘海波张张嘴,一时语塞。

刘海波是共产党最早派往东北军做兵运工作的党员,他知道黄显声是五四运动积极分子,虽然没参加共产党,但与几位参加党的同学始终保持着联系和友谊。刘海波投奔堂兄刘多荃,由刘多荃推荐给黄显声当秘书,都是经组织上安排的。刘海波开展秘密活动受到黄显声保护,却始终没有公开承认共产党员身份。特别是在各地军阀联合捕杀共产党员的严峻形势下,他更不宜暴露真实身份……

"开个玩笑啊。"黄显声转了口气,"我的意见,常发是可以借重的,否则很难成功。"

刘海波略一思索,说:"借重常发可以,但你不能参加武装营救,你的位置很重要,不能出任何事。大帅也许舍不得杀常发,对你可就不会那么客气。"

一周后,刘海波通知常发:"取消武装营救行动。"

"尿裤子了?"常发气急发狠,"我都踩过三次点了,妈了个巴子的!"

"是李大钊先生坚决不同意,他说:我个人为革命牺牲光荣而应当,但已经是党的损失,已经是我的罪过。我不能再要同志们做冒险事业,而耗费革命力量。"

常发拍案而起,"我不是你们那个党不党的,我也不是你们革命力量,你们那个鸟组织管不着我!"

刘海波想拉住常发,常发顺手一扯,他被摔个趔趄,站稳身时,常发早已抢出门去。

过去一周,常发三次去西交民巷京师看守所踩点,路数早已熟悉。唯一担心的是李大钊备受酷刑,行动艰难,如果再不肯配合,以一己之力很难将他背出监狱,更难摆脱追兵。原来刘海波说有十几名工人组织了劫狱队配合常发,现在去哪里找人?

想着心事,常发不知不觉又把车开进西交民巷。要不要去劝说李大钊?他们组织里的人都劝不动,李大钊又怎么能相信自己这个"反动派"?常发犹豫着放慢车速,正想驶离京师看守所,车前站出两个人。

是卫队长董海和他的马弁。

"回王府。"董海坐到副驾驶室,"大帅满世界找你,有急事。"

常发一脚油门,疾驰王府,匆匆赶到大帅面前立正。

张作霖并不看常发,吸着水烟袋,目光盯着桌上的卷宗,像自言自语,又像说给常发:"日本来了消息,政友会组阁,我那位卖木炭出身的老朋友田中义一大将出任首相。听说他要召集驻满蒙的特工、关东军长官,还有南满铁路总裁这些人开个东方会议,研究国民党北伐和东北之形势对策。"

张作霖讲到这里,举目望住常发,"对付日本人是头等大事,你马上赶回奉天,广泛收集这些人的态度,以便我对将来要召开的东方会议做出判断。"

"那我干脆还住菊文酒馆?"

"随你,我只要结果。"张作霖伸出食指,"川岛浪速和芳子都在天津,你今天赶到天津住,先与这两个人接触,他俩能代表最犯浑的意见,然后再回奉天。"

"是!"常发离开王府便奔天津而去。相比对付日本人,营救李大钊自然要排在返回之后再办。他压根没想到,离京两天后,颜文海就对李大钊等二十位革命者做出绞刑判决。

四月二十八日,李大钊三呼"共产党万岁",从容就义。

望着常发离去的背影,张作霖脱口说一句:"不能给他犯罪的机会。"

董海问:"他真会劫狱?这么容易就上共产党的当?"

张作霖说:"不是上当,是英雄惜英雄。"

"红胡子还算什么英雄?"

张作霖用二人转的调子唱一句:"不是英雄不杀头哇。"

第十六章

常发叔直到晚年，都后悔没能劫狱救出李大钊。

他说："那时的中国人，从皇帝、总统到将军、官吏到庶民百姓，没有一个不自卑；命运不在自己手中，生死荣辱只能由外国人说了算……只是见过李大钊，我才开始明白什么叫自尊，什么叫骨气！"

醉后将醒的睡梦，颠颠倒倒，杂乱纷纭。他觉得自己拜揖了从未相识却又心仪已久的叶挺，继而是威武不屈的李大钊，忽然又茫茫然闪出各色杂乱的形象，似乎是川岛、河本、石原、芳泽……却又叠印出他的大帅和张宗昌，腻腻不去，透不过气……

常发猛然睁开眼，仿佛神游天外的三魂七魄一下子全都回归，连浸透酒液的每一根汗毛都蓦然醒转，敏感地接收到右侧传来的极细微的鼻息。

糟糕，他从鼻息中听出闻出那不是樱子。

常发身体纹丝不动，只将眼球向右转动……是芳子。

他闭了眼,舌舔上腭,默默地做腹呼吸,先由上腹带动下腹,很快转为下腹带动上腹,接着便有了肠鸣,汗出,口渴难耐。

他早已练成的习惯不会改变。虽然床头柜上放着一大凉瓶水,却没去拿,轻轻坐起身,肃静警听,屏息凝视——

这不是他下榻的蔡家花园,显然是芳子的住所,因为借了卫生间百叶门透出的微光,他看清墙上那张落款"大正十三年十月六日"的照片,那是头梳日本式发髻,身穿裙摆带花和服的芳子。据说拍过这张照片之后,芳子便改成男式分头,让李香玉、樱子及常发叫她哥,不许再叫姐。直到去年,常发才听李香玉酒后讲,芳子被她养父川岛浪速玷污了。川岛浪速对哭泣的芳子说:"你父亲是个仁者,我是个勇者。如果将仁者和勇者的血结合在一起所生的孩子,必然是仁勇兼备者。"

自小叛逆的芳子对此的回答是拍一张"少女诀别照",剪一个男式分头,改名金壁辉。她没有为勇者养父生孩子,就在常发来到天津这一年,在旅顺与蒙古王族结婚。两年后,她丢下一句,"你不是个男人",便私奔了,当然这是后话。

常发终于确认这寓所里除了他和芳子,连只老鼠或猫都没有。现在是凌晨两点,他松弛一下神经,抓起那只三升的凉瓶,在长长一串匀速的"咕咚"声中,将一瓶水全喝光。

头脑立刻清醒,"断片"之前的情景便回想起来。

他本是想请芳子帮忙安排与川岛浪速一伙人聚会,芳子一口拒绝:"用不着见,你想干什么我知道。你想保张作霖,川岛想杀张作霖,我想复兴大清朝,事情就这么简单。"

"姐……"

"叫哥!"

"对不起,大帅不是不忠于朝廷,是看清了世界发展的潮流大势,他说他别无选择。"

"放屁。他说他在前清是个小小武官,没受多少皇恩浩荡。大和民族老百姓吃盐水泡饭,也要忠于天皇,坚持万世一系,不断血脉。张作霖为什么不能当中国的西乡、木户，尊王攘夷？他连康有为、梁启超都不如！"

"别说那些玩政治的话，我不懂。"

"如果你懂政治，像你这么乱掺和，我不杀你，日本人也会杀了你！"

"哥，可别，我可不是那么容易杀的，真动起手说不定我会误伤你，那就糟糕了，我会难过的。"

芳子认真看着常发问："你会难过？"

常发说："明着来，我肯定不会防卫过当，你要暗着来，我不知对手是你，那肯定会误伤你。咱们从小玩到大，这么多年能没感情？能不难过吗？"

芳子痴痴望着常发，常发忽然有些不自在了，轻轻一声："哥，你怎么了？"

芳子眼圈一红，突然在常发脸颊轻吻一下，"小弟，你有蒙古血统，我也有，你永远是我兄弟。你要高兴，以后还叫我姐吧。"

常发用手摸着脸，有点尴尬，"哥！"

"叫姐！"芳子恢复了三年前女性的娇赧，"只许你一个人叫我姐。走，姐知道你想干啥。"

芳子住日租界桃山街，她坐进常发的别克车驾驶位，"天津道路乱，把钥匙给我。"

常发辨路径识山水，过目不忘，蒙上眼转一天不会找不到北，但他还是把钥匙交给了芳子。毕竟不知去哪儿，而且天津道路实在复杂，几乎没有一条道或街能说清朝东还是朝南，都是横不平竖不直，各国租界沿海河自己干自己的，连到一起，一个路口可以有五六条路会聚，而且条条马路带拐弯，叫你永远说不清东南西北。

那时的天津是仅次于上海的现代化城市，满城都是花园式高级住宅。小洋楼和城区别墅星罗棋布，建筑风格属于各种不同的欧洲式样，只有在日租界才能看到东方式建筑。大街上车水马龙，你随便可以看到前清的王爷、公主,甚至是皇上,民国的前总统、前执政、前总理、前大臣更是一抓一大把。芳子驾车东临海河,朝秋山道(现锦州道)指点:"这边是法租界,那边是德国租界,再向北是美租界,日本租界最大,占地两千多亩,是德国的两倍。"说话间,芳子手打方向盘,七转八拐,一路介绍曾经显赫一时的人物住宅,驶入宫岛街(今鞍山道)。宫岛街住的名人也不少,特别是退位的宣统帝。芳子说:"如果你能为他做点事,我就带你去见,他是我叔。"

汽车终于停在四十九号门前,常发这时才发现,天津也有一家菊文酒馆。

常发跨出车门,一个报僮手扬报纸吆喝过来:"看报看报,消除赤党祸根,巨魁李大钊阴谋暴动,被处绞刑!"

常发手臂一挥,报纸已经抢到眼前,惊疑地睁大眼看。芳子给报僮付钱,凑到旁边也看。

"不行,我得马上回北京。大帅答应过我,至少不会杀……"

"做梦呢?看清楚,已经绞死了。"

"怎么会这样?怎么会这样……"常发喃喃着,突然仰天吼一嗓子,"妈了巴子!"

"骂人都是跟你大帅学的,还有啥可骂?他听不见。"芳子把常发拉入酒馆,叮嘱,"想听啥都可以,但不要闹事,行不行?"

常发只觉心烦意乱,郁闷压抑,他只是随意点了点头。

"你可答应了啊,你可是把承诺看得比命重!"

芳子带着常发往里走,散座、卡位、包房里不断有人向芳子打招呼。

正是午饭时间,酒馆坐满人,有官有商有浪人,但最多的还是军人。芳子带常发坐卡位,进包房,听到这些日本人议论的全是满洲、支那、北洋军、北伐军,好像都是在谈自己家的事,而且个个都像户主家长一样议论叫谁活、叫谁死、打哪个、留哪个,一句话:中国的命运,完全是由这些日本人在酒桌上说了算。

常发几乎要爆炸，被芳子一把扯起，进了一间小包房，大声道："你对姐是有承诺的！"

常发颓然坐倒在榻榻米上。

"张作霖、蒋介石，他们打架为啥都要追着日本人联络感情？"芳子给常发斟酒，"他们都想武力统一中国，都想当皇帝，只不过改个名词叫总统。"

常发闷头喝酒不作声。

"在中国谁的势力最大？日本。它不但有旅大关东州这样的占领地，还有许许多多你今天转过这样的租借地，还有满铁沿线那样的附属地，还有庞大的军队、警察及无处不在的特权。英、美、法、德能比吗？"芳子说到这里，自己也端杯喝一大口酒，叹口气，"唉，父亲把我从小送去日本，就是想让我依靠他们复兴自己的大清朝。你说你的大帅翅膀没硬，只好认洋爸爸。谁翅膀硬了不想当爹当爷呀？韬光养晦你懂吗？……哎，你，你放下，你疯了！"

芳子去夺酒瓶，常发硬是将一瓶酒喝干。芳子惊异地发现，常发那双冒火的眼睛转瞬间迸出泪珠，"当奴才还能把翅膀当硬了？卖国还能卖出个皇帝来？"

芳子被噎住，看着常发又开一瓶酒，硬没说出话。

"行了，你喝慢点，姐陪你。"芳子终于打破沉闷，将酒杯在常发杯子上一碰，"别抓瓶子，怪吓人的，倒杯里喝……这日本人也王八蛋，偏要扶着张作霖当皇上，要是扶助我叔恢复帝位，中国早就天下太平了，哪有这么多烦心事？"

常发一口酒一句话，自饮自语："我有两个兄弟，北大清华出来的，人中之龙，李大钊是他们的先生。他说中华民族到了最危险的时候……他说宁死不降……"

常发从来不曾这么快醉倒，他只依稀听到芳子抱怨："李大钊反大清朝……"

他觉得自己变成一朵云，随声远去。

常发冲过澡，从卫生间出来，芳子已经斜倚在床上吸烟。

"你知道你昨天出什么洋相吗？别说日本人杀你，没姐罩着，三岁小孩也能杀掉你。"

"我不是被酒打倒，我是被那张报纸打倒了。"

"还爱你的张大帅吗？"

常发用毛巾擦着湿漉漉的头发避开不答。

"你的大帅也许有些爱国，但他更爱老张家，懂吗？你说你一个小小的带枪卫士，你能想清国家那么大的事吗？自找烦恼。"

"能不想吗？你看看那些日本人在说什么，再怎么说，不想还是中国人吗？"

"你想死了又有什么用？我叔爷爷光绪帝不爱国吗？没跟日本人甲午海战吗？没跟八国联军打吗？结果把自己打出了北京城。"芳子摁熄烟头坐直身，"我走出王府才懂得民间，每个家庭都有男人和女人。没出息的男人出门就受气，回家就打老婆孩子撒气；有出息的男人出门就神气，回家就低眉顺眼受老婆孩子的气。国家难道不是这个理吗？从袁世凯到张作霖、蒋介石，咱不摊上这号男人了吗？窝里狠，出门熊；百万大军杀来杀去不敢对付几个日本兵，我要复兴大清朝能靠这种男人吗？"

"那你就去傍日本人？"

"你说有谁不去傍？"

"共产党！从我听说有他们，这伙人就一直喊打倒列强，废除一切不平等条约，从不搞交易，从不妥协。"

"可他们还要打倒封建，打倒大清朝。"

"看来你也是更爱龙椅，更爱你的爱新觉罗家族。"常发用力扔下毛巾去抓衣服。

"你干啥？谁叫你走了？大半夜的，过来陪我一会儿。"

"没心情，没气氛了！"

"没气氛你下面翘那么高？"

"我就下面这三寸器不争气,可我脑袋瓜要争气……哎哎,你干啥?你……"

争吵声戛然而止。

太阳升起来,将窗格映在窗帘上;太阳过午了,将树影投在窗帘上。

"我叫你争气!"芳子终于疲惫地歪倒一旁,"看看,我只要不穿衣服,它就又起来了,起来了……"

"滚!"常发起身穿衣,"我犯的错误,所有男人都会犯,我干的事可不是一般男人能干出来的。"

"你想干啥?"

常发穿好衣服,用手作枪,瞄准芳子,嘴巴一张:"砰!"

"你给我回来!"芳子的喊声中,常发用力关上门,走廊立刻响起震动屋宇的军靴声。

从屯垦三团出来,常发两腿在马背上一夹,白龙马立刻撒开四蹄。

背后传来关团长的喊声:"骑马挎枪走天下——"

常发兴奋地呼喝啸叫:"马背上有酒有女人!"

樱子拼命抱紧常发后腰,脸埋在他背后,耳畔风声呼呼。她听到心跳如鼓,蹄声如雷,顺草地滚过,冲入峡谷中。她战战兢兢掀起眼帘:兀立的岩石、高耸的林木,倾倒一般压迫过来。她立刻闭紧眼,一声接一声尖叫:"啊,啊,我肠子颠出来了!救命啊——"

常发终于收缰,白龙马有些不甘心地撒着欢儿,常发已经吼起师父教的歌:

　　咱有一囊酒,你说要走咱就走;
　　咱有三寸器,你说咋地就咋地。
　　裆里不少一颗卵,拔枪只论兄与弟;
　　官军衙门算个屁,绺子做大是皇帝!

"常发哥，是去看师父吗？"樱子仰起脸问。

常发扭回头坏笑道："不吃醋了？师父当年安排我和乌兰圆房，我还不认识你呢！"

"谁吃醋了，我早认她是姐姐了，我俩一起伺候你。"

"享不上福哟，咱们要赶回奉天去。"常发从屁股后摘下酒囊，对嘴痛饮一口。

"你不是跟关团长说，大帅一天不反日，你就一天不见大帅吗？"

"谁告诉你回奉天是见大帅？我是想见见你的蔡哥哥。"

"哈，你也吃我表哥的醋了？"

"你看我像吃醋的人吗？一到奉天我就把你送给他。"

"啊，你这没良心的，你敢送，我就敢上吊。"

"人命再大也简单，人性再小也复杂。你像我们草原人，重性不重命，好样的。"常发迎风抽动鼻孔，"有水汽，要下雨，坐好了！"

常发抖缰夹腿，白龙马箭一般射出去。峡谷里呼儿哈衣地响着野性呼喊："开别克他就不自在，骑白马咱就不当差，抢官夺印的是奴才……"

一个月前，常发从天津返回奉天，把别克车交回大帅府，骑白龙马带着樱子去找师父韩老吊。没救出李大钊，他和大帅赌气，想重回江湖，顺便为共产党办点事，以减轻心中的负疚感。

他去找师父韩老吊是受包满达的启发，他问包满达："当初刘秘书叫你到一三二团干啥去了？"

"办中国的事啊，他说中国的将来希望就看我了。"

"什么？"常发叫起来，"你以为你是谁呀？还看你了！"

"当然要看我。国家兴亡，匹夫有责。刘秘书说，如果人人都说中国将来的希望就看我了，人人都说中国的事就是我的事，那中国就有办法了。"

"嗯，人人都这样说……"常发捏着下巴品味琢磨。

"是呀，所以我就去联络人，一个变俩，两个变四个，要不了多久大家就都这样想这样行动起来了。"包满达口气一转，"对了，常发哥，我只能联络士兵，你可不一样啊，团长、旅长、师长，都跟你称兄道弟，你联系一个团长就是上千号人，联系一个师长可就上万人。刘秘书说中日迟早有一仗，亡不亡国就看我了！"

"好主意，"常发当胸一拳，差点把包满达打个跟头，"好办法！"

常发第二天便出发了。他知道，关东军没完没了派旅行团，说是游山玩水，越是战略要地、军事重地越要去，看地形，查民俗，画地图，不是准备打仗还会是什么？大帅不敢动手，何不找师父传檄天下绺子、胡子，查获日本人格杀勿论。这是社会治安问题，怪不到大帅头上，看他关东军还敢不敢再派旅行团？

跟师父相聚半个月，常发开始联络奉军官佐。不到一个月，关东军和日本陆军参谋本部都发现有"情况"：派出去的"旅行团"和侦察员，不是遇上绺子、胡子，就是被散兵游勇给"图财害命"了。就比如九一八事变前的"中村事件"，派去北满、洮南等地画地图的侦察员中村一行四人，就是被屯垦三团的关团长给"图财害命"了。

在关团长的团部，常发接到黄显声电话：樱子的表哥蔡智勇到了奉天！

放下电话常发就往奉天赶。

关团长要用车送，常发拒绝道："这段路，坐车真赶不上马快！"

蔡智勇，台湾籍，樱子的表哥，由常发推荐给张学良。第一次见面，蔡智勇坦诚道："由于台湾已被日本占据，我已成为日本臣民。但我不会忘记祖宗，不忘我是华人。我是一个九分爱祖国，却也留一分爱给日本的中国人。"

"谢谢先生的坦诚和态度，这九分和一分讲得好，"张学良转问常发，"你知道为啥讲得好？"

常发摇头。

"越讲十分的人越浮躁不安，越能留有余地的人越沉静，越有故事。

我相信他是不说硬话，但也不会做软事。"

张学良当即决定，支持蔡智勇在东京开办一家蔡丰源株式会社，提供经费，广交朋友，比如闲院宫载仁亲王，内政大臣牧野伯爵，政界首领近卫、犬养、田中以及内阁要员金森、床次、永井、中野正刚等等。

日本政党首领都比较穷，对外应酬又不能不讲排场，开销很大。更有一条：这些政界人物一代传一代，都有三种嗜好，即吸鸦片、喝五加皮、睡女人，这三样都是费大钱的。这就给了蔡智勇机会："咱啥都缺，就不缺钱。"

如今正是田中首相召开"东方会议"前夕，蔡智勇突然赶来奉天，自然是有极重要的情报。

换五次马，跑三百里路，常发一早赶到奉天城。

樱子一见表哥就喊："昨天下午淋雨，再赶一整夜没月亮的路，你干啥不先打个招呼？"

蔡智勇中等个，方脑鼓额，剑眉上扬，双目清澈，说话声音不高，稳稳当当："大帅都找不到你们，我去哪儿跟你们打招呼？"

樱子说："幸亏常发哥的马快，半小时就跑出那片下雨的云了。"

蔡智勇拉住常发的手，"少帅今天上午赶回奉天，我先给你讲个故事，这故事不好让少帅听。"

"啥故事能不好让少帅听？樱子能听吗？"

"她听不要紧，"蔡智勇先问，"你知道建川美次这个人吗？"

"知道，是日本武官。"

"这个像土行孙的矮子约少帅去打猎，不去云蒙山打，硬拉着少帅跑三贝子的花园[1]里去打，你说他孙子不孙子？他进了花园还真敢开枪，把人家养在笼子里的一只东北虎打死了，并且当场拔刀把老虎开膛破腹挖出虎心作为礼品赠送少帅。少帅因为受惊过度，脸色发白，没敢接，是董海接过去的。建川又下手掏出虎肝，切一片自己先尝尝，又切一片

---

[1] 三贝子的花园，即现在的北京动物园。

递少帅，说你也尝尝，比生鱼片好吃，少帅被这场面吓晕过去了。"

"真的假的？"常发皱起眉头，"我听包神仙和杨先生讲，日本没有煤，所以茹毛饮血，吃惯生肉了。"

"不管真假，建川美次在'东方会议'前大讲这个故事，就是要证明自己的观点：大帅自小三刀六洞，从绿林里滚打出来，血性还是十足的，不可能当木偶，只能是块挡道的石头；张学良是公子哥，又受西方平等、自由、博爱的影响，见不得血腥，强迫他黄袍加身，准是个好木偶。"

"不可能吧？大帅在，少帅怎么可能黄袍加身？"樱子插话。

"还不明白？意思就是要除掉大帅。"常发毕竟在帅府里待久了，不搞政治也比平民多懂几分。

"故事到此，你抓紧时间回去收拾一下，中午和少帅一起吃饭，我请了床次，喝酒全靠你，我准备给他好好显摆显摆，叫他竹筒倒豆子，把知道的全说出来。"

"显摆"是张扬的意思，用在请客上，是有特定内容的，是指日本的人体盛。比如东北军军纪恶劣，有句行话："妈拉个巴子是个碟吃饺子。"常发不知啥意思，进关几次才明白，是说见到女人，不论老少都要奸淫。正如关内军阀部队流行的话："当兵三年，老母猪也变成金皇后。"

常发回到家才知道，包神仙六月初就在包满达陪伴下去了北京。张作霖利用北伐军与北洋军对峙之机，在孙传芳、张宗昌等十几名北洋军阀拥戴下，仿孙中山例，就任中华民国陆海军大元帅，这正应了包瞎子去年冬天的预测，所以张作霖更视其为神仙。本决定六月十七日就职，包瞎子说日象不利，张作霖不管中外贵宾政要如何看，也不顾北京市民和警察局有何困难，断然将日期推到十八号。

就职后，发通电，任命国务总理，并组建起北京政府的第三十二届内阁，他的权力比北洋军政府历届总统都大。

尴尬的是，张作霖邀请各国使节茶会，所有外国使节商量好一样，都没对张作霖的任职祝贺。就是说，中国现存的南京（蒋介石）、武汉（汪精卫）、北京（张作霖）三个政府中，列强还没看好哪个能成其代理人。

对张作霖而言，至关重要是日本人的态度，所以，北京忙翻天，张学良仍决定连夜乘车赶回奉天，陪床次吃顿饭，再返北京。

第十七章

中午,蔡智勇在奉天小西关外的王公馆做东。

太阳虽然垂直照着,奉天初夏的风却是凉爽,这个季节的人们只会说舒暖,不会说闷热,特别是进到房间,永远无需电风扇。

公馆主人是东北外交委员会委员王树人,主持对日外交。蔡智勇到奉天必是下榻这里,是公馆的半个主人,与所有下人都是主仆相处。

常发驰马赶到王公馆时,没见到张学良,站在蔡智勇身边的是张廷枢。

"师父!"常发飞身下马,紧赶两步,行个单腿下跪的大礼,"您来了,少帅呢?"

"都到火车站了,廊坊驻军闹事,只好让我和树人先过来,他陪大帅去廊坊了。"张廷枢遗憾地摇摇头,"肯定来不了奉天啦。"

原来,张作霖的军事部组织机构非常庞大,兵员广杂,能打仗的不多,混饭吃的不少,军费难以为继,只好叫部队就地取给。老百姓骂他们"官胡子",部队却是久不发饷,所以民怨沸腾,兵怨也沸腾。

张作霖任陆海军大元帅，"普天同庆"，军内会餐打牙祭，每个连队发一头猪。会餐时，骑兵连发现只有猪肉猪下水，没有猪心猪肝。于是骂骂咧咧发牢骚，不承想，相邻几个连队都是这种情况，郁积已久的怨愤便爆炸了，士兵们举枪哗变，要上北京找大帅讨说法。

张作霖命张学良率一营卫队抓了团长和几个连长，并电令新民驻军抄团长的家。张学良本想集合全团将团长和几个连长就地正法，团长跪下说："卑职慕村治军无方，愿受军法，请少帅处决卑职，以谢全团官兵。但几位连长跟随卑职南征北战，多立战功，还望少帅念他们半年无饷可发，饶过一命，给一个将功补过的机会。"

"团长！"几个连长一齐跪倒，"少帅，杀我们，团长无过呀，他也三个月没拿到饷钱，慕嫂为孩子的学费还来团里哭过。猪心猪肝是上了我们连排干部聚餐的桌子，团长一口也没吃，要杀杀我们！"

张学良眼圈一红，扶起大家，向卫队营长交代："暂时关押，等候处理。"

张学良往北京打电话，袁秘书长报告说，大帅接了新民抄家的报告，丢下电话就奔廊坊，估计快到了。

傍晚，张作霖赶到廊坊，立刻提审团长慕村："妈了个巴子，我在北京就职大元帅，你的兵在这边哗变，这比大风吹折帅旗都背兴，你知罪吗？"

"卑职该死，卑职愿死。请大帅在全团官兵面前枪毙我。"

张作霖面带怜悯之情上下打量着这位团长，"唉，从新民那边抄家情况看，你原来也是老公骑骗马——有屌无蛋啊！三间房一口锅，足够清廉。回家去吧，我已命人送去两千大洋，好生休息，把媳妇的病治好，回来还得好好干一场哪！"

"大帅！"慕村扑通跪倒，号啕大哭，"我坏了您的好事，冲撞了您的鸿运，您还这样待我，慕村唯有上战场以死相报啊！"

一个月后，慕村当了旅长。

"好了，集合全团，我要训话！"张作霖吩咐张学良，然后转向卫队营长,"把那几个连长押上会场。"

张作霖缓步登上点将台,下意识地梳理一下唇上的"弯刀胡",突然放开嗓门:"我叫张作霖,我就是你们有人见过有人还没见过的大帅!我今天不缴你们的枪,我讲的话你们如果不服,不从,枪法准的就朝这儿打!"张作霖指眉心。

"枪法不准的就朝这儿打!"张作霖指胸口。

"你们有种就把我打成筛子,打成麻子,就像石榴皮翻过来,我张作霖皱一下眉头就不是人养的!"

有人刚笑出声,立刻又憋回去。

一片沉寂中,有人把枪顺倒在脚边。仿佛听到什么咒语,转瞬之间,所有士兵都把枪顺倒在地。

"把那几个吃猪心的连长给我押上来!"张作霖一声吼,七八个面色如土的连长被押上点将台。

"弟兄们,一个连队有几个连长?"张作霖大声喝问。

"一个!"声如雷鸣。

"一头猪有几颗心?"

"一颗!"

"妈了巴子的,那你们还闹屁闹蛋?有本事上战场去拼呀,立了功你就当连长,你就吃心吃肝。下面弟兄不服气,造反要杀你,我张作霖要不保你,我就不是人操出来的!要恨恨我张作霖,要杀杀我张作霖!"

七八个连长应声跪倒,号啕大哭。台下士兵有人鼓掌,有人议论,却没一个人去拿枪。

"今天我带了一百颗猪心、一百副猪肝,代表这七八个连长向你们一千多号兄弟赔罪了!"张作霖行九十度鞠躬大礼,久久不肯直腰,"弟兄们给句话,饶他们不饶?"

"饶了!"台下喊声不断,此起彼伏。

"谢弟兄们了,你们知道我怎么搞来这么多猪心猪肝吗?不是张作霖有东西不拿出来分给弟兄们,是我办公的中南海里有很多鱼,都是前清皇家放养的,除了冯国璋那个王八犊子卖过一次钱,再没人打捞过。我就见过一条三尺长的红鲤,身上系着金链,挂着金牌。我叫几百名士兵满城吆喝,送一颗猪心或一副猪肝,就可以到中南海钓一条鱼,那可是皇家的锦鲤啊,挂着金牌金链子的,谁不图个吉利?半个时辰我就凑足了数!"

欢呼声掌声响成一片。

张作霖举一只手:"弟兄们,我知道你们的委屈。吃粮当兵,可你们近半年没拿到饷银了。怪谁呢?蒋介石、冯玉祥、阎锡山这些王八犊子。战祸连绵,民不聊生,谁不难啊?我已经跟新总理潘馨航交代,再难不能难士兵,不要事事都靠我,有钱要大家匀着花一花,七天之内把欠饷给我补上!"

欢呼之声不绝于耳。

"昨个晚上你们大家可能都睡了,我张作霖没睡,我拿着整股香,跪在中南海四照堂院祷告。我说老天爷啊,助我张作霖一臂之力吧,赶快消灭那些坏蛋,让我早早地统一中国,让百姓过上太平日子。不然的话,就凭我这臭色[1],在中南海待着算干什么的?大家记着,我统一中国后,保证让百姓们每天有高粱米粥喝,咱玉米面贴饼子就咸菜疙瘩每天有一饱,年三十吃上一顿荤馅饺子,要过上这日子咱还打仗吗?"

"不打了!"

张作霖大声问:"抱老婆总比抱枪受用啊,对不对?"

"对!""我们做梦都在想媳妇……"

喊声欢呼声,士兵们像见到大救星一般癫狂起来……

张廷枢并没见到这番场景,相反,他在奉天正为他的大帅所处险境揪心。

---

[1] 臭色(shǎi),东北方言,臭德性。

床次竹二郎坐着敞篷吉普车旋风一般卷入王公馆，文人无行，沿途大呼小叫，比浪人还浪。

定睛看时，驾车的竟是张学成。

"蔡先生啊蔡先生，东京咱们天天见，能在奉天见到你我惊喜得简直要晕过去。"床次不等车停稳便往车下跳，差点跌一跤，抱住蔡智勇狠劲亲一口，"吆西！"

张学成笑道："比见娘见老婆都亲！"

床次本会说一口流利的北京话，这时故意学那些讲不好汉语的日本人："蔡先生的有，女人就大大的有；我的女人麻烦大大的，蔡先生的女人统统的漂亮，统统的不麻烦！"

常发很有礼貌地问候："师父怎么过来了？"

"啊，我和床次是老朋友，我去日本，他来中国，都要打招呼聚聚。"张学成拍拍常发肩膀，鼻子里哼一声，"嗯，不愧是我徒弟。我躲开我三叔，听说你也躲开了？找你都把电话打我那儿去了。"

"他跟你可不一样，"张廷枢道，"他是恼怒大帅杀了李大钊。"

"李大钊，"床次一下子睁大眼，"反对大日本帝国的李大钊？"

常发立刻虎起脸，"床次，面子是人给的，事儿要自己做。你跟别人无礼可以，你敢在我面前说李大钊一个不字，小爷今天就敢跟你彻底翻脸！"

"不敢，不敢，"床次赔笑，转向其他几个人，"魏徵跟我说，他见了皇上敢争敢骂，见了常发就啥也不敢。我问为什么，他说皇上可以讲明道理，常发动手不动嘴，舍得一身剐，敢把皇帝拉下马。"

众人哄笑，常发也跟着笑，他没听懂，但本能让他感觉这话没什么恶意。

"师父，魏徵是谁？"在客厅里坐下喝茶，常发悄悄问张廷枢。

张廷枢给一个发狠的眼色，"今天要办大事，只许捧场，不许破坏气氛，不然就滚！"

"是。"常发像挨了一锥子的皮球，顿时蔫了。

床次歪坐在沙发里，对王树人、张廷枢道："回去劝劝你们大帅，看清形势。我们民政党的若槻内阁只是以经济形式与满蒙合作，共存共荣。我们提出的铁路、矿山、移民、港口等要求都是建设性的，你们不合作。我们下台，政友会的总裁田中组阁，与军人打交道就很可能酿成武力解决，那就不是要钱而是要命了。"

张廷枢与王树人等早就定好"只听不驳"的原则，以"知情"为目的，所以纷纷点头称是。蔡智勇及时起身道："先不忙领教，咱们先吃饭，喝点五加皮再慢慢受教不迟。"

大家都说好，起身互相谦让着走入餐厅。餐厅长形餐桌上仰面躺着一名妙龄女郎，全身赤裸，两个乳房各扣了一只精美的瓷碗，碗底正中摆一颗红樱桃。下体的隐私处，遮盖着一只小巧的碟子，上面摆放着生鱼片。

床次习惯性地搓着双手，狼一样围着裸女转三圈，惊叹着赞不绝口。蔡智勇将一顶小红帽戴在女人头上，调侃道："《大灰狼与小红帽》正式上演。床次，请先吃樱桃再揭碗斟酒，这樱桃可是刚从院子里摘回来的。"

"恭敬不如从命，恭敬不如从命。"床次捏起樱桃放入嘴中，将碗揭起，顺势含住那颗娇嫩的乳头，久久才松口，那颗樱桃核儿居然留在了乳头上。

斟酒的侍女也是裸身，将温热的五加皮酒斟满瓷碗，床次左手端碗慢饮，右手在裸女身体上下轻抚，终于过足瘾一般长舒口气，不慌不忙将另一颗樱桃放入口中，重复刚才的动作，再饮一碗五加皮。

"赶紧吃点东西，"蔡智勇指点小碟，"这可是蓝鳍金枪鱼的拖罗[1]。"

床次将芥末酱油调好，认真享受那几片"拖罗"，故意让芥末的辣味从鼻子里通过，呛出一层细汗两滴泪，吸过鸦片一样精神焕发，用绿茶漱口，便用力搓着双手望住蔡智勇，等待口令完成仪式的最后一步。

---

[1] 拖罗，鱼的肚腩部位。

"大灰狼与小红帽的故事,用最近流行的一本书为结束。床次先生推荐我看《西太后》,其中慈禧与荣禄在颐和园有段秘密召见,就用他俩的对话做结束。"蔡智勇坐好,劈开两腿,拿腔拿调,"荣禄,知道我为什么在这里召见你吗?"

床次做诚惶诚恐之态,俯身道:"臣,臣不知。"

"抬起头来。"

"臣,臣不敢。"

"抬起头来!"

床次哆嗦着将那小碟揭开,认真看一眼,做晕状,慌忙闭眼俯身。

"看到什么了?"

"玉、玉兰花含、含苞待放。"

"为何不采?"

"臣臣臣,臣死罪,臣不敢……不敢。"

"准了!"

"谢,谢老佛爷,臣,臣领旨!"

床次爬前,朝裸女吻去……

"有完没完了,吓成那样还能交皇粮?"蔡智勇调侃道,"先起来喝酒,酒壮熊人胆。小龙女,你陪好床次先生,叫他帮你囚禁光绪,杀掉那些变法搞乱祖宗规矩的人!"

"是!"小龙女被吻得奇痒难耐,按规矩又不能叫,正好借机团身滚下矮桌,一下子黏住床次,便坐倒在矮桌旁。

大家依次坐好,第二位浑身散发出芝麻香的裸女已在桌上躺好,从菊文酒馆请来的厨师便登堂在众人面前亮出手艺,烤龙虾。

"乐不思蜀啊。"床次夹一片象拔蚌刺身,蘸了料,边嚼边摇头感慨,"在日本哪能享受到这样的'人体盛'?东北啊东北,我可爱的家乡……"

常发霍地起身,被张廷枢厉色一瞪,忙赔出笑脸,"憋不住,我去趟厕所。"

他匆匆往出走,身后响起床次放浪的大笑,"如此美色,柳下惠也憋不住呀,别浪费到茅厕里去呀。回来,回来……"

走进厕所,常发一拳打在墙上,居然将一方瓷砖打碎了!

凉水洗脸,终于平静下来。再回到餐厅,床次像老师给学生讲课一样,正滔滔不绝:

"日本向西方学习政党政治,经历了两次护宪运动,画虎不像也有猫样了。议会里主要是两大政党:政友会和民政党。军界主要分皇道派和统制派。皇道派主张天皇亲政,认为只要有皇军精神,拿竹竿也能打败支那人。统制派主张军国化,举国建立'总体战'体制。要求推翻长州藩,使军部'平民化''精英化'。东条英机、冈村宁次、矾谷廉介、板垣征四郎、石原莞尔都在其中。他们的共性就是以下犯上,对蛮干没有免疫力。议会两大党都怕军人的飞扬跋扈。我的恩师犬养老当初全力资助孙中山革命,是养着国民党以备今日之用,他想改善日中关系,前提是保证日本在满蒙的特殊利益,防备苏俄。芳泽公使是犬养老女婿,他几次三番追着你们大帅签约履约,就是为了不给军人犯上作乱的借口,要是让这些喜欢冒险犯浑的军人找到借口,我们的议会政治自然要完蛋,你们大帅可就要流血死人了……"

"哎哟!"小龙女一声尖叫,用手去护下体。床次抢先弓腰把头伸到她裆里去,"我把你当成张大帅了,让我看看,看看流血没流血……"

我的常发叔晚年变得平淡和顺,极具包容性。就事论事,很少夸人或骂人。但是说到床次,他仍免不了摇头,"那才是个十足的下三滥呢。"

他说:"现在公安扫荡黄、赌、毒。我们那个时代,'吃喝嫖赌不抽,坑蒙拐骗不偷'就算好人。床次不然,他是吃喝嫖赌毒、坑蒙拐骗偷,号称'十全老人'。在奉天吃人体盛,他临走还偷了一碗一碟两个餐具,那是宫里流出来的御品,明黄色带'万寿无疆'四个字。也幸亏日本有这样的内阁大臣,真帮了我们不少忙。"

我不解,"床次帮你忙?"

常发叔吸燃他的烟锅,烟气随着他平和的声音,从齿缝和口唇间一缕一朵地冒出来,"床次上车时,蔡智勇将一盒餐具送车上,说:'拿着,这是乾隆用过的。'床次有些汗颜,手足失措地说:'我,我酒没醒,好像兜里……哎,对了,请你转告大帅,扯破龙袍是死,打死太子也是死。该硬他也得硬一硬,太软了,助长那些喜欢冒险犯浑的法西斯军人的气焰。叫少壮军人吃点苦头,我们就有办法压制他们,继续我们的政党政治、议会政治……'"

"我看准这个床次还有大用场。"蔡智勇望着绝尘而去的汽车,对张廷枢和常发道,"他私下跟我讲,日本开了个'东方会议',算计着要干掉张大帅……"

"啊?"常发一激灵,"那,那我得赶回北京去!"

第二天一早,院门咣当一响,被人拍开了。木门闩只有四指宽二指厚,是锁君子不锁小人的那一种。

昂然直入的是韩老吊,他安装了假肢,是奉天青年总干事长普赖德帮忙从美国定制来的,他适应之后又做点加工,抬腿便能从假肢里射出弩箭。紧随其后是张廷枢,跟着鱼贯而入的是韩老吊的十名徒弟。

常发已随着拍门之声跳出屋门,跪地就拜,"师父,事先也不通知徒儿一声?"

"这个钟点还没出来练功?"韩老吊低沉着声音反问。

"徒儿哪敢荒了功夫,是练功回来正在洗脸,请师父进屋坐。"

"事情来得及,你现在就跟我去车站,大帅有危险,上车我再给你讲。"

韩老吊一行人乘坐的是张作霖的专列,火车驶过皇姑屯,他才慢条斯理介绍:据南方线人提供的情报,蒋介石决定再次北伐,向张作霖大举用兵。战前,蒋介石的两名心腹爱徒,黄埔一期的贺衷寒和黄埔三期的康泽由苏联留学归来。这两人均认为马克思主义不适合中国,但主张蒋介石学习苏联的"格柏乌"(政治保卫局),也搞个特务组织,只对蒋介石负责,对内实行监视控制,对外进行情报暗杀。贺衷寒建议叫力行社,康泽建议叫复兴社。蒋介石最后采纳了"力行社",而将复兴社作为其中层组织;其基层行动组织,模仿意大利黑衫军,均穿蓝衣黄裤,故称蓝衣社。在北伐之际,先组织一支别动队,由康泽率领,北上收集情报,执行收买和暗杀东北军将领之任务,暗杀名单上第一位便是张作霖。

韩老吊到北京,先将十名徒弟安置到位于西单的奉天会馆。这里是张作霖在北京购买的第一套宅院,后来他的大帅府搬到顺承王府,这处宅子便捐给了奉天会馆,再后来被改建成哈尔飞大戏院,梅兰芳、马连良都在此登过台。

韩老吊带张廷枢和常发先到顺承王府见张学良,然后由张学良引入中南海,张作霖已经在丰泽园门口迎候。

常发还记得当年他用小车推师父韩老吊进帅府的情景,那种热烈、激颤的气氛仿佛还萦绕于脑际,现在情况却早已不同。张作霖握握韩老吊的手,没用大力,也没摇动,两人便攀肩贴耳地轻声问候交谈起来,接着又缓步走向客厅。

常发忽然一阵心酸欲泪:张作霖没有搭理他,目光从他脸上扫过时,仿佛是扫过一片旷野,如若无人。

"你以为你是谁?"常发在心中问自己,他原以为对他的回归,大帅会欣喜激动,或者是拳打脚踢地臭骂:"妈了巴子的,小兔崽子你还回来呀!"

错了,在日理万机的北洋政府首脑张大帅眼中,常发不过是个"无所谓"。

客厅门口,韩老吊猛然止步,他发现厅里起立的全是小朝廷里的大官员——从总理到各省督军。

"大帅,我是江湖中人,不问朝政的……"

"今天你还非问不可,兄弟有事请大哥相助。"张作霖扯了韩老吊,一步跨入客厅。

常发从来不曾这么尴尬,以往他会紧随大帅昂然直入,神气活现地站立于大帅身后警视全场,今天却僵在一边,不知腿脚该朝哪儿迈。

"走啊。"张廷枢轻轻一推,常发终于迈出步子,随张廷枢走进会场。张廷枢挨韩老吊坐下,示意常发站于他和韩老吊身后。

"师父,我,我还是出去吧?"常发不自在地贴耳求张廷枢。

"就那么站着听。"张廷枢不容常发置辩。

张作霖没入座,站在客厅中央,两手朝下压一压,"坐,大家都坐,坐下听我讲几句。"

常发始终没敢正视张作霖,现在位置是在斜侧面,正好仔细打量这位变陌生的大帅。

张作霖明显瘦了一圈,身高也似乎不堪压力地抽缩一截。脸孔一层灰气,那是紧张、忧虑、吸食过量烟土的结果;眼窝塌陷,隐隐透着黑影,是整夜失眠的表象;两道撇下来的眉毛和刷子般粗黑的胡子中居然有几根赫然变成了白色。

"咱们吃麦子的跟那些吃稻子的只能兵戎相见了。"张作霖用沙沙的嗓音,自言自语似的口气开场道,"妈了巴子,日本人不够朋友,蒋介石的洋爸爸英国、美国是憋足了劲支持他向北用兵。狗日的日本人不帮我们对付那些南蛮子,反而趁机跟我掐着脖子要好处。芳泽、吉田茂、山本条太郎,轮流着来找我逼宫。我好歹也是坐镇中南海的大元帅,占有中国的半壁江山。蒋介石可以卖逼给欧美,我张作霖决不会干这种有辱祖宗的事!"

孙传芳粗声粗气插一句:"欧美只要我们劈腿开放门户,日本人是要我们的领土和主权!"

张景惠底气不足,嗫嚅道:"田中首相与大帅咋说也是几十年交情,这次居然送《觉书》当礼品,要求解决满蒙悬案,觉书不就是通牒吗?"

张廷枢不遮不盖道:"蒋介石想要大帅的命,日本人也想要大帅的命,这次日本政府召开'东方会议',居然争论要不要大帅多活几天,妈了巴子,也太狂了吧?"

张作霖塌陷的两眼忽然暴出血性的精光，咬着牙道："'东方会议'上那些日本屁话我早知道了。他妈了巴子的，什么多活几天早死几天的，我这个臭皮囊早就不打算要了！大清朝那娘们儿底下少了三寸器，四亿五千万人赔了人家四亿五千万两银子。这是洋鬼子故意羞辱咱中国人！我是东北人，问问他日本鬼子从我老张手里拿到了什么？我姓张的没多大能耐，但是坐了半壁江山，还敢自信能替国家守住这点土地；我姓张的三刀六洞走过来，见了阎王也敢吼一声爷不怕死。可我真怕后代骂我卖国贼，我就是死三遍也决不会干一件让子孙后代抬不起头的事！"

"大帅，其实呢，也不是不能灵活，啊，圆滑一下。"张景惠吞吞吐吐，唧唧哝哝道，"仿郭松龄倒奉之例。日本人说他们也吃稻子也吃麦子，将以绝大之助力，啊，助我们消灭南军，至少也可划江而治……"

"你住口！"张作霖跺脚一声吼，"郭松龄反奉，日本人帮了我，可我给了他一寸土吗？这次能一样吗？那是拿了正式条约逼我签。山本提出修五条铁路，还附带租借地，我这里一签字，整个东北就都变成了日本殖民地。我为啥要修一条和南满铁路平行的打通线？我不但要抢走他七八成的生意，我更要向全世界宣示：大清朝虽然签了屈辱条约，可东北还是中国领土，我姓张的在自己的领土上建铁路，并不违约，日本无权干涉！"

"痛快！"吴俊升拍案叫好，"老五啊，你就是缺根脊梁骨，学学大帅，不要这身臭皮囊也不能丢了这根主心骨！"

张作相慢声慢调地说："吉田茂来逼宫，我也在场。大帅说，蒋介石虽然是个婊子，可我跟他动手毕竟是家事，不劳邻居帮手。吉田茂说，蒋介石可不止一个帮手。大帅说，当婊子任人操，肯定帮手多，可惜我下边长了三寸器，想当婊子也当不了啊。"

客厅里轰然爆出一阵粗野大笑："软的都是嘴巴里长了三寸器，挨了打只会抗议，骂娘；咱硬的都是下面长了三寸器，不吭声，下黑手！"

张作霖在笑声中坐回座椅，兀自绷紧一张脸，昂扬激越道："我老张历经中日甲午战争,到庚子事变,再到日俄战争,佩服的只有一个人,至今随口能诵:天苍苍,野茫茫,八里台作战场,赤日行空尘沙黄。一弹掠肩血滂滂,一弹洞胸胸流肠,将军危坐死不僵。聂将军名高天下闻,虬髯虎眉面色赭,河朔将帅无人不爱君!知道说谁吗?"

张作相和张廷枢父子抢前一声:"太子少保聂士成!"

张作霖突然拔高音节:"那你说我为什么要用他之名来定我这一套……"

"大帅!"尾座上跳起黄显声,唐突无忌地抢过话头,"您歇口气,喝口茶,让警钟来讲讲如何?"

全场一静,人人愕然。

确实,在奉军的历史上,如此的会议,这般的情势,还从来不曾有人敢肆无忌惮地强词夺走大帅的话头。

张学良终于大声喝问:"警钟,你啥意思?"

黄显声笑道:"少帅,大帅知道是啥意思。"

第十八章

上世纪大讲阶级斗争的年代,我和常发叔在北京看过一部歌颂义和团运动的舞剧。演出结束后,一向痛快干脆的常发叔,忽然变得吞吞吐吐。他望着入戏后哭红了眼的我,绕山绕水道:"其实,拳民还有另一面……其实,他们也很愚昧……狠毒。他们反对一切……进步。"

我惊得目瞪口呆。

常发叔吸完一支烟,才絮絮慢语道:"那时的中国很落后,对一切先进的东西都加个洋字,火柴叫洋火,煤油叫洋油,水泥叫洋灰,机织布叫洋布,洋枪洋炮洋刀更不用说……就连西红柿也叫洋柿子,以为吃了会伤身。拳民们拒绝一切'洋',谁沾一个洋字便格杀勿论。我家乡一位老太太只因为用了一根洋火点炉子,全家八口人,不分男女老幼,全被杀掉了,类似内容地方志上记录了很多……"

客厅里,张作霖看看黄显声,又望望张学良,将手臂大而化之地一摆:"我明白警钟之意,是该先听听他的,我喝茶抽烟,然后再讲几句。"

"谢大帅。"黄显声站到客厅中央，不慌不忙，学说书人的口气讲道，"诸位将军，话说那聂士成乃合肥北乡人，自幼行侠仗义，后投身军旅，开始了四十年戎马生涯。剿捻作战中，他攻庐州，克湖沟、浍北，补把总，加五品顶戴。中法之战，他参加渡海援台，又立战功。甲午之战，他雪夜奇袭连山关，继而收复分水岭，击毙日军将领富刚三造，取得清军少有的两场胜利，因功补授直隶提督。"

"废什么话呢？没人听你说书，"汤玉麟不耐烦道，"你到底想让他来奉军干什么？"

"他早死了，庚子事变时就殉国了。"黄显声舔一下口唇，"如果活着也年过九十了。"

"你他妈的调理人呢？眼面前火烧眉毛，你还放屁一般去说古……"

"四哥，谈古是为了论今。"张作霖手指汤玉麟，"你给我闭嘴，听警钟的！"

"四爷，咱书归正传。"黄显声朝汤玉麟打个哈哈，陡地换了肃颜正色，侃侃而谈，"话说光绪二十五年（一八九九年）末，义和团起于山东，受到朝廷掌政的端王载漪、大学士刚毅等人支持庇护，蔓延至直隶境内，一路割电线、毁铁路，凡沾洋字的人和物，统统烧杀干净。聂士成率军阻止，维护地方治安，被朝廷下旨严责，说义和团是爱国主义，聂士成是'军服西化'，卖国主义。朝廷昏聩，迷信'金钟罩''铁布衫'可以刀枪不入。广摆擂台，当众表演，乱枪齐射，拳师与喝过符水的拳民安然无恙。聂士成拔枪一击，拳师应声倒地而亡。聂帅大吼：妖人惑众，所用皆空炮弹，如此下去，必贻祸国家……"

客厅里乱起来，将领们开始争论"金钟罩""铁布衫"这些老祖宗的"遗产"是真是假，义和团的拳民是爱国还是误国。

黄显声摆摆手，"请诸位听我讲完再议。聂士成编练的新军，仿照德国营制操法，聘用德国和俄国教习，用现代军事知识教育军官，训练士兵，招惹来义和团的极端仇视，常袭杀聂士成的新军。聂士成被朝廷严责，不敢反抗，矛盾日深。由此又引发京畿地面失控，几万拳民围攻外国使馆区，招来西摩尔率八国联军以保护使馆为名的北上入侵。朝廷对列强宣战，命聂士成保卫天津。聂士成的武卫军装备精良，配有德制重机枪，又是仿德国的营制和战法，将八国联军的先遣队打败，迫使联军后撤，清廷称此役为'廊坊大捷'，当时西方列强称聂军是中国唯一最强悍的军队。可惜，朝廷赏的是义和团而不是聂士成。义和团乘廊坊大捷四处焚掠，聂士成派兵镇压，杀义和团千余人，又被朝廷督责，革职留任。聂士成仰天大呼：上不谅于朝廷，下见逼于拳匪，非一死无以自明！战至七月，他与联军决战时，义和团到他家抓捕了其母亲、妻子及女儿，残忍杀害。聂士成腹背受敌，背中拳民乱枪，胸腹被联军炮弹炸裂。拳民想对他戮尸，因联军追上来才得幸免。还是德国军队敬他是英雄，扯来一条红毯子，盖在他破碎的尸身上，派兵将其遗体交还给他的武卫军！"

没人再发议论，都静悄悄地等着听下文。

"朝廷对聂士成下诏，结论为——"黄显声作哭丧状，"误国丧身，实堪痛恨。"

客厅里顿时炸了窝。所有将领再无争论，一边倒地大骂朝廷昏聩，不亡更待何时！

张作霖用烟锅敲敲桌案，沙着喉咙连连道："听我说，听我说几句……"最后变成一阵急喘的咳嗽。

于是，鼎沸的客厅迅速安静下来。

"谈古是为了论今。诸位听过有啥感悟？"张作霖的目光在众人面孔上缓缓扫过。没收到回应。目光便落在黄显声身上，"警钟抢走我的话头，是为了保密。保什么密？我让他制订了一套对日作战计划，这个计划就叫'士成计划'。"

仿佛一石入水，掀起层层微波。众将领有惊诧，有茫然，有不安，有感奋。

"警钟,你不要失色。"张作霖只望住黄显声,"且不说在座的都是我的手足兄弟,即便泄了密,未必不是好事。我早说过,外交我是一手拿枪,一手碰酒杯。日本人知道我手中有枪,想动手就不能不三思五虑,由不得少壮派犯险蛮干。"

黄显声长吸气,慢点头,恍然大悟。

"为什么叫士成计划?是他给我启示。这一,民不可聚众,聚众则变匪。我们当年拉大团,朝廷和百姓都叫我们匪。为啥?乌合之众约束不住,必然焚掠四方,可是打起仗来我们又不得不靠民。"张作霖将目光转向韩老吊,"我想包关东军的饺子,最担心是驻朝鲜日军抄我后路,反将我夹了馅饼。警钟说可以动员百姓,一夜之间扒掉几十公里铁轨深埋地下,则日军失去机动性。我们节节抗击驻朝军,有足够时间吃掉他!"

韩老吊摩拳擦掌,眼神却又有些茫然。

"既不聚众又须众人合力,我思之再三,只有官府与江湖合作。官府告示,江湖传檄……"

"大帅,这方面我总觉得可以向共产党学……"

"住嘴!"张作霖横一眼黄显声,声色俱厉,"共产党是造反有理,我是造反斩立决!坐江山的怎么能学抢官夺印的共产党?妈了个巴子的!"

"大帅息怒。"韩老吊拍胸脯,"以我的江湖地位,加上官府的公安配合,保证一夜之间就扒光他的南满铁路。"

"小瘪犊子记吃不记打!"张作霖兀自恶狠狠瞪住黄显声不放,直到对方垂首擦汗,才转开目光放缓声音,"这第二点启发:蒋介石不是朝廷,冯玉祥、阎锡山不是拳民,我也不会像聂士成受困。形势变了,欧美搞了《九国公约》,给了我以夷制夷的机会。只要我们打得硬,不但欧美会出头,就是蒋介石、冯玉祥、阎锡山,还有什么滇军、川军、桂军,全都得跟着响应我。一句话,谁敢打抗日的旗谁就得民心,你们信不信?"

"没错！民众反日的情绪，官府镇压都压不住，何况官府肯挑头。"

"得民心者得天下，大帅登高一呼必定举国响应……"

"大帅一举抗日大旗，天下谁敢反大帅谁就是汉奸！"

张作霖奋然起身，重新走到客厅中间，"诸位讲得没错。聂士成殉国两年之后，朝廷追赠太子少保，谥号忠节，生平战功事迹付国史馆立传，并在芦台、天津、合肥等多处地方为其建立专祠。就连八国联军随军记者也专文颂其'华军虽众，皆不足虑，所可畏者，聂军门所部耳……自与中国交兵以来，从未遇此勇悍之军'。"

张作霖将目光转向张景惠，"老五，你知道我得到的第三个启示是什么？"

张景惠躲躲闪闪地欲言又止。

"聂士成杀了天津一千个拳民，天津百姓为他建祠立碑，无人反对，更无人破坏，为什么？打翻天也是自家的事。我跟蒋、冯、阎这帮人打翻天也是自己家里打架，可对日本人就不同了。没一个姓秦的敢说自己是秦桧后代，可没一个姓岳的不想证明自己是岳飞的后代。老五啊，你骨头软，不当汉奸可是做人的底线，你别犯糊涂，别让子孙后代抬不起头！"

"不会的，大帅，你放心，我不会的。"张景惠讷讷着，连连点头。

"大帅，"憋了半天的张宗昌终于抢到发言机会，"眼面前跟日本人开战只是一种可能，跟南蛮子用兵才是天天干着，北洋系和北伐军是非战不可，不战必亡，不战就是躺进棺材等死！"

孙传芳跳起身附议道："狗日的蒋介石占了我的江苏，下个目标就是山东。我们不主动出击，那就是钻进棺材等死！"

张作霖问："馨远还剩多少兵？"

孙传芳不假思索应道："至少十三万，只要接济军饷子弹，打回江苏毫无问题！"

"好，我给你五十万军饷，枪弹就近向山东领取。"张作霖转望张宗昌，"山东你守得住吗？"

"进取也许不足，退守绰绰有余！"张宗昌将大拇指冲天一举。坐他身边的直隶督办褚玉璞却连连哈欠，显然是大烟瘾上来了，有些熬不住。

黄显声不无忧虑道："为直鲁联军保险起见，大帅可否派两个军进驻山东中部助直鲁军防备蒋介石的主力沿津浦线北上？"

"不用不用。"张宗昌忙不迭摆手，"山东兵多粮足，完全可以自保。"

褚玉璞又一个哈欠，揉揉潮湿的两眼，打起精神道："效坤统兵有方，最近让老家几个庄户人晒大洋，感动得全军振奋，嗷嗷叫着准备上战场。"

张作霖明白张宗昌、褚玉璞这些军阀都是占住地盘便不愿意别人插手，明知黄显声的忧虑有道理，却也不便坚持，只是故作糊涂地转了话题："庄户人晒大洋，这和带兵有啥关系？"

原来，山东闹蝗灾，张宗昌卫队营里七名亲兵的族人来找活儿干，托门子见到张宗昌。张宗昌带七个庄户人到他的一处宅子，打开西厢房，迎面一股霉气。

"屋子没人住，潮气大。"张宗昌吩咐，"这屋里的大洋是军饷，你们搬出去晒晒，太阳落山时称称重再搬回去，管吃管住，就干这活儿。"

第二天下午，张宗昌来看望七位庄户人，他们正在院子里翻晒银元。

张宗昌问："昨天晒一天，听说你们夜里还在屋里四角摆放了石灰袋，大洋缩没缩水，缩了几斤？"

七位庄户人愣怔半天，有一位忽然反应过来，大声喊冤："督军，我们都是老实人啊，您自己过秤，我们可是一个子儿也不敢贪啊！"

张宗昌笑道："屋里潮得发霉，屋外太阳烈得烤人，不信晒一天能不缩分量。"

有人喃喃："银元又不是麦子……"

"那你们就接着晒！"张宗昌丢下一句便走了。七个庄户人面面相觑，忽然有人回味出名堂，犹豫道："莫非督军是有意可怜我们一下……"

隔天，张宗昌果然又来了，那个脑瓜子灵光的庄户人吞吞吐吐地试探道："好像，好像缩了七、七……"

张宗昌哈哈大笑："缩了七十斤，对不对？"

七个庄户人扑地跪成一溜，磕头不止，齐呼："督军就是我们的再生父母啊！"

张宗昌忙扶起大家，"每人十斤大洋，赶紧家去吧，也帮扶一下乡亲，别误了夏锄夏收。"

当天晚上，卫队营长请张宗昌接见全营官兵，吼声震天动地："上刀山，下火海，追随督军誓与南军决一死战！"

褚玉璞匆匆讲罢，脸色早已泛起砖青，涕泪齐下。张作霖也是毒道中人，深知褚玉璞外出只带一把手枪却必备三杆烟枪，忙顺口道："很好。直鲁军守山东，防小蒋北上；奉军出华北，攻击冯、阎联军。东守西攻，就这么的了，诸位去歇息提神，韩老哥和警钟留一下。"

诸将刚离开正厅，偏房里走出包神仙和他的儿子包满达。

包满达一身戎装，已是挂了少尉衔，一边搀扶包神仙慢慢走，一边朝常发点头挤眼算是打招呼。

包神仙在张宗昌坐过的椅子上落座，嘴巴喃喃不休："与南军作战，要出事就出在山东。效坤和褚玉璞的直鲁联军在山东为非作歹，民怨极大，只今年便挥霍五千余万元，可军队欠饷已达六个月，仗还没打已有倒戈投南军者，也有持枪变匪者。五千万银洋晒出去七十斤缩水，除了卫队营喊万岁，几十万大军却饿着肚皮骂娘，卫队营不过杯水车薪，如何抵挡南军？为将者不行大道玩小利，这是太监干的活儿。大帅讲话：下面少了三寸器！"

八十年后，笔者的朋友张征写《北京往事》，讲了李莲英晒银子的故事，我才知这神仙所言有指：张宗昌其实是学了太监李莲英的把戏。

张作霖嘴巴咂响半天说不出话，他奉军的军饷也是几个月发不出，只能让军队"就地取给",吃当地老百姓的。军官中饱,层层盘剥,比直鲁军也好不到哪儿去。他自己就玩过送猪心猪肝的把戏,还有啥脸面去责怪张宗昌晒银元?

包神仙虽然眼瞎,但耳朵开窗,从张作霖的咂嘴声中便明白他的为难与尴尬,转了语气:"大帅在,日本人不敢动兵,北伐军也过不了山海关。大帅不在,东北必危。少帅缺历练,逢大事怕扛不住,犯糊涂,所以日本人和南军都有人想置大帅于死地。老吊,你年高假肢,不宜出头,坐镇顺承王府即可,此事可由显声和常发出头。"

常发只觉一股热血涌起,忙去看大帅,张作霖根本不睬他,只朝着黄显声点一下头。常发再也忍不住,朝张作霖正面跨一大步,扑通跪地,只叫声"大帅"!一头磕下去,便只剩流泪,再说不出话。

"好了好了,常发。"张作霖双手扶起常发,眼盯眼道,"我是想磨磨你的性子,由着性子会误大事。一个人难的是摆清自己的位置,人人都以自己的好恶来想事还了得吗?大帅是我,凡事总要有个说了算的。大帅无论对错,必须大帅说了算,谁都想自己说了算,不用半天这个队伍就得瓦解!"

"不撒娇不是亲闺女,敢怄气才是真儿子。谈正事。"包瞎子道,"再过一两个月我就又下不得地了。常发,趁这段时间让满达也跟着你历练历练。对付南军别动队的方案,显声跟你们商量,他和刘海波在北京读书几年,没有不熟的地方,知道去哪里能捉这些地老鼠。"

韩老吊从鼻孔里嗤一声,然后说:"常发,干这行他们怎么能跟我们比?告诉他们去哪里捉这些地老鼠。"

常发从怀中掏出一张手绘地图,铺到桌案上指点着说:"大帅在中南海,那么皇城内所有对外开放的地界都将是南军别动队踩点探查之处。但以中南海的警戒,我看除了日本那个竹下义晴,别人难以潜入。就是竹下潜入,一百次也未必能有一次成功。所以,他们首先要收集情报,掌握大帅的活动规律、出行计划,才有可能进行刺杀。"

黄显声点头,"和我们分析的一样,只是我们不知道日本有个竹下可能有能力潜入中南海。"

常发继续指点图纸道："金鱼胡同的东来顺、西四牌楼的豆汁店、五牌楼这边的八大胡同、皇城北、猪市大街东边的隆福寺都是他们必去之处。"

黄显声惊诧万分，"你，你知道我们讨论的内容？"

常发摇头，"我刚到京，去哪儿知道你们讨论了什么？北京城东贵西富，北穷南贱，各有不同身份的人朝那里聚，闭着眼我也知道找人去哪儿找。"

韩老吊得意道："别忘了谁是他师父。"

黄显声作揖，"服了，服了，你们才是真江湖。"

常发看一眼张作霖，手缓缓朝纸上点去，"擒贼擒王，要抓康泽必定在此！"

黄显声俯身看时，常发说出一声："缎库胡同五号，人称华丽公馆。"

"常发！"张作霖失声一叫，与常发目光相碰，旋即转了口气，"也好，讲给他们听，就从汪精卫讲起。"

二十五年后，就是我第一次逛北京动物园的一九五二年夏，常发叔来北京大佛寺看望我父亲，就曾讲过华丽公馆的故事，我没听懂。再过三十五年，我写《狼毒花》的一九八六年夏，常发叔在赤峰市第二次讲华丽公馆的故事，我才听明白，记住了。

上世纪二十年代，北京有位著名的交际花叫杨惜惜，是平汉铁路会计科王科长的外室，住缎库胡同五号。有道是"火车一响，黄金万两"，小官大贪的王科长贪占了多少钱？没人知道。只知道华丽公馆有酒、有色、有财、有"要人"。当年汪精卫随孙中山到北京，国务活动之外，时间精力多耗在华丽公馆，都是张宗昌作陪。

张宗昌问："兆铭老弟，我说沉鱼落雁，闭月羞花，没介绍错吧？"

汪精卫回应："效坤兄让我亲眼看见瑶宫仙子、月下嫦娥，此生兆铭是无以回报了。"

杨惜惜是扬州美女，汪精卫向孙科介绍说："美得耀眼，所以无法描述，所以文人墨客见了也只会说四句粗俗话：沉鱼落雁，闭月羞花；瑶宫仙子，月下嫦娥！"

张作霖被张宗昌拉去华丽公馆一次，回来含蓄告诫他的高级将领："华丽公馆是吃稻米的，她有烧素什锦的手艺。什么荠菜、黄豆芽[1]、藕片、金针菇、木耳、芹菜、菠菜、胡萝卜丝的十几种之多，一样一样炒完了汇总，我们吃麦子的尝个鲜，见识一下可以，但事不可过三，否则别怪我不客气！"

华丽公馆的女宾不同于八大胡同的妓女，能来这里的都是小姐贵夫人，最不济也是当红的优伶，同那些"要人"一样，不为钱，只为寻欢作乐或政治需求。张作霖把她们比作"素什锦"，说："我们吃麦子的大块吃肉，大碗喝酒，别栽在素什锦上！"

蒋介石也到过一次华丽公馆，回来也告诫他的高级将领们："华丽公馆的盐水鸭确实是一绝，几天吃不到像毒瘾发作。凡我党高级将领敢去第二次者，均以吸毒论处！"

张作霖和蒋介石怎么可能约束住那些收买来的高级将领？他们个个都是"股东"而非"打工仔"。特别是国民党的高级将领，嫡系多出自江浙，"吃不到盐水鸭就像毒瘾发作"。陈诚、黄绍竑、顾祝同、杨永泰都曾光临华丽公馆，黄绍竑晚年回忆长城抗战这样写道：

> 他（蒋介石）回南昌去了……当晚我即邀杨永泰到北平著名交际花杨惜惜家里去玩，顺便同各方的代表商量处理问题。到的有东北军方面的于学忠、万福麟、鲍文樾，山西方面的徐永昌、宋哲元驻平代表萧振瀛……我们这些人在那里真是乌烟瘴气，蒋介

---

[1] 荠菜音"聚财"，黄豆芽形似"如意"，为素什锦必备之两种菜。

石交下来的所谓军国要事，就是在那里商量处理的。[1]

我的常发叔说："大凡乌烟瘴气之处，往往也是鱼龙混杂之地，因为好搞情报和暗杀。所以杨惜惜的华丽公馆，常常也有日本特工和欧美间谍光顾。康兆民知道张作霖和东北军高级将领常来华丽公馆，自然会选在这里守株待兔。"

那时北京有一景：春暖之际，北京人一不留神，所有城门楼子上空便都被成群的燕子所飞绕；秋凉后，稍没留意那满空呢喃的燕子又消失得无影无踪。

常发带着包满达来到西四牌楼的豆汁店，身上已能感觉秋凉，也才想起各城门楼上空失去了喧闹。

老北京的牌楼无处不在，其中便有东四牌楼和西四牌楼，但其间没有直通路，要绕大半个皇城才能走通，所以只说四牌楼，不讲东西。老北京城以中轴线为界，分为大兴、宛平两县；大兴的讲四牌楼便是东四牌楼，宛平的讲四牌楼便是西四牌楼。

西四牌楼的豆汁店与北京城里的老字号店铺一样，都是前店后作坊。常发引包满达找干净位子坐下，店伙计热情随和："您二位来了啊，先上茉莉花茶？"

"要乌龙茶，再来四碗豆汁儿、十个油饼。"

"豆汁要热的凉的？"

"没看小爷还年轻吗？凉的！"

"好嘞！四碗豆汁儿、十个油饼、一壶乌龙茶——"

包满达端起豆汁碗刚举到嘴边，便皱眉道："哥，好像馊了……"

常发将自己喝过的半碗蹾到包满达面前，拿过包满达那碗豆汁儿一口气喝尽。

---

[1] 《古北口抗战文集》，第107页。

包满达歉意地耸肩,端起常发那半碗豆汁猛喝一口,身体一哆嗦,噗地吐一地。

"哎呀,又馊又臭。"

"你才几天不讨饭,还怕馊?告诉你,老佛爷慈禧太后和宣统皇帝溥仪,每天都要喝这又馊又臭的豆汁儿,又开胃又败火,京城百姓用豆汁儿拌饭那叫上讲究。"

"你别骗我,比喂猪的泔水还差不多。"

"算你说对了,这就是做淀粉剩下的泔水,发了酵的废水。你为什么是个讨饭的?因为你把啤酒当马尿,把白酒当毒药,不识葱姜辣椒蒜,喝碗糖水还傻笑!兄弟,酸甜苦辣臭,只有甜伤胃伤身,苦辣才上瘾。你是带任务来的,憋口气给我喝掉!"

包满达见常发拉下脸来,便憋口气喝掉那小半碗豆汁儿,赶紧用乌龙茶漱口。

"坚持喝一礼拜,我保证你上瘾。"常发说着,有位穿长袍马褂的遛鸟人已走进店来,一边手里转着保定铁球,一边大咧咧坐下吆一嗓子:"豆汁儿!"

"哎,来了。六爷,早给您备好了。"伙计用托盘端上一碗热豆汁儿、两张油饼、一颗卤鸡蛋。

"这就是皇城里的爷文化。"常发放低声音,"住西城的主要是些巨商大贾,到这里喝豆汁儿的多是与宫里有关系的人,中南海里留用的老人至今保持着这个习惯。待会儿人多起来就热闹了,北京人天生都是支棱的耳朵卖瓜的嘴,一个比一个能吹呼,一个比一个传话快。便衣队打探消息,不会放过这地界。我那十个师弟,留两个在这里守株待兔。"

常发叔讲西太后和溥仪爱喝豆汁儿,我后来也在《北京往事》一书中得到验证。我的朋友张征说:宣统皇帝在二十世纪六十年代获特赦,在政协文史委员会上班,天天早上去西四一家小吃店进早餐,就为了喝豆汁儿。小店里的伙计们热情接待,马上有了吹牛资本:"'小皇帝'每天都去我们店喝豆汁儿！"北京人谁不想见见"小皇帝"？小店一下子爆满，这下子可忙坏了店伙计。那年代干多干少工资都一样，多劳不多得，于是店伙计们发现"小皇帝"是个沉重的包袱，便在他面前摔摔打打地给脸色。"小皇帝"受了惊吓，悄悄一打听，才明白原因，低头叹息，再不来这家小店喝豆汁儿了，店伙计们也又可以轻松混日子了。

当然，这都是后话。

常发带包满达离开豆汁儿店，经沙滩、御河、猪市大街，一路走一路天色发亮一路做介绍："这里原是皇城内一片荒地，堆着许多沙石以备维修紫禁城，所以叫沙滩儿。要不说北穷呢，向北的六铺炕，那是赶车马的歇脚之处，这里堆沙料，猪市大街自然是卖生猪……得，这就是东城的早市了。"

说话间，两人经猪市大街来到十字路口。这里路面狭窄，更显得热闹喧嚣。马车、驴车、排子车，还有不少挑担子的，占满路边和路口；卖鸡鸭鱼肉的现杀现剥，卖牛羊猪肉的不停挥动拂尘驱蝇，卖新鲜时蔬的不时将笤帚沾了水朝菜叶上甩。常发笑道："这就是三教九流，平民百姓的市井生活。"他在十字路口中央将手朝北一指，"喏，第一个路口东拐就是隆福寺。"

穿行在喧闹的人群中，来到第一个路口右拐，气氛陡变。路两侧都是高大的古槐，浓郁开张的树冠如伞一般遮在路面上，路两边大约是住家，虽处闹市却异样安静。泼过水的黄土路上无声地走着几个人，大约是来进香的。走过百八十步，才渐渐浓聚起人气。路边开始出现摆地摊的小商贩，吆东喝西，多是卖纸钱香烛、佛像唐卡佛珠之类，只有一个新鲜，是卖扣模的。不同的扣模，将湿土或面团装入模具中压实，再往外一扣，便有弥勒佛、观世音、唐三藏、孙悟空、猪八戒、沙和尚，甚至鲁智深、杨五郎这些佛界中人物活灵灵地"生"出来了。

包满达童心未泯，一口气买了七八个扣模，攀肩贴耳地问常发："哥，便衣队也到这儿来买扣模吗？再不就是进庙烧高香？"

常发不言声,紧赶几步来到隆福寺山门前。

隆福寺始建于明代,京城里无人不晓,到清末民初已然破落。寺门两侧和寺内东西廊都挤满俗人,或铺席铺纸铺包袱皮,上面摆着铜镜、玉雕、木雕、玉器、瓷器、青铜器皿,卖主坐在矮凳上,眯着眼打瞌睡,只等识货的来讨价。更有一位上讲究的摆一张矮炕桌,上面摞满线装书,身后挂块招牌:宋版。

"看见没?这里才会引来你要找的人,也许这些卖货的就杂夹着便衣队的人。乱世里,除了权势熏天的官宦人家,谁还敢搞收藏?回头派两位师弟到这里来,带上琉璃厂的玩家,搂草打兔子带捎搭,争取抓几个便衣队再淘几件古董送给大帅。我听说奉天帅府的大青楼里,柜子上摆放的古董一小半来自这里。"

说话间,常发引着包满达已经走到隆福寺山门右巷,人声渐弱,传来鸟声婉转,蝈蝈鸣叫。这里有个鱼鸟市场,占有三个门脸,店前摆放七八只长条凳,坐满了遗老遗少。

常发说:"告诉我们的人,这里也要盯牢,少帅带我在这儿坐过一上午,是去年冬天,在店里围着大火炉坐。来这儿的全是八旗子弟,虽然破落得只剩喝粥的份儿,可口气一个比一个大,而且遛鸟、观鱼、斗蛐蛐、养冬虫的嗜好到死也丢不下。少帅说谁有闲工夫在这里坐上三个月,准能再写一本《红楼梦》。"

"什么《红楼梦》?"

"是本书,哼哼呀呀不是我们看的。"

就这么聊着逛着,朝南一转,已望见王府大街。

常发掏出怀表看看,这是大帅送的,张宗昌也曾送他一块,他转送了包满达。

"快中午了,走,去吃东来顺!"

老北京东城聚集了十余座王府,叫作"东贵"。人类本来是逐江河湖泊而居,自从发明了井,便可以离江河而建市,故称市井。有井必有市。王府的地界有口甜水井,这一区域便叫了王府井。

金鱼胡同西口向东，自然就是金鱼胡同，向西是东安门大街，向南是王府街，是老北京最热闹繁华的地界之一。常发与包满达赶到时，正逢午饭时间，各色人物纷纷朝这里聚。小汽车、豪华马车、黄包车几乎占满各条路面；也有提鸟笼，拄文明棍或穿西装的有身份者穿行其中。这些人或进萃花楼，或进东来顺，或进东安市场，反正这地界老饭庄比比皆是。

常发带包满达找位坐下，吩咐道："这里也要安排两个师弟。大帅与王公大臣都是沾亲带故的，拐几个弯这王府井地界说不定拉黄包车的都能跟他攀上亲，要不然少帅怎么说北京城里是'爷文化'呢，皇帝身边，奴才也是七品官。南蛮子的便衣队来北京，能不到这地界吗？"

包满达嘴里吃着涮羊肉，两眼却不时地朝外看，终于忍不住问："店里还有空位，那些人怎么都在外面吃……不吃涮锅子？"

常发看也不看道："那都是膀爷，这些下人传消息比店里这些贵人还快，都是便衣队最爱接近的人。"

原来，东来顺店面外，马路边上也摆了桌凳，那些开车拉车的都在这里进餐，吃的是贵人涮羊肉剩的汤水下脚料。涮肉汤做成羊汤打卤面，羊肉碎做成饺子馅饼，油大馅大又便宜，下人们吃得又解馋又给力，从春末到中秋，常吃出一身油汗，喜欢脱剥成光膀子抽上一根烟，直到汗消停了，才穿衣回车上等主子，所以这些人又被叫作"膀爷"。

从东来顺出来，常发说："五牌楼那边的八大胡同就不去了。"

"为啥？"包满达不满道，"人家也去长长见识嘛。"

"小屁孩，胡子还没长硬就发骚了？"常发在包满达头上敲一指头，"北穷南贱，前门楼子外，不是天桥把式卖艺的，就是八大胡同卖身的，我师父亲自去那儿逮鬼子，你爸对我有交代，不许你去那地界，怕你学坏。"

"你才学坏不学好。"包满达听说是包神仙有交代，自然不敢再要求去前门大栅栏一带，嘟着嘴问，"那你是跟你师父还是跟我一起……"

"你爹让你多历练，休得指望我。"常发带了严肃的思索之情朝东华门望去，"你们最多是擒几个蟊贼，我可是要去擒王呢……"

第十九章

东华门东南,缎库胡同五号,紧邻清初摄政王多尔衮府,如今成了杨惜惜的华丽公馆。

华丽公馆横竖三进院,房子多,穿堂多,无论正房厢房,房基少则一米高,二进院的正房房基足有两米,三进院的西厢房是二层小楼,保存着清式建筑的原貌,据说原是小姐的绣楼。

杨惜惜买下这套大宅院,进行了"大手术"。

第一步,将原来所有的旱厕都改成冲水马桶。有人劝说:"下人们住的地方就不用改了。"杨惜惜说:"刚买下这套宅子我进一次厕所,粪坑里撒石灰,熏我吐三天;粪坑里外的蛆成串成片,吓我一年做噩梦。王爷贝勒过的都是原始人的日子,连我养的狗都不如,怎么能跟我的下人比?回头熏一身臭味还怎么给我当差?"

第二步,从门洞子开始,路面铺成故宫专用的金刚砖,路两侧各摆放六口大酒缸,酒缸半截埋地下,半截露地上,叫人叹为观止的是那镏金的大号铜缸盖,盖子中央的钮儿是个西洋少女,十二个神态各异的西洋女人在日照下金光耀眼：充分表达这个宅院里酒、财、色齐全。据说这十二个缸盖在七七事变后，都被日本人掠走了。

第三步，请故宫博物院的匠工将所有雕梁画栋恢复原貌，而室内却全部按西方现代式样重新装修，包括上下水、瓷砖地暖、电灯电话等，否则怎么能吸引各方"要人"前来？

杨惜惜花了一礼拜时间才初步探明宅院里的房屋格局、密门路径。凡此古建豪宅，匠工们都有意无意地将其"八卦"，使外人贸然闯入便似身陷迷宫，不知何进何出。

对于常发这样蹿房越脊、飞檐走壁的能人，什么"八卦""迷宫"都失去作用。他不走密径小道，也用不着进哪道门，出什么坎，只在屋顶上"飞"直线，不会像凡人那样依照工匠们设计的密径小路绕来转去，把自己转迷糊。他随黄显声到华丽公馆三天，已将整个宅院底细全部探明。

杨惜惜明白北平城是在张作霖手中，对奉军自然是首先巴结，抢前配合。她按照黄显声的要求，将黄显声、常发及常发的两名师弟安排在东跨院不起眼的西厢房，除了按钟点送饭，没有招呼不来打搅。

这天晚饭，四个人喝着小酒聊闲天一样谈起正事。

"昨夜从八大胡同逮回来四个。"一个师弟嚼着花生米说，"包满达让我转告你们。"

"今早隆福寺那边也动了手，逮两个。"又一个师弟放下酒杯说。

"估计康兆民该得到消息了，今天把他逮来准保一审就全招。"常发望住黄显声，"昨夜我就想抓，你说等大帅发话再动手……"

"上午大帅发话了，要活的，不要死的。"黄显声很仔细地品味一只水晶虾仁，"你打算怎么抓？"

"康兆民住三进院的西厢，一拉溜十几间房，是绿瓦屋顶的二层小楼，一看就是小姐的绣楼。康兆民住楼上第三间房。老绣楼楼梯都很陡，木质已旧，上下楼声音显著。康兆民身边带了四个人，两个住在把守梯口的房间，另两名住康兆民卧室的外间，枪不离身。"常发边饮酒边道,"哎,那窗户门上的木雕太漂亮了,祥云凤凰,比我爬屋顶轻盈潇洒得多。"

黄显声挖苦:"你是看凤凰还是看康兆民呀?"

"多大点事呀,还能误了我观景享受生活?"

"真是近朱者赤,近墨者黑。猪八戒上西天待三年也能变唐僧,还学会享受生活了。"黄显声摇头咂嘴,"一个楼梯四个保镖,你怎么对付?"

"走什么楼梯呀,三个晚上我跟康兆民也只隔一层窗户纸,伸手就能把他拎出来。那四个保镖倒是训练有素,可惜,到公开场合维持秩序我不如他们,玩江湖出黑拳,他们比我可差了十万八千里。"

"我俩对付那四个保镖,师哥只管逮康兆民。"一名师弟建议。

"根本不用师哥出手,我俩连康兆民带保镖全给绑来。"另一名师弟更豪气。

黄显声望住常发,"叫他俩去?"

"知己知彼,百战不殆。康兆民这个人,我观察三天。有人说他是大特务,有人说他是便衣队长,我看他本质上还是个军人,估计是留学苏联。每天晚上擦皮鞋,认真卖力;早餐总是面包牛奶,睡过一次女人,是个白俄,两个人都讲鸟语。他睡觉前喜欢喝杯烈酒,看人目光犀利,但说话语气平和,喜欢指挥人,动手能力差。"常发掏怀表看一眼,"再喝半小时的酒,我去把他逮来,叫他侍候咱爷们儿喝酒,咋样?"

黄显声半是玩笑半认真,"最好叫他们五个就在小姐绣楼里侍候咱哥四个。"

"太妙了!"两个师弟拍掌,"师哥出手,我俩接应,咱就在那绣楼里喝了。"

黄显声摆手,"不用你们俩接应,我一直想看看常发有多大本事,就他一个人去吧,能让我们进绣楼喝酒,我输一千大洋。"

"喝酒喝酒。"常发将酒杯在黄显声杯子上一碰,喝光杯中酒,左手在盘子里抓把花生米,缓缓起身,"咱也别等了,我这就去。你们半小时后跟来，二楼第三扇窗子如果开了，你就带一千大洋上楼吧。"

"哎，要是没开呢？"

"那就轮到你们善后，我八成已经不在世了。"常发一边朝嘴巴里扔花生米，一边溜达着出了门。

"黄将军，这不妥吧？"小师弟有些急，"这要真出了事……"

"出什么事，你们还怀疑你师哥的本事？"黄显声平平淡淡道，"再说了，你师哥是个要面子的人，他跟我打了赌，你敢跟上去，我保证他连你也捆了，你信不信？"

两个师弟张口结舌，以常发的敏锐，他俩若跟过去，远了不起作用，近了必被发现，被捆了也是可能的。

"喝酒喝酒。"黄显声端杯。

"黄将军，便衣队都是玩命的主，八大胡同抓回四个，打得灵魂出壳都不吱声，您就……也太把玩命当儿戏了吧？"

"把你俩今晚的表现告诉韩老吊，你师父扒你俩的皮！"黄显声动气了，"这么没底气，扛不住劲，还出来混事？"

两个师弟不敢再作声，赔着笑脸应酬黄显声喝酒，却坐在针毡上一般稳不住屁股地冒汗。

终于熬过半个小时，两个师弟抻长脖子也没听到枪响或人喊鬼叫，看黄显声起身朝外走，忙不迭抢出门，深吸一口凉气，一溜小快步到前面引路。穿堂入三进院，从海棠树的缝隙中一眼望见那扇洞开的窗户，顿时蹦个高，"操，一千大洋！"

黄显声边朝绣楼上登阶梯边说："输赢尚未定啊！"

屋中地毯上捆着五个"肉粽子"，常发坐在屋角吧台的高凳上喝小酒，看到黄显声只说一句："钱带了吗？"

黄显声在身上拍一拍，两手一摊，"待会儿给，不赖账。"

他绕五个"肉粽子"转一圈，给其中一人松绑，"你说你个四川锤子，不从锤子里选保镖，去哪儿找来这四个糠大个儿？中看不中用！"

此人四方脑袋四方身子，肩宽个子矮，确是个锤子形，拔出嘴里的麻布就取水漱口,两眼要刺穿人一样钉在常发脸上,"厉害,佩服。照你说的,我伺候你们喝酒。"

康兆民走到吧台旁,常发干掉杯中酒,空酒杯放吧台上,康兆民毕恭毕敬拿起酒瓶斟酒。

"勃朗宁微型手枪,要不是大帅也有一支,我今天非遭你暗算不可。"常发从上衣兜掏出个香烟盒子似的物件,两手一摆弄,变成一支小手枪,"六发子弹,无棱角,易出枪,还有三重保险!"常发将枪扔给黄显声道,"我真看走了眼,以为这兔崽子是个军人。军人谁弄这东西?看来还真是个大特务!"

黄显声笑,"送我了?"

常发道:"不能白赢你一千大洋。再说了,干我这行用不着这玩意儿,你拿去送何花嫂吧,这玩意儿更适合娘们儿玩。"

说话间,常发已干掉三杯酒,用脚将康兆民身子踢一转,"去找点吃的下酒。"

康兆民一边点头哈腰,一边解释:"找公馆要点菜?我这里只有几块巧克力糖和一篮苹果。"

常发不再看康兆民,"苹果削了皮儿再端上来。"

"是,是。"康兆民诺诺着倒退,"我削,我马上削……"

康兆民从茶几下层拿出一把刀,左手抓起一个苹果,突然挺身将苹果朝常发掷去,同时大吼一声:"不许动!"

常发在间不容发的瞬间,右手一抬便接住苹果,左手同时已抓起酒杯。他的两位师弟面对突变,有一瞬的愣怔,因为康兆民是将刀锋对向自己的头,几乎要戳住眼睛。

"你妈了个巴子,想自杀呀?戳呀,不戳不是人养的。"一位师弟吼出声,逼过去一步。

"别动。"黄显声失色道,"那是枪!"

两名师弟顿时停住脚,有些蒙。

常发没回头,把杯中酒喝光才缓声道:"康兆民,你果然是块干特务的料儿。我劝你一句,放下屠刀立地成佛,我饶你不死。我数到三,你不放,我就让刀戳你头!"

康兆民声音有些抖,"我不会开枪,只要你们出去,算扯平……"

"一、二……"常发自顾数数。

"你别逼我!"康兆民沙哑着叫起来,"老黄!"

"慢着!"黄显声话刚出口,却被常发的声音抢了先。

"三!"常发头不回身不转,手中苹果从腋下飞出,正打在露出枪口的刀柄上。

"哎哟!"康兆民一声惨叫,弯着身子蹲下腿,那刀戳入右颧骨下方,鲜血顿时涌上来。

"毒牙,只有一发子弹,枪口在刀柄上,射击时把刀尖对向自己则枪口朝向敌人。"常发转身朝康兆民走去,"瑞士水果刀比毒牙更好些,枪口和刀锋在同一方向。康兆民,看来你是不想活了。"

"大帅要活的。"黄显声一把扯住常发,抢前蹲到康兆民面前,"有药吗?这结果可怪不得别人,是你要赌谁笑到最后……"

"我认输,认输……"康兆民已拔掉刀,捂着伤口奔向壁橱,手忙脚乱地翻出云南白药和药棉纱布,在黄显声的帮助下包扎好伤口。

"幸亏没戳在眼睛上。"黄显声松口气道,"该结束了吧?给钱。"

"自己拿。"康兆民脚踢壁橱下方的抽屉,"还不放我的人?"

"给他们四个松绑!"黄显声对两名师弟下令,从抽屉中拿出一面袋大洋,沉甸甸地放在常发面前,"三千大洋,你一千,我两千。借你的手,谢了啊!"

"咋回事?搞什么名堂……"常发糊涂了。

"喝酒喝酒,边喝边聊。"黄显声将酒瓶酒杯从吧台拿到餐桌上,朝常发喊,"还愣什么?过来坐呀,我讲你听。"

"你少给我讲'原来',要不是我把子弹先卸掉,我的苹果再快也快不过他的子弹!"

"我怎么敢拿你的命去赌钱……"黄显声想解释。

康兆民忍着痛嘟哝:"我根本没开枪,我掂量过了,玩真的我开枪也赢不了,且不说还有他两个师弟,这小子也太冷静太敏捷了,一枪打不死我就更惨,蒋总司令有交代,我犯不着玩命啊!"

常发真火了,"他妈了巴子的,原来你们玩赌,拿我当赌具!"

"不是那么回事,"黄显声略显歉意,"你先听兆民讲原来是怎么回事……"

原来,北伐军便衣队里有个黄埔六期生叫戴笠,此人跟康兆民一样,属于"贵我""自我",不甘人下,为达目的不择手段那种狠角,所以两人相轻相斥,关系紧张。戴笠位卑言轻,见不到蒋介石,还处于"拦轿递状纸,写信表忠心"的阶段,被康兆民呼来喝去,非责即骂,把憋了一肚皮的怨怅愤恨化作鏖战的动力,首先获取到张作霖的"士成计划"以及日本"东方会议"的内容,并且像过往一样直接向蒋介石总司令部的总参议张群上送情报,并谏言"取消刺杀计划,撤回便衣队。只要张作霖在,日本无法占领东北,并可牵制冯玉祥、阎锡山不敢反蒋,同时还不会影响北伐军沿津浦线北攻山东"。

戴笠长期"拦轿递状纸,写信表忠心",已引起张群和蒋介石的注意,这次接到情报,当天便由蒋介石亲自电令康兆民:便衣队停止刺杀行动,原地待命,即刻送戴笠乘飞机返南京述职。

康兆民得知戴笠又越级送情报,恨得咬牙切齿,却已无可奈何。恰好得知便衣队被抓了几个人,且早已从内线得知对方是黄显声,便手持蒋介石的电令找黄显声请求放人。黄显声请示张作霖,张作霖深感对北伐军难以招架,正寻求与蒋介石"息争言和",忙下令:"本大元帅与中山先生为多年老友。民国十一年、十三年之战役,均约定会师武汉,孙科同志可以为证……凡属中山先生之同志,本大元帅一律友视,息争言和。"

康兆民咽不下这口气,请黄显声吃饭,说:"你们不过抓几个虾兵蟹将,要不是便衣队里有颗老鼠屎,一周之内东北军少死不了将领,说不定你们大元帅也在劫难逃。"

黄显声说:"你就吹吧。要不是戴笠那颗老鼠屎,我今天就能把你抓起来,甚至把你便衣队连锅端。"

"是你的大元帅下了'息争令',你吹破天也无法验证。但我们迟早会有较量的那一天。"

"这样吧,我们打个赌。我随便派个人,命令他逮你回来伺候我们喝酒,只要活口不许伤人。怎么样?"

"三千大洋,敢吗?"康兆民睁大眼。

"我的人第一不知道是赌戏,第二只抓活口不会要你命。你找地方躲去吧,躲好就打起精神准备应战。"黄显声笑着眯缝了眼。

如今,康兆民领教了常发的身手,狐疑道:"你怎么知道我住在这里?"

"因为这里有汪精卫的老相好杨惜惜,你以为是他的地头。"常发一片一片地削着苹果吃,"你原名康代宾,崇拜汪精卫,汪精卫字兆铭,你就改名康泽,字兆民,汪精卫早就把这个地头介绍给你这个徒子徒孙了。不过我奉劝你一句,你现在当了蒋介石的心腹,对汪精卫崇拜可得多收敛着点,蒋介石会闹心。"

"谢谢指教。"康兆民捂着脸颊说,"我需要休息,钱你们拿走,我还送你们一句话:小心日本人,他们找过我,寻求合作,对付张大帅。"

黄显声认真望住康兆民,"能讲具体点吗?"

康兆民略一沉吟,终于开口道:"来了三个人,一个是蒋总司令在日本陆军士官学校的同学……"

"长了一张娃娃脸?"

康兆民惊讶地望一眼常发,点点头。

"石原莞尔。"常发对黄显声说。

康兆民说:"另一个是日本拔刀会的,引他俩来见我的是张大帅的一个日本军事顾问,叫土肥原贤二。"

常发朝黄显声点头,"土肥的腿,石原的嘴。那个拔刀会的肯定就是河本的心腹竹下义晴少佐,那是个拳头比脑子快的杀手。"

"请吧。"康兆民起身送客,在门口拍拍黄显声的肩,感慨道,"玩江湖,你们赢了;但玩朝政,赢的肯定是我们蒋总司令,不信就往后看!"

抗战胜利后,父亲曾带着常发叔去看望冀热察军区司令员兼政委段苏权。

父亲指常发说:"当年苏区人民最痛恨的特务头子康泽,就曾经栽在常发手里。"

"早听说了,在东北军里是排上名的好汉。"段苏权说,"康泽是蒋介石的十三太保之一,他搞的别动总队和蓝衣社,其实就是军统的前身,后来专在苏区搞破坏。一九三一年我任茶陵县委书记,县里成立九个区苏维埃,一百三十七个乡苏维埃,康泽的别动队是苏区的第一大祸害,我同他天天都有较量。长征时,我任黔东独立师政委,所经黔、滇、川、康,每个县都有康泽的别动总队在活动,发展成数以万计的特务武装,杀红军将士的亲属,连老人孩子也不放过,可以说双手沾满苏区人民的鲜血。据说康泽想当个军长司令的,蒋介石没敢答应。说共产党的军队听到康泽两个字,不用政治动员,个个都会嗷嗷叫着冲上来拼命,所以没有哪支国民党军队敢让他来指挥。"直到一九四七年,国民党由战略进攻转为防御,蒋介石在无奈之下才让出国考察回来的康泽出任十五绥靖区司令官,结果不到一年便全军覆灭被俘虏。

我的常发叔说:"虽然我捉了康泽,赌赢一千大洋,可是张宗昌兵败山东,津京告急,大帅由此陷入了困境。"

山东民谚:"'三不知'督鲁三年,天不知长高三尺。"这是说张宗昌对朋友和女人的"豪爽仗义",建立在刮去地皮三尺的经济基础上。正所谓"热河曾经粪有税,山东除却屁无捐"。在"北洋夕照"之际,汤玉麟和张宗昌可称为最黑的两朵云。

一九二八年五月初,燕子成群飞绕北京各城门楼子之际,这两朵黑云齐降中南海居仁堂,被卫士领入正厅,两眼顿时一抹黑。

厅内正放映电影,虽然是无声电影,但那些张扬的日本兵举枪高呼的画面仍然令这两位军阀感觉到扑面而来的压力,有些窒息,情不自禁地打个寒战。

"两位请跟我来。"服务员手握蒙了绸布的手电筒,引领两人前行,坐入两张靠背椅中。电影很短,很快换了另一部片,片中出现的是蒋介石和北伐军。

"效坤,你来了?"黑暗中,前排传来张作霖的声音。

"报告大帅,效坤报到!"张宗昌起身立正,幕布上立刻黑出一个头影。

"坐下坐下,别黑了你的对手。"张作霖的声音不紧不慢,"这就是让你屡战屡败的晚辈蒋介石。"

张宗昌慌忙坐下,幕布上重新出现一身戎装的蒋介石。

张作霖比蒋介石大一轮,蒋介石报考保定陆军速成学堂时,张作霖已是奉天巡防营前路统领(旅长),所以张作霖一直不以蒋介石为然,称其为晚辈。这次北洋军对北伐军,虽然张作霖的奉军在西线节节胜利,打败了冯玉祥和阎锡山,可是东线的直鲁联军却一触即溃,丢掉山东,危及京津,使奉军不得不全线撤退。回想当初排兵布阵,这正是张宗昌为保地盘而拒绝奉军进入山东协助布防结下的苦果。

张宗昌两眼已适应黑暗,但见张作霖整个身子都被高大的椅背遮挡住,看不见人影,不免急出一头汗。

张宗昌比张作霖只小五岁,又结拜为异姓兄弟,但他后来又与张学良结为异姓兄弟,且张作霖几次助他东山再起,"恩重如山",所以他喜欢以"孝敬"来定位自己与张作霖的关系。张作霖曾说:"你与我是结拜过的,不要讲孝敬。"张宗昌马上说:"我与少帅是兄弟,与大帅是长兄如父。"

影片很短,十来分钟便结束。灯光亮起,有人拉开窗帘。张宗昌眯着眼探头前排高靠背椅,"大帅,效坤来请罪了!"

张作霖缓缓起身，向侧厅走去，头也不回地丢下一句："开个会。"

张宗昌这时才四处张望几眼，看清有吴俊升、张作相、杨宇霆、孙传芳、张景惠、张学良、褚玉璞等高级将领。

直隶督办褚玉璞整比张宗昌矮一头，从辛亥革命始，一生追随张宗昌，悄悄凑近张宗昌道："跟大帅讨滦州城要求收容败兵，保证能再聚五万。"

张宗昌点头，"不急。"他心中明白：他的兵都是吃货。打仗不行，只要有高粱米饭酱油汤，由司务长端出来，别说五万兵，十万也能聚起来。

众将顺序坐好，张作霖只管望着脚下抽烟袋锅，直至不冒烟，才朝脚旁放置的痰盂啐一口，低沉道："一着失算，全盘皆输。"

又是一阵难挨的沉默。

杨宇霆喃喃着打破寂静："张作相攻占大同逼近五台，我和少帅把冯玉祥赶过漳河，炮轰安阳；向西打下井陉，猛攻娘子关。眼看阎冯两军就要溃散，接大帅急令后撤……"

"津浦线兵败如山倒，天津告急，后路危殆……唉！"张作霖长叹一声。

孙传芳一个耳朵大，一个耳朵小，幼年时便养出个毛病，无论高兴气恼还是焦躁不安，只要情绪波动，都会不住地揪扯小耳朵，可惜扯一辈子，到死小耳朵也没扯大。

张宗昌爽快，起身立正，头一垂，"大帅，是效坤无能，愿受军法……"

张作霖扬手打断他的话头，"津浦线是蒋介石的精锐所在，你们打败仗也在情理之中。"张作霖呷口茶，很突兀地转了话题，"你们都有谁接到建川美次去华丽公馆的邀请？"

张宗昌尚未坐下，见张作霖目光扫向自己，便指点汤玉麟和孙传芳道："我们哥儿仨接到了，不知何意？"

"民间对你们三位老将有个评价。"张作霖手指孙传芳，"你是亲英美,仇日本,可惜英美要小蒋不要你老孙。"

孙传芳揪扯一下小耳朵,没吱声。

"你是亲日派。"张作霖手指张宗昌,再指汤玉麟,"你是恐日派,唯恐日本人变脸。"

"谁怕小日本?老子是不惹事儿。"汤玉麟涨红脸争辩,"你不是也不愿跟日本人惹事吗?"

"我待的这个位置不容我惹事。妈了个巴子,日本人不够朋友,见我们兵败山东,趁火打劫,掐着脖子跟我要好处。铁路、港口、移民,妈了巴子,天天来逼,周旋不过来,我推给杨宇霆了。你们惹出事来还有我,我惹出事就没退路了,明白?"

众将纷纷点头。

"你们说姓蒋的算哪一派?"张作霖蓦地又问出一句。

众将面面相觑,不知何意,更不知做何回答。

"姓蒋的是恐日派,这瘪犊子看见日本人就尿裤子。"张作霖用鄙弃的语气道,"效坤虽然打不过姓蒋的,可济南的日本人闹事,效坤敢打敢杀,干掉几十个。建川拿这个事来抗议,逼我,我给他顶回去了。蒋介石率北伐军气势汹汹杀进济南,日本人只派了六百个兵,就杀掉他四千七百多,他除了抗议,一枪不敢放就滚出了济南,建川也拿这说事,利诱我说,只要在铁路问题上让步签字,日本绝对保证将北伐军赶过长江去。"

张作霖陡然闭嘴,看众将反应。

满屋人都半张着嘴,神情各异却无一人吱声。

"我拒绝了。"张作霖淡淡一句。

一屋叹气声。有人是松口气,也有人是大失所望。

"我跟姓蒋的动枪动炮,说到底是自家人打自家人,不用外人来干涉,这是个原则。天上不会掉馅饼,地上没有免费的饺子。想占日本人的便宜?做梦,找死!郭鬼子反奉,我们拉的饥荒到现在还不清,教训啊!建川这次的鸿门宴,首先请的是杨宇霆,其次张作相,效坤你们三个是作陪。我的原则是：得骗就骗，能推就推，得拖就拖，别给我出汉奸就行。"

"大帅放心。"孙传芳一改沉默，率先出声，"活到咱们这个份儿上，早就要名不要命了，谁还会当汉奸？"

张宗昌一拍大腿，"咱咋说也是个能上史书的人物了，当然死也不能做汉奸。"

张景惠忧虑道："郭鬼子的教训，他拒绝了日本人，日本人转而支持我们，一夜之间就……"

他吭吭咳咳几声不再往下讲。

张作霖仰面向天自言自语："是啊，看来我们只能退回关外了。建川已经向我暗示，不让步就支持蒋介石占领华北……"

沉寂片刻，张作霖奋力坐正身体，对杨宇霆道："东三省的公安我准备交黄显声负责，你带他和常发去赴宴，明白为啥吗？"

杨宇霆答："不要惹事，也不要怕事。"

"答得好。"张作霖起身端茶，表示送客，"谁让我们坐在这把椅子上呢！"

第二十章

五月的北京，天长夜短。黄显声和常发随杨宇霆下午六点来到华丽公馆，太阳还悬在西天边。

这次赴宴，愁坏了杨宇霆。他深知建川美次的粗野、傲慢、霸道。日本国派此人出任驻华武官，明摆着就是挑衅找碴儿的，只要挑起事端，就可以借机动武。当初甲午之战，全世界都曾看好中国。且不说兵多势众，武器先进一至二代，单是本土作战，那天时地利人和就不是小日本能比的。谁知一仗下来，大清朝不过是个纸糊的巨人。

于是，国人有了两个标签：东亚病夫、膝下民族。

于是，洋人无论贵贱，在中国都属螃蟹——全都横着走；国人在他们面前都属虾米，个头再大也只能弓弯腰杆。

建川并不满足于此，他说："只要挑起争端，则虽死无憾。"

因为他坚信：战端一起，中国就是日本的！他希望用自己的性命，在国际上为日本换来动武的借口。

所以，从北京到奉天，从张作霖到奉天省长莫德惠，宁愿遇上鬼也不想碰到这位建川。当日本驻华公使芳泽、驻奉天总领事吉田茂、关东军司令官武藤信义、满铁社长山本条太郎等十余个重量级人物走马灯似的与张作霖交涉两年毫无结果后，终于派出了这位拳头比嘴快更比嘴硬的少壮军人建川美次。

"你可千万别给我惹事儿啊！"杨宇霆下车便抓住常发的手叮嘱，"这是大帅定的第一原则。"

"哎呀，你有完没完？"常发烦透了，"就是送你三拳两脚，你也忍了，不许我出手，对吗？我记住了！"

黄显声笑道："也不要怕事嘛，越怕越多事。常发在这种场合磨炼十几年了，大帅点名叫他来那是有交代有远虑的。"

"我只周旋签约之事，场面可是你来掌握。"杨宇霆边朝门洞里穿过，边提醒黄显声，"大帅说你是每临大事有静气，文武全才的啊……"

语音未落，门房里走出杨惜惜，急促的小碎步斜刺里迎过来。这位美女平日高傲得像雪山，平静得像湖水，灿烂得像花朵，如今却花容失色，两只胸乳像受惊的兔子跳动着，将头贼一样低垂着左边看看，右边探探，两手抓救命稻草似的一下子握住杨宇霆的手腕，"总参议，我可伺候您这么多年了……啊，东西南北中，不管谁来，我这里只是风月场，可千万不能当战场啊！……"

"出什么情况了？"杨宇霆的脸也一下子变了颜色。

"这个，建川每次请客必挂一幅'武运长久'，前天刚闹过事，打伤东北军一名副旅长。"

"这事我已经知道了。"杨宇霆道，"他说是两边都喝醉了，上洗手间碰了一下，是副旅长先拔枪，他不得已才出手伤了对方。"

"好像不是那么回事，是建川找碴儿挑事……"

"这个不说了。"杨宇霆截住问，"今天建川有什么特别之处……与往常请客不同之处？"

"好像……也没什么，就是自己带了三只鸡，叫我们听他招呼再端上来。"

"有毒？"杨宇霆望住熟悉江湖的常发。

"不可能。"常发摇头，"毒大帅有用，毒你有啥用？"

"啥意思？"杨宇霆望住黄显声，"听招呼上鸡……"

"三只鸡……我知道日本陆军有三羽乌，都是武官出身，有永田铁山、冈村宁次……没有这位建川美次啊。"黄显声略一沉吟，"后来又增加一个东条英机，是专门用暴力手段左右上层政治的一伙少壮派……"

终于，黄显声盯住杨惜惜，"不是三只鸡，是三只乌鸦吧？三羽乌说的是三只乌鸦，金乌是传说中的太阳神。我见过永田，翘嘴巴上面一撮胡子很像乌鸦。"

杨惜惜摇头，"建川明明说是鸡，而且乌鸦没那么大。"

"哎呀，有啥大不了的。兵来将挡，水来土掩，吃个鸡鸦也这么磨叽，活着还不得累死！"常发已经不耐烦地大步朝里走去。

"放心，我们决不惹事儿。"杨宇霆安慰杨惜惜，匆匆去赶常发，怕他先到了惹事。

"但我们也不怕事儿。"黄显声丢下一句，拔步紧跟，却不料杨宇霆猛然止步转身，几乎与黄显声碰头，"你能不能少说这一句？心里有数就行了！"

"好好，听你的。"黄显声笑着挥手，"你快走前面吧，那位才是惹事的主。"

宴请定在三进院小姐绣楼首层的中间屋。杨宇霆再次告诫常发："只要日本人不动枪，你就不许出手。"

"操你打你我都不管，喝酒总可以吧？"

"酒也少喝，怕你乱性！"

黄显声推杨宇霆进门，"你不懂，常发多喝酒才能少说话，才会保平安。"

杨宇霆一步跨入，愣怔一瞬：建川美次坐在主位，身后墙上挂一块白布，没见"武运长久"，只有斗大一个"忍"，座椅后面侍立两名穿和服的武士。

"晚到十分钟，军人的不像。"建川居然客气地欠欠身，朝右侧伸手让座，"总参议请坐。"

杨宇霆点头如鸡啄米，"对不起，对不起，碰上熟人，聊几句。"

"请坐请坐。"建川伸手指引斜对面两个空位朝黄显声和常发让座，完全没有以往粗野霸道。

"我给建川先生介绍一下？"杨宇霆半坐不坐地朝建川美次探着身子。

"不用不用，还是我来介绍。"建川先伸左手，"张作相、孙传芳、汤玉麟、张宗昌。"继而伸出右手，"杨宇霆、黄显声、川岛芳子、常发。"

杨宇霆心里咯噔一下。他一行七人有五人没见过建川，建川居然全部对号叫出姓名，显然是有备而来。

常发没想到川岛芳子会在座，本想热情几句，却被芳子拒人千里的目光阻截了。也许是被杨宇霆反复打过预防针，他不再言声，正襟危坐，边听建川与杨宇霆有水没盐地扯淡，边打量桌上的凉菜：小葱拌豆腐、松花蛋、酱牛肉、花生米、海蜇头、黄豆芽拌粉条，典型的北京风味，看来今天请客不是吃日本料理。

"脓包不挑破，大家都不自在。"建川用两根指头在桌上轻击出一段鼓点的节奏，然后说，"咱们今天既不惹事儿，也无须怕事，开诚布公说出观点即可，不争论，回去想好了答复一声，如何？"

"好！"杨宇霆如释重负，拍手叫出一声，其余人也跟着拍手，脸色却并不好看。上午中南海里最高层的会议讨论，晚餐建川便说出"不惹事，不怕事"，东北军在日本人这里显然是无密可言。

"这是张大帅在郭松龄反奉时签下的密约。"建川将一份夹在卷宗内的文件摆杨宇霆面前，"我划条底线：你们也别说什么参议员闹事，老百姓游行，咱五五归一。大帅承诺的移民、驻军、铁路等五项条款，哪怕兑现一条，也算你们有诚意。这一条就是满铁在东北再建吉会、延海、长大等五条铁路一项。这五条铁路哪怕你们先签下一条，也算有诚意。这就叫五五归一,可好?"

"好。"杨宇霆从建川手里接过《满蒙新五路协约》道,"今晚我们喝酒,明天我向大帅报告,尽快给您答复。"

"不用尽快,慢慢想好了,明晚把大帅的签字给我即可。"

杨宇霆一怔,勉强挤出一丝讪笑,"喝酒,咱喝酒。"

"上酒!"建川吩咐一声,两名侍者应声用大托盘送上九个紫砂壶、九个烫酒器。笑道:"这是茶具,我装了酒。一壶二两,我敬每人一壶,这其中是含了赌。"

说到赌,一桌人都开始振奋。

"听说黄将军善品酒,常发海量敢赌天下人。我今天另有一赌。"建川说着拿出一枚铜钱,绕到芳子身边,"我先与芳子一赌,大家就明白。"

芳子将铜钱用两唇轻轻一夹,仰起头。

"孔方兄不要动。"建川手持紫砂壶,手腕轻轻一倾,一道透明的酒液射出,直穿入铜钱的方孔中,一壶酒倾尽,芳子将铜钱拿下,咕咚一声咽下酒,两眼被酒精呛出泪,将铜钱一举,"没,没溅洒一滴。"

"总参议,从你开始?洒一滴我自罚一壶。"

"绝了,绝了。"目瞪口呆的杨宇霆终于大喘气地叫起绝,他将铜钱架在烫酒器的瓶口上说,"我没芳子的定力,酒一入喉受不了刺激,孔方兄会乱动,咱就这么赌。"

建川不多语,手腕一弯,一道酒液穿过"孔方兄"射入烫酒器,居然滴酒未沾铜钱。

"我等等,等他们六位也赌完。"杨宇霆端着烫酒器道。建川不搭话,自顾围绕餐桌提紫砂壶朝"孔方兄"里射酒,最后才敬到常发面前,"久闻大名,芳子也多次提起你的定力,你能让我直接把酒射入口中吗?"

常发看看芳子,又巡桌扫视一圈,勉强道:"我试试。"

"孔方兄不要动。"建川话音未落,那银链般的酒注已穿过钱眼直落常发喉咙，常发脖子上的喉结滚动，身不由己的一个吞咽动作，那枚铜钱便进了嘴，差点随酒咽进食管，幸得一阵急咳将铜钱吐将出来。

"我认罚。"常发叫侍者，"去，再拿九壶酒。"

"痛快。"建川将自己的一壶酒也倾入烫酒器，"我陪一壶。"

常发将九壶酒倒入大杯中，与众人在互敬互碰和热烈的感慨声中分别饮尽自己的酒。

建川坐回座椅，"常发是厚道人，你知道你为啥不如芳子吗？"

常发答："应赌时我就知道要输。"

"你的意思是芳子与我练习过？"

"不是。你射芳子的角度是朝向舌尖，你射我肯定会直射喉咙。"

"久闻不如一见。你师父张学成是我挚友，我想单独和你对几杯。"建川说话间，侍者已送上三壶酒，"我亮一手斟酒的把戏，是跟中国的卖油郎学的，中国的手艺都是武艺，常发你为什么不肯学习少林功夫武当拳？"

"街头打架用得上，到了战场没大用。"

"好，肯讲实话。"建川喝下三壶酒，又问，"《三国演义》里大战三百回合的英雄你为啥嗤之以鼻？"

"战场上谁容得你大战三百回合？酸臭文人编故事。三板斧砍不死对手，自己就该把命交待了。"

"不愧是学成的徒弟。日本军人的战斗力体现在哪里？如果刺刀出手三次还刺不死对方，就该自己剖腹了，哪里还顾得上玩筋斗把式？"建川再干三壶酒，拍巴掌，"上鸡！"

侍者端来一只鸡，盘子放在桌中央。

杨宇霆一行七人互相交换眼色：该上正戏了。都起身认真观察这只鸡。

果然，建川问："你们认识这只鸡吗？"

张宗昌正与孙传芳耳语，闻声反问："猜对了罚你酒？"

建川笑着摇头，"不是猜对，是讲对了才罚。"

张宗昌伸手扯下一只鸡大腿,"符离集烧鸡!对不对?"

"我说过,不是猜对,要讲对。讲吧,为啥叫符离集烧鸡?"

"此鸡肉烂脱骨,肥而不腻,我带兵南下上海时,没少吃这种鸡。"张宗昌咬一大口,"如何?鲜味醇厚,齿颊留香,没讲错吧?"

"你说呢?"建川望住孙传芳。

"错不了,这不抹着一层红曲吗?这是符离集烧鸡的独特之处。江浙人爱吃这味鸡。"

"我也讲讲,看我们该谁喝酒。"建川诡异地一笑,讲道,"南宋高宗皇帝赵构对金国一心想求和,杀了主战名将岳飞,高寿八十一岁。宋孝宗继位,一心收复失地,为岳飞立庙平反,起用主战将士,出动十三万大军出符离集,北伐中原。金世宗闻讯派一万精骑出击符离集,说:符离集的烧鸡天下闻名,打下符离集我让你们吃个够!一仗下来,南宋全军覆灭。庆功会上将士们要求金世宗兑现烧鸡,金世宗手指满江溺水而亡的宋兵尸体说:你们已经吃掉十三万只烧鸡还没吃够啊?金兵欢呼声震天动地,从此符离集烧鸡就名扬天下了。"

尴尬的片刻沉寂,孙传芳忽然拍响桌子,起身就走,丢下一句骂:"放你娘的狗臭屁!"

"馨远!"杨宇霆怕误大事,见建川美次去追孙传芳,怕两人动手打架忙追过去。

"孙将军,孙将军!"建川没像以往那样动拳头动枪,意外地作揖不迭,"息怒,息怒,你总要告诉我为何骂娘吧?"

汤玉麟也赶过来,他与建川有老交情,身边的日本顾问都是建川所推荐,说话自然随便得多:"你小子还不明白吗?馨远带十三万大军想恢复地盘,在符离集方向被北伐军打败……"

"哎呀!"建川照自己脸上扇一巴掌,"孙将军,误会误会。我讲的是真情实事,二十四史里白纸黑字呀,这完全是巧合。这么着,我认罚。请将军留步,我还有话。"

孙传芳被杨宇霆和汤玉麟拉回座位。

建川自罚一壶酒，见侍者已端来第二只鸡，便吩咐道："第三只鸡也端上来吧。为消除误会，我也不赌了。"

他伸手扯下一只鸡大腿，学张宗昌的样子咬一口道："这是你们山东的德州扒鸡，在我大日本军人眼中，蒋介石的北伐军就是旺火煮过又经微火焖烂的德州扒鸡，好吃还不费牙。十几万兵马进济南，我们为保护侨民派去六百名士兵，一不小心就杀了他们四千七百人。蒋介石求我们谅解，让给他一条活路，可李宗仁居然吹牛说他是乘夜突围。[1]如果不是蒋介石求饶，大日本帝国六百军人绝对能吃掉这十几万只德州扒鸡！"

建川讲到这里，那种粗野霸道之气又漾溢出来，但马上又自责地平息一下情绪，笑对孙传芳，"孙将军，如果你能劝得张大帅同意我大日本帝国出手，这六百兵三天就可以把北伐军赶过长江，为你出这口气！"

刚才还怒气冲冲的孙传芳已换上尴尬的笑脸，"谢谢，谢谢，我会找大帅商量。"

这时侍者已端上第三只鸡，杨宇霆一看那只鸡立刻明白用意，抢前道："建川先生，三只鸡我都吃明白了，这奉天北镇的沟帮子熏鸡咱就不用说那么多了吧？"

"其实我最爱吃的还就是沟帮子熏鸡，好那股烟熏味，而且肉质烂而连丝，不像德州扒鸡骨头都酥得没啃头。只要有沟帮子熏鸡，其他鸡我都可以不吃。"建川又次伸手去抓沟帮子熏鸡，被常发出手挡住，"你吃过扒鸡就不要吃熏鸡了。"

建川微眯了眼，眼缝里闪出锐利而又寒冷的光，"如果我一定要吃呢？"

"我怕有不愉快的事情发生。"常发故意将头微扬，"除非我们俩之间有一个人跪下。"

建川身后的两名武士向前迈出一步。川岛芳子急忙附耳几句，建川

---

[1] 参看《李宗仁回忆录》："我军迫不得已，忍辱乘夜突围……"

示意武士退下，转向杨宇霆道："这只鸡先留给你。请转告张大帅，只要我大日本帝国高兴，这只鸡别说我吃，一句话就可以送给蒋介石吃，他的人已经来谈过三次，懂吗？"

"懂，我懂，大帅也懂。"杨宇霆又像鸡啄米一样点头，用眼神呵斥常发朝后退。

"谁是好汉谁吃鸡。"建川美次见侍者将沟帮子熏鸡端下去，带着愠色再敲打杨宇霆一句，"我明天要结果，不给也可以，那就再也不用交涉了。"

杨宇霆有些慌，"肯定给您一个答复。"

"谁是好汉谁吃鸡。建川先生讲了鸡的典故，我也讲讲好汉的来历，只怕建川先生永远也称不上好汉。"黄显声边说边将两手朝下压，"建川先生，您别火，您稍忍一忍，如果讲完你还想当好汉，我鼓掌欢迎。大约两千年前，汉武帝派卫青、霍去病扫荡匈奴，二十余年打得匈奴人'闻汉兵莫不畏者'，对大汉士兵先称汉儿，后称好汉，史书记载：'自后为大汉男子称矣。'所以好汉是汉族男子的专用称呼。到东汉时期，班超率三百骑兵，用三十年时间平定西域五十多个国家，金戈铁马，哪里需要六百士兵？则好汉之名天下扬。请问建川先生，您还想当好汉吗？"

建川吞两口唾液，终于道："班超是好汉，可惜逝去。今日中国还有谁敢称好汉？从甲午战争至今，包括在座诸位，与大日本交兵……"

"是啊，没人能打得叫你们仇恨叫你们怕，所以没好汉了。"黄显声忽然转口，"在中国，大日本帝国最恨谁？"

建川略一沉吟："我们坚持大东亚共荣，对中国，谈不上恨，只有可怜。如果一定要说，也是彼此彼此。蒋介石说'愿为杀共之刽子手'，张作霖也发声明'唯一敌人乃甘心赤化者'。我们大日本帝国深有同感，若不剿灭，只怕后患无穷！"

"看来中国共产党是叫你们又恨又怕了？给你个预言：如果今天中国只剩共产党人敢称好汉，如果日本不改变侵略政策，如果中国的统治者不改变昏庸腐败,那么要不了多久,四万万五千万中国人都将变成好汉!"

建川出人意料地沉默许久,仿佛有所深思,最后竟喃出一句谁也没料到的话:"你《水浒传》看多了吧?"

上午十点,常发随张作相来到丰泽园。

见到张作霖的那一刻,常发有些吃惊,继而心里一酸。世上竟然真有一夜愁白了头的故事!

张作霖在办公桌前挪动着沉重的步子,两鬓和鼻孔下的胡子一夜之间几乎白了三分之一;颧骨和眉棱骨却变得突出,仿佛血肉也都在一夜之间消耗殆尽,眼窝下面的皮肉松弛得像两个小袋子。他神情郁郁,一脸寒气地凝视张作相,嘴唇嚅动几次,没说出话。

"大帅……"张作相眼圈突然一红,哽有片刻,才说出声,"满蒙新五路多在吉林省境内,让我跟他们周旋吧。"

张作霖没言声,双眉深锁,又开始挪动两条疲惫的腿。常发突然明白了,巧者老的含义。"大帅的脑袋,常发的拳头",脑袋永远比拳头累。

静有片刻,张作相再次作声:"大帅,我让吉林议会发电,反对签字……"

"没用。"张作霖终于沙哑地讲了话,"建川美次是个张嘴就骂、抬手就打的畜生,这次大忍,是要下嘴了,而且没有商量的余地。"

"大不了撤出华北,他还能咬掉咱三寸器?"

"华北好说,日本人的《觉书》要求我将华北交给蒋介石,反正是自家人交自家人。东北就不同了,满蒙新五路如果签了,东北就变成日本的殖民地……"张作霖又开始挪动双腿,身子明显有些摇晃,终于叹口气,"唉,我这副臭皮囊早就不想要了。我不怕死,我只怕东北丢到日本人手里啊!"

"还学袁世凯的办法,放风出去,各省都会通电反对,学生再一上街，我们就有了不敢签的借口。"

"同样的把戏不能天天玩，建川早已讲明……"

"唉，真难死个人！"张作相的愁声中，杨宇霆走了进来。

"大帅，您……"杨宇霆咽口气，降低声，"又一夜没睡啊。"

"你看看，这是我给田中首相的信。"张作霖从桌上拿起两页写满毛笔字的纸，交到杨宇霆手中，"东京昨天来情报，去年田中义一给天皇写有一份密奏，那是日本对华的基本国策。我想田中看过我的信，会有个回复，我们从中也许能分析出他们如何动手，何时动手……"

"从建川的态度看，如果不在满蒙新五路上签字，也许等不到田中回信，下面这些人就会动手。"杨宇霆边看信边犯愁。

"这条我想到了。"张作霖迸出一声，"我签！"

"真签？"杨宇霆放下给田中的信，怔在那里。

"真签。"张作霖铺纸抓笔，在《满蒙新五路协约》上只写下一个字："阅"。他丢下笔交代一句："剩下的事还由你来办。"

杨宇霆盯着"阅"啧啧有声："这个字可是一夜的心血写出来的哟！"

"两年的心血。"张作霖已经走到常发面前，食指按在他胸前的纽扣上，"交你个差事。"

"请大帅下令！"常发挺胸立正。

"把日本田中首相的密奏尽快给我搞到手。"

"是！"常发习惯性地喊完，突然迷茫了，"啊？日本首相……什么是密奏，去哪儿找啊？"

张作霖没解释，只是问："你现在日本话讲得怎么样？"

"生活用语马马虎虎，骂人的话绝对漂亮！"

"你带上李香玉或樱子，去东京找蔡智勇，什么是密奏，怎么搞密奏，你就听他的。"

"是！"

"抓紧准备，跟李香玉和樱子商量完，晚饭前来向我报告。"

"是！"

张作霖转头面对张作相和杨宇霆，"咱们有些兄弟跟日本人玩得很近，有意无意会走漏些事，今天的事到此为止，对任何人不得说。"

"明白。"张作相和杨宇霆点头。

常发正准备离开，张学良有些气喘地走进来。张作霖皱起眉头问："你是跑来的还是走来的？"

张学良有些茫然，"我是坐车来的。"

张作霖朝常发挥手，"你去吧。"

常发朝张学良敬礼，然后大步走开。刚出门，身后便响起张作霖的骂声："妈了巴子的，这才走几步就喘成这样？你抽上了，我没资格说你，可你定力太差，越抽瘾越大，调控不住自己是要找死的……"

常发知道，张学良从去年开始吸上大烟。张作霖反对儿子吸大烟，但自己也吸，没理由说儿子，很恼火。张作霖吸大烟能控制量，张学良定力不足，短短一年吸食量已经超过父亲，不能不令人担忧。

常发出于好奇，也曾想试试大烟，被师父韩老吊一掌拍胸，"敢试一口我就废了你！"如今眼见少帅吸大烟，身体精神每况愈下，终于明白师父何以会闻烟色变了。

回到顺承王府，常发给天津去电话，樱子说李香玉有急事正在赴京的路上。

常发说："你也马上来北京，有急事。"

一九八八年，为写《共和国秘史》，我去采访李香玉。她在抗日战争胜利后，嫁给冀热察军区一位领导，一九五〇年随丈夫入朝参战，停战后随丈夫回到中国，加入中国籍。

她坐在轮椅中。"文化大革命"中因为"历史问题"，她被关押审查八年，从此与轮椅为伴。然而，她的神情依然秀逸淑静，两眼洋溢着慈祥和温存，使你无法将她与"坎坷一生""历尽苦难"一类词语联系在一起。

我曾经问："李阿姨，历次政治运动，你吃了多少苦头，为啥还是那么忠于党，热爱党？这是不是迷信啊？"

李香玉带着静谧无言的微笑注视我良久，没有回答，却换了深情深沉深切的忆念，讲起她的洞房花烛夜：

> 我和你刘伯伯一人只有一条薄被，铺一条，盖一条。东北的三九天，我哆嗦个不止。老刘紧紧拥着我问："还冷吗？"我说："不冷。"他说："你在哆嗦。"我说："在西安，我们从前线回来的东北军，有把红军说成神的，也有说成鬼的，反正没有……说成人的。"他问："为什么？"我说："从北洋时代开始，打仗都是大老远地开枪打炮，只有红军，最多开三枪就扑上来了，刀砍枪刺，凶神恶煞，机枪大炮都拦不住。"
>
> 你刘伯伯哈哈大笑，"你看我像神像鬼还是像人？"
>
> 我哼哼几声说："神……人。"
>
> 当我脸颊滚烫，再也不哆嗦时，他用力亲我一下说："小傻瓜，谁不想多放几枪？可我们每次打仗，最多只有三发子弹，只能靠刺刀拳头解决战斗啊！"
>
> 那一夜，我们没有睡，天快亮时，他自豪地说："我们红军是特殊材料制成的，最喜欢近战夜战！"
>
> 我说："你们好凶啊，不在南方吃稻子，跑二万五千里来陕甘吃麦子。"
>
> 他说："吃稻子我们更神，蒋介石五十万大军不够我们三拳两脚就打垮了。可惜来了个洋鬼子还带几个书呆子，葬送了中央苏区。正好我们要北上抗日，就开始战略大转移……"
>
> 我说："刚到西安，张学良反共比蒋介石还积极，他给我们做政治动员：二十六万装备精良的东北军，再加十七万西北军，对付几千个土枪大刀片子的红军，是不是泰山压鸡卵？攘外必先安内，只

有尽快剿灭他们,我们才有可能打回东北去。[1]谁知四十多万大军碰上徐海东的几千红军,不到两个月时间,三战被歼灭三个精锐师,全线溃散。张学良对王以哲、刘多荃骂娘:狗日的蒋介石一百万大军打不过红军,剿不灭共产党,让我们当替死鬼,去对付这些神兵!过去我以为是讲神话,现在我要问:为啥不用这些神话般的红军去对付日本人?"

李香玉关于洞房花烛夜的故事到此戛然而止,换了语气说:抗美援朝时,我真有些担心。西南西北战事未停,两湖两广匪患猖獗,当年侵华只是八国联军,现在可是"联合国军",直接出兵的就有十六国的洋鬼子。你猜老刘怎么说?"什么十六国,就是六十国也不够老子打的,只要有毛主席共产党,谁敢犯我我就坚决把他消灭光!"多豪迈啊,这才是英雄好汉。你们和平环境的小青年,崇拜的都是古人眼中的下九流,什么歌星舞星影星,在我们那个风雨激荡的岁月,令人崇拜的只有英雄好汉。张作霖、蒋介石、张学良没一个是省油的灯吧?可他们面对日本鬼子那一万关东军,你看他们那个窝囊相、可怜劲,做人做得那个难呀……

李香玉啧啧有声,连连摇头……

走进纯一斋的三位客人,梁士诒、靳云鹏、潘复,先后都曾在北洋政府任过总理大臣等要职。

穿客厅走入里间,张作霖独自坐在麻将桌旁洗牌。梁士诒在对面坐下,劝说:"大帅,哪怕躺下迷糊迷糊[2],你看你那两眼,全是眵目糊。"
张作霖机械地重复着洗牌动作,"睡不着,躺下更累。"
靳云鹏边坐边劝:"下狠心,多吃几片安眠药。"

---

1 《张学良》,徐彻、徐忱著,中国文史出版社2012年1月第1版,第254页。
2 迷糊迷糊,东北方言,指打个盹儿。

张作霖抠着眼屎,"芳泽约几次了,不见也不是办法。"

潘复也劝:"那更要睡睡才清醒。"

"打牌就是换脑筋,也是一种休息。"张作霖开始码牌,客人也不再劝,认真陪张作霖"换脑筋"。

刚打到南风圈,侍者来报:"常发求见。"

张作霖目光不离手牌,"进里间来吧。"

常发带着李香玉和樱子走入纯一斋的里间,略一停顿,便忍不住道:"大帅,让樱子替您一圈,香玉有急事报告。"

"说吧,这屋里只有我。"张作霖一边补花[1]一边说。

"没听懂吗?"潘复提醒,"我们和大帅是一个人。"

李香玉看常发,常发点点头。

"前些天河本请新任关东军司令官冈村在我们菊文酒馆喝酒,我听河本说,'东方会议'瞎扯淡,他必须动手了,他毕竟是关东军参谋,只为军部负责……"

"他想干什么?"靳云鹏盯住李香玉,"这日本军也真见鬼,一个狗参谋在中国军队算个屁呀,在日本军队居然可以指挥师团旅团!"

"看你的牌,急什么?"张作霖目光仍不离牌桌,"香玉,讲你的。"

李香玉继续道:"冈村好像不同意,直摇头。说根据田中奏折,可以解除奉军武装,找个人取代张大帅。河本问:'您以为一万关东军能解除四十多万奉军武装?'冈村说解除卫队旅总可以。河本说张大帅是,是……"

"说,是土匪对不对?"张作霖报一声自摸和,朝李香玉笑道,"我没啥忌口的,你只管说。"

"河本说张大帅是土匪,敢玩命,如果翻了脸怎么办。冈村说'这就是我迟迟不敢动手的原因'。河本说,'拖多久?拖得起吗?最简单的办法就是干掉他,换谁都比张作霖好对付'。"

---

[1] 补花,麻将术语,抓到花牌后,明放在立牌前,并从牌墙最后补一张牌。

"哈哈哈，"张作霖一边码牌墙一边大笑道，"河本还真抬举我啊！"

"因为冈村司令官始终摇头，我就没急着来。前天河本带手下那个竹下义晴又跟土肥原贤二说，他准备派竹下刺杀大帅。土肥原也摇头，说容易暴露，不容易成功。竹下问土肥原能不能帮他接近大帅，土肥原说没可能，军人不要玩特工那一套，有损军人的荣誉。河本说，那他另想军人的办法。我一看，这是被贼惦记上了，所以才赶过来给你们报个信。自从大帅入关，河本也一直在京津活动，常发说不如先下手，让他灭了河本……"

侍者又进来报告："芳泽公使到。"

"没见我在打牌？让他客厅里候着。"张作霖对牌友说，"打完南风圈。"

常发叫一声："大帅！"

"你杀了河本一世，还会来河本二世。土肥原贤二是我的顾问，他都不干的事我更不屑去干。不用讲了，你们跟着买码[1]吧。"张作霖忽然放开嗓门骂，"妈了巴子，我以讨伐共产党为主义，如果中国被赤化，出了第二个苏维埃政权，我看你日本人连西北风也喝不上！"

没人插嘴，都知道这是说给芳泽听的。

---

[1] 买码，麻将术语，旁观者跟着参赌，类似押宝。

第二十一章

"大帅过去多久了？"潘复推开麻将问。

"我替大帅搓麻已经超过三局[1]。"樱子回应。

张作霖去见芳泽时对牌友说："我与芳泽没什么好谈的，樱子，你替我打两局，最多两局我就回来。"

潘复没心再打牌，对常发道："你们年轻人耳朵灵，去听听说什么呢？"

常发拉李香玉，"万一芳泽说日语，你跟我一起去听。我重复大帅的话，你传芳泽的话。"

潘复、靳云鹏、梁士诒随常发、李香玉、樱子走到门边倾耳听，常发和李香玉轮替着传声客厅里的对话。

常发："……矢田七太郎与我有近二十年友情，知道我的脾气，送此'觉书'，我当然要有严重抗议。"

---

[1] 四圈为一局。

李香玉："因为日本在东北有特殊利益。如果我前面是以个人名义劝说，那么我现在是代表日本政府提出警告：中国内战现已波及京津，满洲治安也受到影响，我大日本帝国为保护在满蒙的特殊利益，势将采取断然之处置。"

"妈了巴子，你车轱辘话又转回来。什么特殊利益？什么侨民、移民、殖民，好像东北真都成了你们的殖民地？"

"我现在不是以个人名义了，是代表日本政府，请你说话注意点。田中首相对'满蒙悬案'迟迟不能解决非常恼火，他无法向天皇交代，也无法向日本国民交代，这是他给我的训斥电文……"

"田中首相的难处我理解。日本以三羽乌为代表的新军阀不停地发难，中国不是也出来蒋、冯、阎这些新军阀朝我发难吗？如果我失败，中国将被赤化，对日本有没有关系？蒋介石比我还能保护日本的利益？"

"蒋介石不但承认大日本帝国在东北的特殊利益，而且承认我们在华北的特殊利益。我再以个人名义劝你一句：看在老朋友的关系上，只要你肯在这份协议上签字，日本国保证你可以与蒋介石划江而治，否则……你打得过北伐军吗？"

"……谢谢公使的好意……我们家中的事，就不劳邻居费心了。"

"你是真听不懂我的意思？我以个人名义讲的话……"

"打不过北伐军，我可以退出关外。"

"恐怕未必能回得去吧？"

"关外是我家，愿意回去就回去，有什么不行呢？"

"你是真不懂还是装糊涂？我以个人名义提醒你，别说我，就是田中首相、天皇陛下也不敢保证你能全身而退！"

"他妈了巴子，我什么不懂？我这个臭皮囊不要了总可以吧？我早就不想要了！你现在割走我这颗头，我也不能做叫我子子孙孙抬不起头来的事……芳泽先生，就个人友情而论，我谢谢你用朋友名义的提醒，也请你转告那些只认拳头的人,要我张作霖这身臭皮囊也没那么容易!他们过去就没少搞,妈了个巴子的,搞成了吗?我是创业的,不是吓大的,怕死我就不会被人骂成土匪!"

常发忽然张开双臂往牌桌走,"坐回,坐回去,大帅来了。"

张作霖一把推开门,大步走入,用大力气将门摔响,"岂有此理!"

"我这个臭皮囊不要了!"张作霖掀翻麻将桌。

"不要了!"张作霖抓起茶几上的翡翠烟杆朝地上摔去,那是靳云鹏仿慈禧太后当年送的那支翡翠烟杆定制来送给张作霖的。

"大帅息怒。"潘复一把扶住身体打晃的张作霖。

"老亲家……快快坐下。"靳云鹏扶张作霖坐到沙发椅上。

"大帅,从现在起,常发一刻也不离你身边,让我跟那群手下败将再过过招!"

李香玉送上一杯茶,张作霖呷一口,兀自大喘粗气,手抖抖地指向鸦片烟具,樱子忙帮他点泡儿。

片刻,张作霖放下烟枪,朝常发招一下手。常发走近,照手势蹲下身子。张作霖正要说什么,侍者进来,"芳泽公使希望再见大帅一面。"

"就说我累了,不见了。"张作霖看侍者关上门,对常发道,"我有卫队,还有四十几万大军,和平与安全是靠实力讲话,跟日本国开战也许挡不住,对付一万关东军,谁怕谁就说不准了。你只管去东京,英美和苏俄都在花高价买田中奏折,这才是关系东北关系中国命运的大事。我看日本人的胃口,中日一战是免不了的,如果搞到田中奏折,公之于众,国内国际必会产生激烈反应,推迟几年开战也是有可能的。"

"常发听大帅的……我后天出发。"

"你跟着去吗?"张作霖望住李香玉。

"樱子陪他去,我还要回天津再劝劝学成。"

"唉,我二哥那么好个人,怎么就生出这么个畜生!"张作霖伤感地摇摇头。

张宗昌兵败山东,张学成的一师人马听见枪响就全逃光了,他独个儿跑到天津，整天和一些日本浪人酗酒玩乐。张作霖几次差人叫他回北京或是奉天，答应让他在奉军里继续当师长，可他坚决不肯回，说宁肯当寓公也不去看张学良的脸色。张作霖和张学良请李香玉帮忙劝说，张学成根本不为所动，甚至幸灾乐祸地说："你回去代我问一声，北伐军到眼皮前了，他俩这大帅少帅还能当几天？"

由于张学成的颓废和放纵，李香玉对他曾经有过的好感早已消逝，并不想再去见他，只是受了张作霖、张学良的托付，又有常发的求情，才勉为其难。张作霖对此心知肚明。

"孩子，委屈你了。"张作霖对李香玉道，"这是我块心病，做不好，我怎么去见我二哥哟……"

常发心房一颤，抬头看时，梁士诒、靳云鹏和潘复也都有些变色，这话分明是有什么预感，怕死后留下遗憾……

跑步三千米，常发回到蔡丰源株式会社已是大汗淋漓。樱子帮他脱运动衫时叫起来："哇，你出的是汗还是酒啊，还在往外冒。"她用舌尖在常发的后背轻轻一舔，"嗯，真有清酒味道啊。"

"这都是你哥哥国民外交的成果。一星期，喝七十斤清酒，天天挨日本人欺！"常发赤脚裸体在屋里踱步落汗，发泄几句不满，"真不知你哥是想当好汉还是想当汉奸。"

"你说啥呢？当然是想当好汉。北京来电了，这就要见成果了！"

"我看看。"

"先冲凉。"

"我要落落汗，先拿给我看。"

樱子从桌案上取来那封电报，常发抓过来，目光飞速扫过字里行间："病床费五万元奉返，其病如要至欧美医治等事项，余担保负责。王林。"

王林就是东北王张作霖。

常发左手在胸肌上用力拍响，喊一声："你也准备一下，最多半小时,你哥准来接咱们。"喊声中,他已钻进洗浴室,将淋浴开到最大,在冷水中痛快地大呼小叫。

樱子笑了,坐到梳妆台前细心地上妆画眉,来东京这些日子的情景便在脑际过一遍电影:

到东京第一天,蔡智勇说:"大臣给天皇说事儿就叫上奏,大臣写给天皇的报告就叫奏折。田中首相的奏折据传是他设计的基本国策:意欲征服中国,必先征服满蒙;意欲征服世界,必先征服中国。此人被称为日军中的施里芬。"

"施里芬是什么东西?"

"德国陆军元帅,他设计了一种闪电战。"

"大帅要的是奏折不是施里芬,田中奏折放在哪儿?"

蔡智勇惊讶地打量常发,"你想干什么?苏俄开价五十万现洋,英国开价三十五万英镑,美国出价四十万美元,迄今没有搞到手……"

"我不要钱,我只要你告诉我田中奏折放在哪儿!"

蔡智勇仰天大吸气,本想吼一嗓:"皇宫!"可一看常发那副犯浑的样子,脑子闪念间改了口:"不知道!我只知道各国间谍到达东京的已有两千名之多,东京警视厅为此增加外事警察三千名,严密追踪监视。邮局税关添员一千五百名,检查所有邮件,这都是为了田中奏折。你小子……啧啧啧,难怪大帅让樱子给我带了份手令,你自己看看!"

常发接过手令,果然是张作霖手迹:"英美使馆传话,田中首相奏章,精心谋划不战屈兵,武力图华之略,对我更有利害,宜速图谋入手。今遣常发前往协助,一切听智勇指令行事,稍有违逆,即令返国,不得误事。用费多少不计。张作霖"

常发瞟一眼樱子,樱子俏皮地扮个鬼脸,常发便如泄了气的皮球,耷拉下脑袋说:"一切听你的。说吧,叫我干什么?"

蔡智勇换了柔和的语气:"这还差不多。田中奏折是日本最高机密,绝对不易到手。我和樱子都系日本臣民,从日本法律立场来看,不可使用间谍手段。不是怕'叛国罪'牺牲性命,是因为不可能成功。我思虑再三,只能运用国民外交，利用民政党与政友党的矛盾来搞这份秘密文件。"

"那我怎么协助？我只会蹿房越脊，翻墙钻洞，去偷去抢，我可不会什么国民外交。"

"你只要把酒陪好就行。从明天开始，我要分批宴请日本朋友，就在我私寓的三楼大饮日本清酒和中国五加皮，大抽鸦片烟。"蔡智勇把脸一沉，警告说，"什么叫陪好？日本人越骂你越羞辱你，你越要赔笑脸，顺着他的意思讲话。如果做不到，如果酒醉耍性子，你就马上回国。如果你能忍受，那就离成功不远了。"

常发好一番犹豫，终于表态："我可以做到，但你要帮我个忙。"

"说吧。"

"找个文身的地方，我要刺个字。"

"好办，银座大道后街就有，樱子带你去。"

当晚，常发的肚皮上就出现了一个大大的"忍"字。他对蔡智勇说："现在我的肚里能撑船了，这是为大帅，也是为咱东北。"

从第二天开始，蔡智勇先后邀请了政友会的犬养毅[1]及其儿子犬养健，隔天又请了田中内阁的外相永井。常发头天陪犬养毅喝清酒，隔天又陪永井喝五加皮，喝到面红耳赤，大唱"满洲是我家"时，蔡智勇便不失时机劝说："你能不能帮我拿出田中奏章，在我主持的《日华》日报上发表，借以发动舆论，激励国民大闯关东，一心向满蒙跃进？"

犬养毅和永井都是立地回绝："绝对不行。咱们国民向满蒙跃进的热情早已沸腾，现在的关键是避免英美列强干涉，所以要绝对保密。"

他们把蔡智勇、樱子、常发都当成了日本人。

蔡智勇又邀请了中野正刚、金森贵族议员和皇室成员东久迩宫[2]，他们虽然没有答应，但东久醉后透露，天皇裕仁还是太子的时候，曾出访欧洲，亲手购买了一尊拿破仑半身像，放在书房里，他是一位雄心

---

[1] 犬养毅，芳泽公使的岳父，后任首相。
[2] 东久迩宫，明治天皇的女婿。

勃勃，不逊于明治的"英主"。

访欧期间，裕仁请东久联系驻欧青年军官集团的首领"三羽乌"，举行了"巴登巴登[1]聚会"，获得少壮军官的鼎力支持。裕仁代替患脑血栓的大正天皇摄政后，立刻在皇宫东侧的宫廷气象台开办了一个"大学寮"——大学生寄宿处之意。裕仁继承皇位后，改年号"昭和"。后起的昭和军阀集团，从日本陆军的三羽乌永田铁山、小畑敏四郎、冈村宁次，到被称为"关东军三羽乌"的板垣、石原、土肥原都是"大学寮"培养出的人物，他们学的"三大主义"是：大和民族主义、大亚洲主义、法西斯主义。

天皇早已想用昭和军阀替代长州军阀最后的巨魁田中义一，最好的办法就是让民政党去斗政友党，由天皇支持的昭和新军阀坐收渔利。

于是，蔡智勇邀请了他的老朋友床次竹二郎。

床次是民政党人，为搞垮政友党是不择手段的。酒酣耳热时，他大发议论："我们民政党组阁，对华政策只要求你们开放门户，允许我们投资做买卖赚钱，我们日本国和你们中国通商就好比是通奸吧，也是双赢。你们搞什么抵制日货、排日侮日，搞得我们倒台，田中上台，得，武力解决，不跟我们通奸就被田中强奸了吧？"

蔡智勇用力拍拍常发肚皮，"听懂没有，还斗气不斗气？不肯通奸就被人家强奸。"

"不斗气，不斗气，"常发心里想着肚皮上的"忍"字，嘴里连连附和道，"床次先生讲话总不离下面的三寸器，够爷们儿。"

床次太明白常发的身份，本以为会发火，没料想人一到东京也学会逆来顺受了，气焰和兴致立刻高涨，拍着胸脯喊："这次你们算找对人了，我搞不到田中奏折，可我知道谁能搞到。"

"那我就指靠老弟了。"蔡智勇抓住机会进言，"为了民政党打倒政

---

[1] 巴登巴登，德国南部城市矿泉疗养地。"巴登巴登聚会"的参加者还有东条英机等11名军官。

友党，应该揭发田中奏折，让国民知道田中武力占领满蒙政策，必将招致中日绝交，两败俱伤。"

"你错了，日本国民一边倒地支持武力解决满蒙。"床次用教训的口吻说，"日本朝野所担心的，只有英美列强的干涉。你真想搞田中奏折，等我回信。"

昨天，床次终于带来回信："请你给我五千美元定金，准备好高等中国菜和五加皮酒，在我邸内开席宴请牧野伸显伯爵，如果你们能将田中奏折公表国际，皇室方可利用英美舆论迫田中辞职，由民政党组阁，如何？"

"没问题，我马上与中国联络。"

"事成之后，牧野要求二十万美元。"床次再次开价。

"成交，我马上联络。"蔡智勇让常发陪床次继续喝酒尽兴，自己立刻利用东京每夕新闻纸"殊点要字"的联络方式，将床次开出的条件秘密电告北京，今天一早，便收到了电汇和电文……

常发十分钟冲凉，一身清爽坐到餐桌旁。樱子已摆上茶水和早点，有寿司、烤鳗鱼、奥殿[1]和一碗牛肉荞麦面条，这是从银座大道后街的小吃店里买来的。

常发风卷残云将餐桌上的食品一扫而光，心满意足地站起身，房门恰好被推开。蔡智勇显然是接过了电话，进门就一句指令："把电报拿上，跟我去见伯爵。"

银座这个好听的名字本属于静冈市，在江户幕府时代，银座易址东京，从此定格为繁华与高贵的象征。蔡智勇驾车带着常发和樱子由此向北到达日本桥地区的金座，谒见牧野伯爵。

伯爵看过电文，拍髀长舒一口气，"打破长州藩对陆军人事的垄断，结束藩阀政治在此一举。由此皇位可巩固，我的老命又可延长了！"

---

[1] 奥殿，用萝卜、白菜、豆腐、芋头乱炖的一种菜。

常发叔晚年曾告诉我，当年日本朝野在侵占东北乃至全中国上是一致的，但各派政治势力的内斗也是激烈甚至残酷的。就他所经历，日本死伤的首相，从原敬到滨口、犬养毅、斋藤实、高桥、渡边、铃木……以下克上，让子弹飞，这就是日本的政治，而且有浓厚的"国民基础"。刺杀犬养毅的首犯古贺中尉对法庭说："我每天都收到大量的姑娘们求婚的自荐信件，说明我既非左派，也非右派，我只是大和民族的英雄。"法庭也承认，已收到十二万封支持古贺的信件，三十六万人签名的请愿书，更有十人斩下小指头泡在酒精里警告法官……日本的法西斯运动当年是受到最广泛的社会支持的。

这已是后话，常发当年去东京，法西斯运动在日本起步不久。牧野伯爵当场就叫来他小妾的弟弟山下勇，令他约妥皇室书库官，选好日子让蔡智勇前去抄摄《田中奏章》。

牧野伯爵提醒蔡智勇："《田中奏章》是日本的最高机密，涉及的人越少越安全，除皇室书库官之外，我不能再与你联系任何人。"

他将一枚金盾圆形的"皇居临时通行牌"郑重交入蔡智勇之手，"号码七十二，只此一枚。只能在皇宫内部使用，不到万不得已切莫拿出。出示一次就有一次风险，是怕你应对有误被抓住就会牵连甚广。至于如何进入皇宫，那就看你过'断足桥'的造化了，山下勇只能在皇宫御门接应，管不了'断足桥'。"

告辞牧野伯爵，蔡智勇驱车西行，进入千代田区，停车盯牢常发，"我的国民外交告一段，下一步就看你的特工手段了。"

"早猜到了。"常发语气平和。

"下车踩点。"蔡智勇打开车门。

"樱子去吗？"常发问。

"她是最好的掩护。"

于是，三个人下车绕皇宫漫步，逛景一般。

"日本皇宫是天正十八年由德川幕府第一代将军德川家康修筑，占地两万五千平方米，原本是城堡式建筑。花岗岩的城墙虽然不高，却很宽大。像老北京一样,被注满水的护城河包围着。将军的近卫军都驻扎在堡内,建筑是日本传统的木结构,绿瓦白墙、茶褐色的铜柱,到明治天皇时,幕府统治被推翻,中央权力归还天皇,木结构建筑被付之一炬,在原址修建了你现在看到的这座皇宫,是将日本建筑的传统特征和欧洲仿古典主义风格的华丽结合在一起,也是明治维新想'脱亚入欧'的反映吧。不过花岗岩的围墙依旧,护城河更深更宽了。"蔡智勇漫步中轻声介绍着皇宫的历史及环境,"你注意数数,皇宫有二十四座大门、三十六洞偏门,各门前都设有长桥,这就是伯爵所说的断足桥。"

常发肃静警听,目光像机枪射手一样扫视着宫墙、御门、长桥乃至四周的树木花草,但在外人看来,他却是搂着樱子,完全沉浸在爱河中。

"看见巡桥的皇警了吗?走过来的那六个,穿长衫,执长刀,定时巡查,日夜守望,发现有人潜渡门桥,只要没有事先打招呼安排,无论官民,必挥长刀砍断其足,然后再处以不敬之罪。"

"在中国,对皇上不敬之罪是要凌迟三千六百刀的。"常发讲话时轻吻樱子一下,外人还以为他是说:"亲爱的,我现在就想抱你上床。"

"日本也不轻,腿砍断了,判个死刑还要把头砍下来。"

樱子把常发的嘴唇推开,外人以为她是撒娇,其实她在说:"血呼啦的,吓死人了,你还有心思亲热。"

就这样围着皇宫,从东漫步到南漫步到西。

"注意,你现在看到的是红叶山下御门,快到了。"蔡智勇轻轻吹起口哨,吹完一首歌,四周望望,低沉的声音很显分量,"这里是西丸大手门,皇室书库就在此门内!"

常发没有东张西望,只是又亲一下樱子,"亲爱的,我饿了,往回走吧。"

蔡智勇受常发的轻松口气鼓舞,声音陡然提高:"好啊,我请客,咱们去浅草感受一下江户时代町人的生活情调和气氛。"

浅草是"庶民之街",町人就是平民阶层。他们不同于武士阶层,更有别于贵族，讲求人性率真和娱乐享受。

蔡智勇驱车返回日本桥，向北转，把车停在浅草寺旁。三个人一下车，便陷入热闹和喧嚷之中，餐馆里的嘈杂鼎沸更是与金座银座酒店里的高雅清静形成鲜明对照。

蔡智勇引常发和樱子走入一家叫"水车屋"的料理店，常发屁股还没坐稳，便被邻座的喧嚷声吸引过去：

"我刚踏上中国的土地，哎呀，立刻被那一望无际，像大海一样波状起伏的东北大平原惊呆了！大豆、高粱、玉米，天哪，都在向我招手向我呼唤，来吧来吧，闯关东吧，这里才有我们日本平民的生存空间，这里才应该是我们的家……"

常发的日语水平虽然只能听个大概意思，却也按捺不住想跳起来，被蔡智勇扯起就走，刚出店门便拍拍他肚皮，"别忘了你是来干啥的。"说话间已转入隔壁朝鲜人开的"金刚苑"。刚进门就听到一个日本女人的声音，什么"满洲""垦荒""来信"，蔡智勇扯着常发扭头又走出店门。

"唉，把国民情绪煽动成这样，看来中日一战是不可避免了！"蔡智勇扯着常发的手不肯松，索性奔浅草寺走去。

穿过悬挂巨大红灯笼的雷门，走上足有三百米长的参拜大道，道两旁挤满各种店铺，卖玩具的，卖和服睡衣的，卖各种土特产及礼品的，其中更多的是卖各种小吃。

"咱们也过一把日本庶民的生活。"蔡智勇沿路走着，请常发和樱子吃偶人烧、炸糕、煎饼、烤鱼和各种寿司，不知不觉便填饱肚子。

他们被锣声吸引到寺庙西南角的五重塔，塔前围了许多人，却丝毫不影响常发看清里面有人在耍猴。

晚年的常发叔曾对我说："那时的日本人个子都很矮，平均身高在一米五六，战败投降时，平均身高已降到一米四六，侵华战争对日本民族的伤害由此可见一二。战后二十年的恢复，日本人的平均身高增加二十厘米不止，但愿日本国民从中能多有感悟。"

樱子身高只有一米六〇，踮起脚也看不见，便从人缝中挤进里圈蹲下身。常发在圈外背着双手，先看一只穿绿衣的小猴子走钢丝，又看一只穿红衣的小猴子推铁环，人群中正响着喝彩声，冷不丁跳出一只大猴子，左手端个盘子，右手举在头侧像敬礼的样子，向人讨赏钱。

里圈的看客情愿不情愿地朝盘子里丢小钱，遇了死不肯掏钱的，那只大猴子便龇牙咧嘴眼露凶光，于是，受了惊吓的看客也不得不丢下一枚小钱。

转眼间，大猴子来到樱子面前，樱子伸手摸兜，发现穿的是裙子，没带钱，只好摆摆手，想站起来退后。

说时迟，那时快，没等樱子站直身，大猴子龇出犬齿，右爪一把抓过去。

"哎呀！"一声尖叫，樱子脖上挂的那条金项链被大猴子扯走了。旁边有人叫喊着伸手去夺，那只大猴子三蹦两纵，居然蹿到五重塔的塔檐上。

耍猴人也慌了神，朝大猴子吆喝，可是众多看客乱喊乱叫，大猴子受了惊吓，在首层的塔檐上朝下张望，忽然扭头就窜逃。

原来是一道黑影弹射出去的一般，几个纵跃，伸臂搭手，身子一扭早上了塔檐，紧随大猴子追去。追到第三重塔，凌空抓住大猴子的颈圈。

不是别人，正是常发。

看客们惊呆了，直到常发逐层跳回地面，才打雷似的爆出欢呼喝彩。

常发将项链交给樱子，给大猴子扔一张大钞，转身就走。

蔡智勇拉着樱子追上，激动地问："这叫啥功夫？"

"八步登空，不叫功夫叫本事。"

"断足桥和皇宫的城墙真不够你玩！"蔡智勇彻底放下了心。

第二十二章

一九二八年六月四日晨。

常发从银座跑到千代田区,绕皇宫一圈,再返回。自从谒见过牧野伯爵,由蔡智勇引领"踩点"之后,他将每天早晨的跑步路线改向皇宫,并且在夜里两次造访断足桥。

"请告诉山下勇,我从红叶山下御门进皇宫。"常发对蔡智勇交代,"西丸大手门的断足桥长一倍,且树木不足遮掩,红叶山下御门至皇室书库常人走五分钟,我不需一分钟就可以到。"

"你还要想好怎么防那些皇警。"

"用不着想,试过了,全是舞台上翻筋斗、花拳绣腿的样子货。"

"啊,你怎么试的?"

"跟在他们身后大摇大摆走过断足桥他们都没感觉,第二次扯扯最后一名皇警的长衫,他回头没发现我,还以为是被树枝挂了。"

"你也太冒险,万一被发现,必加强戒备,正经干事时反而难了。"

"隔行如隔山,把魔术当鬼神。你只管催伯爵吧,大帅那里正是多事之际，赶紧办完我还要赶回奉天呢。"

在等候的日子里，樱子每天早午餐都要给常发"讲新闻"，她主要是看《东京日日新闻》和《产经新闻》，把每天发生的大事讲给常发。比如张作霖不顾日本抗议，坚持修筑大通铁路，与日本的南满铁路"平行竞争"，使日本一年损失两千万元。又比如张作霖在中南海怀仁堂举行告别茶话会招待各国公使，即席声明撤离北京，并激情宣称："这只是大元帅府由北京迁往奉天，不管怎样，我姓张的不会卖国，也不怕死。"再比如《产经新闻》说："为保证张作霖一行安全返奉，成立了奉天省城军警联合办事处，齐恩铭为处长，陈奉璋为副处长，对张氏回奉做了全面细致的安排部署。"

今天跑步情况有异，路人三五成堆议论什么，特别是将近银座，常发将跑步换成走步，想听听路人在传什么消息。

那个年代，日本人热议的话题莫过于满蒙、支那。

"常发，"樱子很突兀地跑过来，情绪激动，"大帅遇刺了！"

"啊？"常发僵僵地戳在当地，像挨了一闷棍。

"我刚听到广播就跑出来找你，在皇姑屯，今早五点多刚炸的……"

常发只看见樱子的嘴唇在嚅动，周围所有的声响都倏然消失，渐渐地，那嚅动的嘴唇上边显出一撮胡子……是木村！

昨晚在蔡智勇私寓三楼宴请日本外务省亚洲局长木村，同座的《战争呼声》总编问到对中国时局的对策时，木村说："对南方的蒋介石，要给以精神上的援助，对北方的张作霖，不但绝对不能给予援助，必要时对他应施加相当压力，哪怕不得不诉诸武力，亦在所不辞。"

总编将记录请木村看，"这段话能发表吗？"

木村扫一眼，留下一片空白，在本子最下方签上名字，说："留这片空白加两句话：'一、田中玩张作霖的傀儡游戏纯粹是空想。二、我们要及早将张作霖的沉浮与帝国利益的维护，加以截然区别考虑。'"

总编记录完，问："您再看看？"

"不看了，喝酒。"木村端起酒杯。

为这番话，常发一夜没睡好，难怪一早跑步总感觉什么地方不对劲……他用力吞下一口唾液，终于重新看清樱子，听到了她的声音："你怎么了？赶紧回去听广播吧，全是大帅被刺的消息。"

"大帅伤得重吗？谁干的？"常发一路跑一路问。樱子说："不知道，回去听广播吧。"

赶回蔡丰源株式会社，蔡智勇已在那里守着收音机听广播，大家没有说话，无声地围在收音机旁。

广播正在报告事件最新进展情况："……奉天交涉总署日本科关科长向日本驻奉天领事提出口头抗议，说日本人在铁路交叉点附近炸毁了张作霖乘坐的专列。日方断然拒绝，并要求中方提出确实证据。"

八点半钟，广播又报道事件最新进展："中日双方经共同调查，在桥洞以南数十丈远处，发现便衣队两人于昨夜被守备队刺杀，死者手中各持有俄国制炸弹一个，显然系南方便衣队成员……"

十点三十分，广播里传出日本陆军省发布的声明："今晨五时二十三分，有人在沈阳车站与奉天车站之间的交叉点，对张作霖所坐之列车投掷炸弹。由此张作霖和吴俊升受轻伤，有几人伤亡。日本警备队即时枪击便衣队，但日军与中国军之间并没有发生任何冲突……"

"好了，可以吃饭了吧？"樱子拍巴掌，"只是轻伤。蒋介石的那些别动队，要是常发哥在，早把他们全收拾了，还有他们动手的机会？"

"妇人之见！"常发瞪一眼樱子，"日本陆军省的话你也信？"

蔡智勇也摇头，"陆军省历来是说了不算，算了不说。"

直到中午，广播里才传来常发等人最关心的消息："据英国驻奉天总领事透露，参与抢救的小河沿盛京施医院院长英人雍大夫向总领事证实，张作霖被炸负伤，虽无大碍，但需静养……另据日本驻奉天总领事林久治郎透露，他已派夫人前往帅府慰问。张作霖之寿夫人艳装华服一如平日，称'大元帅遇险轻伤，并受惊吓，刚吸过大烟，已安置睡下，致劳久候'。命副官开香槟，相互举酒干杯，共庆大元帅洪福齐天，得逃大难。"[1]

樱子拍响巴掌,"大难不死,必有后福,吃饭!"

于是,樱子为常发准备的早餐,现在变成三个人的下午餐,樱子多煮一锅乌冬面,说:"够不够?要不要买点小吃?"

蔡智勇说:"够了,没胃口。"

常发说:"念新闻吧,没心情吃。"

樱子拿起刚到手的《产经新闻》出版的《号外》说:"像是刚从厂里印出来的。说大帅的专列有二十余节,被炸车厢在专列中部,第九到十二节。大帅所乘包厢被炸出铁轨四丈左右,车身粉碎,只剩前门框和两个车轮……"

"停!"常发变色道,"有照片吗?"

"几乎两个版都是……"樱子话没说完,报纸早被常发抢去,仔细辨识那十二张图片,脸色越来越阴沉。

"不是北伐军便衣干的,更不可能是苏联人,只能是日本人!"常发牙齿咬得咯咯作响。

"何以见得?"蔡智勇放下面碗,也去看图片。

"车身粉碎,铁轨弯曲得像麦芽糖,没有三百公斤炸药是炸不成这样的!"常发望住蔡智勇,"早上广播还说两个便衣各持俄制炸弹一个,陆军省也说投掷炸弹,典型'猫儿盖屎',你们文人叫……什么来着?"

"欲盖弥彰。"

"妈了个巴子的。大帅的包厢,人称蓝钢车,是过去慈禧太后专用车,我坐过的,一百个炸弹也炸不成这样,三百公斤炸药谁能扔得动?"

"也许是南军勾结苏俄预先埋设……"

"放屁,这是从上往下炸的。三洞桥的桥上是日本的南满铁路,桥下是中国的京奉铁路,这个交会点只有日本的守备队在桥上设了岗楼,

---

[1] 《张学良》,徐彻、徐忱著,中国文史出版社2012年1月第1版,第107页。

周围二百米都在日本人的警戒线内，我来东京之前，奉天就报告说那里已经被日本人戒严，除日本人，谁能在那儿埋设三百公斤炸药，还要守候大帅的包厢驶到才起爆？"

蔡智勇用力捶一声桌响，不再言声。

沉寂良久，樱子小声道："面都凉了，我去热热？"

常发霍地站起身，紧盯蔡智勇，"我得回去。车炸成这样，我怕大帅……伤得不会轻。"

"你回去管什么用？大帅交你的任务也是关系东北乃至全国的大局。"

"我留下又有什么用？几天了，牧野那边屁也不放一个。靠他们钩心斗角，靠外国佬施舍，命运永远不在自己手中。什么法律、公理、正义，没实力全是放屁！"

"我先和奉天联系，你再耐耐性子，不就是担心大帅的安危吗？在东京我也能搞清！"

"日奸来电话了。"蔡智勇进门就喊，"要吃五千元的人体盛！常发，终于该你出手了……"

这是一九二八年六月十六日。

"妈了巴子的，中国有多少好汉就有多少汉奸，日本国找个日奸就这么困难！"

常发骂骂咧咧，他们背地里把床次竹二郎叫作日奸。

此前，蔡智勇分别宴请过永井外相和亚洲局长木村，这两人虽然都是蔡智勇的老朋友，虽然多有金钱毒品交往，虽然以为常发和樱子也是日本人，却始终闪烁其词，喝多少酒也不肯多谈"国事"，说来说去离不开男人的烟酒、女人的屁股，而最喜欢"谈国事"的床次竹二郎，却推三阻四，迟迟不肯来赴宴。

说明日本政界风向未定。

现在床次主动来电话要吃"人体盛"，八成是风向已定，大局今天即可明朗。

蔡智勇大力拍打常发肚皮,"关键一战,记住这里写的字!"

常发也在自家肚皮上一拍,"放心吧,近油者滑。跟你们混了这么久,见鬼说鬼话的本事还是学了点。"

蔡智勇又转向樱子,"我们要搞清三件事:田中奏折、大帅安危、什么人干的,这对我们制定对日政策至关重要。必要时,让常发'醉倒',由你来套出真话。"

樱子笑道:"明白,在菊文酒馆我总是扮这个角色。"

"你怎么扮?"蔡智勇有些不放心。

"酒过三巡开始讲官话,那是蔡哥上;酒过十巡以后,豪言壮语开始,就该常发哥上了;喝到胡言乱语时,才该我出马。"

蔡智勇琢磨着咂咂舌,朝常发横一指头,"你教的?"

"得骗就骗,得抢就抢,壮大自我,这是大帅教了几十年的道理。"常发忽然闭住嘴,憋半天叹出一声,"唉,不知大帅恢复得怎么样了?"

刚过下午五点,床次就像一股小旋风卷上了蔡智勇私寓的三楼,一身酒气,大呼小叫:"准备好了吗?常发,明天夜里零点,山下勇准时在红叶山下御门等候,你是断足还是拿到密奏跟我没关系,我反正要拿钱走人。"

"等你十多天,还以为你不想要这笔钱呢。"蔡智勇忙着斟茶,"现在想通了?说风就是雨的……"

"不是我想通,是伯爵,是闲院宫的载仁亲王……啊,天皇陛下恼火了,炸张作霖影响闹大了,天皇追查谁干的。田中说关东军不听话,擅自行动,又说对华外交就是对美外交,哪个民族没有自己的热血青年?冲动、过激,用热血开辟一条光明大道不少见,可没见过这群无法无天的少壮军官,真是混蛋,简直不懂为父母者之心!美欧都在指责日本……啊,没有欧美我早就对中国下手了!关东军也跟天皇骂首相:田中出卖军部!我们还在配合东北军调查谁炸的,他田中义一远在东京就敢往军部头上扣屎盆子!田中见军部反对,忙又向天皇改口,天皇说你一个首相,讲话前后矛盾,我不想再看见你了!哈,哈哈,田中内阁这次必倒无疑,只差一根稻草了……"

"喝水喝水,你这东一榔头西一棒子的,中午跟谁喝成这样?"蔡智勇拍打床次肩膀,床次兴致正高,滔滔不绝,"跟伯爵和亲王啊,一直喝到现在,我直接就过来了。酒喝到这个份儿上不能停,一停就喝不动了。我不喝茶,上五加皮!"

"先喝啤酒,吃人体盛再上五加皮。"蔡智勇开一瓶啤酒,床次一口气吹光一瓶啤酒,痛快地呼口酒气,"欧美贵族都是用啤酒解酒,啊,讲到哪儿了?再开一瓶啤酒。"

"那到底是谁炸的张作霖啊?"樱子跑进来。

"你说是谁?"床次颇具挑逗地盯住樱子,"当然是关东军!但是不能说,懂吗?小女人不懂大政治。田中哭了一鼻子,他的政治资本就是拿张作霖玩傀儡游戏,张作霖一炸,他说他也该完蛋了。"

"张作霖伤得重吗?"常发追问。

"不知道。"床次耸肩摊开两手,"关东军的司令参谋长和奉天总领事几次登门,包括十几名日本顾问都没见到真神,说明伤得不轻。但根据夫人外交得到的消息,她们从客厅偷窥见张作霖头上缠有纱布,斜躺在床上喝牛奶呢,看来也不会死。总之,天皇认为这件事干得不漂亮,只差一根稻草了,常发若能把密奏搞出来,公之于欧美,田中内阁必倒无疑。"床次又吹干一瓶啤酒,朝蔡智勇眨巴几下眼,黏糊糊的嘴唇贴到他耳朵上,悄声道:"天皇不喜欢政友会,其实他也不喜欢我们民政党,懂吗?说到底他就不喜欢政党政治。他喜欢的是三羽乌,是少壮军人,他们的政治主张皇室最喜欢:天皇亲政,建立只为天皇负责的廉洁的军政府!这些少壮军人骨干都在皇宫内的宫廷气象台上过课,听大川周明讲三大主义:大和民族主义、大亚洲主义、法西斯主义!"

"好了好了。"蔡智勇推开床次的黏嘴巴,大声吩咐下人,"上五加皮,上人体盛!"

一九二八年六月十七日晚十一点五十分,常发换一身黑色紧身衣,外穿皇警长衫,来到蔡智勇私寓三楼。

他第一眼看到的是坐在沙发里的床次。

床次头天从中午喝酒喝到晚上,闹人体盛又喝到凌晨四点,显然有些伤酒,眼皮浮肿,眼神散漫。

"叫他拿钱走人吧。"常发指点床次。

"我送你到皇宫。"床次振作一下精神,两手用力搓搓脸,"蔡兄知道,我做生意严守规矩,讲好送到断足桥……"

"谢谢,谢谢,还不够累赘呢,谁都别送,我自己去。"常发问,"行头准备好了吗?"

"你检查一下吧。"蔡智勇将一黑布包丢在桌上。常发打开包袱,里面有日本皇室书库专用的黄色册皮大小型三四十张,有绿色绣线两团、银锥三支、大小针一套。为扮一名补册工人,常发还向补册师傅学了半天基本功,如今带了这些行头,只为防备万一在宫内被值警人员碰见了查问。

"相机不能放包里。"蔡智勇将半个巴掌大的照相机交给常发,"关键时刻扔掉也不能被搜走。"

"那是的,扔还不能让人看出扔。"常发接过相机,两手一举,"请搜身吧。"

床次用力眨巴眼,他明明看见常发从蔡智勇手里接过了相机,可是举手间那两只手居然全是空的。他兴致陡起,与蔡智勇一前一后仔细搜身,硬是没搜出来。

"我可不是间谍啊,我是补册工。"常发抓起包袱准备走。

"等等,你得让我知道相机藏哪儿去了。"蔡智勇扯住常发的长衫。

"哪儿也没去,一直在我手里呀。"常发伸出右手,相机就在掌心中。

"你是变戏法还是特异功能?虽说现在科学发达了,这点我始终搞不清楚!"床次嚷嚷着。

常发耸耸肩,"咱不懂科学讲什么特异功能,咱只知道戏法就是特异，特异就是把戏杂耍，全是一球事，糊弄人的。不信的，你变出飞禽走兽他也不上当；迷信的，给泡屎他也相信是仙丹。我该走了。"

"拿着牌！"蔡智勇将七十二号"皇居临时通行牌"塞常发手里，常发将牌丢在桌子上，"我用不着，你留着去参观皇宫吧。"

"用不着也得拿着，别让山下勇作难，他是认牌不认人的。不拿牌，皇室书库也不敢接待你呀。"

"唉，其实我早把皇宫逛遍了！"常发勉强拿起那枚金盾圆形的通行牌，吹着口哨离开了，剩下蔡智勇和床次面面相觑，好半天才缓过神。

"他真的进过皇宫？"床次问。

"我怎么知道，我又没进过。你进去多次了，你和他聊聊不就核对出来了？"

床次没能与常发"核对"，因为第二天他得知常发已经登船回国，不过，没多久他便知道常发所言不虚。

那是八月份，田中奏章成为"国联"会议上中日代表舌战的大事。日方代表松冈一口咬定《田中奏章》系由中国伪造，中方代表为证真实，居然泄露了获取《田中奏章》的秘密，说由奉天派出特工进入皇室书库，看到《田中奏章》系用日本内阁奏章专用的"西内纸"精缮而成，共六十七页，标签"田中首相奏章"。除全部拍摄成照片，为加强证据，中方还用碳酸纸铺在原件上，用铅笔描出，不是田中手迹还会是谁？

欧美震动，抗议、警告之声不绝于耳。

田中内阁应声垮台。

松冈电知日本政府追究责任，皇宫里顿时乱成一团。

宫内的年轻贵族军官以及歌舞伎，多是梳唐轮头，这种发型简单、朴素，从桃山时代到江户时代曾广泛流行于社会，到明治时期，逐渐向复杂型发展，就是至今日本相扑运动员保留的那种发髻。这种发型容易散落，就有不少人回忆，说五月底到六月初，常感觉有黑影在身边闪过，头发莫名其妙就散落下来，挡住视线。等撩开头发前后左右探查，又什么也没看到，真见鬼！

此议一出，断足桥的皇警们也纷纷吐槽：那段时间就是怪事多，常看花眼不说，衣衫也会挂树枝，束发的白纸绳也会莫名其妙地断开。皇警们为防战斗中头发散落影响视线，多留"月代头"，即把头顶中前部的头发剃除，这样头发即便散落也只披散头部两侧及脑后，不会遮挡视野。可是这些皇警头发散落，虽没影响视野，却也没看到什么异常，莫非这名特工真有鬼神难测之本事？

议论和猜测替代不了证据，只有一件事是真的：《田中首相奏章》被奉天特工弄走了。

于是，皇室书库官山下勇及断足桥上的皇警等，共二十八人，一律免官。《东京日日新闻》《产经新闻》和日本人在奉天主办的《盛京时报》的头版头条大字标题是《支那驻日二十八宿归天！》。

于是，免官之后的山下勇强行占去蔡智勇的私宅，并要求他每年付给两万五千日元生活费。

同样，知道内幕的床次从此不敢醉酒，怕酒后泄密，牵连到伯爵和皇室，更怕常发说不定哪天夜里出现在床头。

他说："太可怕了，敢游戏皇宫，要我的头还不是探囊取物一般？"

"当年张作霖被炸，我们称其为皇姑屯事件。"

一九八五年，王再天听说我想写《狼毒花》，带着深沉的回忆说："当时我已是张学良的中尉副官，被选入东北陆军炮兵军官教育班学习。事件发生后不久，奉天镇威上将军公署总参议臧式毅和张学良的弟弟张学铭，为稳定军心，先后来给我们训话。说大帅虽然被炸，但只受点轻伤，很快会痊愈，叫大家不要听谣传谣，要安心学习。我们直到六月二十一日，要求全体师生佩黑纱，满城五色旗都降下半旗，才得到大帅已死的准确消息。"

"我比你王伯伯早一天得知消息，对谁都没敢说。"何花阿姨也曾对我回忆，"六月四号一早我就约了包满达和李香玉赶去小西边门外奉天车站欢迎从关内回来的张作霖。我的本心是为了迎候黄显声，我以为他会陪大帅一道返奉。早晨五点多钟，宪兵司令齐恩铭还在整顿欢迎人群的队伍，皇姑屯那边突然传来巨大的爆炸声，宪兵和卫队都朝那边奔跑，有汽车的也朝那边开。我们很惊慌，大家议论着，一定是专列出事了。后来，欢迎的队伍分别集合撤走，我们议论着来到常发家，是请包神仙算算怎么回事。包神仙的瞎眼只是淌泪，就是不说话。后来才知道，黑龙江督军吴俊升曾来看望过包神仙，然后就从奉天赶去山海关迎接张作霖。从吴俊升走后，包神仙就开始喃喃自语流泪，说什么老兄弟一场，要走一起走吧……直到六月二十号，常发回到奉天，我们才知道张作霖被炸当天上午就死了……"

一九二八年六月二十日下午。

常发被挡在大帅府正门前，急得连连跺脚，"他妈了巴子，敢拦老子，你们不要命了？"

"副官长，"卫兵称呼常发曾经担任过的最高职务，"大帅受伤，少帅督办奉天军务一职，警卫工作已有调整，无论亲朋故旧，凡入大帅府，均需报请少帅批准，请您尊令而行，稍待片刻。"

"大帅对我亲自有交代……"

"大帅有令：现在一切只听命于少帅。"

常发僵立在门前，突然生出一种难言的伤感。多少年后他才说清是什么心情："我在东京不过二十几天，奉天的一个时代已经结束了！"

黄显声匆匆跑出帅府门外，"常发！"

常发将藏有《田中奏章》的皮箱交给黄显声，"大帅交代的事情我办了。"

说完常发转身就走。被黄显声一把扯住，"哎哎，咋回事？"

"拽我干啥？如果允许我进帅府，给门岗一个电话就行，何必你亲自跑出来？"常发不肯回头。

"常发，你是大帅身边的人，该明白现在是非常时期……"

"我明白,一朝天子一朝臣。"

"你别犯浑!回家候着去,少帅要亲自登门看望你。"

常发眼圈一红,嘴唇嚅动几下才吐出声:"大帅……不要紧吧?"

"你不辱使命,"黄显声轻声道,"大帅很欣慰。去吧,晚上我陪少帅一道去看你和包神仙。"

"东西藏在箱子底层的隔板下。"常发交代一句便匆匆赶回家。

庭院清洁恬静,弥漫着幽幽花香,那是青砖铺路的两侧,紫丁香正在盛开的原因。丫鬟开春时在窗前种下的笤帚梅如今也已高过窗台,繁花引来蜜蜂和蝴蝶忙碌其中。常发心里忽悠一热,那还是包神仙刚住进来时,便将一包花籽交给春光和秋色,"八瓣梅,种到窗前去,图个吉利。"花刚长出叶子,常发问:"大爷,这不是笤帚梅吗?"包神仙说:"它开出花来无论红粉紫白,全是八个花瓣,所以又叫八瓣梅。"

几年来,每逢花开,常发总忍不住逐个数过去,果然全是八个花瓣。

常发伫立花池边出神,耳畔吱扭一声门响,传来包满达的声音:"哥,怎么悄没声地回来了?"

"噢,我大爷身体好吗?"常发边朝屋走边问。

"不好,只是躺着流泪,每天费老大劲才能劝他喝点奶茶、肉粥。"包满达见常发停住脚步,便压低声音说,"今儿个上午黄显声来电话,说少帅要来看我爸,这不,他听说了,第一次起身穿了衣服,靠被垛子坐起炕上……只是,我总觉得有些不对劲。"

"有啥不对劲?"常发小声问。

"常发,"不等包满达回答,纱窗里飞出包神仙沙哑的声音,"回来了还不进屋?"

"哎,"常发指指眼睛又指指耳朵,意思说眼瞎的人耳朵都灵,他快步走进屋,喊道:"大爷,常发给您磕头了!"

他在炕前跪下,头在木质脚踏板上磕出三声响。

"上炕唠。"包神仙轻拍身边的炕席。

常发起身，这才看清包神仙的脸孔：深陷的眼窝、高突的颧骨，嘴角比以往更下垂得厉害，露骨的拳头总想握住虽然稀疏却长而发飘的胡须……常发终于看出有什么不对劲的地方。

"大爷，您穿的这叫啥衣服呀？怎么像演戏的戏装。"常发上炕就去摸包神仙的长袍，手感是缎子做的，上面绣了各种图案。

"衮。"短促的一声。

"滚？"常发一怔，缩回手。

"这衣服叫衮，大帅送的，没让你滚。"

"衣服叫衮，还有叫滚的，不让人亲近。"常发没话找话，偎着包瞎子察看"衮"。

这衣服黑得发亮，盘金刺绣，布局紧密，古香古色：双肩担日月，两袖缀星辰；前青龙，后白虎；龙生云，虎过山；下摆似国画的花鸟长卷，花生香，鸟闻声，煞是传神。

"古代君王的礼服叫衮，从宋代起，满族有名望的萨满就可以享受衮服……"包神仙正要讲述他的衮服，樱子带着何花和李香玉叽叽喳喳地经小院抢进屋来。

"怎么样，没说错吧，老爷子起炕了！"何花的声音清亮。

"我就说的，常发回来，包大爷肯定会精神起来。"樱子径直爬上炕，握住包神仙多骨而冰凉的手，"大爷，您就放心吧，我和常发在日本得到的第一手消息，大帅只受了点轻伤，说话就能上台理事了。"

李香玉在炕沿坐下，伸手探摸包神仙的衣服，"大爷换新衣服了，哎呀，这绣工都用上金银线了……这是啥衣服呀？"

"衮！"常发故意吼一嗓子，果然把三个女人惊得花容失色，然后哈哈一笑，"农民了吧？这衣服就叫衮，不是滚蛋的滚，是君王穿的礼服叫衮。"

包神仙勉强一笑，"是叫衮，大帅送的。"

"衮是君王穿的礼服。"常发现学现卖，"香玉，你是皇族，你该懂啊。"

"好像听芳子说过。"李香玉说话总是不紧不慢稳稳当当，"前段时间在天津劝说张学成，可他死也不肯回来见大帅，他和芳子整天跟土肥原贤二泡在一起往宣统那里跑，听说去见小皇帝的王爷们总要换上衮服。"

　　何花感兴趣的是衮服上的刺绣，"哎呀妈呀，这叫啥绣呀，不摸不知平整光滑，不细看不知璀璨夺目。你看这老虎，毛线根根有力；这针法，三爪蟠龙[1]和云雾就像飘起来一样！"

　　李香玉说："中国主要是四大名绣：苏绣、湘绣、蜀绣、粤绣，细看看针法就知道是啥绣了。"

　　樱子一边细看一边说："针法不外乎错针绣、乱针绣、网绣、满地绣，看针法看不出，主要还须看风格，产地不同风格各异……这不属四绣，也不像瓯绣、顾秀，更不是云贵一带的苗绣，多少有点京绣的味道……"

　　"别乱猜了，这是满绣。"包神仙用手轻抚胸前那条蟠龙，"外人不知，大清皇族自有一套刺绣，宫内都叫满绣，起源于萨满祭祀活动，综合了北方刺绣技法逐渐发展起来，到大清朝立国，发展成'皇族刺绣'。从皇帝王爷的龙腾云飞到后宫妃嫔们身上绣的凤舞花开，包括文臣武将服饰上的飞禽走兽，都采用的满绣构图和技法。"

　　"哎呀，老爷子，您不但通天文，知地理，测吉凶，判阴阳，连皇宫里的故事、闺房里的私密您都知道得这么清楚。"何花为了引包神仙高兴，故意大声调侃道，"以后我该不好意思见您了，啥隐私都藏不住呢……"

　　包神仙不为所动，淡淡道："我追随大帅一辈子，举凡与大帅相关之事，无不详查详知，更何况这衮服是大帅入关主政北京后，请宫中的旧人花一年时间为我特制，我岂能说不清，道不白？"

　　李香玉白一眼何花，轻抚包神仙的手道："包大爷，何花是想逗您

　　1　三爪蟠龙，皇帝五爪金龙，王爷四爪，萨满三爪。

老高兴,晚饭争取让您喝一大碗粥……"

"不用你们逗,常发回来了,少帅晚上还要来看我,我不光会喝粥,我还要吃鸡吃鱼,喝小烧。"包神仙仰脖唤一声,"满达,晚饭准备好了吗?"

"好了。"包满达跑进屋。

"早点吃,万一少帅过来还没吃完就不好了。"包神仙将李香玉和樱子的手推开,"秋色不在了,你们去帮把手。"

何花想起什么问:"对了,上次我来怎么没看见春光、秋色两个丫鬟呢?"

"不是丫鬟。"包神仙慢条斯理说,"如今春光是我儿媳妇,秋色是我女儿,上月嫁给我徒儿神鼓周了。"

"啊,满达,娶媳妇你敢瞒着哥?"常发叫起来。

"我可不敢,年初办事你在北京。再说呢,是爸不叫我说,说我有连队里一帮弟兄就够热闹了,大帅那边可离不开你呢。"

"常发,别怪你弟,一切都是我做主。秋色随我徒儿去了北镇,满达把家安在了小东边门我的老宅子里,但小两口还和我住一起。我在你这里住惯了,总不会撵我走吧?"

"大爷,看您说啥呢?这就是您的家。要不是您当年发了话,我比满达早十多年就是您儿子了,这事儿到现在我心里还窝着委屈呢……"常发的声音透出伤感。

"好了,孩子,不说了。"包神仙转口吩咐包满达,"满达,你和春光招呼大家在餐厅里吃,我跟常发交代点事,叫春光拿些酒菜摆我炕桌上来。"

春光摆酒菜时,只叫一声"常发哥"便红着脸再无话说。常发看出来她已有身孕,边帮忙边说:"弟妹,别太操劳,有需要的就跟哥说一声,咱是一家人了。"

春光只"嗯"一声便流水似的退出屋。

"大爷,您空腹太久,先不能喝酒,先喝粥。"常发伺候着包神仙喝肉粥,自己再帮忙将一块鱼肉挑尽刺,用筷子送入包神仙的嘴里。包神仙像小孩子一样随常发摆弄,脸上露出满足的神情,享乐后的喜悦。

他吃了一块鱼肉、一片鸡皮、一方豆腐、一口青菜,喝掉一小碗羊肉粥。

他额头上沁出一层细汗。

"好了,先歇口气。"包神仙颤抖着手从怀里掏出一个大信封,"孩子,你代我把这个交给少帅。"

"你为啥不自己交给他?"

"天机不可泄。"包神仙一摆手,常发立刻明白自己多嘴,忙应道,"是,我听大爷的。"

"告诉少帅,吴俊升吴督军离开我去山海关时,留下一句话:这一辈子都是一起走过来的,要走完也一道走完吧。"

"吴督军已经知道要出事?"

"不要问,照着说一遍。"

"这一辈子都是一起走过来的,要走完也一道走完吧。"

"好,我们爷儿俩喝口酒。"

"大爷,您别干杯,意思一下就行。"

"不碍事,肚里有食。"包神仙伸手入怀,又掏一个信封,"这个交给黄显声,告诉他,我是老派人,跟了大帅一辈子,不适合少帅,谢谢他留用的好意,我压根就不是什么诸葛孔明,我就是个萨满,少帅离不开的是他们这些新派人物。作为老人留给新人的除了基业,只有忠孝二字。"

"这么多话,我学不来舌呀。"

"吃药不能少了药引子。"包神仙略一沉吟,"拿纸笔,我说你写。"

常发寻来纸笔,却是叫来李香玉代写。

包神仙一字一板口述:"我是萨满,不是诸葛;他是少帅,不是阿斗。我为大帅求神占卜,你为少帅长鸣警钟。老派人留给新派人的不止一个基业,更有忠孝两个字,切切。"

包神仙听常发念一遍，笑道："好，我们再干一杯。"

"老爷子，我怎么听您这意思，好像不想见少帅他们？"常发放下酒杯问。

"这回算你猜对了。老派人和新派人尿不到一个壶里，说少了不通，说多了喊痛，还是不见为好。"包神仙指点常发，"你去吧，拦住少帅，就说我休息了，该说的都在信封里。"

"是。"常发觉得很开心。少帅拦住他不让进帅府见大帅，现在可以拦住少帅和黄显声，不许他们见包神仙，这才叫一报还一报。

常发来到餐厅与大家开怀畅饮，正喝得兴起，院外传来汽车声，知道是少帅到了，众人忙迎出屋去。

"少帅，包大爷休息了，吩咐不许打扰他，让我把这个交给您。"常发将大信封交到张学良手中，回忆着说，"他让我转告一句话。吴督军去山海关迎接大帅回奉天时，对我大爷说：这一辈子都是一起走过来的，要走完也一道走完吧。"

张学良猛地扭转脸，手没来得及捂眼，泪水已迸溅而出，跟随身后的黄显声和刘多荃也默然拭泪。

"这是我大爷给你的。"常发将另一信封交黄显声，同时举起一张纸说，"我大爷有话：我是萨满，不是诸葛；他是少帅，不是阿斗。我为大帅求神占卜，你为少帅长鸣警钟。老派人留给新派人的不止一个基业，更有忠孝两个字。切切。"

张学良已从信封里掏出一张黄纸，刚扫一眼便低声道："他什么都算出来了。"

黄显声看一眼那张黄纸，上有六行字：

前照铁背山，
后座金龙湾。
东有凤凰泊，
西是金沙滩。

先有老龙头，
后为元帅林。

"皇家的墓地称陵，圣人的墓地称林，可是这老龙头又在什么地方？"黄显声自言自语。

李香玉怯怯地问了半句话："大帅他，莫非……？"

张学良坐到椅子上，泪水不停地溢出眼眶，默默地点头。刘多荃在他身后小声说："大帅和吴督军在事件当天就去世了，少帅化装成士兵，随我的部队秘密返回奉天……"

"不好，"黄显声忽然拍响脑门，"快去看包神仙！"

"我大爷不让你们打扰。"常发擦着泪阻拦。

"你糊涂，他要学吴督军去追随大帅！"黄显声推开常发，冲入包神仙的卧室。

所有人都把脚步停止在炕沿前。

包神仙背靠一摞被垛，盘腿而坐，头微微低垂，脸色黑黄却没有痛苦状，似乎比平日更显安静善良。微眯的两眼似乎正在专注地看着卦象，张开的嘴唇似乎在回答世人的吉凶祸福……

"爸——"

一声悲号，包满达扑到炕上，抱住那具余温尚存的尸体放声大哭。

张学良摘下军帽，身体被什么人挤得歪向一边。

有个人影挤到炕沿前，扑通跪倒在脚踏板上，一边磕头一边哭喊："师父！你为啥不等等徒儿再见一面哪……"

第二十三章

神鼓周、包满达和常发三人将包神仙的遗体放平在炕上,将那身华贵的衮服整理平整,被黄显声招呼到客厅见少帅。

"你明白这是什么意思吗?"张学良请神鼓周看那六行字。

"这是师父为大帅选好的墓地,师父传信叫我回奉天就为这件事。"神鼓周抽泣着说,"抚顺东面六十里有个山岗叫老龙头,是当年唐太宗东征时歇憩过的地方。老龙头隔浑河水与铁背山相望,清太祖努尔哈赤在铁背山上曾修筑界藩城,以此为行宫开疆扩土统一了满族。师父说关内有孔林和关林,关外就叫元帅林吧。他希望把自己树葬在铁背山上,朝朝暮暮也好听大帅驱使。"

满蒙地区,萨满地位崇高,死后遗体要葬在树上。先由亲人选择树干粗壮、枝繁叶茂的撑天大树,在树干上凿出空穴,把浸过油的木桩穿入其中,再将萨满的棺木架在上面。这样一来,萨满的灵魂便可攀缘而上,重返天穹。

张学良首肯道:"我准备成立一个大元帅墓葬工程处,你就留下来参加这项工程吧。"他转脸问黄显声,"包神仙给你留了什么话?"

黄显声将两张黄纸郑重交于张学良手。第一张纸上有三段话。

威胁满蒙者,非俄国大鼻子,唯有日本小个子。

蒋介石内战内行,外战外行,少帅苟易帜,外交万不可依赖南京。

日军动武,奉军苟不自卫,断无人拔刀相助;中国若不为生存全力奋斗,则列强断不会起而干涉。

第二张纸只有七个大字:望时时提醒少帅。

张学良沉吟片刻,目光犀利地盯住黄显声,"这不是德国领事讲的话吗?"

"是的,"黄显声坦然承认,"我跟老神仙交流过。"

原来,张学良在奉天督军署正式代理军务督办后,各国领事齐赴督军署祝贺。黄显声精通英、德、法、俄、日五国语言,为张学良与各国领事谈话做翻译。德国领事对满蒙形势的分析深深打动他的心,回来便对包神仙讲了。包神仙叹息道:"少帅年轻,只怕未必能听进去。"

果然,张学良并不以这三句话为然,将两张纸交还黄显声,只说一句:"易帜之事不要声张,日方不同意。"他把常发招到面前,"讲讲你是怎么拿到《田中奏章》的?"

"全靠蔡先生,我不过是代他过了趟断足桥。"常发拣要紧的地方讲一遍。

"你干得漂亮。明天奉天省长公署将正式公布大帅逝世的消息,葬仪委员会将主持公祭。你也知道东北局势的紧张复杂:日本虎视鹰瞵,南京大兵压境,我们内部老派新派的矛盾、士官派与陆大派的矛盾,我这段时间大任压身,危机四伏,要过段艰难日子。你就先跟着黄显声干吧,还是参与帅府的安全保卫工作。"

"我想查访炸车的鬼子……"

"政治不是玩江湖。"张学良在常发手背上敲打一下,吩咐黄显声,"管好他,不要给日本人闹事的借口。"

我的常发叔在八十岁时,讲起张作霖被炸,还忍不住地磨牙,说:"少帅不叫我查访,过了二十多年我才知道是河本大佐干的,可惜他已被关进中国共产党的监狱,别说不能杀他,连打个耳光子还被拦住,没打成……"

一九五一年,常发去太原市"探监",河本对他说:"东北军是头目和喽啰的关系,只要干掉头目,喽啰便会四散;只要炸死张作霖,东北就会陷入混乱,关东军以收拾局面为理由就可一举占领全东北。可惜呀,你们封锁消息,让关东军以为张作霖没死,又在奉天实行戒严,二十万大军回撤,我们失去了动手的良机!这一拖,就拖到了九一八。"

常发张口就骂:"妈了个巴子的,大帅要不被你们炸死,九一八你休想得便宜!至少不会像蒋该死,他娘的下令不抵抗!"

"张作霖是土匪,有这种可能,他搞了个'士成计划'。"河本手捏下巴,脸上滑过一丝得意之色,"张学良和蒋介石都是公子哥,在外面受了欺侮只有一个习惯,跑回家去找爹妈哭诉,让大人为他出气。蒋介石的洋爸洋妈就是美国英国,我们有情报。"

"妈了巴子的……"常发隔着方桌探身向前扇过去一巴掌,被一旁的监狱管教挡住了。

"报告政府,我不能再见他,他比张作霖还土匪。"河本朝后闪身,站起便朝门外撤,还不忘对常发喊一嗓子:"要操你操蒋介石去!"

我曾对李香玉讲过常发"探监"的故事,她笑着说:"那个年代,举国都喊蒋该死,把国民党军叫作蒋匪军……"

"其实我早就猜到是河本大佐干的,但黄显声不让说,怕常发闹事。"李香玉解释,"因为皇姑屯事件发生后不久,日本陆军大臣白川下台,河本被勒令退出军队现役,两个月之后,关东军司令官冈村被调离。首相田中义一呢,辞职之后,郁闷几个月就看望张作霖去了,叫作一命呜呼。于是，河本在菊文酒馆举行了一次特别酒会……"

"伊拉下一马赛！"[1]

"伊拉下一马赛！"

元旦前一天，薄暮冥冥，华灯迷离之际，奉天菊文酒馆的门口响起阵阵"欢迎光临"的悦耳的女高音。掀帘而入的客人，有气宇轩昂的军人，有西装革履的文人，无论文武，多数身高不过一米六〇。

二楼"东京厅"，河本穿一身和服站在推拉门旁，恭候他的贵客。

"哈哈，板垣君，我们又见面了！"河本举双手欢迎，同他的客人做个拥抱动作。

"壮哉，河本前辈！"板垣征四郎绷紧着嘴唇感慨，"你给了我取之不尽、用之不竭的灵感！"

"过誉过誉，我只比你高一届，大两岁，何敢称前辈？"河本与板垣同为日本陆军士官学校毕业生，河本被踢出皇军现役时，推荐同为大佐的这位师弟接替自己的关东军高级参谋之职。他朝"东京厅"里指指，"前辈在房间里等候呢。"

板垣朝门内刚一探头，便激动地喊出声："啊哈，川岛前辈，我终于又可以听到你的教诲了！"

板垣踢掉脚上的鞋，匆匆抢入包房，门里传出热烈的喧嚷声。河本却顾不上听，因为人高马大的白俄军官托玛舍夫斯基昂首阔步地走过来了。

如果说河本比板垣高出半头，那么比起托玛舍夫斯基就整整矮了一头，不方便拥抱，远远伸出手去一握，"欢迎托玛将军。"

"哈拉少！"[2]托玛舍夫斯基将头微微低下三十度，换成汉语说，"谢谢阁下的邀请，我一直佩服您的决断力，相信我们会有共同语言。"

---

[1] 伊拉下一马赛，日语，いらっしゃいませ，欢迎光临。

[2] 哈拉少，俄语"你好"。

"我相信。阁下请进,川岛先生在等候。"河本礼貌地一鞠躬,转向走廊那边过来的土肥原贤二扬手,"土肥原君,感谢你能从天津跑到奉天为我们主持正义!"

土肥原贤二谦恭地笑了,他曾为关东军佐级以上军官讲课,留下一句名言:"成大事者,玩阴谋一定要像主持正义一样庄重!"

"怎么,你听说我找吴佩孚、孙传芳、张宗昌的事了?"

"没听说,但我早就想过你一定在为关东军选择辽吉黑热四位总督做封疆大吏。"

"错错错,喝酒时候再给你讲。"土肥原临进包房,小声嘱咐道,"骂你是猪的人马上就到,是我请来的,你谦虚点。"

河本有些尴尬。他知道,张作霖虽然被他炸死,事态却全然没有按他的设想发展。关东军不但没能趁机夺占东北,还遭来列强一片指责声;张学良不但没有黄袍加身当傀儡,反而被他炸飞到南京政府的怀抱里,等于助蒋介石完成了形式上的"统一大业"。为此,日本新任驻奉天总领事林久治郎大骂河本:"猪!五色旗变成了青天白日,给满蒙独立增加多少困难?关东军怎么养了你们这一群要吃不要命的猪!"

于是,天皇不得不将这头"壮哉"的猪踢出皇军。

说话间,林久治郎已经踱着方步走过来,左右跟着石原莞尔和川岛芳子。

于是,河本真变得像猪一样,只用鼻子哼哼,不讲话,用手势请林久总领事进屋入席。

林久治郎还算客气,也哼哼着点头,文质彬彬地脱鞋入席,没再骂人,倒是石原莞尔贴着河本的耳朵说了声:"猪。"

河本不恼,反而会意一笑:他和石原的心是相通的,都属于"一群猪"之列。

五分钟后,河本带着东宫铁男上尉和竹下义晴少佐走进"东京厅"。坐在榻榻米上资格最老的川岛浪速站起身,大步迎上,与东宫铁男双手相握,"好样的,后起之秀,你已经名垂满洲青史。不急,这是迟早要公开的事。"

"万分感谢前辈给我立功扬名的机会!"东宫铁男由于过分激动而面孔扭曲,嘴巴一下子咧开,大得吓人。席上的客人互相交换眼色,个个心照不宣。

这位东宫铁男自然就是满铁皇姑屯路段的守备队中队长,是他按下起爆电钮。

第二次世界大战结束后,在被公开的档案里人们看到了他按下电钮的瞬间:脸孔扭曲,嘴巴咧得吓人的照片。那是他的副队长在起爆的同时间按下照相机快门,背景是皇姑屯老道口被抛在空中的蓝钢车厢和二百米高的黑烟柱。

为此一炸,东宫在日本获得"满洲移民之父"的称呼,因为他炸死了张作霖便炸开了日本向东北殖民的大门。

"你是我的骄傲。"川岛浪速又握住他的学生竹下义晴的手,"没有你,铁男未必会成功。"

客人们面面相觑,莫名其妙。直到战争结束后,看到河本所供述之《我杀死了张作霖》才明白,竹下曾被派去刺杀张作霖,张作霖风闻消息,改乘汽车为火车。若无此举,张作霖乘汽车也许还会有活下来的机会。

川岛落座时大声宣布:"河本虽然退出现役,无法再为榜样,但我已将他拉入满铁株式会社担任理事,他将在资金和勇气上给你们更多的支持!我提议,大家共同敬他一杯酒,以表明我们的政治态度。"

群起响应,林久治郎也没例外。

"今天是一九二九年最后一天,我们搞沙龙,迎接一九三〇年的钟声。"川岛看着侍女为大家斟上酒,无所顾忌地说,"上次沙龙,在座有一半人不便露面。今天不同,各国视线都转移到中东路事件[1]上,这就

---

[1] 1929年7月,张学良以武力强行接管中东路,同苏联发生严重武装冲突,史称"中东路事件"。

给了我们大有作为的绝好契机,诸位难道不想畅所欲言吗?"

河本举杯起身道:"中东路事件,南京政府说张学良是'无故挑衅,又无故投降,辱国丧权,莫此为甚'。这首先要感谢托玛将军,是他鼓动张学良寻衅在先,投降在后。"

"惭愧惭愧。我们流亡中国,只要是反苏反共,都愿意做出牺牲。"托玛舍夫斯基也举杯起身,"其实你们应该首先感谢蒋介石。是他下令张学良向苏联寻衅,许愿派十万中央军送五百万大洋支持东北军。战火一起,不派一兵,不送一个铜板,反骂张学良是无故寻衅,蒋公事事如此,东北局势将变得对日本大为有利。我代表所有丧失家园的白俄干此一杯,希望大日本帝国对苏俄的决战早日开始!"

托玛舍夫斯基将酒一饮而尽,可能是想起被十月革命夺走的生活,眼里浮出泪花。

身材矮小的板垣习惯地搓搓手,袖口暴露出雪白的衬衫;剃得发亮的脑壳一扭,盯住林久治郎,"中东路事件说明了什么?"

林久治郎瞄一眼脸孔刮得铁青、钢针似的眉毛和小胡子黑得刺眼的板垣,"你说是什么?"

"说明中国的大小新旧军阀才是一群猪,只知抢食不知挨刀,说明东北军仅有这点能耐,"板垣捋起雪白的衣袖将手掌一翻,"只要关东军大刀阔斧,翻手之间就能完灭了他!"

"说你有眼神吧,偏偏目光短浅;说你是昭和军人吧,可惜又不懂战略。"林久治郎撇撇嘴,"中国有什么外交?你居然还盯着满蒙和中国说事!列强博弈,中国只是砧板上的一块肉,大日本帝国眼睛盯的是苏俄和美国。你夺占中国,美苏两国不答应,懂吗?农夫!"

板垣一下子涨红脸,这声鄙夷的"农夫"比骂猪还侮辱人。他刚要跳起身,被笑嘻嘻的石原硬生生按住了。

"总领事讲得对。列强博弈,无须考虑中国之态度,中国没有发言权。"石原口气一转,"但是,对苏俄作战,满蒙是主要战场;对美国作战,满蒙是补给的源泉。昭和军人首先盯住满蒙盯住中国不对吗?"

"盯住是对的，蛮干是不行的。"林久治郎声音越喊越高，"东北军不下五十万，有三百架飞机、三千门大炮、上万挺机枪和许多坦克装甲车。关东军只有一万人，加地方守备队也不足两万。除了轻机枪，既没有飞机大炮，又没任何重武器，这时候挑衅动手不是蛮干犯浑是什么？"

"是啊，我们这些娃娃都在听大人讲故事。"石原那张娃娃脸萌得天真烂漫，"记得大人告诉五岁的我：三只狼追三千只羊，羊群的习惯就是扎堆，就是躲闪、逃跑，因为谁落单谁就会被吃掉。大鱼吃小鱼也是这样，小鱼挤来挤去地扎堆，就是躲闪逃跑，以为扎堆才安全，逃跑才能活命。总领事，还需要争论吗？"

"……兔子急了还咬人呢。"林久治郎口气降下来。

"所以我说是羊群心理而不是兔子心理。"石原换上严肃认真的口气，"张学良真不知道他父亲是被谁炸死的吗？他又痛又恨又羞，总领事几次去看他，他只会哭，敢骂敢还手吗？北伐军进济南，日本只派六百兵，杀他四千多，蒋介石除了抗议，敢还手吗？他们越扎堆越变不了躲闪逃避的本能，这就是兵败如山倒。所以我说，他兵马越多，越容易崩溃。他们的头羊只会在窝里顶角，敢顶狼吗？跟他跑的羊群，只会扎堆儿，只会躲闪，难道不对吗？"

东京厅里响起掌声，是川岛浪速拍手。三秒钟后，听得如醉如痴的昭和军人全鼓响巴掌，终于有板垣跳起身，手搭凉棚做眺望状，"不愧是关东军的大脑，永远站在富士山上远望！"

"如果说永田、冈村和小畑敏四郎是日本陆军的三羽乌，那么你们三位就是关东军的三羽乌，背负大日本帝国的太阳东升！"川岛激情洋溢地指点着说，"石原的大脑，板垣的拳头，土肥原的腿！"

"请关东军的三羽乌干一杯！"河本举杯高喊，在一片欢呼声中，杂夹了碰杯干杯的声音。

"土肥原先生，你是关东军的腿，那我算关东军的啥呀？"川岛芳子故作娇嗔地问。

"你是帝国的嘴,满洲国的总司令!"土肥原贤二郑重对众人介绍,"巾帼不让须眉,芳子一张嘴,可抵一支精锐的装甲师团!我跑腿两年,抵不上芳子张一张嘴……"

土肥原贤二说,喜欢扎堆儿的都是喜欢逃命的,关东军夺占满蒙根本无悬念,悬念是能否安定满蒙,统治满蒙。他未雨绸缪,跑上海跑山东跑北京跑天津,先后找了段祺瑞、吴佩孚、孙传芳、张宗昌等北洋老军试探,想请他们出山。这些北洋老军或躲或推或皈依佛门,任你口吐莲花也不肯当汉奸。是川岛芳子一句话如醍醐灌顶:"东北本来就是满人的发祥地,这些北洋老军本来就是宣统皇帝的奴才,不求主子求奴才,你脑子是不是进水了?"

土肥原一拍脑门,"真是进水了!"

他随川岛芳子觐见溥仪,出来时以手加额,"不怕你价码高,就怕你无所求啊!"

川岛芳子不放心地问:"你当真帮我们复辟大清朝?"

土肥原握住芳子的手捏一捏,"我愿做肃亲王的女婿。"

川岛芳子不轻不重给了他一巴掌。

如今土肥原带着形影不离的芳子满心愉悦地来参加沙龙,变得更能体谅人。他双手端杯,给林久治郎鞠躬敬酒,"总领事,我们的目标是一致的,小有分歧是对形势的判断和对机遇的把握,感谢您以政治家的高度给我们忠告。请放心,板垣、石原和我都是有头脑的人,一切事变都会按部就班,有条不紊地进行。"

石原见林久治郎干杯后气色转平和,站起身道:"半年前一夕会[1]成立,军部的三羽乌和我们关东军的三羽乌都参加了。我建议在座的一夕会成员敬总领事一杯。"

---

[1] 一夕会,日本陆军中的法西斯团体,1929年5月19日成立,成员中大佐军衔有河本、山冈、永田、小畑、冈村、板垣、土肥原、东条英机……昭和军阀主要成员全在里面,后入靖国神社。

"不敢不敢。"林久治郎摆手,"帝国军人的精英几乎都参加了一夕会,我可担不起。"

"不是担起担不起,而是应该不应该担当。"笑嘻嘻一脸孩子气的石原转瞬间已变脸,变出一脸杀气,"你知道你所在职务应负的责任吗?"

林久治郎久闻这张娃娃脸喜怒无常,而且专喜欢抗上、克上。勉强端起酒杯,一口喝干,"政府只不过是你们的后勤部长。"

"这还差不多!"石原替板垣出了气,犀利的目光转向东宫铁男,"你参加一夕会了吗?"

"我做梦都想参加,就盼前辈们能带我玩。"东宫一激动面孔便扭曲,嘴巴一下子又咧大了。

"嘴巴够大。"石原那张娃娃脸忽然又笑出一脸天真,伸出拳头,"能吞下东北吗?张嘴试试!"

"吞、吞……"东宫用力眨巴眼。

"这就是东北。"石原攥动拳头。

东宫恍然大悟,当真抓住那只拳头拼尽全力张嘴去吞,却无论如何吞不进,终于"哎哟"一声:"脱、脱钩了……"

石原转动拳头说:"你嘴巴大,可惜两排牙齿张不大开,反而吞不下。蛇为啥能吞下比自己粗几倍的猎物?"石原两手分别握住上下颌骨轻揉松动,突然抖动一下,骨头和筋肉便都松弛下来。他右手始终托扶着下颌,左手五指相捏,整个手形成鹅头状,轻轻缓缓向口中伸入,嘴巴渐渐被撑大,手指全部入口后,便觉察不出变化地渐屈渐入,用三分钟时间,鹅头攥成拳头,全部吞入口中。

看得目瞪口呆的众人终于爆发出掌声欢呼声。

石原不慌不忙,左拳缓缓动作,拳头变成鹅头状,用两分钟时间脱口而出,右手将下颌猛一托,恢复了那张娃娃脸,灿然道:"板垣君研究中国十五年了,比我吞拳头还要漫长还要仔细慎重,怎么能说蛮干?他可不像东宫张嘴就想吞拳头。但东宫的勇气值得每个军人学习,哪怕是一头大象,也要抱着必死的决心去吞掉它!"

一个月后,《大公报》上出现一幅蛇吞象的漫画,那条蛇自然是日本,那头象当然是中国,这使川岛与河本开始警惕菊文酒馆内部是否出了间谍。

一心蛇吞象的东宫铁男在七年后,被击毙于攻取南京的战斗中。

德国乌尔姆大教堂的钟声响起时,东京厅里的食客们都已醉得东倒西歪,稍留些清醒的是石原莞尔和林久治郎。

"林君,你看过鲁迅先生的《阿Q正传》吗?对中国的国民精神揭示得多深刻!我与板垣君组织三次旅游团,走遍满蒙大地,中国的老百姓就好像没有国家只有社会的犹太人,他们关心的只是租税和治安,他们脑子里的国家与日本国民的完全不同,他们脑子里的国家就是皇帝,就是统治者,国家与他们有联系的只是租税和治安,因为这两条关系到他们能否安居乐业,至于谁当皇帝谁来统治,鲜卑人也罢,突厥人也罢,蒙古人也罢,女真人也罢,现在换日本人也行,跟他们没关系,有关系的只是租税和治安,懂我的意思吗?"

"懂。可中国也有精英,文盲中也不乏以天下为己任者。"林久治郎呼着酒气道,"乱世出英雄,英雄首先关心国家和民族的前途。四万万中国人,五千年历史,好汉总比汉奸多得多……"

"林君,我再给你讲个故事爱听吗?"石原莞尔不待林久治郎回答便讲道,"你必须听!北伐军进北京,发生一场迁都的大争论。抗日派认为南京为六朝粉都,紧靠上海,沾染糜烂之气,是亡国之都。元、明、清以来重视北部边防之君都剽悍武勇,建都北京。现在日本威胁来自北方,首都当然要建在北京。可是蒋介石说什么?'汉唐以来,明君都懂攘外必先安内。'他说'我们的敌人不是倭寇而是共匪','抗日必先剿匪,在匪未肃清前绝对不能言抗日,违者即予最严厉处罚'。他力排众议,将北京降为北平,迁都南京。内线来报,他回南京的路上向文武官员宣布:'哪怕退到长城,退到黄河,只要倭寇不犯长江,无论外面怎样批评谤毁，我们总要以先清内匪为唯一要务！'这就是中国精英！张学良易帜后，蒋介石首先'奉天承运'，是满人将都城由盛京迁北京后，将盛京改为陪都，命名为奉天。蒋介石说：山之北为阴，水之北为阳。奉天在唐代称为沈州，后金太祖攻占沈州，说沈州地处沈水之北，便改名为沈阳。辛亥革命推翻了清帝国，你再叫奉天不合适，还是叫沈阳好。于是奉天也降一格，张学良也只能乖乖服从，这就是中国之精英。"

"他们不是真英雄。"林久治郎摇头，"英雄只能产生自苦难和奋斗中，是坚持到最后的强者。"

"所以要当机立断，趁他们还没出英雄，还是一盘散沙。"石原呷一小口清酒，"现在出手，我们一个师团就可以完成战略意图，一个联队就可完成战役任务，一个中队就可以像一只狼去咬死所有的羊！"

"不战而屈人之兵不是更好吗？"

"田中首相就是这么想的，结果呢？"石原将两手一摊。

林久治郎闷声连干几杯酒，喷口粗气，"唉，不争了。我知道谁也挡不住你们的脚步，你们都是从天皇陛下的大学寮里走出来的精英，政府唯一的责任就是为你们服务好……"

石原握住林久治郎的手，"总领事，你最喜欢的一句话是'脱亚入欧'。入哪个欧？你想学法国，错，要学就要学德国。我为什么要听乌尔姆大教堂的钟声？因为这个钟声给我送来了鲁登道夫[1]的《总体战》，使我明白了战争总动员，国民精神和经济实力的重要性。林君说得没错，日本最后真正的敌人是美国。而我要提醒你的是，对美国开战的前提就是经营好满洲。希望你能理解，要配合好。"

"我明白你们一夕会的宗旨：战争乃创造之父，文化之母。"林久治郎喃喃着垂下头，手中的酒杯掉落在榻榻米上。

---

[1] 鲁登道夫，德国将军，军事战略家，所著《总体战》第九章，强调民族团结是总体战的基础。

他醉了。

一九三〇年四月五日,清明节。

沈阳举行东北军对苏作战阵亡将士追悼大会,蒋介石、阎锡山、冯玉祥的代表参加了致祭。

司仪官宣布祭奠开始。哀乐响起,沈阳城头天低云垂,接着是默哀,致悼词。

常发站在黄显声身边,头低垂之际,心脏突然异动,脑子里蹦出包神仙带棱带角的脸孔,"威胁满蒙者,并非俄国大鼻子,唯有日本小个子。"接着又幻化成张学良那张因为吸毒过量而瘦削发青的面孔,大声教训军官们:"蒋介石一再告诫我们:只要反苏反共,日本人和我们就会站在一条战线上,就是友军,东北就不会出大乱子……"

常发虽然不再是副官长,但黄显声还是给了他一个警务处副处长的虚衔,便于在上层活动,也因而受张学良的训导更多一些。

"日本人挑事儿,老毛子躲事儿。当年大帅搜查苏联驻华大使馆,驱逐其外长,抓他们人,绞死李大钊,苏联除了抗议还敢干什么?还能干什么?世界列强都想掐死苏联,苏联可不想惹事儿!"这是张学良在北平第一次拜见蒋介石,在一九二九年七月十日对黄显声和常发转达蒋介石的话,"一旦中苏开战,中央可出兵十万,拨五百万军费给东北边防军,这是蒋总司令亲口许的愿!"

黄显声摇头,"十八国列强干涉苏联都被打败了,不惹事未必就是怕事。包神仙死前留过话,蒋介石内战内行,外战外行,外交之事不可信他的。"

"放心,我试探着来。"张学良开始寻衅。

他首先收回文物研究会、气象台、哈尔滨自动电话局,这些苏联投资的产业,张学良强行收回,轰动哈尔滨,轰动东北乃至全国,苏联居然无声地忍受了。

"怎么样,老蒋对形势判断得没错吧?老祖宗是利用日本人阻止沙俄南下,现在我们是帮日本人赶走苏联,日本人能不与我友好吗?"张学良进而将中东铁路沿线的电话局、电信局全部收回,驱逐苏联教育厅官员,强迫中东铁路将路款存入中国银行,苏联都忍让照办了。

"他妈了巴子的,托玛舍夫斯基告诉我,苏联大饥荒,饿殍遍野,布尔什维克眼看就要倒台,收回中东路主权正当其时!"张学良表现出乃父的气魄,"我派十个步兵旅,老毛子绝对不敢跟我打,敢打我就赢定了!"

战端一起,东北军一败再败,全线崩溃,只剩下乞和,开追悼会。

"少帅,姓李的还赖在那边等你接见。"追悼会刚结束,黄显声便小声报告。"姓李的"是蒋介石的代表,叫李石曾。他带来五十万元抚恤金,并转达蒋总司令的意思:"可以把青岛市交少帅维持,作东北军海军基地。"

张学良仰面向天,天空开始落雨。

"老天爷都在哭,我不见。"张学良奔车队走去,将一张名单交黄显声,"通知这些人到老虎厅开会。你上我的车,常发开你的车另有急事要办。"

常发跳下别克车,快步走进旧时大帅府的二进四合院,在当年张作霖办公室的太师椅中落座,稳稳情绪,亮出嗓门:"传李石曾!"

门外响起脚步声,常发端起茶碗,呷茶,欣赏茶碗上的花纹,耳听得人已入室,故意不去看,完全是张作霖的做派。

"将军,李石曾到。"秘书处叶主任毕恭毕敬鞠躬,小心翼翼报告,仿佛真见到当年的大帅。

"你就是蒋介石的代表?"常发并不看对方。

久久不闻回应,常发终于忍不住将眼皮抬起来,目注对方:个子矮小,宽前额,大背头,浓眉弯,眼窝深,胡须掩口,只露半片下嘴唇,那是微张着的嘴巴发愣的神情。

叭,常发拍响桌子,"小爷问你话呢!"

李石曾身子一震，醒来一般，却盯住叶主任，"他，他是少帅的叔叔？"

"没错，是先大帅的副官长，跟随大帅二十多年，论辈儿少帅当然要叫他叔。"

"长这么年轻，真看不出来，我以为顶多也不过三十岁。"李石曾赔出笑脸终于望住常发，"失敬，失敬，真乃人不可貌相，将军……"

"没错，我们少将军不到三十岁。"

"啊，你刚才说将军跟随大帅……"

"没错，少将军五岁追随大帅，至今已有二十多年。"

看着目瞪口呆的李石曾，常发生出从未有过的得意，"小爷我再过三年就满三十岁了，不过与我打交道的人都比你岁数大点，名镇关内外的韩老吊、刘单搓和姜久阳你知道吗？"

李石曾摇头、皱眉，两眼张望常发身边的椅子。

叶主任提醒："将军，请李先生坐下说话？"

常发不看叶主任，傲慢地扬扬下巴，"大帅结义的七狼八虎……连大帅你也没见过？"

李石曾沉下脸，"我是搞学问的，不是马贼！"

"放屁！谁是马贼？我和大帅要是拿了谁家一个扫帚疙瘩谁就下十八层地狱，来世变牛变马去还人家。咱扯旗拉队伍，有钱出钱，有力出力，是为保护东北一方平安……"常发把上前来相劝的叶主任推一边，提高嗓门，"妈了巴子的，你也算搞学问的？小爷的朋友李大钊你认识吗？那才是搞学问的，多少人中之龙都是他的学生！"

"认识，张作霖曾经通缉过我和李大钊。"

淡淡一声，却如雷贯耳，振聋发聩。屋里足足静有一分钟，常发不由自主地走到李石曾身边，艰难地笑了笑，"先生，你，您，您认识李大钊？"

"他是北大最好的教授之一，可惜……被杀了。"

"将军，李先生还是孙中山的朋友，国民党四大元老之一，又是故

353

宫博物院的创建人之一……"叶主任不失时机提醒,"咱还是请李先生坐下慢慢谈好吗?"

"坐、坐,李先生请坐。"常发见李石曾欲在侧位上就座,忙上前一步两手朝李石曾腋下一抄,捧花盆一样将李石曾轻轻放到主位的太师椅上,"您请上坐……看茶!"

李石曾带了思索的神情上下打量常发,忽有所悟,"噢,我想起来了,你就是汪兆铭曾对我讲过的那个带枪卫士,很有本事的少侠?"

常发红了脸,不自在地喃喃:"我见过汪先生几面,他是来找大帅商量讨伐吴佩孚的。"

"你是李大钊的朋友?"李石曾疑惑道,"可是,李大钊是被张作霖杀害的,我若不是躲进了法国大使馆,说不定也被他送上绞架了。"

常发从未这么狼狈过,几次张嘴,憋出一身汗才冒出声:"可是,先生为什么也当了蒋介石的代表?"

李石曾泰然道:"我是为了中国的统一。"

常发终于有话讲:"大帅也想统一中国。"

"蒋先生实行三民主义,是孙中山的继承人,而张作霖是代表封建……"

"蒋介石是叛徒!他要杀掉所有联俄联共扶助农工的人。"

李石曾不再言语,低头喝茶。他知道,像常发这种人是不会说假话的。

"大帅跟我说过多少次,只有搞政治的人才天天说假话。这次蒋介石骗我们少帅去打苏联,又说给钱又说派十万大军来支援,结果呢?翻脸就说少帅是自取其辱。"常发越说越激动,口无遮拦,"少帅让我出面就是为了不再上当受骗,以为我不懂?要不是阎锡山和冯玉祥联合反蒋,姓蒋的能派你来?我们少帅只要举兵入关,站哪边哪边就赢。姓蒋的让你带五十万大洋来打发叫花子?我们大帅早说了,越是搞学问的人越好骗,我请你见识几个人。"常发朝厅外吼,"把人给我押上来!"

卫兵押上来五名军官。

"说！蒋介石送你们多少大洋？"

跪在地上的五名军官蜷缩着喃喃，听不清。

常发吼一声："孟旅长，你说，大声说！"

"三百万！"身为副旅长的军官喊出声。

"谁带来的？"

"张群。"

"买你们干什么？"

"帮蒋总司令去打阎老西……"

常发望住惊呆了的李石曾，"我见过有学问的人多了去，不肯受骗的只有李大钊。我说先生啊，你可别被姓蒋的当枪使。"

李石曾手握胡须扯一扯，"白长这一把了，惭愧。"手落下时，指向常发心口窝，"追随张作霖二十年，仍保有一颗简单干净的心，难得啊，难得！"他站起来朝常发作揖，"请转告少帅，我不是说客。但为了维护中国的统一，以利举国共同对日，我会居中尽一己之力，也希望能与将军结为忘年交。"

常发脸又红上来，"我不是将军，是江湖……叫将军是演戏。"

"怎么是演戏，封过卫队旅副旅长，当过副官长，你是演戏我可不是演戏啊。"叶主任在一边分辩。

李石曾潇洒一笑，"什么演戏不演戏，我行我素。熟悉我的人都知道，我也是个喜欢江湖不喜欢将军的性情中人。"他握住叶主任的手，"我还是个讲求实际的人，我会让少帅满意的。"

"阎锡山和冯玉祥都派人来了，"常发心里存不住事，"告诉姓蒋的，他原来说过的五百万大洋十万人马可不够压秤的了！"

大帅府里停满小轿车。东院那座罗马式青砖大楼做了张学良的新帅府，一楼东北角的"老虎厅"是东北军高级军官的议政厅。常发引领"北斗五"阎宝航来到老虎厅时，厅里已是人声鼎沸：

"我们吃麦子的哪能斗得起吃大米的南蛮子？最好离他们远远的，

谁跟蒋介石合作谁他妈就把身家性命都拱手让人了,跟着他东征北伐的不是良弓藏就是走狗烹!"

汤玉麟怒声怨气道:"冯玉祥和阎老西都是蒋介石换过帖子的把兄弟,帮着蒋介石制服唐生智二十万和尚兵,又压垮李宗仁白崇禧三十万兵,大帅不也是被他们害的吗?咱安国军要不是冯阎两个王八蛋,八十万大军,他蒋介石能是对手吗?现在可好,被姓蒋的按住头了,才想起来求少帅,死去吧!"

张景惠慢吞吞问一声:"他俩死了少帅还能安生吗?"

臧式毅带着深思熟虑、意味深长的语气说:"没错。历次反蒋起兵,阎锡山都站在蒋介石一边,现在反而做了反蒋大联盟的领袖。为啥?强大起来的蒋介石随时可以把他吞掉。我们不能重复同样的错误,不能搞死冯玉祥和阎锡山,斗智斗勇别斗气。"

常发对张学良附耳一阵嘀咕。

张学良用拳头敲打伏在沙发旁的虎头,"警钟,你给大家说说。"

黄显声胸有成竹,讲得条理贯通,滔滔不绝:"旬日之内,蒋冯阎之战必会打响,而且小不了。俗话说,不怕蒋介石丢炸弹,就怕南京政府送美元。为何?这一,他的洋爸爸有钱。美国少精神少道德就是多金元,放个屁就够蒋介石收买一个军长、师长倒戈。这二,冯玉祥和阎锡山都土得掉渣,而蒋介石一半是地主,一半是资本家。他占据江浙,背后有一群财阀支持,养得起虎,也养得起狼。"

临绥驻军司令于学忠拍案而起,"有理,有道理!蒋介石打仗不行,收买军长师长倒戈是玩惯的把戏。他给少帅五十万,外加青岛做海军基地;他收买我的价钱是现洋一百万及河北省长,我已将他的亲笔信及汇入银行的一百万交给了少帅。"于学忠讲到这里,转脸喝问坐他身边的部将马廷福:"马旅长,收买你是多少钱啊?"

"没、没、没有的事啊……"马廷福一个激灵,下意识地站起身。

"蒋介石还有个留日同学叫张群,三次到府拜访,那现洋三百万可是给阵亡将士抚恤金的六倍啊。"

"没,我没……全要。"马廷福出于本能,边否认边去摸手枪,却"哎哟"一声惨叫,弯腰低头动弹不了。

常发出手疾如闪电,下枪、扭臂、捏脖子、按头,慢声低语道:"马旅长,撂了吧。孟百孚那五个跟你联手谋叛的已经被我抓起,全撂了。妈了巴子的,还不够我常发的五根指头硬,居然还想造反。"

"饶命,饶命哪,少帅!"马廷福想下跪,胳膊被常发控住,动弹不得,只好拼命叫喊,"我们六个人,一共收了三百万,没想谋反啊,更没想谋杀少帅和于军长,我们只是想胁迫于军长跟我们一道向西用兵,打狗日的冯玉祥和阎锡山,刚才辅帅[1]也说了,就是这两个王八蛋助蒋作战才害了大帅呀……"

"放开他,放开。"张学良吩咐常发。

"他刚才摸枪!"常发不放手。

"放开,把枪交他手里,看他敢不敢开枪。"

"动枪就是死罪,开枪就晚了。"常发松手,把枪交回马廷福手里。马廷福扑通跪地,将头磕在手枪上哭道:"少帅啊,摸枪是当兵的本能啊,借我一万个胆子也不敢打您啊,摸枪最多也是想活命的本能啊……"

常发踹他一脚,"瞧你那点出息,你反得了吗?"

"我真不是谋反,重金之下,我们也只是去打冯阎,决不敢窝里开枪伤少帅啊……"马廷福涕泪染湿了手枪。

"别哭了,成何体统?坐回去讲话。"张学良安抚道,"你是受蒋介石愚弄,我也曾受过他的愚弄,要怪只怪他演技高。我个人安全事小,造成东北军内部不团结不统一事大,以后万不可再做这种让外人看热闹的傻事。"

"不敢不敢,再有异心,就让常发夜里取走我项上人头。"马廷福以掌为刀抹脖颈。

---

[1] 东北军随张学良称张作相为辅帅。

"白天我就取不走你头？"常发睁大两眼。

"取得取得。"马廷福连连点头。

黄显声忽然朝常发横眉呵斥："还有完没完？不过是练了两把刷子就显摆个没完了？"

常发顿时像看见主人举棍子的狗一样垂头溜走到角落去。

"真他妈一物降一物。"汤玉麟朝张作相感叹。

"听警钟讲！"张学良二次敲打虎头。

"我刚得到第一手情报。"黄显声转换一种高深莫测的语气，"三天前，川岛浪速在酒馆里请河本代表满铁株式会社去看望冯玉祥，赠送现洋五十万。河本不解道：'冯玉祥一直主张抗日！'川岛说：'抗日不要紧，只要他反蒋介石。'河本说：'可蒋介石不准提抗日。'川岛问：'你是帮助中国统一还是欢迎中国分裂？河本顿悟：还是前辈站得高！'"

老虎厅里出现久久的，令人窒息的沉默。

"诸位很难抉择吗？"黄显声轻声打破沉寂。

老虎厅里，响起相互交换想法的窃窃私语声。

"北斗五，我是请你来看热闹的吗？"张学良点名，"送你去英国留学，是让你带些新想法回来。"

"玉衡蒙少帅支持，在国外开了开眼界。西方思想界极活跃，不似国内封闭，甚至有人介绍我参加共产党，我回答说，当今中国向何处去，到底哪一种主义能救中国，我还没想清楚。我看诸位也不要一见大旗就拜倒，还要在奋斗中多深思多研究，比较之后才能确定自己的道路。"阎宝航长袍马褂，还戴了顶瓜皮帽，但脚上的丝袜皮鞋却极富洋气，典型一个土洋结合。

"谁听你谈感想，我叫你谈谈当前的形势和对策。"张学良皱起眉头。

阎宝航不慌不忙道："虽然日本人才是我们的大敌，但蒋冯阎不打是不可能了。今早广播，蒋介石颁布《为讨伐阎冯两逆告将士书》，而阎锡山也宣布蒋介石十大罪状，纠集白崇禧、鹿钟麟、商震等五十七人通电，会攻蒋介石，现在是日本人最欢迎的局面。我以为东北军应该走三步棋：调停劝和、支持统一、维护地方。"

"三弯九转不干脆。"老虎厅角落里蓦地冒出常发的喊声，像弹出瓶塞的香槟酒，痛快淋漓地喷射而出，"叫我说，得骗就骗，得抢就抢，扩大地盘，壮大自我！"

静不过三秒钟，张学良一巴掌拍在虎头上，"不愧是大帅身边的人。我看就照常发说的办！"

黄显声在沙发里扭身探头，指点着常发说："我看你早晚也能当个小军阀。"

常发开心一笑，"哈，你也有错的时候？我这辈子一不当官，二不发财，只想骑马挎枪走天下，马背上有酒有女人，多受用啊！"

哄笑声四起，张学良失态失声地站起来喊："常发啊，下辈子我一定要跟你换过来活一场，太景色了！"

一九八六年，我去看望刚刚离休的王再天。他说："中原大战，蒋、冯、阎一百四十万大军混战七个月，伤亡四十多万，相持不下。张学良借机从蒋介石手中拿到中华民国陆海空军副总司令之衔，还要来现洋五百万，公债一千万，晋察冀绥四省及京、津、青岛三市的主持权。终于拥兵进关，一枪不放便武装调停了中原大战。使百姓涂炭、国本动摇的中国暂时实现了统一，得到和平。这位刚到而立之年的少帅可能没想到，比他更高兴的竟会是蒋介石和日本的昭和军阀们……"

第二十四章

　　张学良的专列一路向北,车轮敲击钢轨仿佛唱着一支永不停息的进行曲。
　　这是一九三〇年十二月五日的清晨。
　　"蒋总司令今天该乘军舰赴九江了。"张学良洗漱罢,对侍立客厅的秘书处叶主任说,"他收买我和冯玉祥的将领,出手就是几十万几百万,缉拿毛泽东、朱德、彭德怀和黄公略,才悬赏五万光洋,是不是少了点?"
　　"不少了。"秘书处叶主任赔笑道,"他刚刚收拾了拥兵八十万的冯、阎联军,哪里还会正眼去瞧赣南那两万多泥腿子?听说泥腿子们还是以冷兵器为主,梭镖大刀对机枪大炮,啧啧!"叶主任摇头咂舌,"要是我,别造反了,分掉五万光洋回家种地去。"
　　张学良哈哈大笑,"这次来南京,你感觉最大的收获是什么?"
　　"嗯,"叶主任沉吟着试探,"由我们收编山西军……结识党政军各方要人?"

张学良不语，双手撑桌望窗外：昨日连阡累陌的农田，冷冷的绿色的水乡经火车一夜奔驰已换成空旷寥廓黄土漫漫的华北大平原。

"我想起来了，是蒋总司令昨天送别时的那句话，"叶主任换了肯定的语气，"'汉卿，你来南京二十三天，我其实每天都在讲一个道理：攘外必先安内！'"

"嗯，我同他前两个星期是争论。我说：'国恨家仇，我同日本人不共戴天。东北地处边陲，日本窥伺已久，不可存侥幸之心。如欲抵制外侮，单凭东北一隅之兵显然不行，希望中央能予支持，举国之力以应日本，则日本也许不敢妄动。'可蒋总司令严责我幼稚无知，尤其不懂政治。说古往今来，所有历史都证明攘外必先安内，安内不但是将各地军阀统一到中央，而最关键的是要剿共。我同他争论两周后，他有一番话，说革命军人首先要明礼仪，知廉耻。在家孝父母，为国要尽忠。尽忠就是要服从长官，服从领袖。不服从就是不忠不孝，为国法军纪所不容，必须予以严厉制裁。[1]话讲到这个份儿上，我不便再争，听他讲吧。他讲了汉高祖和文景二帝对匈奴忍辱负重，割地、纳贡、和亲，取得时间削藩安内，终于使国家统一强大，到汉武帝时才开始攘外，终于大败匈奴，令天下称汉人为好汉。他从汉唐讲到明清，一天一个故事，我终于折服了。"

张学良右手轻拍桌面，"这是帝王术，是门大学问。过去我读书也不少，怎么就没明白这个道理呢？总司令把汉唐以来历朝历代的故事一讲，我这脑子就像水洗一样明白过来。"

"把秘书长、参议厅长和国府代表叫来，总司令不是说在火车上多议议这个道理吗？"叶主任躬身请示。

"不要他们，这些天我太累。"张学良打个哈欠，"我先抽两口，半个钟头以后叫董海和常发过来，他们不讲官话，不讲官话人不累。"

董海和常发走进专列客厅时，张学良已是额头发亮，目光闪闪，精

---

[1] 《张学良》，徐彻、徐忱著，中国文史出版社2012年1月第1版，第292页。

神十足。

"董海,这次来南京,有什么感想啊?"张学良双手背抄着,站在两人面前问。

"哎呀,比乾隆下江南还隆重,还威风,还……热闹。"董海边说边想词,"国府代表、总司令特派专员来津接送;浦口和南京张灯结彩挂横幅,乘威胜舰过长江时,哎呀,国内外舰船齐鸣笛,军民官兵齐敬礼,奏欢迎上将曲,鸣礼炮,政府所有高级官员齐聚码头……"

"行、行、行了。"张学良坐到沙发椅中,示意董海和常发也坐,意气洋洋又问,"知道为啥搞这么大动静?南京城的百姓大概空巷而出,都来欢迎我。"

董海道:"大街上横挂的大标语都写了,'欢迎竭诚拥护中央,肃清残逆的张副司令''欢迎促进统一的张副司令'。蒋介石和阎老西对峙,少帅站哪边哪边就赢,他当然感恩不尽,全力巴结。"

张学良手指常发,"你说呢?"

常发脱口而出:"少帅帮蒋介石安内,让他腾出手来去剿共产党了。"

张学良忽地站起身,惊诧地打量常发,然后又缓缓坐回椅子,慢声慢语问:"你怎么知道?"

"康泽说的,他可是蒋介石的心腹、嫡系、学生。姓蒋的匆匆送走咱们,转身就赶往赣南'剿共'前线,不等咱们到北京,他肯定到了九江'剿共'总指挥部!"

"刮目、刮目!"张学良认真盯紧常发,"康泽还说啥了?"

"他说蒋总司令手握三民主义,是孙中山的学生加连襟,正宗继承人,其他军阀要不就没主义,要有就得拜在三民主义大旗下,唯独红军另有主义,就是马克思主义,所以是最危险的敌人。"

"哎哟,他讲出了蒋介石都不愿讲明的话。"张学良拍击桌子,"继续说,还讲什么了?"

"他说所有的军阀都可以拿钱买回来,唯独朱毛红军拿钱买不动,买不来，只能剿，必须剿。"

张学良神情一震，停有几秒，用沉思的口气道："讲，讲，都讲出来。"

"没了。"常发头朝后椅背一靠，"剩下全是放狗屁。"

"说什么呢，怎么就放狗屁？"

"他说为了安内，一个姓石的皇帝认一个姓爷（耶）的可汗当爸爸……"

"是石敬瑭认耶律德光为干爹，蒋总司令给我也讲过。"

"石敬瑭比爷球的光大十一岁！这不是奴才的奴才又是什么？蒋介石找个美国当洋爸爸，中国五千年，美国才二百年，这和姓石的有啥不同？大帅说共产党是共产共妻，我没见。可康泽讲的汉唐皇帝到大清朝皇帝，凡搞攘外必先安内的，都把女儿送给洋爸爸，还把大片土地割让给洋爸爸，这比大帅说的共产共妻还该杀吧？"

"你，你……"张学良刚想发作，忽又叹出一口气，"唉，说你什么好呢？汉高祖和吕太后不让出土地不送出女儿，能削平那些异姓王吗？文景两帝不先安内，能有汉武帝横扫匈奴，让'好汉'威名天下扬吗？康熙大帝若不将女儿送给葛尔丹大汗，能腾出手来灭藩、收台湾吗？能举国对抗沙俄收复失地吗？这叫帝王术，你个草莽英雄，除了快意恩仇还懂啥？"

"我从来没想当帝王，所以只懂人话不懂屁话。"

张学良挥手扇去一个大耳光，"你！"

常发脸上留下红手印，身体却纹丝未动，嘿嘿一笑，"少帅也有拳头比脑子快的时候。"

张学良重又扬起手，常发立刻把脸伸过去。张学良的巴掌便垂下来，轰苍蝇一样在面前轻拂，低哑地喃喃："滚、滚、滚出去。"

常发眼圈忽然一红，委屈道："没理了……"

"滚！"张学良大吼一声。

常发先扭头，然后才起身走人。

他哭了。

董海早已站起身，扶张学良坐下，劝道："少帅，这种国家大事，你们动脑子动心机的跟我们斗拳头斗勇气的怎么能谈到一起呢？消消气。其实在南京的二十三天，常发早憋了一肚子的委屈。"

张学良闷头饮茶，接着又将茶叶倒入口中慢慢咀嚼，终于喘匀了气，问："他有什么委屈？"

董海边为张学良换茶水边说："当年康泽率别动队刺杀大帅被常发擒住，大帅命令把康泽放了。如今少帅又让我和常发去听康泽讲课，讲二十三天就没离'攘外必先安内'，常发能服气吗？他斗气当然跟你们文明人不一样。"

张学良吞下口中苦涩的茶叶，"有啥不一样？"

董海说："常发听康泽讲课，忽然问：'你虽然比我大十来岁，可是打不过我，对不对？'康泽憋了口气说：'差不多。'常发咬住问：'你要说不对咱再试试？'康泽无奈，说：'对。'常发说：'那你应该认我当爸爸呀。'康泽恼火：'放屁！'常发说：'你讲姓石的皇帝忍辱负重，认比他小十一岁的可汗当爸爸，那是不是放屁？你不就是想让我们东北军帮你安内吗？打西北军，打川军、滇军、桂军，最主要最当紧是打红军，你不认我当爸爸我就叫你安不了内，我东北军就打你中央军！'"

张学良扑哧一笑，"他真这么讲的？"转瞬又变了色，"糟糕，康泽会跟蒋介石学舌！这个常发，这个狼崽子……"

火车一阵摇晃，似乎路基不平。张学良差点摔跤，被董海及时扶住。待火车行驶平稳后，张学良已定下决心："让常发在天津下车，回沈阳去。他要去了北平，说不定捅出什么大娄子……"

董海犹豫，"不合适吧？常发是性情中人，没理由地赶走会不会太伤感情？"

张学良略作沉吟，缓慢道："这样，叫他看望他几个师父，先把张学成给我劝回东北军，再去问候韩老吊。"

坐落于沈阳东关的公安总局和公安总队部，虽是礼拜天，却不曾放假。二楼东侧南向的局长办公室里，黄显声端坐在虎皮靠背椅中，宽大的办公桌上除了笔筒笔架，只在面前摆了两页纸。他两眼注视着坐在办公桌对面的王以哲和刘多荃，将两页纸看也不看就抓在手中揉成一团扔进了废纸篓。

"警钟，这不好吧？虽说是姓蒋的电报，可这是少帅交代我让你看的。"王以哲苦着一张脸说，"捡回来哪怕扫一眼我也好回话。"

黄显声皱眉道："叫我说你们什么好？日本兵三天一演习，五天一实弹，机枪架到北大营门口，你们第七旅就不会也演习？少帅对，你们就对；少帅错，你们就错。你们就不会劝少帅不去错？"

刘多荃不以为然道："警钟，咱仨都是少将，为啥叫你当这个公安局局长不叫我当？在东北军，辅帅那帮老绿林都是股东，你这种人是被当作送干股的兄弟请进来的。我们算啥？光屁股投奔进来找饭碗，是来扛活儿的，就算当个上将，那也是帅府里潜邸的奴才，跟你能一样吗？你跟少帅吵个脸红脖子粗，少帅还要给你道歉。我们敢吗？早就军法从事了！"

"咦、咦，潜邸的奴才也出来了。"常发屁股不离座，探身脸贴脸地朝刘多荃撇嘴，"老子不到五岁就进帅府讨吃，谁敢说老子是潜邸的奴才？"

"滚，"刘多荃推开那张讨厌的脸，"你就是个另类！"

坐办公桌旁的刘海波息事宁人道："看不看都一回事，少帅若问起，我会一字不错：'无论日本军队如何在东北寻衅，我方应予不抵抗，力避冲突。望汉卿吾弟万勿逞一时之愤，置国家民族于不顾。'[1] 又电令：'我们和共产党是势不两立的。革命军人分清敌人的远近，事情的缓急。我们最近的敌人是共产党，为害也最急；日本离我们很远，为害尚缓。如果远近不分，缓急不辨，不积极剿共而轻言抗日，要予以最严厉之

---

[1] 洪钫：《九一八事变当时的张学良》。

制裁！'"[1]

"好秀才，一目十行，过目不忘。"王以哲由衷佩服。

"好王八蛋，真敢抱着婊子骂烈女！"常发破口大骂。

"常发哥骂人真赶劲儿！"坐在王以哲旁边的包满达嘻嘻哈哈道，"他生下来就是造蒋介石的反。"

"嘘，安静！"黄显声抓起响铃的电话，"喂，我是黄显声……什么？又是南市场！嗯、嗯，又去叫守备队？……不要慌，我马上派人去，放心，是警务处的……"

黄显声还没挂电话，常发已经跳起身，冲王以哲和刘多荃硬邦邦扔一句："学着点！"

黄显声急喊："满铁守备队去了一个排，你不要大意，记住，他们不动手就算了，他们真要打，你就放开手，最好能抓个活的回来！"

常发早已跑出门，丢回一句话："准给你捉个活的回来！"

黄显声摇头道："不怕他不积极，就怕他太积极。少帅叫他劝回师父张学成，他人没劝回，还换一顿责骂，跑到韩老吊那里歇了三个月。沈阳形势紧张，日本人天天寻衅，少帅叫我来当这个公安局长，与日本人周旋，熟悉全局后就担任警备司令。我拔不开枪栓，费尽口舌请回这尊神来当警务处处长，得，卸一半担子。"

王以哲说："警钟，刘师长说的你也该理解，军人以服从命令为天职，比不得你可以跟少帅称兄道弟，有点自主思想自主权。蒋介石是总司令，把话直接讲到了我们这些将领面前：'我们的敌人不是倭寇而是共匪，在匪未肃清之前绝不能言抗日，违者即予军法从事！'不信你问包满达，这一精神我们已传达到他们排级干部。"

包满达撇嘴，"哼，他说的'共匪'，恰恰是他当年所背叛的革命同志和战友。他是背后开枪，踩着同志和战友的尸体和鲜血爬上去的窃国大盗！"

---

[1] 《张学良》，徐彻、徐忱著，中国文史出版社2012年1月第1版，第292页。

王以哲和刘多荃变色疾喝:"小小年纪,别胡说!"

黄显声轻描淡写提醒:"旅长和师长都是好意,出了这个门就不许乱讲乱说了。"他指点刘海波道:"我们还是听听刘秘书讲总司令在南方剿共的战绩吧。"

刘海波煞有介事道:"蒋总司令在赣南'剿共'收获可是大了去,太阳穴上多块膏药,有人说是受了伤,有人说是敷了人丹粉,败火的。"

黄显声配合道:"那是红军画的漫画,被广西、广东、云南、四川一些省份的小报转发了。"

刘海波来了精神,绘声绘色道:"蒋介石在军阀混战中一路顺风,打败拥兵二十万的唐生智,又压垮桂军三十万,劝说东北五十万大军易帜,又刚刚逼降阎老西八十万兵马,区区两万多泥腿子红军,缺枪少弹,更没飞机大炮,派十万精兵进剿,还不是泰山压鸡蛋?没想到等来的是'主力片甲不归,石侯魂兮归来'。这个石侯就是主力十八师师长张辉瓒的别号。红军让俘虏兵把张师长尸体送回南昌,俘虏嫌尸体太沉太臭,只砍下脑壳带回南昌,第一次围剿就在葬礼声中结束了。"

包满达哈哈大笑,王以哲和刘多荃瞠目结舌。

"蒋介石大叹'呜呼''怪哉',气也不喘一口,开拳又打,派出二十万大军,步步为营,稳扎稳打,却不料五战五败,全军崩溃,光被红军缴走的武器就达三万多件,让红军成倍地壮大起来!"刘海波毫不隐讳自己的情感所向,"现在蒋介石又开始第三次围剿了。刚刚半年就三次,你们知道他怎么说?"

王以哲和刘多荃摇头。

刘海波自问自答地讲下去:"他跟何应钦骂娘:'我用一个师,一晚上就摧垮共产党在城市里的组织和基础,你代总司令,调集十八个师另三个旅,娘希匹,一个月没攻破共匪的武装割据,还丧师辱国地逃命回来,知不知耻?'这第三次围剿,蒋介石是亲自挂帅任围剿军总司令,三十万大军全是他黄埔起家的老本、嫡系。你知道他的狗头军师是谁?教唱'满洲是我家乡'的倭寇渡边!你知道他跟陈诚怎么讲?他说:'共产党能把我们捧上台就可能把我们拉下马,这才是真正的敌人!'你知道他跟蒋鼎文、卫立煌、罗卓英一帮子黄埔战将怎么讲?他说'瑞金成立苏维埃临时中央政府,又开辟了鄂豫皖、鄂中、鄂西与鄂南区,包围武汉,其扰乱范围遍及湘、赣、浙、闽、鄂、豫、皖七省,社会骚动,人民惊惶,燎原之火,有不可收拾之势',现在三十万黄埔老本都押到江西去了,你们以为蒋介石这次围剿能成功吗?"

刘海波没有自己回答,望定王以哲和刘多荃。

王以哲和刘多荃面面相觑,无言以对,也不敢有态度。

包满达忽然喊一声:"一仗丧胆,两仗逃命;扔下武器,壮大红军!"

黄显声不动声色,刘海波哈哈大笑,"像你爹包神仙,未卜先知,不信咱们就拭目以待。"

刘多荃像在水底憋闷许久,刚把头抬出水面一样大喘气,带了胸音道:"刘秘书不但才华了得,我看背景也深厚得很噢。"

王以哲却不无担心地提醒包满达:"虽然有你爹镇着,军中也不可像现在这样……率性。当兵的,多喝开水身体好,少说话威信高,遇上政治弯弯绕……"

院子里一阵乱,警车鸣笛,人声嘈杂。王以哲住了口,黄显声站起身朝窗前走,"常发回来了!"

令人惊诧的是常发果然带回两个日本鬼子。

"哈,常发哥,你真抓回两个活口?"包满达惊喜地叫出声,"打死几个?"

"不是抓回来的活口,是他们主动投降,要求来见黄局长。"常发手指大尉军衔、生得肌厚肉重的矮子介绍,"川岛,不是川岛浪速,就叫他小川岛吧,独立守备队第二大队第三中队长。"

小川岛向黄显声敬礼,用极生硬的中国话说:"投降的不是,和平大大的,消除误会。"

常发又介绍那位个子稍高、留平头、脸孔带棱带角的中尉:"很邪门，这位叫河本，不是河本大作，就叫他小河本吧，副中队长。"

小河本也向黄显声敬礼，汉语讲得像土生土长的东北人："黄将军，我们不是来寻衅的，我们是来寻友谊的。"

王以哲早变了脸色，"如果我没看错，演习演到我北大营营门口的就是你们中队吧？行军、实弹、攻城、联络、夜战，整日整夜围着我北大营转，还差什么课目？野战、巷战、围歼？"

小河本的目光从王以哲面孔扫过时，就像扫过一片旷野，目中无人无影，重新望定黄显声，鞠躬，双手捧献半尺高的一方玉印，"我的前辈河本大作酷爱中国金石，托我抛砖引玉，同黄局长有所交流。"

黄显声接过玉印，一边欣赏一边念念有词："'日中提携，应对美苏'。有些功力。嗯，来而不往非礼也。"

他左右四顾，将办公桌上的笔筒笔架撤走，将半尺长的方印悬空一半置于桌边："砧板虽软，刀硬亦可。"

说时迟，那时快，他的右掌已经凌空劈下，电闪雷鸣一般，玉印应声被截为两段。

黄显声在一片惊叹声中坐回虎皮靠椅，取出工具，在后半段的玉印上飞刀削刻，十分钟便收手起身："方寸之间天地阔，红白两记写春秋。"他从抽屉里取出印泥和宣纸，将玉印蘸油墨仔细按在两方宣纸上。先将盖过印的宣纸分赠小川岛与小河本，然后把玉印放在小河本手上，"这是回赠你前辈老河本的。"

大家都朝宣纸上望去，上有血红的十六个篆字：人不犯我，我不犯人；人若犯我，我必犯人。

"OK？"黄显声颇带调侃地用英语问一声。小川岛与小河本交换眼色，什么话也没说，同时鞠躬，转身便退出屋。

小河本在屋门口，半是挑战半是佩服地朝黄显声竖竖大拇指，怪异地一笑便关上了门。

"怎么回事，弄来这么两个老小子？"刘海波问。

"满铁的职员总在南市场闹事，欺侮中国的商贩，警察维持秩序，对方竟拉守备队的武装来威胁，闹过两次冲突了。我这次去，听说那个队长叫川岛，副队长叫河本，就骂了几句，说你们是儿子辈了，你那个前辈老川岛和老河本见了老子也只有滚蛋的份儿，不信你们就动动手。有人跟这俩家伙介绍些什么，他们收了枪。小河本跑去打电话，回来就朝我敬礼，连称冒犯，请我带他们来见黄局长消除误会，我就把他们叫了小川岛和小河本。"

"他们真是川岛浪速和河本大作的儿子？"

"不是，只不过同姓而已。队长叫川岛正，副队长叫河本末守。"

刘多荃忧虑道："刚才小河本的眼神，我总觉得日本人最近要闹点事，动作小不了。"

常发说："樱子来电话，说日本陆军省来了个军事课长视察关东军，她和李香玉得到一些情况约我晚饭见。"

"我参加。"黄显声仿佛有什么预感，"就在你家里，我带何花去，不引人注意。"

这次晚饭后，黄显声便在沈阳消失了。第二天一早，他已秘密来到北平协和医院张学良的病房中。身患伤寒症的张学良听过黄显声的密报竟惊出一身冷汗，忙与江西"剿匪"总司令蒋介石联系……

关东军的三羽乌，一前一左一右陪护着永田铁山缓步登山，这个主意是石原莞尔出的。

因为这座山叫老铁山，而永田铁山是陆军三羽乌的核心，又被誉为日本陆军的大脑。石原与他比较，只能算关东军的大脑，不在一个段位上。

老铁山位于辽东半岛的尖端，是千山山脉的余脉，山角上一座灯塔是清廷海关请法国人制造的，由英国人修筑，现在又被日本人占有，为黄、渤两海的过往船舰导航。

"永田课长，请你仔细看脚下，这边黄海水发蓝，那边渤海水浑黄，两海浪潮涌来，撞击出一条泾渭分明的水线，这就是老铁山水道，是中国最凶险最涌急的水道。你注视着脚下这条最凶险的水道会产生什么好想法？"石原莞尔迎着海风大声问。

永田铁山以手抚摸头上普鲁士式的短发，又用食指在嘴唇上方精心修剪过的胡子上轻抹几个来回，像一名学者一样注视水道良久，轻轻吐出一声："迈过去就风平浪静了。"

关东军的三羽乌互相交换眼色，会心地笑了。

"听说张宗昌兵败下野，亡命大连了？"永田若有所思问。

"他的心思在山东。"土肥原贤二说，"我已找到比他更合适的人选。"

永田没再问下去，转脸望住石原，"我在东京，陆军三大机关的老人们都嘱咐：你到关东去看看，那个来自山形县的石原莞尔又在搞什么怪名堂？"

石原笑道："说不上怪名堂，其实是在谋略一个对象，他是我在日本陆军士官学校同届的一位中国同学，叫蒋介石。"

"有什么成果吗？"

"很用功，但不优秀；有小聪明，缺大智慧；很会收拾他的同类，遇上异类就不中用了。"石原眨眨眼，补充一句，"就是说，很用脑子，可惜目光短浅；很有手段，可惜不懂战略。"

"可惜蒋介石这个人了。"永田带着难以捉摸的遗憾表情，凉飕飕一笑，"他能在收拾同类的混战中成为中国的领袖，实在是大日本帝国的幸运。"

土肥原贤二插话："蒋介石严令部队不许言抗日，只许提剿共，张学良被洗过脑，会听蒋介石的。"

永田望住板垣，"三大机关的老人都说你属日俄战争中不怕死的、命大的、有潜力的军人，你有什么好想法？"

板垣征四郎习惯地搓着手，"这个么，我是高级参谋，当然要为司令承担责任，司令官为军部承担责任，军部是为天皇承担责任。所以，天皇只需开绿灯即可，至于首相嘛，给我当好司务长就行。"

"腰细！"永田转身下山，"不愧是关东军的拳头。"

一行人来到铁山温泉，这也是石原的主意。

"这个温泉小得不起眼，没人带路根本找不见，比不得永田课长当年在德国巴登巴登矿泉疗养地能泡蒸汽浴。但这里简陋才显原始，是原汁原味的天然温泉，使人更能融入大自然。"石原解释着，请永田更衣，换上木屐，来到一所木屋中，先后泡入大池中。石原发出一阵舒适的哼哼声，仰面木屋顶问："感觉如何？比巴登巴登。"

"一晃眼，十年过去了。"永田泡在热泉中，惬意地闭住双眼，带着无限的回忆，"小畑、冈村，我们三人闷在蒸汽里，其实根本没想到满洲之类的国事，那时议论的就是想拿长州藩开刀，打破长州派对陆军人事安排的垄断。是皇太子裕仁出访欧洲，宴请了我们这批驻欧武官，后来又把我们集中到宫廷气象台听大川周明讲课，这才想到满洲，想到东亚，想到终极之战……"他蓦地睁开眼，擦去额头滚落的汗珠，认真望住石原莞尔，"你把蒋介石想了一万遍，料定他不敢打。你想没想过万一？万一东北军有不听话的跟你打起来呢？"

"杀不光就把他们驱逐光。"石原用手挥出一串水珠。

"没那么容易吧？你们才一万多人，只有三八大盖，张学良那边，几十万人马，飞机大炮坦克，什么都不缺。"

板垣插话："石原把他们研究透了，全是羊群的习惯心理，枪声一响，只有两种本能：一个是扎堆儿，再一个是窜逃。想杀光是不可能，他们比羊群还多，但驱逐光只需多放几枪。"

石原笑道："我知道永田课长是日本陆军的大脑，一定有更好的办法。"

永田笑吟吟地说："东京那两件古董，就是纪念日俄战争胜利放入博物馆的老炮，你把它运过来吧，炮声总比枪声震耳。"

"妙！妙！妙！还是永田课长想得细致，那两门炮虽然古董，响动可比新炮更大，足可驱逐那几十万东北军。"石原拍着巴掌叫好。

土肥原沙哑着嗓子提醒："这事要注意保密。"

板垣说："拆散了，就说是机器零件，运到沈阳再组装，我担心的是没有人会使用这些老掉牙的重炮。"

石原笑道："说好是吓唬人的，一门炮对准北大营，一门炮对准沈阳城，只要炮弹能打进营区打进沈阳城，保证被东北军吹成万炮齐鸣，能活着逃出来已属万幸。"

永田哈哈大笑，"这就叫炮仗一响猢狲散。"

喜怒无常又很孤傲的石原却忽然板起脸，换上一种严厉而又不容置喙的声音道："从我对蒋介石的研究来看，他的目标是以长城为界。毕竟有四万万五千万人，战争能出多少汉奸就能出多少好汉，世界最终战只能在代表中西文明的日美两国之间打响，我们切不可陷入中国的人海之战中。"

板垣和土肥原对石原很超前的"研究成果"，半天无法表态。只有永田在沉默几分钟后，终于叹出一声，"唉，出手只需关东军一个参谋，收手可就没么容易了，恐怕天皇陛下也将身不由己哟。"

石原毫不客气地戗声道："拳头只能由头脑来指挥！"

永田夸张地打量石原，冷冷一笑，"你很有头脑，可惜缺少阅历，还没见识过规律的无情。"

石原欲发作，好友板垣在水下蹬他一脚，那股火气便不得不收敛几分，毕竟永田是日本陆军的大脑，他只是关东军的大脑。

永田并没照顾石原的面子，用长辈的口气教训："军人的职业特点就是犯险、赌命。你研究了蒋介石的不抵抗，所以敢武力夺取东北；你没研究他的不抵抗是把双刃剑，很可能惯坏我们没长胡子的军人。这一代被惯坏的孩子是不要头脑的，谁最疯狂谁就能踩到战车的油门！"石原毕竟差永田两个段位。六年后，直到七七事变爆发，他被一脚踹出战车驾驶室，才明白永田铁山泡温泉讲过的这段话有多超前。不过为时已晚，他的第一大脑永田铁山已被"惯坏了的孩子们"用军刀劈死三年多了……

黄显声第二次来到协和医院张学良的病房时，发现他神情有了不小变化。

国民党内政部部长黄绍竑在回忆录中这样描写当时的张学良："他骨瘦如柴，病容满面，精神颓丧……座谈久了，他就要到里面去打吗啡针。""我心里想：这样的情况怎么长久相处下去……恐怕要误了国家大事。"[1]

黄显声第二次见张学良时，发现这位少帅虽然如黄绍竑所言瘦削羸弱，却是眼睛有了光彩，显出军人应有的气定神闲，而坐在沙发椅里的何应钦和黄绍竑，则更是精神满满，气概昂昂。

"警钟，这是总司令派来看望我的军政部部长何应钦和内政部部长黄绍竑。你所担心的事情，他们会代表蒋总司令加以分析。"张学良目视何应钦，"敬之，你先讲？"

何应钦点点头，像学者论证什么严肃的课题一般说道："黄将军的情报，来源是否可靠，内容是否真实，我且不论。蒋总司令和张副司令身边都有不少日本顾问，不聋不瞎总可以慢慢澄清。江西剿匪紧要之际，共党为摆脱困境搞搞名堂转移国人视线，动摇政府决心也未可知……"何应钦两手朝下压，"黄将军稍安，听我讲完再说好吗？我讲四条足以证明日军在东北马上动手是不可能的。第一，国联决不会答应，美、苏、欧洲，都不愿日本的势力坐大。如果允许日本武力占领东北，将来世界各国将如何对待国联盟约和华盛顿《九国公约》？国联绝不会允许这些条约成为废纸。这不但是蒋总司令的看法，也是征求过胡适、顾维钧、章士钊、汤尔和等众多学者、知识精英的一致意见。"

黄显声冷笑，"刘邦讲话，腐儒误国，打仗之事居然去请教那些故纸堆里的人物！"

何应钦怔了怔，没听太清，自顾讲下去："这第二，东北只要统一在中央名下，日本人就不敢犯险，蒋介石就代表中央。蒋总司令的基本

---

[1] 《古北口抗战文集》，第101页。

国策是攘外必先安内,是剿共。日本的政治态度更是反共。活跃在江西剿共战场上的日本顾问可都是日本政府和军部派来的,他怎么可能……你稍安稍安,听我讲完。这第三,即便关东军里有人想闹一闹,那也只是个别狂人,不是日本军部和日本政府的态度,叫作非主流。闹一闹就让他闹一闹,只要坚持不抵抗,不给他借口,日本军部和政府自会管束这些战争狂人。"何应钦大概是看到黄显声变脸变色,忙加快语速抢着说,"这第四,我要警告你,'不抵抗'是军令!蒋总司令严令东北全军,凡遇日军进攻,一律不准抵抗。如果我们反抗,事情就大麻烦了,他可以硬说我们先打了他们。只要不抵抗,政府就有办法,就能通过外交和谈判恢复和平……"

"少帅!"黄显声奋身而起,厉声道,"咱东北豺狼虎豹多,你横起膀子与它对峙,它未必敢扑过来,你如果回头逃跑,就算是条流浪狗,它也敢追上来咬你一口。这么简单的道理,妈了巴子的,还需要一、二、三、四地论鸡巴蛋吗?"

"放肆!"何应钦勃然变色,拍响沙发扶手呵斥道,"你跟谁讲话呢,目无长官!你还像个革命军人吗?居然敢公开抗命,粗口连连,我看你再多走一步就该变共匪了!"

"敬之,敬之,好好讲,不要发火。黄将军在第一线,天天受气受压,有牢骚也是正常的。"黄绍竑打圆场,拍着黄显声肩膀劝道,"坐下,坐下。哎呀,吃麦子的就是个性强,火气大。不过革命军人嘛,服从命令是第一位,尤其是服从中央。"

"你先下去吧。"张学良手指黄显声,"记住,服从命令,服从中央,这是大局,是第一位。东北的具体情况,你回沈阳之前我们再个别交换一下意见。"

当晚,张学良召来黄显声,一边输液一边做出三条指示:"一、军队必须服从中央,服从命令,但你们地方武装可以加强训练,严加戒备。二、对于喜欢闹一闹的日军狂人要布置严密的监视,发现异常马上报告。三、日本人开的菊文酒馆是情报的重要来源,要重视、爱护、保护。"

川岛浪速与河本大作走下汽车,有人来报告:"先生,菊文酒馆那边的晚餐已经准备好,安排在东京厅。"

川岛没作声,只是点点头,一边眯细了眼睛朝前望去:大法寺的三层大殿高耸巍峨;灰墙碧瓦、画栋雕梁在西斜的阳光照射下,正璀璨地焕发出神圣光芒;松竹簇拥,香烟缭绕的寺院上空,飞扬着钟磬伴随的诵经之声。

川岛朝寺院走去。也许是年龄不饶人,也许是脚穿木屐的原因,他走路身子已经随着迈步落脚而左右摆动。河本走在他右侧,始终靠后半步;日本军人虽然常常"以下克上",但在礼节上又特别讲究资历级别。

大法寺坐北朝南,三层院落,山门上方悬挂"大法禅林"匾额。门内哼哈二将,气象威猛;东西两侧按照晨钟暮鼓之传统建有钟楼、鼓楼。中为天王殿,内塑四大天王巨像。川岛驻足,指着金身脱落的泥胎说:"努尔哈赤第八子英郡王阿济格曾捐银重修此庙,所以大法寺又叫八王寺。"他略一停顿,吩咐手下:"捐一万现洋,就以我个人名义。"

河本接口道:"我也认捐一万。"

大雄宝殿内供奉着释迦牟尼和菩萨诸佛。川岛点燃三支香,恭恭敬敬插入香炉,便跪倒在蒲团上,三叩首之后,将双手合十,嘴巴期期不住地祷告着什么,一遍又一遍,后背也开始微微发抖,仿佛整个身心都在追逐,期待那个梦幻已久的前景……

十分钟后,终于轮到河本。他也敬上三炷香,跪在川岛刚刚离开的蒲团上,没有叩首,直接合掌祈祷,直到感觉灵魂得到了净化,才把头深深地磕下去,再磕下去……

他们没有进配殿,因为不是来参观寺庙,是专为祈祷许愿而来。

返回菊文酒馆,正是夕阳西下,食客如云。

东京厅里已坐好四个人,川岛和河本脱鞋踏上榻榻米时,四人站起身。

"又一个川岛。"板垣征四郎扯过来肌厚肉重的矮个子大尉介绍给川岛浪速："川岛正。"

"又一个河本。"石原莞尔也拉住个子稍高，脸孔带棱带角的中尉介绍给河本大作："河本末守。"

"佛祖恩赐，佛祖护佑啊……中国那句话是怎么讲的？长江后浪推前浪。"川岛浪速两眼湿漉漉地闪出泪光。握住川岛正的手，像恋人一样不再松开，"天下何来如此巧事？有了川岛二，又有了河本二！如来，如来，如来佛祖……九二八！"

"前世有因，今世有缘，我们今日特意去大法寺进香祷告，捐上两万现洋……我与川岛前辈一代又一代的追求，终于由你们两人在九二八来实现了。祝一切顺利！"河本大作将河本末守拥入怀中，用力拍打几下后背，终于松手道，"坐，坐，我们坐下谈。"

"我都听说了，板垣和石原准备动用一个联队去打北大营，川岛正说他一个中队就足够了，壮哉！"川岛浪速做无限感慨状，转望板垣，"一个步兵中队一百八十人，东北军在关外有三十万，这里……总得准备些谋略吧？"

"无须。"石原在一边摇头，"蒋介石率三十万中央军第三次围剿红军，被没枪没炮的三万红军打得望风而逃，稀里哗啦，非死即伤。帝国军人的素质和精神哪里是红军所能比，而东北军人又远不如中央军，连以上没有一个不是大烟鬼，这就像人跟猴子的战争。"

"毕竟不是猴子，充其量是东亚病夫，"河本大作摇头，"我们志在整个东北，大意不得。"

"前辈所虑有理。"板垣悠然不迫道，"想咬死一群羊，也许需要十只狼，但驱赶一群羊，一只狼足矣。"

石原讲话的神气既深奥又诡异，"我们的决策是建立在蒋介石攘外必先安内的基本国策上。万一中国军队也出现以下克上的人物敢与我们对抗，出了问题有我和板垣替司令官承担责任，本庄繁司令官替军部承担责任，军部为天皇承担责任，底线无非是回到谈判桌上，不会有任何损失。"

小川岛和小河本愤然道："这点责任，我们一个大尉和一个中尉就承担了，无须板垣大佐和石原中佐承担！"

"智者，勇者，一代胜过一代。"川岛浪速拍响巴掌，"来人！"

樱子拉开木门，应声而入。

川岛浪速稍稍一怔，皱眉道："怎么是你？古井美子呢？"

樱子低垂着头吞吞吐吐道："她，她被大阪房的客人叫去了，李主管临、临时让我和她对换一下。"

"叫李香玉！"老川岛拍响桌子。

受到惊吓的樱子出门差点摔一跤，石原不以为然道："前辈是不是有点过分，不就是个下女吗？"

"中国有句话叫隔墙有耳，何况我们只隔一道木纸门。古井是我机关里的人，我们的谈话是不能隔墙有耳的。"

李香玉进门来，带着夸张的表情说："怎么了，先生，把樱子吓成那样，你知道坐大阪房里的是谁？"

老川岛阴沉着声音说："我是怎么交代你的？"

"大阪房是本庄繁司令和关东厅冢本厅长，他们点出古井的名字我能不叫吗？我敢吗？"李香玉见老川岛怔怔地有些尴尬之色，立刻表现出怨气十足的样子，"我六岁就跟着你了，只不过没像芳子姓川岛，没叫你爹，我就不如一个古井美子让你放心吗？"

老川岛有些狼狈，周围坐的毕竟都是晚辈，他竭力端起严肃的架子，压低声音："知道我们今天在谈什么事吗？跟本庄繁和冢本也只能心照不宣！你换来的这个下女叫什么？"

"樱子，日本人，生在大阪长在大阪。"李香玉隐瞒了樱子的台湾祖籍，口气很冲地问，"还查不查她父母种田还是做小买卖？反正贵族子女是不会来闯关东做下女的。"

"哎呀，好了好了，李主管，川岛前辈也是为帝国利益多操点心，说开就行了。"板垣轻搓双手，温文尔雅的样子很难让人想象出他在战场上的凶悍,"快叫樱子上酒上菜吧,我们集体自罚一杯,向樱子赔礼道歉。"

樱子已经指挥着几名下女端上酒菜,李香玉半是玩笑半认真地提醒:"既然你们谈大事,有关帝国利益,过会儿千万别喝高了胡说,上酒上菜的下女万一听到什么传出去,可别怪到我的头上。"

李香玉对这些"昭和军人"实在太了解了,没过一小时东京厅里便响起"满洲,我的家乡"那欲望与激情鼓涌四溢的歌声,继而便越"闹"越热烈,终于惊动了大阪厅里的食客。

关东厅冢本厅长将坐在腿上咬耳朵的艺妓推开,放下酒杯问本庄司令官:"关东军的一伙年轻人,九月二十八号想闹一闹,这情况你知道吗?"

"没,没有的事。"本庄司令官朝冢本举杯,"喝酒,我还没醉,你就说胡话了。"

"我不是聋子,东京也不是傻子,陆军三长官[1]早已警告你们,国内外形势尚不成熟,要再忍隐自重一年。你听听对面东京厅里在闹什么?一个大尉一个中尉就想干陆军三长官才能决定的大事!"

"居然有这种事?"本庄侧耳倾听,继而起身,"鬼哭狼嚎,我去看看!"

本庄司令官起身的同时,斜对面房间的喧闹声戛然而止,不等本庄走出房间,木门已被拉开,古井美子引领板垣和石原端着酒杯出现在门口。

"司令官!"两人立正鞠躬,石原先开口:"听说吵了您和关东厅长,我们特来道歉。是川岛前辈与河本大作认了干儿子,准备九月二十八号正式举行仪式,我们陪着闹一闹,没想到让冢本厅长受了惊吓。"

"是退出现役的河本大作吗?"本庄故作不满地问。

"正是我的前任河本大作,与我同样是大佐军衔。"板垣接口回答,"在陆军士官学校,河本比我高一届,对我多有关照,我们有二十多年的友谊了。"

---

[1] 当时日本的陆相、参谋总长、教育总监合称陆军三长官。

"关照你什么？"本庄司令官转为笑脸回头对冢本厅长介绍，"我这位高级参谋在学校一天到晚总是鼻青脸肿的样子。"

"我在学校是喜欢打架，但河本大作很少帮我打架，他就是帮我学习日本军事史。"

冢本勉强举举酒杯，忧心忡忡道："闹酒可以，不要闹事。川岛被解散组织，河本被退出现役，都是因为闹事。陆军三长官的话要听进去：再忍隐自重一年。"

板垣与石原连连称是，退出大阪厅。

于是，东京厅不再喧闹，直至散席。

可是，"关东军少壮军官准备闹事"的消息还是传到了东京。天皇不作声，首相只好找外务相嘀咕，外务相在内阁会议上询问陆军大臣，陆军大臣会上说："没有。"会下忙召集陆军三长官协商。

本庄繁司令官首先接到东京来电，是作战部长建川美次发来的："陆军三长官会议决定派我九月十八日晚七点五分乘火车到达奉天。"

对，就是那位曾任驻华武官，在三贝子花园里"猎杀"老虎掏心挖肝，吓晕张学良的建川美次，他如今已出任作战部长。

接着，板垣征四郎接到参谋本部中国课课长永田的来电："建川乘火车赴东北，九月十八日晚七时五分到达奉天，其任务系阻止事变。"

石原莞尔接到的是第三封电报，是樱会头目桥本发来："事机已露，请在建川到达前行动。"

本庄繁接到第一封电报，吩咐板垣和石原："我要下部队视察，你们两位留下来看家，明白？"

板垣和石原当然明白：事情搞砸了，他俩要替司令官承担责任。

接到第二封电报，板垣对石原讲："你是大脑，你在旅顺留守司令部，我去奉天第一线指挥。"

石原接到第三封电报时，恰好土肥原贤二也报来一个重大情况，石原莞尔当即给板垣征四郎去电话："我看情况紧急，九二八必须提前到九一八行动了⋯⋯"

第二十五章

每年的九一八，何花总要念叨几句："幸亏黄显声抗命，把二十多万条枪发到民间。老蒋、小张都不抵抗，东三省照样冒出几十万抗日的义勇军。"

李香玉这时必会补充说："要不是樱子舍命送情报，那些枪弹根本发不出去，发出去也可能被日本人截走。"

石原是中佐，却是关东军的"大脑"；板垣虽然高一级，是大佐，只能屈居"拳头。""大脑"在旅顺关东军司令部，不停地给沈阳的"拳头"去电话。

"建川从东京出发了，十八号到沈阳。"石原的声音略显犹豫，"你——把握大不大？"

"成败各一半吧。"

"土肥原刚来过电话，说黄显声把二十多万支枪都发到各县去了，辽西最积极，领走七八万条枪！"

"要不——"板垣想习惯性地搓搓手,可右手握着电话,只好用左手不停地揉搓下巴颏,"要不就拖后些时候?"

"别,越拖事越多,你说呢?"

"那就干吧!"

"讨厌的是军部和内阁都反对,你再让我想想。"

石原莞尔放下电话,想了半小时,与日本驻朝鲜军司令官的参谋联系:"神田君吗?我是石原,你只回答我一个问题:一旦沈阳有变,驻朝鲜军能过境帮忙吗?"

"小意思,只要关东军敢动,驻朝日军更没问题。"

"司令官那边?"

"说什么司令官呀,你能做的我都能做。"

石原放下电话,有些兴奋地在司令部里踱步转圈,终于眼睛一亮,给东京参谋本部的桥本发去一电:"我想,如果能成功,即使军部和内阁反对,天皇也不会怪罪吧?"

桥本当即复电:"想想是好事,想多了好事就会变坏事。"

石原右拳砸在左掌上,开心一笑:这个桥本是个以下犯上的政变狂,一心想推翻政党政治,建立军人政权。半年前他组织政变,虽然失败了,却不曾受任何处分,说明背景很深,说不定就是天皇默许的。

石原给板垣去电:"我想好了,提前到九月十八号行动。建川那个农民,你去接来,放菊文酒馆交给川岛跟河本就行了,你只管指挥小川岛跟小河本按计划展开。记住,在这之前,当务之急是派出来骠骑兵,一定要在辽西将运武器的那支队伍消灭掉,八万支枪流入民间要比国民党八十万大军还可怕!"

板垣首先来到独立守备队的兵营里,检查了那两门古董式大炮,然后请来骠骑兵西竹中尉,站在古董大炮旁边问:"派你一个骑兵中队去对付二百多江湖好汉,有问题吗?"

西竹中尉贵为男爵,戴着白手套,腰挎指挥刀。那指挥刀是祖上传下来的,远非板垣佩的佐级指挥刀所能比。身边那匹长耳白额的东洋马,像它的主人一样举动之间都透着一股高傲的贵族气。

"小意思,斩尽杀绝。"

"那都是些练武之人。"

"在大日本帝国,那叫杂耍,上得街头上不得战场。"

"所运武器呢?"

"不少一枪一弹带回守备队。"

板垣深信不疑地点点头,他知道西竹不是吹牛,日俄战争时期,这个中队曾与三倍于己的哥萨克骑兵对决,将哥萨克骑兵砍杀一半,剩一半被追杀十几里才逃得性命。西竹是这个中队的第七任队长,曾拿过奥运会马术障碍赛金牌,手下一百二十八名虎狼之士,不但刀术第一流,而且论及智力勇气、战术素养及文化教育水平,不要说中国军队远不能比,就连英美驻华武官参观后,也不得不叹道:"是一支远超英美军队的贵族精兵。"这个中队在后来的侵华战争中,以一百二十八骑攻占汤玉麟七万守军的热河承德,就连西北骁骑,国民党军马背上长大的宁夏马家精骑,也曾被砍得落花流水,惨不忍睹。这虽然是后话,但也说明派出这支骠骑兵,板垣足可放心地赶往菊文酒馆。

穿过气氛热烈的酒馆一层,又经过喧闹哄哄的二层楼,板垣第一次登上菊文酒馆的三层楼。

气氛陡变:飘荡着悠悠乐曲,弥漫着淡淡檀香,铺洒着幽幽灯光。一切都是那么柔和、高雅、清静。

走廊口,两片布帘上各有一个大大的"茶"字。掀帘而入,长廊尽头,迎面一扇木门比长廊两侧的木门要上讲究,木格间的糊纸书有"和敬清寂"四字,门侧的木牌也要大一圈,上书三字:利休梅。

木门随着板垣的到来,无声地拉开。板垣走上榻榻米,稍稍一怔:茶室里坐有四人,老川岛和他的小川岛,老河本和他的小河本。与往日不同的是,他们分坐两边,却空出了主位。

"前辈,师兄,这……"板垣不停地搓手,"不合规矩啊。"

两个川岛和两个河本由坐姿而起身成跪姿,"主人请。"

板垣停止搓手，也跪下身，低头静心片刻，一字一板道："茶道孕于战争，茶圣[1]出自战国。安土桃山[2]能一统大日本帝国，在于悟透利休梅[3]的和敬清寂[4]四个字。板垣虽比不得前贤，却也担得起责任，一生不会推诿。"

　　言罢，他起身到主位上坐下。

　　十七年后，据说板垣征四郎被国际法庭送上绞架时，只吐出四个字：和敬清寂。

　　他独自承担了发动九一八事变的责任。

　　樱子做了茶师，她用舞蹈般的动作，点炭火，煮开水。蒸青绿茶碾得精细，茶具擦洗得极其洁净，举臂出手不但充满节奏和飘逸感，而且每个动作都准确到位。在这样的茶室中自然不会喝煎茶[5]，而是上出名的抹茶[6]道。

　　樱子先将抹茶献给主位上的板垣，板垣恭敬地双手接茶，先致谢，三转茶碗，轻品，慢饮，欣赏着茶具赞叹道："哦，用了枇杷色釉药，充满女性的曲线美，这茶碗应是仿了安土城的有乐茶碗[7]烧制，对不对？"

　　樱子舞蹈一般点头弯腰，"板垣先生深明茶道。"

　　板垣将茶碗双手奉还，樱子依次给客人献茶。产生于战国时代的日本茶道，确能帮助日军将领做到"每临大战有静气"。足足"修心养性"

　　1　千利休，日本战国时代著名茶道宗师，人称茶圣。

　　2　日本应仁之乱后，战火纷飞，民不聊生，织田信长以两千人马击败今川义元2.5万人马，决心武力统一日本，筑城势宏大之土城，史称安土时代。信长亡，重臣羽柴秀吉击败对手，确立继承人地位，经四国征伐、九州征战、小田原之战而统一日本，被天皇赐姓丰臣，史称桃山时代。

　　3　茶圣千利休本名田中与四郎，家纹是利休梅，是一个家族的标识。

　　4　千利休所创茶道精髓：和敬表示尊重，清寂是指冷峻、恬淡，耐得寂寞。

　　5　煎茶，属于绿茶，通过蒸青杀青，制作中有切断茶叶的工艺，所以茶叶形状不完整。泡日本煎茶要用滤网，日本日常家庭里都是喝煎茶。

　　6　抹茶，基本是在茶道里使用，是用天然石磨将蒸青的绿茶碾磨成超微粉状。

　　7　有乐茶碗，属于大井户茶碗类，因为被安土城织田信长的弟弟有乐斋所持有而得名。

半小时，川岛浪速才打破"和敬清寂"。

"辽西的事怎么样了？"老川岛欣赏着茶碗问。

板垣望一眼樱子，犹豫道："派西竹去了。"

"杀鸡焉用宰牛刀。"老川岛放下茶碗，"既然派了骠骑兵，一个小队足够……"

"先生，我是不是先退下？"樱子很懂事地问。

老川岛一边点头一边毫不在意地继续讲："跟这些江湖草莽打交道，一小队轻骑兵足可灭他们五百喽啰，何况是骠骑兵，用中国老话讲那就是龙骑兵啊，个个都胜过他们吹嘘的关云长。"

樱子关门时动作很慢，像是怕打扰板垣的讲话："石原来电话一再强调，八万支枪流入民间比国民党八十万大军还麻烦，一定要劫杀在途中，万不能流入民间！"

"有一定道理。"老川岛见门已关好，转了口气，用恳切的低音道，"板垣君，我与河本君为等这一天已经等白了头发，请务必给我们一个效力的机会以解饥渴，以慰平生！"

板垣理解地点点头，"甲午以来，我们一代代心是相通的。"他转眼望住小川岛，眼里漾出一抹杀气："九一八，就是后天动手，有问题吗？"

小川岛忽地跪起身："上有天照大神注目，面对我的前辈和长官，川岛正登陆中国就喊了三声：大陆！大陆！我梦寐以求的大陆！历史将证明，九一八是个起点，我将开万里波涛，布皇威于四方！"

板垣将目光转向小河本，"你呢？"

小河本也跪起身，实实在在回答："我已计算好炸药用量，既可破坏铁路，又不影响通车。十八日晚十点二十分在柳条湖起爆，然后向川岛中队长报告：'东北军炸毁铁路，并与我发生战斗。'川岛率中队从文官屯地区出发，向北大营发起攻击，并且及时向板垣大佐报告。"

"困兽犹斗。"板垣征四郎告诫，"驱逐为主。不见血不丧胆，所以要杀人；不给活路则可能玩命，所以驱逐为主，关键是掌握好度。我会向本庄司令官及军部报告，东北军正向我发起攻击。"

"板垣君，"川岛浪速和河本大作齐跪直身体，"请多关照！"

板垣慌不迭地跪在两人对面，"没有前辈的努力，哪有我辈的今日？建川部长已经出发，坐火车经朝鲜过沈阳。我后天去本溪接他，到沈阳就安排在菊文酒馆，前辈只需让他醉酒睡觉，待天亮时，生米已经做成熟饭，这就是对此次事变的最大贡献。"

老川岛与老河本互相皱眉，似乎不满意这点"贡献"。

板垣解释："建川是奉命来阻止事变的。北大营有七千守军，我派小川岛率一个中队拿下没问题。沈阳城可有七万守军，我估计至少要三天才能攻下来，这段时间你们要稳住建川部长……"

老河本说："我太了解建川了，我们要干什么他其实都知道，他怎么可能听内阁和军部的，阻止我们行动？"

板垣笑道："川岛前辈炸张作霖被解散了组织，师兄炸张作霖退出了现役，这是敢担责任。我也一样，万一搞砸了，东北军殊死抵抗，打不下来只好谈判，则由我承担责任，退出现役；怎么能让建川担责呢？你们要给他不担责任的理由。"

老川岛忽有所悟："板垣君果然比我们考虑周全。只是……三天有把握拿下沈阳吗？"

板垣胸有成竹，"中国人打仗讲天时、地利、人和。我呢，讲精神、心理、军事素质和后勤保障。东北军听命南京蒋介石，天时、地利、人和尽丧，我讲的四条他们更没一条能赢，你说我该有多少把握？"

说话间，外面一阵嘈杂，木门被拉开。古井美子一步跨入，向川岛报告："一切如先生所料，人已抓获。"

她朝门外做个手势，四名留着月代头的武士将樱子押进房间。

板垣有些吃惊："这是为什么？"

"她给公安总队的黄显声打电话，泄露了骠骑兵去辽西劫武器的计划。"古井美子解释，"川岛先生一直怀疑出了内奸，今天安排我盯住电话，酒店里只有两部电话，很好监控……"

"啧啧啧，"老川岛用手势打住古井，踱步到樱子面前，压低声问，"为什么？为爱情？为啥不给常发去电，没找到？真是女大不中留啊！"

樱子像是完全换了一个人，再不是那位诚惶诚恐、低眉顺眼的下女，转眼间已变成自珍自重、宠辱不惊的女强人，全身都洋溢出一种贵妇人般凛然不可侵犯的风度。她不屑地瞄一眼老川岛，缓缓把脸转向一边。

老川岛并没发火，口气反而变得更柔和："你知道你干的是什么事吗？傻事儿？错，你是叛国啊！"

樱子缓缓转回头，认真望住老川岛，"李香玉傻，你也傻，我是爱国。"

"你参加了反战小团体？"老川岛陡然提高声音，"你信奉了耶稣？马克思？"

樱子轻轻摇头，淡淡一笑："我只是爱国。"

"你是在损害大日本帝国的利益，你是叛国！"

"李香玉只知道我生在大阪，长在大阪，可她就没想到我是中国人。我的根在福建漳州，三百年前迁往台湾。"

老川岛怔怔打量樱子，终于大喘一口气，吼道："台湾属于日本国，你就是日本国民！三百年你还忘不了漳州……"

樱子的口气始终不紧不慢，像在讲一件很平常的事："你可以逞强于一时，却不可能逞强于最终。台湾是中国的，我们的血脉我们的文化你改变不了，其实我也留了一分爱给日本，那就是劝你不要跟四万万五千万中国人为敌。别说三百年，上下五千年，没有哪个民族能有中国这样完整，这样绵延不断的历史和文化。先生不是经常参佛吗？那就应该学学鉴真和尚。"

"现在不是鉴真和尚东临日本传道，是中国人排队东渡来取经。"老川岛将手枪放到茶桌上，"你想当中国人，我成全你。但你生在日本长在日本，如果肯做日本人，从此配合我们夺占东北，我可以饶你不死，并且有美好未来。"

樱子的目光轮次在老川岛和手枪间移动几个来回，慢慢伸出手去抓住手枪。老河本突然用力咳一声，樱子显然高度紧张，随着咳声，身体一抖，差点手枪掉地，却终于抖抖地举到太阳穴处，闭住了眼。她长长的睫毛抖得厉害，眼角湿湿地凝出一颗泪珠。

"慢着。"板垣忽然说话了，"女人能做到这一步已经不容易。石原君说过，日本文化深受中国文化影响，樱子有此举动也是可以理解的，不像侨居欧美的容易忘本。我的意思，可以专门叫人与她多谈谈。"

咔嗒一声响，樱子扣下扳机。

枪里没子弹。

"她有了必死的决心，还需要多谈吗？"老川岛不等板垣回答，转向樱子道，"你是中国人，就犯了间谍罪；你是日本人，就犯了叛国罪。你说该拿你怎么办？"

"该死。"樱子顺口应答。

"先生，我有责任，我愿接受惩罚。"李香玉进屋鞠躬请罪。

"你没有责任。比如美国，无论你来自哪个国家哪个民族，你移民美国，就是美国人，就要爱美国，遵守美国的法律。香玉，我把樱子交给你看守，由你说服。说服不了，就押解回日本，接受日本法律的审判。"

樱子被押出房间时，在门外喊一嗓子："我不是移民，台湾是被你们武力强占的！"

老川岛没有理睬，转向板垣征四郎，"我不担心骠骑兵出辽西的消息外泄，我是有意外泄。听说黄显声把他的警察编了三个骑兵大队，如果他派这些人去辽西救援，沈阳城的抵抗力量就减弱不少。以西竹所率骠骑兵的实力，在辽西的丘陵荒原上对付沈阳警察三个大队的骑兵应该没问题吧？"

"据我所知，这三个大队接受过哥萨克骑兵训练的没几个人，连哥萨克的一个团都经不住西竹一顿砍，"板垣轻松一笑，"黄显声那三个大队?砍光他们!"

"砍光他们!"老河本举杯预祝。

"砍光他们!"屋里响起以茶代酒的碰杯声。

九月的辽西,山地丘陵河流都带了一种成熟的色调,宛如抽象派的油画家奇思妙想涂抹出的色块:绚丽、缤纷、斑驳、怪异,引人遐想不止。

常发坐在一块大卵石上,仿佛没发现飞骑而来的斥候[1],也没觉察身后那些骑兵的骚动,自顾盯着清冽的溪水欣赏几条在卵石缝隙中游窜的小鱼。

"老大,西竹朝努鲁儿虎山追过去了!"斥候不喊长官喊老大,外人听来,山谷中这些人马绝不会是正规部队,只能是地方拉大团或结伙的土匪、绺子。

常发缓缓起身,身边那匹饮水的杂色马如影随形地抬起头,一边嘶嘶响地吸着唇齿下流淌的水线,一边靠向常发。

"追出多远?"

"算我朝东跑回来的五里,他们朝西至少追出十二三里了。"

常发两根指头朝口中一戳,一声惊天呼哨,飞身上马,便顺谷驰去,嘴里发出阵阵尖锐的啸叫。在他的身后,二百骑杂色衣服的警察和绿林人物嗷嗷地响应着,呼喝之声灌满千米长的峡谷,马蹄声雷鸣一般顺谷滚动,终于像洪水冲出喇叭状的谷口,野性十足地奔腾在空旷的丘陵上。

辽西的山地丘陵,是内蒙古高原与辽河平原的过渡地带,由西北向东南呈阶梯式倾斜,海拔从一千二百米降至三百多米。常发率他的骑兵驰骋到一片树林旁时,收缰下马。又一声呼哨,包满达应声跳出,林中变戏法似的钻出近百辆马车,五百号护送武器的绿林人物,相互一番招

---

[1] 斥候,侦察员。

389

呼,车马大队在众好汉簇拥下朝兴城方向缓缓驶去,树林前方只剩常发所率二百骑兵断后。

包满达手拍杂色马滚圆的屁股,"又换马了?"

常发吸燃一支香烟,仰望西北高地,"这马五岁多。"

"马种有缺陷啊,比你那匹白龙马差远了,比铁青马也不行。"包满达踱步到马头前,用指头试试马鼻孔,看看牙口,再比比胸阔,用行家语气道,"吃苦耐劳,拉车走远路可以;爆发力不行,不适合当战马。"

常发反问:"你知道关云长是怎么死的吗?"

"大意失荆州,被孙权杀了。"

"错,他其实是被赤兔马害死的。"

"胡咧咧,赤兔马忠心耿耿……"

"是《三国演义》胡咧咧。马的青春美好日子在五岁到十岁,超过十五岁就跑不动了。赤兔马只能配吕布,曹操把马送给关云长时,赤兔马已是青春不再,年年上阵厮杀的战马寿命超不过三十岁,说书人胡咧咧,说关云长一辈子都在骑赤兔马,赤兔马早已是老骥伏枥,站都站不起来了,还能驮着二百斤重的关云长逃命吗?"

包满达张一张嘴,没说出话。

"才教会你'人之初',转天就想跟孔夫子谈《论语》,你这是拿两分颜料就想开染房啊。"

"我爸说,跟外人要少言多听,跟兄弟要多吵吵才长见识。我要不跟你卖弄,咋能知道赤兔马已经站不起来了?"包满达扬手指向西北,"你说骑兵上阵要居高临下,万不可以下犯上。犯上是犯忌,你现在摆的阵势不就是犯上犯忌吗?"

常发笑道:"你果然长见识了。我们这些杂七杂八的骑兵,怎么可能跟日本的骠骑兵对抗?居高临下也不行。我赌的就是西竹的骄横和日本骠骑兵的荣誉。好了,回你的林子里去吧,最多一个钟点,西竹的骠骑兵就该到了。"

包满达诡异地一笑,不紧不慢返回林子里。常发看看他那散漫在土坡上下的骑兵，也懒洋洋地躺倒在草地中，嗅着艾蒿的苦涩味，取出风干牛肉和皮酒囊，嚼一口牛肉干，喝一口"草原白"。

远处不时有骑手的影子像闪电似的掠过，没人去理睬。常发心中有数，那是西竹撒出来的侦骑。他似睡似醒地望向西北天空：太阳像颗鸡蛋黄儿似的隐在薄如蝉翼的云彩里，静悄悄地朝着努鲁儿虎山方向倾斜下去，他依稀听到自己的斥候飞马而来的喊声："西竹追过来了！"

常发将目光从西天向下一斜，便看到两个"日头"从西边丘陵顶上冒出，直朝自己的方向冲来。他一跃而起，跳上马背，举起马刀，大吼一声："列阵！"

二百杂色骑兵一阵骚乱，纷纷上马，宽宽地排成两列，各自左劈右砍地活动一番筋骨。

日本骠骑兵踏起半空尘烟，旋风一般卷来，骤然停在一百五十米开外，两面引导旗分驻两翼，一名年轻军官戴着白手套，将马刀一举，不知哇啦哇啦吼几句什么，一百二十八名骑兵在他身后迅速排成三列，纷纷摘下钢盔，挂在马鞍上，几名军官将胸甲也卸掉，丢在阵列后。三列横队一片"吆西！吆西！"的欢呼声，与中国骑兵截然不同的是整齐划一的左劈右砍，动作一致地活动筋骨。

常发嘴角掠过一丝淡淡的笑意：一切如自己所料。

这支日本的贵族兵种，在骄横的西竹率领下，从日俄战争霸道至今，还不曾遇过敌人。作为现代骠骑兵，其实又称枪骑兵，每人背后还背了一支马枪，骑射是他们的强项，无论对冲还是追击，无论是骑在颠簸的马背上还是翻山跳涧，可说是枪枪见血，弹弹咬肉。随着火器的发展，马刀已经很久没用了。他们渴望着找个对手堂堂正正地拼一次马刀，常发对他手下的二百骑兵讲的话是："他们盼望玩马刀就像咱当兵的盼女人一样！"

如今，看到中国骑兵摆出抡刀对冲的阵形，顿时兴奋、激动、欢呼不止。终于可以一展刀术了！

西竹放马徐步行进，一边打量着对方的阵形：这支骑兵以警察为主,还有三分之一的绿林人物,是黄显声组建不足三个月的骑兵,连统一的军服尚未来得及分发。他们用的刀也是五花八门,所乘坐骑估计都是从村里或买或抢来的耕田拉车的驳杂货,与马背上的骑兵一样土得掉渣。其先天优势是吃苦耐劳,好喂养又驯顺,先天不足是愚钝笨拙、缺少速度和敏捷,尤其受不得惊吓,没有应变的爆发力。

常发也策马徐行,独个儿朝西竹迎上来,一边转动眼球打量日本骑兵的三列横队:那是清一色的东洋马,白额头、长耳朵,头高胸阔,鼻孔大得能伸进三根手指头。深谙马经的常发知道:所谓东洋马都是使用高科技手段改良过的高头大马,无论冲击力、速度还是爆发力、应变力都远非自己所率骑兵马匹所能比,但他以示弱而争强的办法使日本骑兵摘掉钢盔,卸下胸甲,不动马枪只用刀,他的第一个目的便达到了……

相距五十米,两人收住马缰。

"来将可是常发!"西竹高声发问。

常发心里"咯噔"一下,这声音似乎熟悉,有些京腔京戏味,但他来不及细想了,应声道:"你小子不就是西竹一男爵嘛!"

"哈哈哈!"西竹大笑,"你小子真如你师父所言。论辈儿你该叫我师叔,你师父张学成是我歃血为盟的兄弟朋友。"

"酒杯碰酒杯叫朋,有肉两人一起吃叫友。横刀见尸那叫死,弓弩响箭那是敌!如今我们马对马、刀对刀,死敌照面你跟我近乎个屁呀?"

"看来你真是头草原狼。"西竹不紧不慢道,"听你师父讲,幼时赛马你玩狼叫,惊倒一地马。今日我们刀对刀,马对马,你叫一嗓子试试,看我这一百二十八骑能倒多少匹?"

常发便不搭话,将头一仰,手作喇叭,冲着对阵就发出一道凄厉的狼嚎。长音未落,西竹忽然哈哈大笑,手指向常发背后笑弯腰。常发急回头,似乎又惊又恼,原来他的骑阵已乱成一片。

"别紧张,我要和你刀对刀堂堂正正操练一把,不会乘人之危。"西竹的举止笑貌充满傲慢与不屑,"顺便提醒一句,我居高临下占了冲击力的优势，为公平，你可以先发动，取得更大冲击力。"

"不用。中国人是以静制动，以不变应万变。你先发动，而且劝你一句，你还是用枪吧。中国人玩刀的时候，据说日本人还在玩石头。"

"真如川岛前辈所言，支那人只会逞口舌之利。我实话告诉你，你用枪我用刀你也不是对手。"西竹保留着傲慢的神态，"你知道今天是什么日子吗？"

"你这支骠骑兵的忌日！明年的今天我会给你烧支香。"

"看来你的消息太不灵了。我告诉你，今天是九月十九日，沈阳城已被关东军占领。昨天是九月十八日，昨夜一战，我们守备队一个中队的一百八十名步兵，攻占了东北军驻兵七千的北大营。今天一战，你居然敢用二百匪兵挡我一百二十八骑骠骑兵，你如果侥幸逃得一命，沈阳城是回不去了，往锦州逃吧，歇口气，再继续往关内逃……"

"放屁，放马过来，看看今天是谁的忌日！"常发大吼一声，举刀欲冲。

"慢，慢着！你真是《三国演义》看多了，什么年代了还要玩他妈两将通名，大战三百回合？"西竹扭头对他的一百二十八骑喊："留下这头草原狼，我最后与他对决，其余敌骑，三次对冲必须砍光！"

日本骠骑兵的队列里又响起一片"吆西"的欢呼声，常发骂骂咧咧地拨转马头，返回自己的骑阵，"妈了个巴子的，看谁砍光谁！"

常发故意让马四平八稳地迈碎步，回到骑阵中央的军旗下，拨马回头，对面日军的骠骑兵已经发动。西竹走在最前，身边两名日本军官都戴了白手套，身后三列横队由徐步行进转为快步行进，开始提速。

常发没有动作，立马下坡，马刀斜指地面。于是，二百骑兵也都老老实实不动，长刀短剑全都斜指地面。

天下真有这样愚蠢的骑兵？莫非真不懂骑兵拼的就是冲击力？

在冷兵器时代，当马鞍、马镫、马缰等马具发展成熟后，配以甲胄的重装骑兵，也就是俗称的骠骑兵，甚至可以不依靠任何的战术或其他兵种的配合即可主宰战场的胜负，当年成吉思汗就是率领这样的蒙古骑兵横扫欧亚大陆，所向披靡，而能够克制他们的力量只有同样训练有素的重装骑兵。即使在拥有近代军队雏形的瑞典长矛方阵配以火枪火炮，仍然抵挡不住波兰重装骑兵的冲击，直到速射步枪和机关枪的出现，骑兵才走入下坡路，逐渐退出现代战场。

如今在现代战场上，逮住一次拼马刀的机会，中国骑兵居然玩"以静制动""以不变应万变"的把戏，西竹坚信他已经逮了个大便宜，一声"杀啊！"一百二十八骑便开始了最后的冲锋，马刀在尘烟上方闪出一片耀眼的寒光。

眼见日本骑兵已迫近面前不足百米，常发对身边的旗手摆一下头，旗手将军旗向前一指，树林和西侧草丛中突然枪炮声大作，几十挺轻重机枪一齐开火，像扑面而起的沙尘暴；紧随而来的是几十颗迫击炮弹在日本骑阵中炸响，火光闪烁，黑烟弥漫，像一团团黑纱遮住了冲锋的骠骑兵，震耳欲聋的枪炮声中依然能分辨出凄厉的人喊马叫声。地动山摇只几分钟，常发将马刀一举，旗手将前指的军旗迎风竖直，用力挥挥，"出刀，冲锋！"

枪炮声骤停，可惜，硝烟被风吹去，日本骠骑兵留在马背上的已不足十人，不但失去了冲击力，而且是背对中国骑兵，伏鞍奔逃，眨眼就在中国骑兵的刀光剑影中蒸发了。常发对树林里跑出来的包满达喊："你就不能给我多留几个练练刀？"

包满达用军帽抽打着身上的尘烟，"谁叫你给我那么多枪炮弹药？"

常发吩咐道："快打扫战场吧，找找西竹一男爵，看他还能不能跟我对决马刀？"

包满达叹惜道："沙尘暴扫荡过，活马没剩几匹，活人不死也得重伤，你对决啥？"

第二十六章

红日快要衔山时，常发找到了西竹。

枪响的刹那间，西竹本能地镫里藏身，躲过第一轮机枪扫射，却没能躲过紧随而至的迫击炮弹。弹片重创了他的肋部和右腿，特别是右腿，常发喊来卫生员施救时，在那血肉模糊的大腿部看到了黄色的断筋和白森森的断骨，止血、包扎结束后，西竹已经从昏迷中醒来，他没有呼痛，也忍住了呻吟，只是呼吸急促，两腮咬出斜棱，并绽出一层鸡皮疙瘩。他的头枕在他战马的脖子上，那匹东洋马的肚皮被炸开一个洞，流出一地内脏，两眼却依然大睁着，黯淡无光地漠视着天空。

西竹撇撇嘴角，努力做出鄙视之态，终于从牙缝中挤出一声："你使诈！"

"兵不厌诈。"常发多少有些不自在地耸耸肩，"你怎么说的？你说我使枪你使刀也能打赢我。"

西竹闭住眼，喉结使大劲地滚动一下，常发蹲下身给他喂水。受伤失血多的人都口渴难耐。

西竹重新睁开眼,"给个痛快,我不会当俘虏。"

"那不行,你还没有和我对决。"

"拿刀吧。"西竹艰难地伸出左手,徒劳地在身边划动着摸刀,只摸索一个来回便痛苦地喘成一团。

"你这不是侮辱我吗?我要等你养好伤,完全康复以后再对决。"

"没可能,我不会当俘虏,只要我还有力气自杀……"

"不会让你当俘虏。"常发站起身,斥候已牵来一匹没受伤的东洋马,马后跟着三名日本伤兵,常发用日语大声道:"你们送西竹一男爵回去养伤,伤好后我们再对决!"

三名日本伤兵合力将西竹抬上马,一人牵马,两人左右护持着准备离开遍地钢铁和血肉的战场,西竹有些急,喃喃着对伤兵说什么,于是,三名伤兵分别去讨军刀。常发下令:"给他。"三名伤兵分头去寻伤亡的战马,割下马鬃,小心翼翼地收入挎包,直到夕阳西下,余晖缥缈,确信战马无一遗落,才扶持着西竹离去。

日本爱知县立有一个"爱马の鬣"纪念碑,战后西竹将一百二十八骑马鬃焚烧于碑下,这是后话。

打扫战场接近尾声,黄昏已沉降到地面,一切都笼罩在朦胧的幽蓝之中,天空却依然透明,努鲁儿虎山顶上的一抹云彩被飞上天的阳光烧红了半边。

"哎哎,你要干什么?说好了人马尸体合葬,怎么又要拖出来?"常发站到一名骑兵背后,这名骑兵穿便衣,显然不是警察出身,是从绺子队伍中投奔过来的。

"吃点鲜肉啊,马肉还是很有嚼头的,特别是烤熟的,洒点盐……"

"混蛋!懂不懂什么叫执行命令?"

"我投奔骑兵那天,黄局长训话,说岳飞是壮志饥餐胡虏肉、笑谈渴饮匈奴血。这还没吃日本兵呢,吃他一口死马肉还不行?"

"执行命令!"常发照兵屁股上踢一脚,"道理回头给你讲。"

天空终于黑透，布满弹坑的战场上燃起堆堆篝火，常发将想吃马肉的骑兵拉到自己身边，围着篝火席地而坐。

"我自小生活在草原上，草原人有两个最忠诚的朋友，一个叫狗，一个叫马。"常发很少有正经讲话的时候，一旦正色开讲，立刻吸引来许多官兵，"在我心中，马比狗还强。最优秀的狗有时还会犯两种错误，一个叫狗仗人势，一个叫摇尾乞怜。马对主人的忠诚不比狗差，但马不仗人势，马摇尾巴是为了驱赶蚊蝇。狗和马都是通人性的，吃它们就跟吃人肉差不多。岳飞作诗是表现英雄气魄，谁见过岳家军吃人肉喝人血？日本兵来到中国逞凶，谁不恨？黄显声就改词说壮志饥餐鬼子肉，笑谈渴饮倭寇血。不懂倭寇吧？黄显声告诉我，古代人把日本叫倭，倭寇就是侵略中国的日本兵。我杀倭寇是不眨眼的，不过西竹只剩一口阳气，还不忘将战死的东洋马，割下马鬃带回去，因为战马就是他的兄弟战友。这是生死之交，上了战场就要有这种情谊，我看无论东北军还是蒋介石的中央军，都太缺少这种情谊了。尤其那些当官的，不吃空饷不克扣官兵军饷的有几个？这样的军人怎么能跟日本兵作战？难怪个个都得了恐日症……"

人丛外一阵人喊马嘶，斥候引领几名壮汉挤入人圈。常发定睛看时，正是韩老吊的三名关门弟子，一边喊着"大师兄"！一边作揖奔到他面前。

"师父他老人家让我们告诉你，放心吧，武器弹药都发放到敢打日本人的好汉手里了！"

"师父说，咱不叫东北军，也不叫国民党军，咱就叫东北抗日义勇军，他姓蒋的管不着！"

"师父他老人家让告诉你，咱辽西好汉们一共成立了八路抗日义勇军。第一路六千人，司令是项青山；第二路一万人，司令是张海天……"

斥候挨到常发身边耳语："北大营丢了，沈阳城也被日本兵占领了，我引了一伙逃兵过来，没脸见光，躲在后面休息呢，老大去听听城里的情况？"

常发不动声色地站起身，依次拍拍三位师弟的肩头，大声道："不要急，一个一个讲，让大家知道咱辽西的抗日形势。我去处理点事，很快回来。"

黑魆魆的树林下，荒野森森然，几声秋虫的低吟更衬托出夜的凄寂。林中漏下的月光中偶尔会晃过人影，斥候引领常发径直来到人影晃动之处。

"常发！"一个女人的声音。

"何花！"自小习惯野外生活的常发，离开火光，瞳孔比常人更快地放大，很快便像猫一样有了夜视能力，"你怎么来了？黄显声怎么样？"

"你前脚走，显声后脚就组织警察家属撤离。他说军人已接少帅命令，说蒋介石'铣电'严令东北军力避冲突，说无论日本军队如何寻衅，我方决不可抵抗，官兵上下要一体遵守。显声说看来沈阳城是保不住了，只有警察大队可以抵抗一阵，要防止日本人报复，所以家属要先撤离。我们走得慢，中午忽然拥来大量逃兵，说北大营和沈阳城一夜尽失，只有警察局那边枪声激烈，看来只有显声在坚决抵抗日军的进攻……"

"常发，"包满达拉着几名连长围过来，"蒋介石十六日来电不许抵抗，少帅十七日把命令贯彻到每个士兵，十八号夜里日军来攻，北大营只回来个朱副团长，下命令，说日本人要什么给什么，不许打，不许还手，这是王旅长的命令。说王旅长请示过少帅，少帅请示过蒋总司令！"

一名连长愤声道："我们几个连长骂：要什么给什么，要命也给吗？朱团副说，打不起还躲不起？要命那就逃啊。"

又一名连长说："我们逃命容易吗？营门被日本兵堵住打，我们是冒着日本人的炮火炸开城墙才逃出来的啊！"

啪！常发狠狠扇那连长一耳光，"你炸开城墙逃命，那一城百姓的命能逃出来吗？"

北大营建于清光绪三十三年（即一九〇七年），是为保卫奉天城（即沈阳城）而建的。四围土墙各长两千米，成正方形设东西南北四个卡子门。大营东北角有兵工厂的弹药库，那一段围墙使用了拆城墙弄来的大青砖，被称为城墙。九一八事变后，有首民歌唱道："高粱叶子青又青，九月十八日，日本发来兵，先占弹药库，后攻北大营。"这是老百姓不明真相。实际上日本兵是先由西边卡子门冲进北大营，刺杀二十多名打不起也躲不及的东北军士兵。急于逃命的东北兵自己炸开了城墙，老百姓还以为是日本兵从这里攻进去的。炸城墙的士兵流着泪说："我们是自毁长城啊……"

被扇耳光的连长捂着脸嘟哝："怪我吗？军人必须服从命令，要打你去打下命令的王旅长，去打少帅，真有本事你就杀蒋介石去，总归是他下的命令！"

常发歪着脖子一时语塞。

包满达劝说道："下级官兵谁不想打？炮团那名兽医说，部队朝墙外逃时，不少当兵的哭喊着请当官的带他们反抗，见兽医是上尉军衔，请他出头，他摊开双手说：我是给马看病的，哪会带兵呀……"

说话间，又一伙人围过来，传出一个熟悉的声音："责任不在下级官兵，在上级决策者，在国民党蒋介石，为一党一己私利，置民族大义于不顾，对内剿共，对外不抵抗……"

"刘秘书，"包满达握住刘海波的手，显露激动之情，"我这一连弟兄配合常发兄干掉了西竹的骠骑兵！"

"我知道了。"刘海波声音依然沉重，"我和黄显声将军商量过，这次不会是局部事件，日军占领沈阳不会就此打住，他们的野心是席卷东三省。我们决定把三个警察骑兵大队组建成一个骑兵师，少帅已经同意，黄显声任师长，常发任副师长。"

"我不干！"

"大敌当前，你说什么？"

"大敌当前我才不能干，除非少帅退出国民党。"

"你啥意思？"

"大帅早讲过，君子不党，党是堂下黑。日本兵打过来，少帅听蒋介石的，下令不许抵抗，妈了巴子，我是听还是不听？"

刘海波张张嘴，咕噜，吞下口唾液。

包满达插嘴："国民党是堂下黑，有的党可不是，从成立到现在，一直主张抗击日本侵略……"

"我知道你小子心向着共产党，"常发看看包满达，又盯盯刘海波，"喊口号谁不会？共产党在南方反围剿，还不是和国民党打？东北抗日队伍哪一支是共产党的？老子就干抗日义勇军了！"

包满达胸脯一挺，刚要喊什么，被刘海波拍拍肩膀止住，用平和的声音道："常发，路还长着，你迟早会看到在东北坚持抗日的，会是谁领导的军队。你不干国军干义勇军，我看也好，我替你跟黄显声解释。"

"黄显声在哪儿？"

"还在沈阳城里跟日本人周旋。"

"日本人占了沈阳城，你为啥不劝他撤出？万一被抓了你还组建狗屁骑兵师！"

"日本兵少，根本封锁不住全城，城里乱糟糟，显声带了警卫排熟人熟地周旋几天不会有事……唉，实话告你吧，西竹的骠骑兵来辽西劫武器，是樱子冒险把消息报告了黄显声，并且为此被抓。黄显声想趁日本人立脚未稳，把她救出来，不然对不起樱子哦……"

常发微微一怔，目光缓缓移向夜空：曾经在林梢闪烁的一颗星，不知何时被云遮去了。他的目光又缓缓移向刘海波，"你们准备去哪里？"

"部队全逃散了，少帅的命令是将长官公署和省政府移驻锦州，接到通知的散兵都会去锦州集中，没听到通知的只怕要逃到京、津、冀才能归建制了。"

"哼，这种军队也能打仗？"常发鼻子里嗤一声，对刘海波、包满达说，"带你们的人去锦州归建制吧，咱们从此分道扬镳。"

刘海波和包满达急喊："哎哎，你怎么回事？"

"常发，事儿还没商量完，你怎么说走就走……"

常发头也不回地大踏步走开。心里发誓：妈了巴子的，这辈子跟国民党蒋介石再没话可说了。

一九八六年我写作《狼毒花》时，恰逢纪念西安事变五十周年，常发叔对我讲："蒋介石从投奔孙中山到建黄埔军校，从东征到北伐，捞取了不少政治资本，这些资本从九一八到长城抗战就基本输光，失尽民心，终于激发了西安事变……"

曾任张学良机要秘书的王再天说："九一八事变，日本兵用两门一九〇五年退役的老炮加一百多支步枪夺走东北军三百多架飞机、三千多门大炮、二十八辆战车、十几万支步枪和六千挺机关枪……可国民党的《中央日报》还厚着脸皮说，一夜战争尽失东北是因为武器不如日本！难怪日本陆军大臣、皇道派的荒木说'只要有皇军精神，拿着竹竿也能打败中国人'。"

曾任中共东北工作委员会组织部部长的高绵明说："现在许多人说蒋介石是抗日英雄，我不同意。他抗日是被中国共产党和中国人民逼的，更是被日本逼的，因为日本人伤害到他的根本利益。他的底线是，'东北人可以当奴隶，我绝不能当奴隶'。"

九月的奉天，早晚天气已经很凉。夜空里的星星闪着清冷的微光，俯瞰着当年张作霖被炸的皇姑屯：日军放置炸药的三洞桥下，缓缓地蠕动着两支人流，向锦西移动的人流是扶老携幼，哭号声不绝于耳的难民；朝奉天小西边门外火车站移动的是东北军警，被日本守备队用绳索捆绑成一串，在呵斥声中默默前行。

王以哲和他的两名卫兵身穿便衣，混在逃难的人流中，从三洞桥下走过时，王以哲深深地低下头。

他想起张大帅给日本内务大臣床次的题字：张作霖手黑。仿佛听到大帅咬着牙根骂："什么手墨，老子手黑，不给寸土！"他想到了"土成计划",还有大帅朝着川岛浪速吼出的国骂:"妈了巴子,你是流氓我就是刘邦,咱们谁怕谁?"

刚刚走过三洞桥,王以哲脑际又蹦出黄显声,瞪大一双冒火的眼睛朝他吼:"妈了巴子,你丢下北大营七千兄弟,上我这儿来干什么?我恨不能把你抓起来!"

"我昨夜睡在三径路家里,赵参谋长来电话才得知日本进攻北大营,我忙请示少帅,少帅不许反击,这才赶来和你商量。"

"作为军人,你首先要想的是守土有责还是服从命令?"

"……服从命令。"

"滚!滚出去……"

刚想到这里,一股大力令他滚下路基。定睛看时,悄声叫道:"常发!"

"怎么这身打扮,也成难民了?"

"我不能死,现在死了我没脸去见大帅。"

"你的兵呢?"

"散了,有撤向山城镇的,有逃往锦西的……"

"西竹同我交手前,说他们一个步兵中队干掉了你们一个旅?"

"军人的天职是服从命令,我是这么受教的,也是这么教人的。少帅下达蒋总司令的命令:不准抵抗,把枪收到库房,挺着死,为国牺牲!"

常发将下巴伸向蠕动的难民,"这话你敢讲给他们听吗?"

王以哲吧嗒嘴,"少帅说,要相信中央,相信国联,这只是局部事件,不给日本人借口。据说日本内阁和军部都命令关东军不许扩大事态,驻奉天总领事林久治郎还跟我们解释说,关东军少壮军官以下犯上,他已下令不要扩大事态,日本将通过外交途径处理善后。"

"你还有外交?大帅怎么养了你们这群新军人!"常发将一张报纸劈面掷在王以哲脸上。王以哲抓起报纸,月光下,赫然一行大字:土肥原贤二公开出任奉天市长。

这是九一八事变的第三天，免费乘火车的最后一天。据说免费输送难民的主意就是这位土肥原想出来的，他只用三天时间便稳定了奉天城。

王以哲放下报纸抬头张望时，常发早已没了踪影。

一九三一年九月二十二日傍晚，菊文酒馆三楼已经亮起灯。

建川美次部长在榻榻米上踱步想心事，两名艺妓蜷缩在屋角盯着那双熊掌一样大而粗糙的脚：时而缓缓移动，时而驻足，然后转个方向再移动。她们还有点勇气掀掀眼皮，偷窥一下这位陆军少将的脸色。

常人踱步想心事习惯低着头，建川不然，他永远是仰面朝天。即便与人交谈，他也习惯用下巴颏朝向对方，而且用下唇压住上唇，在嘴角留下深刻的两道纹，让人感到高傲、凌人。其实也不尽然，他虽然剽悍结实，身高却不足一米五，像是在农村挑重担，干力气活长大，生活的重负使他长得骨骼粗短，筋肉结实，外号"老村长"。个子低便总要抬起头看人，为自尊，就形成这副仰面绷嘴的"尊容"。

中外史书都说他在九一八那晚"喝醉"了，被菊文酒馆的两名艺妓陪着睡到天光亮。是否真醉不论，他本人也曾写文承认，板垣和石原的行动计划他至少知道百分之九十以上。

如今大局已定，他有一种亲历改变日本命运的大事件的快感，却又有一种挥之不去的遗憾委屈。

九一八事变是在他的庇护下实现的，但他又主动被排斥在事件外，历史承认的将只是奉天的板垣大佐和旅顺的石原中佐。是这两个少壮军人完成了本该由陆军大臣、参谋总长以及他建川部长发动的战争，并且胜得如此轻易！

上午，关东军本庄司令官来电话，说石原要赶来奉天商讨"下一步"。建川从本庄司令官的口气中听出一种相同的情绪：遗憾……嫉妒。本庄司令官几乎是咆哮着说："要继续严惩中国军队！他们竟然敢挑起事端，却又不敢面对，只会扎堆儿逃窜，一定要打得他没地方躲！"

建川知道炸柳条湖南满铁路的是小河本,本庄司令官能不知道是自己下属挑起事端吗?他真正恼火的是"中国军队扎堆儿逃窜"。如此"不抵抗",让保守的外务大臣和内阁首相很丢脸,也让稳健的陆军大臣和参谋总长无地自容……

古井进来报告:"建川部长,板垣大佐请您下楼,他说人已到齐了。"

建川无语,在两名艺妓的帮助下,穿好木屐,跟随古井美子下至二楼,走入东京厅。

孤傲的石原莞尔居然迎在门口,以往他是最瞧不起建川的,尤其不肯与建川共餐。日本料理的一大特色是"吃生",就是将新鲜的鱼虾、贝类到牛羊肉,用适当的刀法切成片,佐以酱油和山葵泥[1]调和之蘸酱菜式。因为去皮后的鱼片不易辨清种类,北海道的渔民便取一些鱼皮用竹签刺在鱼片上,方便食客识别,被称作"刺身",就是"生鱼片"之意,建川只把"生"改成"活",要把活鱼活虾活贝甚至活牛拿来去壳剥皮剔肉蘸酱吃。至于小鱼小虾小贝类,他喜欢整个活着进嘴,说鱼虾的挣扎蠕动最能刺激人的食欲,叫"吃身",这位自称中国通的日本军官就是这样"将中日文化融合起来"的。石原曾见到醉醺醺的建川在乡下用太刀从耕牛的屁股上砍下一块肉,血淋淋切成几块,在拌了山葵泥的酱油里蘸一蘸,就朝嘴里塞,从此便再不肯与其共餐,说看见他的嘴巴就想吐。

今天破例,石原不但与建川共餐,而且迎在门口鞠躬,抢先握住建川的手,"等待良机永远不如抓住时机,建川部长,吞并满蒙在此一举,拜托了!"

建川不置可否地哼一声,自顾脱下木屐,走入厅房。迎面三个人:板垣征四郎、林久治郎、土肥原贤二。

建川与三人打过招呼,在主位坐下,他是代表陆军大臣和参谋总

---

[1] 山葵泥,当时中国人称之为"日本芥末"。

长而来,毕竟九一八事变和皇姑屯事件一样,是关东军主谋下的擅自行动。

"军部和参谋本部叫我过来看看,劝阻关东军,不要闹事。"建川注视林久治郎,开门见山地说,"没想到刚落地就出了事。所幸是东北军挑事,已经给了他们应有的惩罚。说说吧,下一步怎么办?军部和内阁都等我消息。"

林久治郎迎着建川的目光道:"建川君落地就喝醉了,九一八军部和参谋本部事先是不知情的。"摘除军部和建川的责任后,他马上转向板垣,"到此打住,不要扩大事态了。内阁已经制定出关于不扩大事态的方针,并下达给关东军,你们应该看到了,至少石原君在旅顺关东军司令部就该看到,本庄司令官也应该下令给板垣君了。"

板垣硬邦邦回敬一句:"为国家和军部的威信,军部的方针是彻底干下去!"

林久治郎早有准备地抛出一份文件,"谁代表国家和军部?这是内阁代表国家制定出的方针,经陆军大臣南次郎和参谋总长金谷签发的指令:不扩大事态。"

石原莞尔霍地站起身,三大步走到林久治郎面前,将一份文件用力摔到茶桌上,"这是我九月十九日完成的《满蒙问题解决方案》。等待良机永远不如抓住时机,开万里波涛,布皇威于四方就在此时!日本国民盼望着闯关东,从我爷爷算起,已经等白了两代人的头发!"

室内陡然一静,静得能听到自己血液的流动声。

"哼,"板垣轻咳一声,打破梦一般的寂静,一改刚才硬邦邦的态度,双手轻搓,颇有些温文尔雅地说,"一切为了生存空间,这是自然法则、宇宙的规律,当然,饭要一口一口地吃……"

石原用力咳一声,目光像机枪射手一样扫向板垣,于是,板垣只剩了轻搓双手,再讲不下去。

"不怕你不石原,就怕你太石原啊!"土肥原接过话头,"石原就是石原,关东军的大脑,但你不要太石原,正确的多走一步就可能是错误。日本国内从政府到民众都还没做好开战准备，满洲是日本的三倍，满蒙是几倍？日本在东北，关东军加守备队再加侨民也不过两万人，更不用说国际上美、英、苏的态度，摆个傀儡有何不可？主人是我大日本帝国，傀儡不过是面具。"

林久治郎见石原不作声，受到鼓舞，声音转高："军事只能做后盾，国际上的事情还要靠外交解决……"

"放屁！一百年来哪块土地是你外交要来的？"石原吼一嗓子。

林久治郎还嘴道："只有政府通过外交途径签订条约，才能得到国际的承认，才能长治久安。你们搞皇姑屯事件和九一八事件，内阁从首相到外务大臣谁事先知道？全是擅自行动，这是玩火。东北军在锦州屯兵二十多万，万一张学良这些人也学你们这样子以下犯上，抛开蒋介石，举兵抗日，关东军危矣，大日本帝国危矣！"

"危言耸听。"板垣不再搓手，"几次论兵谈形势，判未来，是你对还是石原对？现在关东军节节胜利，已经占有大半个东北，这才几天的工夫？记住，军部留给你们政府的只有两件事：办手续，付经费！"

林久治郎两手一摊，摇摇头，不再作声。

板垣转向石原，先轻轻搓手，似乎在措词，而后轻声道："石原君，向锦州用兵，我已照你的意思开始行动，但是吞并满蒙，军部不同意，我和土肥原也认为时机不成熟……"

"我和本庄司令官也不同意。"建川终于表态，"但我们都支持向锦州用兵，进而向华北用兵，打到他们去钻老鼠洞！"

石原望着板垣，眼圈忽然一红，泪水夺眶而出，"扶植傀儡要挨骂，干脆吞并也只是一骂，为何要找两次骂呢？就像琉球、台湾、朝鲜，挺挺就过去了……唉！"他从和服胸前掏出第二份材料，"这是我今天重新赶写出的《满蒙问题解决方案》，是我知道立刻吞并的意见无论如何也不会得到施行，我是流着泪划出底线：实行满蒙独立，一旦时机成熟，将'满洲国'仿台湾、琉球例，并入日本。"

"石原就是石原，不怕你不石原。'满洲国'——这名字好！"土肥原鼓掌，站起身，大声宣布，"按照石原的设想，我已准备好人选。台面上的人，是以溥仪为代表的满蒙贵族、遗老遗少，维持社会治安要从张作霖留下来的那批老人中选择……"

石原问："他们肯合作吗？"

土肥原胸有成竹，"溥仪那里有川岛芳子配合，已经没问题，很快就会来东北合作；张作霖拜把子的五哥张景惠已经主动找板垣联系，希望出任东省特区和北满的维持会长。熙洽既是皇族，又是张作霖重臣，还当过张学良的教育长，他巴不得借助日本力量复辟满清。真正有分量的还是臧式毅，他是唯一看出关东军会动手，主张抗日的高官，我已经把他软禁起来，这人将来可用。"

板垣摇头，"他已经绝食，他母亲不但不劝降，反而警告儿子：'你敢降就是要你妈的命！'恐怕用不上了。"

土肥原笑道："我保证他降。我给他送了一盘秋苹果，水果刀就在果盘里。他求死只需割一刀，何必绝食，三天已过，苹果没动，刀子也没动。我保证，最多三个月，你再去见他，你只须给个台阶说：'蒋介石都不抵抗，你已经抗了一百天，够英雄！现在该回家尽孝了。否则我骗老娘说你已投降，她真自杀时你想救也救不及啦！'"

板垣用力搓搓手，"哈哈，这真是给了他个好台阶！"

林久治郎摇头，"不缺这么一个人，有这样硬骨头老娘，把他还给张学良算了，好歹咱们跟老张家都是有过交情的。"

土肥原换了坚定神情，"妇人之仁！大日本帝国需要他当'满洲国'的最高长官：参议府议长！"臧式毅被软禁三个多月后，被板垣威逼利诱而降，其母闻讯怒骂而死。

石原提醒："军事呢？眼下最需要的是建一支'满蒙自治军'，配合我们实行满蒙独立建国。"

土肥原朝门口侍立的李香玉吩咐："上菜吧，大家放心喝酒。这个人选我已确定，他与张大帅有血脉之亲，是日本培养的军校生，带兵打仗当过师长……"

"张学成！"房间里人不约而同地喊出声。

李香玉身体一颤，忙站稳脚步急喊："东京厅上菜！"

大法禅林的住持是位白须童颜的老和尚，他的居处位于佛寺第三重院，进门依次为衣钵寮、茶堂、寝室，寺里和尚都称那地方为方丈。俗人很少能入方丈，偶尔有贵客或重要施主被邀入方丈，也只是在茶堂里一坐，不能玷污寝室。

今日住持引领一位帅气的"小胡子"穿过衣钵寮和茶堂，直送入自己的寝室，代为关门，独个儿坐在茶堂里诵起经。

候在寝室中的常发小声喊："香玉姐！"

黄显声认真打量着，笑道："这要是在街上碰见，我还真认不出来呢。"

李香玉摘下帽子，用力摔在床铺上，睁圆一双秀气的眼睛斥问黄显声："你们是怎么搞的？几十万人马都蹿稀；全东北就剩下一个男人，马占山！他今天在嫩江桥朝日本人开火了！"

"是吗？马占山好样的，我早就看出他是有血性的汉子！"黄显声在屋中急走一圈，转了口气说，"几十万人马蹿稀，我可没蹿稀啊，奉天城只有警察局枪炮响了大半天，我们警察大队才是第一个朝日本人开火的。"

常发骂道："妈了巴子，少帅第一个蹿稀，全东北军都跟着蹿稀，大帅如果活着，决不会搞成这样，奶油小生怎么能跟绿林好汉比？"

黄显声辩解："怪不得少帅，要怪只怪蒋介石。"

"你替他憋屈啥呀？只知服从命令，不知守土有责，这种帮狗吃食的东西，举国痛骂，你还在这儿掰扯不清！不就是对你有个知遇之恩吗？王以哲、刘多荃，你们都是一路货！"

黄显声嗫吧嗫吧嘴，无言以对。

李香玉说："常发讲得有道理。从皇姑屯到九一八，关东军认准的事从来不听什么军部参谋本部的，更不用提什么日本内阁了。昨天床次跟林久治郎说，前几天桥本又搞一次政变，虽说没成功，可参谋总长和陆军大臣都要辞职呢。因为关东军节节推进，每次冒险都成功了，胜利了。张学良跟着蒋介石不抵抗，首先搞垮的肯定是日本内阁，到那时，军人政权保证叫这些中国兵吃不了兜着走！"

"我看你们真应该认敌为师，也搞搞以下克上。"常发骂骂咧咧，"妈了巴子，他张学良要是个男人，学学日本军人嘛，什么首相大臣，掏枪就打，举刀就砍，把蒋介石也抓来杀了，保证天下欢呼。你们不说有知遇之恩吗？叫王以哲、刘多荃他们动手啊，替少帅担责，大不了掉脑袋，历史还能留名呢！"

黄显声认真盯着常发，居然点点头，"说者也许无心，听者确实有意，我会跟少帅说的，也会跟王、刘两将军商量，咱就学学日本军人以下克上……"

李香玉插话："日本军人就喜欢以下克上。石原做出进军锦州的计划，东京参谋本部下了四道命令让他们住手，板垣把命令全撕了，已经下达进军锦州的命令。"

黄显声变色，"我必须马上赶回北京向少帅报告。"

"还有，张学成准备投日当汉奸，出任'满蒙自治军'的总司令。"李香玉摇头叹气，"你问问少帅该怎么办吧。"

黄显声问常发："他是你师父，你说该怎么办？"

常发做个"打住"的手势，望住李香玉，嘴巴动了动却没说出声。

李香玉表情变严肃，细声慢语道："你最想知道的事情最不敢问，怕给我压力；我最想告诉你的事最后才说，是怕给你添堵，谈不成其他大事。"

"其实我猜到了，否则一见面你就会告诉我……"

"五爷还是照你的要求努力了，反而造成现在的结果。"

"什么结果？"常发终于忍不住，"说吧，我担当得起。"

原来，七天前常发潜入张景惠寓所，刀架脖子问："五爷，听说你当会长了？"张景惠尿裤子说："常发，你叫我二十多年的五爷了。当年汤大虎要杀你,我可是和辅帅一起保你的呀!"常发说:"这跟你当汉奸有关系吗?"张景惠喊:"我不是汉奸,我请示过少帅,少帅让我设法维持东北局面。大帅少帅的亲友及财产、东北军将领的家眷和财产,当年我们结拜的老兄弟们,包括大帅的元帅林,都需要有人维持。少帅特别要求我关照好竹林寺里大帅的灵柩,本庄司令官都照我的要求派兵妥善保护起来了!"常发说:"很好。现在我要求你一件事,你可以答应去哈尔滨当维持会长,但要有个条件:释放我的未婚妻樱子,你是见过的。"张景惠连连点头,"一定,一定。"常发警告:"我想找你,易如反掌。当年你出卖大帅,大帅仍然把你母亲当自己母亲来养,定期看望,我跟随大帅把你家门槛都踏破了。你母亲死,是我陪大帅来料理的,你也是干绺子出身,江湖规矩该明白,现在是让你还我这份情!"张景惠哭腔哭调,"我的小祖宗啊,别说欠你情,冲你跟大帅的情谊,冲大帅对我恩重如山,我不尽全力我就天打五雷轰!"

七天过去了,李香玉说:"张景惠找本庄司令官,答应一些条件后,本庄司令官亲自找川岛浪速要人,川岛说已经押解回日本了,需要跟东京宪兵司令部联系,本庄司令官只好去向张景惠解释。本庄前脚走,川岛后脚就派人去日本守备队的大和旅馆将樱子带走,秘密押往东京,交宪兵司令部了。"

常发咬咬牙,转向黄显声,"你打算怎么处置我师父?"

"杀!"黄显声截断钢筋似的一声。

"不行。我的师父我处置,我要拿他来换樱子。"

黄显声张张嘴,犹豫道:"张学成在黑山县招兵买马,黑山县距奉天一百三十公里,距锦州一百一十公里,张学成有背景又熟悉东北情况,他要帮助日本人,锦州可就没法守了,这事儿还得上会议一议。"

第二十七章

黑山县衙署傍鼓楼而建：单檐歇山式屋顶，面阔五间，前檐飞椽可挡风遮雨。遵清代规制：坐北朝南，左文右武，前朝后寝，狱房居南。

张学成从后邸经内宅门出来到前衙，过屏门便学起京剧《苏三起解》中县太爷的样子，迈出台步，一步一摇走入大堂，京腔京味地吟一声："升堂——"

大堂里左文右武一群人窃笑着呼应："威——武！"

这是张学成事前安排好的"真戏真唱"。他在公案后的太师椅中坐下，左肘支案，右手做"关公读春秋"状，探身朝公案前观察：旧县衙虽面阔五间，除去木柱，空间并没多大，二十多人将大堂挤得满满，只空出一米宽的中轴线可以望见大堂外聚集了更多的各色人物。张学成曾对他的四名日本顾问解释他的安排："堂内十八家反王，堂外八百路烟尘。"

这番语言显然来自《说唐》和《瓦岗寨》。

"呜呀！"张学成双手做甩袖动作，坐直身体，于感慨声中念白道：

"吾张学成,东三省自治军总司令也!乃张大帅之亲侄儿、少帅之弟,毕业于东北讲武堂,曾任直鲁联军第七十师师长,参加直奉两战多有战功。南军北伐,派便衣队制造皇姑屯事件,大帅蒙难。少帅不思父仇未雪,反而东北易帜,吾愤而辞职,蛰伏大连与天津修身养性。今少帅臣服于仇人蒋介石,弃东北父老乡亲如敝履,使外变色,生灵涂炭。想甲午战争后,辽西地界便称三不管。大帅扯旗拉大团,维持地方治安,保护百姓生命财产安全。如今散兵游勇成群,乞丐难民遍野,尤胜甲午之后。我秉大帅之初衷,犯险出头,建东三省自治军,保关外黎民过太平日子。"张学成大喘一口气,将惊堂木用力敲下,"来呀,扯旗!"

侍立右侧的一名日本顾问"哗啦"一声展开大旗,是红蓝白黑满地黄的五色旗,竖立身后,表示自己继承的是张作霖的北洋政府,反对易帜"青天白日",反叛南京国民政府,这面五色旗不久就做了"满洲国"的"国旗"。

"请尚方宝剑!"张学成双手举起,在头上方抱拳。

又一名日本顾问双手捧木架,架上方是一把日本武士的太刀,下方是胁差,摆于公案上。

"太刀搏敌,胁差剖腹,不成功则成仁,请出大印!"张学成话音刚落,左侧日本顾问捧上一方黄绸子包裹的大印。张学成接过,恭恭敬敬放在"尚方宝剑"旁边。他起身,一手按住大印,一手拉住左侧贴身站立的日本顾问:"小野先生是先大帅我三叔张作霖的军事顾问,如今又做了我的首席顾问。本司令扯旗登高一呼,关外豪杰应者如云,我决定先成立十八个旅,再逐步扩编成十八个师、十八个军,继续我三叔武力统一中国的事业。到那时,我要建一座比太和殿还宏大几倍的朝堂,让今天在大堂外云集的英雄好汉都能在朝堂上排个座次,有把交椅坐。现在我宣布,由小野先生代表我给十八位旅长颁发委任状!"

大堂门口的台阶上一阵纷乱嘈杂,张学成瞪眼,"咄!何人敢乱闯公堂?我有言在先,堂内十八家反王,堂外八百路烟尘,再逐步扩编……哎哟!"

张学成脸孔忽然变色，离座绕过公案朝堂下紧着拔步，不知是惊是喜地喊道："韩师父呀，居然是您老人家来了，失迎失迎……"

踩着假肢的韩老吊将手一挥，像打扫灰尘一般将挡在面前的三四名卫兵拨拉到一边，脚步滞重地迈上台阶，晃动着膀子走入大堂，抱拳一拱，"少主子好，老奴不请自来，腿脚不便，不能行大礼了。"

"哎呀，讲哪里话，我三叔叫您哥，称您兄，我怎敢以主子自居……"张学成双手搀扶韩老吊，"以您在江湖上的地位，先大帅也从不敢把您当奴才呀，何况我这老张家的晚辈。"

"老张家对我恩重如山，我们老弟兄们发过誓，虽不是张家将、张家军，但生是张家人，死是张家鬼，祖宗五千年来传下的做人规矩不能坏。"韩老吊在张学成搀扶下于公案一侧摆放的椅子上坐好，朝身后喊："常发，见过你师父，代我行个大礼！"

常发绕到面前，对着手扶韩老吊的张学成跪地磕一个响头，"给两位师父行礼了！"

张学成的激动惊喜之色溢于言表，朝着堂下堂外大声喊："众弟兄众好汉，知道这两位是谁吗？坐我身边的就是先大帅结义的兄弟，名震关内外的韩老吊，跪在这里的就是大帅唯一的带枪侍卫，我和韩师父的徒弟，少侠常发……不，现在可是让蒋介石的南蛮子谈虎色变的大侠了！"

大堂内外卷起一阵风摧林涛般的声浪，有喊老前辈老英雄的，有叫少侠大侠的，"久仰""久慕""如雷贯耳"之声不绝。韩老吊和常发对这些赞羡仰慕抑或是谄媚巴结都表现出无动于衷的冷漠，目光只是注视着张学成和贴到他身后的矮个子小野。

张学成忽然从那目光中读懂什么：这两位名震关内外的人物不是来入伙，倒像是要搅局。他深吸一口气，定定神，终于咳一声，开口道："韩师父，自小就听我三叔说您是'为人不当差，当差不自在'。三叔都不敢请您老到奉天为官，我这老张家的晚辈哪敢惊动您老人家？所以没给您老发帖。"

413

张学成反复抬出"老张家",仿佛是祭出什么护身的法宝,这件法宝在关外就有这么大威力,韩老吊冷锐的目光转缓,也咳出一声,大而化之地将手臂画一圈,"扯旗造反,十八家反王,你是真戏假唱还是假戏真演?"

张学成已经真正探明"老张家"的威力,谦恭地笑道:"韩师父,我是真戏真唱,我就好这一口。大帅铁定的不许易帜,是少帅不忠不孝将东北易帜,造成今天的局面。您老跟大帅是生死之交,您是要五色旗还是要青天白日旗?"

韩老吊噎住食一般张了三次嘴,终于透出一声:"你的大印是谁给的?"

"老张家。"张学成振振有词,"您是老江湖,您该知道,我父亲要不是战死沙场,能轮到我三叔掌印吗?如今小六子躲在北京顺承王府,丢下东三省,这大印不该我来接掌吗?"

韩老吊变结巴:"可你,可、可你那尚方剑——剑,那是日本战——战刀!"

"韩师父!"张学成这一嗓子叫得充满感情,"您老人家要搞机密,中国又穷又弱,哪个掌权的不要找个洋爸爸?大帅生前多次讲,蒋介石有个洋爸爸叫英美,大帅也有个洋爸爸叫日本,没有洋爸爸的政权一个都坐不住!"他将矮一脑袋的日本顾问扯到面前,"他,小野君,大帅的顾问,您老人家还跟他喝过酒,现在是我的顾问……"

"妈了巴子的,你别胡咧咧!"常发终于忍无可忍,"大帅找洋爸爸,是得骗就骗,得抢就抢,扩大地盘,壮大自我。大帅还说'张作霖手黑,寸土不给'。现在日本人占了东三省,本庄、土肥原、小野这群王八蛋,给大帅当顾问时寸土没得到,现在抢走东三省,一个做了司令官,一个当上奉天市长,你还敢认洋爸爸,你就是汉奸!老张家就不许你入祖坟!"

"挨梃的狗奴才,养不熟的白眼狼!"张学成一耳光扇去,"你怎么不说人人得而诛之?一日为师,终身为父。你这个不忠不孝,有拳头没脑子的蠢货,你想弑父不成?"张学成扬手又扇去一耳光,"你懂什么?川岛芳子到天津接溥仪去了!当年大帅要搞奉人治奉,日本人要搞满蒙独立,我不掌印莫非是你想把印交给溥仪和川岛芳子?妈了个巴子的也是你说的,还敢当我面说,我踹死你!"

张学成狠狠一脚踹在常发肚皮上,常发只退后半步便站稳,没还手也没还脚,垂头道:"只要你打日本,我和韩师父可以动员几万人马追随你去奉人治奉,我们光在辽西就发到民间八万支枪,组建起八路义勇军……"

"算你说了句人话,也不枉我老张家养你二十多年!"张学成大言不惭道,"张学良几十万人马挡不住日本人一个步兵中队,飞机大炮坦克拱手送了关东军,你那八路义勇军只发几条破步枪就想和关东军打擂?咱还得学大帅,靠着洋爸爸,咱得骗就骗,得抢就抢……"

"韩师父,咱三寸器在下面不在上面,咱不拿舌头跟他打仗,咱走。"常发拉起韩老吊就朝大堂外走,张学成没有拦阻,只送一句:"韩师父,管好咱们这个徒弟,有拳头没脑子的货!"

韩老吊摇摇头,没言声。来之前,常发说他想擒了张学成换樱子,韩老吊给他一巴掌,说一日为师,终身为父,更何况是老张家的血脉。说兄弟如手足,女人不过是件衣服,扔就扔了。常发不服气,说樱子抗日,张学成可是要投靠日本人。韩老吊说:老张家的血脉要由老张家说了算,这事还要听少帅发话。

离开黑山县衙,常发面南长叹一口气,"唉,也不知黄显声到没到顺承王府……"

辽西的第二场雪,不是纷纷扬扬飘落的雪花,小雪粒状似冈顶上歉收的糜子米,被风卷起,从天洒落,飒飒有声。

暮色里,一辆吉普车在七高八低、凹凸不平、曲如蟒蛇的乡间土石路上爬行。黄显声本是坐在后座,身子紧裹黄呢子军大衣,口吸一支雪茄想心事。他的身体左摇右晃,随着汽车的颠簸时而升腾,时而沉落,撞过几次头后，他摘下碰歪的军帽，叫停司机，换到副驾驶的位置。

吉普车重新启动。黄显声吩咐："开大灯。"

两道光柱刺穿洒落的雪粒，可以看到弯弯曲曲的小路隐入远处的一片树林中。

"到什么地界了？"黄显声问。

"建平县。"秘书刘海波在后座回答。

"天黑前能赶到县里吗？"

"不行，还有几十里，"司机回答，"要赶夜路了。"

驶出树林，天已黑透。不远处闪烁出灯光，继而传来人声。熟知辽西地形的司机借车灯的照射竭力睁大眼辨识着说："好像是太平沟，有人马……是车队。"

"得，进村看看是哪部分人马，可以的话就在这里投宿了。"黄显声吩咐。

吉普车驶入太平沟村。村口停有二十多辆大卡车，挂的都是东北军的车牌，按古法首尾衔接，围成一圈营盘，内层又排一圈马车；马匹聚西北，帐篷搭在东南，中心地区燃烧着三堆篝火，火堆旁人影晃动。黄显声不待车停稳，便开门跳出，刘海波和卫兵紧忙追下车。

"站住！什么人？"当作辕门的卡车阴影中闪出一名士兵。

"你们是哪部分的？"黄显声反问，一边大步走到士兵面前。士兵借着十米外的篝火发现是一名将军，慌忙立正："报告长官，我们是万福麟长官的下属，准备绕道去天津。"

"车队拉的都是什么？"黄显声将手比划大半圈。

"都是，都是，"士兵嗫嚅道，"家属和，和财产……"

"什么人哪？"篝火堆旁站起一个人影，手里抓着烤羊肉，边啃边走过来，"哈哈，警钟！我说声音这么熟呢。"

"万国宾，万将军。"黄显声也迎上前，"你爹万福麟不是让你代理黑龙江的军政大权吗？怎么跑这里来了？"

"你不是也跑这儿来了。"

"我是去北京向少帅报告军务，绕路去看望了一下老北风的义勇军。"

"什么义勇军，不就是胡匪，扯一面抗日的旗帜就成义勇军了？"

刘海波在一旁道："胡匪还知道守土抗日，不愧为义匪，万将军却丢下黑龙江省，拉着一家老小星夜逃到这里。"他嘿嘿冷笑，环指汽车马车围起的营墙，"还携带着这些价值连城的财富！"

万国宾变色，反唇相讥："价值连城也比不过你们富可敌国啊。南京国民政府只有一百架飞机，你们一次就丢给日本人近三百架飞机，还不算坦克、大炮、机关枪，更不要说十七亿元的公产。我要不奉老爷子之命转移这些财产，难道也学你们拱手喂给日本人？"

"你……"刘海波被呛住，透过一口气才从牙缝里挤出一声，"真不知何为羞耻！"

"你要是懂得羞耻，就该守在奉天战斗，也不会跑到这冰天雪地里来喝西北风！"

"好了好了，都是奉命行事。"黄显声摇动双臂，息事宁人道，"少帅奖励扯旗抗日的老北风五万现洋，奖励剿灭汉奸凌银清的公安总队长熊飞五万现洋。现在黑龙江的马占山、吉林的冯占海都跟日本人交上火，万将军……"

万国宾抬手拒住黄显声，"马占山已经代我们老万家接任黑龙江省主席一职，自然是守土有责，发军饷是少帅的事。至于有钱出钱，有力出力，那是全东北全中国所有人的责任，不要单拿我们老万家说事。"

黄显声盯住万国宾，绷紧嘴唇半天不知说什么好。

"警钟，你别单盯住我不放。国民政府不发一银一枪一弹，看到蒋介石南京政府颁布的'效睦邻邦命令'吗？'凡抗日者必严惩'，抓住抗日的分子非杀即关，说铁定是'共匪'。懂吗？中国人谁抗日谁就是'共匪'，老张家不就是掏了几两银子吗？奉天大帅府里的财宝我这几十辆车连一半都拉不动，他几十万大军一枪不放就逃了个干净，现在是日本人替他站岗保护，几时要几时给还。马占山、冯占海，占山占海叫山海关。山海关外谁不是张家军？到北京你劝少帅散家财招兵买马重整军队，叫他当'共匪'去抗日，看他干不干？老兄，听我一句劝：现在是民国，不是共产党的苏维埃政府！"

"走，找地儿投宿去。"黄显声扯一把刘海波。

"哎哎，"万国宾拉住黄显声胳膊，"去哪儿投宿？你到村里走一圈，看谁家糊了窗户纸？家家冰窖似的，我打闹点草料喂马都折腾一晚上折腾不齐，就在我帐篷里挤一宿吧，比你睡老乡的冷炕头要强得多。"

黄显声怔了怔，刘海波反过来扯他一把，"睡冰窖我也不想听他扯鸡巴蛋！"

"我再提醒一句：现在是民国二十年，连光绪二十年都比不上啦！"万国宾在身后送来一句。

黄显声和刘海波没回头也没应声，只觉心口窝堵得透不过气。原以为风雪天走走可以舒口长气，不承想绕村走来，越走越堵得难受。

黑沉沉的村子，没有一个人影，没有一堵好墙，没有一丝炊烟，也没有一声狗吠。走过十几分钟，印象最深的便是黑洞洞的窗口，像一张张哭号呐喊的大嘴，朝着风雪之夜凝固僵死了。一个入冬仍然糊不起窗纸的庄户人家你还忍心去敲门，讨一口热汤喝？

"这么大的村子，少说几百户人家，日本鬼子还没打过来就沦落成这样！"刘海波咬着牙说，"将来的人们能想象民国二十年的中国就是这副样子吗？怪不得共产党要号召闹革命！"

黄显声沉默着迈大步，积雪在脚下咯吱咯吱作响。

"警钟，你是五四运动的闯将，你那时都读过什么新书？"刘海波试探着问。

"我不需要你来做工作。"黄显声没头没脑，丢下一句。刘海波停有半分钟，略带尴尬的语气小声说："我多嘴了。我知道将军是心照不宣，已经给了我们许多关照和支持。"

拐过一段颓垣断壁，黄显声猛然停住脚：一个黑洞洞的窗口里居然有火光在闪动，屋顶的烟囱冒出一缕青烟！

"走,有火就能煮粥。"黄显声一串大步,径直推开干打垒的土屋门。屋中一阵骚乱,有几个人影像受惊的耗子窜向炕角的黑暗中,灶台前的火光下,只剩了一个老农,痴痴地蹲在那里站不起身。黄显声将手电筒照向灶台前,出于礼貌,从脚下缓缓向上移动:露筋露骨皴裂的脚板;瘦骨嶙峋,静脉曲张得像一条条蚯蚓似的腿;从破衣烂衫里露出一段皱皱巴巴满是鸡皮疙瘩的腰腹,手电光停留在他松垂多皱的脖颈处,没有直接照脸,但余光散射已看清那张满是沟坎、写满沧桑的老脸,惊惶的神色中透出一种无奈的衰倦。

"老人家,你好。"黄显声轻声问候。

老农像雕像一般没有任何反应。

"卫兵,上灯!"黄显声熄灭手电回身叫。

卫兵将两盏马灯提进屋,分别放在灶台炕头。

刘海波上前搀扶老农,"老人家,你好吧?我们想跟你借用一下锅灶,吃个饭,歇一宿。"

老农没等站稳,刚听到"吃"字,忽然奋起挣扎,拼命想张开双臂,挡在灶台前,"别价,别,不能吃,绺子不吃,胡匪不吃,狗都不吃啊,是娃娃们活命……"他突然停止挣扎,怔怔地盯着面前:黄显声的大手托了五块大洋伸到他面前轻轻晃动。

"这是……"老农狐疑地望住黄显声。

"饭钱。"

"这……别价,别价,吃不得,你们吃不动。"老农让开灶台前,抓起一个黑铁勺子去锅里搅动。黄显声和刘海波探头望时,心里不由一酸,那是谷糠和晒干剁碎的野菜熬成的糊糊。

黄显声手中的大洋变成十块,眼睛红红地塞入老农手中,一边命令卫兵:"去,把我们带的干粮全拿来!"

"菩萨啊!"

一声长号,老农咕咚跪地,泪水飞溅。

"起来,起来,不要这样。"黄显声和刘海波齐声劝说,费力将老农搀起。老农扑到炕边喊:"下地,下地,欢欢出来给菩萨磕头,你们都可以活命长大了……"

炕角的麦草堆里光不哧溜钻出三个十几岁的半大孩子,两男一女,身上无衣,连一条线都没有,瘦骨伶仃,有筋没肉地跪倒在黄显声和刘海波面前。

"哎哟!"黄显声和刘海波不知谁叫出一声,屋里陡然变得死寂。

两位见惯死人和鲜血的军官都流泪了。

黄显声脱下军大衣,将两个男孩子裹在一起,抱到炕上。刘海波也脱下大衣裹住女孩子抱上炕。屋外汽车响,两人不约而同退出屋以便擦干眼泪。再进屋时,不但抱进来大饼罐头,还有成袋的大米白面。

老农神情似乎有些恍惚,梦中一样手足无措,收下也不是,推出也不是,嘴里不知念叨着什么,直到黄显声朝锅里倒水,刘海波朝灶里添柴火,才如梦初醒般抢上去,"不敢,不敢,歇着,歇着,我来,我来……"

"糊糊不要舀出去,加水加米熬到一起。"黄显声吩咐。

"贵人哪,你们是贵人,吃不得,割嗓子,撑屁眼,拉不出屎……"老农嘟哝。

黄显声把米倒入锅中,转口问:"老人家,这村子咋破败成这样?"

老农盯着黄显声打量,反问一句:"官长,您不是汤大帅那里的人吧?"

"不是。"

"不是万大帅的人?"

"不是。"

"马大帅、吴大帅、孙大帅、冯大帅、张大帅……唉,你们是好人,告诉我吧,谁的人?"

黄显声正在犹豫,刘海波已经回答:"我们是抗日的军人。"

"抗日的军人?"老农似乎并不熟悉,摇摇头,"没听说。过去是不是叫闯王?祖上传下来一句话:迎闯王,闯王来了不纳粮。"

黄显声和刘海波面面相觑,无言以对。

"两位官长问我村子为啥败落成这样,十室九空。太平沟七百户人家剩不到七十户了。现今是民国二十年,换几轮大帅,征税已经征到民国六十年。可把人们苦得啊,纳不完税,怕捆绑坐牢被吊打,把地契文书贴到门窗上就逃荒走了。剩我们这些老的小的,跑不动,命也不值钱,留下来等死。你看看,你看看,入冬季节,连个窗纸都糊不起,风雪来得急,想用泥巴秫秸堵窗都没来得及,只好等天晴日出再堵死窗户……官长,我请问,日本人来了还要不要征税缴粮?"

黄显声皱起眉头,"那比现在根本就不是一回事,就要当亡国奴了!"

老农睁大一双迷蒙的眼睛,"什么,亡国奴?亡国奴还缴粮认捐吗?还能比汤大帅邪乎?"

刘海波大声道:"邪乎八辈子!日本鬼子来了不但征税缴粮,还要杀人放火烧房子呢!"

老人有所震动,又流下泪来,望向麦草堆,"杀就杀吧,早就活不下去了,可我这孙子孙女……唉,我老张家的八辈儿祖宗都缺了什么德哟,现世遭这场报应……"

黄显声朝黑漆漆的窗外望去,一种从未有过的无奈、无力、无助袭上身来。他感觉现在说什么都是徒劳,耳畔只剩了断断续续的回声:八辈子祖宗……现世报应……

北京城雪后初晴,玉树琼枝,屋顶洁白,马路已被车碾人踏变得污黑,天近午时黄显声方走进顺承王府。他本是昨夜赶到北京,考虑到张学良的身体状况和毒瘾,几次与董海联系,选了张学良精神状况好时才来晋见。

当年张作霖买下顺承王府,做了大的修缮,卧室、餐厅、客厅、卫生间都做了现代化改造,但地面仍是修旧如旧,请故宫博物院的匠人重新铺了金刚砖。

金刚砖可以吸水消音,黄显声由于情绪激动,是站立着汇报,时不时急踱几步，军靴踏在金刚砖上不会响动太大。

"你能不能坐下讲？走来走去晃得我眼晕。"张学良整个身体萎在沙发里，底气不足地说，"你不要太激动，国联会主持正义，胡适、顾维钧、章士钊这些名流都坚信国联会出面迫使日本撤兵。"

"这群货色连袁绍都不如！翻翻历史，误国误民的就是这群腐儒。请问少帅，专事宰割弱小民族的国联能代积弱积贫的中国求正义？能代中国去打倒担任该组织常任理事国的日本？也只有胡适这号朽木软蛋能想得出来。"

"不要辱骂斯文，国联已经决定组成李顿调查团来华调查。"

"哎哟，我的少帅！李顿调查团宣布：先去日本听命，根据日本人的要求再来华调查，还能有中国的好果子吃？"

"你坐下！怎么又站起来了？"张学良有些不悦，"李顿调查团先去日本，是因为日本提出什么人权。胡适和顾维钧讲，人权是上上世纪什么洛克提出来的。而日本说它脱亚入欧、他们是为了人权，为让中国平民摆脱封建政治制度和人身依附关系的束缚才在东北动武……"

"他们是要把封建的中国变成半封建半殖民地，他们是为了闯关东占东北，是要把受苦受难的中国百姓更进一步变成日本人的奴隶！"

张学良盯住黄显声，停有片刻才低声道："我也说过日本人其实就是想霸占东北，奴役中国人民。"

黄显声再次站起身，"少帅，苏联唱'起来，饥寒交迫的奴隶'，南方的中国共产党也在唱，为什么世界列强要围攻苏联，蒋介石要围剿共产党？因为共产党在为百姓争取做人最基本的生存权。孙中山先生提出联俄联共扶助农工，共产党提出反帝反封打倒军阀，这不是争人权吗？国民党蒋介石对内是又剿又杀，只许州官放火，不许百姓点灯。为什么日本人以人权为幌子侵略中国他反而自己不打也不许别人打？"

"打得过吗？"张学良喃喃，"我们的力量不足，不能打。我们一个师甚至打不过人家一个大队，日本人每个中队至少有一名狙击手，全东北军，全部中央军，有一个狙击手吗？你也是将军了，你听说过狙击手吗？知道是啥意思吗？拼刺刀，咱们三人一组，能胜人家一个单兵吗？有过案例吗……"

父亲的老战友王平上将对我说："七七事变后，我们始终是迎着国民党的败兵逃兵走上前线，一路挺进，所遇败兵居然没有一个看见过日本兵，闻风丧胆，听声就逃。最后不得不在正面摆开战场，用阎锡山的话讲，是被逼的，是兔子急了还会咬人。"

从长城抗战到忻口战役，曾任国民党军参谋处长、师长等职的符昭骞将军特别写道："在八年抗战中，好些战区都是中国一个师打不过日本一个联队，比如华北战场忻口战役，十九个师（不计地方武装）尚打不了日本第五、第一师团。娘子关中国军队更多，也打不了第十四、第十六两个师团。"

"少帅，关东军这次派出一个旅团进兵锦州……"黄显声望着颓丧的张学良想说什么。

"啊？为什么不早报告？南京政府和国联知道吗？"张学良吃惊不小。

"已经被我的三个骑兵大队打回去了。"

"什么？你再说一遍！"

"已经被我组建的三个骑兵大队打回去了。"

"这怎么可能呢？"张学良也站起身，将信将疑地审视黄显声。

"金汤之固，非粟不守；韩白之勇，非粮不战。我把消灭西竹的骑兵中队交给常发，之前在辽西散发八万支枪，胡匪变义匪，成立义勇军；常发率他的骑兵中队在辽西八万义勇军的配合下，专打鬼子后勤补给线，劫粮草，抢军火，丢了辎重的日本兵，再凶悍也不战自溃。还记得大帅当年制订的'士成计划'吗？炸铁路，剪电线，打了就跑，就是这么个战法。只要发动起民众，鬼子就寸步难行。"

张学良开始激动，仿黄显声例，也在金刚砖的地面上来回踱步，嘴里念念有词："一个旅团，一个旅团啊，史无先例，史无先例……"

突然,他急停在黄显声面前,忧虑道:"无论胡匪还是义匪,打日本好说,万一国联让日本退了兵,这些人手中有八万支枪,那可是政府的大麻烦,就会变成文明一大害……"

"哎哟,我的少帅呀,听说月初阎宝航和高崇民跟您吵了三天,怎么还没吵明白?怎么又要学蒋介石?蒋介石和慈禧老佛爷那都是'宁赠外夷,不予家奴',视人民为敌的统治者,您可是主张人人平等博爱,怎么把人民看得和日本鬼子一样可怕呢?"

张学良以手加额,"一时糊涂,忘了《中国之希望有我》。十五年前张伯苓先生讲演,'中国之希望不在任何党派,亦不在任何官吏,而在每一个中国人之发愤图强,誓力救国'。警钟,明白了,还是你做得对。"

"那么少帅我想请您大义灭亲。"

"什么意思?"张学良又是一怔。

"就是你的堂弟,不是物的张学成。"

"他也就是不得烟儿抽,莫非又扯什么哩哏儿棱了?"

"只扯个哩哏儿棱也犯不着我大老远跑来请示,他已经扯起红蓝白黑满地黄的反旗,接了东三省自治军总司令的大印……"

"自封的?"张学良皱眉道,"他自小就不服气我,撂着劲跟我攀比,逮住机会就想扯旗拉队伍。"

"没那么简单。他请了四个日本浪人为顾问,供奉日本太刀和胁差为尚方宝剑!这不是汉奸是什么?"

张学良迟疑道:"不要武断,也许只是想找靠山,他自小爱唱戏。"

黄显声冷笑,"张学成是跑到奉天主动找了关东军司令官本庄繁要求'效犬马之劳''帮助收拾东北残局'……"

张学良打断道:"无非是想顶替我,自立为王呗。"

黄显声摇头,"虽说是第一手情报,可我也想到您可能不信。观其言还要看其行。韩师父和常发变胡匪为义匪,组织义勇军,多次挫败日军向辽西进兵。张学成也在招兵买马,是变胡匪为'自治军',专打义勇军。每次上阵,他骑着东洋大马,举着东洋刀,总是冲杀在最前,大呼大叫：'我是张学成，东北军老将，大帅的亲侄儿，速速来降！'义勇军的官兵多有原东北军官兵，知道他是大帅的侄子、少帅的弟弟，没人敢和他过招，或降或躲避，已经连败几场，如今张学成已经滥发委任状组建了十八个旅，号称'十八家反王'，至少破坏了义勇军两次围歼关东军辎重部队的计划，这还不是汉奸吗？"

"大帅在世时，多次叮嘱我照顾好学成，何况他是二娘的长子，总不能让我二大爷在地下不得安生……"张学良沉吟片刻，终于鼓起精神正面望住黄显声，"我不是不明大义之人。这样，你稍等片刻，我和家人讨论一下，很快。"

黄显声刚在客厅吸完一支雪茄，张学良已经返回，将九张纸摆开在桌面上，每张纸上一个红色的"杀"字。他什么也没说，拿出第十张纸，上面除了"杀"，还落款"张学文"，他是张学成的亲弟弟。

张学良拿出最后一张纸，"这是我二娘的意见。"

黄显声定睛看去，上书："不杀不足以慰先人在天之灵，杀。"

黄显声庄严立正，朝着后堂的方向敬一个军礼，久久不曾礼毕。

"这只是我们的家庭意见，韩师父和常发那里能不能通过，还需要你去做工作。"张学良提醒道，"关键是分清他只想自立为王还是甘心给日本鬼子当汉奸。"

"分寸我会把握，只要他不再与义勇军为敌，哪怕他不敢朝日本鬼子开枪，我们也会继续做工作。"黄显声告辞道，"我这就发电，先把这里的意见告知韩师父和常发，我连夜赶去高山子与他们会合。"

"他们不是朝黑山移动吗？"

"张学成已经率他的自治军去了北镇县的高山子……说祭祖之后才会重振家业。"

张学良脸色转阴，张氏家庙就坐落在北镇县高山子镇的赵家村，看来张学成是决心要做新一代东北王了。他凭什么？张学良略一沉吟，吩咐道：

"你稍等片刻，我给张学成写封信，你捎去高山子转送他。"

第二十八章

常发单人独骑在雪原上驰骋。雪后初晴,天上有光,雪上映光,五花马也像涂脂一般毛色焕发出光泽。驰过田家窝铺,常发收缰,五花马心有不甘地歪起脑袋,四蹄踏着蓬松的积雪继续撒一阵欢儿,终于驻足随主人朝远方凝望。

远处赫然冒出一片规模宏大、造型雄伟的祠堂建筑,这就是张氏家庙。

常发熟悉这所家庙,作为唯一的带枪侍卫,他曾陪同张作霖来过两次。第一次是一九二三年三月,破土动工,随张作霖来奠基;第二次是一九二五年六月,竣工前随张作霖来验收,住了两星期。

五花马换成轻快的碎步朝家庙走去,可以看清那高似长城的围墙,围墙上的射击口以及四角所设瓮圈形的双层炮台。围墙上方露出两根斗式旗杆,尖端用锋毛铜铸制,耀眼夺目。常发明白,这两根旗杆是立在祠堂院门前,如今已扯起红蓝白黑满地黄的五色旗,便不由得想起张学良信中的一句话:"可以扯旗反中央,但不许做日本人的工具,这是底线。"

眨眼间，五色旗连同斗式旗杆都被遮隐在七米高的围墙后。常发惊讶地看清，宫廷式门楼下的红漆大门敞开，笔直的沙石路上积雪扫尽，两侧的边门却依然紧闭。

须知，家庙的规矩：宫廷式门楼下的正门，非大帅、少帅进庙祭祀是严禁开启的，常人只许在两侧边门出入。

张氏家庙占地二十亩，城堡一样用青砖砌成七米五高、六米宽的围墙，围墙内建筑仿北京顺承王府式样，铺垫两米多高地基，在正门甬道北侧，依次建有三个风格不同又互不联系的四合院套，颇有江南园林之特色。常发距围墙正门百米之处翻身下马，牵马徒步，望着洞开的正门缓缓而行。

迎面过来六名大汉，清一色的狼皮袄、狐皮帽、鹿皮靴子。常发双手抱拳作揖，下巴朝红漆大门伸伸，"卫副官，啥意思？成心不让我进还是存心调理我僭越获罪？"

走前边的壮汉像戏台上的关云长，双眉入鬓，长髯垂胸，且是梳理齐整，也将双手抱拳道："常大侠多心了。你师父张总司令官亲自吩咐，说你是代表少帅来庙祭祀，所以要开正门。我临来接你，他老人家又加一句：记住开正门。哪怕我与学良在锦州炮火相见，家规是不可犯的。"

常发疑心虽去，忧心更重，将缰绳递给一名来人，随卫副官由正门走入，来到路北第一个院落。第一个院落是张氏祠堂，院外竖两根斗式旗杆。门对面，路南一道长二十米、高七米的绿琉璃瓦盖顶。进门三间前殿、三间正殿，两厢均有配房。正殿内砌有神台，台上的神龛高八尺，阔五尺，檀香木雕成，所以经年累月殿内幽香不绝。龛内红绫幔帐两幅，内供木牌，也是檀香木制，上书：供奉张氏门中先远各代宗亲考妣之主位。

按事前约定，张学成只许常发一人代表张学良来祭祖见面，一切祭祀用品由张学成代为准备。常发在卫副官引领下挂福字宗谱，燃香烛，摆供品：三牲配五碗饭菜，糖果烟酒之外，还照传统用大枣摆了"天下太平"。

常发手指三牲叫起来:"祭祀用的三牲是猪、牛、羊,你怎么把猪换了马?龙马龙马,你杀龙宰马就不怕遭天谴?"

卫副官摊开双手,"你师父是读史的,他说《史记》《汉书》讲得很明白:三牲就是马、牛、羊。马要两岁大的黑鬃黑尾巴的红马,牛要三岁大的公黄牛,羊要三岁的黑色公绵羊。红马黄牛黑羊,你以为我找得容易吗?"

一说"史",常发便无言以对,黑着脸将"天下太平"拿掉,然后焚香跪拜。仪式结束,对卫副官道:"我师父为啥不等我来了一起祭祖?"

"你问总司令官去。"

"师父既然已经祭过祖,院中的两通汉白玉碑和两厢配房里也该祭拜过了?"

"没有。"

"为啥?"

"问你师父去。"

"带我见你的总司令官去。"

卫副官引领常发来到中间院落,这个院落是为张作霖、张学良来庙祭祀起居之用。正、厢、门房各五间,都是青瓦房,屋顶略低于祠堂正殿,却是雕梁画栋,为家庙里最好的建筑。常发随卫副官进院门,院中方砖铺地,正厅门两侧有两座石狮,门楣正中镶嵌四个金色大字:斋庄忠正。

常发走进厅门时便已看清张学成的面孔,显然是精心打扮过,酷似张作霖年轻时的形象:发际高,黑眉黑目,高鼻大耳,虽然刻意蓄下两撇又黑又密的弯刀胡子,却仍然难掩北人南相的秀咪劲儿。这张实实在在的头面,在东三省却深藏着巨大的"无形资产",在东北军和各胡匪绺子中具有极高的号召力和凝聚力,难怪义勇军看见这副尊容便屡战屡败,或避或降。

"师父,常发给你行礼了!"常发单腿下跪,张学成皱皱眉,不悦道："那条腿有病了？还不肯跪双膝，起来吧，我受不起。"

常发起身，见张学成并不正眼看他，坐在那张三米长、两米宽，桌体有一米高的方桌后面，低头扭动开关，欣赏着什么。常发知道，那桌面是水晶石镶嵌，桌面下面是空的，装有"中八仙"人物模型，扭动开关，人物便开始活动。当年常发曾伏在透明的水晶石桌面上，痴迷地看了一上午还嫌不过瘾。

卫副官站到张学成侧后，俯身耳语几句，张学成点点头，仍然不看常发，只盯着水晶桌面下边发话："小六子叫你代他来祭祖，只是个托词吧？"

常发眨眨眼，没听明白。

"你这个拳头比脑子快的货，把小六子的信拿出来吧。"

"你怎么知道？"常发掏出信放置桌上，疑问道，"少帅给你通电了？"

张学成还是不拿正眼瞧常发，取出信，目光缓缓扫过字里行间，转动脑袋对坐在两侧的"十八家反王"道："奇文共欣赏啊。小六子给我指明两条活路，说不照着做就下令剿灭。这第一条路是：'对日本可以不说硬话，不做软事；表面亲善，不当汉奸。'哈哈，常发我问你，"张学成终于正眼盯住常发，"蒋介石、张学良是怎么不说软话只说硬话？抗议日本，哀求国联是说硬话？"

常发憋红脸才吐一声："不硬。"

"下令不抵抗，谁敢反抗日本鬼子就军法处置，拱手送出东三省，这算不算汉奸？"

客厅里爆发出哄笑和咒骂声，常发垂下头无言以对，直到笑骂声停下来，才喃喃道："不是我干的，我灭了西竹的骑兵，打了狗日的辎重……"

"可你改变不了东三省沦陷之命运，除非你当上大帅！懂吗？"张学成又转望"十八家反王"："听听第二条活路：'可以扯旗反中央，不许做日本人的工具；随机应变，效忠国家。'哈哈，天下大乱，哪一个不是工具,哪一个不在互相利用?三天前石原先生召我去,说只要你的行动对日本有利,就是通电抗日,哪怕是扛反日的招牌,扯抗日的大旗都可以!常发呀常发,蒋介石和张学良是不是这么干的?你个傻狍子,用你的话讲,这叫只练上面的三寸器,下面的三寸器早吓软了,学名叫阳痿!用我的话来讲,明明是婊子,却挖空心思想给自己立个牌坊,懂吗?"

又是一阵哄堂笑骂。

常发浑身发抖,爆炸一般憋出一声:"别骂了!师父,只要你真心打日本鬼子,我不管你扛什么招牌扯鸡巴旗,我死心塌地跟你干。你反中央,你打蒋介石,我也是上刀山下火海地跟你干!"

"我打小六子,打你的少帅呢?"

"……干!只要你真打日本鬼子。"常发一脚跺裂一块大青砖。

"好,"张学成起身抢步,绕过大方桌,抓住常发的手,不自主地换上了京剧腔,"你我师徒携手,共创大业!"

常发如触电般一颤,突地抽回手,一脸狐疑,"你真的真心打鬼子?"

"当然是真心。谁不想当爷,谁愿当孙子啊?"张学成改京剧腔回东北腔,"卫副官说你问了三个为啥,他叫你问我。为啥不等你一道祭祖?因为怕你头脑简单,来了闹事。为啥没捎带着祭拜院中的石碑和两厢配房?因为要等你一起去祭拜。咱们现在去祠堂,师父还要继续给徒儿上课。"

张学成重新拉住常发的手朝厅外走,"十八家反王"和众多侍卫一路相随,来到第一套院中。

"这是两块汉白玉雕刻的庙碑。第一块是前清东北总督,也就是前朝的大帅赵尔巽为张氏家庙所撰写的碑文,没有赵大帅的赏识提携,我三叔张作霖最多也只能当个前路统领,所以我要拉你一道祭拜。"

焚香祭拜后,张学成拉常发走到第二块庙碑前。

"这块庙碑正面刻的是我三叔的生平事迹,背面刻的是他告诫张氏子孙后人的训词。没有我三叔当上东北王乃至中华民国陆海军大元帅，张氏家庙就不可能雄伟壮观地立身此处。所以张氏子孙无论何时何地何种身份，都应该来此碑前虔诚一拜。"

焚香祭拜较前次更为庄重。

"常发，这院中还缺了一块玉碑，你知道是谁的吗？"

常发摇头。

"是张作霖的二哥，我生身父亲张作孚的碑。他剿匪殉职就在北镇此地，在高山子，离此庙不过一望之地！他若不死，轮不到我三叔为王。赵光义抢了赵匡胤的皇位，可人在做天在看，到头来皇位又回到赵匡胤后代的手中。"张学成越说越激动，走到赵尔巽撰文的石碑左侧用脚跺跺地，京腔京味地念白道，"小六子跑了，我不出面谁出面？我要在此立一块更大的汉白玉庙碑，正面刻有张作孚的生平事迹，背面是我张总司令官告诫张氏子孙的训词！"

常发怔有片刻，半信半疑道："师父，只要你能率领咱东北三千万同胞收复失地，赶走日本鬼子，不当亡国奴，别说立庙碑，各乡各镇都会为你建生祠，家家户户都会为你供牌位，早晚烧一炷高香。"

张学成咂咂嘴，不置可否地点点头，带着沉醉的神情指点着念白："去两厢配房祭拜。"

东厢配房的内壁绘有二十四孝图，张学成将三支香交到常发手中。指点道："没有不是的父母，只有不孝的子孙。一日为师，终身为父，我的心意你明白吗？"

常发喃喃道："韩师父和廷枢师父说，忠孝有时很难两全。"

张学成点头，"其实难就难在弄清楚什么是忠。"

常发看着张学成替自己打火点着香，眼圈忽然一红，双膝跪地，声音似警告似哀求："师父，只要你不当汉奸，徒儿倘有丝毫不敬，愿以死谢罪……"

张学成搀扶起常发，讳莫如深道："不怕你出拳比脑子快，就怕你有拳头没脑子，咱们还剩一祭。"

西厢配房的内壁绘有《岳母刺字》图，常发熟知这段故事，踏进门槛眼中便放出光彩，主动从卫副官手中拿过一整把香，"师父，精忠报国，请你和你手下的官长们一起祭拜。"

张学成微微一笑，轻描淡写地问道："你知道岳飞怎么死的吗？"

"被秦桧害死的。"

"不对，秦桧没那么大本事。"

"八年前大帅给我这么讲过，就在这屋。"

"我三叔不读史，只会听戏。"

"……对了，大帅还说，是皇上听信谣言，把岳飞冤死的。"

"不对。岳飞不是被害死，也不是冤死，他是蠢死，愚死的。"

"你诬陷忠良！"常发叫起来。

"你别激动，我知道你最听信黄显声、刘海波的话，我讲过之后你可以请教他俩，或者加上教你识字的杨景镇老先生，再加上给你讲历史的北斗五阎宝航。你问问他们，同意不同意我的说法？"

常发拼命眨眼，犟着脖颈，"你说。"

"朱仙镇大捷，南宋的皇帝老儿见岳飞收复中原，眼看就要打到开封，就是北宋的都城，又慌又怕。他怕岳飞彻底打败金国，救回他的爸爸和哥哥，那么他这个皇帝就当不成了。为保皇位，他决定收拾岳飞，选中察言观色唯命是从的秦桧，一天几道命令，把岳飞和他的军队从中原强令收兵回朝，再以'莫须有'的罪名绞死在风波亭。事关收复国土解救长江以北黎民百姓之大局，岳飞居然连'将在外，君命有所不受'都做不到，葬送了无数将士用生命和鲜血换来的北伐胜利成果和大好形势，你说他忠的是皇帝老儿还是天下黎民？报的是国家还是那个昏君？"张学成用食指关节敲敲常发的额头，"我的傻徒儿，蒋介石像不像那个皇帝老儿？你的少帅是不是比岳飞还糊涂，而且很无能？"

常发点点头又摇摇头，"岳王庙前跪的是秦桧不是皇帝，天下人骂的也是秦桧不是皇帝，你怎么知道是皇帝要杀岳飞？"

张学成苦笑，"去问你尊重的黄显声和阎宝航吧，我只告诉你一句话：人不为己，天诛地灭。越是钱多权大者越如此。史上子杀父，弟戮兄，多出自帝王家，杀了天下就是自己的。我自小文韬武略，只收了两个徒弟。京剧表演收了李香玉，金戈铁马走天下收了你。缘分长短天注定，你走吧，我不强求你追随。"

"师父，只要你真打日本鬼子……"

张学成做个断然手势，"不要讲了。我告你两个事实：岳飞抗金，可金国的后人建立大清朝，接受了汉文化，岳飞的后人岳钟琪却做了清朝的大将军，你说谁是满奸谁是汉奸？当年努尔哈赤的子孙入关做中国的皇帝，如今溥仪又想出关做满蒙的皇帝，他靠的也是日本人，还有川岛浪速以来，像肃亲王、巴布扎布、白音大赉这些'古人'。而我现在做的是大帅当年做过的事，搞奉人治奉；我不扯旗，有人就会搞满蒙独立。这种国家大事你能听懂吗？谁派你来的你就回去向谁学舌，看他还会说什么。"

"溥仪敢当汉奸我就叫他出不了关……"常发话音未落，被卫副官扯着胳膊拉出祠堂门又出庙门，直到常发跳上马背才奉劝一句："端着奴才的饭碗偏要去拨拉主子的算盘，你弄得懂吗？"

常发正想发作，卫副官的拳头已经重重擂在马屁股上，五花马便如弹丸一般弹射出去。

卫副官返回庙里，张学成和"十八家反王"已经坐回第二套院落的客厅。他身边多出四名日本顾问，还增加一名方头方脑，肌厚肉重的日本大佐，正是冈村宁次、板垣征四郎和阎锡山在日本陆军士官学校时的同学土肥原贤二。

"张司令官讲得精彩，讲得深刻，可惜是对牛弹琴，这些话该讲给蒋介石、张学良、阎锡山这些军阀听。"土肥原轻轻拍着厚巴掌，慢条斯理道，"反日的招牌抗日的旗，只管朝外祭，只要你的行动对日本有利，关东军和大日本帝国就是你的后台就是你的靠山。当年你三叔喜欢本庄繁不喜欢我，可是从第二次直奉战争到郭鬼子反奉兵变，都是我尽心尽力帮了他，直帮他当上北洋政府的元首，做到名副其实的张大帅。"

张学成表情复杂,"可是,川岛芳子呢?如果她在,你还会这样说吗?"

川岛芳子本是随土肥原一道来张氏家庙参加祭拜活动的,常发代表张学良到来,她与土肥原都回避了。常发前脚走,土肥原贤二后脚跟出来,川岛芳子却没再露脸。

"当然可以讲。我不瞒张司令官,我确实随芳子多次拜会溥仪,我还多次拜会过吴佩孚、张宗昌、孙传芳、阎锡山,甚至坚持抗日的冯玉祥将军。有人说我玩阴谋就像主持正义一样庄严,有人说我是东方的劳伦斯,其实我的准则只有一条:只要你的行动对大日本帝国有利。"土肥原贤二脸上是一种神秘的庄重,"当年日本为什么舍弃巴布扎布而选择张作霖,又为什么放弃了满蒙独立退而求其次地同意奉人治奉?张大帅明白,张司令官明白吗?"

"……明白。"张学成沉重地点点头。

"明白就拿出行动。"土肥一字一板道,"满蒙独立,过不去长城;张司令官若肯合作,名正言顺可以囊括华北,甚至饮马长江,毕竟这都是你三叔当年势力所及,你说大日本帝国更青睐谁?"

"……明白了。"

"我们与张学良在锦州炮火相见,也就是这几天的事了。兵马未动,粮草先行。高山子地处奉天与锦州中间,我们的辎重多次被劫。能不能保证这一带的治安,就是对你最起码的考验。"

"学成明白,饮马长江,我就从高山子开始!"

天又阴晦了,和常发的心境一样。来时准备了一万种说辞,多半是黄显声和刘海波教导,见到张学成竟一无所用,被讥被训,就是上面的三寸器不管用。

怪不得师父只叫我一个人来见面,当年他怎么就跑去日本留学了,口音是北京腔,口气全像日本人!

天幕阴垂,水瘦林疏。黑龙江那边过来的寒流肯定又携来厚重的雪花。林间空地早已不见路,常发只是凭着直觉,从林子的疏密来寻路前行。

"呔,站住!"对面一声断喝,七骑人马横在面前,皮帽子皮大氅将全身捂得严实,迎风拦住去路。居中一位扬着马鞭比画着喊:"此树老子栽,此路老子开,谁想从此过,扔下买路财!"

"哈哈,彪乎乎哪路绺子,真敢顶风劫道,不知道爷心里正不痛快,想找地方撒火吗?"常发连人带马被风催着继续朝前走。

"站住!"又一声大喝,马鞭子换成手枪,叭叭两响,朝天开火警告,树顶震落一团雪粉。迷蒙中,常发喊道:"没带财,这匹马送你了!"

常发不知滚落在哪里,单剩那匹五花马弹丸一般射来;雪粉落尽,五花马已从七骑中一掠而过,乘风消逝在林海中。

"司令,他这是金蝉脱壳!"

"别追马,他指定跌在雪窝里藏着呢!"

喊声中,三骑人马朝常发消失的地方冲去,剩三骑人马却在原地打转,围着一匹空马喊叫:"司令,司令,糟了,司令不见了!"

乱过一阵子,六骑人马突然醒过神来:"妈了巴子,忘记常发是什么人哪?推下悬崖摔不伤,扔进太平洋淹不死,司令准是被他劫走了,快追,快!"

六骑人马顺着五花马留下的蹄印一路紧追下去。追出树林,他们猛然收紧马缰,让奔腾的烈马换作碎步小跑。

远处白茫茫的岗顶上,夕阳映透晦暗的天幕,剪纸一般衬托出那匹张扬的五花马。马背上安稳地拥坐着两名骑手,神话般荡漾在天幕上。长风送来一阵粗野而又豪迈的歌声:

咱有一囊酒,你说要走咱就走;
咱有三寸器,你说咋地就咋地。
裆里不少一颗卵,拔枪只论兄与弟;

> 官军衙门算个屁，绺子做大是皇帝！

"啧啧啧，瞧人家这辈子活的……唉！"骑手里不知谁在叹息。

"还追不追？"

"瞎了你狗眼，悄悄跟着吧。"

"主子有主子的欢乐，奴才有奴才的开心，跟到晚上准能寻开心。"

"没错，有常发陪着，司令还能出事儿？今宵准放假。"

"瞧你们那点出息，我关心的是司令的计划。能糊弄好常发，皇上复辟那一天，我们旗人才可能有开心……"

旗人们七嘴八舌之际，常发正对着川岛芳子耳语："改变的只能是你女扮男装，变不了的是你的公主腔。"

芳子呢喃："如果我不言声，如果那两枪不是对天而是对准你呢？"

"倒在雪堆里的肯定是你，暗算我的都死得快。"

"你擒住我的瞬间，我就知道彼此无须多说了……"

"可我听说你跟了土肥原贤二？"

"我还听说你投了共产党呢，无风不起浪，大家都是事出有因。一个月前我才听说樱子被抓回日本国了，我和土肥原交往，说樱子对日本国已经没有任何价值，也不会再造成什么危害，土肥原答应把她交给我，我会很快把她送给你。"

常发的心境像天幕的彤云，虽然被夕阳映出光亮，却依然阴郁，"没那么简单吧，总要有所交易。"

"我介绍他认识溥仪，帮他劝说溥仪出关登基复位。"芳子坦诚而言，"你别急，听我讲完。九一八事变后，板垣和石原主张吞并东北，仿台湾例，划入日本版图。我说服土肥原，还是由中国人建一个满蒙五族新帝国，以减少压力和损失。我这样做是另有原因的，那就是蒋介石和国民政府的态度。蒋介石的德国顾问想调停中日争端，对土肥原透露说蒋介石私下表示，日本人在东北的举动帮他打击削弱了张学良这个最大的地方实力派，中央政府不会派一兵一卒到东北。但日本人不要吞并满蒙，不要过长城，否则中国政府是会被舆论的浪潮冲倒的，中国会发生革命，那么唯一的结果就是中国共产党在中国占优势。这就意味着日本再无希望与中国议和，因为共产党是从来不投降的。[1]这是蒋介石的原话。"

常发在马背上晃了很久，才低沉地问："这就是当汉奸的理由？"

芳子抗声道："你以为张学良会保卫锦州？面对蒋介石的态度，他会不保存实力？东北军只有一个臧式毅看出日本的野心，呼吁抵抗。结果呢，被日本人扣押，绝食抗争不到两个月，还是投降了。真不如他老娘，一根绳子吊死也不肯见她投降的儿子。中国的新老军阀，什么抗日英雄，什么信仰三民主义，都不敌他们个人的切身利益，连文天祥的'人生自古谁无死'都做不到，凭什么我为大清朝复辟出力就成汉奸了？你师父张学成想学张作霖借日本人势力当东北王就不算汉奸？"

"谁投降日本人，谁帮助日本人，谁就是汉奸。"常发用力错牙，"对于汉奸，我常发不论他是谁，决不手软。"

"如果是你师父呢？"

"大义灭亲！"

"好，我告诉你，下周五，日本鬼子有三十辆大卡车要运军需去大凌河前线，那里是黄显声保卫锦州的布防重点，你劫持了这批辎重，可以延缓日本人的攻势，也可以证明谁抗日谁汉奸。我会继续给你提供情报，我只想复辟大清朝，绝不会答应让日本人替我叔来当皇帝。"

常发认真盯紧川岛芳子，"是下周五？"

"我对日本人讲软话，对你只讲真话，如果有变化我会通知你。"

"溥仪什么时候出关复辟？"

"还没跟土肥原谈好条件，定好出关日子我肯定会告诉你。但我肯定会全力保护我叔搞复辟不让你得手，我们各忠其主。"

常发回身望望不远处跟来的六名骑手，双手插入芳子腋下，将她举

---

[1] 德国驻华大使陶德曼给德国外交部之密电。

起来轻放到雪冈上,"下周五,真如你所说,我们还是姐弟。"

"日子长着呢,我还要把樱子送还兄弟。"

"后会有期!"常发双腿一夹,五花马又似弹丸一般射出,很快消失在暮色中。

"主子,糊弄好了?"六名旗人追上来问。

"放心,张学成离死已经不远,日本人再没别的选择,只能扶持我叔复辟称帝。"川岛芳子冲常发远去的方向啐口寒痰,翻身上马,丢下一句,"好兄弟,有缘就不要抱怨。"

高山子镇位于北镇县东南,属平原低洼区,京奉铁路由东北向西南贯通全境。镇内省道、乡路四通八达。常发与师父韩老吊对这里的地形烂熟于胸,知道这一带难觅隐蔽之地伏兵,更少阻敌之险。商议之后,决定伏兵二道村劫杀日本兵的运输队。同时派一队义勇军潜伏到新民县,战斗打响后,迅速炸断铁路,阻断奉天方向的援军。

"炸铁路,剪电话线,抽冷子打几枪就跑,不要和小鬼子正面掰扯。"常发嘱咐带队的义勇军中队长,"西竹都不是咱对手,打运输队,我最多半个钟头解决战斗,小鬼子放马追也赶不及。"

"用不着你的骑兵中队。"韩老吊望着地图连吸几口旱烟,沉吟道,"我估摸着麻烦不在鬼子的运输队,也不在奉天过来的援军……"

常发笑道:"师父是担心三十卡车的辎重来不及运走……噢,要不就是担心芳子的情报有假,有阴谋?放心,我们有内线,礼拜天我潜入奉天菊文酒馆已经查实……"

韩老吊捶捶大腿根,他装上假肢后养成捶打肿胀疼痛的大腿的习惯,然后将手指按住地图上的赵家村,"我只担心这里。"

"大帅的家庙?"

"你那个留学日本的师父张学成。"韩老吊喷云吐雾道,"他那四千多自治军不等解决战斗就可以杀到,三十车辎重全都可能被他抢走。"

常发被辛辣的旱烟呛一个喷嚏,望着烟雾缠绕的韩老吊疑惑,"他只是想当东北王,抢辎重有可能,救日本兵……不可能,那就真成汉奸了。"

"我是老江湖,你从张氏家庙回来一学舌,我就判定张学成八九不离十已经当上汉奸,他绕山绕水讲一堆歪理就是铁证。"韩老吊捶捶大腿根,又捶捶常发肩头,"徒儿,人要后退当汉奸准能讲出一千条理由和故事,人要向前去抗日,只需一句话就够。"

"什么话?"

"宁为战死鬼,不做亡国奴。"

常发精神一振,"当年在洮南,师父说宁肯站着死,决不跪着生,被砍下一条腿还抱着大树不肯下跪!"

"就是这个理儿。"韩老吊已经思考成熟,用不容置疑的口气说,"在村子里搞突袭,日本兵虽然训练有素,他的长处也发挥不出来。义勇军都是本乡本土,绝大多数不是老江湖就是老东北军,拦路抢劫是本行,轻车熟路,把活儿交他们干错不了。你的骑兵中队受过正规训练,经受过场面,上得大战阵,就埋伏到赵家村外,截住张学成。"

常发盯住韩老吊,犹豫片刻,终于问:"截住张学成又能咋地?大帅当年教我得骗就骗,得抢就抢。万一学成师父只是想抢辎重呢?为捞财他能抢我们,也能杀日本人。您一再告诫我一日为师,终身为父,总不能为三十车辎重就师徒翻脸吧?"

"你本事过人,可惜看不透人。喏,看看吧,这是少帅的手令,还有黄显声将军的来信,对张学成只有一个字:杀!"韩老吊待常发看过手令和来信,放缓声音道,"我还告诫过你,有时忠孝不能两全,张家上下开过会,连张学成的生身母亲都说杀,你可不要犯糊涂。"

常发的目光从那纸手令缓缓移向地图,慢声低语道:"赵家村到二道村之间有片榆树林,我想骑兵中队就隐藏在这里,如果自治军真出动,先由我一人出面同我师父谈谈,谈不成再动手……"

"不行!"韩老吊断然拒绝,"谈不拢你以为还能活命?就算你师父放你一马,他身边的日本浪人,手下的十八家反王,能等你的骑兵摆开阵势才开火?"

"师父,你有所不知。我这一个中队的骑兵,为适应对鬼子作战,已经改成枪骑兵,也就是老人们讲的重骑兵,或龙骑兵。骑马机动性强,但上阵要把马留在后面,先动枪,动摇了敌阵再上马冲锋砍杀。张学成毕竟是我师父,万一他不是汉奸只是想当东北王怎么办?总不能话也不讲开枪就打就杀吧?杀错了我会痛苦一辈子。韩师父你放心,一旦辨明张学成真当了汉奸,我决不会手软。"

"我不放心,我怕你辨不明……"韩老吊连喘几口粗气,舌头忽然拐了弯,"好,就依你,骑兵隐藏到榆树林,先由你去阵前喊话,但我要陪你一道亮相,我们三个人看谁喊赢谁。"

"不行,师父,太危险……"

"危险个屁!别忘了,刀山火海是我领你闯过来的。我陪你是怕你学了关云长,华容道上放跑曹操!"

常发耸耸肩膀不再言声。

这片榆树林少说也有十平方公里,其中点缀了一些高傲的冷杉和马尾松,偶尔有几块被人砍伐过的林间空地,又生长出密密的灌木和被风雪吹打得东倒西歪的杂树。林子的边缘,落尽枝叶的臭蒿子秆儿形成一堵黑黄色的天然围墙,一米八的大汉稍微弯弯腰,肉眼便无法看透。也只有骑马挎枪走天下的常发,随便转转脑子便可想出在这个地方布伏兵。

这是个晴朗的星期五,虽然是正午时分,太阳从遥远的南方斜照过来,阳光又经光秃秃的树枝筛过,落在身上已经感觉不到温暖。

常发站在一棵老榆树下,肃静警听。韩老吊站在他对面,双手对插在袖筒里,鼻孔里不时冻出一缕清涕,任凭它滴落衣襟也不理睬,两目不瞬地注视着常发的表情。两人的四周围站着十名精壮的青年,他们都是韩老吊认作干儿子的得意弟子,也都一脸肃容地竖着耳朵聆听什么,捕捉空气中最细微的声响。

没有风,田野静得出奇,远处传来一声老鸹叫,更远处似乎有犬吠……

突然,常发眉毛一扬,眼里放出光来,"二道村动手了!"

片刻,几名围站四周的精壮青年开始响应:"没错,已经用上手榴弹了!"

韩老吊绷紧的身体开始放松,将手从袖筒里抽出来,一边捶打大腿根一边叹气,"唉,老了。徒儿们总拣好听的说,什么眼不花,耳不聋,硬是听辨不清了,只怕再过两年,耳背得连你们说话也听不清了。"

"师父,我到您这古稀年龄,只怕放炮也听不见声响了。"常发安慰着,提醒道,"现在就看赵家村有没有动静了。"

"不用看,备马吧。他们不用烽火台也不用点狼烟,他们有信号弹,说话就出动了。"韩老吊拖着假肢朝林子外移动脚步。刚走近臭蒿子秆儿的围墙,斥候已飞马闯入林子,"来了,来了,自治军过来了!"

常发神情沉重,阴郁的目光巡视一周:密密的蒿子秆儿丛中,战士们用雪垒筑了射击掩体,六挺机枪分两翼和中路封锁着前方不到百米远的道路,掩体后方是三门迫击炮,再后面有十几名战士守着全中队的马匹。

"师父,我上面这三寸器不好使,越急越没话。"常发一边扶韩老吊上马,一边用力伸伸舌头求助,"临阵时,还得您跟他说理,而且您的辈分和地位也不同……"

"到现在你还傻了巴叽奢望呢,这是讲理的地方、讲理的时候吗?都子弹上膛刀出鞘了!"韩老吊催马走出榆树林,常发骑马紧随,来到大路上,并肩站立路中央;十名精壮的弟子徒步跟在他们身后五十米远,叉腿背手,一字排开横挡住整个路面。

自治军过来了,这支队伍过半数已经有了统一的黄色军装。前面是骑兵,采取走马的形式快速行进;后面是步兵,显然经过严格军训,既不是跑动,也不是走步,那是一种疾进,仿佛脚不沾地,却又随时有一只脚在雪地上飘过,远远望去,整个队伍就像人称"草上飞"的一条大蜈蚣,看来张学成治军还是真有一套。

"师父!"常发驱马迎上前,举起一只张开五指的手,示意对方止步。

那队伍像受惊的蜈蚣,略一停顿,马上又以更快的速度前行,有六匹马换成奔跑,冲到队伍最前面,冲到常发面前。

张学成带着卫副官跑在最前面,与常发、韩老吊几乎马头对马头才收紧缰绳,兜个圈子停下来。四名日本顾问成弧形跟随,拉开距离,与横贯马路的十名弟子恰形成一个半圆。

"韩师父,"张学成不理会常发,径直望住韩老吊作揖,"您老怎么跑这里来了?"

"这话应该我问你。"韩老吊没有还礼,板着脸冷冷反问。

"哈哈,笑话!"张学成也拉下脸,口气变强硬,"这里是我自治军的驻地。当年我爹在此剿匪殉职,我张家祠堂也建在此,所以我的司令部就设在此。你当初为匪,是我三叔放你一条生路,今天居然敢反过来问我,你老糊涂了还是咋地?"

"我老糊涂了,只记住一句话:宁为战死鬼,不做亡国奴。二道村我们义勇军有交火,自治军要自制,不要帮狗吃食[1]。"

"二道村也是我的地盘,容不得你来吃独食。"张学成马鞭朝身后一扫,"看清楚,你拦得住吗?"

自治军端着枪黑压压一片压上来。

韩老吊冷笑,"有理走遍天下,无理寸步难行。你要财,二道村的虏获有你一半;你当汉奸,想救小鬼子,我就代老张家清理门户!"

"啊哈,看来你是拿到圣旨了!"张学成狐疑地将目光从韩老吊转向常发,又警惕地扫向榆树林,望着那天然围墙一般的蒿子秆儿,嘴角一紧,重新转向常发,"逆徒!记得我讲的道理吗?你就是二道村得手,也改变不了东三省沦陷的命运,除非你当上大帅!"

---

[1] 帮狗吃食,东北方言,帮人干坏事。

"大帅没有当汉奸。"常发的表情很复杂,催促道,"你快撤回去吧。大帅嘴软,可是手黑,寸土不让。"

"大帅得骗就骗,得抢就抢……"

"八嘎!"身后的小野拔刀用东北腔大吼,"军情如火你还掰扯个球啊,不让道就杀!"

"有种你就上来杀!"常发将手环指四个日本顾问,转头对韩老吊说:"师父,你们退后。"

韩老吊与他的十名弟子向后退去,常发又指张学成,"你也退后,有啥过会儿说,现在是中国人对日本人。"

张学成手握刀柄,略一犹豫,还是退出了"半圆"。他知道这四名日本顾问都非等闲之辈,日常练剑术刀法,自己都是输多赢少。如今四个对一个,何况这四个还经常合练,配合默契……

果然,四名日本顾问无声地向后倒步,与常发拉大距离。常发明白,群狗咬人狂吠,独狗咬人不出声。放到战场上,大部队作战要杀声震天,单兵搏斗凶狠的都玩"闷杀"。

小野举起那把太刀,左右两翼的日本顾问便首先放马冲来。常发目光飞速扫射,瞥见小野和其助手从中路也开始发动时,才纵马向左翼迎去,两马相交前的瞬间,常发的五花马忽然一跃,朝右前方斜刺里跳开,在左翼鬼子的一片刀光落空之际,常发斜闪的身子靠脚镫和马肚带的支撑,几乎成九十度角,顺势刀出鞘,不等伸臂刺杀,只听噗一声响,右翼的日本顾问便由闷杀变成闷死,连人带下水滚落一地。原来那日本顾问本想趁常发举刀招架左翼砍来的刀时,正好露出破绽,自己便一刀刺入常发的腰腹,却没想到常发骑术如此精湛,拨马,闪身,出刀,左翼的刀没劈着,右翼的刀没刺上,右翼自己的肚子却撞到常发的刀尖上。

然而此时小野两人已从中路冲到,常发歪斜九十度角的身子正好暴露在小野面前。两马相交之际,小野一刀劈下,却没有刀剁筋肉的痛快感,自己反而差点闪下马,慌忙坐起身,脖子像风吹过似的一凉,以为常发像马术表演那样腾挪到另一侧,正想回头看另一侧的助手是否砍到常发,却被飞来的一颗人头迎面撞上。

一片惊呼声中,小野兜转马头,只见常发倒骑在马背上,小孩子恶作剧似的嬉笑调侃道:"再来过,能行不行?"

小野正想喊杀冲出,却眼前骤黑,一头栽下马来。

原来,两马相交之前,常发已经双脚脱离脚镫子,所以身子并没有从马背上腾挪,而是在马脖子前腾挪,不但小野砍个空,另一侧的助手也没捞着砍。三马交会,常发的刀尖从砍空起身的小野脖颈上轻轻划过,借助马脖子腾身而起,从另一侧飞身上马,已是倒骑在马背上,正好小野的助手错身而过,常发顺手挥刀,那颗人头便撞到小野扭转来的面孔上。小野不知自己颈动脉已被划断,那血足足滋出三尺高,他高度紧张亢奋不自觉,在一片惊呼声中兜转马头想再战,却已血尽眼黑,见棱见角的四方脑袋直撞到冰冻的大地上碎裂开。

"你的,再来。"常发在马背上坐正身体,用一根指头召唤那名仅剩下的惊呆了的日本顾问。日本顾问缓过神,被武士道的精神和荣誉感驱使着,一声不响两眼冒火,高举太刀便直冲前来。

常发稳坐马背,纹丝不动,距离一丈远时,出刀如闪电,直照日本顾问头顶劈去。日本顾问高举的太刀本要劈常发的脑袋,突见常发出手劈来,不格挡必是两败俱死,出于本能,那刀便转向常发的刀,却没听见刀碰刀的铿锵声,原来常发根本没看日本顾问的头面,老江湖都是目光紧追太刀和握刀的手,就在刀势改变的刹那,常发劈落的马刀却猛然收势,刀尖呈水平状朝向对手,噗一声响,又是不等刺出便已扎穿日本顾问的肚腹。

战场上足足沉寂有三分钟,所有目光都无声地落在常发身上,看着他下马,收尸,擦净马刀,重新骑上五花马。

"回去吧,带上你们的日本顾问。"常发对着黑鸦鸦呆立一片的自治军喊话。

又静片刻,冬天里的晴空响一串雷:"逆徒,有勇无谋!道理讲尽,还敢来坏我的大事。张学成在此,速速过来受死!"

喊声未落,一匹东洋高头大马冲出,刀光映日,直向常发杀来。常发略一犹豫,终于放马迎上。两马交会,虽只是刹那间,却听得刀碰刀连响三声,肉撞肉声如擂鼓。师徒俩兜转马头,更不多话,相互冲撞,刀对刀,肉对肉,又是一回合。

张学成拨转马头,对着常发和他身后的榆树林大喊:"我是张学成,东北军七十师师长,东三省自治军总司令,谁敢杀我?"

常发回应:"师父,常发愿独自陪您回家庙讲话!"

韩老吊拖着慢悠悠的高音说教:"傻徒儿,大鼓书听多了还是姥姥家唱大戏,还想大战三百回合不成?我怎么教你的,乱阵之中最多三回合,对手不死就该你找死!"

张学成不等韩老吊喊声结束,军靴连带脚镫用力一磕马肚子,流星滑落一般又冲过来。常发迎上,该出手时,一拨马头,斜刺里窜避开。张学成并未收缰,直冲韩老吊扑来,咬着牙低吼:"老不死的看刀!"

韩老吊冷笑摇头,右腿假肢略抬一抬,风声掠过,张学成随声一个后空翻,比京剧武生李万春翻得还要漂亮,双脚落地呆呆地盯着胸前不作声。

韩老吊掷地有声宣布:"我敢杀你。你母亲给我的手令:不杀不足以慰先人在天之灵,杀。"

张学成脸色苍白,一屁股坐倒在雪地中。他的胸脯艰难地起伏着,胸口窝上一支弩箭,只剩一寸长的箭尾像水中的鱼漂一样随着胸脯上下浮动。

常发徒步牵马走回来,蹲到张学成面前,"只要你抗日,我马上送你去医院。"

张学成苦笑,"得骗就骗,得抢就抢,扩大地盘,壮大自我。"他一阵痉挛,一颗又圆又大的泪珠从眼角滚落,"出师未捷身先死……竟真成了汉奸啊。"

"为啥不出师打日本?"常发怨恨道,"我那么劝你!"

"我进不去祖坟了。看在师徒一场的份儿上，后事交你，就地入土，也好日日听家庙里列祖列宗的责骂……"张学成挣扎道，"老张家的人不能这么死，扶我起来。"

常发从身后抱住张学成，缓缓将他扶起来，只听张学成说一声："卫副官，叫大伙散了。"

话音刚落，一声枪响，常发怀中的张学成就像失去平衡的一麻袋土豆，沉甸甸地朝雪地秃噜下去。

他用手枪打爆了自己的头。

卫副官抢前几步，已抢救不及。良久，他转向韩老吊，"韩大侠，张司令多次跟我说心里话，他是随机应变，想靠日本人当上东北王，然后再翻脸收拾日本，没承想……"

"可能吗？我吃的盐、我过的桥都告诉我，为野心、为利益去随机应变，结果只会是弄假成真。"韩老吊将手一挥，"去吧，讲给你那'十八路反王'听，有愿意干义勇军的欢迎，不愿来的也不要当汉奸。去林子里看看，真动手你们一个也活不了！"

"明白，明白。小野他们动手时，张司令就不叫我们动，说有埋伏，一动就没本钱了。"

"我师父还没有烂到底嘛……"常发嘀咕。

"你的意思我明白。我押辎重去大凌河，你办完后事再来吧。"韩老吊朝西南望去，"锦州那边我总有些不祥之感啊！"

第二十九章

一九三一年十二月二十七日。

大凌河东岸，白雪覆盖的世界清晰地显露出几处纵横交叉、状似蛛网的战壕。各战壕之间，随着地貌的起伏，曲曲弯弯的交通壕时而升上土冈，时而降下坑凹，就像长城逶迤在崇山峻岭间的微缩景观。

主阵地上，东、南、北三个方向都用积雪堆砌出射击掩体，又浇上大凌河的清水，冻成坚如钢筋混凝土一般的防御工事。

太阳升起一竿子高，大凌河依然沉睡，绵延几十公里的防御工事也像梦中一样寂静。

一个胡须结满冰霜的老江湖滚鞍下马，站在雪冈上张开双臂向天悲号："中国还有军人吗？中国人都到哪里去了——天啊！"

他就是常发的师父韩老吊。

三天前，这个阵地上曾经热烈得如森林大火。黄显声一手紧握韩老吊的手，另一只手指点三十辆卡车的辎重喊："及时雨、及时雨啊！少帅派来两个军布防大凌河一线，吩咐我组织义勇军尽力扩大防区，准备与日军在锦凌地区决一死战，你们来得太是时候了！"

欢呼声中，天上有雷声隆隆滚过，人们仰面向天时，并没隐蔽，因为飞机没有临近头顶，在大凌河以南向西飞去。

那边是锦州。

一名穿着飞行夹克的军人咬着牙说："妈了巴子的，小日本开的是我们的飞机，是法国G11型飞机，一枪没放就都变成日本的了！"

锦州方向传来爆炸声，那是五名日本飞行员用东北军的飞机轰炸东北军。

大凌河东岸的战壕里，黄显声与将士们的宣誓声与锦州的爆炸声在空中交锋："为国家雪奇耻，为民族争生存，为军人树人格，誓与阵地共存亡！"

韩老吊提议："黄将军，我可以发江湖帖子，调集辽西八路义勇军共防大凌河。"

"阵地有两个军、三个旅的正规军防守，日军最多能出动一个旅团，防守应该没问题。你们义勇军还是打他的补给线，切断后勤，敌人就不战自溃。"黄显声用商量的口吻道，"韩师父，锦州城区的防御更重要，你送来的辎重，这里留十车，麻烦你把另外二十车护送锦州，交给我的骑兵一二大队。"

"不麻烦，六十里地，今天就能送到。"韩老吊痛快答应，由战马拉着二十车辎重驶过冰冻的大凌河，刚走上通往锦州的大道，立刻傻了眼。

几万溃不成军的败兵像决堤的洪水一样涌来，瞬间便挤满大道，溢出到四野。看不出建制，分不清官兵，满载弹药和军需的卡车和不成队形的步兵争路；大官的吉普车、小官的坐骑见缝就往里挤，往前钻；人吼马嘶喇叭叫，波浪翻滚地从东往西涌去。

"当兵的，这是咋地了？"韩老吊的徒弟扯住一名倒扛步枪丢了裹腿的大兵问。

"败了败了，小鬼子太邪乎，飞机坦克大炮，妈了巴子的，爷们儿拿卵能挡得住啊……"

"小鬼子还没过来呢!"

"过来还有命吗?还逃得出来——去你妈的吧!"大兵推开韩老吊的徒弟就往逃命的人堆里挤。

韩老吊的徒弟拔刀想砍,被又一名逃兵扯住,"老乡,我知道当兵的可耻可恨,但气儿不要朝弟兄们撒,是上边下的命令,军长又是听北京少帅来的命令,少帅说中央不给一弹一兵,只让东北军对抗日本举国之兵,强弱之悬殊,必无侥幸之理。留住实力等中央,我们是奉命撤回锦州,撤回山海关。"

韩老吊一屁股坐倒在地,双手抱头大哭,"大帅啊,我的大帅,你一死,东北军就没了魂儿喽——你看看这支军队吧,从奉天一路跑下来,精气神全跑光喽……"

几个徒弟慌不迭去扶去劝,半响韩老吊才止住哭号。

徒弟问:"师父,咱咋办?"

韩老吊想了一阵儿,重上马背,"先去锦州,咱这二十车是给黄将军的骑兵一二大队,他是发过誓要跟锦州共存亡的。"

去锦州,六十多里走了一天,因为有逃兵争路抢道。

回大凌河,六十里只跑个后半夜,因为大道上已空无一人,而拉车的战马都变回义勇军的坐骑。

料想不到的是大凌河的防御阵地上竟空无一人,难怪韩老吊要朝天悲号,继而又向着空寂的防御阵地大喊:"黄将军,你的誓言呢?你们是逃命了还是死绝了,就没剩下一个握枪的好汉?"

波状起伏的锦凌大地自近而远响起久久不息的回声:

"握枪……握枪……"

"好汉……好汉……"

韩老吊半张的嘴被冻结一般合不拢,揉揉眼,又扯扯耳朵:白雪覆盖的阵地上,自近而远冒出千百个身披白斗篷手举钢枪的官兵,击鼓传花一般起身呐喊:"宁为战死鬼,不做亡国奴!"

"韩师父，我们没有逃，我的骑兵第三大队都在阵地上。"黄显声近在咫尺地握住韩老吊的手，"我的第一大队、第二大队来电，他们都守在锦州城没有逃。"

韩老吊落下泪，"鬼子飞机刚扔两颗炸弹，正规军就全逃了。大帅死了，东北军没魂儿了……你没接到少帅撤退命令？"

"接到了，我说我不是正规军，我是利用各县警察为主体，广收江湖豪杰成立的三支骑兵大队，我有相对的自主权。"

"警察部队也是老张家的呀！"

"只要不损伤东北军实力，少帅对我还是支持的，他今天一早已经命我主持锦凌防御大计。我也联系了一些撤退部队的军官，想挽回局势，可惜回答都是军人必须服从命令。"黄显声也朝天长叹一声，"唉，服从命令竟然成了逃命的最好借口！"

"我这二三百号义勇军归你指挥了。"

"同仇敌忾，就不说两家话了。"黄显声将站立身后的包满达推向前，"包神仙的儿子包满达，您老是见过的，他从王以哲的部队出来，带一个连的人马加入了我的三大队。"

包满达意韵悠悠地说："乱世军队多，主义也多。咱当兵的直截了当：谁的军队抗日咱跟谁干，谁的主义能救中国咱就信谁。"

黄显声含蓄地一笑，将刘海波推向前，"这位您老也见过，我的秘书刘海波，咱这三个骑兵大队是他帮助组建的，会做宣传鼓动，部队里的厉害角色，多一半是他动员来的，誓与阵地共存亡。"

刘海波摇头，"我不同意与阵地共存亡。"

"你说啥？"黄显声睁大眼，"你建议八百匹战马都牵到河西去，不就是为……"

"是为了减少损失。"刘海波心平气和问，"与阵地共存亡就能挡住鬼子过大凌河，就能保住锦州不失陷？"

"……不能。"

"就能争取到援军巩固锦州或者山海关的防御，就能给东北军大部队创造歼灭鬼子的战机？"

"不能。"

"那就是为牺牲而牺牲，自己找死喽？"

"楚霸王无颜见江东父老，所以只把他的乌骓马送过江去了。"

刘海波苦涩地笑一笑，"原来是学楚霸王，无颜见关内百姓！"他拉过身边穿飞行夹克的青年，"他叫宋弘，是真正的万金之躯。东北空军从几十万军人中选出一千名飞行学员，张学良从一千名飞行学员中亲自选出二十八名送法国留学，法国又从中选十八名学员进入最优秀的毛兰纳航空学校学习，结业后又入法国航空军第三十五团战斗实习，归国后多次驾机参战，立功受奖，国家花在他身上的钱够用黄金再铸造一个等身的宋弘。如今无机可驾，我请他来你麾下负责指挥对空射击，可是有朝一日他会重新驾机上天战斗。你无颜见江东父老就想找死，你想让这样的人才也陪你找死吗？"

黄显声无言地舔舔干裂的嘴唇。

"你要成立教导队，培训更多真正抗日的军官，"刘海波指点围拢过来的几名军官，"我请来十几名优秀教官，有保定军校的，也有黄埔生，都是坚决抗日的志士，你想让他们也为牺牲而牺牲？"

黄显声说："我知道你们是有组织来的，也知道你们在部队中开展的宣传改造工作。我请你们来就因为你们是真抗日，决不是看你们在关键时刻不战而逃。"

"撤退不是逃跑。"刘海波平和不变的声音使黄显声的情绪也随之平静下来，"当然要战，而且要狠狠打击，打他个措手不及，打他个落花流水，否则，不但韩师父要喊，连日本人也要喊'中国还有军人吗？中国人都到哪里去了'！在消灭敌人，给鬼子一个终生难忘的教训后，不逞一时之勇，可以有计划地撤退，寻找战机，再给鬼子更大更狠的打击！"

"就这么的了！"黄显声一掌拍在刘海波胸膛上，只听"哎哟"一声，刘海波弯下腰，憋着气说："我，我是肉身，可禁不住你的大力金刚掌啊。"

"都说秀才遇见兵，有理讲不清。"黄显声一脸轻松道，"这不一讲就通了吗？狠狠一击我早已想好，压在心头的是一击之后怎么办。有计划地撤退，寻机再战。讲得好，搬掉我心中一块大石头。"

刘海波终于把气喘匀，说："你是北京大学儒将，所以一讲就通，要是换上常发……"

"一样能讲清。"韩老吊截住话头道，"连我这识不了几个大字的老江湖都听明白了，撤退不是逃跑。我算计着，到时候说不定还要借助一下我这徒儿的力量呢！"

料理完张学成的后事，常发回到张氏家庙的第三套院落。这套院落是佣人及经营庙产的伙计们居住之处，建有豆腐房、厨房、仓库，每逢祭祀之时，常发与一众侍卫人员也住这个院落，所以人熟地不生。

卫副官报告，四千余众自治军都已遣散，愿意留下来跟常发去抗日的，算上司务篓子和伙夫，共一百六十八人。

"你呢，"常发问，"你有什么打算？"

"我跟你走。"卫副官表态。

"我们总共就是一百七十个弟兄了。"

"兵不在多而在精，但总得有个官称吧？"卫副官试探，"当年大帅就请你当卫队旅副旅长，怎么说也能称个将军了，这样弟兄们也有个盼头，队伍有个官称也好聚众不是？"

常发难得沉吟着动起脑子，一句一顿地说道："当初杨老先生教我念书识字，第一课就是'人之初，性本善；性相近，习相远'。这些年来我阅人阅事也不算少，能改变人性的不外两条：对自己个儿来说，是野心私欲；对外边来讲，就是官场。在官场越久，越想当官，越当大官就越失去正常的人性。我师父就是犯了这两条，失了本性。如今我跟少帅要个官称容易，但失了本性我们这些弟兄受得起那份罪吗？杨老先生给我说《水浒传》，前七十二回说造反，说得人爆锅儿[1]似的心里劲劲儿[2]的，再往后，受了招安就说得人跟闷头儿[3]似的，又憋又痛还恨得牙痒痒，直想朝宋江出拳头，比恨高俅蔡京还邪乎。"

"唉，人总想奔个出身，等明白了人也老了……咱弟兄们听你的，你说咋地就咋地。"

"报告！"气喘吁吁跑进一名卫兵，"报告长官……大侠……"

常发苦笑，"看来没个官称也麻烦。"

卫副官呵斥卫兵："喘什么，以后就叫老大！"

"是，老大。报告老大，庙外来了两个日本人，要见张，张……"

"对了，老大，张学成本是约了他的两个日本朋友来聚会，一个叫床次竹二郎，还有一个是中国名字，叫蔡……蔡智勇。"卫副官见常发脸色有异，忙转口气，"要不……把他俩抓起来？"

"不，"常发摇头，"请他们到中间院落的客厅相见。"

"是！"卫兵转身朝外跑，身后又传来常发的声音："慢着，等我想想……卫副官，你随我去迎接他俩，卫兵去通知厨房，整两个好菜，多备几坛子五加皮酒。"

常发带卫副官刚走上沙石铺垫的东西甬道，宫廷式门楼右侧的边门外便传来熟悉的喊声："常发，哈哈，是你来接我。你师父是真忙呀还是当上司令就学京剧老生，出场总想端个架子？"

"不敢不敢。"常发紧抢几步，迎住闯进边门的床次，"走，走，我师父不在家庙，他在一个安静处恭候几天了，说你们一到就让我引你们去那里见面。"

"安静的去处？"蔡智勇疑惑，"我们经高山子镇过来，没听说张司令进镇子呀。"

---

1 爆锅儿，东北方言，油在锅里滚了，放入葱花等佐料，爆响喷香。
2 劲劲儿，东北方言，精神振奋，热血沸腾。
3 闷头儿，东北方言，俗称疖子。

"镇子上又不安静。"

"这方圆几十里，荒野穷乡的，还有什么安静去处能让张司令愿意待上几天的？"

"不肯待也得待，是我师父的亲娘发了话。上马上马，去就知道了。"常发跳上五花马，率先朝对面冈子上跑去。床次和蔡智勇忙催马跟上。

望山跑死马。松开马缰小跑近半小时，天色已暮才驰入山冈上一片杂树林中。下马走过一丛灌木，影影绰绰有几个土堆，还有几截露出白木茬的树墩，显然伐过不久。床次和蔡智勇似乎不适应这氛围，身不由己地朝常发挤靠过去，枯叶和积雪在脚下咯吱咯吱作响，尤显林中静得瘆人。蓦地，头顶一声老鸹叫，床次一把拽住常发，"怎么回事，这是带我们去哪儿，去哪儿？不是，张学成、张司令在……"

常发紧走几步，将手指定一个黑土堆说："到了，我师父在这里恭候。"

床次身体一哆嗦，声音急促又有些颤抖："什么意思，你干什么？这是怎么回事？"

"我师父被义勇军打死了，临死委托我操办后事，你们看清墓碑，烧过的纸灰还在。"

床次和蔡智勇终于平静下来，看清石碑上确实只有五个字：张学成之墓。坟头新土粘着几片落叶，坟四周有几茎枯草在暮色中飘摇。石碑前一片黑土，显然是烧纸后留下的印迹。坟墓后面一字排开四个小坟包，立有木牌，写有字迹。

"那四个小坟是张学成的四名日本顾问，其中的小野，床次先生应该见过，曾是大帅的军事顾问。床次先生有机会可以转告关东军，随时可取遗骸送回日本国去。"常发拍拍仍然发呆的床次，"朋友一场，既然来了，也祭奠一下吧。卫副官，把香纸和祭品拿来。"

床次不再讲话，与蔡智勇一道焚香烧纸，将一坛子五加皮酒全倾倒在石碑前，做完这一切，才回身怯怯地问："他们四个……"

常发包容地一笑，"可以。"

床次竹二郎依次祭奠完四位同胞，天已黑透。蔡智勇提醒道："这疙瘩冬天黑得早，回高山子镇怕是不方便了。"

常发捏捏蔡智勇的手，脸冲床次道："我师父是你朋友，我难道就是生人吗？今晚我们就歇在大帅的家庙。入乡随俗，红白喜事，五加皮我已经给床次先生烫好了。"他看一眼夜光表，"现在是六点二十分，咱们七点钟开喝！"

"随俗随俗。"床次连连点头，"犬养老交代的事全泡汤了。以何解忧？唯有五加皮。"

常发与蔡智勇交换一下眼色，吆喝一声："回喽，大碗的五加皮伺候！"

来时信马由缰，回时快马加鞭，不到晚七点，众人已在餐厅里分宾主坐好。

常发举一大杯五加皮高声念道："师父灵魂尚未走远，您的朋友可惜迟来；我今晚代师父敬两位高贵的朋友，替您表达遗憾并听取他们带来的心愿，接受他们美好的祝福。"

一阵碰杯客气之声，宾主立地豪饮，干尽第一杯，那是喝红酒的杯子，满杯少说也有半斤多。

空腹酒劲上头快，床次脸上已然泛出红光，指点常发道："士别三日，刮目相看。常发竟然能说文明话了，学成老弟教徒有方啊！"

"师父常警告我别变成文明一大害，我哪里能说文明话，"常发手指卫副官，"是跟我师父的副官现学现卖。"

"美髯公，活脱关云长，也只有我的学成老弟能造就这样的副官。唉，天公不作美，遭匪人毒手，英年早逝……"床次的眼圈变得潮红。

"我代主子敬日本朋友。"卫副官已经给床次、蔡智勇和自己斟满酒，站立于床次和蔡智勇中间，垂首道，"主子多次对我言，他要成就大业，需靠两位贵人相助。如今贵人来迟，主子抱憾而去，那一番心心相印的情谊却是永存的，我代主子先干，愿请两位贵友赐教。"

"哎哎,"蔡智勇想出手拦阻,卫副官却抢先一步,不喘气连吞三大口,一大杯五加皮喝得光光,舌头还在杯内舔一舔。蔡智勇指指卫副官,又指指床次,然后才说:"卫副官也忒性急,忒性情了。学成老弟说的两位贵人你以为是谁?我根本沾不上贵,不犯贱就不错了,他说的贵人是犬养老和床次兄。床次,古来圣贤皆寂寞,唯有饮者留其名,你说这酒怎么喝?"

床次更不搭话,起身自干一杯,再自己斟满,然后对常发和卫副官道:"没错,我是代表首相犬养老来访学成老弟,蔡先生只是作陪,我替犬养老把这杯干了!"

"吃菜吃菜。"蔡智勇将一块筋肉炖得颤悠悠的牛膝骨夹入床次碗中。床次啃尽膝骨连带的筋肉,卫副官已给大家又斟满酒。

"自古以来,留名的饮者只有两种人。一种是风流倜傥,有大智慧的秀才;一种是英雄豪杰,有大勇气的武夫。"卫副官依次指点床次和常发,然后把手指停在蔡智勇胸前,"蔡先生虽然自谦,名字却是智勇双全。我们抱伙干一杯,然后请床次先生代表犬养首相赐教,咋样?"

"干!"床次豪迈一声起,四人立地又饮尽杯中酒。坐回椅中,互相点烟,早已是面红耳赤,飘飘欲仙,嘴巴上再无遮拦,直想将心中块垒一吐为快。

"张学良比他老爷子差得可不是一个两个段位啊,知道吗,他已经弃守锦州,逃进山海关去了。"床次狠狠吸两口大麻,"大帅讲话:妈了巴子的,可把我们犬养首相给坑苦了。"

"装啥孙子呀,得了便宜卖乖。"常发酒气十足,脱口而出,"兵不血刃,又占地盘又掠财,到头来反说被坑苦了,谁信你呀!"

蔡智勇在常发肩上用力拍一掌,"不懂政治你就闭嘴,老实听着。"

床次不以为忤反而开心大笑,"哈哈,农民了吧,跟关东军那帮蠢货一个样,只会盯住眼面前那点实际利益,根本看不出三步远。从田中到犬养,几任首相不是老派是老辣,不是保守是深沉。关东军那帮少壮派真是混蛋,根本不懂为父母者之心。什么板垣、石原、土肥原,看不懂英、法、美，看不透德国、苏联，更看不清黄河、长江有多深，他们只会四个字：冒险、蛮干。这种搞法，迟早要把日本拖入灾难。田中培养张大帅，犬养交好孙逸仙，就是寻找代理人，做感情投资……"

"你烦不烦，你说我是农民，你就不能讲点我们农民牧民能听懂的？"常发狠狠啐一口，"隔着裤子玩鸡巴，谁知道你屙什么东西！"

床次看着常发愣怔片刻，突然爆出一串粗野的开心大笑，"对对对，应该讲点农民能听懂的！"他似乎在琢磨着什么，自斟一杯酒，仰脖子灌下肚，又短又厚的巴掌在厚嘴唇上抹一把，"这么讲吧，我们老派，就是文职政府吧，很文明，希望中国门户大开，咱们通商，不，就像野汉子找婊子，咱们通奸，双赢。可军队那帮少壮派恃强动粗，硬要强奸，强奸人家能不反抗吗？我们文明人就可以说那些粗人了：你看，事儿没干成还被人家抓破脸了，不听老人言，吃苦在眼前吧？我们文人在日本就可以组阁当政。谁承想蒋介石和张学良被人强奸不但不反抗，还有脸到强暴他的人家里，对，到国联那里去哭诉，生怕那些当兵的不知道他怎么丢人现眼的，这一来可好，你说谁还费劲去感情投资，干脆都去强奸一把多省事……"

常发差点跳起来，被蔡智勇在肋下猛捅一指头，顿时像泄了气的皮球落回椅子上，半晌只有出气没有进气，也独斟一大杯酒朝肚子里灌。

"这回懂了？"床次得意洋洋地笑问。

常发憋半天，在蔡智勇的逼视下闷头道："懂了。妈了巴子的，文人武人还不都是一球样，都想操……吃中国的软豆腐！"

"你还是没全懂。"床次给自己和常发斟满酒，碰碰杯，"干了，我讲慢点。"

蔡智勇提醒卫副官："床次先生天文地理、鸡毛蒜皮，上下五千年，纵横十万里，没有不懂的，你也认真听，你们老大不明白没记住的话你要帮忙提醒。"

卫副官精明地点头，"放心。"

床次抹一把嘴角的酒沫子，说："不讲虚的，只说点农民能听懂的实在事。皇姑屯炸死张大帅，东北军忍了，结果是白川司令官辞职，田中内阁垮台，军部的少壮军人得志。轮到滨口内阁上台，正值经济大萧条，他想与中国协调外交，以便裁军，缓和灾难中的日本经济，结果被一刀刺杀了。迈过滨口的尸体，军部少壮派在他死后二十天，发动了九一八事变。中国不抵抗，刚上台的若槻内阁又倒台，真理都在胜利者一方嘛。犬养刚组阁便派特使萱野去南京修复关系，当年孙中山几次落难日本都是犬养收容资助，被孙中山在《建国方略》中点名誉为'对中国革命提供有力帮助的日本友人'，甚至蒋介石落难日本时也是他提供了有力帮助。派萱野的同时也派我来到东北，想利用张学成收拾局面。少壮军人要吞并东北，犬养说这会引发中国全民族的反抗，还是找个合适的人选实行奉人治奉。没想到日本少壮军人还没出动，只扔了两颗炸弹，中国的军人就弃守锦州逃进山海关去了。犬养首相不但接到了军部送来的子弹头，他儿子还转来军部的严重警告。我从奉天出来时，日本陆军大臣和参谋总长因为无力约束关东军，双双辞职了。上原勇作元帅来电说，犬养首相给他来信留下遗嘱，说已经听到死神的召唤。他说他的对华政策核心都是为了日本利益，特别是为了躲避日本即将面临的巨大危险。中国的不抵抗使无知的日本军人以为真理和胜利都在他们一边，他们不懂，中国的民众绝不会像蒋介石、张学良一个样，特别要警惕的是中国共产党！"

常发望定床次，"最后这一句还像个人话。"

床次吃口炖肉，喝一杯酒，醉眼朦胧地开始自我喃喃："完了，完了，管控不了，挡不住。军人已经拟好入关路线，天津还有五千驻屯军，迈过长城就是华北，解决了华北就是中原，就是长江，就是华南……"

常发见卫副官被人叫走，顾不及问，盯住床次引他继续往下说："天皇也管不了关东军？"

床次翻翻眼皮，"关东军擅自行动，一旦遇挫，天皇自然会责罚，可是节节推进，步步顺利，为日本带来意想不到的胜利和财富，你说天皇信谁骂谁？犬养首相跟我说：'国联是君子动嘴不动手，国民党是左脸挨完巴掌又送右脸，他们不但改变了天皇，也改变了日本民族整整一代人。看来日本的政党政治，民主政府就要从我这里结束了，军阀集团不但要控制政府，更要控制整个日本民族的精神了。'"

卫副官匆匆回到餐厅，朝常发附耳道："日军分三路欲过大凌河，直奔锦州而去，黄将军派人来紧急联络你……"

"大凌河？"床次听到一点什么声，拍响桌子说道，"过了大凌河，一路进山海关取长城各关口，一路攻热河，关东军势如破竹，犬养首相看来是凶多吉少喽！"

西天的余晖开始收敛时，包满达从战壕中直起身。由于冻土坚硬，时间又紧促，战壕挖得不足一米深，露出大半截身体，便可看清大凌河东岸目力所及之处：土石全被打翻，树木也全部烧焦，弹坑套弹坑，成串成堆，足见战斗的激烈程度。

"坐下吧，飞机又来了。"宋弘靠着壕沟壁坐着吸烟，慢条斯理道，"也不用紧张，只一架，侦察机……茂思式。这是少帅驾驶的那架，唉，将近三百架飞机，买回来好像就是为了让日本人拿来打咱东北军自己个儿……"

"还是你厉害，听声音就全知道，如果把本事用到天上……"包满达坐下身，将宋弘嘴巴上的纸烟捏过来叼自己嘴头吸一口，憋红脸才喷出一声，"操！"

"中国军队永远有理。"宋弘哼哼着念念有词。

"有什么理？"包满达望着天上盘旋的飞机问。

"打败仗有理呀，永远是装备不行、武器太差。因为人家有竹竿子，把中国军队赶了鸭子，抢走我们的飞机大炮和坦克，我们还打个卵呀。"

"至少咱警察大队还挡住了关东军一个中队的先头部队。"

"有用吗？锦州城都放弃了，鬼子大队人马早从三个方向过了大凌河，我们这上千号人马被包了馄饨不说，打到死也只能变成当官的向老百姓吹牛索财的借口。"

"不是当官的,是政治腐败。政府腐败、政党腐败,国民党只会刮民。"

哄笑声中,有人喊:"东支们(同志们),南蛮子不会说国只会说刮,刮民党就是蒋该死。"

原来有不少官兵已经围在两边,为东北兵学南方腔鼓掌,包满达趁机大声道:"其实小鬼子也有一怕。"

宋弘摇头,"狗日的武士道,连国联都不放在眼里,根本不懂什么叫怕。"

"错,他们最怕的就是共产党,只要沾了共产党,你就算是日本人也格杀勿论。"包满达发现所有人都睁大眼静静地望着自己,并没觉得自己暴露什么,随意地拂一下手,"我还算有机会接触到一些上层人物和他们的日本朋友,听他们说,在日本,只要沾了共产党,虽属同类,也一律处死。"

"散了散了。"宋弘忽然喊道,"发空袭警报,轰炸机过来了!"

不到两分钟,趴进战壕的士兵都看到了低空而来的轰炸机,在阵地上空盘旋一圈。最先来的那架张学良试飞过的茂思式飞机为首引领,盘旋第二圈时,发射了一颗照明弹,摆动几下机翼便闪开一边,钻上高空,原来尾随它的轰炸机却翅膀一歪,一架接一架俯冲下来,伴着尖厉的刺穿暮色茫茫天空的呼啸,紧接着便是耀眼的火光和沉雷一般的爆炸声。

"糟了,这是要断爷们儿的后路了。"宋弘霍地跪起身,伏在壕沟沿朝阵地后望。包满达也随之朝大凌河望去。一串串的炸弹紧挨着落下,大凌河烟火翻腾弥漫,变成一条黑里透红的火龙;天宇震动,大地晃荡,黑烟越升越高,遮住了河西半边天,并随风滚来东岸,呛得人透不过气。包满达刚想骂句什么,冰块、水花、泥浆遮天盖地砸下来,只觉脑袋嗡一声响,便只剩一片空白——断片了。

"妈了巴子的,这下子可彻底包馄饨了……"包满达是被宋弘的咒骂声续上片子的。竭力睁开眼,几十米外的大凌河只剩下星星点点游离闪烁的碎火。空气中盈满钢铁和汽油燃烧的辛辣气味,他觉得脸上有黏糊糊的热流,用手一抹,立刻明白是怎么回事,经验十足地啐一口,"妈了巴子,老子头也被冰块砸破了。"

"知道是来炸冰的你还不捂住脑袋?"

"你开飞机你明白,你咋不提醒我?"

"我开飞机了吗?我在找我的那架飞机,第二个俯冲下来的就是我的那架……飞机炸主子,悲哀呀!"

"我痛在头皮你痛在心……"

"快捂住头吧,又来了!"

那架茂思式飞机仍在高空中哼哼,重新发出一颗照明弹,十几架轰炸机排着队,顺照明弹指引的方向又俯冲下来,转眼间,大凌河自东向西变成一条翻腾的火龙。有两架飞机从阵地前沿一掠而过,气浪将宋弘和包满达差点掀出战壕,战壕前的几棵烧残的老榆树枝丫摆颤,紧接着几团烟火近在眼前地腾空而起,照亮了流动的河水和冲积成墙的冰坝。

"明天就与阵地共存亡吧,"宋弘依壕壁坐稳,居然抽燃了纸烟,"退路是没有了。"

"谁说没退路?"有人大弯着腰四脚落地"走"过来,翻身坐到宋弘身边,"我问你,以你的经验,小鬼子后半夜还能来炸一次吗?"

"黄将军,"宋弘借着闪烁的火光看清对方脸孔,转望住空中的飞机,"关东军没有飞行员,估计都是临时凑来的退役老兵,看他们驾机和投弹的水平,不够全天候,这时候飞来已经够冒险的,估计返航落地时,天已黑透,搞不好要摔几架。"

"那就是了。零下二三十摄氏度,到天亮还有十多个小时,还怕冻不出一条退路?"黄显声看一眼他的罗马表,对跟来的刘海波吩咐,"你选几名东北老兵,凌晨四点探路,五点撤过大凌河去。"

"这是活水呀,流速够大,冻不结实。碎冰堆积的冰坝要是堵死河道,只怕我们这里也要淹成泽国,就算找到路,人能撤过河去,武器呢？东西两边的鬼子早已从冰上过了大凌河，估计我们撤过河时他们也合围了，失了武器还是一个死。"

黄显声阴着脸道："重武器全部炸毁，不能留给鬼子，轻武器带足弹药，扔掉大衣背包也不能扔武器弹药。"

轰炸机丢完炸弹便匆匆飞走了，四野骤然安静下来，甚至能听清碎冰块在水流中的碰撞声。

包满达对着水壶嘴喝一大口烧锅酒，将水壶递给宋弘，"喝一口吧，我的常发哥说，干大事之前要来几口烈酒。"

宋弘喝一大口，问："啥事？"

"队伍要撤过河去，你走不走？"

"上级命令，当然要走。"

"我不走了。"包满达抓过水壶又喝一大口，"只跟鬼子一个中队的前头部队干一仗，十卡车武器弹药就全炸毁？你问问韩师父舍不舍得，那里有一卡车的迫击炮和炮弹，那是给鬼子大部队准备的，要撤你们撤吧，从奉天撤到大凌河，撤到锦州，撤到山海关，你们跑得不累，我累了。"

黄显声和刘海波面面相觑，一时语塞。

"我也不走了。"宋弘遥望用白布隐藏在远处的大卡车，缓缓转回头说，"小鬼子用我们的飞机炸我们自己个儿，大炮、坦克、重机枪，我们丢了多少？咱军人是打鬼子的，如今鬼子到了眼面前，不打鬼子反而炸毁自己的武器，还嫌败家败得不彻底是咋的？"

"讲得好。"韩老吊不知何时带着十名徒弟走过来，"黄局长，你的警察大队撤吧，怎么说也是吃皇粮的，该着听命令。我这十卡车武器药，是二十多条生命换来的，义勇军的兄弟们刚刚发过誓，要把这些武器全招呼到鬼子头上。包满达，找几个不想走的会使炮的，教教我的弟兄们。另外，咱这儿没飞机，宋长官必须走，有种就想法开上飞机炸鬼子，别跟我们地老虎搅和在一起，咱不能把等身的黄金败家败掉了。"

"不光是宋先生，我们每一个抗日战士都比武器金贵，我坚持全体撤。"刘海波终于有了话说,"武器是要人来使用的。"

韩老吊说:"不要争了,撤过大凌河也少不了恶战,我们在河东岸留住这些小钢炮还可以给你们炮火支援,帮你们突围出去,保住更多的抗日弟兄。"

黄显声从包满达手中拿过水壶,连喝几口,递给韩老吊:"剩不多了,你干了说话。"

韩老吊一口就干个壶底朝天,"说吧。"

"今天孤军守在河东的没一个是孬种。刘秘书讲得对,人比武器金贵,我加一句:也比逃进关的官兵金贵。我们当头的要为他们负责。韩老英雄讲得也对,敌人到了眼面前,十车武器没招呼就自己销毁,那真成了韩师父喊的,中国没军人了,中国人都到哪儿去了!撤到河西与留守河东都有恶仗打,但留守河东更险恶。"黄显声握住韩老吊的手,"老英雄,我们各挑一头担子,相互策应,我只要求你一件事⋯⋯"

"说呀。"韩老吊见黄显声沉吟,催促道,"此时此地没孬种。"

黄显声却看一眼刘海波,径直转向包满达,"兄弟,我猜也能猜出你是什么人。请你选出一批会使重武器的组成一个加强排将那些小钢炮和重机枪可劲儿朝鬼子头上造,关键时刻⋯⋯"黄显声只"啊"一声,没说下去,用力握握包满达的手。

包满达轻轻点一下头,"谢谢黄将军的信任。"

黄显声重新面对韩老吊,"我求你的事很简单,紧要关头,要听包满达的。"

"啥意思吗?"韩老吊不解。

"他是正规军的连长。"

"我吃的盐比他⋯⋯"

黄显声骤然压低声,附耳道:"你看不出他入了共产党?"

韩老吊摇头,"光听人说共产党,没谁见过。"

黄显声放开嗓子:"他是包神仙的儿子。"

一提"包神仙",韩老吊果然转了口气:"听你的,他说了算。"

463

黄显声扯着韩老吊走开几步，小声提醒："留守东岸是为了消灭敌人，不是为了死。要给咱抗日队伍多留些种儿，这阵地上可没一个孬种啊！"

韩老吊豁然道："这话对了去。"

"照包满达说的做就能多消灭敌人多留抗日的种。"黄显声拍拍韩老吊的肩，"想想当年包神仙，错过吗？"

"放心，他说咋地就咋地。"

黄显声彻底松口气，他懂，江湖上讲话不会秃噜扣。

前半夜休息，后半夜战前准备。

凌晨五点，河东岸排满迫击炮和轻重机枪，黄显声与韩老吊、包满达用力握握手，什么话也不说，转身率大队人马朝大凌河摸去。沿途有探路的老兵接应，悄无声息地走下河床，在冰面上牵起手，队伍弯弯曲曲摸索着深入河对岸。队伍过河一半，身后的河东岸，几十门迫击炮和上百挺轻重机枪突然爆响。阵地上像在闪电，成群的炮弹、暴雨一般的子弹，由近及远，炸得石头树木和着尸块钢铁腾空迸溅，真正是天欲坠，地欲陷，世界仿佛到了末日。

原来，探路老兵不但摸清了过河途径，还探明敌人在对岸埋伏的阵地。黄显声说，凡阻击过河之军，都是"半渡而击之"。交代韩老吊和包满达组织火力，先敌一步发起突袭，把河西岸憋足劲准备"半渡而击"的日本伏兵打得猝不及防，尸横遍地。侥幸漏过火网的伤残官兵还没喘过气来，耳畔已是杀声震天，空中的手榴弹像成群的猛禽一般飞扑过来，各种火器近在咫尺地发威了。黄显声不知何时脱剥得只剩一件浅色毛衣，手舞着匣子枪冲入敌人的阻击阵地，像吃"手指羊"一样为他身后的指战员指东打西地速射，火光照亮的弹壳像蚂蚱一样蹦跳着，转瞬间便冲出了敌人的包围圈。

跑过两里地，正是黎明前最黑暗的时刻，西南方一道土冈后面有滚雷声伴着响彻夜空的烈马嘶鸣，黄显声沙哑着嗓子喊："马来了，骑兵上马！"

刘海波跑得上气不接下气，"太，太顺，顺利了。"

黄显声刚跨上自己的青鬃马，东南方向突然机枪声大作，上马没上马的战士转眼便倒下十几个，那是另一路过河的敌人包抄过来了。

"乌鸦嘴！"黄显声骂刘海波，匣子枪换左手，右手举起马刀，朝枪响的东南方一指，"冲啊！"

"不可恋战……"刘海波跳跃两次才骑上马背，扬着手追黄显声，"趁敌人没合围上来，快撤！"

黄显声没有理睬，因为敌人已经乱了阵。阵后排子枪、手榴弹响成一片，喊杀声中，一哨骑兵像草原上的狼群一样围猎过来，不用说，肯定是事先联络过的常发。

一番冲撞砍杀，几次死纠活缠，最后的扭打拼命，战场终于静下来时，东方已经泛起鱼肚白。

"快撤吧，再晚敌机就会过来封锁，"与骑兵合乘一匹马的宋弘朝黄显声喊，"动作慢了大队鬼子围过来，光天化日可就甩不掉了！"

"撤！"黄显声大喝一声，纵马朝锦州方向驰去。奇怪的是，一路下来，既无堵截，也无追兵，临近中午，天际才传来飞机的隆隆声，黄显声一个手势，骑兵立刻四处散开，隐蔽到林木中。

飞机黑压压一片，数数不下三十架，没有过锦州方向，是在东北大凌河的方向盘旋两圈，成一路纵队一架接一架俯冲下来，炸弹成排成串地落下，虽然远隔几十里，脚下的大地仍然惊心动魄地战栗摆簸不止。

轰炸未停，炮击已经开始，沸天震地、穿云裂石的炮声揪扯着每个人的心。

"我明白了。"刘海波对黄显声道，"怪不得我们冲出来这么痛快，韩师父他们的重武器让敌人产生错觉，以为我们是探路的小股部队，主力留在河东岸阻敌，所以对我们不堵不截，组织重兵围剿河东岸……"

"明白就好。"黄显声双眉紧锁，远望河东。

"姓黄的！"一声怪叫，那匹五花马炮弹一般冲来，常发唇焦眼红双眉倒竖地吼到面前，"妈了巴子，我刚知道，你们跑个一溜烟，单把我师父和我弟丢在了河东,你他妈是东西吗?"

"你骂什么?这是打仗!"黄显声挤细两眼,目光灼人,从喉咙深处发出低吼,"土匪坯子,你下辈子也变不成个兵。"

"妈了巴子,老子就是土匪。"常发伸手去揪黄显声衣领,被黄显声劈下金刚掌挡回去,"战场上我领兵,不跟你纠缠,你英雄你现在返河东,丢了你师父你兄弟你就不是人养的!"

常发怔了怔,他不是不懂战场上要留下掩护部队,他是责怪黄显声不该自己撤回而留下一大把年纪的韩老吊打阻击。

"怎么,不敢回河东救师父,只敢跟我叫骂,你算什么好汉?"

"老子回来再跟你算账!"常发一拨马头,竟驱马朝大凌河驰去,身后只带了三十名骑兵。

"哎哎!"刘海波急叫,常发早蹿出百米之外,刘海波转头责问黄显声,"你怎么能这样做?"

"我这样才能安定军心,韩师父那里也能增加信心,有啥不妥?"

"不等过河他就可能丢了命。"

"放心,扔太平洋也淹不死,小河沟还能要了他命?"黄显声说得轻松,"留在这里你能跟他讲清楚道理?非误大事不可。"

然而,夜幕降临之际,黄显声再也轻松自信不得了。河东在一阵阵激烈枪声之后,忽然燃起冲天的大火和浓烟,沸天震地的连续爆炸声,夹杂着连绵不断爆竹一般的攒射声,稍有经验的人都明白,那是十卡车剩余的武器被点燃引爆了。时而密集,时而断续的震响持续有半小时,大凌河以东变得黑黢黢,静悄悄。

黑暗和寂静象征着死亡。

"你不后悔?"刘海波问。

"后悔就别反抗。"黄显声饯一声。

"东北军无一参战,"刘海波摇头,"不知少帅如何向全国人民交代?"

第三十章

下午四点，最后十二架飞机终于消失在东方的天际。大凌河东岸的冻土全被炸翻了，蹲在弹坑里用手就可以挖出一捧捧带着烟火味的温土。韩老吊的几名义子从大凌河那边拎着水桶过来，大声吆喝着："喝水了，水来了！"

没有人响应。连续的战斗和轰炸，将义勇军战士们嘴唇烧裂，耳朵震聋，鼻眼熏黑。凌晨战斗打响时，还可以吞几口雪，不过一小时，东岸所有的阵地上便再也找不到一口雪。韩老吊的义子们分头将水送上各个阵地，连喊带比画，战士们才围过来喝水。更有人将一箱箱的罐头干粮搬来，用刺刀开罐切肉大嚼起来。

"老宋，你给咱们立了首功啊！"包满达对着宋弘的耳朵喊，一边拍打他后背被火烧出梅花洞的飞行服，"没有你指挥，小鬼子还要疯十倍，咱不定要多牺牲多少兄弟呢！"

从清早到下午，敌机三次轰炸大凌河东岸。宋弘根据自己丰富的飞行经验，指挥对空射击，选准方向和提前量，前后击落击伤五架敌机，使敌机不得不由低空俯冲轰炸改成高空投弹,大大减少了战士们的伤亡。

"我算计着,敌人的增援部队和重武器该到了,抓紧时间填饱肚子吧。"宋弘大口大口地吃着肉罐头和干粮,冲着包满达回喊,"天黑前肯定有场恶仗。"

包满达站在弹坑旁的冻土堆上四处张望,继而扬起手喊:"韩师父,这边,过这边来。"

宋弘爬出弹坑时,韩老吊已经走近面前,对着包满达和宋弘喊:"斥候来报,二十辆坦克、十几门山炮,最多半小时就到!"

包满达凝望东北沈阳方向,又转望西南锦州方向,最终将目光投向西北和正北,沉思着说:"是时候了!"

"什么?"韩老吊喊,"大声点,全都震聋了!"

"打一天,我们只是在天上吃点亏,地面上我们靠重武器占尽了便宜。"包满达喊着说,"敌人的坦克和山炮一来,我们的优势就全没了,要变变打法。"

"我也是这个意思。老宋,你呢?"韩老吊将大拇指对向宋弘,"你办法多,飞机都干掉五架,更别说坦克。"

"天上我有办法,地上我不行,咱听包连长、包满达的。"宋弘拍包满达肩膀。

"你们看,这是沈阳,过来了坦克大炮和援军;这是锦州,黄显声已经带他的公安部队准备撤离,眼下无战事。但我们与他之间,大凌河已经炸翻,根本过不去,何况对岸还有包抄的日军,这是死路,我们的活路在西北义县方向和正北的北宁方向。那里虽然也有包抄的日军,但他们没有重武器,经过一天的战斗,他们减员不少,是日军的薄弱处。"包满达讲一个地名,放一块冻土坷垃,四块冻土坷垃放过,他直起身大声道,"现在距天黑不到一个半小时,半小时后,坦克大炮开到,我们只需坚持一小时天就黑了,天时、地利、人和就都归到我们手中……"

"他奶奶的,一小时,不够憋泡尿的工夫,"韩老吊捶捶装假肢的大腿根,"天上没了飞机,咱打一夜也是轻轻松松的事。"

"现在不是要坚守阵地,是要突围,尽量多地保留实力。"包满达继续指点他的冻土坷垃,"韩师父,叫你的徒弟向沈阳方向潜行侦察,鬼子的援军一旦进入迫击炮射程,立刻发出信号,我们要先发制人,迟滞敌人的进攻,这样又能争取半小时的主动,可以大大减少我们的伤亡。"

"好主意!"宋弘喊一嗓子。

"以攻为守,这法子好。"韩老吊连连点头,"把所有的炮都招呼过去。"

"不行,要调出三分之一火力对付西北义县方向的鬼子,急射速射连排射,正北方向北宁来的鬼子一定以为我们受东北方向沈阳援军的压力转向西北突围,他们会朝西北方向驰援围堵,韩师父,这时你就率全体义勇军向正北方向飞速冲击,一口气便可突出重围。"

"你说什么呢,"韩老吊瞪圆两只怪眼捶打着残腿吼,"我这条腿一口气能突出去吗?是你带弟兄们突出去……"

"记住黄将军的话,你是有承诺的,大事我说了算。你腿残,可树林里藏着你的马。你们义勇军都是老江湖,练的是烧饭无烟,行动无踪,杀敌无声;我的一连兄弟练的是坐如钟,站如松,动如风,谁该干什么还用多说吗?咱们有一百五十门迫击炮,一百门对付沈阳方向,五十门对付义县方向,我们一人至少要玩两门炮,你们三人玩不转一门炮,再加上那些重机枪,战场上可没有什么无招胜有招,你快去做准备,我要布阵排炮,东北和西北两个方向,阵地都要向前推出二百米,各自行动吧!"

韩老吊瞪圆的怪眼终于眯成一条缝,摇摇头不再争论,派出七名斥候向东北和西北侦察,将义勇军集中,讲明行动计划和步骤,分二百骑兵与马隐蔽在一处,其余义勇军将军用卡车上的迫击炮弹、重机枪子弹尽数搬往炮阵地,懂门道的少不了还要帮助架炮调角度。

夕阳西沉,余晖横照天际,远远的东北方向升起三发信号弹,那是义勇军劫军车时缴获的战利品。

刹那间，大凌河东岸轰响起沸天震地、穿云碎石的炮声。一百门迫击炮同时怒吼，只见火光闪闪，无数炮弹像扑鼠的鹞隼一般掠过长空，急速而密集地扑向尚未露头的日军，在信号弹升起的地方，成堆连片地爆炸开；一条条弹道的曳光，一团团爆炸的红焰，一朵朵升腾的黑烟，整个辽西大地都在烟火中摆簸颤抖，就连六十里外的锦州城也不安地跳动起来。

在密集、连续、持久的炮轰下，日军完全被打蒙、打傻、打残了。足足过去半小时，除去坦克零星的回击，山炮不响机枪不叫，根本组织不起任何有效的进攻。

霞光渐弱的傍晚，东北方向的炮声未止，西北方向的炮声急促猛烈地轰响了。

北宁方向的日军虽未受到打击，却也蒙了。以他们见识过的东北军，出动两个军的兵力也组织不起如此猛烈持久的炮火；燃烧的钢铁成吨地倾泻而下，冻土、石块、枪械、树干树根夹杂着人体的残躯断肢，合着漫天飞溅的弹片，呼啸狂舞，罩住了黄昏的天幕。正不知向哪一边增援时，义县方向响起移动射击的机枪声、刀枪撞击声、肉搏的吼叫、拼死的喊杀声和生命逝去前的长号……

北宁的日军终于分兵一半前去义县方向增援，剩下的日军正要重新排兵布阵，暮色中忽然冲出二百骑兵，像从地下冒出来的一股洪流，又像揭地而起的飓风，迎面掷来冰雹一般的手榴弹，爆炸的烟尘中，那队骑兵已飞速地冲击过来，尘烟翻腾，气浪滚滚，枪扫刀砍，杀出一条血路。紧随其后的步兵抱着机枪卡宾枪像铁扫帚一样向着两侧横扫，拼力扩大突破口，掩护着骑马或奔跑的大部队从封锁圈里一冲而过，奔腾踊跃地消失在暮色中……

"师父！"旷野里一声喊叫。

"哈，常发！"韩老吊收收缰绳，"义县方向是你打的吧？"

"我带了一个排来迎您，大凌河全被炸开了，过不去，沿河又有鬼子交火，绕行二十多里才踏冰过河。边侦察边朝你们靠拢，你们的炮一响，我就知道该动手了。"

"够机灵，你把北宁的鬼子一牵动，我们就借机突出来了。"

"弟兄们全撤出来了？"

韩老吊正想说什么，大凌河东岸像打闪一样连续照亮夜空，踊跃奔腾的义勇军都忽地停下脚步，急转身，便听到连续不断的隆隆爆炸声。他们看到了冲天而起的火焰和黑烟，黑烟中迸发出各种火舌，红焰里闪烁交织着刺目的白光……

宋弘喃喃："他们在烧军车，炸武器了。"

"包满达……我兄弟没出来？"常发叫喊着便兜转马头。

"回来，不许去！"韩老吊的吼声止住常发，也只有他能喝止常发。沉默中，他忽然叹一声："大帅生前识人无数，可惜到死也不认识共产党哟！"

停有片刻，常发喃一声："他见识过……李大钊。"

上世纪八十年代末，何花对我讲，中国文化讲究"杀降不祥"，到共产党的军队，不但缴枪不杀，而且要优待，叫作"不许虐待俘虏兵，不许打骂，不许搜腰包"。日本的武士道不同，从九一八到南京大屠杀，不但"杀降"，而且几十万地杀，而且要极尽羞辱和残虐："剜眼、挖心、挑筋、火烧、互相活埋。排起队来用枪穿糖葫芦。"他们只尊重宁死不屈的英雄。从大凌河到帽儿山[1]，对战死的勇士都是白布裹身，堆土成坟，立碑致敬。受大凌河牺牲勇士们的启示，我写过《巴达玛的晨祭》，发表在《十月》杂志，后与《狼毒花》结集成书。文章的本意：可以感伤那些被虐死的俘虏兵，更应该多去尊重保护参拜那些民族烈士、民族英雄的纪念碑。

---

1 长城抗战，帽儿山上七人军士哨，在大部队转移时，未接到撤退命令，与日寇激战。日军以为山上有百十人队伍，出动飞机大炮，伤亡一百多士兵，攻上山头，清扫战场，只找到七具尸体，深为敬佩，将勇士尸体白布裹身，堆土成坟，立一米八高墓碑，上书"支那七勇士之墓"，所有经过之日本官兵，都由军官率领向勇士鞠躬致敬。

李香玉看过《巴达玛的晨祭》对我讲:"一九三二年元月三日午后六时,锦州商会会长率一群商人把日军迎进锦州城。四日晚,川岛浪速在菊文酒馆宴请板垣、石原和土肥原。板垣举杯说:东北军如有一半能像大凌河战死的七十二勇士一样,现在举杯相庆的应该是张学良了。"

板垣征四郎出现在菊文酒馆前时,鞭炮齐鸣,欢声四起。酒馆所有员工举着纸糊的太阳旗排列两行,不时有人将彩色的纸屑抛向板垣,将元旦以来节日的欢庆气氛推向新的高潮。

酒馆门口挂着两盏大红灯笼,堂屋里挂了各色彩灯,两侧木板墙上是红缎子绣花屏。板垣站在红灯笼下,由于个子矮小,剃光的脑袋距离灯笼下的缨穗还有段距离,像是被气场吹拂,灯笼连同缨穗开始左右摆动。他的脸孔刮得白里泛青,眉毛和唇上的小胡子尤显黑得刺眼。他保持着一贯的整洁习惯,袖口、领口露一截白得触目的衬衫,裤腿管上的圭角像是能切割人肉,而两只手却习惯性地轻轻搓动,斯文潇洒地深鞠一躬。当他缓缓抬起头时,眼里忽然漾出一道锐利寒冷的光波,用最平和的声音说了一句最霸道的话:"琉球之后是朝鲜,台湾之后是满洲,支那军队已经彻底滚回山海关了!"

一阵欢呼尖叫过后,板垣不紧不慢吐出第二句:"东京有百万人上街庆祝游行,八十岁老太太也在欢呼,九十岁老头也要来闯关东了!"

又一阵狂呼欢叫,像潮水般后浪追前浪。

"感谢川岛前辈和河本君为我安排这次庆功宴,但我愧不敢当,我只是个干活的。九一八真正的英雄,首先应该是我们关东军的大脑石原莞尔。"板垣将手一挥,头上的灯笼大晃,"请石原君入场!"

欢呼声灌满酒馆前的巷道。板垣握住石原的手,将声音猛然拔高:"让朝鲜人像长工一样去种稻子,让支那人像女人一样熨衣服做杂役或者干点小买卖,真正干大事的只能是天照大神的后裔,开万里波涛,布皇威于四方的大和民族,这就是石原君为我们设计的新世界!"

欢呼声一波接一波,板垣两次压手势才安静下来。

"下面请我们第二位英雄入场，他就是土肥原贤二。"板垣头上的灯笼又是一阵大晃。

土肥原笑容可掬地登场了。板垣再次拔高声音："三天安定奉天，三个月平定东北，建立起新秩序。没有土肥原君，就不会有今天的歌舞升平，灯红酒绿；就不会有满洲的天下太平，你输我赢！"

欢呼声中，土肥原贤二迈前一步。他没穿军装，也没穿和服，穿了一身日本式西服。可能是连日劳累，两眼附近的皮肉都显得松弛，鼻孔下一撮小胡子，配上那张四方脸，颇像小一号的正在德国走红的希特勒。不过他没有希特勒那么激情狂躁，脸上始终保持温和的笑容，讲话永远带了一种诚恳的音调，将手扫过石原和板垣，落到自己胸前才开口："我们关东军的三羽乌算不得英雄，尽职尽责而已。英雄在哪里？在关东军的一万官兵中。我今天请来十位官兵，他们就是英雄的代表，欢迎英雄的代表入场！"

掌声欢呼，十名日本军人戎装列队上场，在土肥原身边一字排开。九名佐级、尉级军官，一名士兵。据说这名士兵是石原的侄子，受石原"总体战"思想的影响，在卧病床榻的父亲鼓励支持下，洗净下田插秧的泥腿投入了关东军。

"这十位英雄代表并没什么惊天动地的战功，他们有的刚接到父母去世的消息，有的才结婚两天，更有妻子临床待产的片仓少佐，都是闻风而动，踊跃上战场。"土肥原满脸堆笑悠然不迫地转口道，"南京和北平现在正吵架，吵也吵不起来，为什么？九一八，东北军司令长官带着妻妾正在听戏，因为刚病愈，要休息，叫作身体发肤受之父母，叫作修身、齐家，才可平天下，必须爱惜。二把手代司令长官回家为父奔丧，四把手参谋长回家为父祝寿，都是百善孝为大，以孝治天下，有错吗？三把手是小妾要生孩子，滞留北京，叫老吾老及幼吾幼，他们都没错，所以吵不起来。"

一片哄笑声中，土肥原带了轻松的调侃语气："最有道理的要数北大营的最高长官，九一八他不在军营也不在家，他睡婊子去了。他在北平军事会议上说：'我跟日本人对峙大半年，压力有多大，你们站着说话不腰疼，我神经都快绷断了。日本人引而不发，我去减轻一下压力，放松放松就不能理解吗？谁能想到就那么巧，我前脚放松他们后脚就打过来了……'"

又是长时间的哄笑鼓噪。

板垣跨前两步，大声道："我们大日本帝国的军人，永远不会去找女人减轻压力，我们只会胜利之后找女人狂欢，请英雄的代表们入席！"

十几名艺妓拥上前，簇拥着三羽乌和关东军的英雄代表进入菊文酒馆，来到房间最大的东京厅。

川岛与河本在门口迎接，招待众人入座，坚持由三羽乌坐主位，两人分坐两侧作陪。

川岛首先举起烫热的酒壶，在侧位上站立致词："先生眉毛后生胡须，后生总比先生长啊。从皇姑屯到九一八，关东军一代比一代干得漂亮。这次出兵锦州，东京陆军参谋本部连下四道命令，让我们马上住手，说锦州东北军有二十万，我们关东军那点人马会被包了馄饨，可是我们的三羽乌将四道命令扔脑后，朝锦州扔下三颗炸弹，二十万东北军便如鸟兽散。如今，陆军大臣、参谋总长、外务大臣请辞，哈哈，我看内阁马上该集体辞职了，我们所期望的由真正军人组成的军政府很快就将变成现实。今天是胜利之宴，请允许我这个先生敬你们英雄的后生们一大壶！"

川岛浪速讲得两眼含泪，三口便将一斤装的一壶酒灌下肚。

板垣起身答谢道："感谢川岛前辈与河本兄一贯的鼓励、支持，吾辈是在你们搭建的踏板上继续跃进，并且很快就可以跨过长城。如此欢庆之际，我为什么只用这只小酒盅作为回敬呢？"板垣轻轻搓手之后，举起酒盅环顾周围。

无人应声。

"三颗炸弹拿下锦州，可是在大凌河，我们却遇到顽强抵抗。自甲午战争至今大日本帝国还没遇到过这样的支那对手，我们以为守军至少是两个军，打扫战场却只找到七十二具尸体。突围出去的有，所有的情报都证明他们不过是为数不多的民间武装。这让我不得不思考，不得不警惕：我们还不到可以大醉的时候，我还是用小酒盅好。"

川岛挑头鼓起掌。

"这第一盅酒，我要敬我们的对手。是他们提醒我，中国还有真正的军人。"板垣举杯一饮而尽，大声道，"东北军如果有一半能像大凌河的七十二勇士一样，现在举杯相庆的就该是张学良了。因为我们将会如参谋本部所预言的那样被包了馄饨，不被全歼也要老老实实坐到谈判桌旁去了！"

全场变得静悄悄，川岛做个手势，侍立一旁的李香玉上前替板垣斟酒。

"这第二盅酒，我要敬石原君，是他提醒我，跨过长城就会遇到越来越多像七十二勇士一样的对手，吾辈不能醉，要有精神准备！"

"不能醉，征程健步。"川岛换回小酒盅，"要开万里波涛，布皇威于四方！"

"不能醉，"所有人都起立，"开万里波涛，布皇威于四方！"

喝酒的人都懂，越说不能醉的人，越不可能不醉，不到两小时，东京厅里的人已经醉得稀里哗啦，乱成一锅粥。

只有石原和土肥原还清醒，看着板垣越喝越豪爽，两只手再也不搓来搓去，左拥右抱霸住两名艺妓，上上下下摸个不住，土肥原向石原眨眼。"还是由你说"，石原指指嘴巴，"用那个酒神常发的话讲，我上边的三寸器不如你，我给你敲边鼓。"

土肥原点头将酒盅朝板垣碰去，"板垣君，你是从赤松子游，可以夜度千女啊。"

"哈哈哈！"板垣发出原始的野性大笑，又召来两名艺妓，胳膊大腿全占满，带了胸膛音道，"感谢你让奉天无战事，我今宵放开了，不喝十八碗，如何上得景阳冈……"

"你放开了，回头就把我的川岛芳子扣起来，是吧？"

板垣一怔,忙推开艺妓跪起身道:"土肥原君,当初你怎么对我说?给一升米养个恩人,给一斗米就会养个仇人,唯支那人与女子难养。说不能复辟搞帝制,只能共和,底线是执政制。从袁世凯到张勋搞帝制都失败了,违民心不合潮流。可是我与芳子谈五个小时,她不但坚持复辟帝制,还想要人事权、决策权,甚至要求我只能称溥仪陛下,不能称阁下,还要求建立溥仪独立的护驾军……"

"说到底也只是跟你们练嘴上的三寸器么。"

"这是为建立她自己掌握的军队做准备,你能允许吗?"

"当然不允许。"

"我扣她不应该?"

"你不允许,她还能干成吗?"

"……当然干不成。"

"既然干不成,那又何必呢?"

"其实也不是扣,是东条英机建议我留她住在满铁最豪华的旅馆里……"

"金丝笼子就不是笼子?"

石原倾身过来敲边鼓:"板垣君,你能征善战,在军校就整天鼻青脸肿的。可是,征服支那光能打是不行的,研究研究《大清一统天下志》吧,不足百万的落后民族为啥几十年间灭掉了世界上人口最多、经济实力最强、文化最发达的大明帝国!别以为光是皇帝做砸了,是士大夫昏庸、太监阴毒。努尔哈赤、袁崇焕、李自成、张献忠、吴三桂、耿精忠等等,少了谁也不成啊。要知道不同人的不同诉求。就比如溥仪,东北三千万人口在他心中还不如'陛下'两个字。懂吗?"

板垣似乎酒醒了,两只手又开始搓来搓去。

"可以告诉芳子,溥仪先当执政,局势稳定才可称帝。"土肥原自饮一杯,抹抹鼻孔下的小胡子,"石原君讲得好:要利用不同人的不同诉求,分而助之,分而治之,再分而歼之,分是关键。这就是为什么阎锡山喊抗日,我还要去资助他,因为他还反蒋,有利于割据。只有中国分裂，大日本帝国才有机会去征服。《三国演义》里第一句是纲，纲举目张：'话说天下大势，合久必分，分久必合。'现在中国的军阀割据，就由万世一系、不断血脉的日本天皇来给他合，这是历史的责任，我们都在为此而战。"

"李香玉，"板垣张望左右，目光盯住李香玉，"都说你和川岛芳子自小称姐妹，你去请她来，能办到吗？"

李香玉朝川岛浪速望去，川岛喝得两颊已布满血筋，瞪着眼看着板垣，又不解地朝李香玉皱皱眉头。

"叫香玉去请芳子不行吗？前辈酒量可不比当年喽！"

"去去去，快点去！"川岛反应过来，不知何时手里抓起一个酒壶，踉跄起舞，唱出日本乡村小调："我老了，老了，我人老心不老；一口清酒一团火，青春血涌逐浪高……"

从东北民众抗日救国会出来，常发在北平街头伫立犹豫：去见少帅还是去找川岛芳子？

关东军兵临山海关，守军将领何柱国向张学良报告："日军野心膨胀，大有当年清兵入关之势，平津形势危急！"

可是平津所谓的名流精英胡适之流都劝张学良：依靠国联，听命中央，不要给日本人动武的口实。

南京蒋介石训斥："什么平津危机，日本在天津有五千驻屯军，真要打平津，根本用不着进攻山海关。国联已经派出李顿调查团，你不要惹事！"

于是，平津依旧歌舞升平地迎来春节。

耳畔回响起阎宝航的声音："李香玉提供的情报很重要。石原莞尔想长城为界是不可能的，日本新军阀成功来得太容易，野心膨胀，利令智昏，举国疯狂了。板垣和东条英机继续南侵的主张肯定会得到昭和新军阀们的支持，东北是日军南侵的基地，要尽快稳定，所以土肥原利用溥仪搞'满洲国'的主张会很快变成现实。"常发举手招来一辆黄包车，"去缎库胡同五号。"

他决定先去见约好的川岛芳子，套套话，看有无机会迟滞"满洲国"的成立。

除夕傍晚，北平城里大马路小胡同都盈满节日的喜庆气氛。男孩子在街头巷尾追逐呼喊，互相掷着摔炮叭叭响；女孩子买红绫花扎蝴蝶结，穿花衣，踢毛毽，跳房格，胆子大点的在四合院里燃放"老鼠屎"和刺花。住大杂院的穷人换了干净衣服剃了头，贴出春联和年画；住四合院的富人早已请出祖先画像，像前摆出一年一度的供奉。

常发没想到的是华丽公馆女主人杨惜惜居然亲自等在院门口，老远便招着手迎上来。她一改时髦女人的摩登打扮，换了东北女人节庆的装饰：大红小袄，领口半掩半开，故意露出鲜绿的抹胸、全部嫩颈和一痕雪脯，下身是翠色缎裤红面绣花云锦鞋。她走路永远是扭动腰肢，尽情展示浑身优美的曲线，那一双媚眼流露出热情的火焰，"哎哟，常大侠，可把你们等来了，我这双小脚丫儿可都冻麻了，真该搁你胸口窝上焐一焐。"

常发斜睨坏笑，伸手便握住杨惜惜隆起的胸脯，"你敢吗？"

杨惜惜本能地一哆嗦，刚有含胸动作，马上又挺挺递出去，"我敢，你敢吗？只要你不怕院子里的人吃醋。"

常发收回手，嘴里不清不楚地嘟哝几句什么，杨惜惜便发出一串得意大笑，轻轻一顿脚，"真是一物降一物，欢欢地跟我走吧。"

常发认得路径识得人，一路走来，双眉越拧越紧。关外日本用兵，义勇军独力奋战，华丽公馆里，居然聚满了关东军、东北军和南京政府的达官贵人，欢声笑语、歌舞聚餐、觥筹交错、联谊互亲……

"妈了巴子的，这群狗奴才，卖国贼！"常发终于骂出声，"老子……"

"哎哟，我的大侠兄弟，你可不能把我的华丽公馆当大凌河战场啊。"杨惜惜号称北平第一交际花，什么场面什么人没见识过？听声立刻明白常发为何发火，想干什么，抢过话头道，"你没看报纸？南京政府已经颁布了《效睦邦命令》，'抗日者必严惩，以共匪论处'。"

"妈了巴子的，爷就是共匪，爷看你们怎么严惩，怎么论处，不信能咬掉爷下面的三寸器！"

"哎哟，我的小祖宗！"杨惜惜花容失色，改称祖宗，"你悄声点好不好？与你吃过饭，吵过嘴的杨永泰、黄绍竑是南京大员吧？请日本武官酒井隆在我这儿吃饭，我怕东北的流亡学生来砸场子，杨永泰可讲得很清楚：蒋总裁在南京全市国民党员大会上宣布，'以公理对强权，以和平对野蛮，全党全民都要忍辱含愤，取逆来顺受态度以待国际公理之判断'。再明白不过声明：'国民党南京政府，不但无排日之行动与思想，亦本无排日必要的理由。'相反，'胆敢反日抗日的共产军，南京政府正在全力围剿中'。美国的麦考益将军[1]就在我这儿表态说：'理解日本的行动，只要不入关，蒋介石同意把满洲卖给日本去对付苏联'。"[2]

"爷就是共产党！"常发吼一嗓子，手指一排喧哗热闹之声洋溢窗外的房间，"爷看谁能卖掉东北，这群去了势的阉狗，留下那三寸器也是聋子的耳朵……"

"祖宗，我的小祖宗，上楼，快上楼，留着你那三寸器上楼再用……"杨惜惜招呼几个下人帮忙拉扯，终于把常发拖上二楼推开房门，常发猛然一怔，不再喊叫。

正对门的茶桌旁立起一个姑娘，不是约好的川岛芳子，是……樱子！

常发自小便生活在风口浪尖，习惯了各种危险和突发事变，所以瞬间便恢复常态，回身做个手势。杨惜惜黯然眨眼，转身格格笑着退出，顺手关上门，松口气道："阿弥陀佛。天下太平，你输我赢。"

"常发哥！"随着关门声，樱子像扇动翅膀的小鸟，一头扑进常发

---

[1] 国联调查委员，美国的少将。
[2] 《1931年美国外交文件》一书及1935年12月号《国际事件》西·莱特文章《美国人对远东问题的观点》。

的怀抱，两臂吊在常发脖颈上，将整个脸糊紧常发的面孔，泪如泉涌，再无声响。

常发像捧婴儿一般将樱子捧到茶桌旁，直到樱子松开嘴巴喘气，才将她轻轻放在桌面上，用从未有过的温柔声音在她耳边轻轻道："你受苦了。"

樱子只是流泪说不出话。常发仔细打量，终于看清她脸上颈上白皙的疤痕。他小心翼翼顺着痕迹解开樱子的领口，那疤痕分明是向身前背后延伸着的。樱子一把抓紧领口，令人窒息的饮泣转眼变成失声恸哭。

常发紧紧搂抱樱子，直到哭声变弱，才柔声说道："讲个故事你就不哭了。森林里选美，冠军是只小鹿，叫梅花小姐；亚军是小兔，叫白雪公主。大家簇拥着冠军亚军供奉给虎大王当妃子。这只森林之王定睛一看，虎颜震怒，雷霆大发：妈了巴子的，哪里找来这么两个丑八怪？一只身上没有漂亮的条纹，却长满恶心的斑点，头上还生出犄角了；另一只居然得了白癜风不说，还患上了红眼病！也罢，既然送来了，先关笼子里去吧。就把那个白雪公主当早点，梅花小姐做晚餐！"

樱子扑哧一声，忙用衣袖抹去喷出的涕泪。

"明白这是为啥吗？"常发咬咬樱子的耳朵。

"鱼恋鱼……虾恋虾……王八恋的是鳖亲家。"樱子不哭了，一句一喘地哼哼着说。

"不是一类不相聚。"

"可是，可是，王八喜欢的也是漂亮的鳖呀……"

"你就是那只漂亮的鳖。"

"别哄我，我随时随地都忍不住想照镜子，我知道伤了哪里……"

"有人身上破块肉皮也会留下红色的印痕甚至长成黑紫的肉棱，这是疤痕体质。你用事实证明自己是天生丽质，受那么重的刑，半年就变成淡淡浅浅的印迹，不用放大镜几乎看不出来。老人常说，去疤消痕过三夏。过三个夏天，不，你只需要一个夏天，别说神仙找不出伤痕，你自己也不会相信自己曾经有过伤痕。"

樱子似乎恢复了自信,"可能照镜子看得太仔细了?芳子姐就不信我受过刑。皮鞭子沾水抽,我就拼命叫,一叫就疼得轻点,嗓子都喊破了……幸亏芳子姐把我救出来,不然真的死在大狱里了。"

"我说芳子为啥约我今晚来见,还说不来别后悔。我差点就去了少帅那儿。"常发蹙起眉道,"我没想到能见你,我只是气少帅的不抵抗,不想见他才来了华丽公馆,芳子呢?"

"陪土肥原和酒井隆喝酒去了。"樱子叹气道,"也真难为她,想靠日本人回祖宗发祥地搞复辟,皇帝宝座没坐上,反被日本人讹去一大堆好处。芳子跟我诉半天苦,说板垣奸诈,酒井隆跋扈,根本没把她叔叔溥仪当龙种,一口一个阁下,只有土肥原够朋友,始终称他叔为陛下。"

"溥仪来北京了?"常发霍地站起身。

"他敢吗?跑旅顺去了。"樱子说,"芳子为这个事直骂她叔叔糊涂。说丢开她跟日本人跑,现在可好,被人家捏在手心里,还有什么资本讨价还价?除非敢玩命,溥仪敢吗?"

"讲得好,敢吗?当然不敢!"川岛芳子破门而入。灯光映着她酡红的脸和一双漾出酒气的有些迷蒙的眼,幸而舌头没有发僵,酒劲十足地嚷道:"常发,姐把樱子给你讨回来了,姐答应过你的。有件事别怪姐,我叔去旅顺,我都不知道,能通知你吗?等我知道了,想见都见不到。前些天陪恭亲王溥伟一道去旅顺,郑孝胥那条老狗愣是没让见。他们就住在大和旅社,溥仪不许下楼,溥伟和我不许进院子,妈了巴子,我跟板垣掰扯掰扯,讲道理。几句,差点蹲了笆篱子[1]。这群白眼狼,忘了当初怎么求我怎么答应我的,刚得手就摆儿摆儿的[2]!"

"当汉奸,帮狗吃食都是这个下场。"

"放屁,有这么跟姐说话的吗?"芳子一巴掌打去,被常发轻描淡写地躲闪开,"我是大清朝的格格,为复辟大清朝尽心尽力,是满族的

---

1 笆篱子,东北方言,监狱。

2 摆儿摆儿,东北方言,神气十足。

481

功臣，不是满奸，也不是蒙奸，我压根就不是汉人，哪来的汉奸？你才是妈了个巴子的……"

"大清皇帝是中国的皇帝，格格也是中国的格格，不是满蒙的，也不是东三省的。宣统帝和格格给日本人办'满洲国'，不是汉奸是什么？"

"你什么时候使出上面的三寸器了？扯哩哏儿棱！我是满族的格格，不是汉族的格格！"

"当年在奉天北树林，大帅请客……"

"狗屁大帅，是你的大帅，是大清朝的叛徒、汉奸！"

"我不跟你吵。当年在奉天北树林野炊，杨景镇老先生给咱们讲过，中华民族是多民族融合而成的。生活在汉朝叫汉族，唐朝又叫唐人，凡是生活在中国这块土地上的人现在都是中华民族一分子……"

"我搞'满蒙帝国'也一样，为啥要用五色旗？因为主要包含五个民族：满、汉、蒙、日、朝……"

"芳子姐，"樱子忽然插进来，"你不是骂板垣和酒井隆混蛋吗？说他们搞的是日、朝、满、蒙、汉。"

川岛芳子被噎住一般，半天才喘上一口气，张着嘴没说出声。

樱子转向常发，"小日本奸坏奸坏，要走土地还要塞进来宗教。说日满亲善，精神一体，今后要把日本的天照大神迎过来立为国教。"

"天照大神？"常发朝芳子瞪眼，"不就是当年杨老先生说的那个土行孙的后代吗？"

川岛芳子回瞪一眼常发，没有言声。

樱子不紧不慢说："芳子姐为这事也恨透日本人，她说敬天法祖，怎么能逼人抛弃祖宗，调换祖宗呢，比'东陵事件'[1]还叫人忍无可忍。可东京那边又放过话来，说'满洲国'成立后，应该修一座'建国神庙'。

---

1 国民党第四十一军军长孙殿英在清东陵盗墓事件，用三个夜晚把乾隆和慈禧的殡葬财宝搜罗一空。

我在日本生活很久，知道日本人都尊天皇是天照大神的神裔，万世一系，不断血脉。每代天皇都是天照大神的化身，每逢初一、十五都要奉祀。'满洲国'各地也都要建这种神庙，因为凡是为天皇战死的军人，死后都会成神，明治天皇当年下令在东京都千代田区建一座靖国神社，就是为祭祀替天皇战死的'神'。"樱子同情地看看芳子，"欺侮人欺侮到这种地步……"

"那你还要抱日本人的粗腿？"常发忿气冲天。

"你帮我复辟吗？中国人谁肯帮我们爱新觉罗家族？"芳子怨气十足。

"姐，"常发去握芳子的手，"求你了，不要搞'满洲国'，这是底线啊，迈出这一步就不是铁帽子王，是铁帽子汉奸，一辈子摘不掉！"

川岛芳子用力甩开常发手，眼里迸出泪，"你没坐过江山，更没被人夺走江山。你懂什么？我已是日暮途穷，所以只能倒行逆施了！"

川岛芳子的军靴踩得地板山响，大步走出屋，常发追到门口喊："姐！"

"我不是你姐，我溜出来见你一面是为自小以来的情分，到此为止。"川岛芳子站住脚，将手在空中划一道线，"你带你的樱子走，我陪我的土肥原君去喝酒！"

常发伫立不动，直到芳子的身影消失在通往后院的月亮门内，才感觉到搂抱在后腰的樱子。

"我们去哪儿？"樱子将耳朵贴紧常发后背，这样可以听到隆隆的胸腔音。

"你去救国会找阎宝航，他会给你安排。"

"你呢，你不去？"

"救国会是东北民众的救国会，只能在后方。我是骑马挎枪的，必须上前方。"

"不，我跟你。"

"我兄弟包满达可能牺牲在大凌河了，他媳妇春光在救国会服务，你代我照顾好她和她儿子。何花和秋色也在救国会的总务组服务,你不孤单。"常发语气平和,可是樱子耳朵紧贴他脊梁,听来便如马队驰过峡谷隆隆震耳。她觉得一股热血从心底升起,脱口而出:"骑马挎枪走天下,马背上有酒有女人,我是你的女人。"

片刻的沉默后,常发将樱子拉到面前,眼对眼地说:"闯江湖的日子翻过去了,我这次是要和义勇军的弟兄们上战场,九死一生……"

樱子用手捂住常发的嘴,抢先道:"唱个曲儿要分上下阕,写本书也有上下卷,不就是闯江湖改成打东洋吗?不信能改变了我的常发!"

说话间,两人的目光撞出一团火花。

"走!"常发拉住樱子的手并肩下楼,大步朝外走去。

子夜,北平城遍响爆竹声时,德胜门外一马嘶鸣,呼啸而过,起一路尘烟,留一道歌声:

  咱有一囊酒,你说要走咱就走;
  咱有三寸器,你说咋地就咋地。
  裆里不少一颗卵,赳赳雄起上战场;
  哥哥横竖大灰狼,昂昂就为打东洋……

后记

我相信旧血不去,新血不补,叫吐故纳新。为给直肠上的瘤子放血,跳进酒坛子二十余年,顺便也是为学院籍自保。却不料胸腔里又生瘤子,喝多少酒也无处排血。拖七年,不得已而手术。术后放疗,疗后尿血,换四种药止不住,朋友王纪新说他父亲与我一样的癌,一样的尿血,尿两年去世了……

每当夕阳西下,贴近山脊,悲情便忽然涌起,心底幽幽泛酸。小权变权老,弹指间而已。蹉跎二十年,明光闪烁剩无几时,还能干点啥?

以何解忧?唯有杜康。酒后无德,兴奋起来便想一吐块垒,正好做一自由人。

自由人并非自由化,无党派并非无观点。养病看电视,各电视台多是"抗日神剧"。

孔子曰:知耻近乎勇。这些剧都是用"爱国主义"的大旗来遮掩自己的无知无耻。若知耻,被打得满地找牙,即便不敢深究"为什么",也不该理直气壮说句"儿子打爸爸"便心满意足,无耻竟成英雄了。

鲁迅写《阿Q正传》，并非不爱国，是敢于正视挖掘"劣根性"，他们是勇者。

不看电视看闲书吧，看完一本《郝柏村读蒋公日记（1945—1949）》。他写道：

> 截至1947年，概略统计国军旅长以上，亦即将官，被俘失踪或阵亡者二十六人……全军覆没的五十个旅……而更重要者为五十个旅的武器全被共军虏获。
>
> 而国军自进剿以来……全国未俘获一个团长以上指挥官，更未彻底歼灭共军一个团级以上单位，亦未俘获共军武器装备，则成败已定。

我还想起国民党陆军总司令张发奎，他在回忆录中提到抗战胜利时说："抗战八年实在称不上什么英雄史诗，国军可以说从未打过一次胜仗，最多不过是用地域换时间，延宕日军的进攻，熬到世界反法西斯战争胜利。只能说'幸胜'，幸亏有美国和苏联的参战。"

他没敢承认幸亏有共产党发动人民战争，抗击了60%的侵华日军和几乎全部来自国军的伪军，但他不敢以英雄自居也算"知耻近乎勇"吧。

于是，我又想起参加长城抗战和抗日战争全过程的国民党将军符昭骞，他写道："在八年抗战中，好些战区都是中国一个师打不过日本一个联队……忻口战役，十九个师尚打不了日军第五、第一师团。娘子关中国军队更多，也打不了第十四、第十六两个师团。"

符将军虽未把地方保安部队计算进去，敢承认国军十比一打不过日军，也算知耻了。更不用说日军挑起九一八事变，只出动一个步兵中队，一百八十人；攻占热河只出动一个骑兵中队，一百二十八人。而几千几万几十万国民党军望风而逃，根本不懂什么叫"守土有责"，难怪日军"皇道派"敢说："拿竹竿也能打败支那人！"把这样的"国军"写成英雄，是爱国主义、民族主义、英雄主义还是阿Q精神？

就是符将军讲的这个日军第十六师团，在南京杀中国战俘十万人以上。"日本人对中国人的轻视，直接表现在以杀人为娱乐，以杀人为游戏……"

日军第十六师团第三十旅团长佐佐木这样写："俘房接连不断地前来投降……态度激昂的士兵毫不听从上级军官的阻拦，对他们一个个地加以杀戮……"

士兵田所耕三记录："（我们）把他们的耳朵削下来，或把鼻子砍掉，或用刺刀插进他的口腔，顺势把嘴切开，或是在眼帘下横着插进一刀，白眼球就像鱼眼一样黏糊糊地垂下来，足有五寸……好久好久才有这点消遣，这些玩意儿都不干的话还有什么乐趣呢？"

士兵大译一量记述如下："败兵被集中起来……城内的防空壕也挤满了人。我们拿来汽油，从城墙上向败兵的头上浇去。中国人似乎都死心了，一动不动……"

是谁让他们"都死心了"？一万多手握钢枪的国军有粮有弹，向一百来个日本兵投降，任其做游戏一样宰杀干净，若不问个为什么，谁能想象，谁能理解？

他们不是猪，不是兔子，不会四散奔逃也不会急了咬人。他们是羔羊，只会追着头羊扎堆儿等死。

先看看他们的头羊是什么东西。且不说他"睦邻令"的奴才相，对待自己的队伍，同是国军的东北军及张学良，德国驻华大使这样对土肥原贤二说："蒋介石表示，日本人在东北的举动帮他打击削弱了张学良这个最大的地方实力派，中央政府不会派一兵一卒到东北。但日本人不要吞并满蒙，不要过长城，否则中国政府是会被舆论的浪潮冲倒的。"

蒋介石对死敌共产党是这样评说："（日本人不要过长城）否则中国会发生革命，那么唯一的结果就是中国共产党在中国占优势。这就意味着日本再无希望与中国议和，因为共产党是从来不投降的。"[1]

---

[1] 参看德国驻华大使陶德曼给德国外交部之密电。

那么，抗日战争何以坚持十四年，能最后获得胜利？

回答也很简单："高天滚滚寒流急，大地微微暖气吹"，不在上层在底层。

其实，美苏参战只是加快打败日本法西斯的战争步伐，更何况中国的抗战从战略上讲，对美苏，对世界反法西斯阵线来说，贡献和支持更显重要，更为重大。

胜利的原因在于我们中华民族的伟大：好汉永远比汉奸多，就像泰山比较一块土坷垃。而唤起民众、组织民众、领导民众，让中华民族凝聚成泰山的正是中国共产党。

谁是抗战的中流砥柱还须多说吗？

记事以来，我接触过中外、国共、军民、官兵等大量不同人物，凡经历过第二次世界大战的无一不承认是中国共产党领导的军队抗击了60%以上的日军和几乎全部的伪军，没有这份战斗力何以能用"小米加步枪"在三年多时间里消灭八百万飞机、坦克加大炮的国民党军！从抗美援朝到中印边境自卫反击战到抗美援越……我听到最强的时代音是"打出了国威军威"，洗刷了百年屈辱史。只有这支军队敢对任何来犯者扬眉剑出鞘，呼啸天下："我们是一支不可战胜的力量！"

于是，我开始写这本书——"战歌三部曲"。为克服尿频、尿血、尿不尽之苦，我以啤酒代水解渴，终于完成第一部《乱世悲歌》。

可喜的是，如母亲所言，啤酒治愈了我的尿血，相信我能唱完这三部曲了。

这是一部小说，希望能在读者眼中展示成一幅历史画卷。

感谢构成常发叔的三位前辈。感谢所有给我讲述过抗日经历的英雄前辈，感谢我参看过的正视历史叙述真实的书籍的作者们。

权延赤
于北京

本书部分资料来源和参考书目

1.《辽宁文史资料》，辽宁人民出版社，1988年3月第1版。
2.《张作霖》，徐彻著，中国文史出版社，2012年1月第1版。
3.《张学良》，徐彻、徐忱著，中国文史出版社，2012年1月第1版。
4.《吕正操回忆录》，吕正操著，解放军出版社，2007年8月第3版。
5.《我的前半生》，溥仪著，群众出版社，2013年1月第2版。
6.《黄显声将军传》，黄丽敏著，上海文艺出版社，2003年1月第2版。
7.《北京往事》，张征著，中国青年出版社，2012年1月第1版。
8.《抗日战争的细节》，魏风华著，江苏文艺出版社，2012年9月第1版。
9.《中国骑兵》，王外、马甲著，百花洲文艺出版社，2008年1月第1版。
10.《苦难辉煌》，金一南著，华艺出版社，2009年1月第1版。
11.《退后一步是家园》，萨苏著，山东画报出版社，2012年6月第1版。
12.《保定军校风云谱》，任牧辛著，中华书局，2009年6月第1版。